清代名家詞選刊

復堂詞詳注

[清]譚　獻◎著
方智範◎注

華東師範大學出版社
·上海·

圖書在版編目(CIP)數據

復堂詞詳注 /（清）譚獻著；方智範注. —上海：
華東師範大學出版社，2023
（清代名家詞選刊）
ISBN 978-7-5760-4190-3

Ⅰ.①復… Ⅱ.①譚… ②方… Ⅲ.①詞(文學)—
注釋—中國—清後期 Ⅳ.①I222.852

中國國家版本館 CIP 數據核字(2023)第 185666 號

復堂詞詳注

著　　者　［清］譚　獻
注　　者　方智範
責任編輯　時潤民
責任校對　龐　堅
封面題簽　魏新河
裝幀設計　盧曉紅

出版發行　華東師範大學出版社
社　　址　上海市中山北路 3663 號　郵編 200062
網　　址　www.ecnupress.com.cn
電　　話　021-60821666　行政傳真 021-62572105
客服電話　021-62865537　門市(郵購)電話 021-62869887
地　　址　上海市中山北路 3663 號華東師範大學校内先鋒路口
網　　店　http://hdsdcbs.tmall.com

印　　刷　上海盛隆印務有限公司
開　　本　890 毫米×1240 毫米　1/32
印　　張　18.5
插　　頁　4
字　　數　414 千字
版　　次　2023 年 10 月第 1 版
印　　次　2023 年 10 月第 1 次
書　　號　ISBN 978-7-5760-4190-3
定　　價　180.00 元

出版人　王　焰

本書爲二〇二三年度
國家古籍整理出版資助項目

譚獻（一八三二—一九〇一）

楊鵬秋 摹繪　譚獻像　載葉恭綽輯《清代學者象傳第二集》（一九五三年）

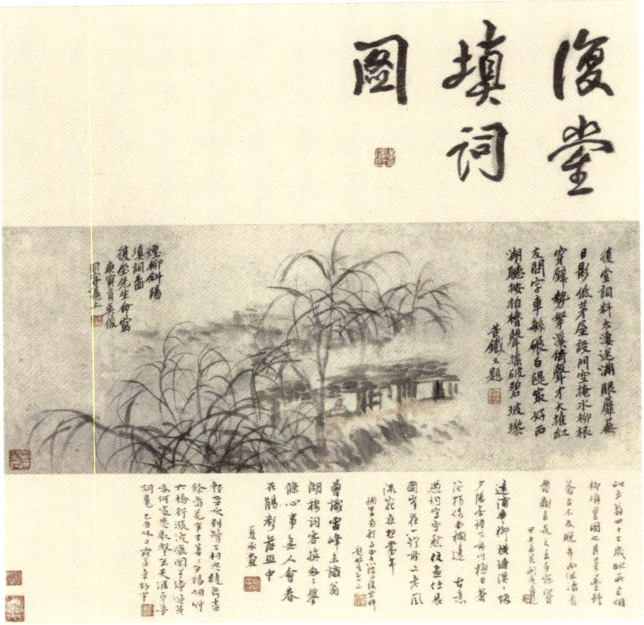

吴昌碩 繪　復堂填詞圖　清光緒十六年（一八九〇）二月　浙江省博物館藏

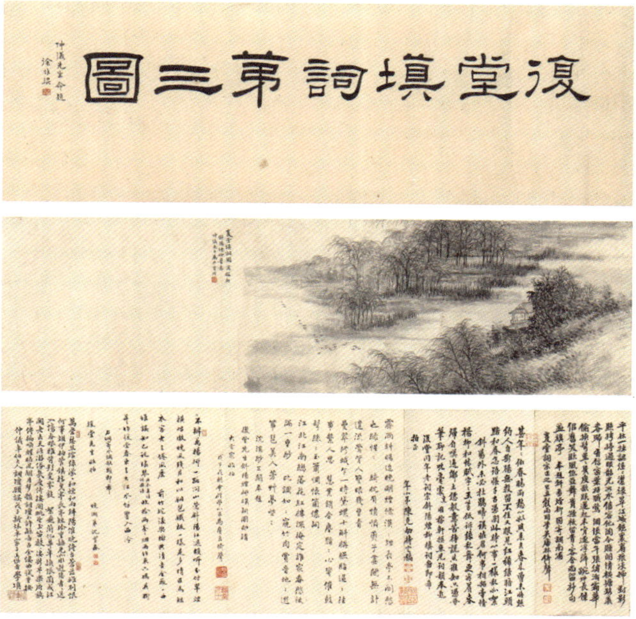

賈沂 繪　復堂填詞第三圖　約清光緒十四年（一八八八）初

西泠印社紹興二〇一五拍賣會第七二二號拍品

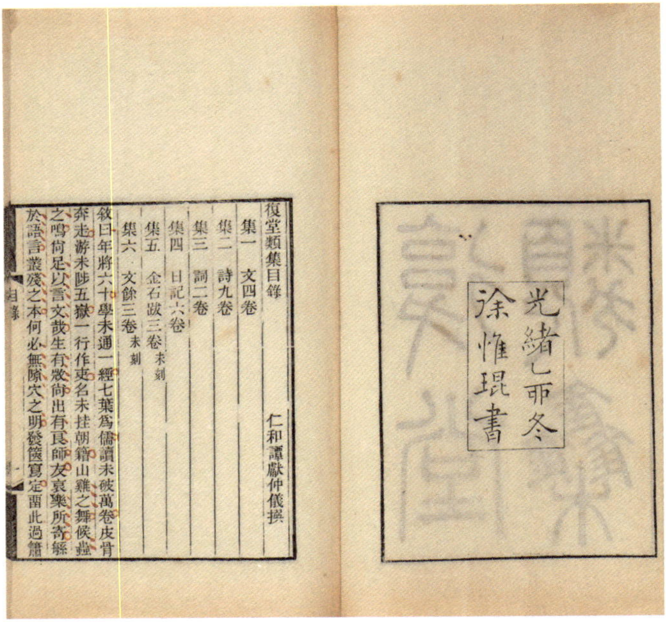

復堂類集目錄　仁和譚獻仲儀撰

集一　文四卷
集二　詩九卷
集三　詞二卷
集四　日記六卷
集五　金石跋三卷　未刻
集六　文餘三卷　未刻

敘曰年將六十學未通一經七葉為儒讀未破萬卷皮骨奔走游未陟五嶽一行作吏名未挂朝籍山雞之舞候蟲之鳴尚足以言文哉生有微尚出有良師友哀樂所寄繇於語言叢殘之本何必無隙穴之明發篋寫定留此過籥

光緒乙丣冬
徐惟琨書

《復堂類集》書影　清光緒十三年（一八八七）二十一卷本

目録

復堂詞卷三

補遺

前言

方智範

一

譚獻（一八三二—一九〇一），初名廷獻，字滌生，改字仲修，號復堂，曾號眉月樓主（亦作麋月樓主）。浙江仁和（今杭州）人，祖籍浙江山陰（今紹興）。

譚獻一生，歷清代道光、咸豐、同治、光緒四朝，他離世時，距民國共和政體成立僅差十年多時間。他是一個從舊的封建專制時代走過來，站在新時代的門檻前止步的文人，也是一個兼有學術研究、詩詞創作、吏治施政等多方面才能的士子，這兩點，使譚獻在晚清時期具有某種典型意義。

譚獻一生可粗略地分爲五個時期：

二十七歲以前，是他讀書交游、增廣見聞的時期。譚獻先世習儒，無功名資財，本生父譚肇濬爲增生，早亡，過繼伯父國學生譚經，不久亦亡。得他人資助，得以維持生計，入學讀書，十六歲爲童子師，以供養母親陳氏，二十歲以後即孤身渡錢塘江，赴山陰村舍爲塾師，可見家道貧寒。這一時期中，對他今後發展最具價值的經歷，是咸豐六年（一八五六）春隨浙江學使萬青藜初上北京，由于邵懿辰的引薦，與在京官宦及四方文人廣爲交游，大長見識，「仰宫闕之壯麗，接衣冠之風采，攬時物之遷變」（譚獻《唐詩録叙》），兩年的京游奠定了他一生交際圈的基礎。

二十七歲至三十四歲，是其閩中七年幕游生涯時期。咸豐八年（一八五八）秋參加順天鄉試失利，他旋即南歸，入福建學使徐樹銘幕，在福州從事經書校讎之事。其間正逢太平軍在江南一帶由處于攻勢轉爲漸顯頹象，直到失敗，他經歷了杭州兩次被攻陷，母親陳氏于逃難中去世，在汀州「陷賊」而瀕死，以及長子因奔走饑凍得病等事件，至同治四年（一八六五）辭去幕職，返回杭州。

三十四歲返回杭州後的將近十年，是他在家鄉安穩生活、又屢次赴京應試折羽的時期。前期對他來説重要的事情，是結識時任杭州知府薛時雨、浙江巡撫馬新貽、浙江學使吴存義，對這些名宦執弟子禮。前輩對他多加青睞，傾力提携，他得以入職采訪忠義局，又被任命爲新建詁經精舍監院、浙江書局總校，這段時間，他在校書之餘，讀書交友，優游湖山風光，參加各種官宦文人的雅集，游覽、飲宴、詩詞唱和，是杭州文人群體中一位活躍的核心人物，積累了很好的人脈關係。轉折發生在同治六年（一八六七）鄉試中舉，那年他已三十六歲。從三十七歲開始，他踏上赴京應進士試的漫漫長途，同治七年、十年、十三年，三次應禮部會試，皆報罷。科舉不順，身患重病，才斷了功名之念。

然後是他在安徽各地任職縣官的時期，前後共十餘年。他在家鄉過了没幾年讀書、會友和養病的安穩日子，在四十三歲時向親友借貸，納貲捐官，從此開始了在皖做「風塵之吏」的生涯，這時已經是入光緒朝了。他先是投靠在布政使孫衣言、紹誠門下爲幕僚，接着相繼在懷寧、歙縣、全椒、合肥、宿松等縣任職，直到光緒十二年（一八八六）五十五歲那年因病辭職，次年雖有補安徽含山知縣的任命，但已感力不從心，便杜門不出。從閩中開始薄宦廿年，他跳出了原來的交游圈，處理政務、體察下情，對民間的衆生疾苦、社會的動蕩不安、國家的風雨飄摇有更多的具體感受，所謂「憂生念亂」情懷，即由此而生。當然，輾轉各地也讓他有機會接觸京城和杭州以外的圈子，領略閩中和皖南各地的青山緑水風光，結識了許多當地的文人學子，在詩酒往來中建立情誼。

最後則是赴武昌任職經心書院的七年，這是譚獻一生中的重要時期。光緒十六年（一八九〇）他應座師張之洞之邀任經心書院講席兼院長（其間有短暫的離職返杭），至光緒二十三年（一八九七）因病辭職。張之洞向以重視人才、招賢納士聞名，譚獻得與其門下衆多人士密切交往，舊雨新朋，北往南來，相會于長江之濱的重鎮武昌，其中有不少是晚清詞壇的領軍人物，突出的有樊增祥、易順鼎、程頌萬、況周頤、繆荃孫等，這些交往進一步擴大了他的影響，確立了他晚年在詞壇的盟主地位。此後，他終返杭州，已是六十六歲，直至七十歲去世，其间除治病、會友、編書外，也關心維新變法，但這段生活只是其一生的餘波了。

二

譚獻在學問方面起步早，興趣廣泛，以博通多聞爲其特點。

他在《復堂諭子書》中説：「予戊子以來，自號半广，以爲問學、游迹、仕宦、文辭，率止于半。」雖是自謙之辭，也道出了實情，即他興趣多樣，涉獵廣泛，不做專精的學問，而是走博涉多方的路子，在諸多領域均取得一定成就。他爲官一方，雅有政聲，人稱循吏；精于小學，長于校勘，遍訪金石碑刻、古籍善本，也富收藏；于經史子集無不染指，尤留意相對冷門的諸子之學；熱愛家鄉杭州和經行各地的山水風光，喜歡探幽尋勝；熱衷呼朋引友，聚會飲宴，結社唱和，乃至結交戲曲名伶；詩詞文賦無不嘗試，于駢文下功夫尤深；當然，今天看來，最有成就的還是其詩詞創作和評論，在詞壇上有領袖一方的聲譽。其自述云：「至吾所學最雜，六經不能上口，諸家師説涉獵及之，輒取侈談，此過失之大者。……自閩歸，喜諸子家言。惲子居先生欲以百家起文集之衰，爲文章言耳，吾則曰九流者，適于六經之塗軌也，文章云乎哉？吾于古人無所偏嗜，于今人之經學，嗜莊方耕、葆琛兩家。文章嗜汪容甫、龔定庵二先生，駢儷尤習孔巽軒，詩歌嗜吴野人、黄春谷，填詞嗜成容若、項蓮生云。」（《復堂諭子書》）筆者以爲這是他對自己一生爲學生涯的清醒總結。

清代是一個崇尚學術的時代，文人沉浸于文史典籍之中，多會受到各種學術思潮的浸染。從學術思想言，譚獻最服膺的還是當時成爲顯學的常州學派，該派以劉逢禄、莊述祖及其後學爲代表，《復堂日記》卷二云：「莊中白嘗以常州學派目我，諧笑之言，而予且愧不敢當也。」後期更私淑擺脱傳統漢學瑣碎考證一路的文史學家章學誠，《復堂日記》卷一云：「于書客故紙中搜得章實齋先生《文史通義》、《校讎通義》殘本，狂喜，與得《晋略》（周濟撰）同。章氏之識冠絶古今，予服膺最深。」又云：「閲《文史通義・外篇》。……懸之國門，羽翼六義，吾師乎！吾師乎！」同治三年（一八六四），他還只有三十三歲，專擬《師儒表》一份載在《復堂日記》中，標榜的學術最高層次爲「絶學一」，隆重推出四大學者，即莊方耕、汪容甫、章實齋、龔定庵，今天看來，相對于以乾嘉樸學爲代表的清代正統學術而言，這四位的學説都帶有一定反傳統的色彩，可見在學術上譚獻定有很高的自我期許。但誠如他後來所自嘲的「半广」，由于其從事的學問過于駁雜，攤子鋪得過大，又不願循規蹈矩，精力有限，難以專擅，故也受到同時學者如俞樾、李慈銘等的批評。于是他的成就也較多地在相對有點偏勝的詞學方面得到體現了。

三

世所公認，在譚獻一生立言中，相對專精、用力最勤的是詞學，影響最大者也在此。筆者以爲其主要成就有以下幾項：

一是利用各種機緣，廣泛結交杭州和各地文人，組織和串聯了多個詞人群體，既活躍于被視爲宋以來詞學淵藪的家鄉杭州，也擴散到他曾游歷或任職過的安徽、浙江、江蘇、北京、武昌等地。老中青三代詞人通過交游聚會、書信往來、結社唱和等多種渠道，擴大了詞學的影響，推進了創作的興盛，培養了一批青年才俊。同治、光緒年間的詞壇充滿了活力生機，譚獻實功不可沒。

二是遍訪歷代詞集、詞選，特别重視搜集當代人的詞創作成果，善于獎掖後進，對青年詞人的創作不吝點撥、評點，應請爲他們的詞集撰寫序跋，幾乎是有求必應；特别重視詞集的校勘整理、編集刻印，名家如宋代周邦彦，本朝項鴻祚、鄧廷楨、龔自珍等大詞人的詞集，他都認真下過雌黄工夫。

三是很早就立志以一人之力，自主編撰大型歷代詞選。他的《復堂詞録》編選唐五代、宋、元、明諸代詞，自述肇始于二十二歲時（《復堂詞録叙》），至五十歲方定稿，歷時幾近三十年。他的《篋中詞》是清人詞選，始編于四十六歲時，成稿則已到晚年，還不斷增删訂補，請友人校改鈔録，至六十四歲方才完全刻成，也花了近二十年的工夫，幾乎成了他後期用力最勤的一桩事業。清人選清詞的詞選衆多，而《篋中詞》是一部體量適當、選詞精粹、具有建構清代詞史意義的上乘之作，故在晚清詞壇流布甚廣，其價值也受到當今學界的重視。

四是注重詞作評點及詞集序跋的撰寫，致力于發掘詞集和詞文本的文學藝術價值，留下了豐富的詞學理論成果。他爲指點弟子徐珂作詞，曾將常州詞派中堅周濟所編詞選《詞辨》和《宋四家詞選》所選唐宋人詞，從意藴、意境、章法、筆法、風格、技巧、字句、音韵等諸多方面精加評點，示人津筏。《篋中詞》一選，也采取了選、評結合的體例，而且有對某詞的個評，也有對某一或幾個詞人的總評，從整體觀之，形成了一個屬于譚獻本人所有的，也就是頗具主體性的詞學批評和清代詞史的統系，其理論價值不可小覷。更難能可貴的是，譚獻具有一定的理論自覺，在世時就授意弟子徐珂，爲他從詞集序跋、《譚評詞辨》、《復堂日記》、《篋中詞》中精選了一百三十一則論詞之語，形成一部具有自定性質的《復堂詞話》，造就了廣泛的社會影響。儘管後來發現的他的詞集序跋和《復堂日記》手稿本中論詞之語遠不限于此，尚可增補不少，但不得不承認，譚獻詞論的精華部分，已經大備于此了。

四

平心而論，在清代同治、光緒年間，譚獻在詞的創作上，無論是數量還是質量，都算不上是成就卓著的大家。他的前輩詞人，陳維崧、朱彝尊、張惠言等是開宗立派的詞壇領袖人物，納蘭性德、顧貞觀、厲鶚等是個性鮮明的一時作手；他的同輩詞人，如蔣春霖、項鴻祚、龔自珍等，更能關注時代風雲變幻，藝術性也各具特色而傑出，他同時交往的友人中以詞名家的大有人在，創作實績與之相仿甚至超過他的有樊增祥、程頌萬、張鳴珂、易順鼎等，更毋論後起的著名詞人如文廷式和「清末四大家」了。我們不必因爲研究譚獻而抬高他，對他的詞創作成就水平要有實事求是的評價。筆者讚同當代著名學者嚴迪昌先生在《清詞史》中的按斷：「相比之下，以論詞稱大師的譚獻的《復堂詞》尚不失名家風貌。」

譚獻詞，就其表達的意旨而言，最突出的是「感士不遇」的怨恨和天涯漂泊的傷感。這是舊時代文人學士的「天下共情」，也成爲了詩詞創作的「普世意旨」。由于各人的人生軌迹畢竟有差異，投入的情感也有深淺厚薄之别，此類羈旅行役之作還是能夠寫得凄然動人的。譚獻的弟子徐珂説譚獻的詞創作，「膈臆而若有不可于明言，蓋斯人胸中别有事在，而官止于令，犖然不能行其志，爲可太息也」，可稱「知師」之言。如譚詞《金縷曲·江干待發》寫一次離家之行，具有很高的藝術概括力：「逝水流年輕負。漸慣了、單寒羈旅。信是窮途文字賤，悔才華、却受風塵誤。」可説表現了譚獻一生無數次與家人友朋的分離之苦。這次遠行是譚獻成年婚後首次離家，赴數千里之外的北京，那種既頗向往、又甚無奈的躊躇複雜心理，借助「物皆著我之色彩」的春天景象的烘染，表現得細致入微。

與此緊密相關的是譚獻用力甚多的言情詞。他擅長寫閨閣題材，詞集中此類作品的占比頗高，其中最爲人稱道的是《蝶戀花》六首。前人的解讀，幾乎都將之與譚獻倡導的「香草美人」比興寄托聯繫在一起，如莊棫所謂「托志帷房，眷懷君國」，以爲是譚獻詞學主張的典範性實踐。但在筆者看來，這組詞應該都是思念新婚妻子莫氏的戀家之作。譚獻寫作的初意，可能是出于對温庭筠、韋莊詞風的摹仿，故詞中意象顯得有些朦朧，具有泛指性，似乎有點「義隱而指遠」的味道。但由于他總是把相思與離别糾纏在一起，尤其這組詞也作于初次赴京之時，以其二十五歲的年紀，新婚燕爾，剛得一子，此次離别的時間較長，相距遥遠，日思夜想是很正常的情感流露。他作于同時的《録别四首》詩，有句云：「大義結夫婦，依依四體分。車前千里道，閨中千里身。」《蝶戀花》詞之大意，也不過如此而已。譚獻又善于揣摩年輕女子的微妙心理，常常采取「從對面著筆」的寫法，揣想對方如何思念自己，使得詞作更顯纏綿悱惻。如將這組《蝶戀花》與其早期《蘼蕪詞》中的《菩薩蠻》四首對讀，那他早年的言情詞雖仿得更像温、韋，但意味却相對澆薄，個性也被刻意的摹仿所淹没了。

譚獻雖在詞論中反復强調「憂生念亂」之旨，重視詞的政治社會價值，但其詞創作并不有意識地加以實踐，能與周濟的「詩有史，詞亦有史」主張相匹配的作品可謂寥寥無幾。他寧可讓時代風雲在他的「心靈之鏡」上折射出些許光芒，也不願直接從現實事件中取材。蔣春霖是以太平天國時期顛沛亂離生活爲詞作的内容和主題的，龔自珍更是站在近代改革風雲前列的，而譚獻在詞創作中更願意做一個傳統意義上的詞人，讓「憂生念亂」之時代感受和理性思考，融化在諸如相思離别、登山臨水、友朋聚散、詩酒流連之中，如其《桂枝香・秦淮感秋》、《一萼紅・吴山》、《渡江雲・大觀亭……》等詞皆是例證。當然其中還有一個非常重要的原因，可能是出于「詩詞有别」的固有文體觀念。他在天涯淪落方面的生活和情感積累其實并不少，但他寧可付諸詩，不肯寓諸詞。這給後人以其「作者之用心未必然，而讀者之用心何必不然」之説來解讀，自然也留下了一定空間，我們只能見仁見智，各執一詞了。《復堂詞》中其他題材如寫景、詠物、題畫、題詞等大都寫得中規中矩，多爲文人間交游酬酢的副産品，不再贅述。

譚獻詞在藝術上轉益多師，不拘一格，早期學温、韋之穠麗蘊藉，後來宗浙籍詞人中的大家如朱彝尊、厲鶚之騷雅，對南宋姜夔、張炎的詞作下過一番工夫，走的是清空一路，其風格總體上比較接近宋末風雅詞人。這裏尚需强調一點：伴隨着譚獻一生詞創作的，他還傾力從事搜集詞籍、校刊詞集、編撰詞選、評點詞作等詞學活動。他閲讀大量前賢與今人詞作，并細加丹黄，常年浸淫其中，爲他自己不知不覺地吸收營養、摹仿名作、取法乎上提供了條件。他曾編《古詩録》、《唐詩録》、《金元詩録》、《明詩録》，經眼和抄録歷代詩歌名家名作，往往爛熟于心，故其詞除顯示腹笥之博的大量事典運用外，筆下會自然融入前代詩人的詩句，有的直接襲用，有的借用，有的化用，有的櫽栝成句，大都能左右逢源，以至不露痕迹，如從己出。我們與其花心思去探尋譚獻詞的幽眇托意，不如多關注譚獻是如何以古典語料爲基礎，在詞文學的意象組合和煉字造句方面運掉自如，從而創作出新的詞文學文本的。

譚獻《篋中詞》論蔣春霖詞，嘗謂蔣氏「與成容若、項蓮生二百年中，分鼎三足」，并藉此展開云：「阮亭、葆酚一流，爲才人之詞；宛鄰、止庵一派，爲學人之詞；惟三家是詞人之詞，與朱、厲同工異曲。」這可看作是譚獻的清詞派别論。王士禛、錢芳標、朱彝尊、厲鶚本以詩名，張惠言、張琦昆季以及周濟則主攻經史之學，而納蘭性德、項鴻祚、蔣春霖誠然專力填詞，獨擅勝場，于清代詞人中屬于情感特徵分外突出、藝術個性極其鮮明的大家。若以之銓衡復堂，其爲才人乎？學人乎？詞人乎？竊以爲，是才人、學人、詞人兼而有之，其詞創作，面目多樣，這才是他在當時詞壇能占得領軍地位，被錢仲聯先生封爲「托塔天王晁蓋」的重要内在原因。

五

最後，關于本書的撰注須作如下説明。

首先要説的是版本情况。譚獻《復堂詞》通行的版本是《復堂類集》本。譚獻最早請徐惟琨在光緒五年己卯（一八七九）爲《復堂類集》題署篆書書名，但實際直到光緒十一年（一八八五）二月始付杭州書局刊刻，十一月刻成初樣，包括文四卷、詩九卷、詞二卷，《日記》譚獻自述「未審定」，當未付刻。兩年後的光緒十三年丁亥（一八八七）譚獻又請徐惟琨題署「復堂日記」書名，續刻成《日記》六卷，末附有許增《書復堂類集後》一文，合前刻十五卷，成爲常見的二十一卷本（簡稱《類集》本）。（上述具體情況，可參見本書「附録」中《譚獻詞學活動年表》相應年份的條目。）譚獻後另又彙編其多年來所主持刊刻的他書，合《復堂類集》，爲《半厂叢書初編》（簡稱《叢書》本），其中各書均以前刻之單行版本收録，然原《類集》本中詩九卷、詞二卷、日記六卷，却分别增刻成了十一卷、三卷、八卷，形成二十六卷樣貌的新的《復堂類集》。故而《叢書》本《復堂詞》三卷，前二卷即《類集》本，第三卷則爲《類集》本所無，其中所收詞作最晚可考者已在光緒二十年（一八九五）。今人羅仲鼎、俞浣萍點校《譚獻集》，以《類集》本詞二卷爲底本，再從《叢書》本中收詞一卷，合共三卷，又據浙江圖書館刊録補《復堂詞續》十三首，收譚獻詞總計一百四十九首。是書在版本叙述、收詞、標點、校勘等方面尚有一些問題，本書在此及注釋中有指證和糾正。但應該承認，此書編者用力不少，是至今較爲完備的譚獻詞版本。爲盡可能保存《復堂詞》原貌，本次箋注以整理本《譚獻集》所依之《叢書》本《復堂詞》三卷爲底本。

通行本之外，譚獻詞尚有以下幾種主要版本：一種是譚獻最初所刻詞集，名《蘼蕪詞》，一卷，收其二十二歲至二十三歲所作詞四十四首，有咸豐七年（一八五七）刊《化書堂初集》本；一種是同一年譚獻詩被收入蔡壽祺編《三子詩選》時，同時所附其詞，分甲、乙二卷，名《復堂詞》；還有一種是咸豐十一年辛酉(一八六一)譚獻在福州時所刻，其《復堂諭子書》云「三十歲時，在閩刻《復堂詩》三卷、《詞》一卷」，譚獻好友莊棫《復堂詞後叙》亦云「仲修年近三十」，即指此本；第四種是同治四年(一八六五)乙丑《復堂詩集》本，附詞二卷；此外，還有光緒八年(一八八二)刊《篋中詞》卷末附《復堂詞》一卷。近人陳乃乾所編《清名家詞》，其中《復堂詞》不分卷，實爲通行本的前兩卷。另據朱德慈先生告知，揚州大學圖書館藏有一個福州影京師重刻莊棫序本《復堂詞》一卷本，刊于同治年間，其中有諸本《復堂詞》未收的《臨江仙·武盛清明》等五詞，應與《三子詩選》所附詞同。

次説本書對譚獻詞搜輯補遺的工作。本次箋注以《譚獻集》所收詞一百四十九首爲基礎，再從以下幾個渠道補輯未收之詞：一是《靡蕪詞》中尚有十九首未收入三卷本《復堂詞》，予以補入；二是揚州大學圖書館藏福州影京師莊棫序本重刻《復堂詞》一卷本，其中有五首詞未收入三卷本《復堂詞》，據補；三是《復堂日記》中所録之詞，以及吴欽根《譚獻稿本日記研究》(鳳凰出版社二〇二二年)中最新披露之詞，共九首；四是從他人詞集中發現的譚獻詞五首。綜上，本書共補遺譚獻詞三十八首，合共收録譚詞一百八十七首。此外須説明的是，這尚非譚獻詞的完璧，據筆者統計，吴著《譚獻稿本日記研究》中只記録調名而未披露内容的詞作尚有三十六首，這樣譚獻詞共計至少應有二百二十三首。但因筆者年事已高，無法親自寓目新發現的稿本日記，對這部分未見的詞，只能待將來有增補之可能了。這未免是一個遺憾。

再説關于詞作的校勘、注釋等項。整理本《譚獻集》已在校勘方面做了一些工作，可惜有校記而未改正詞中明顯錯字，本書以此爲基礎校勘異文，在詞作注釋中隨文注明，不另出校記。筆者在注釋方面用力最多，試圖讓「詳注」名副其實。注釋的次序，大致先明詞作之出處，次注時、地、事，次疏解意旨，次闡句釋詞。前人關于譚獻詞作的點評不多，故不專列一項，隨篇隨文加以引用，以供讀者參考。

最後編三個附録：第一是《蘼蕪詞》目録，因此集爲罕見之本，可以看到譚獻早期詞作編集的樣貌；第二是《三子詩選》附《復堂詞》一卷目録；第三是《譚獻詞學活動年表》，因筆者不采用編年之體例，所以將可以確定寫作年月的詞作在《年表》中列出，置于譚獻生平經歷和各種與詞學相關的經緯背景之中，使其一生創作脈絡更加分明（謹按：拙著《增廣復堂詞話詳注》已附年表，本書又做了若干修訂補充）。書末則列主要參考書目，筆者于前修、時賢著述中獲益良多，尤其是馮乾編校《清詞序跋彙編》和吴欽根《譚獻稿本日記研究》二書，以及朱德慈《近代詞人行年考》，編著時多有借鑒，不敢掠美，在此向諸君表示謝忱并致敬意。

本書得到華東師範大學出版社社長王焰女士的關顧，責任編輯時潤民博士爲本書列入該社「清代名家詞選刊」與編輯出版付出心力；本書有幸列入二〇二三年度國家古籍整理出版資助項目，趙山林、朱惠國兩位教授對項目申報做了熱情推薦，謹于此一併表達謝意。北京大學張劍教授、北京大學圖書館覃嘉欣老師、上海社會科學院文學研究所王毅女士、江蘇鳳凰母語教育科學研究所趙璐女士、浙江同鄉趙王瑋詞友在溝通信息、查找資料等方面給予筆者很多幫助，專此致謝。

末了借用譚獻曾多次引用的晚清詞人項鴻祚名言，來表明筆者完稿時的心境：「不爲無益之事，何以遣有涯之生？」

方智範

癸卯歲首于滬西桂韵書屋

復堂詞自叙[一]

譚獻

周美成云：「流潦妨車轂[二]。」又云[三]：「衣潤費爐煙[四]。」辛幼安云：「不知筋力衰多少，只覺新來懶上樓[五]。」填詞者試于此消息之[六]。不佞悦學卅年[七]，稍習文筆，大慚小慚[八]，細及倚聲[九]。鄉人項生以爲「不爲無益之事，何以遣有涯之生」[一〇]，其言危苦，然而知二五而未知十也[一一]。

【注】

[一] 復堂詞自叙：馮乾編校《清詞序跋彙編》（下省稱「彙編本」）據光緒刻本《復堂詞》，題作《復堂詞序》。譚獻詞集《復堂詞》曾多次刊刻，分卷及所收詞作不同。譚獻詞諸家有評，如丁紹儀《聽秋聲館詞話》卷五云：「武林譚仲修孝廉（獻），薄游閩中，余未之識。楊君卧雲以所刊《復堂詞》見示，筆情遒峭，小令尤工。」張德瀛《詞徵》卷六云：「譚仲修（獻）詞，如草根清露，融爲夜光。」劉履芬《古紅梅閣集》卷一《莊蒿庵譚仲修詩餘合刻序》云：「因取其所刻讀之，芳華悦目，婉娩在襟。孤鴻叫霜，不足喻其哀；流鶯囀樹，殆欲遜其巧。秋露灑葉，則蘭蕙失芳；春雲載岫，則煙靄助潤。斜陽一尺，愁緒萬端，古有傷心人，方足語于此耳。」陳廷焯《白雨齋詞話》卷五

云：「仁和譚獻，字仲修，著有《復堂詞》，品骨甚高，源委悉達。窺其胸中眼中，下筆時匪獨不屑爲陳（陳維崧）、朱（朱彝尊），盡有不甘爲夢窗（吴文英）、玉田（張炎）處。所傳雖不多，自是高境。余嘗謂近時詞人，莊中白（莊棫）尚矣，蔑以加矣，次則譚仲修。」冒廣生《小三吾亭詞話》卷一云：「仁和譚仲修獻，循吏文人，倚聲巨擘。《篋中》一選，海内視爲玉律金科。所著《復堂詞》，意内言外，有要眇之致。張皋文（張惠言）所云『欲與詩賦之流同類而風誦之』者也。仲修早歲與莊中白齊名，其後又與張韵梅（張景祁）、張公束（張鳴珂）有浙西三詞家之目。」葉恭綽《廣篋中詞》云：「仲修先生承常州派之緒，力尊詞體，上溯《風》、《騷》，詞之門庭，緣是益廓，遂開近三十年之風尚，論清詞者，當在不祧之列。」

［二］　流潦妨車轂：此爲周邦彦《大酺·春雨》詞中之句，謂擔心路上積水阻擋歸人車馬的行進。詞云：「對宿煙收，春禽静，飛雨時鳴高屋。墻頭青玉旆，洗鉛霜都盡，嫩梢相觸。潤逼琴絲，寒侵枕障，蟲網吹粘簾竹。郵亭無人處，聽檐聲不斷，困眠初熟。奈愁極頻驚，夢輕難記，自憐幽獨。　行人歸意速。最先念、流潦妨車轂。怎奈向、蘭成憔悴，衛玠清羸，等閑時、易傷心目。未怪平陽客。雙淚落、笛中哀曲。况蕭索、青蕪國。紅糁鋪地，門外荆桃如菽。夜游共誰秉燭？」譚獻《譚評詞辨》卷一評云：「『行人』二句，此亦新亭之淚。」

［三］　云：彙編本作「曰」。

［四］　衣潤費爐煙：此爲周邦彦《滿庭芳·夏日溧水無想山作》詞中之句，謂衣物受潮須爐

火烘乾。詞云：「風老鶯雛，雨肥梅子，午陰嘉樹清圓。地卑山近，衣潤費爐煙。人靜烏鳶自樂，小橋外、新緑濺濺。憑闌久，黄蘆苦竹，擬泛九江船。　年年。如社燕，飄流瀚海，來寄修椽。且莫思身外，長近尊前。憔悴江南倦客，不堪聽、急管繁弦。歌筵畔，先安簟枕，容我醉時眠。」陳洵《海綃翁説詞稿》評云：「人生苦樂萬變，年年爲客，何時了乎？」

［五］「不知」二句：此爲辛棄疾《鷓鴣天·鵝湖歸病起作》詞中之句，謂病後衰懶，暗歎功業難成。詞云：「枕簟溪堂冷欲秋。斷雲依水晚來收。紅蓮相倚渾如醉，白鳥無言定自愁。　書咄咄，且休休。一丘一壑也風流。不知筋力衰多少，但覺新來懶上樓。」俞陛雲《唐五代兩宋詞選釋》評云：「人之由壯而衰，積漸初不自覺，迨懶上高樓，始知老之將至，如一葉落而知秋至矣。……吾浙譚仲修丈，喜誦其『懶上樓』二句，謂學詞者當于此等句意求消息也。」

［六］消息：原謂事物的消長盛衰，語出《易·豐》：「日中則昃，月盈則食，天地盈虛，與時消息，而況于人乎？況于鬼神乎？」孔穎達正義：「天之寒暑往來，地之陵谷遷貿，盈則與時而息，虛則與時而消。」此指徵兆，端倪。據程千帆《〈復堂詞序〉試釋》解云：「他們全采用了透過一層的想法。……在心理發展上，文字表現上，推此及彼，設身處地地去透過一層想，本是邁進一步的看法，也是同情的具體顯示。這種方式，可以代替别人想，也可以單就自己想。可以由自己想到别人，現在想到過去或未來，這裏想到那裏，或者完全反過來。」（《詞學研究論文集（一九一一—一九四九）》，上海古籍出版社，一九八八年）這揭示了「消息」的涵義，爲後人提供了一柄解讀復

堂詞的重要鑰匙，特爲拈出。

［七］　不佞：自我謙稱，猶言不才。《左傳·昭公二十五年》「羈也不佞」，杜預注：「佞，才也。」

［八］　大慚小慚：意謂自己引爲恥辱者，别人却稱讚；自己更以爲辱者，别人却大力推崇。語出韓愈《與馮宿論文書》：「時時應事作俗下文字，下筆令人慚，及示人，則人以爲好矣。小慚者亦蒙謂之小好，大慚者即必以爲大好矣。」慚，羞恥。譚獻志在經學及詩文，却以詞名，故云。

［九］　倚聲：詞的别名，指按照樂曲的聲情、句拍填詞。《新唐書·劉禹錫傳》：「乃倚其聲，作《竹枝辭》十餘篇。」張耒《賀方回樂府序》：「大抵倚聲而爲之詞，皆可歌也。」

［一〇］「鄉人項生」二句：項生，即項鴻祚（一七九八—一八三五），原名繼章，鄉舉名鴻祚，字蓮生，改名廷紀，號憶雲、睡隱，浙江錢塘（今杭州）人。道光十二年（一八三二）舉人。再上春闈不第，歸即病重而逝。生平見譚獻《項君小傳》。所引其語，出《憶雲詞丙稿自序》。遺，《詞話叢編》本《復堂詞話》（下省稱「叢編本」）作「遺」。

［一一］　知二五而未知十也：謂不知全面觀察問題。語出司馬遷《史記·越王勾踐世家》：「且王之所求者，鬥晋楚也；晋楚不鬥，越兵不起，是知二五而不知十也。」而，點校本《譚獻集》（下省稱「譚集本」）無，據彙編本、人民文學出版社《復堂詞話》（下省稱「人文本」）補。也，彙編本誤作「一」。

復堂詞卷一

菩薩蠻[一]

綺窗香暖屏山掩[二]。菱花半照愁蛾斂[三]。綉綫怯衣單。鵑啼風雨寒。　遠山眉翠薄[四]。素靨輝珠箔[五]。紅袖倚花枝。亭亭三五時[六]。

【注】

［一］　原收《蘼蕪詞》。《蘼蕪詞》爲譚獻早年詞集，收譚獻咸豐三年（一八五三）、四年（一八五四）所作詞，附于其《化書堂初集》三卷之後，高學淳刻于咸豐四年并撰序。這首與以下三首《菩薩蠻》爲組詞，作于咸豐三年，譚獻時年二十二歲，在浙江山陰（今紹興）某學舍爲塾師。譚獻《復堂詞録叙》：「二十二旅病會稽，乃始爲詞，未嘗深觀之也。然喜尋其旨于人事，論作者之世，知作者之人。」又《復堂諭子書》：「甲寅年春館山陰村舍，始填詞，旋又棄去。後乃尊信張皋文（惠言）、周保緒（濟）先生之言，鋭意爲之。」按：甲寅爲咸豐四年（一八五四），朱德慈《近代詞人考録》以爲譚獻謂作詞始于甲寅年不確，應依從《復堂詞録叙》提早一年。

〔二〕綺窗：雕飾精美的窗户。《文選·左思〈蜀都賦〉》「列綺窗而瞰江」，吕向注：「綺窗，彫畫若綺也。」屏山：屏風。屏風多繪金碧山水，或曲折作山字形，故云。温庭筠《酒泉子》：「日映紗窗，金鴨小屏山碧。」

〔三〕菱花：即菱花鏡。多爲六角形如菱花葉狀，或背面刻有菱花。舊題伶玄所撰《趙飞燕外傳》：「飛燕始加大號婕妤，奏上三十六物以賀，有七尺菱花鏡一奩。」李白《代美人愁鏡二首》其二：「玉筯并墮菱花前。」顧敻《玉樓春》其三：「懶展羅衾垂玉筯，羞對菱花簪寶髻。」愁蛾：謂愁眉不展。古代女子畫眉形似蠶蛾觸鬚，細長而彎曲。《詩·衛風·碩人》：「螓首蛾眉，巧笑倩兮。」朱熹集傳：「蛾，蠶蛾也。其眉細而長曲。」温庭筠《清平樂》：「宫女愁蛾淺。」又《菩薩蠻》：「兩蛾愁黛淺，故國吴宫遠。」

〔四〕遠山眉：一種女子眉妝，色黛緑如遠山。舊題劉歆《西京雜記》卷二：「（卓）文君姣好，眉色如望遠山，臉際常若芙蓉。」韋莊《荷葉杯》：「一雙愁黛遠山眉，不忍更思惟。」

〔五〕素靨：宋人詞中多用以形容花，如尹焕詠茉莉之「青顰粲素靨」（《霓裳中序第一》），吴文英詠水仙之「清鉛素靨」（《花犯·郭希道送水仙索賦》），王沂孫詠梅之「蒼鬟素靨」（《花犯·苔梅》）。而吴文英《齊天樂·會江湖諸友泛湖》詞之「南花清門素靨」，則將茉莉花與歌妓之素顔并寫。此處代指女子不施脂粉的容顔。靨，面頰上的酒窩，代指容顔。劉安《淮南子·説林訓》：「靨酺，在頰則好，在顙則醜。」高誘《淮南鴻烈解》：「靨酺者，頰上窪也。」珠箔：即珠簾，用珍珠綴成的簾子。《漢武故事》：「武帝起神室，以白珠織爲箔。」李白《陌上贈美人》：「美人一笑褰珠箔，遥指紅樓是妾家。」

［六］ 亭亭三五時：此句既寫月，又指人。亭亭，明亮美好貌。沈約《麗人賦》：「亭亭似月，嬿婉如春。」三五，十五日，謂圓月時。漢無名氏《古詩十九首·孟冬寒氣至》：「三五明月滿，四五詹（蟾）兔缺。」又可指女子十五歲。王翰《飛燕篇》：「可憐女兒三五許，豐茸惜是一園花。」

又

象牀觸響釵梁鳳［一］。嬌鶯唤斷春閨夢［二］。裙衩映垂楊。曾驚游冶郎。［三］ 一從春色去。玉貌渾非故［四］。夫婿是浮雲［五］。愁風愁水頻［六］。

【注】

［一］ 象牀：用象牙裝飾的牀。《戰國策·齊策三》：「孟嘗君出行國，至楚，獻象牀。」鮑彪注：「象齒爲牀。」何遜《擬輕薄篇》：「象牀沓繡被，玉盤傳綺食。」顧敻《臨江仙》其一：「象牀珍簟，山障掩，玉琴横。」釵梁鳳：即釵頭鳳，女子鳳形頭飾。曹勛《美女篇》：「珠環垂兩耳，翠鳳翹釵梁。」陸游《水龍吟·春日游摩訶池》：「鏡奩掩月，釵梁拆鳳，秦箏斜雁。」

〔二〕 嬌鶯喚斷春閨夢：化用金昌緒《春怨》：「打起黃鶯兒，莫教枝上啼。啼時驚妾夢，不得到遼西。」

〔三〕「裙衩映垂楊」二句：李白《采蓮曲》：「岸上誰家游冶郎，三三五五映垂楊。」游冶郎，風流少年。南朝無名氏《孟珠》其五：「陽春二三月，草與水同色。道逢游冶郎，恨不早相識。」（見郭茂倩《樂府詩集・清商曲辭》）

〔四〕 玉貌：女子貌美如玉。《文選・鮑照〈蕪城賦〉》「玉貌絳脣」，張銑注：「玉貌，白如玉也。」渾：簡直，幾乎。張相《詩詞曲語辭匯釋》卷二：「渾，猶全也；直也。」杜甫《春望》：「白頭搔更短，渾欲不勝簪。」

〔五〕 浮雲：喻指夫婿在外受到誘惑而不回。《古詩十九首・行行重行行》：「浮雲蔽白日，游子不顧反。」

〔六〕 愁風愁水：爲旅途艱難而愁。李白（一作李益）《長干行二首》其二：「那作商人婦，愁水復愁風。」

又

深宮柳色慵眠起〔一〕。章臺夾道車如水〔二〕。付與可憐春〔三〕。房櫳藏玉人〔四〕。　緑苔

緣砌上[五]。燕啄銅鋪響[六]。殘醉醒還迷。門前聞馬嘶。[七]

【注】

[一]　深宮柳色：薩都剌《興聖寺即事》其三：「二月深宮花似錦，柳絲垂地怯風吹。」

[二]　章臺：漢長安街名，多種柳。孟啟《本事詩·情感》載，唐才子韓翃家境貧寒，遇柳姓歌妓，甚爲相得。韓翃後中進士，兩人詩書往還，韓詩云：「章臺柳，章臺柳，往日青青今在否？縱使長條似舊垂，亦應攀折他人手。」柳答曰：「楊柳枝，芳菲節，可恨年年贈離別。雲葉隨風忽報秋，縱使君來豈堪折？」此代指柳樹。歐陽修《蝶戀花》：「玉勒雕鞍游冶處，樓高不見章臺路。」車如水：《後漢書·明德馬皇后紀》：「前過濯龍門上，見外家問起居者，車如流水，馬如游龍。」李煜《望江南》：「車如流水馬如龍，花月正春風。」

[三]　付與可憐春：付與，交給之義。李清照《蝶戀花》：「可憐春似人將老。」

[四]　房櫳：此指閨房。《文選·張協〈雜詩〉》其一「房櫳無形迹」，李周翰注：「櫳亦房之通稱。」韋莊《荷葉杯》：「碧天無路信難通，惆悵舊房櫳。」玉人：美女。温庭筠《楊柳枝》其一：「正是玉人腸絶處。」顧嗣立注：「王子年(嘉)《拾遺記》：『蜀先主甘后玉質柔肌，先主置于白綃帳中，如月下聚雪。河南獻玉人，置后側，晝則講説軍謀，夕則擁后而玩玉人。后與玉人潔白齊潤，寵者非惟妒后，亦妒玉人也。』」

［五］ 緑苔緣砌上：謂別後人迹稀少，故臺階生出青苔。李白《長干行二首》其一：「門前遲行迹，一一生緑苔。」

［六］ 銅鋪：銅製的鋪首。鋪首是一種銜環門飾，多作虎、螭、龜、蛇等獸形。《漢書·哀帝紀》：「孝元廟殿門銅龜蛇鋪首鳴。」顏師古注：「門之鋪首，所以銜環者也。」姜夔《齊天樂》：「露濕銅鋪，苔侵石井，都是曾聽伊處。」

［七］ 「殘醉醒還迷」二句：此寫臨別時悵然若失神情。馬嘶意味着遠行。温庭筠《菩薩蠻》：「門外草萋萋，送君聞馬嘶。……花落子規啼，緑窗殘夢迷。」韋莊《清平樂》：「門外馬嘶郎欲別，正是落花時節。」

又

朱弦掩抑聲如訴［一］。鈿蟬金雁飛無數［二］。人去幾時回？行雲何處來［三］？ 畫闌圍曲曲。敲折搔頭玉［四］。花老鬱金堂［五］。閑熏沈水香［六］。

【注】

［一］ 朱弦掩抑聲如訴：化用白居易《琵琶行》「弦弦掩抑聲聲思，似訴平生不得意」句意。

朱弦，原指用熟絲製成的琴弦。《禮記・樂記》：「《清廟》之瑟，朱弦而疏越。」鄭玄注：「朱弦，練朱弦。練則聲濁。」孔穎達疏：「案《虞書》傳云：古者帝王升歌《清廟》之樂，大瑟練弦。此云朱弦者，明練之可知也。云練則聲濁者，不練則體勁而聲清，練則絲熟而弦濁。」後泛指琴瑟類弦樂器。吴均《酬周參軍》：「且當對樽酒，朱弦永夜彈。」

〔二〕 鈿蟬金雁：指箏。鈿蟬，以薄如蟬翼的螺鈿鑲嵌裝飾。金雁，箏柱的美稱。箏柱爲箏上的弦柱，每弦一柱，可移動以調定聲音。因排列猶如雁行，故云。温庭筠《彈箏人》：「鈿蟬金雁今零落，一曲《伊州》淚萬行。」下云「飛無數」，似又可指夏秋時的蟬和雁。

〔三〕 行雲：用巫山神女之典。語出《文選・宋玉〈高唐賦序〉》：「昔者先王嘗游高唐，怠而晝寢，夢見一婦人曰：『妾巫山之女也。』……旦爲朝雨，暮爲行雲，朝朝暮暮，陽臺之下。」朝雲暮雨，隱喻男女歡會。

〔四〕 搔頭玉：即玉搔頭，女子頭飾。舊題劉歆《西京雜記》卷二：「（漢）武帝過李夫人，就取玉簪搔頭。自此後宫人搔頭皆用玉，玉價倍貴焉。」白居易《長恨歌》：「花鈿委地無人收，翠翹金雀玉搔頭。」張泌《浣溪沙》其二：「鈿箏羅幕玉搔頭。」

〔五〕 鬱金堂：以鬱金香浸酒和泥塗壁的堂屋，多爲女子所居。蕭衍《河中之水歌》：「盧家蘭室桂爲梁，中有鬱金蘇合香。」沈佺期《獨不見》：「盧家少婦鬱金堂，海燕雙棲玳瑁梁。」

〔六〕 沈水香：沈即「沉」，下同。沉水香，即沉香，燃後其香可消閑祛暑。《梁書・林邑國傳》：「沉木香，土人斫斷，積以歲年，朽爛而心節獨在，置水中則沉，故名沉香。」李珣《定風波》：「沉水香消金鴨冷。」

長亭怨慢[一]

霜楓漸盡，書和廉卿[二]

又消受、江楓低舞[三]。幾遍清霜，落紅盈路。返照蒼茫[四]，亂山憔悴黯無緒[五]。悵花吹絮[六]，曾目送、春風去。往日倚樓人[七]，早領略、芳容愁苦。薄暮。望昏鴉宿雁[八]，却向隔城煙樹。長亭載酒[九]，道休負、别時言語。記得是、豆蔻梢頭[一〇]，怕回首、尋芳前度[一一]。奈一晌停車[一二]，林際葉聲如雨[一三]。

【注】

［一］　原收《靡蕪詞》。作于咸豐三年（一八五三）秋，在山陰，似爲懷未婚妻莫氏作。譚獻于次年即咸豐四年（一八五四）結婚。據《浙江鄉試同年齒録·同治丁卯科》：「莫氏，順天鄉試副貢生、雲和學教諭、敷文書院監院、咸豐庚申殉難恤贈都察院經歷銜、世襲雲騎尉、諱桾芳公第五女。」譚獻于此年春天渡錢塘江而東，沿浙東運河赴山陰。詞中云「悵花吹絮，曾目送、春風

去」，亦可證與莫氏分別于春天。譚集中有《贈朱孝起》詩，云「塞雁銜寒雲景開」、「落木西風同戀別」，與作此詞時節同。

［二］廉卿：即朱孝起。朱孝起（生卒年不詳），字百原，號蓮卿、廉卿，浙江錢塘（今杭州）人。諸生。曾在河南任書記。有《韵蘭詞》。譚獻《亡友傳》記其生平，并述二人交游云：「秋雨木落，同獻步叢冢間，抗聲誦所作詩文，俄而大哭。」《復堂日記》卷一癸亥（同治二年，一八六三）回憶云：「在丁藍叔所，携朱蓮卿詩草一册歸。故人少作，不到眼者四五年矣。古之傷心人語，憂能傷人，此子不能復永年，輒有孔融之歎。蓮卿久客中州，不聞其近事，思之心痗。」朱氏原唱爲《八聲甘州・南屏山看紅葉》：「算繁華、已到盡頭時，零落好收場。怎重新裝點，枝枝葉葉，一片春光。埋怨天公多事，幻影太荒唐。幾日西風急，又早飄揚。　却似悲歡無定，已回腸斷了，再續回腸。問秋波臨去，何苦一回望？冷落心情到此，怎當伊、澹抹與濃妝。休留戀、早些打點，衰草斜陽。」此詞譚獻選入《篋中詞》今集卷五，并有評語云：「危苦悲哀，不能卒讀，拔奇古人之外。」「墻花拂面枝，惟樂天知之耳。此篇余有《長亭怨》和作，廉卿又和一闋。」

［三］又消受、江楓低舞：衛宗武《天寒留滯山中即事》：「芳叢菊殫殘，丹楓葉飛舞。」

［四］返照蒼茫：司馬光《和端式十題》其二《煙際鐘》：「蒼茫返照收，羃歷寒煙起。」

［五］亂山憔悴：周紫芝《宴桃源》：「瘦馬步凌兢，人在亂山叢裏。憔悴。憔悴。回望小樓千里。」亂山，高下參差的山峰。黯無緒：心情暗淡。曹勛《玉蹀躞・從軍過廬州作》：「黯無

緒。匹馬三游西楚。」

[六] 悵花吹絮：歐陽修《雨中花》：「醉藉落花吹暖絮。」

[七] 倚樓人：思婦，此應指譚獻未婚妻莫氏。用温庭筠《望江南》詞「梳洗罷，獨倚望江樓」句意。

[八] 昏鴉宿雁：劉子翬《雜題四首》其四：「宿雁猶驚渚，昏鴉已著林。」

[九] 長亭：古時于道路旁設置長亭，供旅人停息，常爲送别之處。庾信《哀江南賦》：「十里五里，長亭短亭。」載酒：陳設酒饌。《漢書·揚雄傳下》：「雄以病免，復召爲大夫。家素貧，耆酒，人希至其門。時有好事者載酒肴從游學……」何遜《傷徐主簿詩》：「提琴就阮籍，載酒覓揚雄。」

[一〇] 荳蔻梢頭：此指春天，也喻指青春年華。荳，一作「豆」。豆蔻，又名草果、含胎花，多年生草本植物。常用以比喻少女。杜牧《贈别》：「娉娉裊裊十三餘，豆蔻梢頭二月初。」

[一一] 怕回首，尋芳前度：李符《花犯·八月聞鶯，值海棠復開》：「記前度，尋芳事，夢中游歷。」前度，即前次、上回。

[一二] 奈：無奈，怎奈。韓愈《醉後》：「煌煌東方星，奈此衆客醉。」一晌：一霎，片刻。張相《詩詞曲語辭匯釋》卷三：「凡云一晌，皆霎時義也。」停車：杜牧《山行》：「停車坐愛楓林晚，霜葉紅于二月花。」

[一三] 葉聲如雨：白居易《秋夕》：「葉聲落如雨，月色白似霜。」

醜奴兒慢[一]

十一月十八日，暖然如春，偕寄夢生步湖上[二]

晴雲做暖[三]，如睡寒山初醒[四]。尚留得、婆娑衰柳[五]，忍記青青[六]。幾點蘆花，誤看飛絮化浮萍[七]。霜林深處，殘紅未了，一樣飄零。淺水渺茫，畫船歸後，簫鼓都停[八]。問吹笛、樓頭人去[九]，記否丁寧[一〇]？省識春風[一一]，踏歌扶醉上湖亭[一二]。而今依舊，青衫中酒[一三]，落照西泠[一四]。

【注】

[一] 原收《蘼蕪詞》。作于咸豐三年（一八五三）冬，時譚獻已由山陰返杭州家。

[二] 此小序譚集本、《清名家詞》無，據《蘼蕪詞》補。寄夢生：不詳何人，或爲譚獻青年同鄉學子，待考。湖上：此指杭州西湖。

[三] 做暖：李彌遜《洞仙歌·次李伯紀韵》詞：「收拾輕寒做輕暖。」做，醖釀，形成。

[四] 如睡寒山初醒：黄文儀《冬景八首》其六：「煙鎖寒山睡未醒，鳥飛絶迹悄無聲。」

[五] 婆娑衰柳：北朝無名氏《折楊柳歌辭》：「遥看孟津河，楊柳鬱婆娑。」婆娑，舞動貌。

《詩・陳風・東門之枌》「子仲之子，婆娑其下」，毛傳：「婆娑，舞也。」

［六］　青青：借指楊柳。賀鑄《減字木蘭花》：「西門官柳，滿把青青臨別手。」

［七］　飛絮化浮萍：謂如柳絮、浮萍一般漂泊。陸佃《埤雅》卷十六《釋草》：「世説楊花入水化爲浮萍。」蘇軾《水龍吟・楊花》詞「一池萍碎」句自注：「楊花落水爲浮萍，驗之信然。」又《再次韵曾仲錫荔支》詩「柳花著水萬浮萍」句自注：「柳至易成，飛絮落水中經宿即爲浮萍。」此説實不可信。

［八］　簫鼓：指奏樂聲。《文選・江淹〈別賦〉》「琴羽張兮簫鼓陳，燕趙歌兮傷美人」，李周翰注：「琴而奏羽聲，與簫鼓雜陳，燕趙美人清歌以和之，睹別離之事亦爲悲傷也。」

［九］　問吹笛、樓頭人去：語出趙嘏《長安秋望》：「殘星幾點雁橫塞，長笛一聲人倚樓。」

［一〇］　丁寧：囑咐。是催歸之語。以上爲述前此離別之情事。《詩・小雅・采薇》「曰歸曰歸，歲亦莫止」，鄭玄箋：「又丁寧歸期，定其心也。」

［一一］　省識春風：杜甫《詠懷古迹五首》其三：「畫圖省識春風面，環珮空歸月夜魂。」《九家集注杜詩》引趙次公云：「公言在畫圖中得識昭君之美態，如春風之面。」省識，認識。

［一二］　踏歌：邊走邊歌，也指行吟。舊題劉歆《西京雜記》卷三：「既而相與連臂，踏地爲節歌。」李白《贈汪倫》：「李白乘舟將欲行，忽聞岸上踏歌聲。」王琦注：「按《通鑑・唐紀》：閻知微爲虜踏歌。明胡三省注：踏歌者，連手而歌，踏地以爲節也。」古有《踏歌詞》。

［一三］　青衫：古代學子之服，也借指書生。江淹《麗色賦》：「濛濛綠水，裹裹青衫。」劉過

《水調歌頭・壽王汝良》：「斬樓蘭，擒頡利，志須酬。青衫何事，猶在楚尾與吴頭。」中酒：醉酒。張華《博物志》卷九：「人中酒不解，治之以湯，自漬即愈。」

［一四］ 西泠：西泠橋，在杭州西湖孤山南麓。田汝成《西湖游覽志》卷二「孤山三堤勝蹟」：「自斷橋西徑湖中，過望湖亭，爲孤山……又北爲西泠橋。」「西泠橋，一名西林橋，又名西陵橋，從此可往北山者。」

摸魚子［一］

悄無人、綉簾垂地［二］，輕寒惻惻如許［三］。東風送暖衣纔卸，還又繞樓疏雨。［四］春好處。怕落了梅花、便算青春暮［五］。紅兒笑語［六］。道薜荔墻根［七］，秋千索下，芳草緑無數。　天涯遠，不斷行雲去去［八］。征鴻歸計休誤［九］。紅橋雙屐芹泥滑［一〇］，寂寞踏青游侣。從間阻［一一］。任折柳聽鶯、年少判虚度［一二］。懷人正苦。更卷起重簾，蕪煙漠漠［一三］，斜日暗南浦［一四］。

【注】

［一］ 原收《蘼蕪詞》，有詞題「春雨」。作于咸豐四年（一八五四）春，二十三歲，在杭州。

［二］悄無人、綉簾垂地：化用温庭筠《菩薩蠻》「重簾悄悄無人語」句意。

［三］輕寒惻惻：化用周邦彦《漁家傲》「幾日輕陰寒惻惻」句意。惻惻，寒冷貌。

［四］「東風送暖衣纔卸」二句：猶乍暖還寒之意。東風送暖，借用王安石《元日》詩「東風送暖入屠蘇」句。

［五］青春：指春天。春季草木茂盛，其色青緑，故云。《楚辭·大招》：「青春受謝，白日昭只。」王逸章句：「青，東方春位，其色青也。」杜甫《聞官軍收河南河北》：「白日放歌須縱酒，青春作伴好還鄉。」

［六］紅兒：原指唐代歌妓杜紅兒，在詩詞中常代指侍婢。羅虬《比紅兒詩》序云：「《比紅》者，爲雕陰官妓杜紅兒作也。」王定保《唐摭言》卷十：「籍中有紅兒者，善肉聲，常爲二車屬意。會二車聘鄰道，（羅）虬請紅兒歌，而贈之繒彩。（李）孝恭以副車所貯，不令受所貺。虬怒，拂衣而起。詰旦，手刃絶句百篇，號《比紅詩》，大行于時。」

［七］薜荔：一種藤本蔓生香草。《楚辭·屈原〈離騷〉》：「貫薜荔之落蕊。」王逸章句：「薜荔，香草也，緣木而生蕊實也。」

［八］去去：遠去。蘇武《古詩》其三：「參辰皆已没，去去從此辭。」柳永《雨霖鈴》：「念去去、千里煙波，暮靄沉沉楚天闊。」

［九］征鴻：遷徙南方的鴻雁，也指代書信。江淹《赤亭渚》：「遠心何所類，雲邊有征鴻。」

孫光憲《浣溪沙》其一：「目送征鴻飛杳杳，思隨流水去茫茫。」

［一〇］　芹泥：原指燕子築巢所銜草泥，此指濕泥。梅堯臣《山行冒雨至村家》：「雨急芹泥滑，禽鳴苦竹秋。」史達祖《雙雙燕》：「芳徑。芹泥雨潤。愛貼地争飛，競誇輕俊。」

［一一］　從間阻：婁采《玉漏遲》：「從間阻。夢雲無準，鬢霜如許。」此處謂任憑春雨阻隔游蹤。從，任憑，與下句「任」字同義。張相《詩詞曲語辭匯釋》卷一：「從，任也，聽也。……蘇軾《水龍吟·楊花》：『似花還似非花，也無人惜從教墜。』」間阻，阻隔。《太平廣記》卷二百三十七引蘇鶚《杜陽雜編·芸輝堂》：「客候其門，或多間阻。」

［一二］　折柳：折取柳條，用以送別。《三輔黄圖·橋》：「霸橋在長安東，跨水作橋。漢人送客至此橋，折柳送别。」聽鶯：亦與離别相關。戴叔倫《賦得長亭柳》：「送客添新恨，聽鶯憶舊游。」判：甘願。張相《詩詞曲語辭匯釋》卷五：「判，割捨之辭；亦甘願之辭。」

［一三］　蕪：平蕪，荒野。煙漠漠：煙霧迷蒙貌。李白《菩薩蠻》：「平林漠漠煙如織。」李珣《南鄉子》其一：「煙漠漠，雨淒淒。」

［一四］　南浦：南面水邊，指代送别之地。《楚辭·屈原〈九歌·河伯〉》：「子交手兮東行，送美人兮南浦。」王逸章句：「願河伯送己南至江之涯。」《文選·江淹〈别賦〉》：「送君南浦，傷如之何？」張銑注：「送君，送夫也。南浦，送别之處。」温庭筠《清平樂》其二：「上馬争勸離觴。南浦鶯聲斷腸。」

清平樂[一]

東風吹遍。稚柳垂青淺[二]。雲樹朦朧千里遠[三]。望見高樓不見[四]。　樓前塞雁飛還[五]。愁邊多少江山[六]。忍把棉衣換了[七]，玉梅花下春寒[八]。

【注】

[一]　原收《靡蕪詞》。作于咸豐四年（一八五四）春，在杭州。陳廷焯《白雨齋詞話》卷五評云：「逼近五代人手筆。」

[二]　稚柳垂青淺：此是早春景象。康與之《喜遷鶯·丞相生日》：「願歲歲，見柳梢青淺，梅英紅小。」

[三]　雲樹朦朧千里遠：謝朓《之宣城郡出新林浦向板橋》：「天際識歸舟，雲中辨江樹。」彭孫遹《憶少年·憶遠》：「閑來極目，朦朧不辨，江天雲樹。」

[四]　望見高樓不見：南朝樂府《西洲曲》：「鴻飛滿西洲，望郎上青樓。樓高望不見，盡日欄杆頭。」姜夔《長亭怨慢》：「望高城不見，只見亂山無數。」

[五]　塞雁：自北方邊塞飛來之雁。杜甫《登舟將適漢陽》：「塞雁與時集，檣烏終歲飛。」

温庭筠《更漏子》：「驚塞雁，起城烏。」

［六］愁邊多少江山：周麟之《見張運使郎中》其二：「愁邊舉目江山異，客裏登樓歲月深。」愁邊，憂愁之中。邊，中。唐無名氏《相見歡》：「只怕笛聲嗚咽，到愁邊。」上年，太平天國軍攻下江寧，改稱天京，在江蘇、安徽、江西攻城略地，清軍節節敗退，此年曾國藩軍與太平軍大戰。此時期前後，譚獻作《戰城南》詩，有「炮兵轟轟鼓聲死，將軍議遣援兵來」等句；作《鷹》詩，有「南征諸將在，對爾破愁顔」等句；作《有感二首》，有「自解湖湘甲，蒼黄遂遠侵」等句；作《初冬覽眺》詩，有「豈兹江山感，身世將安歸」等句，可參看。

［七］忍把棉衣换了：郭麐《好事近》：「剛是棉衣换了，却輕寒惻惻。」

［八］玉梅花：白梅花，早春時開。蘇軾《六年正月二十日復出東門仍用前韵》：「長與東風約今日，暗香先返玉梅魂。」

青衫濕［一］

春來未有晴時候，風雨閉重門［二］。今朝折柳，明朝飛絮，幾個黄昏？　一燈上了，簾前瘦影，銷也無魂［三］。青衫濕處，看來却似，點點啼痕［四］。

【注】

［一］原收《蘼蕪詞》，有詞題「愁雨」，詠調名本意。作于咸豐四年（一八五四）暮春，在杭州。

［二］風雨閉重門：戴叔倫《春怨》：「梨花春雨掩重門。」

［三］「簾前瘦影」二句：謂因懷人而若有所失。化用李清照《醉花陰》詞「莫道不銷魂，簾卷西風，人比黄花瘦」句意。

［四］「看來却似」二句：此寫雨兼寫人。化用白居易《琵琶行》詩「座中泣下誰最多，江州司馬青衫濕」句意。

湘春夜月［一］

忒迷離［二］，幾番風雨花朝［三］。剩有一片芳塵［四］，渾望斷紅橋［五］。燕子繞梁飛遍，爲怕伊憔悴，替壘香巢。早長亭折柳［六］，天涯盡處，春去難招。空階夜色，彎彎月冷，羅袂飄颻［七］。天末風生［八］，吹皺了、浣紗溪水［九］，濺上夭桃［一〇］。一襟紅淚［一一］，照往時、鬟影蕭條。算此際、有愁人似我，朱樓縹緲［一二］，無寐吹簫［一三］。

【注】

［一］　原收《靡蕪詞》。作于咸豐四年（一八五四）暮春，在杭州。

［二］　忒迷離：忒，太，過于。莊棫《小梅花》：「忒凄其。自迷離。」按：朱德慈《莊棫行年考》定莊詞作于同治八年（一八六九）暮春，在譚詞之後，則莊借鑒譚氏詞句也未可知。

［三］　花朝：百花盛開的春天。李商隱《梓州罷吟寄同舍》：「不揀花朝與雪朝，五年從事霍嫖姚。」又舊俗以農曆二月十五日爲「百花生日」，故稱此日爲「花朝節」。吴自牧《夢粱録·二月望》：「仲春十五日爲花朝節，浙間風俗，以爲春序正中，百花争放之時，最堪游賞。」明清時杭州仍沿此俗，田汝成《西湖游覽志餘》卷二十「熙朝樂事」：「二月十五日爲花朝節。蓋花朝月夕，世俗恒言二、八兩月爲春、秋之中，故以二月半爲花朝，八月半爲月夕也。」

［四］　芳塵：指落花。《文選·謝莊〈月賦〉》：「緑苔生閣，芳塵凝榭。」

［五］　渾：還，仍。張相《詩詞曲語辭匯釋》卷二：「渾，猶還也。杜甫《十六夜玩月》：『巴童渾不寢，半夜有行舟。』渾不寢，猶云還不寢也。」望斷：遠望直到看不見。秦觀《踏莎行·郴州旅舍》：「霧失樓臺，月迷津渡，桃源望斷無尋處。」

［六］　長亭折柳：周邦彦《蘭陵王·柳》：「長亭路，年去歲來，應折柔條過千尺。」

［七］　羅袂飄飖：白居易《長恨歌》：「風吹仙袂飄飖舉，猶似霓裳羽衣舞。」羅袂，衣袖。飄飖，隨風飄動。《文選·班固〈幽通賦〉》「飖颻風而蟬蜕兮」，張銑注：「如隨風飄去，故云

飄也。」

［八］　天末風生：陸機《爲顧彦先贈婦二首》其二：「借問歎何爲？佳人渺天末。」杜甫《天末懷李白》：「凉風起天末，君子意如何？」天末，天盡頭，指極遠方。

［九］　浣紗溪：即若耶溪，在今浙江紹興南若耶山下，溪畔有浣紗石，相傳爲西施浣紗處。《大清一統志》卷二百二十六：「若耶溪，在會稽縣南二十里若耶山下，北流入鏡湖。」施宿等《會稽志》卷十一：「西施石，在若耶溪，一名西子浣紗石。」司空圖《楊柳枝》：「何似浣紗溪畔住，緑陰相間兩三家。」此泛指女子洗衣之處。

［一〇］　夭桃：艷麗的桃花，亦形容年輕女子。《詩・周南・桃夭》：「桃之夭夭，灼灼其華。」崔珏《有贈》其二：「兩臉夭桃從鏡發，一眸春水照人寒。」

［一一］　紅淚：美人之淚。王嘉《拾遺記》：「文帝所愛美人，姓薛名靈芸，常山人也……聞別父母，歔欷累日，淚下霑衣。至升車就路之時，以玉唾壺承淚，壺則紅色。既發常山，及至京師，壺中淚凝如血。」

［一二］　縹緲：遠視隱約貌。也作「縹眇」。《文選・木華〈海賦〉》「群仙縹眇」，李善注：「縹眇，遠視之貌。」

［一三］　無寐：難以入睡。《詩・魏風・陟岵》：「母曰：『嗟！予季行役，夙夜無寐。』」

雙雙燕[一]

緑陰詞，同廉卿作，用梅溪韵[二]

漸花事了[三]，數寒食清明[四]，斷紅香冷[五]。人家緑暗[六]，曉樹後堂枝并。行到荒臺廢井[七]。正天氣、陰晴難定。闌干竟日沈沈[八]，鏡裏雙鬟留影。幽徑。羅衣露潤。怪葉底聲圓[九]，乳鶯輕俊[一〇]。韋郎歸也[一一]，莫是暮雲催暝。剛許眠琴坐穩[一二]。算分付、尋芳音信[一三]。嬌病最怯春寒[一四]，雨過瑣窗還凴[一五]。

【注】

[一] 原收《蘼蕪詞》。作于咸豐四年（一八五四）暮春，在杭州。

[二] 廉卿：即朱孝起，參見《長亭怨慢·霜楓漸盡，書和廉卿》詞注[二]。用梅溪韵：宋詞人史達祖號梅溪，其《雙雙燕·燕》：「過春社了，度簾幕中間，去年塵冷。差池欲住，試入舊巢相并。還相雕梁藻井。又軟語、商量不定。飄然快拂花梢，翠尾分開紅影。芳徑。芹泥雨潤。愛貼地争飛，競誇輕俊。紅樓歸晚，看足柳昏花暝。應自棲香正穩。便忘了、天涯芳信。愁損翠黛雙蛾，日日畫闌獨凴。」

［三］ 漸花事了：指春已暮。花事，游春賞花之事。了，完結。王淇《暮春游小園》：「開到荼蘼花事了，絲絲天棘出莓墻。」

［四］ 寒食清明：寒食在清明前一兩日，故并提。張説《奉和聖製寒食作應制》：「從來禁火日，會接清明朝。」禁火日即寒食節。宗懔《荆楚歲時記》：「去冬節一百五日，即有疾風甚雨，謂之寒食。禁火三日，造餳大麥粥。」田汝成《西湖游覽志餘》卷二十「熙朝樂事」：「清明，自冬至數至一百五日，即其節也。前兩日謂之寒食，人家插柳滿檐，青蒨可愛，男女亦咸戴之。」

［五］ 斷紅：飄零的落花。周邦彦《六醜・薔薇謝後作》：「恐斷紅、尚有相思字，何由見得？」

［六］ 人家緑暗：釋紹曇《偈頌》其四十五：「緑暗紅稀，人家翠微。」緑暗，樹木顔色幽深。

［七］ 荒臺廢井：張翥《憶舊游・重到金陵》：「悵麟殘廢井，鳳去荒臺。」

［八］ 竟日：整天。沈沈：同「沉沉」，寂静。謝脁《夜聽妓詩二首》其二：「歡樂夜方静，翠帳垂沈沈。」

［九］ 葉底聲圓：秦觀《春日五首》其四：「春禽葉底引圓吭，臨罷黄庭日正長。」

［一〇］ 輕俊：輕盈俊美。史達祖《雙雙燕・燕》：「愛貼地争飛，競誇輕俊。」

［一一］ 韋郎：唐代韋皋與姜家婢女玉簫相愛，歷經生離死别，故稱有情青年男子爲韋郎。事載范攄《雲溪友議》。

［一二］ 眠琴：舊題司空圖《詩品・典雅》：「眠琴緑陰，上有飛瀑。」此由緑陰而及眠琴。

〔一三〕算：料想。分付：交給，托付。張相《詩詞曲語辭匯釋》卷五：「蘇軾《洞仙歌》：『江南臘盡，早梅花開後，分付新春與垂柳。』言將新春交付與垂柳也。」

〔一四〕嬌病最怯春寒。陸游《新寒》：「病怯新寒欲不禁，南窗擁褐夜愔愔。」劉克莊《次韵三首》其二：「病怯春寒添絮衣，神情全減少年時。」

〔一五〕憑：倚憑，憑仗。張相《詩詞曲語辭匯釋》卷五：「憑，猶仗也……柳永《傾杯樂》：『爲憶芳容别後，水遥山遠，何計憑鱗翼。』憑鱗翼，意云仗魚雁通信也。」

蘇幕遮〔一〕

緑窗前〔二〕，紅燭底。小撥檀槽〔三〕，月蕩凉煙碎〔四〕。夜静銜杯風細細〔五〕。吹上羅襟，仍是相思淚。　病誰深？春似醉。陌上桃花〔六〕，門内先憔悴〔七〕。夢到高樓星欲墜。零露無聲〔八〕，冷入空閨裏〔九〕。

【注】

〔一〕原收《蘼蕪詞》。作于咸豐四年（一八五四）暮春，在杭州。陳廷焯《白雨齋詞話》卷五評云：「低回哀怨，此種境界，固非淺見所能知。」

［二］　緑窗：貼緑色窗紗的窗户，一般在春夏之交使用。劉方平《夜月》：「今夜偏知春氣暖，蟲聲新透緑窗紗。」

［三］　檀槽：檀木製成琴或琵琶上架弦的槽格。此處指代琴或琵琶等弦樂器。李賀《感春》詩「胡琴今日恨，急語向檀槽」，王琦匯解：「唐人所謂胡琴，應是五弦琵琶耳。檀槽，謂以紫檀木爲琵琶槽。」張先《西江月》：「檀槽初抱更安詳，立向尊前一行。」

［四］　月蕩涼煙碎：吴藻《鬢雲鬆令·題自鋤明月種梅花圖》：「一徑涼煙都碎也。」涼煙，指霧。鮑照《游思賦》：「秋水兮駕浦，涼煙兮冒江。」

［五］　銜杯：飲酒。《文選·劉伶〈酒德頌〉》「捧甖承槽，銜杯漱醪」，李周翰注：「先生不聽二人之説，飲酒自若也。」風細細：鄭谷《恩門小諫雨中乞菊栽》：「遞香風細細，澆緑水瀰瀰。」

［六］　陌上桃花：釋道顔《頌古》：「君看陌上桃花紅，盡是離人眼中血。」

［七］　門内先憔悴：指門内女子因思念而先于桃花憔悴。此由崔護《過都城南莊》「人面桃花相映紅」點化而成。

［八］　零露：降落的露水。《詩·鄭風·野有蔓草》「野有蔓草，零露漙兮」，鄭玄箋：「零，落也。蔓草而有露，謂仲春之時，草始生，霜爲露也。」鮑照《代蒿里行》：「馳波催永夜，零露逼短晨。」

［九］　空閨：謂女子獨居。曹植《雜詩七首》其三：「妾身守空閨，良人行從軍。」

青門引[一]

人去闌干静[二]。楊柳曉風初定[三]。芳春此後莫重來，一分春少，減却一分病[四]。

離亭薄酒終須醒[五]。落日羅衣冷。繞樓幾曲流水，不曾留得桃花影。[六]

【注】

[一] 原收《蘼蕪詞》。作于咸豐四年（一八五四）暮春，在杭州。陳廷焯《白雨齋詞話》卷五評云：「此詞凄婉而深厚，純乎《騷》、《雅》。」

[二] 人去闌干静：晏幾道《訴衷情》：「闌干曲處人静，曾共倚黄昏。」

[三] 楊柳曉風：柳永《雨霖鈴》：「楊柳岸、曉風殘月。」張耒《晚春四首》其一：「楊柳藏鴉筍作竿，曉風吹雨作輕寒。」

[四] 「一分春少」二句：楊斑《女冠子》：「三分春色，一分愁病。」陳廷焯《白雨齋詞話》卷五評上闋云：「透過一層説，更深，即『相見争如不見』意。」

[五] 離亭薄酒終須醒：徐昌圖《臨江仙》：「飲散離亭西去，浮生長恨飄蓬。」離亭，即長亭、短亭，是古人送别之處。

[六]「繞樓幾曲流水」二句：謂桃花花瓣隨流水飄走。杜甫《絶句漫興九首》其五：「顛狂柳絮隨風去，輕薄桃花逐水流。」此處桃花影或喻女子美好身影。

南浦[一]

送別[二]

杯行漸盡[三]，便天涯、芳草送征輪[四]。此去看花得意[五]，休念酒邊人[六]。不是馬前風雨[七]，是臨歧、別淚灑紛紛[八]。只依然雲樹，無多煙水，一樣動離魂。我是近來消瘦[九]，最懨懨、傷別復傷春[一〇]。怨殺浣紗溪水[一一]，不照舊羅裙。日暮歸鴉飛盡，剩河橋、獨立病中身[一二]。問翠衾何處[一三]？緑蕪無語已黄昏[一四]。

【注】

[一] 原收《蘼蕪詞》。作于咸豐四年（一八五四），在杭州。

[二] 送別：譚集本無此題，據《蘼蕪詞》補。送別對象不詳，應是譚獻同鄉好友。按：譚獻《七友傳·吴懷珍》：「舉咸豐二年鄉試，考取教習……交譚仲修，在癸丑會試報罷南歸時。」吴懷珍會試失利在咸豐三年（一八五三），送別者是否吴懷珍，詞作是否爲事後所定，待考。又吴懷

珍于咸豐五年（一八五五）冬再次赴京應試，譚獻又作《送吴之珍北上五首》詩送别。

［三］杯行：在酒席上沿座行酒，以示送别。王粲《公讌》：「合坐同所樂，但愬杯行遲。」漸盡：謂將臨分别時。

［四］便天涯、芳草送征輪：李好古《八聲甘州》：「望天涯、芳草憶征鞍。」征輪，遠行人乘坐的車。征輪、征鞍義同，均指代遠行的車馬。

［五］看花得意：預祝對方科考順利。孟郊《登科後》：「春風得意馬蹄疾，一日看盡長安花。」

［六］酒邊人：酒中之人。應是送行的作者自指。盧綸《題苗員外竹間亭》：「風傾竹上雪，山對酒邊人。」

［七］馬前風雨：李言恭《送仲弟南還有懷老親》：「無限離愁匹馬前，况多風雨斷鴻邊。」

［八］臨歧：面臨歧路，指即將分别。亦作「臨岐」。《文選·鮑照〈舞鶴舞〉》「臨岐矩步」，李善注：「岐，岐路也。」吴均《發湘州贈親故别詩三首》其一：「何用叙離别，臨歧贈好音。」

［九］我是近來消瘦：謂自己因病不能遠游，即下所云「病中身」。譚獻《復堂諭子書》云：「邵（懿辰）先生曰：『如子者不可不一入京師，多見耆宿，庶幾有成。』時尚多疾疢，且新娶，汝祖母不遣遠游。」

［一〇］懨懨：精神不振貌。劉兼《春晝醉眠》：「處處落花春寂寂，時時中酒病懨懨。」傷别復傷春：李商隱《杜司勛》：「刻意傷春復傷别，人間惟有杜司勛。」劉學鍇、余恕誠《李商隱詩

歌集解》認爲「傷春傷别」中兼包憂國傷時和壯志不遂之感,可參。

[一一] 浣紗溪:參見《湘春夜月》(忒迷離)注[八]。

[一二] 河橋:橋梁。指離别之處。庾信《李陵蘇武别讚》:「河橋兩岸,臨路悽然。」病中身:張翥《暴疾卧草堂》:「紛紜眼前事,憔悴病中身。」

[一三] 翠衾:翠被。李商隱《藥轉》:「翠衾歸卧綉簾中。」

[一四] 緑蕪:叢生的野草。劉商《秋夜聽嚴紳巴童唱竹枝歌》:「猿啼日暮江岸邊,緑蕪連山水連天。」

洞仙歌[一]

積雨空齋作[二]

闌干濺碧[三],疊苔痕多少[四]?芳樹陰陰斷啼鳥。記簪榴日暖[五],折柳風疏,妝鏡畔、斂袖愁蛾淡掃[六]。　陌頭新燕去[七],煙雨無情,遮斷香車往來道[八]。徐起拂青琴[九],弦上塵生[一〇],憑傳語、知音歸早[一一]。怕此去、秋聲滿江亭,剩把酒登樓,亂鴻衰草。

【注】

［一］原收《蘼蕪詞》。作于咸豐四年（一八五四）夏端午節或稍後，在杭州。

［二］積雨空齋作：《復堂類集》本無此題，《篋中詞》、《清名家詞》作「積雨」。據《蘼蕪詞》補。

［三］濺碧：雨水飛濺。吴藻《念奴嬌・湖上坐瓜皮船用石帚韵》：「艇子摇煙，浪花濺碧，似灑疏疏雨。」

［四］苔痕：苔蘚滋生的痕迹。劉禹錫《陋室銘》：「苔痕上階緑，草色入簾青。」

［五］簪榴：古代女子有端午節簪石榴花的習俗。《淳熙三山志》卷四十「土俗類二・端午・簪榴花」：「婦女競插花，榴花爲多，亦喜梧桐花。」陳棣《端午洪積仁召客口占戲柬薛仲藏》：「想簪榴艾泛菖蒲。」

［六］斂袖：收緊衣袖。庾肩吾《詠美人》：「看妝畏水動，斂袖避風吹。」愁蛾淡掃：喻良能《次韵何茂恭詠玉簪三絶》其一：「誰家玉面雪肌女，淡掃蛾眉方稱簪。」掃，描畫。

［七］陌頭：路旁。王昌齡《閨怨》：「忽見陌頭楊柳色，悔教夫壻覓封侯。」

［八］香車：車的美稱。盧照鄰《行路難》：「香車玉轝恒闐咽。」

［九］青琴：以青桐木所製的琴。後成爲琴的美稱。李嶠《烏》：「白首何年改，青琴此夜彈。」

［一〇］弦上塵生：謂琴長久廢置不用，以致蒙塵。白居易《廢琴》：「玉徽光彩滅，朱弦塵土生。廢棄來已久，遺音尚泠泠。」

［一一］傳語：傳話。岑參《逢入京使》：「馬上相逢無紙筆，憑君傳語報平安。」知音：用伯牙、鍾子期之典，指知心好友。《吕氏春秋·本味》：「伯牙鼓琴，鍾子期聽之。方鼓琴而志在太山，鍾子期曰：『善哉乎鼓琴，巍巍乎若太山。』少選之間，而志在流水。鍾子期又曰：『善哉乎鼓琴，湯湯乎若流水。』鍾子期死，伯牙破琴絶弦，終身不復鼓琴，以爲世無足復爲鼓琴者。」事又載《列子·湯問》。

滿庭芳［一］

花是將離［二］，曲成憐子［三］，心情不似當年。桃笙選夢［四］，緑酒説從前［五］。滿地蘿陰似水，無人到、鬥草闌邊［六］。風初起，池萍點點，摇蕩不成圓［七］。聞蟬楊柳外，乍調脆管，半澀新弦［八］。試重問齊宮，舊事誰傳？［九］消受晚來風露［一〇］，離亭樹、淡欲生煙［一一］。聲徐歇［一二］，高樓微月，翠袖隔重簾。

【注】

［一］原收《蘼蕪詞》。作于咸豐四年（一八五四）夏，在杭州。

［二］將離：將離花，芍藥的别名。芍藥爲多年生草本植物，五月開花，花大而美麗。蘇鶚

《蘇氏演義》卷下：「牛亨問曰：『將離別，贈之以芍藥者何？』答曰：『芍藥一名將離，故將別以贈之。』」又芍藥可表示男女愛慕之情，《詩・鄭風・溱洧》：「維士與女，伊其相謔，贈之以勺藥。」毛傳：「勺藥，香草。」鄭玄箋：「其別，則送女以勺藥，結恩情也。」「勺藥」即芍藥。

［三］ 憐子：憐，愛憐。子，指所愛女子。晁補之《永嘉縣君赴潁昌杜丈之喪送至鹿邑境上贈別》：「憐子一女子，忘身赴憂患。」

［四］ 桃笙：竹席，以桃枝竹編成。《文選・左思〈吴都賦〉》「桃笙象簟」，劉逵注：「桃笙，桃枝簟也，吴人謂簟爲笙。」選夢：尋夢。李賀《春懷引》：「寶枕垂雲選春夢。」陳維崧《賀新郎・爲冒君苗催妝》：「料好夢、一春曾選。」

［五］ 緑酒：美酒。古代土法釀製的酒多黄緑色。陶潛《諸人共游周家墓柏下》：「清歌散新聲，緑酒開芳顔。」

［六］ 鬥草：古代流行于春夏之間的一種游戲，尤盛于端午。宗懔《荆楚歲時記》：「五月五日，四民并踏百草，又有鬥百草之戲。」崔顥《王家少婦》：「閑來鬥百草，度日不成妝。」

［七］ 摇蕩不成圓：温庭筠《蓮浦謡》：「荷心有露似驪珠，不是真圓亦摇蕩。」不成圓，亦含有難團圓之意。

［八］ 「乍調脆管」二句：均形容蟬聲。乍，忽然。調，演奏。脆管，即笛。白居易《霓裳羽衣歌和微之》：「清弦脆管纖纖手，教得〈霓裳〉一曲成。」又《琵琶行》：「冰泉冷澀弦凝絶，凝絶不

通聲暫歇。」澀，聲音暫停或阻塞。

［九］「試重問齊宮」二句：此用齊王后死後屍變爲蟬事。崔豹《古今注》卷下：「牛亨問曰：『蟬名齊女者何？』答曰：『齊王后忿而死，屍變爲蟬，登庭樹，嘒唳而鳴。王悔恨，故世名蟬曰齊女也。』」王沂孫《齊天樂・蟬》：「一襟餘恨宮魂斷，年年翠陰庭樹。」

［一〇］消受晚來風露：化用駱賓王《在獄詠蟬》「露重飛難進，風多響易沉」句意。

［一一］離亭樹：楊炯《送豐城王少府》：「離亭隱喬樹，溝水浸平沙。」

［一二］聲徐歇：指蟬聲停歇。吕勝己《滿江紅・題博見樓》：「高樓上，蟬聲歇。」

浣溪沙［一］

昨夜星辰昨夜風［二］。玉窗深鎖五更鐘［三］。枕函香夢太匆匆［四］。　簾閣焚香煙縹緲，闌干擫笛月朦朧［五］。碧桃花下一相逢［六］。

【注】

［一］原收《蘼蕪詞》。作于咸豐四年（一八五四）秋，在杭州。陳廷焯《詞則・大雅集》卷六評云：「通首虛處傳神。結語輕輕一擊，妙甚。」

〔二〕 昨夜星辰昨夜風：此襲用李商隱《無題二首》詩成句。前人以爲李商隱《無題》詩多有寄托。如何焯《義門讀書記》引馮班云：「義山《無題》諸作，真有美人香草之遺，正當以不解解之。」

〔三〕 玉窗深鎖五更鐘：此由李商隱《無題四首》詩中「月斜樓上五更鐘」借來。五更，天將明時。古代將從黄昏至拂曉的時間分爲五段，謂之「五更」。

〔四〕 枕函香夢太匆匆：楊芳燦《浣溪紗》：「衾角淚淹愁有迹，枕函香冷夢無蹤。」枕函，即枕頭，因中空，故名。

〔五〕 擫笛：按笛吹曲。元稹《連昌宮詞》：「李謩擫笛傍宮墻，偷得新翻數般曲。」擫，用手指按壓。

〔六〕 碧桃花下一相逢：劉辰翁《西江月・憶仙》：「碧桃花下醉相逢。説盡鵬游蝶夢。」碧桃，一名千葉桃，花重瓣，春天開花，不結果。顧起元《客座贅語・花木》：「碧桃有深紅者，粉紅者，白者，而粉紅之嬌艷尤爲敻絶。」

好事近〔一〕

花入畫屏秋，花外夕陽僝僽〔二〕。高柳病蟬嘶起〔三〕，却晚晴時候。酒邊知是笑啼難〔四〕，風味記新舊。獨掩盈盈畫扇〔五〕，忍伴人消瘦。

【注】

［一］原收《蘼蕪詞》。作于咸豐四年（一八五四）秋，在杭州。

［二］僝僽：愁苦，煩惱。張相《詩詞曲語辭匯釋》卷五：「僝僽，猶云憔悴或煩惱也。……周紫芝《宴桃源》：『寬盡沈郎衣，方寸不禁僝僽。』言不禁煩惱也。」

［三］高柳病蟬：謂秋已至。陸機《擬明月何皎皎》：「涼風繞曲房，寒蟬鳴高柳。」

［四］酒邊知是笑啼難：王彦泓《强歡》：「閱世已知寒暖變，逢人真覺笑啼難。詩堪當哭狂何惜，酒果排愁病也拚。」

［五］盈盈：此形容執扇女子美好儀態。江總《宛轉歌》：「盈盈扇掩珊瑚唇。」

蝶戀花［一］

庭院深深秋夢斷。玉枕新涼，雨氣和愁亂。一炷鑪香燒漸短。空房無語芳心軟。小膽惺忪誰是伴［二］？瘦到支離，病比年年慣。［三］眼底朱闌千里遠［四］。西風幾點南飛雁［五］。

【注】

［一］原收《蘼蕪詞》。作于咸豐四年（一八五四）秋，在杭州。陳廷焯《詞則·大雅集》卷六

評云：「怨深思重。」

［二］ 小膽：一般指女子因獨居而膽子小。常理《古離別》：「小膽空房怯，長眉滿鏡愁。」惺忪：剛睡醒時的朦朧狀態。

［三］「瘦到支離」二句：謂因思念而消瘦成病。徐經孫《病起》其一：「去年習懶因成癖，瘦骨支離怯病魔。」支離，憔悴，衰疲。《晉書·郭璞傳》：「是以不塵不冥，不驪不騂，支離其神，蕭悴其形，形廢則神王，迹粗而名生。」

［四］ 眼底朱闌千里遠：此句懷遠行之人。彭孫遹《歸朝歡·秋夜》：「眼底屏山千里遠。」眼底，眼前。

［五］ 西風幾點南飛雁：吴文英《惜秋華·八日飛翼樓登高》：「思渺西風，悵行蹤、浪逐南飛高雁。」

角招［一］

荷花［二］

近來瘦［三］。還如蘸水拖煙［四］，漸老堤柳。欲尋雲際岫［五］。蕩槳采菱，多刺傷手。悲秋病久［六］。看褪盡、紅衣蓮畝［七］。昨日柔香縹緲，有三十六鴛鴦［八］，向花前低首。空有。抱香兩袖[九]。江南信息，争唱新詞秀。[一〇]翠盤珠乍溜[一一]。細雨微波，重來時候。登樓念舊。歎緑鬟、消磨尊酒[一二]。莫遣簫聲更奏。怕雙淚、濕青衫，人歸後。

【注】

[一] 原收《蘼蕪詞》。作于咸豐四年（一八五四）秋，在杭州。

[二] 荷花：《蘼蕪詞》無此題，有小序：「次日復與槐榭生蔣氏昆季泛湖遇雨，和白石自製黄鍾清角調一曲，亦甲寅年作也。」所和詞爲姜夔《角招》（爲春瘦）一闋，有小序謂「甲寅秋，予與俞商卿燕游西湖」云云。蔣氏昆季，即作者同鄉好友蔣恭亮、蔣坦兄弟。蔣恭亮（一八一三—一八六一），字賓梅，錢塘（今杭州）人，諸生，好爲詩歌，不事科舉，死于太平軍陷杭州時。有《花韵軒詩餘》一卷。蔣坦（一八二三—一八六一），字平伯，號藹卿，蔣恭亮族弟。諸生。死于太平軍陷杭州之後。有《百合詞》二卷。譚獻《亡友傳》記二人生平。

[三] 近來瘦：聯繫下文，應是用李清照《鳳凰臺上憶吹簫》「新來瘦，非干病酒，不是悲秋」詞意。

[四] 蘸水拖煙：方千里《夜游宫》：「一帶垂楊蘸水。」陳維崧《齊天樂・楓橋夜泊，用〈湘瑟詞〉楓溪原韵》：「爲蘸水拖煙，脆來如許。」

［五］　雲際岫：即雲岫，指雲霧繚繞的峰巒。陶潛《歸去來辭》：「雲無心以出岫。」

［六］　悲秋病久：杜甫《登高》：「萬里悲秋常作客，百年多病獨登臺。」此句照應上「近來瘦」。

［七］　看褪盡、紅衣蓮畝：謂荷花凋謝。庾信《入彭城館詩》：「蓮浦落紅衣。」賀鑄《芳心苦》：「紅衣脱盡芳心苦。」紅衣，指蓮花花瓣。蓮畝，荷塘。

［八］　三十六鴛鴦：李商隱《代應》：「誰與王昌報消息，盡知三十六鴛鴦。」三十六，爲古人習用語，極言其多。朱鶴齡《李義山詩集注》卷一注：「道源注古樂府：『入門時左顧，但見雙鴛鴦。鴛鴦七十二，羅列自成行。』此云三十六，純舉雌言之。」亦是一説。

［九］　抱香：李群玉《傷思》：「八月白露濃，芙蓉抱香死。」芙蓉，荷花别名。《楚辭·屈原〈離騷〉》：「製芰荷以爲衣兮，集芙蓉以爲裳。」洪興祖補注：「《本草》云：其葉名荷，其華未發爲菡萏，已發爲芙蓉。」抱，藏有。

［一〇］　「江南信息」二句：此處「新詞」應指漢樂府《江南》：「江南可采蓮，蓮葉何田田。魚戲蓮葉東，魚戲蓮葉西。魚戲蓮葉南，魚戲蓮葉北。」

［一一］　翠盤珠乍溜：楊萬里《微雨玉井亭觀荷》：「不如微雨來，翠盤萬珠璣。」翠盤，喻荷葉。珠，謂滚動的雨珠。乍，張相《詩詞曲語辭匯釋》卷一：「乍，猶恰也；正也。」溜，滑動。

［一二］　緑鬢：烏黑發亮的頭髮，指年少時。緑，墨緑色。南朝樂府《四時子夜歌·冬歌》：「感時爲歡久，白髮緑鬢生。」晏殊《少年游》：「緑鬢朱顏，道家裝束，長似少年時。」

采桑子[一]

闌干一夜霜華重，夢墮寒煙。鬢老秋蟬。[二]菡萏香殘似去年[三]。朱顏總被尋常誤[四]，箏柱慵拈[五]。簾幕依然。碧樹當樓更可憐[六]。

【注】

[一] 原收《靡蕪詞》。作于咸豐四年（一八五四）深秋，在杭州。

[二] 「闌干一夜霜華重」三句：吴融《岐下寓居見槐花落因寄從事》：「只共蟬催雙鬢老，可知人已十年忙。」彭汝礪《扁舟》：「一夜霜華上鬢毛。」

[三] 菡萏香殘：李璟《浣溪沙》：「菡萏香銷翠葉殘，西風愁起緑波間。」菡萏，荷花别名。《爾雅·釋草》：「荷，芙蕖，……其華菡萏。」《詩·陳風·澤陂》「有蒲菡萏」，李樗、黄櫄《毛詩集解》卷十六：「未發則爲菡萏，既發則爲芙蕖。」

[四] 朱顏：青春容顔。李煜《虞美人》：「雕闌玉砌應猶在，只是朱顔改。」

[五] 箏柱：參見《菩薩蠻》（朱弦掩抑聲如訴）注[二]。拈，擺弄。

[六] 碧樹當樓更可憐：謂登樓未見所思之人。化用晏殊《蝶戀花》「昨夜西風凋碧樹，獨

上高樓，望盡天涯路」詞意。

浪淘沙[一]

欄檻雨絲柔[二]。錦樹當樓[三]。芙蓉零亂作深秋。不信浮雲從此去[四]，都是離愁。

酒盡暮江頭[五]。怕聽箜篌[六]。青袍多少淚痕留[七]。殘月杏花簾幕下，往日風流。[八]

【注】

[一] 原收《靡蕪詞》。作于咸豐四年（一八五四）深秋，在杭州。

[二] 欄檻：欄杆。歐陽詹《二公亭記》：「臺煩版築，榭加欄檻。」

[三] 錦樹當樓：即上一詞「碧樹當樓更可憐」之意。錦樹，美麗的樹。杜甫《暮春題瀼西新賃草屋五首》其三：「彩雲陰復白，錦樹曉來青。」

[四] 不信浮雲從此去：參見《菩薩蠻》（象牀觸響釵梁鳳）注[五]。

[五] 暮江頭：傍晚江邊。劉長卿《重送裴郎中貶吉州》：「猿啼客散暮江頭，人自傷心水自流。」

[六] 箜篌：古代撥弦樂器。《舊唐書·音樂志》：「（卧箜篌）形似瑟而小，七弦，用撥彈之……豎箜篌漢靈帝好之，體曲而長，二十有二弦，豎抱于懷，用兩手齊奏，俗謂之擘箜篌。」其聲

多哀怨，故云「怕聽」。

［七］青袍：猶青衫，士子所穿。李商隱《淚》：「朝來灞水橋邊問，未抵青袍送玉珂。」劉學鍇、余恕誠《李商隱詩歌集解》引陳帆注：「然自我言之，豈灞水橋邊以青袍寒士而送玉珂貴客，窮途飲恨，尤極可悲而可涕乎？」

［八］「殘月杏花」二句：尤侗《菩薩蠻·無題》：「畫簾卷斷珊瑚索，綉牀小夢隨風落。殘月杏花堤，曉鶯恰恰啼。美人和笑立，露葉牽衣濕。待得侍兒來，妝奩一半開。」此似化用其意。

更漏子［一］

酒杯停，人語細。月午綉簾垂地［二］。收玉鈿［三］，卷羅衣。海棠憔悴時［四］。清漏斷［五］。迴腸轉［六］。誰道秋宵更短［七］。纔半晌，又三更。疏燈聞雁聲［八］。

【注】

［一］原收《蘼蕪詞》。此詞賦調名本意。作于咸豐四年（一八五四）深秋，在杭州。

［二］月午綉簾垂地：温庭筠《菩薩蠻》：「夜來皓月纔當午，重簾悄悄無人語。」劉禹錫《送惟良上人》：「月午霜凝地。」月午，月至午夜，即半夜。正中曰午。《隋書·律曆志》：「月兆日

光，當午更耀。」

［三］ 玉鈿：玉製花形首飾。万俟詠《尉遲杯慢》：「見説徐妃，當年嫁了，信任玉鈿零落。」

［四］ 海棠憔悴時：汪元量《好事近・浙江樓聞笛》：「海棠憔悴怯春寒，風雨怎禁得。」前人詩詞中所詠海棠多爲春花，此處應指秋海棠，在初秋開花。參見《鷓鴣天》（城闕煙開玉樹斜）注［六］。

［五］ 清漏斷：清漏，清晰的滴漏聲。古代以漏壺滴漏計時，漏斷謂夜已深。鮑照《望孤石》：「嘯歌清漏畢，徘徊朝景終。」蘇軾《臨江仙》：「缺月掛疏桐，漏斷人初静。」

［六］ 迴腸轉：形容内心焦慮不安。迴一作「回」。司馬遷《報任安書》：「是以腸一日而九回。」徐陵《在北齊與楊僕射書》：「朝千悲而掩泣，夜萬緒而回腸。」

［七］ 誰道秋宵更短：李覯《七夕》：「秋宵已勝春宵短，今會還如古會稀。」錢遹《秋宵》：「不知晝夜誰拘管，一等秋宵有長短。」

［八］ 疏燈聞雁聲：劉元叔《妾薄命》：「更深聞雁腸欲絶，獨坐縫衣燈又滅。」

鷓鴣天［一］

城闕煙開玉樹斜［二］。幾重簾幕醉流霞［三］。井華曾照翩翩袖［四］，巷口疑聞隱隱車［五］。芳草地，玉人家。女兒生是斷腸花［六］。西風只在高樓上［七］，吹澹文窗舊日紗［八］。

【注】

〔一〕原收《蘼蕪詞》。作于咸豐四年（一八五四）秋，在杭州。

〔二〕城闕煙開：劉鑠《歌詩》：「凝煙泛城闕，凄風入軒房。」煙開，煙霧散去。

〔三〕流霞：美酒。王充《論衡·道虚》：「（項曼都）曰：『有仙人數人，將我上天，離月數里而止……口饑欲食，仙人輒飲我以流霞一杯，每飲一杯，數月不饑。』」孟浩然《清明日宴梅道士房》：「童顔若可駐，何惜醉流霞。」

〔四〕井華：即井華水，爲清晨初汲之井水。杜甫《大雲寺贊公房四首》其四：「童兒汲井華，慣捷瓶上手。」郭知達《新刊校定集注杜詩》卷二引杜田《注杜詩補遺正繆》：「按《本草》，井華水令人好顔色，與諸水有異，謂井中水平旦第一汲者。」翩翩袖：衣袖飄動貌。蔡琰《悲憤詩》：「翩翩吹我衣，肅肅入我耳。」此暗指女子。

〔五〕隱隱車：傅玄《雜言》：「雷隱隱，感妾心，傾耳清聽非車音。」隱隱，雷聲，亦擬車聲。

〔六〕斷腸花：此以秋海棠喻女子。伊世珍《嫏嬛記》卷中引《采蘭雜志》：「昔有婦人思所歡不見，輒涕泣，恒灑淚于北墻之下。後灑處生草，其花甚媚，色如婦面，其葉正緑反紅，秋開，名曰斷腸花，又名八月春，即今秋海棠也。」

〔七〕西風只在高樓上：晏殊《破陣子》：「燕子欲歸時節，高樓昨夜西風。」

〔八〕文窗：雕刻花紋的窗。元稹《連昌宮詞》：「文窗窈窕紗猶緑。」

芳草[一]

送别[二]

問西風、玉階芳草[三]，門前便是天涯[四]。驪歌聽唱徹[五]，漫持殘酒，淚滿金杯。羅衣親拂拭，戀餘香、曾入儂懷[六]。暫握手、匆匆不語，斜日樓臺[七]。頻催。滿堂絲竹，離亭畔、恁許徘徊[八]。登車還在眼，玉容憔悴損[九]，首莫輕回。銀屏人寂寂[一〇]，有年時、明月重來。算此後、翠衾夢斷，夢亦疑猜。[一一]

【注】

[一] 原收《蘼蕪詞》。作于咸豐四年（一八五四）深秋，在杭州。

[二] 送別：譚集本作「贈別」。

[三] 問西風、玉階芳草：謝榛《宫詞》其二：「曉起慵妝眉黛殘，玉階芳草卷簾看。」

[四] 門前便是天涯：劉苑華《舟發羅江問侍女》：「門前瞬息即天涯，剛是辭家便憶家。」龔鼎孳《菩薩蠻》：「天涯就是門前路。」

[五] 驪歌聽唱徹：陸游《雙頭蓮》：「最苦唱徹驪歌，重遲留無計。」驪歌，離别之歌。《漢

書・儒林傳・王式》：「謂歌吹諸生曰：『歌《驪駒》。』」顏師古注引服虔曰：「逸《詩》篇名也，見《大戴禮》。客欲去歌之。」劉孝綽《陪徐僕射晚宴》：「洛城雖半掩，愛客待驪歌。」唱徹，唱盡，唱畢。杜甫《江畔獨步尋花七絶句》其一「江上被花惱不徹」，仇兆鰲《杜詩詳注》卷十注：「徹，盡也。」

〔六〕儂：我。《玉篇》卷三：「儂，奴冬切。吴人稱我是也。」魏晋時無名氏《子夜變歌三首》其三：「蟋蟀吟堂前，惆悵使儂愁。」韓偓《此翁》：「高閣群公莫忌儂，儂心不在宦名中。」

〔七〕斜日樓臺：謂離别後寂寞無人。龔鼎孳《長干秋興》其五：「新亭杯酒後，哭歎已無人。斜日樓臺出，行歌蕙草春。」

〔八〕恁：怎麽。許：如許，如此。張相《詩詞曲語辭匯釋》卷三：「許，猶云這樣或如此也。……蘇軾《答文與可》：『世間哪有千尋竹，月落庭空影許長。』」

〔九〕玉容憔悴損：王建《宫中調笑》：「玉顏憔悴三年，誰復商量管弦。」玉容，女子容貌。損，張相《詩詞曲語辭匯釋》卷三：「損，猶壞也；煞也。」李清照《聲聲慢》：「滿地黄花堆積，憔悴損，如今有誰堪摘？」

〔一〇〕銀屏人寂寂：趙長卿《侍香金童》：「綉幕銀屏人寂寂。只許劉郎，暗傳消息。」

〔一一〕「算此後、翠衾夢斷」二句：王嬌紅《記懷》：「夢裏佳期成慘澹，想中顏色苦疑猜。」莊棫《玉蝴蝶・本意》：「莫遇莊生，枕中幽夢費疑猜。」疑猜，懷疑猜測。

蝶戀花[一]

樓外啼鶯依碧樹[二]。一片天風，吹折柔條去。[三]玉枕醒來追夢語。中門便是長亭路[四]。眼底芳春看已暮。罷了新妝，只是鸞羞舞[五]。慘緑衣裳年幾許？争禁風日争禁雨。[六]

【注】

[一] 這首與以下五首《蝶戀花》爲組詞。作于咸豐六年（一八五六）暮春，時年二十五歲。應是首次赴北京時贈别妻子莫氏之作。此年有《録别四首》詩，云：「大義結夫婦，依依四體分。車前千里道，閨中千里身。」作意相同。吴梅《詞學通論》評云：「《蝶戀花》六章……此等詞直是温、韋，决非專學南宋者可擬，而又非迦陵、西堂輩輕率伎倆也。」葉恭綽《廣篋中詞》云：「正中、六一之遺。」或認爲此組詞有寄托，如陳廷焯《詞則·大雅集》卷六評云：「《蝶戀花》六章，美人香草，寓意甚遠。」「後三章尤精絶。」其評首章云：「幽愁憂思，極哀怨之致。」

[二] 樓外啼鶯依碧樹：李白《對酒二首》其二：「流鶯啼碧樹，明月窺金罍。」

[三] 「一片天風」二句：風折楊柳意象，常與赴京城相關。鄭韶《分題得柳塘春》：「使君

明日上長安，莫唱東風折楊柳。」陳樵《送李仲積北上》：「北上京華去，名成幾日歸？春風折楊柳，離思兩依依。」陳鐃《詠柳》：「怕有長條迷鳳輦，臨風折盡向南枝。」其情景均與此詞相似。

〔四〕 中門便是長亭路：孟郊《征婦怨》其二：「漁陽千里道，近于中門限。」古代房屋分内、外室，女眷居内室，兩室之間的門即中門。《禮記・内則》：「禮始于謹夫婦，爲宫室，辨外、内，男子居外，女子居内。」鄭玄注：「閽掌守中門之禁也，寺掌内人之禁令也。深宫固門閽寺守之，男不入，女不出。」陳廷焯《白雨齋詞話》卷五評上闋云：「凄警特絶。」

〔五〕 鸞羞舞：謂不敢面對妝鏡梳妝。陳允平《摸魚兒・西湖送春》：「任錦瑟聲寒，窮簫夢遠，羞對彩鸞舞。」鸞，傳説中鳳凰一類神鳥，也可指代鏡子，即鸞鏡，女子用的妝鏡。范泰《鸞鳥詩》序：「昔罽賓王結罝峻卯之山，獲一鸞鳥。王甚愛之，欲其鳴而不致也。乃飾以金樊，饗以珍羞，對之愈戚，三年不鳴。其夫人曰：『嘗聞鳥見其類而後鳴，何不懸鏡以映之？』王從其意。鸞睹形感契，慨然悲鳴，哀響沖霄，一奮而絶。」

〔六〕 「慘緑衣裳年幾許」二句：慘緑衣裳，指風度翩翩的年輕人。此爲作者自指。慘緑，淺緑色。張固《幽閑鼓吹》：「潘孟陽初爲户部侍郎，太夫人憂惕，謂曰：『以爾人材，而在丞郎之位，吾懼禍之必至也。』户部解喻再三，乃曰：『不然，試會爾列，吾觀之。』因遍招深熟者。客至，夫人垂簾視之，既罷會，喜曰：『皆爾之儔也，不足憂矣。末座慘緑少年何人也？』答曰：『補闕杜黄裳。』夫人曰：『此人全别，必是有名卿相。』」譚獻首次入京，原爲結交名流、博取功名，故頗爲自許。争，怎。張相《詩詞曲語辭匯釋》卷二：「争，怎也。」禁，禁受。張相《詩詞曲語辭匯釋》卷二：「禁，猶當也；受也；耐也。故禁當、禁受、禁耐，均聯用而成一辭。」陳廷焯《白雨齋詞話》卷五評此二句云：「幽愁憂思，極哀怨之致。」

又

下馬門前人似玉[一]。一聽班騅[二]，便倚闌干曲。乍見迴身蛾黛蹙[三]。泥他絮語憐幽獨[四]。　燕子飛來銀蒜觸[五]。却怕窺簾，推整羅裙幅[六]。語在修眉成在目[七]。無端紅淚雙雙落。

【注】

[一]　人似玉：指年輕女子。温庭筠《定西番》：「人似玉，柳如眉，正相思。」

[二]　班騅：離群的馬。《左傳・襄公十八年》「有班馬之聲」，杜預注：「班，别也。」騅，毛色蒼白相間的馬。《詩・魯頌・駉》：「有騅有駓，有騂有騏。」毛傳：「蒼白雜毛曰騅。」此泛指遠行者的坐騎。

[三]　蛾黛蹙：女子皺眉，因離别而愁。高得暘《晚春曲》：「畫闌墜露泣殘妝，遠翠愁山蛾黛蹙。」

［四］　泥：留戀，沉迷。周邦彦《還京樂》：「正泥花時候，奈何客裏、光陰虚費。」憐幽獨：周邦彦《大酺·春雨》：「奈愁極頻驚，夢輕難記，自憐幽獨。」幽獨，寂静孤獨。語出《楚辭·屈原〈九章·涉江〉》：「哀吾生之無樂兮，幽獨處乎山中。」

［五］　銀蒜：銀製蒜形簾鈎。庾信《夢入堂内》「簾鈎銀蒜條」，殷璠注：「銀鈎若蒜條，象其形也。」蘇軾《哨遍》：「睡起畫堂，銀蒜押簾，珠幕雲垂地。」

［六］　推整：整理。這是女子害羞時的遮掩動作。王實甫《西廂記》第四本第三折：「猛然見了把頭低，長吁氣，推整素羅衣。」裙幅：裙子的分幅。《説郛》卷五引朱輔《溪蠻叢笑》：「（犵狫裙）裙幅兩頭縫斷，自足而入，闌班厚重。」

［七］　語在修眉成在目：謂心中的情意由雙眉和眼睛傳達出來。權德輿《雜詩五首》其五：「君看心斷時，猶在目成處。」李治《摸魚兒》：「六郎夫婦三生夢，腸斷目成眉語。」修眉，長眉。柳永《少年游》：「修眉斂黛，遥山横翠，相對結春愁。」陳廷焯《詞則》卷六評此句云：「真有無可奈何之處。『眉語目成』四字，不免太熟，此偏用得凄警，抒寫憂思，自不同泛常艷語。」

又

抹麗柔香新欲破［一］。爲卜團欒［二］，暗數盈盈朵［三］。睡起鬢邊低漸墮［四］。鏡前細整

留人坐。　却換羅衣憐汗顆[五]。　不喚紅兒[六]，自啟葳蕤鎖[七]。　一握鬟雲梳復裹。　半庭殘日匆匆過。[八]

【注】

[一]　抹麗：即茉莉花。汪灝等撰《御定佩文齋廣群芳譜》卷四十三：「茉莉，……一名抹麗。謂能掩衆花也。《本草》云末利，本梵語，無正字，隨人會意而已。」吴偉業《送許堯文之官蒲陽》其二：「抹麗香分魚鱿細。」新欲破：指花朵剛剛綻放。韓愈《薦士》：「霜風破佳菊，嘉節迫吹帽。」

[二]　爲卜團欒：袁嘉《沁園春·對鏡》：「只難卜、團圞過一生。」卜，推斷，預測。團欒，團聚。欒，同「圞」。

[三]　盈盈朵：花朵。蘇軾《江神子·湖上與張先同賦，時聞彈筝》：「一朵芙蕖，開過尚盈盈。」楊慎《望江南》：「盈盈一朵掌中春。」盈盈，美好貌。

[四]　睡起鬟邊低漸墮：蕭綱《晚景出行詩》：「輕花鬟邊墮，微汗粉中光。」

[五]　汗顆：汗滴。朱升《送陳自新上永新》其二：「南窗脱烏幘，汗顆不勝灑。」

[六]　紅兒：指侍婢。參見《摸魚子》（悄無人、綉簾垂地）注[五]。

[七]　葳蕤鎖：鎖的美稱。葳蕤亦作「萎蕤」。《太平廣記》卷三百十六引《録異傳·劉照》：「劉照建安中爲河間太守，婦亡，埋棺于府園中。遭黄巾賊，照委郡走。後太守至，夜夢見一婦人往

就之，後又遺一雙鎖，太守不能名，婦曰：『此萎蕤鎖也。以金縷相連，屈申在人，實珍物，吾方當去，故以相别，慎無告人。』」韓翃（一作李益）《江南曲》：「春樓不閉葳蕤鎖，緑水回通宛轉橋。」

［八］「一握鬢雲梳復裹」二句：鬢雲，形容女子鬢髮美如烏雲。梳復裹，梳裹，梳妝打扮。柳永《定風波》：「終日厭厭倦梳裹。」半庭殘日，劉崧《秋懷七首》其六：「浮煙通市白，斜日半庭陰。」陳廷焯《白雨齋詞話》卷五評此二句云：「即屈子好修之意，而語更深婉。」

又

帳裏迷離香似霧［一］。不燼鑪灰［二］，酒醒聞餘語。連理枝頭儂與汝［三］。千花百草從渠許［四］。　蓮子青青心獨苦［五］。一唱將離，日日風兼雨［六］。豆蔻香殘楊柳暮。當時人面無尋處［七］。

【注】

［一］帳裏迷離香似霧：謂以香熏羅帳。葛立方《玉樓春·雪中擁爐聞琵琶作》：「香霧暖熏羅帳底。」

［二］燼：香爐裏燃盡的香灰。《詩·大雅·桑柔》「具禍以燼」，朱熹集传：「燼，灰燼也。」

[三] 連理枝：枝條相連的兩株樹，比喻夫妻恩愛。江總《雜曲》詩其三：「合懽錦帶鴛鴦鳥，同心綺袖連理枝。」儂與汝：我和你。爲親昵語氣。魏晋無名氏《懊儂歌》其十四：「夜聞家中論，不得儂與汝。」李白《秋浦歌十七首》其一：「寄言向江水，汝意憶儂不？」

[四] 千花百草從渠許：千花百草，馮延巳《鵲踏枝》：「百草千花寒食路，香車繫在誰家樹？」從，任憑。張相《詩詞曲語辭匯釋》卷一：「從，猶任也；聽也。」渠，他，它。《集韵》：「傢，吴人呼彼稱。通作渠。」陳廷焯《詞則·大雅集》卷六評上闋云：「『以膠投漆中，誰能別離此。』有此沉著，無此深婉。」王國維《人間詞話·删稿》評云：「譚復堂《蝶戀花》：『連理枝頭儂與汝。千花百草從渠許。』可謂寄興深微。」

[五] 蓮子青青心獨苦：陳允平《青玉案·采蓮女》：「花心多怨，妾心多恨，勝似蓮心苦。」

[六] 日日風兼雨：晁説之《海陵寒食》：「日日凄風兼苦雨，要知寒食客愁真。」

[七] 當時人面無尋處：用崔護《過都城南莊》詩「人面不知何處去」句意。陳廷焯《詞則·大雅集》卷六評下闋云：「凄婉芊綿，不懈而及于古。」

又[一]

庭院深深人悄悄[二]。埋怨鸚歌[三]，錯報韋郎到[四]。壓鬢釵梁金鳳小。低頭只是閑煩惱[五]。　花發江南年正少[六]。紅袖高樓[七]，争抵還鄉好？遮斷行人西去道[八]。輕軀願化車前草[九]。

【注】

[一]　陳廷焯《白雨齋詞話》卷五評云：「沉痛已極，真所謂情到海枯石爛時也。」

[二]　庭院深深人悄悄：李生《漁家傲·贈蕭娘》：「庭院黄昏人悄悄。兩情暗約誰知道。」

[三]　鸚歌：即鸚哥，鸚鵡的俗稱。何薳《春渚紀聞·隴州鸚歌》：「家人得鸚歌，忽語家人曰：『鸚歌數日來，甚思量鄉地。』」

[四]　韋郎：參見《雙雙燕·緑陰詞，同廉卿作，用梅溪韵》注[七]。

[五]　低頭只是閑煩惱：陳廷焯《詞則·大雅集》卷六評上闋云：「傳神絶妙。」

[六]　花發江南：晁補之《芳儀怨》：「金陵宫殿春霏微，江南花發鷓鴣飛。」發，花開。段玉裁《説文解字注》：「引申爲凡作起之稱。」

[七]　紅袖高樓：指都市游冶之處。王建《夜看揚州市》：「夜市千燈照碧雲，高樓紅袖客紛紛。」紅袖，代美女。

[八]　行人：出行的人。《管子·輕重己》：「十日之内，室無處女，路無行人。」

[九]　輕軀願化車前草：輕軀，猶言賤軀、賤身。女子自稱。譚獻《古意四首和莊棫》詩亦

有「願化輕軀作明鏡」句。車前草，多年生草本植物，其子和葉均可入藥。即《詩經》中的芣苢。陸璣《毛詩鳥獸草木蟲魚疏》：「芣苢，一名馬舄，一名車前，一名當道，喜在牛迹中生，故曰車前、當道也。」楊維楨《燕子辭》其二：「東郊春入車前草，蕩子馬蹄何處尋？」陳廷焯《詞則·大雅集》卷六評下闋云：「沉痛已極，真情至語。」

又

玉頰妝臺人道瘦[一]。一日風塵[二]，一日同禁受[三]。獨掩疏櫳如病酒[四]。卷簾又是黄昏後[五]。　六曲屏前携素手[六]。戲説分襟[七]，真遣分襟驟[八]。書札平安知信否？夢中顔色渾非舊[九]。

【注】

［一］ 玉頰妝臺人道瘦：朱誠泳《閨情》其三：「玉頰瘦來慚對鏡，羅衣閑却罷熏香。」玉頰，女子美麗容顔。

［二］ 風塵：指出行者行旅的勞頓。《藝文類聚》卷三十二引秦嘉《與妻書》：「當涉遠路，趨走風塵。」

［三］　一日同禁受：謂在家女子對出行者之勞頓感同身受。禁受，張相《詩詞曲語辭匯釋》卷二：「凡云禁受，禁猶受也，禁受重言之也。……宋陳允平《六醜》：『更杜鵑院落黄昏近，誰禁受得！』」

［四］　獨掩疏櫳如病酒：疏櫳，疏窗。櫳，原意是窗櫺，代窗户。朱敦儒《眼兒媚》：「紫帔紅襟艷争濃。光彩爍疏櫳。」病酒，因過度飲酒而生病。司馬遷《史記·魏公子列傳》：「日夜爲樂飲者四歲，竟病酒而卒。」

［五］　卷簾又是黄昏後：用李清照《醉花陰》詞「東籬把酒黄昏後」、「簾卷西風，人比黄花瘦」句意。陳廷焯《詞則·大雅集》卷六評上闋云：「沈至語，殊覺哀而不傷，怨而不怒。」

［六］　素手：女子潔白的手。《古詩十九首·青青河畔草》：「娥娥紅粉妝，纖纖出素手。」

［七］　分襟：分袂，離别。王勃《春夜桑泉别王少府序》：「異縣分襟，竟切凄愴之路。」

［八］　真遣：遣，使，讓。龔鼎孳《送罽麟禪師歸五雲》其三：「看顔真遣客愁開。」

［九］　夢中顔色渾非舊：謂夢見出行者因勞頓而憔悴。楊維楨《續奩二十首·照畫》：「畫得崔徽卷裏人，菱花秋水脱真真。只今顔色渾非舊，燒藥幪頭過一春。」顔色，即容顔。《禮記·玉藻》：「凡祭，容貌顔色，如見所祭者。」渾，全，都。張相《詩詞曲語辭匯釋》卷一：「渾，猶全也；直也。」陳廷焯《詞則·大雅集》卷六評下闋云：「相思刺骨，寤寐潛通，頓挫沉鬱，可以泣鬼神矣。」

金縷曲[一]

江干待發[二]

又指離亭樹[三]。恁春來、消除愁病，鬢絲非故[四]。草緑天涯渾未遍，誰道王孫遲暮？[五]腸斷是、空樓微雨[六]。雲水荒荒人草草[七]，聽林禽、只作傷心語[八]。行不得，總難住[九]。今朝滯我江頭路。近篷窗、岸花自發[一〇]，向人低舞。裙釵芙蓉零落盡[一一]，逝水流年輕負[一二]。漸慣了、單寒羈旅[一三]。信是窮途文字賤[一四]，悔才華、却受風塵誤。留不得，便須去。

【注】

[一] 作于咸豐六年（一八五六）暮春，隨同浙江學使萬青藜離杭州首次赴京時。《復堂日記》卷七丁亥：「予以咸豐六年客京師。」《復堂諭子書》：「閲一年，萬（青藜）公北覲，乃挈予入都。予亦體氣漸充，已生汝殤兄。」葉恭綽《廣篋中詞》評云：「如此方可云清空不質實。」

[二] 江干：江邊。《詩・魏風・伐檀》「寘之河之干兮」，毛傳：「干，厓也。」范雲《之零陵郡次新亭》：「江干遠樹浮，天末孤煙起。」此處應指京杭大運河起點，在杭州北武林門。此行譚

獻乃沿京杭大運河乘舟北上。其《録別四首》詩，有「回首望故鄉，南風河水流」、「陽春去遥遥」、「鳴蟬在灌木」等句，應作于同時，可參。

［三］　又指離亭樹：譚獻前有《滿庭芳》（花是將離）詞寫離別，其中有「消受晚來風露，離亭樹、淡欲生煙」句，故此處云「又」，强調是再次離別。這是譚獻平生第二次離家遠游。

［四］　鬢絲非故：謂因病而改變容顔。鄒浩《風起有感》：「鏡中鬢髮雖非故，窗下燈檠漸可親。」陳允平《瑞龍吟》：「憔悴暗覺文園，雙鬢非故。」

［五］　「草緑天涯」二句：用淮南小山《招隱士》詩「王孫游兮不歸，春草生兮萋萋」與王維《山中送别》詩「春草年年緑，王孫歸不歸」句意。

［六］　腸斷是、空樓微雨：仇遠《摸魚兒・柳絮》：「隔花簫鼓春城暮。腸斷小窗微雨。」

［七］　雲水荒荒：指沿途景色黯淡蒼茫。杜甫《漫成二首》其一：「野日荒荒白，春流泯泯清。」邵寶《邵二泉先生分類集注杜詩》注：「荒荒，猶茫茫也。」周篆《杜工部詩集集解》注：「荒荒，空曠無暉之意。」草草：倉促貌。指匆匆作别，表留戀之意。韓偓《見别離者因贈之》：「征人草草盡戎裝，征馬蕭蕭立路傍。」

［八］　聽林禽、只作傷心語：應瑒《報趙淑麗詩》：「有鳥孤棲，哀鳴北林。嗟我懷矣，感物傷心。」

［九］　行不得：模擬鷓鴣鳴聲，謂行路艱難。上句「林禽」、「傷心語」即指此。李時珍《本草綱目・禽二・鷓鴣》：「鷓鴣性畏霜露，早晚稀出，夜棲以木葉蔽身，多對啼，今俗謂其鳴曰『行不

得也哥哥』。」范成大《兩蟲》：「鷓鴣憂兄行不得，杜宇勸客不如歸。」

［一〇］　篷窗：船窗。张元幹《滿江紅·自豫章阻風吴城作》：「倚篷窗無寐，引杯孤酌。」岸花自發：何遜《贈諸游舊詩》：「岸花臨水發，江燕繞檣飛。」此年《録别四首》詩有「時至發林花，默默感衰榮」句。

［一一］　裙釵芙蓉：此以人喻物，謂芙蓉如婦人之嬌美，亦因見荷花而思婦人（應指其妻莫氏）。張祥河《綺羅香·玉壺山人爲余作〈美人拜月圖〉數年矣，携之行篋，再付裝池，漫題此闋》：「又誰知、裙釵芙蓉，綉痕沾碧蘚。」裙釵，著裙插釵，婦女的代稱。

［一二］　逝水流年輕負：暗含「如花美眷」之意。湯顯祖《牡丹亭·驚夢》：「則爲你如花美眷，似水流年。是答兒閑尋遍，在幽閨自憐。」流年，如水一樣流逝的年華。

［一三］　單寒：孤單寂寞。韋莊《僕者楊金》：「半年辛苦葺荒居，不獨單寒腹亦虚。」

［一四］　窮途：極爲困苦的境地。庾信《擬詠懷詩》其四：「唯彼窮途慟，知余行路難。」文字賤：點明自己的窮書生身份。譚獻爲過繼子，嗣父早亡，早年就以教童子所得補貼家用。《復堂諭子書》追憶云：「吾十歲之正月，丁汝嗣祖父憂。……十五歲，就宗文義塾讀書，補弟子員。十六歲，乃爲童子師，歲脩脯不及三十緡，養汝祖母不足，賴針紉佐之。嘗力疾寒夜操作，皸手流血。予啜泣于旁，汝祖母訓予曰：『汝父力學困場屋，年未四十，中道棄汝。但汝得成立，讀書識道理，無忘今夕可也，徒悲何益！』」

東風第一枝[一]

省識花風[二]，驚回夢雨[三]，輕寒恰又輕暖[四]。斷魂紅袖香殘[五]，半醒翠尊酒淺[六]。空階竹影[七]，又訝是、青袍微展[八]。鎮故園、數點幽花，欲寄一枝人遠。[九] 從別後、帳中淚眼。知憶否、樓頭素面[一〇]？慘悽曉鏡孤鸞[一一]，冷落舊巢旅燕[一二]。虛簾鈎起，有一片、柔腸同卷。[一三]便好春、過了江南，怕過往時庭院。

【注】

［一］ 咸豐六年（一八五六）暮春，赴京途中思念莫氏作。作于同時的《録別四首》可參，其二云：「大義結夫婦，依依四體分。車前千里道，閨中千里身。華燈粲良夜，耿耿斯須親。斯須復何言，方寸難具陳。徘徊怨晨雞，僕夫爾何人。鴛鴦自奮飛，天路一逡巡。嗢嗢和鳴雁，折翅墮江津。江水日以長，浮雲日以新。紈素雖云敝，故物當見珍。」

［二］ 花風：即古人所謂花信風，指應花期而來的風。自小寒至穀雨，共四個月、八個節氣，凡一百二十日，每五日爲一候，計二十四候，每侯應一種花的信風。可參閱宗懍《荆楚歲時記》、程大昌《演繁露・花信風》等。

〔三〕 夢雨：迷濛細雨。李商隱《重過聖女祠》：「一春夢雨常飄瓦，盡日靈風不滿旗。」王若虛《滹南詩話》引蕭閑（蔡松年）：「蓋雨之至細若有若無者，謂之夢。」甚是。或指巫山雲雨，則可解爲綺夢。

〔四〕 輕寒恰又輕暖：即乍暖還寒時節。趙長卿《點絳唇・春半》：「輕暖輕寒，賞花天氣春將半。」

〔五〕 紅袖香殘：即紅袖添香。紅袖，女子，此指妻子莫氏。關盼盼《燕子樓三首》其二：「自埋劍履歌塵散，紅袖香銷已十年。」

〔六〕 翠尊：亦作「翠樽」，酒杯的美稱。翠，緑玉。《文選・曹植〈七啟〉》「于是盛以翠樽」，吕延濟注：「翠樽，以翠飾樽也。」

〔七〕 空階竹影：此是設想莫氏在家所見的虛筆，前人所謂從對面寫來。白玉蟾《清夜辭》其二：「空階兮竹影，悄無人兮螢飛。」

〔八〕 又訝是、青袍微展：將竹影當成青袍，是寫思婦幻覺。青袍，指寒士，此作者自指。

〔九〕 「鎮故園」二句：用陸凱《贈范曄》「江南無所有，聊贈一枝春」詩意。鎮，常常。張相《詩詞曲語辭匯釋》卷一：「鎮，猶常也；長也，儘也。……元稹《和樂天秋題曲江》：『十載定交契，七年鎮相隨。』言常相隨也。」幽花，此指梅花。强至《梅》：「墻邊幾樹玉參差，照眼幽花冷自宜。」

〔一〇〕 素面：謂女子不施脂粉。韋莊《閨怨》：「啼妝曉不乾，素面凝香雪。」兼有「豈無膏沐，誰適爲容」（《詩・衛風・伯兮》）之意。

〔一一〕 曉鏡孤鸞：徐陵《鴛鴦賦》：「山雞映水那自得，孤鸞照鏡不成雙。」孫光憲《臨江仙》其一：「鏡奩長掩，無意對孤鸞。」孤鸞，喻指配偶不在身邊的妻子。參見《蝶戀花》（樓外啼鶯依碧樹）注〔五〕。

〔一二〕 舊巢旅燕：史達祖《雙雙燕》：「差池欲住，還入舊巢相并。」旅燕，歸燕。因其爲候鳥，秋去春歸，故云。温庭筠《菩薩蠻》：「楊柳色依依，燕歸君不歸。」

〔一三〕 「虛簾鈎起」二句：此承接上句，由燕歸聯想而及人未歸。柔腸卷，表思念之情。秦觀《調笑令・灼灼》：「腸斷。綉簾卷。妾願身爲梁上燕。」

賀新郎〔一〕

和人〔二〕

離思無昏曉。不分明、東風吹斷〔三〕，舊時顰笑〔四〕。疏雨重簾煙漠漠〔五〕，花色雨中新好。又只怕、人隨花老。〔六〕珍重乍來雙燕子，問玉驄、何處嘶芳草〔七〕？腰帶減，更多少？〔八〕 春衫裁剪渾抛了〔九〕。盼長亭、行人不見，飛雲縹緲。〔一〇〕一紙音書和淚讀，

却恨眼昏字小。見説是、天涯春到[一一]。夢倚房櫳通一顧[一二]，奈醒來、各自閑煩惱。知兩地，怨啼烏。[一三]

【注】

[一] 作于咸豐六年（一八五六）春，亦爲赴京途中思念莫氏作。

[二] 和人：《復堂類集》本無此題，譚集本據《篋中詞》附《復堂詞》補。所和對象不明。

[三] 不分明：不太清楚明顯，爲估摸之詞。魏晋無名氏《子夜歌四十二首》其三十五：「霧露隱芙蓉，見蓮不分明。」吹斷，吹盡。

[四] 顰笑：音容笑貌。顰，皺眉。毛滂《蝶戀花・聽周生鼓琵琶》：「細意端相都總好。春愁春媚生顰笑。」此年譚獻《録别四首》詩有「披懷見予美，語笑暫在旁」句。

[五] 疏雨重簾：郭麐《風蝶令》：「疏雨重簾卷，生香斗帳熏。」

[六] 「花色雨中新好」二句：程垓《孤雁兒》：「如今客裏傷懷抱。忍雙鬢，隨花老。」孫蕡《春開曲》：「今年花色仍自好，妾顏比花已漸老。」

[七] 問玉驄、何處嘶芳草：參見《菩薩蠻》（深宫柳色慵眠起）詞注[一九]。

[八] 「腰帶減」二句：謂因思念而日漸消瘦，只得收緊腰帶。《梁書・沈約傳》：「（沈）約陳情于徐勉曰：『老病百日數旬，革帶常應移孔。……』」徐浩《寶林寺作》：「腰帶愁疾減，容顔衰悴催。」

［九］ 春衫裁剪：元稹《六年春遣懷八首》其一：「春衫無復舊裁縫。」

［一〇］「盼長亭」二句：宋無名氏《鬢雲鬆令·般涉送傅國華奉使三韓》：「今夜長亭臨別處。斷梗飛雲，盡是傷情緒。」

［一一］ 見説：聽説。張相《詩詞曲語辭匯釋》卷五：「見，猶聞也。最著者則爲見説。」辛棄疾《摸魚兒》：「見説道、天涯芳草無歸路。」天涯春到：王守仁《立春二首》其二：「天涯霜雪歎春遲，春到天涯思轉悲。」郭麐《清平樂》：「只有去年春到，去年人到天涯。」

［一二］ 夢倚房櫳通一顧：謂雙方同時相思。曾覿《青玉案》：「豈止卷簾通一顧。今宵酒醒，一襟風露。夢指高唐去。」通，共同。一顧，一看。李延年《北方有佳人》：「一顧傾人城，再顧傾人國。」

［一三］「知兩地」二句：杜牧《金谷園》：「日暮東風怨啼鳥，落花猶似墮樓人。」陳廷焯《詞則·大雅集》卷六評下闋云：「凄凉怨慕，深于周、秦，不同貌似者。」

長亭怨［一］

看春老、飛花飛絮［二］。燕子來時，緑窗朱户。［三］不浣閑愁［四］，漫煎離恨奈何許［五］。妾魂銷矣，最恨是、沙頭樹［六］。相送客舟行，却不道、天涯從此。［七］欲暮。想征衫乍解[八]，雙袖淚痕無數[九]。玉環錦帶[一〇]，是纖手、背人親付[一一]。算此後、步步關情，似花發、空階無主[一二]。更不遺分明[一三]，凄斷柔腸一縷[一四]。

【注】

[一] 咸豐六年（一八五六）暮春，赴京舟行途中，思念莫氏作。

[二] 飛花飛絮：楊慎《瑞鷓鴣·詠柳》：「垂楊垂柳管芳年。飛絮飛花媚遠天。」

[三] 「燕子來時」二句：寫居家時温馨景象。宋無名氏《水調歌頭·賀新居》：「緑窗開，朱户敞，綉簾遮。燕閑自適，百篇斗酒是生涯。」了元《西江月》：「緑窗朱户映嬋娟。」

[四] 浣閑愁：羅隱《題方干詩》：「世難方如此，何當浣旅愁。」浣，滌除，寬解。

[五] 漫煎離恨：吴均《擬古四首·陌上桑》：「故人寧知此，離恨煎人腸。」許：如許，如此。

[六] 最恨是、沙頭樹：這是舟行所見，見樹即懷人，故云。沙頭樹，沙洲邊的樹。黎廷瑞《登鄱江樓》：「帆拂沙頭樹，僧歸雲外山。」秦觀《題趙團練畫江干晚景四絶》其二：「鳥外雲峰晚，沙頭草樹晴。」

[七] 「相送客舟行」二句：參見前《金縷曲·江干待發》一首。馬戴《別家後次飛狐西即事》：「遠歸從此別，親愛失天涯。」趙蕃《別晦庵》：「身墮南州已覺賒，五溪從此更天涯。」不道，不料。張相《詩詞曲語辭匯釋》卷四：「不道，猶云不料也。」

［八］　征衫：行旅人的衣衫。杜牧《村行》：「半濕解征衫，主人饋雞黍。」

［九］　雙袖淚痕無數：岑參《逢入京使》：「故園東望路漫漫，雙袖龍鍾淚不乾。」

［一〇］　玉環錦帶：玉製佩環、錦製衣帶，皆爲男子身上佩飾。《禮記·玉藻》：「居士錦帶，弟子縞帶。」孔穎達疏：「錦帶者，以錦爲帶。」

［一一］　背人：女子害羞之貌。顧敻《應天長》：「背人匀檀注，慢轉橫波偷覷。」付：同「付與」，交給。

［一二］　似花發、空階無主：白居易《重到毓材宅有感》：「欲入中門淚滿巾，庭花無主兩回春。」

［一三］　遣：使，讓。分明：顯然。有强調意味。

［一四］　凄斷柔腸一縷：嚴仁《鷓鴣天·怨別》：「離腸凄斷月明砧。」凄斷，凄絶。

浣溪沙［一］

舟次吴門［二］

五十三橋未是長［三］。水流不斷似迴腸［四］。弄風帆影過吴江［五］。　玉枕啼痕猶昨日［六］，翠樓人語已他鄉［七］。真愁强笑費商量［八］。

【注】

［一］ 咸豐六年（一八五六）春，赴京舟行途中經蘇州，思莫氏作。

［二］ 舟次吴門：譚獻《同王以湘滄浪亭懷古》詩，有「游絲罥花天陰陰，隔花啼鳥青林深」句，爲經蘇州同時所作。吴門，原指春秋吴都的閶門，後指代今江蘇蘇州。范成大《吴郡志》卷四十八：「吴會，世多稱吴門爲吴會，意謂吴爲東南一都會也。自唐以來已然。」

［三］ 五十三橋：即蘇州寳帶橋，又名長橋，在今吴中區長橋鎮京杭大運河西側。始建于唐元和年間，明代重修時橋拱爲五十三孔，故名。《大清一統志》卷五十五「蘇州府·寳帶橋」：「在元和縣東南十五里跨澹臺湖口，一名長橋。明陳循《記略》：『蘇州城南運河有橋曰寳帶，自漢武帝時開以通閩越貢賦。唐刺史王仲舒鬻所束寳帶以助工費，因名橋圯。正統七年，巡撫周忱備工料爲橋，長一千二百丈，洞其下，可通舟楫者五十有二，高其中之三以通巨艦。』」

［四］ 水流不斷似迴腸：柳宗元《登柳州城樓寄漳汀封連四州》：「江流曲似九迴腸。」

［五］ 吴江：即吴淞江，今蘇州河。《國語·越語》「三江環之」，韋昭注：「三江：吴江、錢唐江、浦陽江。」《明一統志》卷八「蘇州府」：「吴江：在吴江縣東，源出太湖，一名松江，又名松陵江，亦曰笠澤，流經崑山入于海。」

［六］ 玉枕啼痕：元稹《遺病十首》其十：「夢別淚亦流，啼痕暗横枕。」王鎡《惜别》：「袂分鴛錦夢雙殘，一綫啼痕枕未乾。」

［七］ 翠樓人：指思婦，用王昌齡《閨怨》「閨中少婦不知愁，春日凝妝上翠樓」詩意。此指其妻莫氏。

［八］ 真愁强笑費商量：吴藻《浣溪沙》：「欲哭不成還强笑，諱愁無奈學忘情。」商量，思量，忖度。

蝶戀花［一］

梔子花殘蝴蝶瘦［二］。鏡裏晨昏［三］，總是愁時候。夢到江南人在否［四］？斷魂付與青青柳［五］。　過盡春風三月後。門外斜陽，馬上休回首。［六］私語難忘今日酒［七］。玉闌干畔携雙袖。

【注】

［一］ 咸豐六年（一八五六）春夏之交，赴京途中作。

［二］ 梔子花：常緑灌木，春夏開白花，香氣濃烈。唐彦謙《離鸞》：「庭前佳樹名梔子，試結同心寄謝娘。」蝴蝶瘦：趙我佩《蝴蝶兒·本意》：「蝴蝶兒。暮春飛。風前瘦影怯穿枝。」蔣敦復《蝶戀花》：「春魂紅瘦雙蝴蝶。」

［三］ 晨昏：朝暮，從早到晚。謂時間之長。《列子·周穆王》：「其下趣役者，侵晨昏而弗息。」

［四］ 夢到江南人在否：方干《旅次洋州寓居郝氏林亭》：「青雲未得平行去，夢到江南身旅羈。」

［五］ 斷魂付與青青柳：周紫芝《食鮰魚頗念河魨戲作二詩》其二：「十年不踏江南岸，楊柳飛花欲斷魂。」

［六］ 「門外斜陽」二句：賈島《留別光州王使君建》：「回首餘霞失，斜陽照客衣。」章得象《題山宫法安院》：「留連不忍催歸騎，回首斜陽煙霧濃。」

［七］ 私語：私下裏談話，此指作者夫婦之間的私房話。白居易《長恨歌》：「七月七日長生殿，夜半無人私語時。」孫光憲《生查子》：「待得没人時，偎倚論私語。」

鷓鴣天［一］

緑酒紅燈漏點遲［二］。黄昏風起下簾時。文鴛蓮葉成漂泊［三］，幺鳳桐花有别離［四］。

雲澹澹，雨霏霏。畫屏閑煞素羅衣［五］。腰支眉黛無人管［六］，百種憐儂去後知。

【注】

［一］　咸豐七年（一八五七），在京思念莫氏作，時年二十六歲。譚獻于上年秋抵京，在京城游學。其《在兹堂詩叙》云：「咸豐七年，獻游京師。」又《道華堂續集叙》云：「咸豐丁巳、戊午間，獻客京師，多接有道。」

［二］　緑酒紅燈：吕本中《山光寺前泊舟值雨》：「緑酒留連醉，紅燈取次詩。」漏點：漏壺滴下的水點聲。辛棄疾《蝶戀花・用趙文鼎提舉送李正之提刑韵送鄭元英》：「莫向樓頭聽漏點，説與行人，默默情千萬。」

［三］　文鴛蓮葉：喻恩愛夫婦。李涉《寄荆娘寫真》：「緣池并戲雙鴛鴦，田田翠葉紅蓮香。百年恩愛兩相許，一夕不見生愁腸。」文鴛，即鴛鴦。因其羽毛華美，故稱。張先《减字木蘭花》：「文鴛綉履，去似楊花塵不起。」

［四］　幺鳳桐花：幺鳳爲鳥名，又稱桐花鳳。傳説鳳凰喜棲于梧桐樹上，《莊子・秋水》：「夫鵷鶵，發于南海而飛于北海，非梧桐不止，非練實不食，非醴泉不飲。」成玄英疏：「鵷鶵，鸞鳳之屬，亦言鳳子也。」蘇軾《異鵲》：「家有五畝園，幺鳳集桐花。」王士禛《蝶戀花・和〈漱玉詞〉》：「郎似桐花，妾似桐花鳳。」幺鳳一般用以比喻少女，此指詞人年輕妻子。

［五］　畫屏閑煞素羅衣：曾協《踏莎行・春歸怨别》：「朱簾卷盡畫屏閑，雲鬟半彈羅衣褪。」

〔六〕 腰支眉黛無人管：謂妙齡女子不事修飾妝扮，即「誰適爲容」之意。晏幾道《生查子》：「遠山眉黛長，細柳腰肢裊。」李石《烏夜啼》：「鸞鏡愁添眉黛，羅裙瘦減腰肢。」腰支，即腰肢，指身段、體態。

破陣子〔一〕

泊舟見官柳一株〔二〕，亭亭如蓋，感賦此闋

紫燕黄鸝寒食〔三〕，緑窗朱户清明〔四〕。簾幕尚留飛絮影〔五〕，衣帶誰聞拜月聲〔六〕？畫闌携手行。　野水臉波添滿〔七〕，遠山眉黛同青〔八〕。題作人間端正樹〔九〕，驛路斜陽一片明〔一〇〕。西風容易生〔一一〕。

【注】

〔一〕 朱德慈《譚獻詞學活動徵考》（見《中晚期常州詞派研究》，下凡引用此文，均省稱「朱氏」）定爲咸豐七年（一八五七）作。按：從詞中時節看爲寒食清明，作者尚在「驛路」，應是咸豐六年（一八五六）暮春赴京舟行途中所見景物。譚獻于咸豐六年秋抵京，至咸豐八年夏南返。

〔二〕 官柳：京杭大運河沿堤植柳。大道邊柳樹，多爲公家所植，故云。杜甫《西郊》：「市

橋官柳細，江路野梅香。」

［三］紫燕黃鸝：杜甫《柳邊》：「紫燕時翻翼，黃鸝不露身。」韋莊《定西番》：「紫燕黃鸝猶至，恨何窮。」

［四］緑窗朱户：參見《長亭怨》（看春老、飛花飛絮）詞注［一］。

［五］簾幕尚留飛絮影：張先《剪牡丹・舟中聞雙琵琶》：「柔柳搖搖，墜輕絮無影。」

［六］衣帶誰聞拜月聲：此謂行前妻子曾拜月祈求早日團圓。古代習俗，女子于七夕、中秋節拜月，表達美好願望。金盈之《醉翁談録》卷四「京城風俗記・八月」：「中秋，京師賞月之會，異于他郡。傾城人家子女，不以貧富，自能行至十二三，皆以成人之服服飾之，登樓或于中庭焚香拜月，各有所期。男則願早步蟾宫，高攀仙桂，所以當時賦詞者有『時人莫訝登科早，只爲常娥愛少年』之句；女則澹竚妝飾，則願貌似常娥，貞如皓月。俗傳齊國無鹽女，天下之至醜，因幼年拜月，後以德選入宫，帝未寵幸。上因賞月見之，姿色異常，帝愛幸之，因立爲后。乃知女子拜月有自來矣。」吴自牧《夢粱録》卷四「七夕」：「又于廣庭中設香案及酒果，遂令女郎望月瞻斗列拜。」

［七］野水：野外的水流。劉長卿《送郭六侍從之武陵郡》：「洛陽遥想桃源隔，野水閑流春自碧。」臉波：眼波。此以女子目光流眄擬水波之清澈。張泌《江城子》：「臉波明。黛眉輕。」

〔八〕 遠山眉黛同青：吴偉業《詠柳・贈柳雪生》其一：「走馬章臺酒半醒，遠山眉黛自青青。」

〔九〕 端正樹：正直不偏斜的樹。劉楨《贈從弟》其二：「風聲一何盛，松枝一何勁。冰霜正慘愴，終年常端正。」此處指泊舟時所見官柳。《晋書・陶侃傳》：「侃性纖密好問……嘗課諸營種柳，都尉夏施盜官柳植之于己門。侃後見，駐車問曰：『此是武昌西門前柳，何因盜來此種？』愴惶怖謝罪。」另温庭筠有《題端正樹》：「路傍佳樹碧雲愁，曾侍金輿幸驛樓。草木榮枯似人事，緑陰寂寞漢陵秋。」顧予咸注：「《關中記》：在博望苑西，爲唐明皇幸蜀所經處。《太真外傳》：華清宫有端正樓，即貴妃梳洗之所。又：上發馬嵬，至扶風道。道旁有花，寺畔見石楠樹團圓，愛玩之，因呼爲端正樹，蓋有所思也。《太平廣記》引《抒情詩》：長安西端正樹，去馬嵬一舍之程。唐德宗幸奉天，睹其蔽芾，錫以美名。有文士題詩逆旅：『昔日偏沾雨露榮，德皇西幸賜嘉名。馬嵬此去無多地，合向楊妃冢上生。』」段成式《酉陽雜俎》亦載。此記載似與譚獻詞意無關，姑録之備參。

〔一〇〕 驛路斜陽一片明：此形容進京旅途心情。羅鄴《自蜀入關》：「斜陽驛路西風緊，遥指人煙宿翠微。」

〔一一〕 西風容易生：謂將在秋天到達京城。賈島《憶江上吴處士》：「秋風生渭水，落葉滿長安。」容易，輕易。張相《詩詞曲語辭匯釋》卷四：「容易，猶云輕易也，草草也，疏忽也。」

解連環[一]

後堂春晚[二]。背紅燈影裏[三]，酒寒人散。自卷幔、別淚闌干[四]，正斜月輝輝，斷雲天遠[五]。半晌偎儂，怎便是、三更三點[六]。歎從今只有，妝臺鏡子，照人心眼。[七] 回頭歲華荏苒[八]。記無多笑語，總添哀怨。謾付與、約指雙環[九]，問何日題詩，定情相見？[一〇] 綉幄香泥[一一]，好護惜、明年宿燕[一二]。待蕭郎、白馬歸來[一三]，絮飛滿院[一四]。

【注】

［一］ 咸豐七年（一八五七）暮春，在京思念莫氏作，時年二十六歲。

［二］ 後堂春晚：後堂，後面的堂屋，女子所居。亦可指後面庭院。蘇轍《戲贈李朝散》：「後堂桃李春猶晚，試覓酥花子細看。」

［三］ 背紅燈影裏：毛熙震《菩薩蠻》：「小窗燈影背。」蔣捷《賀新郎·彈琵琶者》：「背燈影、蕭條情互。」背燈，爲唐五代時人俗語，劉學鍇《温庭筠全集校注》注：「指臨睡時將燈燭移置屏、帳等物之背面，藉以掩暗燈燭之光。」

［四］ 卷幔：卷起簾幕。許慎《説文解字·巾部》：「幔，幕。」闌干：此指淚水縱横貌。《文

選・左思〈吴都賦〉》「珠琲闌干」，李善注：「闌干，猶縱横也。」白居易《長恨歌》：「玉容寂寞淚闌干。」温庭筠《菩薩蠻》：「人遠淚闌干，燕飛春又殘。」

〔五〕「正斜月輝輝」二句：洪咨夔《更漏子・次黄宰夜聞桂香》：「待得香風吹下。斜月轉，斷雲回。」

〔六〕三更三點：半夜。古代以更計時，一夜五更，每更分三點。李商隱《夜半》：「三更三點萬家眠，露欲爲霜月墮煙。」

〔七〕「歎從今只有」三句：黄清老《友人擬古樂府因題十絶句》其一：「早晚臨妝鏡，秋容怯玉鈿。君心如日月，照妾似初年。」心眼，心意，心思。張先《武陵春》：「菱蔓雖多不上船，心眼在郎邊。」

〔八〕歲華荏苒：謂時光易逝。歲華，年華。陶潛《雜詩十二首》其五：「荏苒歲月頹，此心稍已去。」梅堯臣《次韻任屯田感予飛内翰舊詩》：「歲華荏苒都如昨，世事升沈亦苦多。」

〔九〕約指雙環：指環，戒指，爲結婚定情之物。韋瓘《周秦行紀》：「太后請戚夫人鼓琴，夫人約指以玉環，光照于座。」約，束，戴。繁欽《定情詩》：「何以致拳拳，綰臂雙金環。何以致殷勤，約指一雙銀。」

〔一〇〕「問何日題詩」二句：用紅葉題詩之典。孟啟《本事詩・情感》：「顧況在洛，乘間與三詩友游于苑中，坐流水上，得大梧葉，題詩上曰：『一入深宫裏，年年不見春。聊題一片葉，寄與有情人。』況明日于上游，亦題詩葉上，放于波中，詩曰：『花落深宫鶯亦悲，上陽宫女斷腸時。帝城不禁東流水，葉上題詩欲寄誰？』後十餘日，有人于苑中尋春，又于葉上得詩，以示況，詩曰：『一葉題詩出禁城，誰人酬和獨含情。自嗟不及波中葉，蕩漾乘春取次行。』」

〔一一〕繡幄：華美的帳幕，多爲女子閨房陳設。張泌《浣溪沙》：「翡翠屏開繡幄紅，謝娥無力曉妝慵，錦帷鴛被宿香濃。」香泥：燕子所銜之泥。俞桂《春歸》其一：「認得主人雙燕子，香泥銜去理新巢。」此亦指代香巢，喻女子居室。

〔一二〕宿燕：住巢之燕。庾肩吾《和晋安王詠燕詩》：「可憐幕上燕，差池弄羽衣。夜夜同巢宿，朝朝相對飛。」此喻指所盼之人。

〔一三〕待蕭郎、白馬歸來：温庭筠《贈知音》：「窗間謝女青蛾斂，門外蕭郎白馬嘶。」蕭郎，唐詩中多指所愛的青年男子。舊題尤袤所撰《全唐詩話・崔郊》載，崔郊愛上其姑婢女，後該女被賣，崔郊贈詩云：「侯門一入深如海，從此蕭郎是路人。」

〔一四〕絮飛滿院：指暮春時節。秦觀《夜游宫》：「何事東君又去？滿空院、落花飛絮。」

相見歡〔一〕

往時幾度春風〔二〕。過匆匆。最苦今年人去，落花紅。〔三〕　月如水，光千里，與誰同？〔四〕

一樣翠衾香冷〔五〕，枕函空〔六〕。

【注】

［一］ 咸豐七年（一八五七）暮春，在京思念莫氏作。

［二］ 幾度春風：謂有幾年。歐陽修《朝中措·送劉仲原甫出守維揚》：「手種堂前垂柳，別來幾度春風。」

［三］「最苦今年人去」二句：宋無名氏《漁家傲》：「酒醒花落嫌人掃。人去不來春又到。」

［四］「月如水」三句：用白居易《答夢得八月十五日夜玩月見寄》「遠思兩鄉斷，清光千里同」詩意。光，月光。

［五］ 翠衾香冷：黄公紹《滿江紅·花朝雨作》：「銀蠟痕消珠鳳小，翠衾香冷文鴛拆。」

［六］ 枕函空：謂無人共眠。彭日貞《惻惻吟》其三：「緑雲香散枕函空，滿眼淒涼萬恨中。」

踏莎行［一］

畫柳［二］

玉樹微寒［三］，瑣窗宿雨。分明夢到閑庭宇。一重簾幕對西風［四］，離愁不斷浮雲去［五］。　來雁驚秋［六］，吟蛩向暮［七］。江鄉景物還如許［八］。幾番殘月又新霜［九］，當時折柳人何處［一〇］？

【注】

［一］　咸豐七年（一八五七）秋，在京思念莫氏作。此首本在《復堂詞》集中，吴欽根《譚獻稿本日記研究》（下引用吴欽根此著時省稱「吴著」，《復堂日記》稿本省稱「稿本日記」）據丁紹儀《聽秋聲館詞話》卷五，定爲佚詞，失檢。丁所録詞首二句作「雨滴瑶階，煙籠玉樹」，「不斷」作「不共」，餘同。

［二］　畫柳：《篋中詞》附《復堂詞》作「畫屏」。

［三］　玉樹：本指傳説中的仙樹，此指柳樹。宋之問《折楊柳》：「玉樹朝日映，羅帳春風吹。」

［四］　一重簾幕對西風：劉敞《寄蘇州張六》：「西風入簾幕，游子念江湖。」

［五］　浮雲：此處可解作遠行之人，作者自指。參見《菩薩蠻》（象牀觸響釵梁鳳）注［五］。

［六］　來雁驚秋：王勃《滕王閣序》：「雁陣驚寒，聲斷衡陽之浦。」張耒《官閑》：「過雁驚秋聽。」

［七］　吟蛩向暮：李嶠《九月奉教作》：「幽砌夕吟蛩。」蛩，蟋蟀的别名。

［八］　江鄉：此指其家鄉杭州，瀕臨錢塘江。

［九］　殘月又新霜：陸游《霜夜三首》其一：「莫怪草堂清到骨，一梳殘月伴新霜。」

［一〇］　當時折柳人何處：趙崇嶓《折柳詞》：「行人須折柳，折取最長條。明日天涯路，無人看舞腰。」

浪淘沙[一]

楊柳暮蕭條[二]。風雨瀟瀟。别時春水滿河橋[三]。幾日江南鴻雁到[四]？燕子辭巢。

玉樹向人凋[五]。角枕無聊[六]。啼痕新舊總難銷[七]。樓上黄昏簾不卷，明月今宵[八]。

【注】

[一] 咸豐七年（一八五七）秋，在京思念莫氏作。

[二] 楊柳暮蕭條：孫應時《沌中即事》：「葭蘆莽蒼生暮煙，楊柳蕭條帶秋色。」

[三] 别時春水滿河橋：此謂上年春天離杭，與莫氏作别時情景。可參見《金縷曲·江干待發》。

[四] 江南鴻雁：此處指代家鄉來的書信。

[五] 玉樹向人凋：由楊柳凋零生天涯飄零之感。晏殊《蝶戀花》：「昨夜西風凋碧樹。獨上高樓，望盡天涯路。」

[六] 角枕：用獸角製成或裝飾的枕頭。《詩·唐風·葛生》：「角枕粲兮，錦衾爛兮。」何楷《詩經世本古義》注：「枕卧所以薦首者，以角爲飾。」

［七］　啼痕新舊總難銷：謂不斷因離別而傷心。宋無名氏《鷓鴣天・春閨》：「枝上流鶯和淚聞。新啼痕間舊啼痕。」

［八］　明月今宵：于鵠《寄周惲》：「去年相伴尋山客，明月今宵何處游？」王之道《長相思》：「淮山西，淮山東。明月今宵何處同？相尋魂夢中。」

虞美人[一]

天風吹落樓頭月[二]。客鬢生華髮。枕函迷夢醒還空。帳外一星燈穗吐微紅[三]。書來猶涴封時淚[四]。留得相思字[五]。江南芳草又逢春。只覺一般春色不宜人[六]。

【注】

［一］　咸豐八年（一八五八）春，思念莫氏作，時年二十七歲。擬于此年八月應順天鄉試，時尚在北京。

［二］　天風吹落樓頭月：謂夜已深。蘇軾《絶句三首》其三：「天風吹月入欄干，烏鵲無聲夜向闌。」

［三］　帳外一星燈穗吐微紅：謂因相思而難以入睡。周祖同《虞美人》：「星星紅吐疏燈

穗，照見相思字。」

［四］書：指家鄉妻子來信。涴：浸漬，染上。

［五］留得相思字：周邦彥《六醜・薔薇謝後作》：「恐斷紅、尚有相思字，何由見得？」

［六］只覺一般春色不宜人：人習言春色宜人，此因情懷惡劣而反言之。

河傳[一]

樓畔。輕喚。鬢低垂。欲語含羞語遲[二]。送郎出門郎馬嘶[三]。相思。夢回儂未知。難倩征鴻傳我意[四]。情似水[五]。空灑無名淚[六]。畫鴛鴦。更漏長[七]。殘妝。君眠何處牀[八]？

【注】

［一］咸豐八年（一八五八），在京思念莫氏作。

［二］欲語含羞語遲：白居易《琵琶行》：「琵琶聲停欲語遲。」語遲，欲言又止。

［三］送郎出門郎馬嘶：韋莊《清平樂》：「門外馬嘶郎欲別，正是落花時節。」

［四］難倩征鴻傳我意：倩，請，懇求。歐陽澈《覽丁渥異夢記戲書一絕示内人》：「筆洒新

詩宜贈我，臨風幸免倩征鴻。」

［五］　情似水：秦觀《鵲橋仙》：「柔情似水，佳期如夢，忍顧鵲橋歸路。」

［六］　無名淚：莫可名狀、無來由的眼淚。趙慶熺《陌上花》：「年來多少無名淚，何處生綃緘寄？」

［七］　更漏長：夜長。戎昱《長安秋夕》：「八月更漏長，愁人起常早。」

［八］　君眠何處牀：魏晉無名氏《長樂佳》：「玉枕龍鬚席，郎眠何處牀？」

鳳凰臺上憶吹簫［一］

和莊中白［二］

鏡掩虛塵［三］，枕寒別淚，綺窗暗換春風［四］。悔翠眉輕別［五］，花月匆匆。問訊趙家姊妹，看擁髻、都是愁中。［六］雙棲燕，雕梁在否？容易相逢。［七］　重重。故山望斷，有一片飛雲，曾度墻東［八］。想倚闌無語，玉袖啼紅［九］。不分銀笙吹冷［一〇］，調怨曲、銷損芳容［一一］。春依舊，天涯斷腸，人去房空［一二］。

【注】

［一］　咸豐八年（一八五八）春，在京思念莫氏作。

〔二〕 莊中白：即莊棫，譚獻摯友。莊棫（一八三〇—一八七八），一名忠棫，字希祖，一字中白，號蒿庵，別署東莊，江蘇丹徒（今屬鎮江）人。祖居揚州，先世業鹽，少即納資得部主事官。後家道中落，避亂遷居泰州。屢試不第，校書淮南、江寧各書局，曾入曾國藩幕。事迹見譚獻《亡友傳》及《續碑傳集》卷八十一。有《中白詞》四卷，光緒十二年（一八八六）刻《蒿庵遺集》本。譚獻與莊棫定交于咸豐七年（一八五七）在京時，其《亡友傳·莊棫傳》云：「居蕭寺中，門多長者車轍。獻揖君于顧亭林祠下，遂稱知己。」本年交往甚密，有《贈丹徒莊棫中白》、《玩月和莊中白》、《古意四首和莊棫》、《雪和中白》等詩，詞應作于同時。莊棫原唱詞：「瓜渚煙消，蕪城月冷，何年重與清游？對妝臺明鏡，欲説還羞。多少東風過了，雲縹緲、何處勾留？都非舊。君還記否？吹夢西洲。 悠悠。芳辰轉眼，誰料到而今，盡日樓頭。念渡江人遠，儂更添憂。天際音書久斷，還望斷、天際歸舟。春回也，怎能教人，忘了閑愁？」見《蒿庵遺集》卷十二補遺詞。譚獻此詞和中白詞離別相思之意，不和其韵。

〔三〕 鏡掩虛塵：謂無心梳妝。蕭繹《閨怨詩》：「蕩子從游宦，思妾守房櫳。塵鏡朝朝掩，寒衾夜夜空。」

〔四〕 暗換春風：謂不覺間又復一年。白居易《微之就拜尚書居易續除刑部因書賀意兼詠離懷》：「老去一時成白首，別來七度換春風。」

〔五〕 翠眉輕別：謂咸豐六年春（一八五六）與新婚妻子莫氏離別赴京。翠眉，此指代妻子。古代女子用青黛畫眉。崔豹《古今注·雜注》：「魏宮人好畫長眉，今多作翠眉警鶴髻。」陸游《短歌行》：「碧桃紅杏易零落，翠眉玉頰多别離。」

〔六〕「問訊趙家姊妹」二句：漢代美女趙飛燕、趙合德姊妹，都受漢帝寵幸。事見舊題伶玄所撰《趙飛燕外傳》。擁髻，捧持髮髻，爲女子話舊生哀之狀。《趙飛燕外傳》附《伶玄自叙》：「（趙）通德占袖，顧眎（視）燭影，以手擁髻，凄然泣下。」

〔七〕「雙棲燕」三句：盧照鄰《長安古意》：「雙燕雙飛繞畫梁，羅幃翠被鬱金香。」

〔八〕「有一片飛雲」二句：似暗用宋玉《登徒子好色賦》東鄰窺宋玉之典，暗示兩情相悦：「天下之佳人莫若楚國。楚國之麗者，莫若臣里。臣里之美者，莫若臣東家之子。……然此女登墻闚（窺）臣三年，至今未許也。」飛雲喻女子。賀鑄《斷湘弦》：「紅粉墻東，曾記窺宋三年。」度，過。

〔九〕玉袖啼紅：吴文英《如夢令》：「花徑啼紅滿袖。」

〔一〇〕不分：不料。張相《詩詞曲語辭匯釋》卷四：「分，意料之辭，讀去聲。……凡上所舉不分，均猶云不意或不料也。」銀笙：銀字笙。笙笛等管樂器上用銀作字，以示音之高低。《宋史·樂志》：「太平興國中，送東西班習樂者，樂器獨用銀字、觱栗、小笛、小笙。」李群玉《臘夜雪霽月彩交光命家僕吹笙》：「桂酒寒無醉，銀笙凍不流。」毛滂《感皇恩·鎮江待聞》：「銀字吹笙，金貂取酒。」

〔一一〕調怨曲、銷損芳容：陳霆《行香子·墨芙蓉》：「彩雲又散，錦城又遠，爲何人、消損芳容?」銷損,消耗減損。《南史·齊隨郡王子隆傳》:「年二十一,而體過充壯,常使徐嗣伯合蘆茹丸以服自銷損,猶無益。」

[一二] 人去房空:同「人去樓空」,謂女子獨守空閨。辛棄疾《念奴嬌·書東流村壁》:「樓空人去,舊游飛燕能説。」陳維崧《驀山溪·南澗山房作》:「人去久,小樓空,園裏梅俱嫁。」

江城子[一]

江城垂柳一枝枝[二]。別君時。日遲遲[三]。不道東風,又是隔年期。[四]霧鬢雲鬟憔悴損[五],除鏡子,没人知。小樓花發故人非[六]。送斜暉。信音稀。有恨無言[七],明月上羅幃[八]。金鴨香殘鴛袖冷[九],剛許道,莫相思[一〇]。

【注】

[一] 咸豐八年(一八五八)春,在京思念莫氏作。此年譚獻有《明月》詩:「明月鑒薄帷,流鏡照空林。芳時西園草,寒露日以深。一從君于役,凉燠行相尋。君身如金石,哀樂毋見侵。焉持飛蓬鬢,爲容異素心。吁嗟閭里人,慰勉亦不任。何當托飛鳥,一揚四方音。」與此詞意旨相同,可參看。

［二］　江城垂柳一枝枝：此回憶咸豐六年（一八五六）春與妻子莫氏在江邊分別時景象。江城指杭州。

［三］　日遲遲：陽光温暖貌。《詩·豳風·七月》「春日遲遲」，朱熹集傳：「遲遲，日長而暄也。」

［四］　「不道東風」二句：謂離杭州兩年。岑參《過酒泉憶杜陵別業》：「愁裏難消日，歸期尚隔年。」孫承恩《尋春》：「等閑別却東風去，欲識東風又隔年。」

［五］　霧鬢雲鬟：形容女子頭髮蓬鬆散亂。蘇軾《洞庭春色賦》：「携佳人而往游，勒霧鬢與風鬟。」李清照《永遇樂》：「如今憔悴，風鬟霧鬢，怕見夜間出去。」

［六］　小樓花發故人非：程垓《八聲甘州》：「歎年來春減，花與故人非。」故人非，指妻子因思念而容顔改變。

［七］　有恨無言：李白《望夫石》：「有恨同湘女，無言類楚妃。」揚无咎《西江月》：「別來憔悴不堪論。相對無言有恨。」恨，愁怨。

［八］　明月上羅幃：《古詩十九首·明月何皎皎》：「明月何皎皎，照我羅牀幃。」羅幃，羅帳。

［九］　金鴨：一種鴨形銅香爐。戴叔倫《春怨》：「金鴨香銷欲斷魂，梨花春雨掩重門。」温庭筠《酒泉子》：「日映紗窗，金鴨小屏山碧。」鴛袖：綉有鴛鴦的衣袖。吴潛《水龍吟·戊午元

夕》：「楚舞秦謳，半慵鶯舌，疊翻鴛袖。」

［一〇］ 莫相思：勸慰語，其實相思更甚。侯寘《菩薩蠻·怨别》：「耐久莫相思。年年秋與期。」

甘州[一]

問蕭條、底事走天涯[二]？席帽拂黄塵[三]。又當筵紅燭，金尊中酒，惆悵逢春[四]。回首花幡彩勝[五]，嬝嬝倚樓人。一别高樓去，日日含顰[六]。 况是物華輕换[七]，望長安不見[八]，宵夢難真[九]。便明年人面，雙笑恐無因。[一〇]悔從前、天寒羅袖[一一]，倚嬌柔、只是少温存。思今夕，掩盈盈淚[一二]，幾處銷魂？

【注】

［一］ 咸豐八年（一八五八）立春，在京思念莫氏作。

［二］ 問蕭條、底事走天涯：此寫因思念而悔恨之矛盾心理，故而自問。陶潛《雜詩十二首》其九：「蕭條隔天涯，惆悵念常餐。」蕭條，寂寞孤獨。底事，何事，爲什麽。張相《詩詞曲語辭匯釋》卷一：「底，猶何也；甚也。」

［三］　席帽拂黄塵：寫漂泊他鄉時容態。方道睿《和汪百可見寄韵二首》其一：「黄塵席帽黑貂寒，歸卧懷慚飯一餐。」席帽，古代帽名，以藤席爲骨架，故名。崔豹《古今注·席帽》：「本古之圍帽也，男女通服之。以韋之四周，垂絲網之，施以珠翠……丈夫藤席爲之，骨鞔以繒，乃名席帽。」

［四］　惆悵逢春：陸游《行在春晚有懷故隱》：「老辱明時乞一官，逢春惆悵獨無歡。」

［五］　花幡彩勝：花幡即彩勝，爲古代迎接春日的裝飾物或贈品，以金銀羅彩製成。高承《事物紀原·歲時風俗·春幡》：「《後漢書》曰：立春皆青幡幘。今世或剪彩錯緝爲幡勝，雖朝廷之制，亦鏤金銀或繒絹爲之，戴于首。」孟元老《東京夢華録·立春》：「春日，宰執親王百官，皆賜金銀幡勝，入賀訖，戴歸私第。」

［六］　含顰：皺眉，形容哀愁之狀。韋莊《浣溪沙》：「日高猶自憑朱欄，含顰不語恨春殘。」

［七］　物華輕换：范成大《春後微雪一宿而晴》：「彩勝金幡换物華，垂垂天意晚平沙。」物華，指自然景物，隨季節而變换。

［八］　望長安不見：謂在京城未得功名。劉義慶《世説新語·夙惠》：「舉目見日，不見長安。」王勃《滕王閣序》：「望長安于日下。」

［九］　宵夢難真：李德裕《首夏清景想望山居》：「丹青寫不盡，宵夢歎非真。」司馬光《夢稚子》：「昔日相逢猶是夢，今宵夢裏更非真。」

［一〇］「便明年人面」二句：用崔護《過都城南莊》詩「人面不知何處去，桃花依然笑春風」句意。雙笑，指人、花同笑，也可稱夫妻團圓。朱曰藩《秋閨怨》：「鏡花對影慚雙笑，燭淚分行伴獨啼。」

［一一］天寒羅袖：杜甫《佳人》：「天寒翠袖薄，日暮倚修竹。」

［一二］掩盈盈淚：宋無名氏《長相思》：「綉停針。淚盈盈。」

復堂詞卷二

綺羅香[一]

白蓮

與月依依[二]，非煙脈脈[三]，獨抱愁根遲暮[四]。一片行雲，争許妙香留住[五]。驚夢醒、返照當樓，聽歌起、櫂舟歸浦[六]。鎮相憐、病榻維摩[七]，拂衣正在花深處[八]。飄零人事盡改，休唱田田舊曲，《江南》樂府[九]。遠水生秋，消受和煙和露[一〇]。憐往日、羅襪凌波[一一]，願化身、膽瓶深護[一二]。恁禁得、摇蕩真圓[一三]，銀塘連夜雨[一四]。

【注】

［一］ 載稿本日記同治三年（一八六四）六月廿五日。時年三十三歲，在福州，爲客游閩中的第六年。譚獻于咸豐九年（一八五九）秋冬間經邵懿辰推薦，入福建學使徐樹銘幕，從事經史校讎。《復堂諭子書》：「（徐氏）視學福建過杭，訪士于邵先生，首及予，予適歸，即招延入閩，至學使幕。……文字外無他事，乃研討經史校讎之事，窮日夜爲之。」

[二] 月依依：李清照《訴衷情》：「人悄悄，月依依，翠簾垂。」依依，依戀不捨貌。

[三] 煙脈脈：張野《念奴嬌・白蓮用仲殊韵》：「脈脈愁煙雨。」脈脈，連綿不斷貌。

[四] 愁根：杜荀鶴《途中春》：「酒力不能久，愁根無可醫。」此既指白蓮之根，又雙關憂愁意。《復堂日記》卷一甲子（同治三年）：「予十年蹭蹬，獻賦入貲，兩無成就。委心大化，得失小于雞蟲。王弇洲《雜詠》云：『寂寞何人問，韶顔鏡裏紅。亦知年未老，無意向東風。』回環誦之，殆有『李嶠真才子』之歎。」可見當時心情。

[五] 妙香：美妙的香氣。陳師道《次韵蘇公竹間亭小酌》：「鳥語帶餘寒，竹風回妙香。」此指白蓮香氣。

[六] 聽歌起、櫂舟歸浦：所歌應是《采蓮曲》之類。

[七] 病榻維摩：謂白蓮似維摩，也借維摩自嘲體弱多病。李商隱《酬崔八早梅有贈兼示之作》：「維摩一室雖多病，亦要天花作道場。」維摩，維摩詰的省稱，古代印度早期佛教大乘居士。據説他稱病，佛陀派文殊菩薩前往探視，兩人互鬥機鋒，妙語連珠。《維摩詰所説經・方便品》：「爾時毗耶離大城中有長者名維摩詰，以如是等無量方便，饒益衆生，其以方便，現身有疾。以其疾故，國王、大臣、長者、居士、婆羅門等及諸王子并餘官屬無數千人，皆往問疾。其往者，維摩詰因以身疾，廣爲説法。」《文殊師得問疾品》：「爾時佛告文殊師利：汝行，詣維摩詰問疾。……時長者維摩詰心念，今文殊師利與大衆俱來，即以神力空其室内，除去所有及諸侍者，唯置一牀，以

疾而卧。文殊師利言：……世尊殷勤致問，無量居士是疾，何所因起，其生久如，當云何滅。」

［八］拂衣正在花深處：胡奎《西湖竹子詞》其一：「荷葉蓋頭花拂衣，今夜采蓮當早歸。」拂衣，撩起衣襟。《左傳·襄公二十六年》：「（叔向）曰：『姦以事君者，吾所能御也。』拂衣從之。」杜預注：「拂衣，褰裳也。」拂衣動作有時亦表示憤激之情。

［九］「休唱田田舊曲」二句：指漢樂府《江南》一曲，中有「蓮葉何田田」句。田田，蓮葉盛密貌。

［一〇］和煙和露：吴融《賣花翁》：「和煙和露一叢花，擔入宫城許史家。」和，摻合。

［一一］羅襪凌波：此以女子形容白蓮輕盈姿態。曹植《洛神賦》：「凌波微步，羅襪生塵。」

［一二］願化身、膽瓶深護：王彦泓《續寒詞》其七：「何處辭枝到小樓，膽瓶深護替花憂。」膽瓶，一種花瓶，長身大腹，形如懸膽，故名。多用以插梅花。納蘭性德《憶江南》：「急雪乍翻香閣絮，輕風吹到膽瓶梅。」

［一三］摇蕩真圓：指荷葉上圓潤的露珠。白居易《放言五首》其一：「荷露雖團豈是珠。」參見《滿庭芳》（花是將離）注［七］。

［一四］銀塘：清澈明净的池塘。此指荷塘。李德林《夏日詩》：「桐枝覆玉檻，荷葉滿銀塘。」蘇軾《少年游·端午贈黄守徐君猷》：「銀塘朱檻麴塵波，圓緑卷新荷。」

南樓令[一]

羊辛楣《花溪吹笛圖》[二]

岸柳晚颼颼。餘酣漱碧流[三]。却臨風、三弄倚輕舟[四]。吹得月華如水冷[五]，有多少，古今愁[六]？　一雁度南樓[七]。關山音信休[八]。憶春風、花影簾鈎[九]。曾是羅襟曾是酒，渾不似，少年游[一〇]。

【注】

［一］　載稿本日記同治六年（一八六七）十一月朔日，時年三十六歲。由同日所作《眉嫵》可知，時在嘉興。本年秋譚獻鄉試獲舉，擬明年春北上應會試。《復堂諭子書》：「丁卯鄉試獲舉，年已三十六矣。」譚獻曾于十一月游嘉興。《復堂日記・補録》卷一同治六年十一月初六日：「秀州市上冷攤買得《韋廬詩》三册。秀州三日留，所得止此。」秀州，五代晋天福年間吴越置，此爲嘉興舊稱。

［二］　羊辛楣：即羊復禮。羊復禮（一八四〇—一八九二後），字乾生，一字敦叔、敦夏，號辛楣、心梅，一號禔庵，浙江海寧人。同治三年（一八六四）舉人。官江蘇同知提調書局、廣西泗

城知府。有《辛楣詩鈔詩餘》。樊增祥《東溪草堂詞》卷上有《月下笛・題羊辛楣同年〈花溪漁笛圖〉》詞。據民國《海寧州志稿》卷二十九，羊復禮中舉爲同治三年。但因同治六年兼補甲子科，即將甲子、丁卯兩科中舉者同時公布，于是《浙江鄉試録・丁卯正科并補行甲子科》（光緒六年刻本）亦將羊復禮列入此年中舉名單，譚獻也稱其爲同年。

〔三〕漱碧流：常用以指隱居生活。饒節《老懶一首亦次元韻》：「枕石眠雲漱碧流，胸中元自有天游。」漱，沖洗。碧流，緑水。

〔四〕却臨風、三弄倚輕舟：謂臨風吹笛，此句切圖中「吹笛」意。李白《贈郭將軍》：「愛子臨風吹玉笛，美人向月舞羅衣。」晏幾道《采桑子》：「三弄臨風，送得當筵玉盞空。」三弄，吹笛三遍。據《晋書・桓伊傳》載，桓伊善吹笛，曾應王徽之之請，「踞胡牀，爲作三調，弄畢，便上車去，客主不交一言」。

〔五〕月華如水冷：尹鶚《撥棹子》：「簾幕外、月華如水。」月華，月光。

〔六〕古今愁：李郢《晚泊松江驛》：「歲月方驚離別盡，煙波仍駐古今愁。」

〔七〕一雁度南樓：此寫思鄉之情，襲用趙嘏《寒塘》詩「鄉心正無限，一雁度南樓」句。度，過。

〔八〕關山音信休：張孝祥《鷓鴣天》：「情脈脈，淚珊珊。梅花音信隔關山。」此句亦融入高適《塞上聽吹笛》「借問梅花何處落，風吹一夜滿關山」詩意。休，斷絶。

〔九〕憶春風、花影簾鈎：此句切圖中「花溪」意。釋紹嵩《次韵吴伯庸竹間梅花十絶》其九：「日移花影上簾鈎，品格堪憐絶比儔。」

〔一〇〕 渾不似，少年游：劉學箕《糖多令・登多景樓》：「欲把情懷輸寫盡，終不似、少年游。」張相《詩詞曲語辭匯釋》卷二引盧祖皋《江城子》詞「載酒買花年少事，渾不似，舊心情」：「渾不似，全不似也。」

眉嫵〔一〕

梅花洲小泊，寄趙桐孫、張玉珊杭州〔二〕

看霜棲柏樹〔三〕，風約蘆碕〔四〕，舷扣小橋暝。屈指芙蓉老，冬心誰寄香訊？〔五〕斷霞記省。料輕鴻、曾照雙影〔六〕。更堪想、一角朱樓小，畫眉遠山靚〔七〕。趙北張南門徑〔八〕。羡買鄰計好，沽酒村近。〔九〕約略紅裙醉，鴛鴦曲、琵琶彈到弦冷〔一〇〕。泛舟路穩。問榜人、消息應準〔一一〕。却洲畔梅開，歸趁春風未醒〔一二〕。

【注】

〔一〕 載稿本日記同治六年（一八六七）十一月初八日，時游嘉興。由杭州前往嘉興，一般沿京杭大運河舟行。

[二] 梅花洲：在今浙江嘉興南湖區鳳橋鎮。地形狀似梅花五瓣，故名。其水道與運河相通。譚獻同時作有《某（梅）花洲訪石中玉》詩：「芳洲八九曲，曲曲蘆花明。黄葉下如雨，渚禽時一鳴。清絶無可言，素心托友生。語笑墮煙水，猶惜未合并。……」有自注：「鮑昌照銘青之嘉善，趙銘桐孫、張鳴珂玉珊在杭州。」與此詞可參看。趙桐孫：即趙銘。趙銘（一八二八——一八八九），字新又，號桐孫，浙江秀水（今嘉興）人。同治九年（一八七〇）舉人，累官直隸補用道。受業于薛時雨，工詩文，有《琴鶴山房遺集》。《復堂日記》卷二戊辰：「閱嘉興趙桐孫詩稿。含茹卷軸，望而知爲學人，高處頗似劍南（陸游）。」張玉珊：即張鳴珂。張鳴珂（一八二九——一九〇八），原名國檢，字公束，號玉珊，晚號寒松老人、窳翁，浙江秀水（今嘉興）人。咸豐十一年（一八六一）拔貢，選訓導，官江西新建、德興知縣，及義寧知州。受業于薛時雨、黄燮清，譚獻好友。有《寒松閣詞》四卷，附于《寒松閣集》，光緒十年（一八八四）江西書局刻本。

[三] 柏樹：即烏柏，落葉喬木，葉未經秋霜而紅。種子富脂肪，可榨油。江南一帶多植于河邊。陸游《園中書觸目》：「烏柏先楓赤，寒鴉後雁來。」自注：「烏柏未霜而葉丹，寒鴉必得霜乃至。」

[四] 蘆碕：長着蘆葦的曲折河岸。碕，亦作「埼」。毛奇齡《早渡揚子》：「蘆埼何處是？湛湛欲愁予。」

[五] 「屈指芙蓉老」二句：此指嘉興南湖荷花，入冬早已枯萎，不復有香氣。冬心，冬日寂寞心情。崔國輔《子夜冬歌》：「寂寥抱冬心，裁羅又褧褧。」

〔六〕 料輕鴻、曾照雙影：此謂趙、張二友常游南湖，然自己此時在杭州，未能同游。黄庭堅《同韵和元明兄知命弟九日相憶二首》其二：「鴻雁池邊照雙影，脊令原上憶三人。」

〔七〕 遠山靚：王邦畿《惆悵》其五：「靈雨不歸神女夢，遠山猶靚美人妝。」靚，艷麗，美好。

〔八〕 趙北張南：謂好友趙桐孫、張玉珊居所就在嘉興。《南史·劉勔傳》附《劉繪傳》：「永明末，都下人士盛爲文章，談義皆凑竟陵西邸，繪爲後進領袖。時張融以言辭辯捷，周顒彌爲清綺，而繪音采贍麗，雅有風則。時人爲之語曰：『三人共宅夾清漳，張南周北劉中央。』言其處二人間也。」此處是套用典故而稱頌趙、張。

〔九〕 「羡買鄰計好」二句：謂二人居所相近。李正民《訪祝舜俞新居》：「千萬買鄰真得計，六年種竹已成林。」買鄰，謂選擇佳鄰。《南史·吕僧珍傳》：「初，宋季雅罷南康郡，市宅居僧珍宅側。僧珍問宅價，曰『一千一百萬』。怪其貴，季雅曰：『一百萬買宅，千萬買鄰。』」

〔一〇〕 鴛鴦曲、琵琶彈到弦冷：此以鴛鴦喻指三人友情深如兄弟之情。嵇康《四言贈兄秀才入軍詩》：「鴛鴦于飛，肅肅其羽。朝游高原，夕宿蘭渚。邕邕和鳴，顧眄儔侣。俛仰慷慨，優游容與。」又嘉興南湖亦名鴛鴦湖，或由此産生聯想。

〔一一〕 榜人：船夫，舟子。《文選·司馬相如〈子虚賦〉》「榜人歌」，郭璞注引張揖曰：「榜，船也。」消息：指梅開的訊息。

〔一二〕 春風未醒：黄景仁《春風怨》：「沈沈萬户歌鐘動，春風未醒紅顔夢。」

尉遲杯[一]

西湖感舊，周韵同潘少梅文作[二]

平堤路[三]。正落照、欲下城頭樹[四]。離離草色城陰[五]，前日鈿車來處[六]。東風宛轉[七]，吹不醒、離魂夢南浦。却相逢、柳外黄昏，送他雙燕歸去。回頭海國浮雲[八]，難忘是、園林坐石萍聚[九]。唱徹《家山》渾蕭瑟[一〇]，話幾許、零歌斷舞[一一]。如今又、江深草閣[一二]，但添得、巴山一夜語[一三]。問飄來、甚處簫聲？倚樓應是愁侶[一四]。

【注】

［一］　載稿本日記同治七年（一八六八）五月初五日。時年三十七歲，在杭州。譚獻本年春首次赴京參加會試，下第後于閏四月返回杭州。其《上座主湖北督學張先生書》云：「獻生三十七年矣……春趨京師，禮部報罷，幽憂多疾。又迫烽火，偃蹇圖南。」

［二］　西湖感舊：此詞回憶同治初在福州與潘承翰相識。《復堂日記》卷七同治元年（一八六二）：「潘少梅丈携仲子鴻鳳洲過訪。」周韵：指周邦彦《尉遲杯・離恨》。詞云：「隋堤路。漸日晚、密靄生深樹。陰陰淡月籠沙，還宿河橋深處。無情畫舸，都不管、煙波隔南浦。等行人、醉

擁重衾，載將離恨歸去。　因念舊客京華，長偎傍、疏林小檻歡聚。冶葉倡條俱相識，仍慣見、珠歌翠舞。如今向、漁村水驛，夜如歲、焚香獨自語。有何人、念我無憀，夢魂凝想鴛侶。」潘少梅（生卒年不詳）：即潘承翰，字少梅，浙江仁和（今杭州）人。道光增貢，曾主持杭州宗文義塾。

〔三〕平堤路：杭州西湖上有白堤、蘇堤、楊公堤、趙公堤等湖堤。

〔四〕城頭樹：孟郊《塘下行》：「不是城頭樹，那棲來去鴉。」

〔五〕離離草色：白居易《賦得古原草送別》：「離離原上草，一歲一枯榮。」離離，茂盛貌。

〔六〕鈿車：用嵌金裝飾的車子，此爲車的美稱。白居易《潯陽春三首・春來》：「金谷踏花香騎入，曲江碾草鈿車行。」

〔七〕東風宛轉：孟洋《正月三日喜晴》：「東風宛轉入新年，林色熹微開曙煙。」宛轉，謂時光流轉。李德裕《鴛鴦篇》：「春光兮宛轉，嬉游兮未反。」

〔八〕海國：近海地域，此指福建一帶。

〔九〕萍聚：萍水相逢。薛季宣《誠臺雪望懷子都》其二：「狂游失可人，萍聚我和君。」

〔一〇〕《家山》：表達思鄉之情的歌曲。傳南唐後主李煜有《念家山破》詞，已佚。毛先舒《填詞名解》：「《念家山破》，後主煜所作，蓋舊曲有《念家山》，後主親演爲破。」厲鶚《和余葭白題唐子畏畫韓熙載夜宴圖》：「宮中唱《念家山破》，燒槽哀怨傳何窮。」家山，謂自己與友人共同的故鄉杭州。《復堂日記》卷一同治四年（一八六五）載潘承翰《爲南游草題一律》：「一話滄桑事已非，萬言杯水夙心違。文章壯歲才先老，耆宿他鄉客未歸。三晉雲山干氣象，八閩霧露問裳衣。傷離感逝都如訴，誰爲哀弦理玉徽？」即思鄉之作。

〔一一〕零歌斷舞：指往昔相聚的歡娱。唐無名氏《後庭宴》：「斷歌零舞，遺恨清江曲。」

〔一二〕江深草閣：杜甫《嚴公仲夏枉駕草堂兼携酒饌》：「百年地僻柴門迥，五月江深草閣寒。」草閣，簡陋的茅屋。此指自己自閩返鄉後在杭州的居處。《復堂日記·補録》卷一同治四年（一八六五）五月三日：「始賃居杭城淳祐橋夔巷陳氏園室三楹。」

〔一三〕巴山一夜語：謂自己能從閩返杭與妻子團聚。用李商隱《巴山夜雨》「何當共剪西窗燭，却話巴山夜雨時」詩意。

〔一四〕愁侶：此指潘承翰。王士禛《秋柳四首》其三：「相逢南雁皆愁侣，好語西烏莫夜飛。」

湘春夜月〔一〕

今年春初，薛先生偕秦觀察、楊太守送吴少宰于超山〔二〕，有《梅邊送客圖》紀事。予以五月九日之官秀州〔三〕，雨後過山下，梅林陰陰，感賦此解

度芳洲〔四〕，緑波碧草茫茫。便覺一片春情，分付與離觴〔五〕。人在萬梅花下，耐幾分風雪，有幾分香〔六〕。却畫橈載酒〔七〕，郵亭折柳〔八〕，别緒方長。青袍似草〔九〕，飄零詞

筆[一〇]，禪鬢蒼蒼[一一]。玉笛聲中，吹起了、戀香雙羽[一二]，花落江鄉[一三]。修眉鏡暗，等甚時、重照梅妝[一四]？算再到、只空枝月影[一五]，宵深漏斷，還上船窗。

【注】

[一] 同治七年（一八六八）五月，舟行赴任秀水縣教諭路經超山時作。譚獻多次游超山梅林，其《復堂日記》卷八庚寅（光緒十六年，一八九〇）云：「發舟過超山下。萬樹梅花，春風無恙。廿年前諸老清游已成陳迹，《復堂詞》句在蒼煙野水中矣。」廿年前，應包括當年此游。

[二] 今年春初三句：譚獻于此年正月八日赴京應試，未能參加爲吴存義送行之超山朋聚。薛先生，即作者師友薛時雨。薛時雨（一八一八—一八八五），字慰農，一字澍生，晚號桑根老農，安徽全椒人。咸豐三年（一八五三）進士，官嘉興知縣，同治三年（一八六四）官杭州知府，署浙江糧儲道，同治七年（一八六八）罷官。晚年曾國藩聘其歷主杭州崇文書院及江寧尊經、惜陰書院講席。譚獻咸豐九年（一八五九）游嘉善時，初識時任知縣薛時雨，同治四年（一八六五）拜爲座師，同治五年（一八六六）共事浙江書局，在杭時交往密切，多有唱和，薛氏屬譚獻删訂全集，編《桑根老人精華録》二卷。有《藤香館詞》一卷，同治五年（一八六六）刻本。秦觀察：指秦緗業。秦緗業（一八一三—一八八三），字應華，號澹如，江蘇無錫人。道光二十六年（一八四六）順天副榜，充史館謄録，叙鹽大使，援例改浙江同知，後入李鴻章幕府，同治年間署理兩浙江南鹽運使，署金衢嚴道。与孫衣言、薛

時雨等交。有《虹橋老屋遺稿》。按：譚獻此年有《游覽詩二首爲秦鹺使賦》，記同游杭州、西溪、南山。鹺使，鹽運使的簡稱。觀察，清代對道員的尊稱。楊太守：疑即楊沂孫。據《清史稿·鄧石如傳》附傳，楊沂孫（一八一三—一八八一），字子輿，號詠春，晚號濠叟，江蘇常熟人。道光二十三年（一八四三）舉人，同治四年（一八六五）八月任安徽鳳陽知府，故譚獻稱其「太守」。晚清書畫家，擅大篆。《復堂日記》卷六壬午（光緒八年，一八八二）：「楊思載寄其先公詠春先生遺墨，楹聯一、《説文部目》一。」又《復堂日記·續録》光緒二十四年（一八九八）四月初八日：「邁孫來，以新刻《明賢尺牘》成。蓋楊詠春太守弆藏舊刻欲傳之，晚付邁孫屬列叢書中，諾而未刊，今年鋭意成之，商序跋以記也。」按：楊沂孫《觀濠居士遺著》有《題薛慰農藏明賢書册》一文，謂「（同治）六年十月，薄游武林，薛慰農同年出示名人遺墨五册」，又其《濠叟歷劫後詩》記：「（同治）六年丁卯，曾爲浙東西之游。」其同治七年早春尚在杭州可無疑。譚獻好友劉炳照《感知集》卷上有《常熟楊詠春太守沂孫》詩詠之。吴少宰：即吴存義。吴存義（一八〇二—一八六八），字和甫，號荔裳，江蘇泰興人，祖籍安徽休寧。道光十八年（一八三八）進士，選庶吉士，授翰林院編修。督雲南學政，直南書房，擢侍講，累遷侍讀學士，署禮部侍郎。同治二年（一八六三）署户部侍郎，出督浙江學政，爲譚獻業師。官至吏部左侍郎。有《榴實山莊詞鈔》一卷，同治十年（一八七一）刻本。譚獻撰《吴公行狀》云：「六年任滿，三載，公中風數病，乞休歸。……既謝病，乃赴休寧。」遂有此春初超山送行之聚。少宰，侍郎的別稱。超山，在杭州北餘杭區塘棲鎮，爲天目山餘脉，因山上廣植梅林而聞名。《咸淳臨安志》卷二十四：「超山，在仁和縣之東北六十里永和鄉，高三十七丈，周二十里。」《大清一統志》卷二百十六：「超山，山在仁和縣東北六十里縣境，東北諸山多臯亭，黄鶴之支隴，此獨超然突峙，因名。」

〔三〕 五月九日之官秀州：《復堂日記·補録》卷一同治七年五月初八日：「赴官秀水教諭，檢行篋上船。」十一日：「抵嘉興。」又《復堂諭子書》：「下第南還，署秀水教官，仍兼書局、采訪局事，故官秀水將兩期，居于學舍不過三月耳。」

〔四〕 芳洲：芳草叢生的小洲。《楚辭·屈原〈九歌·湘君〉》「采芳洲兮杜若」，王逸章句：「芳洲，香草藂生水中之處。」

〔五〕 離觴：離别時的酒杯，此指代送别吴存義的宴集。王昌齡《送十五舅》：「夕浦離觴意何已，草根寒露悲鳴蟲。」

〔六〕 「耐幾分風雪」二句：盧梅坡《梅花》：「梅須遜雪三分白，雪却輸梅一段香。」此借喻吴存義人品高潔。

〔七〕 畫橈載酒：元稹《泛江玩月十二韵》：「共將船載酒，同泛月臨江。」畫橈，船的美稱。儲光義《江南曲四首》其二：「爲惜鴛鴦鳥，輕輕動畫橈。」橈，本意爲船槳。《楚辭·九歌·湘君》「蓀橈兮蘭旌」，王逸章句：「橈，船小楫也。」指代船。

〔八〕 郵亭折柳：無悶《暮春送人》：「折柳亭邊手重攜，江煙澹澹草萋萋。」郵亭，驛館。《漢書·薛宣傳》「橋梁郵亭不修」，顔師古注：「郵，行書之舍，亦如今之驛及行道館舍也。」此指送别之處。

〔九〕 青袍似草：魏晉無名氏《古詩五首》其四：「青袍似春草，長條隨風舒。」朱放《秣陵送客入京》：「緑水琴聲切，青袍草色同。」厲鶚《百字令・丁酉清明》：「白眼看天，青袍似草，最覺當歌懶。」此謂文人微賤。

〔一〇〕 詞筆：指賦詩作文的才華。姜夔詠梅詞《暗香》：「何遜而今漸老，都忘却、春風詞筆。」南朝梁詩人何遜曾在揚州作詠梅詩。

〔一一〕 禪鬢：原意爲禪榻鬢絲，指參禪隱居的生活。杜牧《題禪院》：「今日鬢絲禪榻畔，茶烟輕颺落花風。」蘇軾《和子由四首》其二《送春》：「芍藥櫻桃俱掃地，鬢絲禪榻兩忘機。」又《將之湖州戲贈莘老》：「亦知謝公到郡久，應怪杜牧尋春遲。鬢絲只可對禪榻，湖亭不用張水嬉。」陳師道《滿庭芳・詠茶》：「笙歌散，風簾月幕，禪榻鬢絲斑。」曾幾《聞東湖荷花盛開未嘗一游寄鄭禹功》：「鬢絲禪榻上，句法出蔬菜。」陸游《病中久止酒有懷成都海棠之盛》：「説與故人應不信，茶煙禪榻鬢成絲。」陸游《排悶》：「波生澄潤君何怪，禪榻從來映鬢絲。」可見此爲唐宋人詩詞中習用語，清人尤喜沿用，但簡化爲「禪鬢」一詞，又偏側「鬢髮」之義，似爲譚獻始創。《復堂日記》卷二戊辰：「得檄，署秀水教諭。冷官身世，要當忍饑誦經耳。」譚獻此赴秀水是任閑職，故云。

〔一二〕 戀香雙羽：指翠鳥。姜夔詠梅詞《疏影》：「苔枝綴玉，有翠禽小小，枝上同宿。」此用趙師雄羅浮山遇仙女事。舊題柳宗元撰《龍城録》：「隋開皇中，趙師雄遷羅浮。一日，天寒日暮，在醉醒間，因憩僕車于松林間，酒肆傍舍見一美人，淡妝素服，出迓師雄。時已昏黑，殘雪對月色微明。師雄喜之，與之語，但覺芳香襲人，語言極清麗。因與之叩酒家門，得數杯，相與飲。少頃，有一緑衣童來，笑歌戲舞，亦自可觀。頃醉寢，師雄亦懵然，但覺風寒相襲。久之，時東方已白，師雄起視，乃在大梅花樹下，上有翠羽啾嘈相須（顧），月落參横，但惆悵而爾。」

［一三］　花落江鄉：謂笛曲《梅花落》。李白《與史郎中欽聽黄鶴樓上吹笛》：「黄鶴樓中吹玉笛，江城五月落梅花。」此處江鄉指杭州。

［一四］　梅妝：即梅花妝。《太平御覽》時序部引《雜五行書》：「宋武帝女壽陽公主人日卧于含章殿檐下，梅花落公主額上，成五出花，拂之不去。皇后留之，看得幾時。經三日，洗之乃落。宮女奇其異，競效之。今梅花妝是也。」

［一五］　算再到、只空枝月影：謂梅花落盡，只餘枝條。皇甫松《摘得新》：「繁花一夜經風雨，是空枝。」又融入姜夔《暗香》「又片片、吹盡也，幾時見得」句意。

一萼紅［一］

吴山［二］

黯愁煙［三］，看青青一片，猶誤認眉山［四］。花發樓頭，絮飛陌上［五］，春色還似當年。翠苔畔、曾容醉卧［六］，聽語笑、風動畫秋千［七］。一曲琴絲，十三箏柱［八］，原是人閑。細數總成殘夢，歎都迷蹤迹[九]，只有留連。劫換紅羊[一〇]，巢空紫燕[一一]，重來步步回旋[一二]。儘消受、雲飛雨散[一三]，化蝴蝶、猶繞舊闌干。不分中年到時，直恁荒寒。

【注】

[一] 作于同治五年（一八六六）春，時年三十五歲，在杭州。本年正月，杭州詁經精舍重建，浙江巡撫馬新貽任命譚獻爲監院。《復堂日記》卷二丙寅：「詁經精舍重建，馬（新貽）撫部檄予監院。同治五年正月晦，幞被載書，坐卧第一樓下……」

[二] 吴山：在杭州城南。《咸淳臨安志》卷二十二：「吴山：在城中，吴人祠子胥山上，因名曰胥山。盧元輔作《胥山銘》，燬于火。《太平寰宇記》云：北有寒泉迸溢，清甘不竭。今山上有忠清廟、天明宫、中興觀、清源觀、瑞雲院、太史局、至德觀、皮場廟、聖母廟、城隍廟、承天觀。祀嶽帝母。舊有胥山坊，今廢。」田汝成《西湖游覽志》卷十二「南山城内勝蹟」：「吴山，春秋時爲吴南界，以别于越，故曰吴山。或曰以伍子胥故，訛伍爲吴，故郡志亦稱胥山，在鎮海樓之右。蓋天目爲杭州諸山之宗，翔舞而東，結局于鳳凰山。其支山左折，遂爲吴山。……奇崿危峰，澄湖靚壑，江介海門，回環拱固，扶輿淑麗之氣鍾焉。」

[三] 愁煙：慘澹的煙雲。陸龜蒙《宫人斜》：「草樹愁煙似不春，晚鶯哀怨問行人。」蘇軾《昭君怨》：「新月與愁煙，滿江天。」

〔四〕 眉山：此喻山之秀美。舊題劉歆《西京雜記》卷二：「(卓)文君姣好，眉色如望遠山。」後因以「眉山」形容女子雙眉之秀美。孫光憲《酒泉子》：「玉纖淡拂眉山小，鏡中嗔共照。」古人亦反之以眉喻山，如王觀《卜算子·送鮑浩然之浙東》：「水是眼波横，山是眉峰聚。」

〔五〕 絮飛陌上：晏幾道《鷓鴣天》：「陌上濛濛殘絮飛，杜鵑花裏杜鵑啼。」

〔六〕 翠苔：青苔。李白《春陪商州裴使君游石娥溪》：「命駕歸去來，露華生翠苔。」

〔七〕 聽語笑、風動畫秋千：董元愷《卜算子·秋閨集唐詩》：「心怯空房不忍歸，風動秋千索。」

〔八〕 十三筝柱：筝是撥弦樂器，筝上每弦一柱，可移動以調定聲音。《隋書·樂志下》：「四曰筝，十三弦，所謂秦聲，蒙恬所作者也。」岑參《秦筝歌·送外甥蕭正歸京》：「汝不聞筝聲最苦，五色纏弦十三柱。」

〔九〕 迷蹤迹：謂不見往年游覽蹤迹。紫姑《白紵》：「嚴子陵釣臺迷蹤迹。」成廷圭《邱克莊敞雲樓》：「瓊臺夜鶴迷蹤迹，玉女春衣費剪裁。」

〔一〇〕 劫换紅羊：紅羊劫，指遭遇國難。古人以爲丙午、丁未年往往國家有災禍。丙、丁爲火，色紅；未屬羊，故云。南宋柴望著有《丙丁龜鑒》一書。殷堯藩《李節度平虜詩》：「太平從此銷兵甲，記取紅羊换劫年。」厲鶚《蕭照中興瑞應圖》：「趙家九葉承平業，乾坤初换紅羊劫。鑾輿哀痛塵再蒙，自此中原滿兵甲。」清道光二十六年(丙午)、二十七年(丁未)，時中英鴉片戰争雖息，但從此内憂外患不斷，譚獻時有「憂生念亂」情懷，故云。

[一一] 巢空紫燕：陳洪謨《梁燕二首》其一：「紫燕重來日，青春欲半時。」彭孫遹《暮春雨中分韵》其一：「芳樹獨憐花易萎，舊巢偏喜燕重來。」紫燕，也稱越燕。據罗願《爾雅翼・釋鳥三》，其體形小而多聲，頷下紫色，營巢于門楣之上，分布于江南。

[一二] 重來步步回旋：此句既指春燕重來，亦謂與友人多次登臨吴山攬勝。回旋，盤旋。

[一三] 雲飛雨散：喻舊友分離四散。白居易《五年秋病後獨宿香山寺三絶句》其二：「飲徒歌伴今何在，雨散雲飛盡不迴。」温庭筠《送崔郎中赴幕》：「心游目送三千里，雨散雲飛二十年。」譚獻曾多次偕同鄉學友登臨吴山，如作于咸豐五年（一八五五）《放歌》詩序云：「去年九日高炳麟昭伯招同龔橙孝拱、蔣恭亮賓梅、顧鏐子真吴山登高，今年九日偕吴懷珍子珍、周炳伯虎、朱孝起廉卿重游，撫時感舊，慨焉作歌。」

憶舊游[一]

九月八日紅豆詞人自禾中來[二]，踐登高約[三]。越日大風雨，不得出，微吟寫怨，遂成此解，憶二十年前與魏滋伯丈、楊絅士重九唱和[四]，有《壽樓春》詞[五]。回頭影事，已墮秋煙，兼道山陽之感矣[六]。

正瀟瀟風雨，漠漠城闉[七]，如此重陽。負了尋秋約，怕登山臨水，楚怨微茫[八]。廿年舊游蹤迹，分付與衰楊。[九] 算省識當時，六朝裙屐[一〇]，九日壺觴[一一]。 秋涼。綺懷減[一二]，想似水僧寮[一三]，潤到衣裳。 各有看花淚[一四]，黯青袍顔色，冷落餘香。[一五] 一任晝陰陰地，愁雁語昏黄[一六]。 待洗出秋容[一七]，明湖澹冶西子妝[一八]。

【注】

[一] 載稿本日記同治七年（一八六八）九月九日，在杭州。《復堂諭子書》：「下第南還，署秀水教官，仍兼書局、采訪局事，故官秀水將兩期，居于學舍不過三月耳。」當時譚獻來往于杭州、嘉興兩地。此篇賦調名本意。

[二] 紅豆詞人：即楊葆光。楊葆光（一八三〇—一九一二），字古醖，號蘇盦，别號紅豆詞人，江蘇婁縣（今上海松江）人。諸生，官浙江龍游、新昌知縣，晚年寓滬，任麗則吟社社長。有《蘇盦詞録》一卷，附于《蘇盦集》後，光緒九年（一八八三）杭州自刻本。與譚獻交往，《復堂日記·補録》光緒十五年（一八八九）九月十三日：「楊古醖來，爲别殆廿年。歸三年，往還不下十次，皆相左，今自京師還始相見。」逆推二十年，作此詞時兩人應相識不久。禾中：浙江嘉興的别稱。史載，三國吴黄龍三年（二三一）田生嘉禾，改由拳縣爲禾興縣；後爲避太子諱，改禾興縣爲嘉興縣。北宋時爲嘉禾郡，後文人省稱嘉興爲禾。

[三] 踐登高約：古人有重陽登高的習俗。踐，履行。所登應是吴山。

［四］　二十年前：應指道光末，譚獻十餘歲時事。魏滋伯：即魏謙升。魏謙升（一八〇〇—一八六一），字滋伯，號雨人，晚號無無居士，浙江錢塘（今杭州）人。以廩貢生選浙江仙居縣訓導，不就，家居以著述自娱，尤工書法。死于太平軍陷杭州時。事迹見《浙江忠義録》卷七，與楊錦雯合傳。有《翠浮閣詞》一卷，道光十六年（一八三六）刻本，續稿二卷，咸豐五年（一八五五）刻本。楊綱士：即楊錦文。楊錦文（？—一八六一），亦作楊錦雯，字綱士，一字昌祚，號晚嵐，浙江錢塘（今杭州）人。諸生。性狷介，死于太平軍陷杭州時。事迹見《浙江忠義録》卷七，與魏謙升合傳。嗜填詞，與張景祁等唱和。趙我佩（一八二一—一八六一）有《浪淘沙・題綱士〈小蓬萊閣詞〉》之作，故知楊氏有《小蓬萊閣詞》一集，今不傳。譚獻《篋中詞》評其詞「刻意姜、史」。高望曾《茶夢盦詩稿》卷三《歲暮感逝・楊綱士文學》云：「昌祚，余詞友也。道光己酉，余與張君韵梅及君三人，約日譜一詞，黄壚之聚無虚日。君性孤傲，填詞外無他長也。辛酉之刼，幸不爲賊所拘，有見其踉蹌江滸，若欲死而不得者。」

［五］　《壽樓春》：這可能是譚獻最早作的詞，《復堂詞》未載。

［六］　山陽之感：謂懷念死于戰亂的舊友。向秀《思舊賦序》：「余逝將西邁，經其舊廬。于時日薄虞淵，寒冰凄然，鄰人有吹笛者，發聲寥亮。追思曩昔游宴之好，感音而歎。」山陽，今河南修武，爲嵇康舊居之地。後嵇康被司馬昭殺害，好友向秀過其舊廬，感而作《思舊賦》哀之，即所謂「山陽之感」。

〔七〕 城闉：城内重門，也指城郭。《文選·謝莊〈宋孝武宣貴妃誄〉》「照殊策而去城闉」，李善注：「闉，城曲重門也。」吴山在杭州城中，東、北、西北均俯臨街市巷陌，故云。

〔八〕 「怕登山臨水」二句：宋玉《九辯》：「憭慄兮若在遠行，登山臨水兮送將歸。」，「楚怨」即指此篇悲秋名作。登吴山俯瞰，左爲錢塘江，右爲西湖，故云。

〔九〕 「廿年舊游蹤迹」三句：戴叔倫《送柳道時余北還》：「何處成後會，今朝分舊游。離心比楊柳，蕭颯不勝秋。」此用其詩意。

〔一〇〕 六朝裙屐：本指南北朝時貴游子弟，《北史·邢巒傳》：「蕭深藻是裙屐少年，未拾政務。」此指其早年友人多名家子弟，爲一時翹楚。姚鼐《論詩絶句》其一：「裙屐風流貴六朝，也由結習未全銷。」

〔一一〕 九日壺觴：謂重九飲酒。陶宗儀《九日次韵》：「今年九日還爲客，朋舊壺觴興趣同。」壺觴，酒器。陶潛《歸去來辭》：「引壺觴以自酌，眄庭柯以怡顔。」

〔一二〕 綺懷：謂風月情懷。俞樾《金縷曲》：「陡使綺懷無聊賴，莽天涯、何處尋芳草？」莊棫《法曲獻仙音》：「漸到天明，猶疑夢雨，且把綺懷抛棄。」

〔一三〕 僧寮：僧舍。《釋氏要覽·住持》：「言寮者，《唐韵》云：同官曰寮。今禪居意取多人同居，共司一務，故稱寮也。」吴山舊有廟宇僧舍。

〔一四〕 各有看花淚：謂與友人身處異地而情懷相同。吕温《二月一日是貞元舊節有感絶句寄黔南竇三洛陽盧七》：「今朝各自看花處，萬里遥知掩淚時。」

〔一五〕「黯青袍顏色」二句：謂科考不順，充當學官非己之願。《復堂日記》卷三戊辰：「得檄，署秀水教諭。冷官身世，要當忍饑誦經耳。」青袍，士子，作者自指。冷落餘香，石孝友《减字木蘭花》：「冷落餘香棲翠被。」此以花喻人，表冷落之感。

〔一六〕愁雁語昏黄：姚燮《秋日病中詠懷詩二十一章》其十七：「燕語悦晨煦，雁語愁夕陽。」雁語，雁叫聲。

〔一七〕洗出秋容：此句切題中「風雨」意。楊時《秋晚偶成二首》其一：「纖纖晚雨洗秋容，庭樹蕭然策策風。」秋容，猶言秋色。

〔一八〕明湖澹冶西子妝：蘇軾《飲湖上初晴後雨二首》其二：「若把西湖比西子，淡妝濃抹總相宜。」明湖，指西湖。澹，淡妝。冶，濃抹。西子，西施，春秋時越國美女。

金縷曲〔一〕

唐鄞月夜懷勞平甫〔二〕

木葉飛如雨〔三〕。繞空舟、惟聞暗浪〔四〕，悄無人語。篷背新霜侵衣袂，冷壓釭華不吐〔五〕。料此際、微吟閉户〔六〕。三徑蕭蕭蓬蒿滿〔七〕，記從前、裙屐歡難補〔八〕。春去也，惜遲暮。飄零我亦泥中絮[九]。歎明明、入懷月色[一〇]，夜深還去。芳草變衰浮雲改[一一]，況復美人黃土[一二]。算生作、有情原誤[一三]。莫倚平生丹青手，看尋常、顏面皆行路。[一四]哀與樂，等閑度。[一五]

【注】

[一] 載稿本日記同治七年（一八六八）十月十三日。譚獻于本年五月署秀水教諭，此後兩年中多次來往于杭州、嘉興兩地，此詞應是在舟行運河經唐郪時所作。

[二] 唐郪：亦作唐棲、塘棲，市鎮名。在今杭州餘杭區北部京杭大運河畔，東南方即超山。《大清一統志》卷二百二十二：「唐棲市，在德清縣東南三十五里，與杭州府仁和縣接境，南屬仁和，北屬德清。長橋跨踞，爲舟車之衝，居民極盛。」民國《杭州府志》卷六「市鎮」：「唐棲鎮，在仁和縣北五十里，與湖州府德清縣接界。」張之鼎《棲里景物略》卷一「唐棲考」：「唐棲者，唐隱士所棲也；隱士名珏，字玉潛，宋末會稽人。少孤，以明經教授鄉里子弟而養其母。至元戊寅，浮圖總統楊連真伽，利宋攢宮金玉，故爲妖言惑主聽，發掘之。珏懷憤，乃貨家具。召諸惡少，收他骨易遺骸，瘞蘭亭山後，而樹冬青樹識焉。珏後隱居唐棲，人義之，遂名其地爲唐棲。」勞平甫：即勞權。勞權（一八一七—一八六八後），字巽卿，一字平甫，號蟫隱，別署雙聲閣主人、丹鉛生、飲香詞隱等。仁和塘棲鎮人。諸生。藏書家、校勘家。清季吴昌綬、易大厂、朱祖謀、王鵬運

諸家輯刻宋元詞，多取勞權鈔本做校本。道光四年（一八二四）與錢塘汪遠孫、海昌吴衡照、吴興費曉樓、嘉興張廷濟和莊仲方在杭州西湖結東軒吟社，前後十年，入社者多至七十餘人。

［三］　木葉飛如雨：杜甫《昔游》：「桑柘葉如雨，飛藿去裴回。」孔武仲《奉酬李時發岳麓見寄》：「秋風入荒城，落葉如飛雨。」木葉，樹葉。《楚辭・屈原〈九歌・湘夫人〉》：「裊裊兮秋風，洞庭波兮木葉下。」

［四］　暗浪：夜晚的水浪。蘇軾《和〈飲酒〉二十首》其五：「小舟真一葉，下有暗浪喧。」

［五］　冷壓釭華不吐：王銍《夜坐》：「夜久燈花自吐紅，歲華已盡尚飄蓬。」釭華，燈花，油燈點盡後所結的燈心。華，同「花」。吐，發出光亮。

［六］　微吟閉户：指勞權隱居于此。朱翌《冬至後雪夜》：「閉門高卧直差易，擁鼻微吟何似生。」

［七］　三徑：隱居者的家園。趙岐《三輔决録・逃名》：「蔣詡歸鄉里，荆棘塞門，舍中有三徑，不出，唯求仲、羊仲從之游。」陶潛《歸去來辭》：「三徑就荒，松竹猶存。」此指勞權居處。蕭蕭：蕭條冷落貌。蓬蒿滿：江淹《雜體詩三十首》其十三：「顧念張仲蔚，蓬蒿滿中園。」此暗用張仲蔚典故。皇甫謐《高士傳・張仲蔚》：「張仲蔚者，平陵人也，與同郡魏景卿俱修道德，隱身不仕。明天官博物，善屬文，好賦詩，常居窮素，所處蓬蒿没人，閉門養性，不治榮名，時人莫識，惟劉、龔知之。」

［八］　裙屐歡：年輕時友人的快樂聚會。汪霖《寒夜舟中寄稚存》其一：「不知裙屐清歡

夜，憶否桃花送客情？」

［九］　飄零我亦泥中絮：《復堂諭子書》：「下第南還，署秀水教官，仍兼書局、采訪局事，故官秀水將兩期，居于學舍不過三月耳。」故難免飄零之感。泥中絮，趙令畤《侯鯖録》卷三：「東坡在徐州，參寥自錢塘訪之，坡席上令一妓戲求詩，參寥口占一絶云：『多謝尊前窈窕娘，好將幽夢惱襄王。禪心已作沾泥絮，不逐東風上下狂。』」柳絮沾泥不能飛揚，這裏喻指自己壯心沉埋。梁棟《春日郊游和友人韵》：「壯心難起泥中絮，老眼羞看霧裏花。」

［一〇］　歎明明、入懷月色：切題中「月夜」意。明明，月光明亮貌。曹操《短歌行》：「明明如月，何時可掇？」入懷月色，姜特立《明月歌》：「明月入我懷，我攬明月輝。」

［一一］　芳草變衰浮雲改：即物是人非之意。宋玉《九辯》：「蕭瑟兮，草木摇落而變衰。」辛棄疾《鷓鴣天·和人韵有所贈》：「事如芳草春長在，人似浮雲影不留。」

［一二］　美人黄土：杜甫《玉華宫》：「美人爲黄土，况乃粉黛假。」沈寅《杜詩直解》注：「此詩因玉華宫之荒凉，而歎人之不能長久，以傷懷也。」王嗣奭《杜臆》注：「『美人』乃當時侍金輿者。美人借粉黛而美，美人已爲黄土，况粉黛乎？原是假飾，今安在乎？」可參。陸游《夢韓无咎如在京口時既覺枕上作短歌》：「樽前美人亦黄土，吾輩鬼録將安逃？」

［一三］　生：偏偏。張相《詩詞曲語辭匯釋》卷一：「生，甚辭，猶偏也；最也；只也；硬也。……韓愈《李花》：『東風來吹不解顔，蒼茫夜氣生相遮。』生相遮，猶云偏相遮。」有情：指與

勞權有交情。劉義慶《世說新語・賞譽》：「王恭始與王建武甚有情，後遇袁悅之間，遂致疑隙。」又佛教稱人爲有情，又譯作衆生。慧能《壇經・行由品》：「善自護念，廣度有情。」

［一四］「莫倚平生丹青手」二句：謂勞氏雖善畫人物，却不爲人所識。王安石《明妃曲二首》其一：「歸來却怪丹青手，入眼平生幾曾有。」丹青手，畫工。顔面，容顔。行路，路人。《後漢書・黨錮傳・范滂》：「行路聞之，莫不流涕。」此指陌生人。

［一五］「哀與樂」二句：此爲勘破人生之語。

霓裳中序第一［一］

怡雲小築梅萼初發［二］，尋春未遲

緗英展凍靨［三］。二月春風初著力［四］。江上蘼蕪弄色［五］。好蕩個吴舲［六］，試迎桃葉［七］。絲絲雨濕。傍小池、籠影清澈［八］。人清瘦、乍調鶯語［九］，幾點上妝額［一〇］。清絕。舊游曾識［一一］。看參横、玉梅如雪［一二］。移根孤嶼拂拭［一三］。倚竹生寒，羅袖岑寂。［一四］一枝親許折［一五］。問三店、雙橋信息［一六］。歸來蚤、商量眉黛［一七］，留取夜闌說［一八］。

【注】

［一］作于同治十一年（一八七二），時年四十一歲。詞中云：「二月春風初著力。江上蘼蕪弄色。」可能爲二月初由蘇州返鄉舟行途中，經過塘棲超山下所作。詳下《花犯·唐鄴梅花林下作》、《望江南》（東風路）諸詞注釋。

［二］怡雲小築：可能爲塘棲超山梅林中的建築。小築，指規模不大而雅致幽静的居所或園林。杜甫《畏人》：「畏人成小築，褊性合幽棲。」張溍《讀書堂杜詩注解》注：「小築，言其省；幽棲，言其僻，不欲爲人知也。」

［三］緗英：黄花，此指緗梅。《説郛》卷七十引范成大《范村梅譜》：「百葉緗梅，亦名黄香梅，亦名千葉香。梅花葉至二十餘瓣，心色微黄，花頭差，小而繁密。」吴文英《永遇樂·探梅次時齋韵》：「吴臺直下，緗梅無限，未放野橋香度。」凍靨：亦指梅花。靨，面頰，此形容花。吴文英《花犯·郭希道送水仙索賦》：「清鉛素靨，蜂黄暗偷暈。」

［四］二月春風初著力：春二月尚有寒意，故云。强至《晚鶯獻都官》：「春風著力年年在，未必羽翰今便衰。」

［五］蘼蕪：草名，葉有香氣。劉向《九歎·離世》：「菀蘼蕪與蘭若兮，漸藁本于洿瀆。」這裏泛指草木。弄色：顯現賣弄美色。姚合《迎春》：「今日柳條全弄色，游人相伴看春來。」

［六］吴舲：吴越之地的小船。劉安《淮南子·俶真訓》：「越舲蜀艇，不能無水而浮。」高

誘注：「舲，小船也。」譚獻此行由蘇州坐船返杭州，故云。其《雨中游惠山》詩亦有「吴舲蕩空濛」句。

［七］　桃葉：王獻之妾，後泛指情人。郭茂倩《樂府詩集》卷四十五引《古今樂録》：「《桃葉歌》者，晋王子敬（獻之）之所作也。桃葉，子敬妾名，緣于篤愛，所以歌之。辭曰：『桃葉映紅花，無風自婀㚥。春風映何限，感郎獨采我。』」又《南史·陳本紀下》：「先是江東謡多唱王獻之《桃葉辭》，云：『桃葉復桃葉，度江不用楫。但度無所苦，我自迎接汝。』」

［八］　傍小池、籠影清澈：指池塘邊的梅花樹影。唐無名氏《絳都春·早梅》：「月籠疏影横斜照。」彦修《夜宿武夷宫》：「籠月梅花摇素影。」籠，籠罩。

［九］　調鶯語：陸上瀾《元旦四首》其二：「欲滕梅花尋竹石，漫調鶯語佐笙篌。」調，調弄。原指演奏樂器，此指鳥鳴。鶯語，黄鶯悦耳的叫聲。

［一〇］　幾點上妝額：用壽陽公主梅花妝之典。參見《湘春夜月》（度芳洲）注［一四］。

［一一］　舊游曾識：譚獻曾多次經超山賞梅花，故云。

［一二］　看參横、玉梅如雪：用羅浮山趙師雄之典。參見《湘春夜月》（度芳洲）注［一二］，《龍城録》文中有「月落參横，但惆悵而爾」之語。參横，參星横斜，謂天將明。參星爲二十八宿之一。

［一三］　移根孤嶼：設想此梅從孤山移來超山。孤嶼，即孤山，因多梅花，又名梅嶼，在西湖裏湖與外湖之間，景點有斷橋、林逋墓、放鶴亭等。田汝成《西湖游覽志》卷一「孤山三堤勝

蹟」：「孤山，巋介湖中，碧波環繞，勝絶諸山。唐、宋間，樓閣參差，彌布椒麗。」拂拭：表示愛憐的動作。

［一四］「倚竹生寒」二句：用杜甫《佳人》「天寒翠袖薄，日暮倚修竹」詩意。岑寂，寂寞冷清。

［一五］一枝親許折：陸凱《贈范曄》：「折花逢驛使，寄與隴頭人。江南無所有，聊贈一枝春。」陸凱所贈爲梅花。

［一六］問三店、雙橋信息：謂欲問嘉興友人信息。友人指趙銘、張鳴珂等。三店、雙橋，均爲嘉興地名，代指嘉興。三店在嘉善天凝鎮，雙橋在秀洲王江涇鎮。彭孫貽《重過西塘》：「殘星三店火，横角半河聞。」西塘爲嘉善鎮名。譚獻友人周星譽有《虞美人·九月十六日夜泊雙橋》詞，中云：「扁舟秋入嘉興路。夢逐回波去。斷腸名字説雙橋。……」自注：「橋去嘉興六十里。」譚獻同治六年（一八六七）作《眉嫵·梅花洲小泊，寄趙桐孫、張玉珊杭州》詞，有「却洲畔梅開，歸趁春風未醒」之句，因嘉興梅花洲亦以梅著稱，故由眼前之景念及好友。

［一七］蚤：同「早」。商量：計議。眉黛：指女子。温庭筠《楊柳枝》：「金縷毿毿碧瓦溝，六宫眉黛惹春愁。」此指其妻。

［一八］留取夜闌説：謂留待與家人分享。夜闌，夜深。杜甫《羌村》其一：「夜闌更秉燭，相對如夢寐。」

虞美人[一]

柔塵吹暗絲鞭道[二]。綉轂知多少[三]？玉河柳色又今年[四]。消受飛花飛絮晚風前[五]。　斜陽只合遲遲下。我已魂銷也。殘妝有鏡更無人。留得鏡中小影自温存。

【注】

[一]　這首與下一首《虞美人》爲組詞。載稿本日記同治十年（一八七一）二月廿一日。譚獻此年入京應試，二月初至京師。《復堂日記·補録》卷一同治十年二月初四日：「黎明發車，行四十里，入（京城）南西門。……解裝于西珠市口仁錢會館井福軒中。」「絲鞭道」、「綉轂」謂京城車馬之盛麗，「殘妝無人」、「影兒雙」謂夫妻分離，「天涯」、「杜鵑」謂遠行。朱氏定作于同治十一年（一八七二）。又譚獻好友王詒壽《笙月詞》卷四載有《虞美人》二首，其小序云：「仲修自都門寄示『井福軒不寐有懷』二解，纏綿婉篤，讀之銷魂。孤旅傷春，綺懷棖觸，倚聲和之，亦各寄所感耳。」又陶方琦《蘭當詞》卷上有《虞美人》二首，其小序云「愚齋夜雨，讀眉叔（王詒壽）和復堂『井福軒不寐有懷』兩闋」，從時、地、事觀之，均指此二首詞。據此，譚獻二首原有詞題「井福軒不寐有懷」。

[二]　柔塵：即軟塵，指繁華鬧市飛揚的塵土。劉克莊《記事》：「輦路香風吹軟塵，擁途士

女看朱輪。」絲鞭：絲製的馬鞭。徐積《問楊柳》：「落花滿面春風曉，借與絲鞭走馬時。」

［三］綉轂：裝飾華麗的車輛。轂，原指車輪用以插軸的中心部位，此代指車。王勃《臨高臺》：「銀鞍綉轂盛繁華，可憐今夜宿娼家。」

［四］玉河柳色又今年：譚獻此是第二次入京應試，故云。徐熥《寄張成叔》：「玉河堤畔柳，又見一回新。」玉河是京杭大運河通州至北京的一段，元代稱通惠河，由郭守敬于至元三十年（一二九三）主持開鑿完成。明代以後改稱玉河，也稱御河。

［五］飛花飛絮：參見《長亭怨》（看春老、飛花飛絮）注［二］。

又

霞明煙細還如舊［一］。只覺桃花瘦。有風無雨過清明。慣了天涯、不慣杜鵑聲［二］。玲瓏格子鑪香裊［三］。只共梨華笑。儻教吹笛影兒雙。多謝四更山月、照幽窗［四］。

【注】

［一］霞明：雲霞燦爛。張正見《御幸樂游苑侍宴詩》：「霞明黄鵠路，風爽白雲天。」

［二］慣了天涯、不慣杜鵑聲：王炎《聞杜鵑》：「留滯天涯歸未得，杜鵑何苦向人啼。」杜

鵑，《埤雅・釋鳥》：「杜鵑，一名子規。」傳説古蜀帝杜宇死後魂魄化爲鳥，常夜鳴，聲音凄切，如啼「不如歸去」。

〔三〕　格子：指窗欞，古時在上面糊紙或紗以擋風。那遜蘭保《小園落成自題》其二：「玲瓏窗格子，樹外是斜曛。」

〔四〕　四更山月：杜甫《月》：「四更山吐月，殘夜水明樓。」四更，指晨一時至三時。

點絳唇〔一〕

臨平道中〔二〕

側帽東風〔三〕，輕橈剪斷朝來雨〔四〕。去年客路。愁聽車鈴語。〔五〕　黛色臨平，影作眉痕聚。〔六〕春如許。玉人心緒。恐被眉痕誤。〔七〕

【注】

〔一〕　載稿本日记同治十一年（一八七二）正月十八日。譚獻于此年元夕後游歷蘇州，當日記載甚詳，云：「得廣文吴門書。槐庭來談，過右軒，過敬甫。登舟，至戴園，與質文談後發舟。霽日微風，倚篷弄水。此行胸次無營，如此出門，良不惡也。……篋中適携廿年前所刻《化書堂初集》詩詞一册，偶誦終卷，振觸舊懷，如幻如夢，五中不知何味。……更一二十年，何所成就，搔首問天，終竟作何位置邪？前塵迷離，不堪追憶。《點絳唇·臨平道中》（詞略）。」（第十二册《壬申瑣志》）《復堂日記》卷二壬申：「薄游吴門，元夕後三日發舟。」知此詞作于自杭州由運河舟行前往蘇州途中。此詞亦刊于同治十二年《瑶花夢影録》（載《瀛寰瑣記》第十二卷，一八七三年十月），署名麋月楼主，詠贈上海京劇名伶薛瑶卿，題爲「臨平道中寄懷瑶卿」。（見谷曙光《梨園花譜〈群芳小集〉、〈群英續集〉作者考略——兼談〈譚獻集〉外佚作補輯》，刊《文獻》二〇一五年第二期）。吴著據稿本日記考云：「日記所言多爲身世之感，與薛瑶卿毫無关涉。事實上，譚獻與瑶卿相識晚在同治十二年【吴注：譚獻同治十二年正月庚寅（初十日）日記云：『晚招瑶卿來談，瑶卿薛氏，明僮之翹楚也。』（第十三册《南園日記》）當即初相識之時。】，《瑶花夢影録》成書更在是年四月廿七日【吴注：王詒壽同治十二年四月廿六日日記云：『夜録諸同人贈瑶卿文詞成帙，虎臣擬付刻，名之曰《瑶華夢影録》，亦韵事也。』（王詒壽《縵雅堂日記》，《上海圖書館藏稿鈔本日記叢刊》，國家圖書館出版社二〇一七年，第二十六册，第一八五頁）又廿七日日記云：『夜訂《瑶華夢影録》成。』（《縵雅堂日記》，第一八六頁）】因此，詞作絶不可能是爲寄懷薛氏而作。所謂『去年客路，愁聽車鈴語』，當指同治十年科舉下第南還之時。詞中所寄寓的也應當是屢試不第、前塵迷離的失意之感。至于『恐被眉痕誤』一句，或與京師優伶有關（同治十年曾編《群芳小集》），故可借以寄贈薛氏。」按：據整理本《復堂日記》，譚獻于同治十年（一八七一）春在北京應試時撰《群芳小集》，同治十三年（一八七四）應試時撰《群芳續集》，用絶句形式品評當時京劇名伶。譚集本「補遺」中譚獻《增補菊部群英》即此二書。《復堂日記·補録》同治十年三月廿四日記：「予輩將爲《群芳小集》，今夕先貽諸伶各一絶句。」又廿一日記：「楊村舟次補撰《群芳小集絶句》，稿别具。」《復堂日記》同治十三年四月初八日記：「爲《群芳續集》。」薛瑶卿，原姓邊，蘇州人，以色藝名于杭州，後爲滬上名伶，民國時任上海美專昆曲教授。據吴著，譚獻與之相識于同治十二年（一八七三）正月。又張鳴珂致譚獻手札云：「丁丑（光緒三年，一八七七）夏秋之交，宣南小住兩月有餘，蒓客農部（李慈銘）、子縝編修（陶方琦）、雲門庶常（樊增祥）、弢夫比部（王彦威）、彦清孝廉（孫德祖）命酒徵歌，談讌彌洽。霞芬（朱靄雲）獨出冠時，而大作《群芳小集》未曾著録。率賦《浣溪紗》兩詞，録供復堂詞伯一粲。重九日鳴珂繕本。（詞略）」（見《復堂師友手札菁華》）朱靄雲，字霞芬，昆曲名旦，原籍蘇州，爲京城景和堂主人梅巧玲高弟。光緒二年（一八七六）當選菊榜狀元。蜀西樵也（王增祺）《燕臺花事録》有載。關于薛瑶卿，王詒壽有《珍珠簾·偕仲修飲娱園遲瑶卿不至》、《珍珠簾·贈瑶卿》二詞，記薛、譚、王三人之間交往。

〔二〕　臨平道中：從運河舟行北上蘇州須經臨平。臨平，鎮名。民國《杭州府志》卷六「市鎮」：「臨平鎮，在仁和縣東五十七里。」今屬杭州市餘杭區。

〔三〕　側帽東風：賀鑄《怨三三》：「橋上東風側帽檐。」側帽，斜戴帽子，是隨意的裝束。《北史·周·獨孤信傳》：「信美風度，……在秦州，嘗因獵日暮馳馬入城，其帽微側。詰旦而吏人有戴帽者，咸慕信而側帽焉。」此也指早春風勁。

［四］ 輕橈：指小船。謝惠連《泛湖歸出樓中望月詩》：「日落泛澄瀛，星羅游輕橈。」

［五］「去年客路」二句：指同治十年（一八七一）赴京應試失利。此行曾走陸路，故云「車鈴語」。《復堂日記》卷二辛未（同治十年）：「三月十五日申，完三場卷。念自己酉鄉闈至今，南北十一試，矮屋中過九十九日矣。行年四十，鶩此浮榮，亦何爲哉！」可知當時心境。

［六］「黛色臨平」二句：此以眉喻山。王觀《卜算子》：「山是眉峰聚。」黛色，指山。臨平附近有臨平山、超山等衆多小山峰。

［七］「春如許」三句：據吴著，稿本日記原作：「人如許。芳春及暮，况被眉痕誤。」

謁金門［一］

春曉

人未起。聽盡一湖春水。林外杜鵑聲不已。杜鵑花發未［二］？　多少深閨羅綺［三］。臨鏡不勝悲喜。花發遲遲花落易。留春須蚤計。［四］

【注】

［一］ 載稿本日記同治十一年（一八七二）正月十九日。作于自杭州往蘇州途中。當天日

記云：「晨過長安壩，枕上倚聲。《謁金門・春曉》(略)。午過石門，……晚泊陟門。郵亭烽堠，要當笑人途之謬倒也。」(第十二册《壬申瑣志》)吴注：「此日所作《謁金門・春曉》一詞，另有眉批一則云『自然神到，北宋上品』。」長安壩即長安閘，是臨平境内大運河上的閘門。范成大有《長安閘》詩。

〔二〕　杜鵑花發未：此由杜鵑鳥聯想杜鵑花。蘇軾《天仙子》：「走馬探花花發未？」未，用在句末，表示詢問，相當于「否」。

〔三〕　羅綺：指衣着華麗的女子。魏晋無名氏《子夜四時歌》：「碧樓冥初月，羅綺垂新風。」李白《清平樂》：「女伴莫話孤眠，六宫羅綺三千。」

〔四〕　「花發遲遲花落易」二句：謂莫負大好春光。唐無名氏《金縷衣》：「勸君莫惜金縷衣，勸君須惜少年時。有花堪折直須折，莫待無花空折枝。」用此詩意。計，考慮，打算。

山花子〔一〕

曲曲銀屏畫折枝〔二〕。檐花欲笑向伊誰〔三〕？樓上輕寒羅袂薄，最相思。　頻拂粉綿鸞鏡暗〔四〕，乍調筠管鳳簫遲〔五〕。緑鬢徘徊渾不是，少年時。〔六〕

【注】

［一］ 這首與下一首《山花子》爲組詞。載稿本日記同治十一年（一八七二）正月廿日。作于自杭州往蘇州途中。是設想女子閨中春思情景。

［二］ 曲曲銀屏畫折枝：謂屏風上有花的圖案。韓偓《已涼》：「碧闌干外綉簾垂，猩血屏風畫折枝。」折枝，一種不畫全株、只畫連枝折下來部分的花卉畫法，多用于畫梅。仲仁《華光梅譜・取象》：「其法有偃仰枝、覆枝、從枝、分枝、折枝。」

［三］ 檐花：靠近屋檐下邊開的花。杜甫《醉時歌》：「清夜沉沉動春酌，燈前細雨檐花落。」《九家集注杜詩》引趙次公曰：「檐花，近乎檐邊之花也。學者不知所出，或以檐雨之細如水，或遂以檐花爲檐雨之名。故特爲詳之。」伊誰：誰人，何人。《詩・小雅・何人斯》：「伊誰云從？維暴之云。」張九齡《九度仙樓》：「數狹不能制，伊誰可再侮？」

［四］ 粉綿：擦鏡的用品。用綿蘸粉擦拭銅鏡，使之光亮。陸游《古別離》：「粉綿磨鏡不忍照，女子盛時無十年。」

［五］ 筠管：以竹管製成的樂器，如笙、笛、簫等。羅鄴《題笙》：「筠管參差排鳳翅。」此處指鳳簫。

［六］ 「緑鬢徘徊渾不是」二句：亦前一首所注《金縷衣》「勸君須惜少年時」之意。

又

門外蕭郎駿馬行[一]。章臺初日踏歌聲。妝閣夜長金穗落[二]，未分明。　黛掩啼眉山隱約，笙調怨曲玉瓏玲[三]。胡蝶夢中單枕側[四]，不須驚。

【注】

[一] 門外蕭郎駿馬行：參見《解連環》（後堂春晚）注[七]。

[二] 金穗：比喻燈花或燭花。韓偓《生查子》：「時復見殘燈，和煙墜金穗。」

[三] 玉瓏玲：即玉玲瓏，形容清越的樂聲。白居易《箏》：「甲鳴銀玓瓅，柱觸玉玲瓏。」

[四] 胡蝶夢中單枕側：方千里《浣沙溪》：「歸來單枕夢猶驚。」胡蝶夢，用莊生夢蝶之典。《莊子·齊物論》：「昔者莊周夢爲胡蝶，栩栩然胡蝶也。自喻適志與，不知周也。俄然覺，則蘧蘧然周也。不知周之夢爲胡蝶，胡蝶之夢爲周與？周與胡蝶，則必有分矣。此之謂物化。」

望江南[一]

東風路，如畫是家山[二]。草色却隨流水緑，夕陽只在有無間。[三]燕子話春寒[四]。

【注】

[一] 載稿本日記同治十一年（一八七二）二月初二日。時仍在蘇杭途中。譚獻爲江順詒所撰《願爲明鏡室詞稿序》，文尾署「同治十一年仲春月朔，仁和譚獻叙于吴門舟中」，即作此詞之前一日。

[二] 如畫是家山：羅鄴《巴南旅舍言懷》：「家山如畫不歸去，客舍似讎誰遣來。」家山，故鄉。由此句可知是游覽蘇州後于二月初返回杭州。《復堂日記》卷二辛未（同治十年）記應試失利返回杭州後心情：「湖上小步，故鄉風景，倦游心目一清。少年豪宕，頗以湖山冶秀不足震蕩懷抱。南覊嶺海，北攬河嶽，勞筋漸老，壯志日非，乃覺煙水窟中足以怡魂澹慮。」可參。

[三] 「草色却隨流水緑」二句：華岳《初抵富沙》其一：「芳草不隨春水緑，連山猶帶夕陽明。」此反用其意。有無間，《文選·司馬相如〈子虛賦〉》「游于後園，覽于有無」，李善注：「覽于

有無，謂或有所見，或復無也。」

［四］ 燕子話春寒：張榘《浪淘沙・再和》：「小樓燕子話春寒。」

花犯［一］

唐鄞梅花林下作

倚東風，看花霧冷［二］，芳心付流水。去帆陰裏。望暮雨朝雲［三］，無限離思。弄珠負了韶年紀［四］。前歡猶存幾？恁記省、半江顏色，嬋娟相料理［五］。無言繞花易黄昏［六］，依稀認窈窕，文禽煙際［七］。仙袂舉［八］，疏枝外、不禁憔悴。漣漪碧、晚來照影，春夢好、憐他鶯喚起［九］。但領取、玉樓顰笑［一〇］，寒香生翠被［一一］。

【注】

［一］ 載稿本日記同治十一年（一八七二）二月初三日。亦爲返鄉舟行經過塘棲超山時作。據吴著，在稿本日記中，「看花霧冷」作「看花似霧」，「恁記省、半江顏色」作「恁瑟瑟、半江顏色」，「仙袂舉，疏枝外」作「仙子袂，依枝畔」，「晚來照影」作「晚來顧影」。前後更動改换達十數字。

［二］ 看花霧冷：吴文英《賀新郎・湖上有所贈》：「向北山、山深霧冷，更看花好。」

［三］　暮雨朝雲：宋玉《高唐賦序》：「旦爲朝雲，暮爲行雨，朝朝暮暮，陽臺之下。」

［四］　弄珠：指艷遇，用鄭交甫遇漢皋二女之典。《文選·張衡〈南都賦〉》「游女弄珠于漢皋之曲」，李善注引《韓詩外傳》：「鄭交甫將南適楚，遵彼漢皋臺下，乃遇二女，佩兩珠，大如荆雞之卵。」鮑照《登黄鶴磯》：「淚竹感湘别，弄珠懷漢游。」韶年紀：即韶年，指青春年華。邊浴禮《高陽臺》：「尊前低説韶年紀，正盈盈、碧玉分瓜。」

［五］　嬋娟：月亮。料理：逗引。張相《詩詞曲語辭匯釋》卷五引周邦彦《還京樂》「禁煙近，觸處浮香秀色相料理」：「言到處被浮香秀色相逗引也。」

［六］　繞花：謂繞梅花叢而游。白居易《酬韓侍郎張博士雨後游曲江見寄》：「小園新種紅櫻樹，閑繞花行便當游。」

［七］　「依稀認窈窕」二句：林逋《湖上初春偶作》：「文禽相并映短草，翠激欲生浮嫩烟。」意境相似。窈窕，嫻静美好貌。《詩·周南·關雎》：「窈窕淑女，君子好逑。」毛傳：「窈窕，幽閑也。」文禽，指鴛鴦等羽毛有文彩的鳥。《文選·應璩〈與滿公琰書〉》「文禽蔽緑水」，李周翰注：「文彩之鳥也。」

［八］　仙袂舉：白居易《長恨歌》：「風吹仙袂飄颻舉，猶似霓裳羽衣舞。」此喻梅花開放。

［九］　春夢句：此似借用蘇軾《水龍吟·楊花》「夢隨風萬里，尋郎去處，又還被、鶯呼起」詞意。

［一〇］　領取：得到。楊萬里《題望韶亭》：「黄能郎君走川嶽，領取后夔搜禮樂。」玉樓顰笑：亦以含笑美人喻梅花。

［一一］　寒香生翠被：謂此花幽獨，無人相伴。與葛勝仲《次韻去非梅花》「寒姿疏影太幽獨，静女貧姝真窈窕」二句詞意相近。許棐《閨怨五首》其三：「春寒翠被無人共，閑却熏爐一字香。」

洞仙歌[一]

初秋[二]

楊枝弄碧[三]，繫天涯心眼[四]。幾日凉風便零亂。畫橋邊、一片流水無聲，人獨立[五]，暮角將愁吹斷。　春塵煙雨裏，如夢簾櫳[六]，曾拂檐花笑相見。我已厭聞歌，玉笛蒼凉，又吹起、十年清怨[七]。問采采、芙蓉隔西洲[八]，却樹下門前[九]，爲誰留戀？

【注】

［一］　作于同治十一年（一八七二）。在杭州。

［二］　初秋：此詞亦刊于次年的《瑶華夢影録》（載《瀛寰瑣記》第十二卷，一八七三年十

月），署名麋月楼主，題「初秋訪瑶卿作」。名伶薛瑶卿，參見《點絳唇·臨平道中》注［一］。詞意其實與薛瑶卿無關。麋月樓主，也作眉月樓主，譚獻早年齋號。《復堂日記·續録》光緒十三年（一八八七）七月十九日：「眉月樓主，予舊號也。……予舊撰《群芳小集》、《懷芳記注》皆署此號。」

［三］　楊枝弄碧：謂柳枝舞動。弄，舞弄。周邦彦《蘭陵王·柳》：「柳陰直。煙裏絲絲弄碧。」白玉蟾《偶成》：「柳葉枝枝弄碧。」

［四］　繫天涯心眼：謂維繫游子思鄉之情。心眼，心意，心思。柳葉有「柳眼」之稱，故云。蘇軾《永遇樂》：「天涯倦客，山中歸路，望斷故園心眼。」

［五］　「畫橋邊、一片流水無聲」二句：祖詠《陸渾水亭》：「淺沙平有路，流水漫無聲。」吴潛《南柯子》：「有人獨立畫橋東。手把一枝楊柳、繫春風。」

［六］　簾櫳：也作「簾籠」，指門窗的簾子。江淹《雜體詩·張司空華〈離情〉》：「秋月映簾籠，懸光入丹墀。」張泌《河傳》其二：「香融。透簾櫳。」

［七］　「玉笛蒼凉」二句：譚獻于同治四年（一八六五）春從福州返回杭州，屢應試不第，將近十年，心境蒼凉，故云「十年清怨」。姜夔《除夜自石湖歸苕溪十首》其十：「誰家玉笛吹春怨，看見鵝黄上柳條。」清，《清名家詞》本《復堂詞》作「情」。

［八］　問采采、芙蓉隔西洲：南朝樂府《西洲曲》有：「開門郎不至，出門采紅蓮。采蓮南塘秋，蓮花過人頭。」以及「南風知我意，吹夢到西洲」等語，表達情愛。此用其意。亦是周濟所謂

「將身世之感打并入艷情」的筆法。

［九］　樹下門前：南朝樂府《西洲曲》：「樹下即門前，門中露翠鈿。」

西河［一］

用美成金陵詞韵［二］，題甘劍侯《江上春歸圖》［三］

江上地。長亭草樹猶記。夢回故國渺鄉心［四］，斷鴻喚起［五］。萬方一概聽笳聲［六］，煙波來去無際［七］。　耿長劍，何處倚？［八］楊枝渡口船繫［九］。烏衣巷畔有春風［一〇］，晚蘆故壘［一一］。倒吹淚點上征衣［一二］，知他江水淮水［一三］。女墻夜月過小市［一四］。照飛蓬、歸來千里［一五］。往事幾回塵世［一六］？只龍蟠虎踞［一七］，山形依舊，還枕滔滔寒流裏［一八］。

【注】

［一］　作于同治十二年（一八七三），時年四十二歲，在杭州。按：譚獻同鄉好友張預《崇蘭堂詩初存》卷七有《上元甘劍侯孝廉〈江上春歸圖〉》詩，自注「以下乙亥」，作于光緒元年（一八七五），時間稍晚。

〔二〕 美成金陵詞：即周邦彦《西河・金陵懷古》：「佳麗地。南朝盛事誰記？山圍故國繞清江，髻鬟對起。怒濤寂寞打孤城，風檣遥度天際。 斷崖樹，猶倒倚。莫愁艇子曾繫。空餘舊迹鬱蒼蒼，霧沈半壘。夜深月過女墻來，傷心東望淮水。 酒旗戲鼓甚處市？想依稀、王謝鄰里。燕子不知何世。入尋常、巷陌人家相對，如説興亡斜陽裏。」

〔三〕 甘劍侯：即甘元焕。甘元焕（一八四一——一八九九），字劍侯，一字紹存，號復廬，晚號峴叟。江蘇江寧（今南京）人。光緒二年（一八七六）舉人，任豐縣教諭、同知銜候補知縣。有《復廬詩文集》、《莫愁湖志》（未刊）。譚獻《甘府君墓表》云：「元焕，優行貢生，朝考一等，以教職用署宿遷縣訓導。」

〔四〕 故國：故鄉，指金陵，甘元焕家鄉。亦可指故都，金陵爲六朝都城。劉禹錫《金陵五題》其一《石頭城》：「山圍故國周遭在，潮打空城寂寞回。」

〔五〕 斷鴻：失群的孤雁。辛棄疾《水龍吟・登建康賞心亭》：「落日樓頭，斷鴻聲裏，江南游子。」

〔六〕 萬方一概聽笳聲：此化用李益《夜上受降城聞笛》「不知何處吹蘆管，一夜征人盡望鄉」詩意。一概，一樣，一律。杜甫《秦州雜詩二十首》其四：「萬方聲一概，吾道竟何之？」笳，胡笳，軍中管樂器，其聲悲涼。

〔七〕 煙波來去無際：秦觀《蝶戀花》：「九派江分從此去。煙波一望空無際。」辛棄疾《水龍吟·登建康賞心亭》：「楚天千里清秋，水隨天去秋無際。」

［八］「耿長劍」二句：謂壯志無可寄托。傳爲宋玉作《大言賦》：「方地爲車，圓天爲蓋，長劍耿耿倚天外。」耿，明亮貌。

［九］楊枝渡口船繫：杜牧《句溪夏日送盧霈秀才歸王屋山將欲赴舉》：「行人碧溪渡，繫馬緑楊枝。」

［一〇］烏衣巷：在今南京市秦淮河夫子廟文德橋南，三國吴時在此置烏衣營，以士兵著烏衣而得名。《六朝事迹類編》卷下：「烏衣巷，圖經云，在縣東南四里。」《輿地紀勝》卷十七「建康府」：「烏衣巷，在秦淮南，去朱雀橋不遠。《晋書》云：紀瞻立宅烏衣巷。《晋志》云：王導自卜烏衣宅。宋時諸謝烏衣之聚，并此巷也。」劉禹錫《金陵五題·烏衣巷》：「朱雀橋邊野草花，烏衣巷口夕陽斜。」

［一一］晚蘆故壘：用劉禹錫《西塞山懷古》「故壘蕭蕭蘆荻秋」句意。壘，營壘。《禮記·曲禮上》：「四郊多壘，此卿大夫之辱也。」

［一二］倒吹淚點上征衣：韓邦奇《别梅溪》其一：「共向離歌悲祖席，不堪别淚點征衣。」征衣，旅人之衣。岑參《南樓送衛憑》：「應須乘月去，且爲解征衣。」

［一三］江水淮水：任希夷《白鷺亭》：「江水悠悠淮水流，臺城寂寂石城留。」淮水，即秦淮河，在南京城東流入長江。《初學記》卷六引孫盛《晋陽秋》：「秦始皇東游，望氣者云，五百年後，

金陵有天子氣，于是始皇于方山掘流，西入江，亦曰淮，今在潤州江寧縣，土俗亦號曰秦淮。」《江南通志》卷六十二「河渠志・水利・江寧府」：「秦淮河在府治南，發源黄堰壩，抵句容、溧水，來繞府城。經流甚長，城内外交資其利。」

［一四］女墻夜月過小市：用劉禹錫《石頭城》「淮水東邊舊時月，夜深還過女墻來」詩意。女墻，城墻上呈凹凸形的小墻。劉熙《釋名・釋宫室》：「城上垣，曰睥睨……亦曰女墻，言其卑小，比之于城。」小市，小集市。

［一五］照飛蓬、歸來千里：胡應麟《答睿父參知四首》其二：「廿載江天逐塞鴻，歸來華髮歎飛蓬。」飛蓬，遇風飛旋的蓬草，比喻行蹤飄泊不定。《商君書・禁使》：「飛蓬遇飄風而行千里，乘風之勢也。」

［一六］往事幾回塵世：用劉禹錫《西塞山懷古》「人世幾回傷往事」句意。

［一七］龍蟠虎踞：一作「龍盤虎踞」，形容地勢雄壯險要，宜作帝王之都。《太平御覽》卷一百五十六引吴勃《吴録》：「劉備曾使諸葛亮至京，因睹秣陵山阜，歎曰：『鍾山龍盤，石頭虎踞，此帝王之宅。』」李白《永王東巡歌十一首》其四：「龍盤虎踞帝王州，帝子金陵訪古丘。」

［一八］「山形依舊」二句：用劉禹錫《西塞山懷古》「山形依舊枕寒流」句意。

最高樓[一]

金眉老《煙雨尋鷗圖》卷中有王定甫通政、陳實庵編修、蔣鹿潭大使、宗湘文郡守及眉老唱和詞[二]

煙雨裏，脈脈只悲秋。[三]風片薄[四]，酒波柔[五]。綠楊不是靈和樹[六]，白頭重上采菱舟。百年身，千古事[七]，一登樓。　春去也、倡條和冶葉[八]，人去也、斷雲還缺月[九]，凉別袂，觸鄉愁。相逢客路如南雁[一〇]，欲尋舊夢問閑鷗[一一]。剩華年，與流水，兩悠悠。[一二]

【注】

[一]　載稿本日記同治十二年(一八七三)三月廿七日。在杭州。

[二]　金眉老：即金安清。金安清(一八一七—一八八〇)，字眉生，號儻齋，晚號六幸翁。浙江嘉善魏塘鎮人。幼隨父寄寓福建。國子監生。由泰州府同知，擢海安通判，歷官湖北督糧道、鹽運使、湖南按察使。晚歸里，建偶園。工詩文，有《偶園詞鈔》一卷，鈔本。王定甫通政：即王拯。王拯(一八一五—一八七六)，原名錫振，改名拯，字定甫，一字少和，號少鶴，又號龍壁山

人，廣西馬平（今屬柳州）人，原籍浙江山陰（今紹興）。道光二十一年（一八四一）恩科進士，授户部主事，充軍機章京，官太常寺卿、通政司通政使，署左副都御史。以古文名，又擅詩詞，與曾國藩等結文社，譽滿京洛。詞爲「嶺西五大家」之一，受常州詞派張惠言影響，爲晚清詞人王鵬運、況周頤鄉先輩。有《茂陵秋雨詞》四卷、《瘦春詞鈔》一卷，合爲《龍壁山房詞》五卷，同治三年（一八六四）刻本。陳實庵編修：即陳元鼎。陳元鼎（一八一七—一八六七），字實庵，號芰裳，浙江錢塘（今杭州）人。道光二十七年（一八四七）進士，改庶吉士，授翰林院編修。後困頓京師，窮愁抑鬱而卒。有《鴛鴦宜福館吹月詞》二卷，同治元年（一八六二）刻本。蔣鹿潭大使：即蔣春霖。蔣春霖（一八一八—一八六八），字鹿潭，江蘇江陰人，寄籍大興（今屬北京）。諸生。家道中落，科場不利，流寓揚州，曾任兩淮鹽運使東臺分司富安場大使，移家東臺。咸豐中太平軍事起，又流亡泰州、衢州，卒于吴江舟次。有《水雲樓詞》二卷，咸豐十一年（一八六一）曼陀羅華閣刻本，續一卷，同治十二年（一八七三）刻本。宗湘文郡守：即宗源瀚。宗源瀚（一八三四—一八九七），字湘文，江蘇上元（今南京）人。光緒初官浙江，歷署衢州、湖州、嘉興、嚴州、寧波等地府事，署杭嘉湖道，調温處兵備道，卒于官。有《頤情館詩鈔》四卷。譚獻撰有《宗公墓志銘》記其生平。

[三]「煙雨裏」二句：參見《綺羅香・白蓮》注[一]。

[四] 風片：微風。湯顯祖《牡丹亭・游園》：「雨絲風片，煙波畫船。」王士禛《秦淮雜詩》之一：「十日雨絲風片裏，濃春煙景似殘秋。」

［五］　酒波：水波。白玉蟾《月夜書事》：「饑鶴啄梅花，風吹酒波起。」

［六］　緑楊不是靈和樹：用張緒典，意謂不被當局賞識。靈和樹，靈和殿的柳樹。《南史·張緒傳》：「宋明帝每見緒，輒歎其清淡。……劉悛之爲益州，獻蜀柳數株，枝條甚長，狀若絲縷。時舊宮芳林苑始成，（齊）武帝以植于太昌靈和殿前，常賞玩咨嗟，曰：『此楊柳風流可愛，似張緒當年時。』其見賞愛如此。」牛嶠《柳枝》其四：「莫教移入靈和殿，宮女三千又妒伊。」

［七］　「百年身」二句：劉一止《少保左丞葉公挽詩二首》其二：「文章千古事，富貴百年身。」

［八］　倡條和冶葉：形容楊柳婀娜多姿，也借指伎女。李商隱《燕臺詩四首·春》：「蜜房羽客類芳心，冶葉倡條遍相識。」陳永正注：「冶葉倡條，猶言野草閑花。」歐陽修《玉樓春》：「倡條冶葉恣留連，飄蕩輕于花上絮。」

［九］　斷雲還缺月：形容人生難免離别之苦。周邦彦《浪淘沙慢》：「嗟萬事難忘，唯是輕别。翠尊未竭。憑斷雲留取，西樓殘月。」張琦《趨杭夜泊湖口》：「殘夜斷雲迎缺月，昔年荒徑入新煙。」

［一〇］　相逢客路如南雁：謂南來北往，輾轉各地。林弼《次堂郎司天韵》其一：「客路遠隨南雁至。」

［一一］　欲尋舊夢問閑鷗：欲與鷗鳥爲侣，意謂早有隱逸之意。《列子·黄帝》：「海上之人有好鷗鳥者，每旦之海上，從鷗鳥游，鷗鳥之至者百數而不止。其父曰：『吾聞鷗鳥皆從汝游，

汝取來，吾玩之。』明日，之海上，鷗鳥舞而不下也。」

［一二］「剩華年」三句：林弼《次堂郎司天韵》其一：「歲華真似水東流。」

蝶戀花［一］

水香庵餞春［二］

零亂楊枝千萬縷［三］。今日爲萍，昨日還飛絮。［四］禪榻鬢絲春又去［五］。東風不伴閑花住［六］。　幾點繞簾梅子雨［七］。潤到屏山，畫個江潭樹［八］。門外天涯芳草暮［九］。眉顰深淺渾無語［一〇］。

【注】

［一］　載稿本日記同治十二年（一八七三）五月初二日，在杭州。

［二］　水香庵餞春：原題「水香庵餞春同眉子作」。眉子即譚獻好友王詒壽。其《蝶戀花·水香庵餞春同仲修作》：「禪閣茶香煙縷縷。一陣東風，一陣桃花雨。芳草簾前深幾許？碧痕都向眉峰聚。　燕子歸來天又暮。有約尋春，無計留春住。惆悵斜陽鈿笛語。畫屏幾點天涯樹。」又有《浪淘沙·水香庵》：「碧水翦明霞，酒暈些些，疏鐘聲裏燕歸家。不信春風催夢破，春又天

涯。樓外暮煙遮，幾處城笳。輕寒側側透簾紗。早是一痕眉子月，吹上桃花。」（《笙月詞》卷四）水香庵地址不詳。按：此年譚獻未離杭州，僅正月赴會稽秦樹銛之約。《復堂日記》卷三癸酉：「癸酉春正下旬一日，幞被度（錢塘）江，赴秦樹銛秋伊娱園之約。……王眉叔來會。」王詒壽亦有《珍珠簾·偕仲修飲娱園遲瑶卿不至》、《珍珠簾·贈瑶卿》二詞，其中所詠爲早春景物。則水香庵或爲秦樹銛娱園中一景，同游時爲正月，王詒壽、譚獻作詞在之後的五月。王詒壽（一八三〇—一八八一），字眉子、眉叔，號笙月，浙江山陰（今紹興）人。廪貢生，候選浙江武康縣訓導，任杭州書局校理，與譚獻、許增交。有《笙月詞》五卷、《花影詞》一卷，同治十一年（一八七二）《榆園叢刻》本。譚獻《亡友傳》記其生平，曾爲撰《笙月詞叙》。秦樹銛（一八二九—一八八七），即秦樹敏。初名樹銛，字秋伊，號勉鋤、娱園，會稽（今紹興）人。同治十二年（一八七三）舉人，大挑教職，曾創臯社。

［三］　零亂楊枝千萬縷：李涉《柳枝詞》：「不必如絲千萬縷，只禁離恨兩三條。」

［四］　「今日爲萍」二句：用浮萍化爲柳絮之傳説。參見《醜奴兒慢》（晴雲做暖）注［四］。

［五］　禪榻鬢絲：沈崑《瑣窗寒·僧廬夜雨》：「恁而今、禪榻夢回，鬢絲微揚茶煙裹。」參見《湘春夜月》（渡芳洲）注［六］。

［六］　東風不伴閑花住：翁卷《觀落花》：「縱是閑花自開落，東風畢竟亦無情。」

［七］　梅子雨：指江淮流域春末夏初時的陰雨天氣。时正當梅子黄熟，故云。《太平御覽》卷九百七十引應劭《風俗通》：「五月有落梅風，江淮以爲信風。又有霜霪，號爲梅雨，沾衣服皆

敗黦。」陸佃《埤雅》卷十三「釋木・梅」：「今江湘二浙四五月之間，梅欲黄落則水潤土溽，礎壁皆汗，蒸鬱成雨，其霏如霧，謂之梅雨。」賀鑄《横塘路》：「一川煙草，滿城風絮，梅子黄時雨。」

［八］ 江潭樹：張炎《憶舊游》：「歎江潭樹老，杜曲門荒，同賦飄零。」江潭，江邊。《楚辭・屈原〈漁父〉》：「屈原既放，游于江潭，行吟澤畔。」王逸章句：「戲水側也。」

［九］ 天涯芳草：牟融《贈歐陽詹》：「島外斷雲凝遠日，天涯芳草動愁心。」

［一〇］ 眉顰深淺：史達祖《杏花天》：「雙眉最現愁深淺。」

南歌子［一］

題金眉生《江上峰青圖卷》［二］

不暖臨分帶［三］，羞調已碎琴［四］。當時情竭爲知音［五］。憔悴青山、何況舊羅襟［六］。　黄月如冰冷，銀杯借淚深。少年景事總銷沈［七］。只有微波、來去到而今［八］。

【注】

［一］ 載稿本日記同治十二年（一八七三）六月初四日，在杭州。

［二］ 題金眉生《江上峰青圖卷》：譚集本無此題，據吴著所引稿本日記補。金眉生，參見

《最高樓・金眉老〈煙雨尋鷗圖〉……》注〔二〕。

〔三〕臨分帶：臨分，臨別。帶，羅帶。秦觀《滿庭芳》：「銷魂。當此際，香囊暗解，羅帶輕分。」

〔四〕已碎琴：用鍾子期去世、俞伯牙因無知音而碎琴之典。參見《洞仙歌・積雨空齋作》注〔一一〕。

〔五〕當時情竭爲知音：金眉生《江上峰青圖卷》取自錢起《省試湘靈鼓瑟》中「曲終人不見，江上數峰青」詩句，故云。錢詩中尚有句云：「苦調凄金石，清音入杳冥。蒼梧來怨慕，白芷動芳馨。流水傳小浦，悲風過洞庭。」即所謂「情竭」之意。

〔六〕憔悴青山，何况舊羅襟：元稹《贈別楊員外巨源》：「憶昔西河縣下時，青山憔悴宦名卑。」

〔七〕景事：即「影事」，佛教語。謂塵世間事皆虛幻如影。《楞嚴經》卷五：「縱滅一切見聞覺知，内守幽閉，猶爲法塵分別影事。」此指往事。

〔八〕只有微波、來去到而今：參見《齊天樂・許邁孫〈煮夢盦填詞圖〉》注〔六〕。

瑣窗寒〔一〕

連夕與子珍步月〔二〕，秋心眇綿〔三〕，感賦此解，用玉田韵〔四〕

淺酌吟香，單衣却燭〔五〕，畫闌同憑。虛簾卷起，月上一庭花景。問何時、羽衣舞殘〔六〕？

玉樓遠憶人間冷[七]。恁無端葉底[八]，新霜不管，井梧飄盡[九]。苔潤。尋芳徑。[一〇]
便涼收翠扇，暖餘金鼎[一一]。含情寫怨[一二]，誤了弄潮音信[一三]。正閣中、秋夢不成，
嚲鬢海棠花下等。[一四]傍妝臺、鏡子團欒[一五]，天涯歸未穩[一六]。

【注】

[一] 載稿本日記同治十二年（一八七三）九月初八日，應是秋試時作，在杭州。《復堂日記》卷三癸酉：「秋試，裙屐集于都會。朱鎮夫、陶子珍兩同年以送考來，晨夕過從，談藝深至。」是時譚獻有《朱鎮夫陶子珍雨中見過》、《平湖秋泛同鎮夫子珍》詩，并有《吴山道院秋集同秦秋伊馬幼眉諸君》一首，其自注云「會者十五人」，與日記所云「裙屐集于都會」相合。此都會指杭州，秋天浙江鄉試所在地。鎮夫，即朱衍緒，字鎮夫，號壺盧，浙江餘姚人。同治六年（一八六七）舉人。有《大椿山房詩集》。朱氏定此詞作于同治十三年（一八七四）秋，時譚獻在北京，與事不合。陶方琦有和詞《瑣窗寒・和仲儀月夜寄懷用玉田均》：「衫色扶秋，簫聲散水，清輝偷憑。華光和月，攪碎一鈎簾影。却誤他、銷金蝶來，替燒明燭偎人冷。又花間玉樓，沈沈深夜，木樨香盡。露潤。秋芳徑。恨翠窈香闌，慵熏銀鼎。家山楓葉，孤負幾番秋信。指雲中、飛過斷鴻，長門數聲何處等？待霜宵、深翦青燈，黯黯愁難穩。」（《蘭當館詞》卷上）

[二] 子珍：即陶方琦。陶方琦（一八四五—一八八五），譜名孝遜，字子縝，一作子珍，號

湘湄，一作湘眉，一號蘭當，浙江會稽（今紹興）人。同治六年（一八六七）舉人，光緒二年（一八七六）恩科進士，授翰林院編修，光緒五年（一八七九）出督湖南學政，六年（一八八〇）因母喪卸任返鄉守制。光緒八年（一八八二）任《湖北通志》總編修，九年（一八八三）秋入京復職，後病卒北京，年僅四十。爲李慈銘弟子。工古詩文詞，有《蘭當館詞》二卷，附于《湘麋閣遺詩》，光緒十六年（一八九〇）湖北書局刻本。譚獻《亡友傳》記其生平，又爲撰《陶編修傳》。步月：月下散步。薛道衡《重酬楊僕射山亭詩》：「空庭聊步月，閑坐獨臨風。臨風時太息，步月山泉側。」

［三］秋心眇綿：謂秋思幽遠。張九齡《題畫山水障》：「封玩有佳趣，使我心眇綿。」

［四］玉田韵：指張炎《瑣窗寒·旅窗孤寂，雨意垂垂，買舟西渡未能也，賦此爲錢塘故人韓竹簡問》：「亂雨敲春，深煙帶晚，水窗慵憑。空簾謾卷，數日更無花影。怕依然、舊時歸燕，定應未識江南冷。最憐他、樹底蔫紅，不語背人吹盡。　清潤。通幽徑。待移燈剪韭，試香温鼎。分明醉裏，過了幾番風信。想竹間、高閣半閑，小車未來猶自等。傍新晴、隔柳呼船，待教潮信穩。」

［五］却燭：熄滅蠟燭。却，撤去，停止。强至《久雨見月》：「千門却燈燭，久雨愛冰輪。」

［六］羽衣舞：即《霓裳羽衣舞》。其曲爲西凉樂，唐玄宗時河西節度使楊敬述所獻。郭茂倩《樂府詩集》卷五十七：「《唐逸史》曰，羅公遠多秘術。嘗與玄宗至月宫，仙女數百，皆素練霓衣，舞于廣庭。問其曲，曰《霓裳羽衣》。帝默記其音調而還。明日召樂工，依其音調作《霓裳羽衣曲》。一説曰：開元二十九年中秋夜，帝與葉法善游月宫，聽諸仙奏曲，遂以玉笛接之，曲名

《霓裳羽衣》，後傳于樂部。」

［七］玉樓遠憶人間冷：此融入蘇軾《水調歌頭·丙辰中秋》詞意，謂「人間冷」，從「何似在人間」出，但意思更進一層。玉樓，傳説中天帝或仙人的居所。舊題東方朔《海内十洲記·崑崙》：「天墉城，面方千里，城上安金臺五所，玉樓十二所。」此指月宫中瓊樓玉宇。

［八］無端：王鍈《詩詞曲語辭例釋》：「無端，等于説不料、不妨，表示事出意外。」并引韓愈《落花》詩「無端又被春風誤，吹落西家不得歸」爲例。葉底，葉下。周邦彦《蝶戀花》：「葉底尋花春欲暮。」

［九］井梧：井邊梧桐。古人喜于井邊種植梧桐樹。曹叡《猛虎行》：「雙桐生空井，枝葉自相加。」孫光憲《生查子》其三：「金井墮高梧，玉殿籠斜月。」

［一〇］「苔潤」二句：趙師俠《訴衷情·鑒止初夏》：「芳徑緑苔深。」

［一一］金鼎：鼎形銅香爐的美稱。吕從慶《對月有感》：「夜香金鼎燼，春酒玉壺乾。」

［一二］含情寫怨：張問陶《歲暮懷人作論詩絶句》其十二：「湘弦寫怨渺含情，局爲彈棋最不平。」

［一三］弄潮音信：用李益《江南曲》「早知潮有信，嫁與弄潮兒」詩意。

［一四］「正閣中」二句：盧祖皋《畫堂春》：「柳黄移上袂羅單。酒醒嬌鬢風鬟。……夜雨可無歸夢，曉風何處征鞍？海棠開了尚憑闌。」用此詞意。鬢鬟，下垂的髮髻。代指女子。

［一五］團欒：圓貌。指鏡，亦指月，含盼團圓之意。牛希濟《生查子》：「新月曲如眉，未有團圞意。」納蘭性德《菩薩蠻》：「問君何事輕離別，一年能幾團欒月？」

［一六］歸未穩：即歸未得，不能歸。楊炎正《千秋歲・代人爲壽》：「歸未穩，傳宣到。」

齊天樂［一］

許邁孫《煮夢盦填詞圖》［二］

瑣窗朱户尋消息［三］，明蟾與花俱瘦［四］。病榻玄談［五］，柔鄉景事［六］，曾付青春消受。輕微波似舊。問前度通辭［七］，箇儂知否［八］？老却芙蓉［九］，晚鴛獨自戀珍偶［一〇］。颸罷吹暗牖［一一］，曲終人乍去，離緒拖逗［一二］。遠水長東［一三］，殘雲漸暝，笛裏情濃如酒［一四］。閑吟醉後。只煙外迷離，故園楊柳［一五］。便不相思，墜歡何處有［一六］？

【注】

［一］載稿本日記同治十二年（一八七三）九月十七日，在杭州。朱氏定作于同治十三年（一八七四）。

［二］許邁孫《煮夢盦填詞圖》：稿本日記作「題邁孫《煮夢盦填詞圖》」。許邁孫，即許增。

許增（一八二四—一九〇三），字益齋，號邁孫，浙江仁和（今杭州）人。曾入浙江巡撫馬新貽幕，由保舉歷階至道員。收藏既富，喜勘訂校刻書籍，能詩詞，有《煮夢庵詞》一卷，鄭得乾師儉堂鈔本。其所營榆園，爲藏書、校書和文人聚會之處。譚獻《榆園記》：「邁孫早歲客皖，從詩老顧兼塘（翰）受詩法，識淵源所自焉。少好姜、張倚聲之學，自號鬻夢生，園有邃室，顏『鬻夢盦』。嘗繢《填詞圖》，今者老去，填詞未忘結習，空中著語，則古人先我而爲之。」繪填詞圖爲清代文人雅事，一時蔚成風氣，最著名者乃釋大汕于康熙十七年（一六七八）所繪《迦陵填詞圖》，爲詞人陳維崧作。

［三］ 瑣窗朱户：毛滂《春詞》其十六：「瑣窗朱户無寒到，長似春光日日來。」賀鑄《横塘路》：「月臺花榭，鎖窗朱户，只有春知處。」此指許增榆園中建築。

［四］ 明蟾與花俱瘦：言外有人亦瘦之意。朱敦儒《桃源憶故人》：「今夜月明如畫。人共梅花瘦。」楊慎《携酒探梅》：「凍夜明蟾清影瘦，搏風幺鳳緑毛斜。」明蟾，古人傳説月亮中有蟾蜍，用作月亮的代稱。

［五］ 病榻玄談：此以文殊菩薩往維摩詰處探病，兩人互鬥機鋒，比擬文人在榆園聚會時的討論。參見《綺羅香·白蓮》注［七］。《榆園記》：「坐卧小閣，題曰『憶雲』。秦雲易散，綺夢如煙，儒言改過，釋重懺悔，閣旁又有『磨兜堅室』云。」

［六］ 柔鄉景事：謂女色。納蘭性德《金縷曲》：「暫覓個，柔鄉避。」柔鄉，即温柔鄉。舊題

伶玄所撰《趙飛燕外傳》：「是夜進（趙）合德，帝大悦，以輔屬體，無所不靡，謂爲温柔鄉。」

［七］「微波」二句：意謂借微波來傳達情意。曹植《洛神賦》：「無良媒以接歡兮，托微波而通辭。」

［八］箇儂：那人。張相《詩詞曲語辭匯釋》卷三：「箇儂，猶那人也。」隋煬帝《嘲羅羅》：「箇儂無賴是横波，黛染隆顱簇小蛾。」

［九］老却芙蓉：謂荷花枯萎。李白《中山孺子妾歌》：「芙蓉老秋霜，團扇羞網塵。」此喻許增髮妻去世。

［一〇］晚鴛獨自戀珍偶：此或暗指許邁孫晚年納妾，有調侃之意。「晚鴛」指許（時年五十），「珍偶」指所娶新人。崔豹《古今注·鳥獸》：「鴛鴦，水鳥，鳧類也。雌雄未嘗相離，人得其一，則一思而死。故曰疋鳥。」黄庭堅《驀山溪·贈衡陽妓陳湘》：「鴛鴦翡翠，小小思珍偶。」珍偶，猶佳偶。

［一一］輕颸：微風。朱熹《秋暑》：「疏樹含輕颸，時禽囀幽語。」暗牖：光綫暗淡的窗户。薛道衡《昔昔鹽》：「暗牖懸蛛網，空梁落燕泥。」

［一二］「曲終人乍去」二句：當時不少文友寄寓榆園，經常聚而又散，易引起離别之情。拖逗，亦作地逗，惹引。張相《詩詞曲語辭匯釋》卷二：「逗，猶引也。……《李逵負荊》劇一：『待不吃呵！又被這酒旗兒將我來地逗。』此惹引或勾引義。亦作拖逗。」揚无咎《瑣窗寒》：「風僝雨

僽。直得恁時迤逗。」譚獻《榆園記》：「今雨樓南向，高在林表。圖籍萬卷，主人丹黄讎勘遍矣，崔僬之客，正不易易。君少從賢豪長者游，老共晨夕，多素心人，則英辭妙墨好古多聞者，往往而在。」

［一三］遠水長東：榆園傍杭州護城河，故云。《榆園記》：「樓西俯城河，帆棹所經，水榭三楹……」此兼有韶光易逝之意。李煜《烏夜啼》：「自是人生長恨水長東。」

［一四］笛裏情濃如酒：周邦彦《花心動》：「一夜情濃似酒。」辛棄疾《惜奴嬌・戲同官》：「曲裏傳情，更濃似、尊中酒。」

［一五］故園楊柳：劉長卿《時平後春日思歸》：「故園柳色催南客，春水桃花待北歸。」杭州多柳樹，榆園亦于西邊植柳，故云。《榆園記》：「闌外種柳，以蔽西日，蕭蕭瑟瑟，秋心黯然，故曰『涵秋水榭』。」

［一六］墜歡：已失去的往日歡樂。鮑照《和傅大農與僚故别》：「墜歡豈更接，明愛邈難尋。」

浣溪沙［一］

樊雲門詞卷［二］

别院東風著意吹［三］。晶簾不卷雨霏霏。等閑過了牡丹時［四］。

花外燕鶯猶旖旎［五］，酒邊箏笛没參差［六］。道人原不解相思［七］。

【注】

［一］這首與下一首《浣溪沙》是組詞。載稿本日記同治十三年（一八七四）四月十二日。時在北京應試，年四十三歲。此年四月譚獻與樊增祥定交。《復堂日記》卷三甲戌：「與宜昌樊增祥雲門定交。」《樊山集叙》：「譚生内交樊子，在甲戌之夏，公車被放，道義相期。」

［二］樊雲門詞卷：樊雲門，即樊增祥。樊增祥（一八四六—一九三一），原名樊嘉，字嘉父，一字雲門，號樊山，別署天琴，湖北恩施人。光緒三年（一八七七）進士，改庶吉士。官陝西宜川、渭南等縣知縣，累官至陝西布政使、江寧布政使、護理兩江總督，辛亥後以遺老居北京，曾任袁世凱政府参政院参政。出李慈銘、張之洞之門，與易順鼎齊名。民國初在上海發起成立超社。工詩詞，擅艷體，有《樊山詞》三卷，民國十四年（一九二五）廣益書局排印《樊山詩詞文稿》本。又輯《微雲榭詞選》十卷。作此詞二十年後，譚獻《復堂日記·續録》光緒廿一年正月初三日記：「藍洲（陳豪）以樊雲門新刻詩詞示我，蓋除夕寄至，簡藍洲索序于我。翻閲略竟。詩二十卷，詞二卷，情文并至，略患才多。李蒓客（李慈銘）與袁爽秋（袁昶）合評，品題析當，無以易之。雲門庚午以後，嚴與浙中同人切礲，故陶子珍（陶方琦）輩沆瀣無間。京塵數載，師蒓客，友陶、袁。予與藍洲應求且二十餘年，近年鄂游，共昕暮，益觀其深文學、吏治，蓋畏友也。子珍久游，蒓客新謝賓客，吟樊山有韵之文，盍禁黄壚之哭邪？」可参看。

［三］別院東風著意吹：釋寶曇《春寒》：「別院東風料峭寒，春衫已試脱應難。」別院，隔

院，鄰院。

［四］ 等閑：輕易，隨便。張相《詩詞曲語辭匯釋》卷四：「等閑，猶云平常也；隨便也；無端也。……朱熹《春日》：『等閑識得東風面，萬紫千紅總是春。』此爲隨便義，言萬紫千紅之前，隨便可以識得東風面目也。」牡丹時：牡丹開花在春三月前後。

［五］ 花外燕鶯猶旖旎：此句既云已經入夏，又喻指樊增祥詞多詠男歡女愛。旖旎，美盛貌。宋玉《九辯》：「竊悲夫蕙華之曾敷兮，紛旖旎乎都房。」王逸章句：「旖旎，盛貌。」

［六］ 參差：差池，錯失。王鍈《詩詞曲語辭例釋》：「參差，表示事情乖迕，不如人意的形容詞，含有『蹉跎』（虛度時光）或『差池』（錯失）的意思。……元稹《代九九》：『每日同坐卧，不省暫參差。』此猶云無半點差池。」

［七］ 道人原不解相思：此是反語，樊增祥信佛，自號樊山居士、無病居士，但又擅作艷詞，故云。佛教徒亦可稱道人。劉義慶《世説新語・言語》：「支道林常養數匹馬，或言道人畜馬不韵，支曰：『貧道重其神駿。』」

又

記得華年是鏡中。背燈人面隔華風［一］。天涯只在桂堂東［二］。不語任他瑶瑟冷［三］，回頭已是畫屏空[四]。十年影事忒匆匆[五]。

【注】

[一] 華風：光風，和風。鮑照《代少年時至衰老行》：「綺羅艷華風，車馬自揚塵。」

[二] 桂堂東：李商隱《無題》：「昨夜星辰昨夜風，畫樓西畔桂堂東。」桂堂，華美的堂屋。堂，譚集本誤作「棠」。

[三] 瑶瑟冷：意謂瑶瑟被棄置。丁澎《搗練子·春情》：「瑶瑟冷，玉釵横。悄立燈窗倚袖紅。」瑶瑟，裝飾華美的琴瑟，即寶瑟、錦瑟。

[四] 畫屏空：張泌《南歌子》：「驚斷碧窗殘夢，畫屏空。」

[五] 十年影事：指自己此前的應試經歷。譚獻于同治六年（一八六七）秋鄉試獲舉，于次年春首次赴京參加禮部會試，至此年（一八七四）在京應試時與樊增祥定交，前後八年。十年應是取其成數。

綺羅香[一]

題李愛伯户部《沅江秋思圖》[二]，用梅溪韵[三]

草瘦芳心，柳迷倦眼[四]，回首佳人遲暮[五]。一片愁魂，還被水雲留住。[六]思故國、不隔西風，奈離緒、尚縈南浦。[七]最憐他、松柏同心，往來寂寞鈿車路。[八] 清秋江上望遠，只恐回帆浪急[九]，公今無渡[一〇]。霧失峰青[一一]，蕉萃鏡中眉嫵[一二]。垂翠袖、人憶當年，倚簟牀、夢醒何處[一三]？恁禁得、彈冷箏絲，瀟湘和雁語。[一四]

【注】

[一] 載稿本日記同治十三年（一八七四）五月十三日，在北京。

[二] 李愛伯户部：即李慈銘。李慈銘（一八三〇—一八九四），初名模，字式侯，後改今名，字愛伯，號蒓客，晚年自署越縵老人，別署霞川花隱生。浙江會稽（今紹興）人。光緒六年（一八八〇）進士，補户部江南司郎中。官至山西道監察御史。治經史，蔚然可觀。有《霞川花隱詞》二卷，光緒二十八年（一九〇二）刻《二家詞鈔》本。按：《沅江秋思圖》爲潘曾瑩所繪。李慈銘《霞川花隱詞》卷二有《一蕚紅》詞，其序云：「舊乞潘星齋侍郎畫《沅江秋思圖》，寄意瀟湘，實傷遲暮。」潘曾瑩號星齋。譚獻友人陶方琦《蘭當館詞》卷上亦有《湘春夜月·題越縵先生〈沅江秋思圖〉》。又李慈銘《越縵堂日記·桃花聖解庵日記·壬集》本年四月十一日記：「子縝、雲門各以見題《沅江秋思圖》詞出示，孫彦清以見題《桃花聖解庵填詞圖》詞出示，俱極精妙，而子縝尤工。」五月十三日記：「得仲修書，并題予《沅江秋思圖》《綺羅香》詞一闋，用梅溪韵，即復。」又李慈銘致譚獻手札云：「惠書誦悉。承題《秋思圖》，空靈宛轉，信覺白蘋紅芷，嬋嫣欲絶矣。《填詞

圖》當希撥冗題之，海上之琴，非同心不能解也。」（見《復堂師友手札菁華》）

［三］　梅溪韵：即史達祖（號梅溪）《綺羅香·詠春雨》：「做冷欺花，將煙困柳，千里偷催春暮。盡日冥迷，愁裏欲飛還住。驚粉重、蝶宿西園，喜泥潤、燕歸南浦。最妨他、佳約風流，鈿車不到杜陵路。　沉沉江上望極，還被春潮晚急，難尋官渡。隱約遥峰，和淚謝娘眉嫵。臨斷岸、新緑生時，是落紅、帶愁流處。記當日、門掩梨花，剪燈深夜語。」

［四］　「草瘦芳心」二句：謂秋天草木零落。李中《早春》：「一種和風至，千花未放妍。草心并柳眼，長是被恩先。」和凝《宫詞百首》其四十五：「鳳池冰泮岸莎勻，柳眼花心雪裏新。」原形容早春景象，此處云「草瘦」、「柳迷」，用以繪秋草與柳葉枯敗之狀。柳眼，早春初生的柳葉如人睡眼初展，元稹《生春》其九：「何處生春早？春生柳眼中。」

［五］　佳人遲暮：謂盛年難再。《楚辭·屈原〈離騷〉》：「惟草木之零落兮，恐美人之遲暮。」屈原曾被流放沅湘之畔，故由「沅江」而及之。

［六］　「一片愁魂」二句：指屈原之魂留于沅湘，也可指作者與李慈銘共有之鄉愁。水雲，切圖題「沅江」意。司空曙《酬崔峒見寄》：「嵩南春遍愁魂夢，壺口雲深隔路岐。」

［七］　「思故國、不隔西風」二句：切圖題「秋思」意。兩人同爲浙籍，同時羈留京城，故云。故國，故鄉。

［八］　「最憐他、松柏同心」二句：南朝無名氏《錢塘蘇小小歌》：「妾乘油壁車，郎騎青驄

馬。何處結同心？西陵松柏下。」此「往來寂寞鈿車路」，言抛家遠行之孤凄。

［九］　回帆：歸舟。杜甫《迴棹》：「順浪翻堪倚，迴帆又省牽。」回，同「迴」。

［一〇］　公今無渡：謂尚無計渡江返家。古樂府《箜篌引》：「公無渡河，公竟渡河。渡河而死，其奈公何？」鄭樵《通志》卷四十九「樂略・琴操五十七曲」載：「見一白首狂夫，被髮携壺，亂流而渡，其妻隨呼止之，不及，遂援箜篌而鼓之……聲甚凄愴，曲終，亦投河而死。」

［一一］　霧失：被霧遮住。范雲《效古詩》：「風斷陰山樹，霧失交河城。」秦觀《踏莎行》：「霧失樓臺，月迷津渡。」峰青：錢起《湘靈鼓瑟》：「江上數峰青。」此兼含其上句「曲終人不見」意。

［一二］　蕉萃：同「憔悴」。眉嫵：謂女子眉樣嫵媚可愛。《漢書・張敞傳》：「又爲婦畫眉，長安中傳張京兆眉憮。」顔師古注：「孟康曰：『憮音詡，北方人謂媚好爲詡畜。』蘇林曰：『憮音嫵。』蘇音是。」此指代女子。

［一三］　倚簟牀、夢醒何處：用温庭筠《瑶瑟怨》「冰簟銀牀夢不成」句意。簟牀，鋪竹席的牀。

［一四］　「恁禁得、彈冷箏絲」二句：箏柱斜列如雁行，由彈箏聯想到秋雁過瀟湘。此亦由「沅江」而及。瀟湘，即今湖南一帶，相傳雁南飛至湖南衡陽回雁峰而止。《方輿勝覽》卷二十四「衡州」：「回雁峰，在衡陽之南，雁至此不過，遇春而回，故名。或曰峰勢如雁之回。」温庭筠《瑶瑟怨》：「雁聲遠過瀟湘去。」曾益注：「《圖經》：湘水自陽海發源，至零陵北而營水會之，二水合流，謂之瀟湘。瀟者，水清深之名也。」

一萼紅[一]

愛伯《桃花聖解庵填詞圖》[二]

晝陰陰，待題箏昵酒[三]，華髮謝冠簪[四]。歌管東風[五]，星霜別夢[六]，前事都付銷沈[七]。黛眉淺、厭厭睡損[八]，又喚起、簾外怨春禽。杏子單衫[九]，梨花雙靨[一〇]，愁到而今。　猶有平生詞筆，只空枝細草[一一]，日日傷心。木末關河[一二]，雲中殿闕，風雨無伴登臨[一三]。願重倚、如人寶瑟，數弦柱、芳歲共侵尋。[一四]記得班騅繫門[一五]，一寸花深[一六]。

【注】

[一]　載稿本日記同治十三年(一八七四)五月十六日，在北京。

[二]　愛伯《桃花聖解庵填詞圖》：即上首《綺羅香》注[一]所引手札云《填詞圖》。桃花聖解庵，李慈銘齋號之一。李慈銘《越縵堂日記・桃花聖解庵日記・壬集》五月十六日：「得仲修書，以題予《桃花聖解庵填詞圖》《一萼紅》詞見示。」

[三]　題箏，即取箏。題，通「提」，取，執。昵酒：多作「泥酒」，沉溺于酒。韓偓《有憶》：

「愁腸泥酒人千里，淚眼倚樓天四垂。」

［四］　華髮：頭髮花白，謂已至衰年。傅玄《朝時篇》：「十五入君門，一別終華髮。」謝冠簪：謂髮稀疏不能插帽簪，即杜甫《春望》「渾欲不勝簪」之意。冠簪代仕宦，謝冠簪也可比喻告別仕途。文彦博《睢陽五老圖》：「輔政何時退省閑，清平告老謝簪冠。」譚獻與李慈銘兩人年齡相仿，此時科考均不順，故同病相憐。

［五］　歌管東風：韓元吉《方務德元夕不張燈留飲賞梅務觀索賦古風》：「東風摇蕩入煙柳，歌管錯雜催離情。」歌管，謂唱歌奏樂。

［六］　星霜別夢：謂經年離別。星霜，指歲月。星辰每年周轉，寒霜每年降下，故云。張九齡《與弟游家園》：「星霜屢爾別，蘭麝爲誰幽？」

［七］　前事都付銷沈：即往事如煙之意。銷沈，消散。王學文《綺寮怨》：「當日登臨，都化作夢銷沈。」

［八］　厭厭睡損：賀鑄《薄倖》：「厭厭睡起，猶有花梢日在。」厭厭，即「懨懨」，精神萎靡貌。

［九］　杏子單衫：年輕女子衣衫。南朝樂府《西洲曲》：「單衫杏子紅，雙鬢鴉雛色。」

［一〇］　梨花雙靨：指女子雙頰酒窩。徐渭《鳳凰臺上憶吹簫·畫中側面琵琶美人》：「匀搽梨腮雙靨，那半面，剛被這半面相遮。」

［一一］　空枝細草：言漂泊失落之感。空枝，參見《采桑子》（玉階佇立無春到）詞注［七］。

細草，杜甫《旅夜書懷》：「細草微風岸，危檣獨夜舟。飄飄何所似？天地一沙鷗。」

〔一二〕木末關河：謂故鄉遥遠。木末，樹梢，言相距遥遠。《楚辭·屈原〈九歌·湘君〉》：「采薜荔兮水中，搴芙蓉兮木末。」杜甫《北征》：「我僕猶木末。」《分門别集注杜工部詩》引王洙曰：「木末，言猶遠也。」關河，關山河川。陶潛《贈羊長史》：「豈忘游心目，關河不可踰。」

〔一三〕風雨無伴登臨：戴复古《金陵游覽用劉子明韵》：「登臨無伴詩爲侣，興廢不知梅自開。」丁泰《登煙雨樓》：「莫悵登臨無伴侣，相親曾有舊沙鷗。」連上句「雲中殿闕」觀之，似也有功名難成之意。

〔一四〕「願重倚如人寶瑟」二句：化用李商隱《錦瑟》「錦瑟無端五十弦，一弦一柱思華年」句意。芳歲，華年，盛年。

〔一五〕班騅：參見《蝶戀花》（下馬門前人似玉）注〔七〕。

〔一六〕一寸花深：謂門庭冷落，寂無人迹。白居易《秋凉閑卧》：「薄暮宅門前，槐花深一寸。」

長亭怨〔一〕

燕臺愁雨，和陶子珍〔二〕

恁愁緒、鷓鴣啼冷〔三〕。滑滑天街〔四〕，雨昏煙暝〔五〕。潤到單衾，幾時成夢，幾時醒？〔六〕

蛩蟬聲静。偏獨自、偎金鼎。裊一縷餘香，乍記得、渠儂燒剩[七]。却恨。者珠歌翠舞[八]，付與曲廊人定[九]。妝臺鏡暗，記曾照、月痕星影。向客舍、浥遍輕塵[一〇]，鎮蕭瑟、與君同聽。便去也吴娘，休唱一般思省。[一一]

【注】

[一] 載稿本日記同治十三年（一八七四）六月初四日，在北京。譚獻于此年二月赴京，三月第三次應禮部試，未售，滯留京城。九月南還，十月重病。《復堂日記》卷三甲戌：「九月南還，十月一病幾殆。」八月廿六日：「出都。」九月十一日：「回杭。」《復堂日記・補録》卷一同治十三年三月十二日：「既明起，經義五道申初脱稿。寫卷至二鼓訖，臂痛大作。春秋闈十一試，未有如今年之不欲戰者。」四月十三日：「榜發，被放。」

[二] 燕臺：原指戰國燕昭王所築黄金臺，在北京市西南，這裏代指北京。祖詠《望薊門》：「燕臺一望客心驚，簫鼓喧喧漢將營。」陶子珍：即陶方琦。陶原唱爲《長亭怨慢・宣南坐雨，獨理愁緒，邀越縵、復堂和》：「惱絲雨、纏綿催冷。楝葉清陰，畫簾摇暝。玉簟銀牀，暗愁難似，夢時醒。碧紗人静。誰倚暖、紅檀鼎。待唾袖微熏，又却戀、餘香猶賸。偏恨。者天涯舞絮，總與春心無定。蘭情水盼，解道是、鏡中花影。第莫憶、月夜箏絲，有携酒、扶愁偷聽。怎奈得吹凉，紈扇將秋先省。」（《蘭當館詞》卷下）

［三］　恁愁緒、鷓鴣啼冷：謂滯留京城之愁。鷓鴣啼聲如「行不得也哥哥」。參見《金縷曲・江干待發》注［九］。

［四］　天街：指京城街衢。韓愈《早春呈水部張十八員外》其一：「天街小雨潤如酥，草色遥看近却無。」

［五］　雨昏煙暝：史達祖《雙雙燕・燕》：「紅樓歸晚，看足柳昏花暝。」

［六］　「潤到單衾」三句：宋祁《南峴候館晚春有感獻郡守》：「夢後單衾凌晚薄，體中餘酒向醒寒。」單衾，薄被。

［七］　渠儂：吴地方言，他（她）。此指妻子。高德基《平江記事》：「嘉定州去平江一百六十里，鄉音與吴城尤異，其并海去處，號三儂之地。蓋以鄉人自稱曰『吾儂』、『我儂』，稱他人曰『渠儂』，問人曰『誰儂』。」

［八］　者：這。珠歌翠舞：指聲色美妙的歌舞。《楊妃外傳》：「上令宫妓佩七寶瓔珞，舞《霓裳羽衣曲》。曲終，珠翠可掃。」周邦彦《尉遲杯・離恨》：「冶葉倡條俱相識，仍慣見、珠歌翠舞。」

［九］　人定：指夜深人静時。《後漢書・來歙傳》：「臣夜人定後，爲何人所賊傷，中臣要害。」王先謙集解：「《通鑑》胡注：『日入而群動息，故中夜謂之人定。』惠棟曰：『杜預云，人定者，亥也。』」亥時，晚九點至十一點。漢無名氏《古詩爲焦仲卿妻作》：「淹淹黄昏後，寂寂人定初。」

［一〇］　向客舍、浥遍輕塵：化用王維《渭城曲》「渭城朝雨浥輕塵，客舍青青柳色新」句意。

浥，沾，浸漬。

［一一］「便去也吴娘」二句：謂吴二娘所唱《長相思》詞，令人聽雨聲而更添愁怨。白居易《寄殷協律》：「吴娘暮雨瀟瀟曲，自别江南更不聞。」吴娘，指古代歌妓吴二娘。楊慎《升庵詩話》卷四：「吴二娘，杭州名妓也。有《長相思》一詞云：『深花枝，淺花枝。深淺花枝相間時。花枝難似伊。巫山高，巫山低。暮雨瀟瀟郎不歸。空房獨守時。』」

二郎神[一]

清秋夜集，人月如畫，當歡欲愁

吐雲華月[二]，便墮作、鏡中嬌面[三]。正玉樹煙迷，香蘭霧細，賺得柔情似繭[四]。素扇携來團欒影[五]，有幾日、輕涼相見？思淺緑酒波[六]，低紅燈穗，儘容留戀。聽遍。晚樓倚笛[七]，不勝凄怨。但婉孌清歌[八]，碧天如水[九]，一片梁塵在眼[一〇]。寶瑟比人[一一]，春花同笑[一二]，芳景怕成秋苑[一三]。還只恐，後夜風風雨雨，畫簾愁卷[一四]。

【注】

［一］載稿本日記同治十三年（一八七四）七月十五日。爲記友人雅集作，時在北京。《復

堂日記》卷三甲戌：「樊介軒有海淀之招。苑囿林木尚森蔚，樓殿多蕪没，磨迹重尋，已將廿載。昆明湖水澄碧如昔，金牛斷尾，欄檻盡失。坐玉帶橋畔危亭，席地啜茗。秋風被體，薄寒中人。慨息無憀，誦老杜『昆明池水』一章，殆爲今日詠也。」可見當時作者「當歡欲愁」心緒。

〔二〕吐雲華月：韋應物《同德寺雨後寄元侍御李博士》：「喬木生夏涼，流雲吐華月。」

〔三〕便墮作、鏡中嬌面：即詞序中「人月如畫」之意。劉希夷《公子行》：「願作輕羅著細腰，願爲明鏡分嬌面。」嬌面，女子嬌美的面容。

〔四〕賺得柔情似繭：謂思念之情如蠶絲般纏繞。曾紆《客愁》：「客愁如蠶絲，一攬成萬緒。」左錫璇《翠樓吟》：「燕歌悲遠別，望京洛、離愁如繭。」賺得，贏得，博得。皮日休《館娃宫懷古》其一：「越王大有堪羞處，只把西施賺得吴。」似，譚集本誤作「以」。

〔五〕素扇携來團欒影：謂見團扇而怨親人不能團圓。曾幾《置酒簽廳觀荷徐判官携家釀四首》其三：「嬌嬈似不禁長夏，故就團圞扇影來。」

〔六〕酒波：此指酒。林逋《春日送袁成進士北歸》：「酒波欺碧草，歌疊裊晴雲。」

〔七〕晚樓倚笛：趙嘏《長安秋望》：「殘星幾點雁横塞，長笛一聲人倚樓。」

〔八〕婉孌：美好貌。《詩·齊風·甫田》：「婉兮孌兮，總角丱兮。」鄭玄箋：「婉孌，少好貌。」

〔九〕碧天如水：温庭筠《瑶瑟怨》：「碧天如水夜雲輕。」

〔一〇〕梁塵：比喻嘹亮動聽的歌聲。《太平御覽》卷五百七十二引劉向《别録》：「漢興以來，善歌者魯人虞公，發聲清哀，蓋動梁塵。」陸機《擬古詩·擬東城一何高》：「長歌赴促節，哀響逐高徽。一唱萬夫歎，再唱梁塵飛。」魏承班《玉樓春》其二：「聲聲清迴遏行雲，寂寂畫梁塵暗起。」

［一一］　寶瑟比人：古人常將琴瑟與佳人相比。李商隱《房中曲》：「憶得前年春，未語含悲辛。歸來已不見，錦瑟長于人。」錢謙益注：「錦瑟爲其人平日所彈，而物在人亡矣。」

［一二］　春花同笑：王炎《郊外見梅再用前韻三首》其一：「也欲索花同一笑，蒼顏羞澀見春風。」

［一三］　芳景怕成秋苑：有慨歎盛極而衰意味，即詞序所謂「當歡欲愁」。左錫璇《雨夜懷婉洵婉静兩姊》：「試聽檐前淅瀝聲，怕教芳景成秋苑。」

［一四］　「後夜風風雨雨」二句：張孝祥《菩薩蠻·回文》：「晚花殘雨風簾卷。卷簾風雨殘花晚。」

解語花［一］

陶少篔《珊簾試香圖》［二］

花鏤寶蕊［三］，酒醮香波［四］，妙艷相思句［五］。卷簾微雨。鑪煙裊、小坐避人不語。柔馨澹泞［六］。在幾曲、銀屏深處。清夜游、微步珊珊［七］，散滿車塵路。我亦鳳城小住［八］。

好沾蘭染麝[九]，姚冶游侶[一〇]。分囊傳帕都銷冷[一一]，但有暖心一縷。秋情未暮。更繚繞、月魄疑霧。襟袖寒、携向天涯，留舊痕如許。[一二]

【注】

[一] 載稿本日記同治十三年（一八七四）八月初三日，在北京。

[二] 陶少篔：即陶方琯（生卒年不詳），陶方琦兄，與方琦、譚獻同爲同治六年（一八六七）舉人。本年三人同赴北京應進士試。李慈銘此年作《醉花陰》詞，序云：「陶少篔同年招同仲修、匡伯、紫泉、令弟子縝夏夜飲花下作。」（《霞川花隱詞》卷二）

[三] 花鏤寶蕊：謂花蕊如同精心雕鏤而成。李龍高《梅蕊》：「紅蕊盈盈費刻鏤，芳心未露似含羞。」

[四] 酒醺香波：謂杯中酒仿佛也沾染了熏香的氣味。

[五] 相思句：指表達相思情意的詩詞篇章。宋祁《答李從著作》：「慚君遠寄相思句，不啻三逢采艾秋。」

[六] 柔馨澹泞：謂香氣和順蕩漾。范成大《題徐熙杏花》：「老枝當歲寒，芳蘤春澹泞。」

[七] 微步珊珊：郭翼《夜夜曲》：「微步珊珊燈影裏，金屏夜降李夫人。」珊珊，原指玉佩聲，引申爲女子步態緩慢貌。

[八] 鳳城：京城的美稱，此指北京。杜甫《夜》：「步檐倚杖看牛斗，銀漢遥應接鳳城。」仇兆鰲《杜詩詳注》卷十七引趙次公曰：「秦穆公女吹簫，鳳降其城，因號丹鳳城。其後言京城曰鳳城。」張泌《浣溪沙》：「晚逐香車入鳳城。」

[九] 沾蘭染麝：蘭花與麝香，皆爲名貴香料。《晋書·石崇傳》：「崇盡出其婢妾數十人以示之，皆蕴蘭麝，被羅縠。」

[一〇] 姚冶：妖艷。《荀子·非相》：「今世俗之亂君，鄉曲之儇子，莫不美麗姚冶，奇衣婦飾，血氣態度，擬于女子。」楊倞注：「《説文》曰：『姚，美好貌；冶，妖。』」

[一一] 分囊：分香袋。傳帊：傳手帕。都是與女子狎昵之舉。帊同「帕」。銷冷：驅寒。

[一二] 「襟袖寒、携向天涯」二句：姚燮《夜坐吟二章示内子》其二：「出門歸來看女袖，舊淚痕添新淚痕。」舊痕，舊淚痕。

臨江仙[一]

紀别

昨夜酒闌人未見[二]，玉郎從此天涯[三]。清秋倦客正思家[四]。十年景事，回首夢京華。[五] 不分車前重握手，柔腸結了還加。啼痕欲寫臉邊霞[六]。無言强忍，怕染路旁花[七]。

【注】

[一]　載稿本日記同治十三年(一八七四)八月廿六日。據《復堂日記·補録》卷一,譚獻于此年八月二十六日「出都」,南還杭州。

[二]　酒闌:謂酒筵將盡。司馬遷《史記·高祖本紀》:「酒闌,吕公因目固留高祖。」裴駰集解引文穎:「闌言希也。謂飲酒者半罷半在,謂之闌。」何遜《增新曲相對聯句》:「酒闌日隱樹,上客請調弦。」

[三]　玉郎:對年輕男子的美稱。沈約《團扇歌二首》其一:「青青林中竹,可作白團扇。動摇玉郎手,因風訪方便。」牛嶠《菩薩蠻》:「門外柳花飛。玉郎猶未歸。」

[四]　倦客:厭倦羈旅之人,作者自指。鮑照《代東門行》:「傷禽惡弦驚,倦客惡離聲。」周邦彦《蘭陵王·柳》:「誰識。京華倦客。」此年譚獻《南北行》詩有「行雲秋落九曲城,支離病骨妻兒驚」句,可參。

[五]　「十年景事」二句:李覯《怡山長慶寺》:「十載京華夢,相逢一欠申。」景事,參見《南歌子》(不暖臨分帶)注[六]。

[六]　臉邊霞:形容女子紅潤的臉色。晏殊《浣溪沙》:「鬢嚲欲迎眉際月,酒紅初上臉邊霞。」

〔七〕怕染路旁花：路旁之野花，孤生而獨萎，故女子與之同病相憐。

渡江雲〔一〕

大觀亭，同陽湖趙敬甫、江夏鄭贊侯〔二〕

大江流日夜〔三〕，空亭浪卷，千里起悲心〔三〕。問花花不語〔四〕，幾度輕寒，恁處好登臨〔五〕。春幡顫裊〔六〕，憐舊時、人面難尋。渾不似、故山顏色〔七〕，鶯燕共沈吟〔八〕。銷沈。六朝裙屐，百戰旌旗〔九〕，付漁樵高枕〔一〇〕。何處有、藏鴉細柳，繫馬平林？〔一一〕釣磯我亦垂綸手〔一二〕，看斷雲、飛過荒潯〔一三〕。天未暮，簾前只是陰陰〔一四〕。

【注】

〔一〕載稿本日記光緒元年（一八七五）二月廿五日。時年四十四歲，在安慶。譚獻于上年十一月捐官安徽懷寧知縣，發舟離杭，十二月抵安慶。懷寧爲附郭縣，也是安慶府治及安徽省治所在，所謂省、府、縣「同城而治」。《復堂諭子書》：「甲戌三赴計偕，自顧漸老，稍欲以民事自試，假貸戚友，入貲以縣尹官皖，非素心也。……同治十三年冬盡至皖，孫琴西公以臬使權藩伯也。……光緒元年，方伯紹誠公召予入幕，從事二年，又應官之知己也……」詞爲到任後作。諸可寶光緒九年（一八八三）有和作，序云：「癸未五月，舟次望大觀亭有感，用仁和譚大令同年廷獻舊作原韵，時同年權懷寧縣事。」和詞載其《捶琴詞》卷一，并附譚獻此作，題「乙亥春日游大觀亭」。葉恭綽《廣篋中詞》評云：「曲而有直體。」

〔二〕 大觀亭：在今安徽安慶懷寧境内，南瀕長江。民國《懷寧縣志》：「忠宣公墓側，高阜臨江，建亭其上。南北諸峰，環拱入座；雲樹煙巒，歷歷數焉。波瀾浩淼，一氣混茫，登覽者多起雄圖代謝之感。」太平天國時毁，同治六年（一八六七）重建。趙敬甫：即趙曦明。趙曦明（一八三一—一八八〇），字敬夫、敬甫，江蘇陽湖（今常州）人，與蔣春霖等交。時任安徽候補直隸州（據繆荃孫《國朝常州詞録》卷二十六），也在安慶。《復堂日記》卷三甲戌：「江夏鄭贊侯大令、武進趙敬夫刺史新締文字交。書生氣類，塵尾没案，又作故鄉面目。」則兩人相識于同治十二年（一八七三）十二月，譚獻初涖安慶懷寧時。又《復堂日記・補録》卷二光緒元年（一八七五）正月廿六日：「過敬夫，并約鄭贊侯同詣周星譼涑人……談久之，回。」又七月十四日離安慶時：「敬夫相送，茗話江閣。」又望日：「清曉解纜，憶昨與趙敬夫司馬、鄭湛侯大令江樓話别，予誦『今月曾經照古人』句，敬夫云：『何日非今，何人不古！』相與太息。」可見交往甚密。江夏鄭贊侯：即鄭襄。鄭襄（一八三六—？），字湛侯，一字贊侯，湖北江夏人。光緒十六年（一八九〇）進士，曾官湖南衡陽、貴州黔陽、安徽太湖等地知縣。時任安慶知縣。能詩詞，有《久芬室詩集》六卷。曾參加湘社唱和，詞見《湘社集》。譚獻此年有《答鄭襄》、《和鄭贊侯》詩。

［二］　大江流日夜：襲用謝朓《暫使下都夜發新林至京邑贈西府同僚》成句。

［三］　千里起悲心：化用謝朓《暫使下都夜發新林至京邑贈西府同僚》「客心悲未央」句意。悲心，此指離鄉遠宦之心。

［四］　問花花不語：韋莊《歸國遥》：「南望去程何許？問花花不語。」歐陽修《蝶戀花》：「淚眼問花花不語，亂紅飛過秋千去。」

［五］　「幾度輕寒」二句：譚獻《答鄭襄》有「江介春恒寒，葛屨踐霜路。尺寸不自知，勿乃窘予步」之句，可參看。恁處，此處，指大觀樓。

［六］　春幡顫裊：辛棄疾《漢宮春·立春日》：「春已歸來，看美人頭上，裊裊春幡。」《佩文韵府》引《歲時風土記》：「立春之日，士大夫之家，剪裁爲小幡，或懸于家人之頭，或綴于花枝之下。」參見《甘州》(問蕭條、底事走天涯)注［五］。顫裊，微微顫動。周邦彦《六醜·薔薇謝後作》：「終不似、一朵釵頭顫裊，向人欹側。」

［七］　故山：舊山，喻家鄉。應瑒《别詩》其一：「朝雲浮四海，日暮歸故山。」顔色：此指風景。王僧孺《中川長望詩》：「故鄉相思者，當春愛顔色。」譚獻《答鄭襄》詩有：「林木思春陽，飛鳥一回顧。毛羽任摧頹，稻粱隨所遇。」可參看。

［八］　鶯燕共沈吟：莊棫《浣溪沙》：「簾間鶯燕自沈吟。」

［九］　百戰旌旗：謂建功立業。張翥《送太傅丞相出師平徐方》：「萬年社稷收長算，百戰旌旗得勝風。」

［一〇］　漁樵高枕：謂隱居無憂。劉孝威《奉和六月壬午應令》：「神心重丘壑，散步懷漁樵。」高枕，枕着高枕頭，謂無憂無慮。《戰國策·齊策四》：「三窟已就，君姑高枕爲樂矣。」此年譚獻《贈邢世銘子膺》詩有「最宜邱壑不宜官，塵外相逢結古歡」句，可參看。

［一一］　「何處有、藏鴉細柳」二句：謂稱心快意的生活。藏鴉細柳，王筠《春游詩》：「叢蘭已飛蝶，楊柳半藏鴉。」周邦彦《渡江雲》：「千萬絲、陌頭楊柳，漸漸可藏鴉。」繫馬平林，史深《木蘭花慢》：「曾傍灣橋繫馬，紫騮嘶度平林。」

［一二］　釣磯我亦垂綸手：此爲其自信之語。傳説姜太公吕尚未出仕時曾在渭水濱垂釣，後以垂綸指隱居。釣磯，釣魚時坐的巖石。垂綸，垂釣。庾信《擬詠懷詩二十七首》其二：「赭衣居傅巖，垂綸在渭川。」譚獻《答鄭襄》詩有「有時程吏職，黽勉前修赴」句，可參看。

［一三］　斷雲：片雲，孤雲。蕭綱《薄晚逐涼北樓迥望詩》：「斷雲留去日，長山減半天。」荒潯：荒涼的水邊，此指長江邊。《文選·枚乘〈七發〉》「弭節乎江潯」，李善注引《字林》：「潯，水涯也。」黄溍《宿賈氏山房》：「暝色蒼茫赴遠岑，獨追燈火下荒潯。」

［一四］　陰陰：幽暗貌。蘇軾《李氏園》：「陰陰日光淡，黯黯秋氣蓄。」

謁金門［一］

人寂寂［二］。江北江南春色［三］。繞樹輕煙迷倦客。煙中山半額［四］。榆火梨花時節［五］。獨自怎生將息［六］？簾外弄寒風又急。子規聽不得［七］。

【注】

［一］此首與以下兩首《謁金門》爲組詞。載稿本日記光緒元年（一八七五）三月初三日，在安慶。

［二］人寂寂：敦煌曲子《鵲踏枝·他邦客》：「獨坐更深人寂寂。憶念家鄉，路遠關山隔。」

［三］江北江南春色：因懷寧在長江之畔，故云。劉長卿《發越州赴潤州使院留別鮑侍御》：「江南江北春草，獨向金陵去時。」

［四］半額：原指廣眉，《後漢書·馬廖傳》引長安民謡云：「城中好高髻，四方高一尺。城中好廣眉，四方且半額。」此以半額眉喻山。

［五］榆火梨花時節：指清明寒食。周邦彦《蘭陵王·柳》：「又酒趁哀弦，燈照離席，梨花榆火催寒食。」宗懔《荆楚歲時記》：「去冬節一百五日，即有疾風甚雨，謂之寒食，禁火三日，造餳大麥粥。按曆合在清明節前二日亦有去冬至一百六日者。」胡仔《苕溪漁隱叢話》前集卷二十三

引《迂叟詩話》：「而唐時唯清明取榆柳之火，以賜近臣戚里，本朝因之。」寒食時梨花正開，故云。白居易《陵園妾》：「眼看菊蕊重陽淚，手把梨花寒食心。」

［六］將息：養息，休息。張相《詩詞曲語辭匯釋》卷六：「將息，保重身體之義。」李清照《聲聲慢》：「乍暖還寒時候，最難將息。」

［七］子規：杜鵑鳥的別名。參見《虞美人》（霞明煙細還如舊）注［一］。王維《送楊長史赴果州》：「別後同明月，君應聽子規。」

又

空繾綣［一］。休認當年人面。雨雨風風渾不管。落花飛滿院［二］。　付與清明魂斷［三］。折得楊枝還短。樹下門前千里遠［四］。出門儂又懶。

【注】

［一］繾綣：情感糾纏縈繞。《詩·大雅·民勞》「以謹繾綣」，毛傳：「繾綣，反覆也。」高亨注：「繾綣，固結不解之意。」

［二］落花飛滿院：韋莊《謁金門》：「滿院落花春寂寂，斷腸芳草碧。」

〔三〕付與清明魂斷：化用杜牧《清明》「清明時節雨紛紛，路上行人欲斷魂」詩意。

〔四〕樹下門前千里遠：參見《洞仙歌·初秋》注〔六〕。

又

煙雨裏。十二闌干慵倚〔一〕。飛絮飛花人似醉〔二〕。生憎江上水〔三〕。檢點羅衣殘淚〔四〕。帶眼莫將春繫〔五〕。夢短夢長渾不記〔六〕。餘寒憐翠被。

【注】

〔一〕十二闌干：曲曲折折的闌干。十二，極言其曲折之多。張先《蝶戀花》：「樓上東風春不淺。十二闌干，盡日珠簾卷。」

〔二〕飛絮飛花：楊慎《瑞鷓鴣·詠柳》：「垂楊垂柳管芳年。飛絮飛花媚遠天。」

〔三〕生憎江上水：謂因不得乘舟返鄉而生怨恨。劉采春《囉嗊曲》：「不喜秦淮水，生憎江上船。載兒夫婿去，經歲又經年。」生憎，最恨，偏恨。張相《詩詞曲語辭匯釋》卷二：「生，甚辭，猶偏也；最也；只也；硬也。……生憎，猶云偏憎或最憎。」

〔四〕檢點：查看。方干《贈山陰崔明府》：「壓酒曬書猶檢點，修琴取藥似交關。」羅衣殘淚：李白《學古思邊》：「胡地無春暉，征人行不歸。相思杳如夢，珠淚濕羅衣。」

［五］帶眼莫將春繫：謂腰上革帶因消瘦也像細柳，留不住春天。趙彦端《芰荷香·席上用韵送程德遠罷金溪》：「多情細柳，對沈腰、渾不勝垂。」帶眼，束腰革帶上的孔眼，放寬或收緊腰帶時用。參見《賀新郎·和人》注［八］。

［六］夢短夢長渾不記：陸游《江亭晚思》：「太空不礙雲舒卷，高枕寧論夢短長。」

桂枝香［一］

秦淮感秋［二］

瑶流自碧［三］。便作就可憐［四］，如許秋色。只是煙籠水冷，後庭歌歇。［五］簾波澹處留人景［六］，裊西風、數聲長笛。彩旗船舫，華燈鼓吹［七］，無復消息［八］。念舊事、沈吟省識［九］。問曾照當年，惟有明月。［一〇］拾翠汀洲密意［一一］，總成蕭瑟。秦淮萬古多情水［一二］，奈而今、秋燕如客［一三］。望中何限［一四］，斜陽衰草［一五］，大江南北。

【注】

［一］載稿本日記光緒元年（一八七五）八月十三日。吴著引作「秦淮秋感」。爲譚獻首次

游南京，其師薛時雨置酒秦淮酒樓招待，赴宴後作。據《復堂日記》卷三乙亥，該年譚獻被聘入江南貢院文闈，七月舟行赴南京，八月入闈，任秋試收卷官。九月出闈，家人自杭州來南京，同赴安慶懷寧任所。行前有《將往白門莊子襄白岱樓太守胡稚楓趙敬甫刺史鄭湛侯陳邁甫大令同集江亭稚老賦詩寵行依韵酬之》詩。在南京有《金陵三首》、《秦淮雜詩》等詩。《復堂日記·補録》卷二光緒元年七月廿三日：「始泛秦淮。雖劫灰之餘，而山水古秀，目所未經。薄晚，薛師置酒李氏水榭。見曲中六七女郎，非復承平之盛，而六朝金粉，餘韵猶存。」江南貢院在秦淮河北岸，緊臨夫子廟學宮東側。

〔二〕秦淮：秦淮河。參見《西河·用美成金陵詞韵……》注〔一三〕。

〔三〕瑶流：傳説中瑶池之水。此爲水之美稱。陶潛《讀〈山海經〉十三首》其三：「亭亭明玕照，洛洛清瑶流。」

〔四〕作就：做成，造成。可憐：可愛。杜甫《韋諷録事宅觀曹將軍畫馬圖歌》：「可憐九馬争神駿，顧視清高氣深穩。」

〔五〕「只是煙籠水冷」二句：用杜牧《泊秦淮》「煙籠寒水月籠沙」、「隔江猶唱後庭花」詩意。

〔六〕簾波：酒樓水榭瀕秦淮河，簾影摇曳如水波動。或云即水的波紋。李商隱《燒香曲》：「玉佩呵光銅照昏，簾波日暮沖斜門。」道源注：「《西京雜記》：『漢陵寢皆以竹爲簾，簾皆水文及龍鳳之像。』簾波，水文也。」周邦彦《蓦山溪》：「簾波不動，新月淡籠明。」人景：人的倒影。景，同「影」。

[七] 鼓吹：演奏音樂。曹植《鼙舞歌五首》其一《聖皇篇》：「武騎衛前後，鼓吹簫笳聲。」

[八] 消息：停歇，平息。杜甫《秋雨歎三首》其二：「禾頭生耳黍穗黑，农夫田妇無消息。」

[九] 念舊事、沈吟省識：此指憑吊六朝興衰。王安石《桂枝香・金陵懷古》：「六朝舊事如流水。」

[一〇]「問曾照當年」三句：劉禹錫《石頭城》：「淮水東邊舊時月，夜深還過女墻來。」晏幾道《鷓鴣天》：「當時明月在，曾照彩雲歸。」似兼有二意。

[一一] 拾翠汀洲密意：曹植《洛神賦》：「命儔嘯侶，或戲清流，或翔神渚，或采明珠，或拾翠羽。從南湘之二妃，携漢濱之游女。」謂求神女未得，心中難免失落。翠羽，翠鳥的羽毛。柳永《安公子》：「拾翠汀洲人寂静。」密意，親密的情意。徐陵《洛陽道》：「相看不得語，密意眼中來。」

[一二] 秦淮萬古多情水：秦淮爲歌樓妓院集中之處，故云。陳昌文《道光己酉春字里門至邗江道中絶句六首》其五：「天地多情水亦柔，秦淮歌舞望中收。」

[一三] 秋燕如客：譚獻來此爲偶然游賞，故云。杜甫《立秋後題》：「玄蟬無停號，秋燕已如客。」似兼有劉禹錫《烏衣巷》詩「舊時王謝堂前燕」的盛衰之感。

［一四］　望中：視野之中。權德輿《酬馮監拜昭陵途中遇雨》：「望中猶可辨，耘鳥下山椒。」何限，無限。韓愈《郴口又贈》其二：「沿涯宛轉到深處，何限青天無片雲。」

［一五］　斜陽衰草：用王安石《桂枝香·金陵懷古》中「歸帆去棹斜陽裏」、「但寒煙、衰草凝緑」句意。

法曲獻仙音［一］

盩厔路山甫罷官客淮上［二］

高柳無絲，幺荷非鏡［三］，賺得春人都老［四］。坐斷斜陽，夢回行雨，殘英有枝空繞［五］。凝望眼，江波渺，離尊那堪倒［六］。渾閑了。恁妝臺、入時梳裹［七］，聽杜宇、簾卷總成獨笑［八］。風雨滿天涯［九］，奈而今、眉黛慵掃［一〇］。怕損魚鱗［一一］，寄音書、流宕難到［一二］。問樓頭月色，後夜隔花涼照。［一三］

【注】

［一］　載稿本日記光緒二年（一八七六）四月十四日。時年四十五歲，在安慶。

［二］　盩厔路山甫：即路坙。路坙（一八三九—一九〇二），字山甫，陝西盩厔（今周至）人。

官知縣，罷官後居江蘇淮安。擅金石書畫。與譚獻相識于安慶，《復堂日記》卷三：「丙子（光緒二年，一八七六）元旦，雪晴凝素，冰箸在檐。盩厔路山甫、江夏鄭贇侯樵蘇清談。」又卷六癸未（光緒九年，一八八三）：「與盩厔路坯山甫別七八年，正月燈夕，從邗江來，下榻官齋。胥疏憔悴，而湖海之氣未除。……山甫以二月十七日作鄂渚游矣。」淮上：即江蘇淮安。

［三］「高柳無絲」二句：江如藻《下第後侍家大人歸里彡石叔有感賦二律即次原韵》其二：「幺荷髡柳尋常興，笑對芳池詠濯纓。」髡柳即柳枝無絲。幺荷非鏡，謂荷葉尚小，不像圓鏡。毛奇齡《蓬池篇》：「荷珠作珥荷鏡圓，風衣雨鬟净可憐。」

［四］春人都老：楊萬里《春晴懷故園海棠二首》其一有句「萬物皆春人獨老」，時當初夏四月，此更進一層説。

［五］殘英有枝空繞：化用周邦彦《六醜・薔薇謝後作》「静繞珍叢底」、「殘英小、强簪巾幘」句意。殘英，落花。

［六］離尊那堪倒：吴文英《惜秋華・七夕前一日送人歸鹽官》：「匆匆便倒離尊，悵遇合、雲銷萍聚。」離尊，别宴上的酒杯。

［七］入時：時髦。朱慶餘《近試上張籍水部》：「妝罷低聲問夫婿，畫眉深淺入時無？」

［八］杜宇：即杜鵑鳥，其啼聲催人歸去。獨笑：獨自笑，苦笑。顧況《歷陽苦雨》：「離憂翻獨笑，用事感浮陰。」

〔九〕 風雨滿天涯：《復堂日記》卷三丙子：「春夏之間，瀕江上下迄浙東西，皆有妖人截髮之事，近則巢縣、廬江、六安、大通、樅陽日有此異。昨日已見于安慶西城。皖、豫間蝗起，閩有戕官之變，畿輔齊魯大旱，請賑；豫章大水初退，流民載道，福州漂没人民，官收之屍六千具。噫！」「舒（城）、桐（城）以北幾斷行旅，潁（州）亳（州）蝗蝻遍野，建平客民哄殺教民，變故百出。」所記爲安慶周邊春夏時形勢，「風雨」或有所指。

〔一〇〕 掃：描畫。李商隱《代贈二首》其二：「總把春山掃眉黛，不知供得幾多愁。」程夢星注引《事文類聚》：「漢明帝宫人掃青黛眉。」

〔一一〕 損魚鱗：指路坯罷官。此借用杜甫《三韵三篇》其一「長魚無損鱗」句。《新刊校定集注杜詩》引陳式曰：「以高馬長魚比磊落之士，謂不當困辱也。」又魚鱗亦代指書信。漢樂府《飲馬長城窟行》：「客從遠方來，遺我雙鯉魚。呼兒烹鯉魚，中有尺素書。」

〔一二〕 流宕：原意謂流浪、放蕩，此處似爲延宕、拖延之意。

〔一三〕 「問樓頭月色」二句：張若虚《春江花月夜》：「誰家今夜扁舟子，何處相思明月樓。可憐樓上月徘徊，應照離人妝鏡臺。」後夜，下半夜。梅堯臣《依韵和劉六淮潮》：「後夜人無寐，遥聽入浦聲。」

鵲橋仙

七夕感汾陽故事[一]

羅雲愁薄[二]，緒風催暮[三]，燭照擎杯酒淺。絳河淼淼向人垂[四]，是別淚、經年流滿[五]。　江湖節序[六]，暌離心事[七]，忍記星期近遠[八]。尋常行路更何人[九]，問可有、軿車相見[一〇]？

【注】

[一]　載稿本日記光緒二年（一八七六）七月初七日。譚獻于上年被聘任秋試官，九月家人自杭州來南京，偕赴安慶懷寧。《復堂日記》卷三乙亥（光緒元年，一八七五）：「（九月）家人至金陵，遂買舟同赴安慶。……十月十二日，挈帑客懷寧矣。」又《復堂日記・補録》卷二光緒元年九月廿八日：「家人自浙買舟至。」十月十二日：「抵安慶。賃居吕八街新宅。」又《復堂諭子書》：「汝瑾乃從兩母偕姊妹至安慶。」譚獻與家人分離近一年，于此時終得團聚，遇七夕有感而發。汾陽故事：指唐代名將郭子儀早年于七夕遇織女下凡的傳説。郭子儀（六九七—七八一），華州鄭縣（今陝西華縣）人，平安史之亂有功，封汾陽王。杜光庭《神仙感遇傳》卷六：「郭子儀，華州人

也。初從軍沙塞間，因入京催軍食，迴至銀州十數里。日暮，忽風砂陡暗，行李不得，遂入道傍空屋中，籍地將宿。既夜，忽見左右皆有赤光，即視空中，見駢輜車綉幄中，有一美女，坐牀垂足，自天面下，俯視。子儀拜祝云：『今七月七日，必是織女降臨，願賜長壽富貴。』女笑曰：『大富貴，亦壽考。』言訖，冉冉升天，猶正視子儀，良久而隱。子儀後立功貴盛，威望煊赫……年九十而薨。」（羅争鳴輯校《杜光庭記傳十種輯校》，中華書局二〇一三年，第五一四—五一五頁）吴存義《榴實山莊詩鈔》卷五有《郭汾陽王故里》詩云：「偉績三朝書鐵券，禪徵七夕記銀州。」

〔二〕羅雲：廣布的雲。文同《牽牛織女》：「織女欲渡河，暫詣牽牛星。諸仙盡還宫，天路羅雲軿。」

〔三〕緒風：餘風。此指秋風。《楚辭·屈原〈九章·涉江〉》：「乘鄂渚而反顧兮，欸秋冬之緒風。」王逸章句：「緒，餘也。」謝靈運《登池上樓》：「初景革緒風，新陽改故陰。」

〔四〕絳河：即銀河。古代觀天象者以北極爲基準，天河在南，南方屬火，尚赤，因稱之。絳，深紅色。唐彦謙《七夕》：「絳河浪淺休相隔，滄海波深尚作塵。」淼淼：水勢浩大貌。王世貞《長干行》：「淼淼天河水，指影竟無形。」

〔五〕是别淚、經年流滿：元稹《分流水》：「古時愁别淚，滴作分流水。」

〔六〕江湖節序：此時漂泊江湖，夫妻在異鄉團聚，故云。

〔七〕暌離：分離。蘇舜欽《寒夜十六韵答子履見寄》：「隔絶今一水，暌離將再春。」

［八］　忍記星期近遠：有擔憂聚而又别之意。忍記，不忍記。星期，指農曆七月初七日，即七夕，是民間傳説牛郎、織女雙星相會之期。王勃《七夕賦》：「佇靈匹于星期，眷神姿于月夕。」戴炳《七夕感興二首》其一：「家家歡笑迓星期，我輩相邀只酒卮。」

［九］　行路：道路。顔延之《秋胡行》：「驅車出郊郭，行路正威遲。」

［一〇］　軿車：四面有帷幕的車子，多供婦人乘坐。即杜光庭《神仙感遇傳》中織女所坐有「綉幄」的「軿輜車」。《後漢書・輿服志上》：「長公主赤罽軿車。大貴人、貴人、公主、王妃、封君油畫軿車。」

大酺［一］

問政山中春雨［二］

看舞榆低［三］，絲楊綰，争忍良辰拋擲［四］。無端敲竹雨［五］，響空階疑是，故人雙屐［六］。枕濕鑪寒，杯空劍銹，吹鬢東風欺客［七］。勞勞亭前路，便傷心不似，少年時節。［八］者人遠多忘，書催難好，付渠憐惜［九］。泥涂遥望極［一〇］。望中見、山外天空闊。怕説與、鶯兒巧囀，蝶子輕翻，待相逢、翠幃將息［一一］。暖到雙羅袖，曾記得、牽蘿顔色。［一二］更長笛、誰吹徹[一三]？梅瓣都墜，容易緗英收拾[一四]。脆圓幾時薦席[一五]？

【注】

[一] 載稿本日記光緒四年（一八七八）二月三十日。時年四十七歲，在安徽歙縣。譚獻于上年八月權歙縣知縣。《復堂日記》卷四丁丑（光緒三年，一八七七）：「八月之官歙縣。」《復堂日記·補録》卷二光緒三年七月十六日：「檄權歙縣。」八月一日：「之官，登程。」十六日：「過休寧城外。」十七日：「抵縣境。」《復堂日記·補録》卷二光緒四年三月初三：「填詞。長短句必與古文辭通，恐二十年前人未之解也。」所填詞或即包括此首《大酺》。

[二] 問政山：在安徽歙縣東。《明一統志》卷十六「徽州府·問政山」：「在府城東五里舊治。唐有于方外者，棄官從太白山道士學養氣之術，時從弟德晦刺歙州，方外訪之，德晦爲築室于此，號問政。」民國《歙縣志》卷一：「《輿地志》：『馬頭嶺西支，起大障山西南，入歙爲問政山脉。』按：問政山脉分布于揚之水之東，練江、新安江之北，昌溪之西。」「問政」一詞出《禮記·中庸》：「哀公問政，子曰：『文武之政，布在方策。』」《復堂諭子書》：「新安山水大好，去故鄉最近，文物尤茂，雖大亂之後，餘韵存焉。吾作宰朞月，心神相樂，民間亦似樂予，至今時時思之。」唐時歙縣爲新安郡治。

[三] 舞榆：榆樹摇擺如隨風起舞。宋祁《博州駱太保》：「闕榆秋舞折膠風。」

〔四〕「絲楊綰」二句：黃永《念奴嬌·中秋舟泊夏鎮與同舟人小飲》：「人間美景良辰，人生有幾，何事輕抛擲？」綰，繫結，留住。

〔五〕敲竹雨：馮坦詩殘句：「因聽敲竹雨，便碎賞花心。」

〔六〕「響空階疑是」二句：顧況《歷陽苦雨》：「夜夜空階響，唯餘蚯蚓吟。」雙屐，謂與友人登山游覽。《南史·謝靈運傳》：「（謝靈運）尋山陟嶺，必造幽峻，巖嶂數十重，莫不備盡。登躡常著木屐，上山則去其前齒，下山則去其後齒。」

〔七〕東風欺客：謂山雨中春風尚帶寒意。辛棄疾《念奴嬌·書東流村壁》：「剗地東風欺客夢，一夜雲屏寒怯。」

〔八〕「勞勞亭前路」三句：時譚獻屢經離別，長期漂泊，故云。李白《勞勞亭》：「天下傷心處，勞勞送客亭。」勞勞亭在今南京市西南古新亭南，築于三國吴時，爲著名的送別之所。《景定建康志》卷二十二「城闕三」：「勞勞亭：亭在城南十五里，古送別之所。考證：吴置亭在勞勞山上，今顧家寨大路東即其所。《輿地志》：『新亭隴上有望遠亭，宋元嘉中改名臨滄觀，又改名勞勞亭。』」此處泛指送別之地。

〔九〕渠：他（她）。指家人。此時又與家人分離。

〔一〇〕泥涂：雨中山路泥濘，故云。亦比喻處境困苦，地位卑下。《左傳·襄公三十年》：「（趙）武不才，任君之大事，以晉國之多虞，不能由吾子，使吾子辱在泥塗久矣，武之罪也。」

杜甫《折檻行》：「青衿冑子困泥涂，白馬將軍若雷電。」蔡夢弼《杜工部草堂詩箋》注：「歎文儒不遇而困滯也。」《復堂日記·補録》卷二九月十七日：「予正受代，絀至二千金。後顧不知所屆，若杜門作老學究，豈有此苦邪！爲氣短久之。記十年前與薛師言：『州縣富，天下將亂矣，州縣窮，天下無不窮矣。』此即古人土崩瓦解之説也。」可參看。

［一一］翠幃：緑色的帷帳。代指家人居室。温庭筠《牡丹二首》其一：「輕陰隔翠幃，宿雨泣晴暉。」

［一二］「暖到雙羅袖」二句：謂盼望與家人相聚。韓淲《阮郎歸·客有舉詞者因以其韵賦之》：「空闊裏，有無間。牽蘿翠袖閑。」龔鼎孳《蝶戀花·温馴韞林夫人，即和其春愁韵，兼東安又》：「翠袖牽蘿憑日暮。」牽蘿，參見《百字令·和張樵野觀察，題倪雲劬〈花影寫夢圖〉》注［一〇］。

［一三］更長笛、誰吹徹：笛曲有《梅花落》，寓思鄉之情。李白《與史郎中欽聽黄鶴樓上吹笛》：「黄鶴樓中吹玉笛，江城五月落梅花。」

［一四］緗英：黄花，此指梅花，由《梅花落》聯想而及。參見《霓裳中序第一》注［三］。

［一五］脆圓幾時薦席：以青梅佐酒是宴飲時常事。此謂盼與家人團圓。脆圓，指代青梅。薦席，供佐酒。周邦彦《花犯·詠梅》：「脆丸薦酒，人正在、空江煙浪裏。」丸，一本作「圓」。

玉樓春［一］

青山日日流鶯語［二］。啼得春來春又去。好雲不似故鄉多，行雨依然相送處。　樓臺金粉江南路［三］。欲寄相思無處所。清明霧裏濕梨華，寒食煙中迷柳絮。［四］

【注】

［一］　載稿本日記光緒四年（一八七八）三月初三日，上巳節。在歙縣。

［二］　流鶯語：李白《春日醉起言志》：「借問此何時，春風語流鶯。」韋莊《菩薩蠻》：「琵琶金翠羽，弦上黄鶯語。勸我早歸家，緑窗人似花。」流鶯，即黄鶯，因其鳴聲婉轉，故名。

［三］　樓臺金粉江南路：指江南繁華富庶之地。歙縣在皖南，靠近浙江。康熙帝《再過明故宫》：「樓臺金粉已沈銷，不獨詩人説六朝。」吴偉業《殘畫》：「六朝金粉地，落木更蕭蕭。」

［四］　「清明霧裏濕梨華」二句：上巳節與寒食、清明相近或重合。舒岳祥《楊柳清明近二首》其二：「楊柳清明近，梨花氣候寒。」

木蘭花慢[一]

桃花

過風風雨雨，尚留得，一叢花[二]。便欲舞還停，如顰又笑，巷曲人家[三]。胡麻。賺儂老去，者仙山、一出是天涯。[四]消受趁時勻染[五]，曆邊片片朝霞[六]。交加[七]。照水一枝斜[八]。鬢影誤年華[九]。記渡江用楫，停辛佇苦，别夢都差。[一〇]丹砂。漫尋句漏[一一]，向紅塵、何處走雲車[一二]？只是輕衾小簟[一三]，從渠玉管金笳[一四]。

【注】

[一] 載稿本日記光緒四年（一八七八）三月初三日，在歙縣。

[二] 一叢花：吴融《賣花翁》：「和煙和露一叢花，擔入宫城許史家。」此指桃花。

[三] 巷曲人家：周邦彦《念奴嬌》：「因念舊日芳菲，桃花永巷，恰似初相識。」巷曲，即曲巷，偏僻的小巷。蕭統《相逢狹路間》：「京華有曲巷，巷曲不通輿。」

[四] 「胡麻」三句：用劉晨、阮肇事。漢時剡縣人劉晨、阮肇入天台山采藥迷路，饑時食桃果腹，遇二仙女招待，并結爲夫婦。見《太平御覽》卷四十一引《幽明録》。又葛洪《神仙傳》：

即指天台山。

「（二仙女）便勑云：『劉、阮二郎經涉山阻，向雖得瓊實（指仙桃），尚虛弊，可速作食。』有胡麻飯、山羊脯，甚美。」胡麻，即芝麻。相傳漢時張騫得其種于西域，故名。《神農本草經》卷一：「胡麻，一名巨勝。」葛洪《抱朴子・仙藥》：「巨勝一名胡麻，餌服之不老，耐風濕，補衰老也。」下云仙山，即指天台山。

［五］　消受：享用。匀染：均匀地涂染，指桃花顔色。

［六］　靨邊片片朝霞：以桃花花瓣形容女子青春容顔。元好問《燭影揺紅》：「蟠桃花發正當春，煙媚明霞臉。」

［七］　交加：錯雜綿密之貌。杜甫《春日江村五首》其三：「種竹交加翠，栽桃爛熳紅。」紀容舒《杜律詳解》注：「竹曰交加，言其綿密；桃曰爛熳，言其繁多。」

［八］　照水一枝斜：此句從周邦彦《玉燭新・早梅》「終不似，照水一枝清瘦」及《花犯・詠梅》「但夢想、一枝瀟灑，黄昏斜照水」借來。李處權《桃花》也有「照水桃花樹，春風灼灼開」之句。

［九］　鬢影誤年華：此歎花將凋零如女子青春將逝，呼應上闋「賺儂老去」。鬢影，鬢髮。李賀《詠懷二首》其一：「彈琴看文君，春風吹鬢影。」

［一〇］「記渡江用楫」三句：用王獻之與桃葉典故，謂可惜夢中都無此艷遇。《南史・陳本紀下》：「先是江東謡多唱王獻之《桃葉辭》云：『桃葉復桃葉，度（渡）江不用楫。但度無所苦，

我自迎接汝。』及晋王廣軍于六合鎮，其山名桃葉，果乘陳船而度。」王獻之迎桃葉的桃葉渡在南京利涉橋附近的秦淮河口，楊廣滅陳渡江處是江蘇六合縣長江渡口，非爲一地。賀鑄《河滿子》：「桃葉青山長在眼，幾時雙楫迎來。」

［一一］「丹砂」二句：此表達出世之意。杜甫《爲農》：「遠慚勾漏令，不得問丹砂。」句漏，指葛洪。句，同「勾」。《晋書·葛洪傳》：葛洪，字稚川，從祖玄，吴時學道得仙，號曰葛仙公。其鍊丹秘術，悉得其法。以年老，欲鍊丹砂，以期遐壽。聞交趾出丹，求爲勾漏令，帝以洪資高不許，洪曰：「非欲爲榮，以有丹耳。」帝從之。勾漏本爲山名，在今廣西北流市東北十五里。《輿地紀勝》卷一百零四「容州」：「（勾漏山）在普寧縣。上有寶圭洞，内石室中有水。故老傳云：葛仙翁嘗于此山修煉，丹竈、石盆在焉。平川中石峰千百，皆矗立特起，周回三十里。其巖穴多勾曲而穿漏，故古以是名山與其邑。」普寧縣，今廣西容縣，屬北流市。

［一二］向紅塵、何處走雲車：謂此種故事實屬虚幻。紅塵，指人世間。雲車，即以雲爲車，傳説中仙人的車乘。劉安《淮南子·原道訓》：「昔者馮夷、大丙之御也，乘雲車入雲蜺，游微霧。」

［一三］輕衾小簟：薄被凉席。謂簡樸的生活起居。朱彝尊《桂殿秋》：「共眠一舸聽秋雨，小簟輕衾各自寒。」

［一四］從渠：隨他，任憑他。張相《詩詞曲語辭匯釋》卷一：「從，猶任也，聽也。」玉管金

笳：此指離别之音樂。褚亮《奉和禁苑餞别應令》：「金笳催别景，玉管切離聲。」時譚獻遠離家鄉，故云。玉管，玉笛。《漢書・律曆志上》「竹曰管」，顔師古注引孟康：「《禮樂器記》：『管，漆竹，長一尺，六孔。』……古以玉作，不但竹也。」金笳，管樂器胡笳的美稱。

浪淘沙[一]

未雨已沈沈[二]。簾外輕陰。澹黄柳色望中深[三]。一片東風吹乍起，江上愁心。[四]倦眼阻登臨。袖手閑尋[五]。雲愁海思兩難禁[六]。百草千花渾不解[七]，獨自沈吟。

【注】

［一］載稿本日記光緒六年（一八八〇）二月十二日。時年四十九歲，在全椒。當日《復堂日記》云：「夜閲邸報，北俄東倭，皇惑百態，大臣有臨刀之詔，海上疑揚塵之時。予詞固云『雲愁海思兩難禁』也。」關于此詞背景，吴著指出：「若無其他背景材料，讀者僅知其愁思滿腹，而不知其愁從何來，甚至很可能認爲其所抒發的僅僅是個人的閑愁。乃知『雲愁海思』固别有寄托，所指當爲日本吞占琉球及被迫與沙俄簽訂《里瓦几亞條約》二事。」可參。譚獻于上年六月調至全椒任知縣，居官兩年。《復堂日記・補録》卷二光緒五年五月十四日：「奉檄署全椒縣篆。」六月

初八日：「之官，發舟。」十九日：「抵縣。」廿二日：「上官。」

〔二〕　沈沈：天色陰沉貌。

〔三〕　澹黄柳色望中深：爲柳葉初發的仲春景色。賀鑄《減字浣溪沙》：「樓角初銷一縷霞，淡黄楊柳暗棲鴉。」

〔四〕「一片東風吹乍起」二句：謂春光引起鄉思。唐彦謙《春風四首》其一：「春風吹愁端，散漫不可收。不如古溪水，只望鄉江流。」蘇軾《書王定國所藏〈煙江疊嶂圖〉》：「江上愁心千疊山，浮空積翠如雲煙。」

〔五〕　袖手：手藏于袖中，一種無所作爲的神態。吕巖《促拍滿路花・題長安酒樓柱》：「袖手江南去，白蘋紅蓼，又尋溢浦廬山。」

〔六〕　雲愁海思：謂憂愁無邊。李白《飛龍引二首》其一：「雲愁海思令人嗟，宫中彩女顔如花。」按：《復堂日記》卷四庚辰（光緒六年，一八八〇）：「庚辰元旦，日淡風嚴，春寒猶沍。爆竹桃符，又采一邦風景。民生貧寡，生聚教訓都無本末。」詞即作于次月。又記：「韋蘇州詩：『兵兇久相殘，徭賦豈得閑！促戚不可哀，寬政身致患。日夕思自退，出門望故山。』讀之悠然以思，悄然以悲。」可參看。

〔七〕　百草千花渾不解：謂春光全不懂得作者之愁思。馮延巳《蝶戀花》其四：「百草千花寒食路。香車繫在誰家樹。」

浣溪沙[一]

是處樓臺是處風[二]。夕陽欲下可憐紅。水晶簾外望玲瓏[三]。　芳草生時人似雁[四]，鏡匳掩處鬢如蓬[五]。不成將息只匆匆。

【注】

[一]　載稿本日記光緒六年（一八八〇）二月十二日，爲在全椒思家之作。

[二]　是處：到處，處處。張相《詩詞曲語辭匯釋》卷一：「是處，猶云到處或處處也。……柳永《八聲甘州》：『是處紅衰翠減，苒苒物華休。』」

[三]　水晶簾外望玲瓏：用李白《玉階怨》「却下水精簾，玲瓏望秋月」句意。玲瓏，月明之貌。《李太白全集》王琦注：「《韵會》：玲瓏，明貌。毛氏《增韵》云：朎朧，月光也。然用『朎朧』，不如『玲瓏』爲勝。」

[四]　人似雁：謂南北漂泊，親人離別。韓元吉《滿江紅·丁亥示龐祐甫》：「花似故人相見好，人如塞雁多離別。」

[五]　鬢如蓬：謂鬢髮亂如蓬草。《詩·衛風·伯兮》：「自伯之東，首如飛蓬。」朱熹集

傳：「蓬，草名，其華似柳絮，聚而飛，如亂髮也。」

大酺[一]

奈枕常欹[二]，裘常擁，愁病桃花時節。紅芳原不改，過蕭蕭風雨，暗銷顏色。[三]燕姹鶯嬌[四]，梨昏柳暝[五]，哀樂何曾忘得？驚心長亭路，但春泥没馬[六]，要留車轍。便山欲化雲[七]，絮都成淚[八]，怨離傷別。　年年挑菜日[九]。怕多露、門外青蕪濕[一〇]。有幾許、瑤琴餘恨[一一]，淥酒餘歡[一二]，到而今、總成追憶。更與吹横玉[一三]，還弄徹、落梅淒切[一四]。正迢遞、斜陽驛[一五]。嘶騎遥駐，人在江城天末[一六]。倚樓忍聽幾疊[一七]？

【注】

[一]　載稿本日記光緒六年（一八八〇）三月初十日，在全椒。爲思家之作。《復堂日記》卷四庚辰三月朔日：「宿雨初收，雲容解駁，病懷抑抑。……下鄉催賦，住武家岡。日未亭午，荒店枯坐。」可見當時心情。

[二]　奈：無奈。欹：斜靠。似化用李白《清平樂》其四「夜夜常孤宿」、「欹枕悔聽寒漏」意。

[三]　「紅芳原不改」三句：謂春花凋謝。陳子昂《感遇詩三十八首》其三十：「但恨紅芳

歇，凋傷感所思。」暗銷，不知不覺地消退。

［四］ 燕妒鶯嬌：張孝祥《減字木蘭花·江陰州治漾花池》：「燕妒鶯嬌。始遣清歌透碧霄。」

［五］ 梨昏柳暝：謂黄昏時分的梨花和柳條。史達祖《雙雙燕》：「看足柳昏花暝。」

［六］ 春泥没馬：指雨後道路泥濘。蘇軾《次韵答王定國》：「傳聞都下十日雨，青泥没馬街生魚。」王之道《經過合寨吊孟氏故居二首》其二：「行過春泥没馬深，幾聲幽鳥囀喬林。」

［七］ 山欲化雲：謂將下雨。劉因《城樓待雨》：「未憂彼岸將爲壑，只恐吾山盡化雲。」

［八］ 絮都成淚：蘇軾《水龍吟·次韵章質夫楊花詞》：「細看來、不是楊花，點點是、離人淚。」絮，柳絮，楊花。

［九］ 挑菜日：唐宋時風俗，農曆二月初二日，仕女去郊野拾菜，士民游觀其中，謂之挑菜節。李淖《秦中歲時記》：「二月二日，曲江拾菜士民極盛。」周密《武林舊事》卷二「挑菜」：「二月一日謂之中和節，唐人最重，今惟作假及進單羅御服，百官服單羅公裳而已。二日宫中排辦挑菜御宴。」白居易《二月二日》：「二月二日新雨晴，草芽菜甲一時生。輕衫細馬春年少，十字津頭一字行。」賀鑄《二月二日席上賦》：「仲宣何遽向荆州，謝惠連須更少留。二日舊傳挑菜節，一樽聊解負薪憂。」古也有人日（正月初七）或寒食節挑菜習俗，唐庚《人日》：「挑菜年年俗，飛蓬處處身。」宗懍《荆楚歲時記》：「寒食挑菜。按：如今人春日食生菜。」譚獻詞中謂「桃花時節」、「燕妒

鶯嬌，梨昏柳暝」云云，是暮春景象，或即指寒食挑菜。

［一〇］　怕多露、門外青蕪濕：白居易《西樓》：「青蕪卑濕地，白露泬寥天。」皇甫冉《寄權器》：「露濕青蕪時欲晚，水流黃葉意無窮。」青蕪，雜草叢生的平野。

［一一］　瑶琴餘恨：暗指相思之怨。魚玄機《寄飛卿》：「珍簟涼風著，瑶琴寄恨生。」周邦彦《南柯子》：「恨逐瑶琴寫，書勞玉指封。」瑶琴，用玉裝飾的琴。此爲琴的美稱。

［一二］　渌酒：濾酒。此指飲酒。李珣《南鄉子》：「回塘深處遥相見，邀同宴，渌酒一卮紅上面。」

［一三］　橫玉：指竹笛。崔櫓《聞笛》：「橫玉叫雲天似水，滿空霜逐一聲飛。」

［一四］　還弄徹、落梅凄切：指笛曲《梅花落》。參見《大酺·問政山中春雨》詞注［七］。

［一五］　正迢遞、斜陽驛：化用周邦彦《蘭陵王·柳》「回頭迢遞便數驛」、「斜陽冉冉春無極」句意。迢遞，遥遠貌。

［一六］　人在江城天末：謂親人遠在家鄉。化用周邦彦《蘭陵王·柳》「望人在天北」句意。江城，應指杭州。

［一七］　幾疊：幾遍。樂奏一遍爲一疊。白居易《聽歌六絶句·何滿子》：「一曲四詞歌八疊，從頭便是斷腸聲。」任半塘《唐聲詩》下編：「惟歌中疊句，究竟如何疊法，傳説不同，臆測難準。姑認爲四首辭，每首復唱一次，共唱八遍，仍俟考。」此指聽笛曲。

訴衷情[一]

村燕

梨花澹白自成村。花下不開門。[二]春愁更與誰道？憑燕子，話黄昏。[三]　簾乍卷，覓巢痕。[四]與銷魂。問伊來處，緑草天涯[五]，有個人人[六]。

【注】

［一］　載稿本日記光緒六年（一八八〇）三月初十日。爲暮春下鄉催賦時作。《復堂日記》卷四庚辰：「村舍點閲《草堂詩餘》。擁鼻微吟，竟忘身作催租吏也。」其《行縣作》亦云「嗟嗟催科亦吏責，忍用鞼撻搜脂膏」。此前，譚獻光緒三年丁丑《日記》有記：「讀高達夫（高適）《封邱縣作》七言，至：『乍可狂歌草澤中，寧堪作吏風塵下。拜迎長官心欲碎，鞭撻黎庶使人悲。』氣短心摧，如是，如是！」可參看。

［二］　「梨花澹白」二句：劉方平《春怨》：「梨花滿地不開門。」

［三］　「春愁」三句：張炎《憶舊游·過故園有感》：「怕有舊時歸燕，猶自識黄昏。待説與羈愁，遥知路隔楊柳門。」詞意近之。

〔四〕「簾乍卷」二句：此設想家人思念遠行之人。蘇軾《六年正月二十日復出東門仍用前韵》：「五畝漸成終老計，九重新掃舊巢痕。」俞樾《南鄉子·次女綉孫偕其婿附海船入都倚此送之》：「煙樹鳳城秋。昔日巢痕尚在不？」

〔五〕緑草天涯：萬石《岳中寄何平子》：「春風緑草遍天涯，恨殺王孫不到家。」

〔六〕人人：用以稱親昵者。此指其妻妾。歐陽修《蝶戀花》：「翠被雙盤金縷鳳。憶得前春，有個人人共。」

丁香結〔一〕

舟夜寄陶漢逸武昌〔二〕

妝鏡人非〔三〕，屋梁吟罷〔四〕，寂寞酒尊棋墅〔五〕。問少年游處，記斷夢、幾輩天涯塵土？〔六〕千花和百草，同消受、葉上曉露。〔七〕眉頭曾有舊恨，更遣新愁來補。〔八〕　歧路。只馬足難留，折柳長亭前度。〔九〕小簟輕衾〔一〇〕，今宵酒醒，試哦離句〔一一〕。人世原有甘瓜，我覺瓜仍苦。〔一二〕况班騅郎去，心事何時再吐？

【注】

［一］《篋中詞》本《復堂詞》未收此詞。載稿本日記光緒九年（一八八三）二月初七日。時年五十二歲，在安慶懷寧。譚獻于上年十二月初權懷寧知縣。《復堂諭子書》：「壬午大水，季冬之月，饑民嗷嗷，大府以予權懷寧令，附郭都會，奔走云爾。稍以賑廩建築，與父老相見，宣上德，非必通下情也。」

［二］陶漢遹：應爲陶孝遹，即陶方琦，孝遹爲其譜名。《復堂日記》卷六甲申（光緒十年，一八八四）：「陶孝遹編修同年以建寧磚拓本見寄，云今年三月山陰人掘蘭，于古墓得之。」陶方琦與譚獻爲同年，山陰人，《陶編修傳》謂其曾「游于武昌」：「釋服，北上供職，逡巡染疾。薦直病數月，光緒十年十二月，卒于京邸，年甫四十。」《復堂日記》卷六乙酉：「聞陶子珍去冬死于京邸。著書，仕宦皆廢中道，二千里外屋梁顔色猶在夢中。弟畬灌夫，長此終古，哀哉！」參見《長亭怨・燕臺愁雨，和陶子珍》注［二］。

［三］妝鏡人非：謂消瘦。馮延巳《憶江南》：「人非風月長依舊，破鏡塵箏，一夢經年瘦。」

［四］屋梁吟罷：所吟應爲杜甫《夢李白二首》，其一有「落月滿屋梁，猶疑照顔色」之句。此處借以懷好友陶方琦。

［五］寂寞酒尊棋墅：謂不能與友人飲酒下棋。棋墅，棋盤，代指下棋。《晋書・謝安傳》：「（謝）安遂命駕出山墅，親朋畢集，方與（桓）玄賭別墅。安常棋劣于玄，是日玄懼，便爲敵

手而又不勝。安顧謂其甥羊曇曰：『以墅乞汝。』」

［六］「問少年游處」二句：譚獻與陶方琦爲生計人各天涯，回憶年輕時相識情景，恍如隔世，如在夢中。斷夢，中斷的夢。張先《夜厭厭》：「峽雨忽收尋斷夢，依前是、畫樓鐘動。」天涯塵土，韓曉《崇仁縣後白蓮花》：「一杯勸花且盤旋，慰我天涯塵土緣。」

［七］「千花和百草」二句：由元好問《台山雜詠五首》其四「百草千花雨露偏」句化出。參見《浪淘沙》（未雨已沈沈）注［六］。

［八］「眉頭曾有」二句：兩人同樣天涯淪落，故有此怨恨。雍陶《憶山寄僧》：「新愁舊恨多難説，半在眉間半在胸。」

［九］「歧路」三句：追憶兩人前此曾經聚而又別。王勃《杜少府之任蜀州》：「無爲在歧路，兒女共霑巾。」歧路，岔路，指分離處。

［一〇］小簟輕衾：謂仕宦生涯卧具簡易。參見《木蘭花慢・桃花》注［九］。

［一一］「今宵酒醒」二句：用柳永《八聲甘州》「今宵酒醒何處，楊柳岸曉風殘月」句意。試哦離句，即指柳永此類寫離别的詞句。哦，吟誦。

［一二］「人世原有甘瓜」二句：謂人生在世苦多于樂。《太平御覽》卷九百六十五引魏晋無名氏《古詩二首》其二：「甘瓜抱苦蒂，美棗生荆棘。」甘瓜，甜瓜。譚獻有《雜詩四首》，中云：「有生各甘苦，同根異條起。名實時時易，人地無恒理。」與此二句意同。

賀新郎[一]

野水，用顧蒹塘、莊眉叔唱和韵[二]

野水方清淺[三]。拂篷窗、暮雲如蓋，一痕流電[四]。昨日牽舟今帆下，絶似風前花片[五]。慚愧殺、紅襟新燕[六]。楊柳層層深似幄[七]，笑閨中、坐老閑針綫[八]。春夢好，那堪選？[九] 絲繁絮亂征衣點[一〇]。化浮萍、依然身世，者番驅遣[一一]。玉笛暗飛人何處[一二]？冷落舊家閑院[一三]。更誰倚、乘鸞雙扇[一四]？秦女但留顔色在，待逢他、簫史開生面。[一五]天一笑，雨聲遍。[一六]

【注】

[一]《篋中詞》本《復堂詞》未收此詞。載稿本日記光緒九年（一八八三）二月初七日，在懷寧。朱氏定作于光緒十年（一八八四）。

[二]顧蒹塘：即顧翰。顧翰（一七八二—一八六〇），字木天，號蒹塘，一作蔄堂、簡塘，江蘇金匱（今無錫）人，嘉慶十五年（一八一〇）舉人。歷仕咸安宫教習、安徽含山、定遠、涇縣、太和知縣，後歸里任東林書院講席。爲詞人楊夔生甥輩，詞名相并。有《拜石山房詞鈔》四卷，嘉慶十

五年(一八一〇)刻本。其《賀新涼·讀眉叔迦齡詞題贈》:「試問春深淺。好年光、逝如流水,還如流電。蛺蝶飛來尋舊夢,惆悵緑陰一片。且莫論、肥環瘦燕。聞道明妃猶未嫁,綉羅衣、又壓誰家綫?宜早副,六宫選。　新詞合付紅牙點。那教他、藥鑪經卷,等閑消遣。擬托微波通密意,無奈深深庭院。要畫向、生綃團扇。好令江城諸士女,向風前、争識佳人面。將韵事,盛傳遍。」莊眉叔:即莊縉度。莊縉度(一七九九—一八五二),字眉叔,又字裴齋,號伯邕,别號黄雁山人,江蘇陽湖(今常州)人。道光十六年(一八三六)進士,官户部主事、山東曹州府曹河同知。爲「毗陵後七子」之一,有《黄雁山人詞録》四卷,江陰繆氏雲輪閣鈔本。但此集未收莊氏《賀新郎》原詞。《篋中詞·今集續》卷一中收莊氏原詞《賀新涼·和兼塘韵》:「九陌黄塵淺。向長安、車如流水,馬如飛電。昨日斜陽今日雨,做盡淚絲花片。恐誤了、鬱金雙燕。如此樓臺春世界,悵紅絲、只繫他人綫。尋舊夢,畫梁選。　幽篁掩露珠千點。伴深閨、一雙翠袖,暗愁難遣。試問天邊眉樣月,去照誰家庭院?且莫詠、秋風團扇。製就齊紈光皎潔,便携來、障得凝酥面。研妙墨,好題遍。」

〔三〕　野水:野外的水流。《管子·侈靡》:「今使(民)衣皮而冠角,食野草,飲野水,孰能用之?」杜甫《敝廬遺興奉寄嚴公》:「野水平橋路,春沙映竹村。」

〔四〕　流電:閃電。《藝文類聚》卷六引李康《游山序》:「蓋人生天地之間也,若流電之過户牖,輕塵之棲弱草。」此形容水流之速、舟行之疾。梅堯臣《龍女祠祈順風》:「旗指西南歸,飛帆疾流電。」也可指閃耀的星光。柳永《鳳歸雲》:「天末殘星,流電未滅,閃閃隔林稍。」夏敬觀

《映庵詞評》評柳詞云：「『殘星』之光，亦隔林閃閃不止。『流電』寫景逼真。」

［五］　風前花片：本形容花瓣飄零之狀。周紫芝《次韻羅仲共山村題詠十首》其二：「花片風前落，江流雨後渾。」曾豐《游春集未成再賦呈趙司法》：「客裏酒杯初到口，風前花片半辭枝。」花片，花瓣。此處喻指自己奔走衣食的飄零身世。

［六］　紅襟新燕：指越地之燕。楊慎《丹鉛餘録》卷八：「《玄中記》：胡燕斑胸聲小，越燕紅襟聲大。」丁仙芝《餘杭醉歌贈吴山人》：「曉幕紅襟燕，春城白項烏。只來梁上語，不向府中趨。」史承謙《卜算子》：「閑向雕梁日往來，只有紅襟燕。」

［七］　楊柳層層深似幄：杜牧《朱坡》：「眉點萱牙嫩，風條柳幄迷。」幄，帷帳。

［八］　笑閨中、坐老閑針綫：謂妻妾未能與之團聚。張玉娘《秋思》：「蘭閨半月閑針綫，學得崔徽一鏡圖。」

［九］　「春夢好」二句：參見《滿庭芳》（花是將離）注［四］。

［一〇］　絲繁絮亂：絲，游絲；絮，柳絮，均暮春景物。似亦比喻愁緒紛亂如此。李商隱《燕臺詩四首·春》：「雄龍雌鳳杳何許，絮亂絲繁天亦迷。」歐陽修《榴花》：「絮亂絲繁不自持，蜂黄蝶紫燕參差。」周邦彦《蝶戀花》：「絮亂絲繁，苦隔春風面。」黏：沾着。

［一一］　者番：這般。驅遣：受差遣。龔鼎孳《賀新凉·送穀梁三疊顧庵韵》有「更關河、早鴻嘹嚦，被秋驅遣」及「愁是吾曹萍梗散，算名場、失意悲猶淺」句，意近之。

〔一二〕玉笛暗飛人何處：指懷有思鄉之情。李白《春夜洛城聞笛》：「誰家玉笛暗飛聲，散入東風滿洛城。此夜曲中聞《折柳》，何人不起故園情？」

〔一三〕冷落舊家閑院：唐無名氏《選冠子》：「庾嶺煙光，江南風景，冷落歲寒庭院。」董元愷《離亭燕·旅燕》：「冷落江南煙水候，曾到舊家庭院。」

〔一四〕乘鸞雙扇：謂團扇上畫有秦穆公女弄玉乘鸞仙去故事。見下注。

〔一五〕「秦女」二句：舊題劉向《列仙傳》：「蕭史者，秦穆公時人也，善吹簫，能致孔雀、白鶴于庭。穆公有女字弄玉，好之。公遂以女妻焉。日教弄玉〔吹簫〕作鳳鳴。居數年，吹似鳳聲。鳳凰來止屋，公爲作鳳臺。夫婦止其上，不下數年。一日，皆隨鳳凰飛去。故秦人爲作鳳女祠于雍宫中，時有簫聲而已。」簫史，一作蕭史。秦女，此指家中妻妾。

〔一六〕「天一笑」二句：辛德源《霹靂引》：「雲銜天笑明，雨帶星精落。」

百字令〔一〕

和張樵野觀察，題倪雲劬《花影寫夢圖》〔二〕

雲英爲水〔三〕，蕩春魂一片、落花浮席〔四〕。鸚武簾櫳人在否〔五〕？屬付東風留客〔六〕。雷送車塵〔七〕，月裁扇景，容易變成隻〔八〕。美人香草，百年難忘今夕。見説墜夢迷離，游仙大小，樂府翻新拍[九]。多少相思紅豆樹[一〇]，未抵明珠三百[一一]。種柳光陰，牽蘿身世[一二]，付與誰憐惜？千絲織盡，支機天上餘石。[一三]

【注】

[一]《篋中詞》本《復堂詞》未收此詞。載稿本日記光緒八年（一八八二）正月初九日，時年五十一歲。譚獻于上年閏七月解官全椒，九月應安徽布政使盧士傑之邀入其幕從事，至本年仍在安慶。《復堂諭子書》：「辛巳秋九月，解官回櫂，今方伯盧公又命備幕僚。」朱氏定作于光緒九年（一八八三）。

[二] 張樵野觀察：即張蔭桓。張蔭桓（一八三七—一九〇〇），字樵野，廣東南海人。曾任安徽徽寧池太廣道、安徽按察使，賞三品京堂，命值總理各國事務衙門，除太常寺少卿、太常寺卿，轉通政司副使，累遷户部左侍郎。戊戌變法時調任管理京師礦務、鐵路總局，後遭彈劾充軍新疆。有《鐵畫樓詩鈔》四卷、《續鈔》二卷。觀察，對道員的尊稱。張任按察使，故稱。張蔭桓題圖原詞未見。倪雲劬：近代畫家，居上海，譚獻友人。《復堂日記》卷八庚寅（光緒十六年，一八九〇）：「滬瀆接吴菊潭、萬碉民、吴倉石、倪雲劬。說劍傳杯，傾衿抵掌，亦可云物外游矣。」又《復堂詩》卷十《舟行五章》「往來歲歲春申江」一首自注：「上海與張子密、章菼汀、孫文卿、葉鞠裳、駱雲孫、萬劍盟相見，因懷凌子與、倪雲劬、吴倉石、俞成之諸故人。」

[三] 雲英爲水：語出王昌齡《齋心》：「雲英化爲水，光采與我同。」指白色的花。又雲英

爲雲母，道家用來服食修煉。葛洪《抱朴子·仙藥》：「又雲母有五種……五色并具而多青者名雲英，宜以春服之。」又是傳説中的仙女名，借指佳偶。唐代才子裴航過藍橋驛，以玉杵臼爲聘禮，娶雲英爲妻，後夫婦俱入玉峰成仙。事見裴鉶《傳奇·裴航》。

［四］蕩春魂一片、落花浮席：切「花影」圖意。浮席，飄落于牀席。皎然《花石長枕歌答章居士贈》：「瓊花爛熳浮席端。」

［五］鸚武簾櫳人在否：謂閨中孤寂，無人相伴。竇鞏《少婦詞》：「昨來誰是伴，鸚鵡在簾櫳。」鸚武，即鸚鵡。

［六］屬付東風留客：此句與前句似化用張炎《南歌子·陸義齋燕喜亭》詞中「衹留一路過東風」、「惺忪笑語隔簾櫳」、「知是誰調鸚鵡柳阴中」等句。屬付，囑咐。

［七］雷送車塵：參見《鷓鴣天》（城闕煙開玉樹斜）注［五］。

［八］「月裁扇景」二句：意謂月光遮住扇上所畫雙鸞，變得形單影隻。景，同「影」。隻，單獨。

［九］翻新拍：譜新曲。拍，樂曲的節拍。屠滽《聞王优彈唱》：「板回促拍翻新調，絲引餘腔轉慢聲。」

［一〇］多少相思紅豆樹：紅豆樹所結子，爲愛情的象徵。屈大均《紅豆曲》：「江南紅豆樹，一葉一相思。」

［一一］明珠三百：言其珍貴。胡奎《緑珠墜樓》：「花飛金谷彩雲空，玉笛吹殘步障風。

枉费明珠三百斛，荆釵那及嫁梁鴻？」

［一二］「種柳光陰」二句：指貧賤而安居的生活。陶潛《五柳先生傳》：「宅邊有五柳樹，因以爲號焉。」牽蘿，把藤蘿牽來補茅屋。陶弘景《山居賦》：「采芝蘿之盤蔬，牽藤蘿補巖屋。」

［一三］「千絲織盡」二句：《太平御覽》卷八引劉義慶《集林》：「昔有一人尋河源，見婦人浣紗，以問之，曰：『此天河也。』乃與一石而歸。問嚴君平，云：『此織女支機石也。』」千絲，此喻指女子的情絲。支機石，墊在織布機下的石頭。

小重山［一］

二月二日同馮笠尉江皋春行［二］

陌上依然草色薰［三］。柳綿猶未卸、雨如塵［四］。相望珠箔一年春［五］。江城畔，無地展芳尊。［六］　桃蕊兩三分。竹籬茅舍外、乍含顰［七］。少年何處醉紅裙［八］？風光好，留與白頭人［九］。

【注】

［一］《篋中詞》本《復堂詞》未收此詞。載稿本日記光緒八年（一八八二）二月初二日，在安

慶。當天日記云：「輕陰風起，春心悠然。入署小坐，午過笠尉，約同出東郭。微寒薄暝，將有雨，行。一曲塵不生，柳綿未卸，步江濱，帆輕浪定，桃花水猶未漲也。徘徊江閣下，坐臨江亭，俯闌聽水久之。雨欲沾衣，入城至浙墅敬梓堂，池下桃花已放三四分矣。泥滑滑，遂言歸。笠尉假蓋去。予賦一詞。」（第四十三册《知非日記》）朱氏定作于光緒九年（一八八三）。

［二］二月二日：挑菜節。參見《大酺》（奈枕常欹）注［六］。馮笠尉（生卒年不詳）：字子明，號笠尉，山西代州（今代縣）人，安徽廬州知府、署安徽按察使馮志沂族子。官安徽巡檢。譚獻友人。有《道華堂詞》。時譚獻在安徽布政使幕，與馮焯相識，此後交往甚多，前後作有《題馮笠尉屯溪詩卷》、《月當頭夕和笠尉》、《幽棲和笠尉》等詩。次年權懷寧知縣任上，馮焯又參與他發起的池上題襟之集。江皋：指安慶長江邊。

［三］陌上依然草色薰：江淹《別賦》：「閨中風暖，陌上草薰。」薰，香氣。

［四］柳綿猶未卸，雨如塵：謂春日柳花尚存，細雨如塵。白居易《和錢員外答盧員外早春獨游曲江見寄長句》：「柳岸霏微裛塵雨，杏園澹蕩開花風。」卸，掉落。

［五］相望珠箔一年春：謂兩人居所相近，交往逾年。李商隱《春雨》：「紅樓隔雨相望冷，珠箔飄燈獨自歸。」珠箔，珠簾。按：李商隱詩中常以珠簾喻雨簾，連上句「雨如塵」，此處用法相同。鄧廷楨《雨夜獨坐》：「珠箔相望動千里，燈花亂墮欲三更。」

［六］「江城畔」二句：譚獻《月當頭夕和笠尉》詩有「逆旅每多風雨夕，清尊共散古今愁」

句，可參看。芳尊，亦作「芳樽」，精致的酒器。此代酒。《晉書·阮籍等傳論》：「嵇、阮竹林之會，劉、畢芳樽之友。」

［七］竹籬茅舍：簡陋的居所。王安石《清平樂》：「雲垂平野。掩映竹籬茅舍。」含顰：皺眉，形容哀愁。駱賓王《疇昔篇》：「時有桃源客，來訪竹林人。昨夜琴聲奏悲調，旭旦含顰不成笑。」

［八］少年何處醉紅裙：謂縱情享樂。韓愈《醉贈張秘書》：「長安衆富兒，盤饌羅膻葷。不解文字飲，惟能醉紅裙。」紅裙，指美女。

［九］白頭人：老人，譚獻自稱。譚獻時年五十二歲。其《月當頭夕和笠尉》詩有「千絲入鏡隨年換，萬瓦飛霜與目謀」句。司空曙《喜外弟盧綸見宿》：「雨中黃葉樹，燈下白頭人。」

瑞鶴仙影［一］

白石客合肥自度此曲［二］，予用其韻，題王五謙齋《小輞川圖》［三］，安得啞篳栗倚之［四］

越阡度陌［五］。涼雲下、蕪城一例蕭索［六］。故山可隱，名園有主，不聞殘角。［七］傾襟未惡［八］。更消受、青尊酒薄［九］。試重歌、藍田輞曲［一〇］。冷句寫寂平漠［一一］。　回首芳林晚，讀畫弦詩，少時行樂。［一二］剪燈細雨［一三］，剩檐花、向人徐落。燕到淮南，者門

巷、年年記著。[一四]弄扁舟、却問野水，賦舊約。[一五]

【注】

[一]《篋中詞》本《復堂詞》未收此詞。載稿本日記光緒十年（一八八四）八月十六日。時年五十四歲，在合肥。時由懷寧移官合肥知縣。《復堂日記》卷六甲申：「閏（五）月七日，施口移舟抵泊廬州，之官合肥。」《復堂諭子書》：「閱歲甲申閏月，移治合肥。」此年有《和遺園唱酬韻》、《魯遽一首贈王尚辰》詩，可參看。

[二] 白石客合肥自度此曲：即姜夔《凄涼犯》，其詞序謂「亦曰《瑞鶴仙影》」。姜夔于南宋光宗紹熙元年（一一九〇）客合肥，次年作《凄涼犯》。詞云：「緑楊巷陌。秋風起、邊城一片離索。馬嘶漸遠，人歸甚處，戍樓吹角。情懷正惡。更衰草、寒煙淡薄。似當時、將軍部曲。迤邐度沙漠。　追念西湖上，小舫携歌，晚花行樂。舊游在否？想如今、翠凋紅落。漫寫羊裙，等新雁、來時繫著。怕匆匆、不肯寄與，誤後約。」譚獻此作上闋結句較姜詞多一字。

[三] 王五謙齋：即王尚辰，譚獻友人。王尚辰（一八二六——一九〇二），字北垣，號謙齋，別號五峰居士、木雞老人、遺園老人。安徽合肥人。貢生。官翰林院典簿。《復堂日記》卷六甲申：「謙齋早飲香名，淮南文學有志節之士也，與徐子苓毅甫齊名。家世儒術，鋭意爲世用。兵間，與父育泉徵君號召鄉兵，扶義御寇。廬州陷時，尚從江忠烈助干掫之役也。已而游諸帥戎

幕，勝保侍郎統師日，遣説苗練降，數年復畔。……五十而後，脱略公卿，自附于曼倩（東方朔）之流，知者尤以爲魯連（魯仲連）先生也。」有《遺園詩餘》一卷，光緒二十一年（一八九五）廬州刻本。王尚辰詞集自序述填詞經歷云：「甲申夏，交譚仲修，暢聆緒論，得所皈依。遂搜討各家，幾廢寢食，沈思渺慮，頓悟詞旨，始知貞淫美刺，與六義合。」《小輞川圖》：小輞川是王尚辰所建園林。譚獻《小輞川圖後叙》：「夫閑房曲榭，酒德琴歌，三餘讀書，一門風雅，則昔者之小輞川也。……主人王五謙齋，承育泉徵君之家學，少時擁書名園，學以大就。……謙齋舊賦《小輞川棹歌》，屬朱君圖之，凡四十，流離轉徙，猶在篋中。乃合前後賦詠之篇，合裝二卷。予來廬州，流連丹青，以當卧游，吟諷詩歌，如接裙屐。」《日記》卷六乙酉（光緒十一年，一八八五）記王尚辰有《小輞川詩稿》一卷。唐代詩人王維，于中年在長安附近藍田終南山麓經營輞川别業，過着半仕半隱的生活，其時所作山水絶句二十首，編成《輞川集》。

［四］　安得啞觱栗倚之：姜夔《凄凉犯》詞序云：「予歸行都，以此曲示國工田正德，使以啞觱栗吹之，其韵極美。」觱栗，即觱篥、觱篥，古代管樂器，其聲悲咽。多用于軍中，宋代以之協曲。《北史·高麗傳》：「樂有五弦、琴、箏、觱篥、横吹、簫、鼓之屬，吹蘆以和曲。」莊季裕《雞肋編》卷下：「觱篥本名悲篥，出于邊地，其聲悲亦然，邊人吹之，以驚中國馬云。」

［五］　越阡度陌：謂客人紛紛遠道來訪此園。語出《文選·曹操〈短歌行〉》：「越陌度阡，枉用相存。」李周翰注：「阡、陌，皆道也。南北曰阡，東西曰陌。枉，曲也；存，問也。」阡陌，原謂

田間小路，此指多方。

［六］　蕪城：原指廣陵，即今江蘇揚州，鮑照曾作《蕪城賦》。此借指戰亂後荒凉之園林。譚獻《小輞川圖後叙》：「徹其墻屋，薪木毁傷，訓狐啼而碩鼠走者，兵間之小輞川也。」

［七］「故山可隱」三句：《小輞川圖後叙》云：「山川重秀，城郭是而人民非，折柳采蓮，主客思舊，是今日之小輞川也。」故山可隱，孔平仲《發虹縣》：「却視故山隱，忽在天一方。」名園有主，劉攽《泛舟西湖》其一：「名園皆有主，費日試幽尋。」不聞殘角，指戰事已息。殘角，隱約傳來的角聲。宋無名氏《南歌子》：「幾聲殘角起譙門。」

［八］　傾襟：謂推誠相待，心情愉快。陶弘景《周氏冥通記》卷三云：「我昔微游于世，數經詣之，乃能傾襟。」

［九］　青尊：盛酒的酒杯。陳翊《宴柏臺》：「青尊照深夕，緑綺映芳春。」

［一〇］　試重歌、藍田輞曲：《小輞川圖後叙》：「主人王五謙齋……柳谷蘆碕之閑吟，聲出金石，唱和之篇，追蹤摩詰。」輞曲，指王維《輞川集》詩。

［一一］　冷句寫寂平漠：此指王尚辰《小輞川棹歌》。冷句，意境幽冷的詩句。貫休《薊北寒月作》：「清吟得冷句，遠念失佳期。」平漠，李白《菩薩蠻》：「平林漠漠煙如織，寒山一帶傷心碧。」

［一二］「回首芳林晚」三句：《小輞川圖後叙》：「夫閑房曲榭，酒德琴歌，三餘讀書，一門風雅，則昔者之小輞川也。」弦詩，即「琴歌」。

〔一三〕剪燈細雨：李商隱《巴山夜雨》：「何當共剪西窗燭，却話巴山夜雨時。」張炎《虞美人·題陳公明所藏曲册》：「一簾秋雨剪燈看。」剪燈，即剪燭。無限羈愁分付玉簫寒。

〔一四〕「燕到淮南」二句：用劉禹錫《烏衣巷》「舊時王謝堂前燕，飛入尋常百姓家」詩意。淮南，指合肥。

〔一五〕「弄扁舟、却問野水」二句：謂相約擺脱宦途後縱情優游。舊約，从前的盟約。蘇舜欽《獨游曹氏園館因寄伯玉》：「早晚得歸如舊約，伴君池上倒尊罍。」

摸魚兒〔一〕

用稼軒韻〔二〕，自題《復堂填詞圖》〔三〕

唱瀟瀟、渭城朝雨，輕塵多少飛去。〔四〕短衣匹馬天涯客〔五〕，遥見亂山無數〔六〕。留不住。又只恐飄零、長劍悲岐路〔七〕。舊時笑語。待寄與知心，被風吹斷，曉夢托萍絮〔八〕。瑶琴上，曲調金徽早誤。〔九〕深宫人復誰妒〔一〇〕？一弦一柱華年賦，但有别情吟訴。〔一一〕鸜鵒舞〔一二〕。已草草青春、紅袖歸黄土〔一三〕。斜陽太苦。獨自上高樓，迷離望眼，不見送君處。〔一四〕

【注】

［一］《篋中詞》本《復堂詞》未收此詞。載稿本日記光緒十一年（一八八五）三月廿六日。時年五十五歲，在合肥。朱氏定作于光緒十五年。吴著云：「《摸魚兒·用稼軒韻自題〈復堂填詞圖〉》，朱氏因刻本光緒十五年（一八八九）日記中有『重九，藍洲爲予畫《填詞圖》寄至』一語，遂將其繫于此年，實乃大誤。因爲《復堂填詞圖》僅就刊本日記所載，即有六幅，陳豪所繪只是其中之一。據稿本日記，此篇自題之詞乃成于光緒十一年三月廿六日，對象爲陳豪所繪『復堂填詞第一圖』。」

［二］用稼軒韻：指辛棄疾《摸魚兒》：「更能消、幾番風雨，匆匆春又歸去。惜春長怕花開早，何况落紅無數。春且住。見説道、天涯芳草無歸路。怨春不語。算只有殷勤，畫檐蛛網，盡日惹飛絮。長門事，準擬佳期又誤。蛾眉曾有人妒。千金縱買相如賦，脈脈此情誰訴？君莫舞。君不見、玉環飛燕皆塵土。閑愁最苦。休去倚危闌，斜陽正在，煙柳斷腸處。」

［三］自題《復堂填詞圖》：此年暮春，譚獻以《斜陽煙柳圖》向好友徵題詞。王尚辰《陂塘柳》（即《摸魚兒》）詞序云：「復堂徵題《斜陽煙柳圖》，取辛詞以寄慨，余例用原韻質之度，亦云『非我佳人，莫之能解』也。」又王尚辰《致譚獻信札》：「復堂使君用稼軒《摸魚兒》斜陽煙柳詞句作圖徵題，春光將去，傷心人別有懷抱，例步原韻質之法家。」（見《復堂師友手札菁華》）譚獻多位友人曾繪《復堂填詞圖》或題詞贈之。如著名畫家吴昌碩曾爲其繪《復堂填詞圖》（又名《疏柳斜陽填詞圖》），其《缶廬詩》卷四有《譚復堂先生〈疏柳斜陽填詞圖〉》詩云：「復堂詞料何蕭瑟，滿眼

寒蕪日影低。茅屋設門空掩水，柳根穿壁勢拏溪。倚聲律細推紅友，問字車多碾白堤。最好西湖聽按拍，酒船撐破碧玻瓈。」樊增祥《樊山集》卷二十三有《譚仲修填詞圖敘》文，李恩綬《縫月軒詞録》有《采桑子・題〈復堂填詞圖〉用大令題予詞稿原韻二闋》詞，繆荃孫《碧香詞》有《水龍吟・題譚仲修〈復堂填詞圖〉》詞。劉炳照《留雲借月盦詞》卷六有《摸魚兒・寄題仲修〈煙柳斜陽填詞圖〉，用南昌萬碉盟（釗）韻，時仲修客武昌，予客蘇州》詞，據其《復丁詩紀》戊戌（光緒二十四年，一八九八）：「《篋中》別集廣搜遺，賤子曾經杖屨隨。會得斜陽煙柳意，挑燈怕讀《復堂詞》。」下自注：「譚復堂先生舊曾相識，病廢家居，踵門求見，縱談詞學，引爲同志。出《斜陽煙柳填詞圖》索題……未幾即歸道山。」沈景修《井華詞》卷二有《菩薩蠻・題譚仲修大令（廷獻）〈復堂填詞圖〉，圖寫辛稼軒斜陽煙柳句意》，鄧濂亦有《摸魚兒・用稼軒均》詞，注云「右題《復堂填詞圖》」（見《復堂師友手札菁華》）。至光緒十七年（一八九一），譚獻在武昌時，還請程頌萬爲《復堂填詞圖》題詩，《復堂日記・續録》光緒十八年（一八九二）十一月十二日：「過子用，遇徐坤生，拉至其家。出長沙程子大（頌萬）自廣東所寄書。去年在鄂以《填詞圖》索子大題，子大以屬陳伯嚴（陳三立）禮部。其從者誤置他畫卷中，子大以爲散失，故屬顧承慶梅君別作一幅，補題寄示。其實子大別後，伯嚴覺得，題詩見歸久矣。」

［四］「唱瀟瀟、渭城朝雨」二句：謂經歷多少次離別。用王維《渭城曲》詩「渭城朝雨浥輕塵」句意。

［五］ 短衣匹馬天涯客：謂長期以來輾轉各地。短衣匹馬，杜甫《曲江三章章五句》其三：「短衣匹馬隨李廣，看射猛虎終殘年。」本指戎裝，此處形容行旅裝束。

［六］ 遥見亂山無數：謂爲官皖南。皖南多山，故云。姜夔《長亭怨慢》：「日暮。望高城不見，只見亂山無數。」

［七］ 又只恐飄零、長劍悲歧路：張炎《木蘭花慢》：「甚書劍飄零，身猶是客，歲月頻過。」蔣春霖《東臺雜詩》其三：「短劍悲歧路，空囊負友生。」

［八］ 萍絮：浮萍、柳絮，比喻漂泊生涯。

［九］ 「瑶琴上」二句：李商隱《寄蜀客》：「君到臨邛問酒壚，近來還有長卿無？金徽却是無情物，不許文君憶故夫。」該詩有所托寓，蓋以文君自比，此處似用其詩意。金徽，指金屬鑲製的琴面音位標識。李肇《唐國史補》卷下：「蜀中雷氏斫琴，常自品第，第一者以玉徽，次者以瑟瑟徽，又次者以金徽，又次者螺蚌之徽。」常借指琴。

［一〇］ 深宫人復誰妒：張元幹《再用前韵哭德久》：「女無美惡妒深宫，盛德如公果不容。」

［一一］ 「一弦一柱華年賦」二句：謂只能將平生才情托諸填詞。用李商隱《錦瑟》詩句意。

［一二］ 鸜鵒舞：謂因内心鬱悶而起舞。鸜鵒舞，樂舞名，據説南朝謝尚善此舞。劉義慶《世説新語·任誕》：「謝（尚）便起舞，神意甚暇。」劉孝標注引裴啟《語林》：「謝鎮西酒後，于槃案間爲洛市肆工鴝鵒舞，甚佳。」《晋書·謝尚傳》：「謝尚字仁祖，……善音樂，博綜衆藝。司徒

王導深器之，……始到府通謁，導以其有勝會，謂曰：『聞君能作鴝鵒舞，一坐傾想，寧有此理不？』尚曰：『佳。』便著衣幘而舞。導令坐者撫掌擊節，尚俯仰在中，旁若無人，其率詣如此。」鸜鵒，俗名八哥。《春秋·昭公二十五年》：「有鸜鵒來巢。」楊伯峻注：「鸜同鴝，音劬。鸜鵒即今之八哥，中國各地多有之。」

［一三］　已草草青春、紅袖歸黄土：謂自己青春不再，已入老境。杜甫《玉華宫》：「美人爲黄土，况乃粉黛假。」草草，草率，倉促。紅袖，美人。

［一四］「獨自上高樓」三句：謂朋輩星散，有向各地友人徵集題圖詩詞之意。晏殊《鵲踏枝》：「獨上高樓，望盡天涯路。欲寄彩箋無尺素。山長水闊知何處？」

壺中天慢［一］

夏夜訪遺園主人不遇［二］

眉痕吐月［三］，倚新凉、羅袂流雲棲暝［四］。楊柳知門［五］，塵不到、記取羊求三徑［六］。疊石生秋，餘花媚晚［七］，何地無幽景［八］？先生舒嘯［九］，結廬只在人境［一〇］。　我是《琴賦》嵇康［一一］，依然病懶［一二］，即漸忘龍性［一三］。留得廣陵弦指在［一四］，無復竹林高興[一五]。裁製荷衣，稱量藥裹[一六]，況味君同領[一七]。清輝遥夜[一八]，碧天飛上明鏡[一九]。

【注】

[一]《篋中詞》本《復堂詞》未收此詞。載稿本日記光緒十一年（一八八五）六月十九日，在合肥。此年六月有《遺園招飲小病不赴》、《香花墩清集同謙齋作示同游諸子》、《和謙齋秋感》詩，可參看。

[二] 遺園主人：即王尚辰。見前《瑞鶴仙影・白石客合肥……》注[三]。

[三] 眉痕吐月：謂新月，因彎曲如眉，故云。王士禛《浣溪沙・春閨》：「檀暈乍消星的淺，眉痕初淡月棱新。」

[四] 流雲：此應指和風。黄佐《江南弄七首》其五《采菱曲》：「流雲度，和風吹。振羅袂，行相隨。」

[五] 楊柳知門：隱者居處多植柳，故云。陶潛有《五柳先生傳》。江總《南還尋草市宅詩》：「見桐猶識井，看柳尚知門。」王安石《又段氏園亭》：「漫漫芙蕖難覓路，翛翛楊柳獨知門。」

[六] 塵不到：謂超脱紅塵。王安石《漁家傲》：「塵不到。時時自有春風掃。」羊求三徑：指歸隱者的家園。趙岐《三輔決録・逃名》：「蔣詡歸鄉里，荆棘塞門，舍中有三徑，不出，唯求

仲、羊仲從之游。」羊，羊仲；求，求仲，俱爲漢代隱士。

［七］「疊石生秋」二句：此爲描繪遺園中景物。

［八］幽景：幽静的景色。朱慶餘《閑居即事》：「深嶂多幽景，閑居野興清。」

［九］舒嘯：放聲歌嘯。爲舒解情志的一種方式，在魏晋文人中頗爲流行。陶潛《歸去來辭》：「登東皋以舒嘯，臨清流而賦詩。」嘯，撮口吹出聲音。《詩·召南·江有汜》：「不我過，其嘯也歌。」鄭玄箋：「嘯，蹙口而出聲。」

［一〇］結廬只在人境：謂王尚辰在遺園隱居。陶潛《飲酒》其五：「結廬在人境，而無車馬喧。」譚獻《小輞川圖後叙》：「事定歸來，故居煙莽，拮據苟完，而小輞川别業水咽竹荒，尚未暇葺治也。春朝秋夕，花鳥依然。徘徊逍遥之津，欲與裴迪秀才賦『輞水淪漣』之句，而前後不可復矣。」

［一一］《琴賦》嵇康：魏晋名士嵇康有《琴賦》一篇傳世，其序云：「余少好音聲，長而玩之。……可以導養神氣，宣和情志，處窮獨而不悶者，莫近于音聲也。」嵇康（二二三—二六二），三國時譙國銍縣（今安徽宿州西南）人，字叔夜。拜中散大夫。好老莊之道，喜養生服食，善鼓琴，爲「竹林七賢」之一。後被司馬昭所害。

［一二］病懶：嵇康以疏懶聞名，其《與山巨源絶交書》自述云：「性復疏懶，筋駑肉緩，頭面常一月十五日不洗；不大悶癢，不能沐也。每常小便而忍不起，令胞中略轉，乃起耳。又縱逸

來久，情意傲散，簡與禮相背，懶與慢相成。」

［一三］ 龍性：桀驁不馴之個性。顔延之《五君詠・嵇中散》詩詠嵇康個性云：「鸞翮有時鎩，龍性誰能馴？」

［一四］ 廣陵弦指：《晉書・嵇康傳》：「康將刑東市，太學生三千人請以爲師，弗許。康顧視日影，索琴彈之，曰：『昔袁孝尼嘗從吾學《廣陵散》，吾每靳固之，《廣陵散》于今絶矣！』」《廣陵散》，琴曲名。弦指，指琴。

［一五］ 竹林：指三國曹魏正始年間七位名士，常優游于竹林之下，時稱「竹林七賢」。劉義慶《世説新語・任誕》：「陳留阮籍、譙國嵇康、河内山濤，三人年皆相比，康年少亞之。預此契者，沛國劉伶、陳留阮咸、河内向秀、瑯琊王戎。七人常集于竹林之下，肆意酣暢，故世謂竹林七賢。」竹林在河内山陽（今屬河南焦作），爲嵇康寓居處。高興：高雅的興致。殷仲文《南州桓公九井作》：「獨有清秋日，能使高興盡。」杜甫《北征》：「青雲動高興，幽事亦可悦。」

［一六］ 「裁製荷衣」二句：化用岑參《送梁判官歸女幾舊廬》「草堂開藥裹，苔壁取荷衣」詩意。荷葉做衣服，示其人志趣高潔。《楚辭・屈原〈離騷〉》：「製芰荷以爲衣兮，集芙蓉以爲裳。」稱量藥裹，謂服藥。稱量，衡量，估計。《後漢書・方術傳下・華佗》：「心識分銖，不假稱量。」藥裹，藥囊。其時譚獻正患病。王尚辰《致譚獻信札》：「乙酉六月三日，招仲修使君暨諸同人小集遺園，因病未至，謝之，以詩例次原韵，即請正之。」（見《復堂師友手札菁華》）譚獻同時作有《遺園

招飲小病不赴》詩。

［一七］　領：領會，領略。陶潛《飲酒》其十三：「醒醉還相笑，發言各不領。」

［一八］　清輝遥夜：謝靈運《燕歌行》：「調弦促柱多哀聲，遥夜明月鑒帷屏。」遥夜，長夜。

［一九］　碧天飛上明鏡：向子諲《洞仙歌·中秋》：「碧天如水，一洗秋容净。何處飛來大明鏡。」陈維崧《滿路花·荷珠》：「惆悵回船，碧天早掛明鏡。」

無悶［一］

早雪

雲冪銀屏［二］，風滿畫檐［三］，陽雁宵飛向盡［四］。却夢枕猶欹［五］，酒懷初醒。早是鏤冰試手［六］，送大地、無塵山河冷［七］。苑荒竹瘦，聲聲碎玉［八］，鶴眠同警［九］。　凄緊［一〇］。在人境。比卧老空山［一一］，一般孤迥［一二］。已誤了華年，那堪重省？吹上蕭蕭短髪［一三］，怕鏡裏、難銷相思影。儻故里、留語春風，待我落梅芳信。［一四］

【注】

［一］　《篋中詞》本《復堂詞》未收此詞。作于光緒十一年（一八八五），在合肥。譚獻此年有

《春雪》詩：「東風散雪布巖巒，積漸新泥覺路難。初七兒童學嬉戲，大千春色作荒寒。便成木稼令人怕，略似棉花不耐彈。幾日晴郊牛背穩，謝他芳騎門輕鞍。」作于同時，可參看。王尚辰《遺園詩餘》有《無悶·雪霽松風閣晚眺，仲修有感，予亦繼聲》詞，并附譚獻此詞，「那堪重省」作「不堪重省」。

〔二〕冪：覆蓋，遮住。《儀禮·既夕禮》「冪用疏布」，鄭玄注：「冪，覆也。」

〔三〕風滿畫檐：陳志敬《壽祁蘭窗先生》：「緑野香風滿畫檐。」

〔四〕陽雁：大雁，其性隨陽，故名。《尚書·禹貢》：「彭蠡既豬，陽鳥攸居。」孔安國傳：「隨陽之鳥，鴻雁之屬。」孟浩然《冬至後過吴張二子檀溪别業》：「鳥宿隨陽雁，魚藏縮項鯿。」向盡：將飛到天盡處。向，將近。

〔五〕枕猶欹：李白《清平樂》其四：「欹枕悔聽寒漏，聲聲滴斷愁腸。」韋莊《思帝鄉》：「髻墜釵垂無力，枕函欹。」欹，斜靠。

〔六〕鏤冰試手：楊萬里《和羅巨濟教授雪二首》其二：「鏤冰初試手，剪水便成花。」試手，一試身手。

〔七〕送大地、無塵山河冷：方岳《酹江月·八月十四，小集鄭子重帥參先月樓。是夕無月，和朱希真插天翠柳詞韻》：「天地無塵，山河有影，了不遺毫髮。」原意爲詠月，此借以詠雪。

〔八〕「苑荒竹瘦」二句：謂雪花敲竹。碎玉，喻敲竹聲。劉兼《西齋》：「西齋新竹兩三莖，也有風敲碎玉聲。」王禹偁《黄岡竹樓記》：「夏宜急雨，有瀑布聲；冬宜密雪，有碎玉聲。」

［九］　鶴眠同警：《太平御覽》卷九百十六引周處《風土記》：「鳴鶴戒露，此鳥性警，至八月白露降，流于草上滴滴有聲，因即高鳴相警，移徙所宿處。」范梈《瀉露亭》：「鶴眠寒屢警，螢火濕猶飛。」又據吕留良等《宋詩鈔·林和靖詩鈔序》：「林逋字君復，杭之錢塘人。少孤，力學刻志不仕，結廬西湖孤山，……逋不娶，無子，所居多植梅畜鶴，泛舟湖上，客至則放鶴致之，因謂『梅妻鶴子』云。」故「鶴眠」亦指隱居、孤眠。

［一〇］　凄緊：謂寒風疾厲，寒氣逼人。殷仲文《南州桓公九井作》：「景氣多明遠，風物自凄緊。」柳永《八聲甘州》：「漸霜風凄緊，關河冷落，殘照當樓。」

［一一］　卧老空山：謂隱居山中。李白《酬崔侍御》：「嚴陵不從萬乘游，歸卧空山釣碧流。」

［一二］　孤迥：寂寞，寂寥。杜牧《南陵道中》：「正是客心孤迥處，誰家紅袖憑江樓？」

［一三］　蕭蕭短髮：向子諲《南歌子·紹興辛酉病起》：「病著連三月，誰能慰老夫？蕭蕭短髮不勝梳。」蕭蕭，稀疏貌。

［一四］　「儻故里、留語春風」二句：謂盼望與故鄉家人互通音信。張耒《新春》：「水鄉清冷落梅風，正月雪消春信通。」

滿江紅[一]

漢十二辰鏡，和謙齋[二]

天上人間，難得此、長圓明月。[三] 羌付與、舞鸞羞影[四]，涼蟾慵豁[五]。耐冷不隨孤劍化[六]，拂塵渾似輕綃滑[七]。更扣來、碧玉一聲聲，真尤物[八]。 興亡過，情先竭。[九]文字古，磨還滅。[一〇] 喜沈埋無恙[一一]，尚方珍迹[一二]。十二辰中鉛有淚[一三]，千年劫後鴻留雪[一四]。奈鏡邊、心事笑啼難，何堪説？[一五]

【注】

[一]《篋中詞》本《復堂詞》未收此詞。作于光緒十一年（一八八五），在合肥。

[二] 漢十二辰鏡：《復堂日記》卷六乙酉：「數年前合肥東郭有人掘地得古鏡，謙齋得之，以示予。色如緑玉，紐旁十二辰。外闌銘曰：『尚方作竟（鏡）真大巧，上有仙人不知老。渴飲玉泉饑食棗，浮游天下敖四海。受敝金石，長保二親子孫。』篆文麗茂，惟省筆太甚，然决非後世仿造也。」十二辰，十二地支。《周禮·秋官·哲蔟氏》：「十有二辰之號。」鄭玄注：「辰謂從子至亥。」沈括《夢溪筆談·象數一》：「十二支謂之十二辰。」王尚辰原唱詞：「匣冷蛟龍，忽吐出、一

丸湅月。碧滃滃、水雲輕沍，土膏微齧。綉浪瀠菱葉細，清光浄砑瓜皮滑。二千年、埋照少人知，西京物。金盌見，玉泉竭。魈魅走，魚燈滅。問名姝豪士，幾曾留迹？影事翻愁花孕涕，策勛轉訝頭如雪。笑而今、作鏡欲持荷，憑誰説？」前有長序，不録。後附譚獻和詞。（光緒二十一年廬州刊本《遺園詩餘》）

［三］「天上人間」二句：晏殊《破陣子》：「海上蟠桃易熟，人間好月長圓。」晁端禮《行香子》：「願花長好，人長健，月長圓。」此以圓月喻鏡。

［四］羌：句首助詞，無義。舞鸞羞影：指鸞鏡。鄭域《浣溪沙・別恨》：「已自孤鸞羞對鏡，未能雙鳳怕聞笙。」參見《蝶戀花》（樓外啼鶯依碧樹）注［三］、《東風第一枝》（省識花風）注［五］。

［五］凉蟾慵齧：謂銅鏡未被月中蟾蜍吞食，故圓。凉蟾，秋月。李商隱《燕臺詩四首・秋》：「月浪衡天天宇濕，凉蟾落盡疏星入。」蟾，蟾蜍，古人稱爲月之精。《太平御覽》卷四引《春秋緯演孔圖》：「蟾蜍，月精也。」劉安《淮南子・説林訓》：「月照天下，蝕于詹諸（蟾蜍）。」李白《古風五十九首》其二：「蟾蜍薄太清，蝕此瑶臺月。圓光虧中天，金魄遂淪没。」傳説中蟾蜍亦爲食月之兇物。齧，咬，啃。

［六］孤劍：爲壯士所佩。鏡與劍均爲銅鑄就，故連類及此。吕温《道州月歎》：「壯心感此孤劍鳴，沈火在灰殊未滅。」

［七］拂塵渾似輕綃滑：此喻鏡面平滑。屠隆《長安明月篇》：「白露玉盤流素液，丹霞寳

鏡拂輕綃。」輕綃，一種透明而有花紋的絲織品。

［八］　尤物：珍奇之物。《晋書・江統傳》：「高世之主，不尚尤物。」

［九］　「興亡過」二句：謂此鏡經過千百年滄桑巨變，已不易引起後人興亡感慨。

［一〇］　「文字古」二句：謂鏡面文字因年代久遠亦依稀難辨。

［一一］　沈埋：《遺園詩餘》附譚詞作「沈霾」。

［一二］　尚方：古代製造帝王所用器物的官署，秦置，漢、唐沿襲。司馬遷《史記・絳侯周勃世家》：「條侯子爲父買工官尚方甲楯五百被可以葬者。」司馬貞索隱：「工官即尚方之工，所作物屬尚方，故云工官尚方。」

［一三］　鉛有淚：謂此鏡歷盡朝代更疊。鉛淚，清淚。李賀《金銅仙人辭漢歌》：「空將漢月出宮門，憶君清淚如鉛水。」其序云：「魏明帝青龍元年（二三三）八月，詔宮官牽牛西取漢武帝捧露盤仙人，欲立置前殿。宮官既拆盤，仙人臨載乃潸然淚下。唐諸王孫李長吉遂作金銅仙人辭漢歌。」王沂孫《齊天樂・蟬》：「銅仙鉛淚似洗，歎携盤去遠，難貯零露。」金銅仙人亦以銅鑄成，故云。

［一四］　鴻留雪：謂此鏡爲前代留下的遺蹟。蘇軾《和子由澠池懷舊》：「人生到處知何似？應似飛鴻踏雪泥。」

［一五］　「奈鏡邊」二句：此用破鏡重圓故事。李商隱《代越公房妓嘲徐公主》：「笑啼俱

不敢，幾欲是吞聲。遽遣離琴怨，都由半鏡明。應防啼與笑，微露淺深情。」朱鶴齡《李義山詩集箋注》引《古今詩話》：「陳太子舍人徐德言尚樂昌公主。陳政衰，德言謂主曰：『以君之才容，國亡必入豪家。儻情緣未斷，猶期再見。』乃破一鏡，人執其半，約他日以正月望日賣于都市。及陳亡，主果歸楊素。德言訪于都市，有蒼頭賣半鏡者，高大其價。德言引至旅邸，言其故，出半鏡以合之，仍題詩曰：『鏡與人俱去，鏡櫃人未歸。無復姮娥影，空留明月輝。』主得詩，悲泣不食。素知之，還其妻；因命主賦詩，口占曰：『今日何遷次，新官對舊官。笑啼俱不敢，方信作人難。』」

少年游[一]

高樓煙鎖[二]，曲闌風緊[三]，修竹影交加[四]。別樹棲烏，離亭去雁，簾外已天涯[五]。芳梅折，倩誰行寄？[六]不爲惜年華。一任殘香，玉顏非故[七]，認是故鄉花[八]。

【注】

［一］《復堂類集》本未收此詞，譚集本據《篋中詞》附《復堂詞》及《清名家詞·復堂詞》補。作年不詳。

〔二〕　高樓煙鎖：馮延巳《南鄉子》：「煙鎖鳳樓無限事，茫茫。鸞鏡鴛衾兩斷腸。」煙鎖，霧氣籠蓋。

〔三〕　曲闌風緊：元好問《江城子》：「曲闌干，晚風寒。」

〔四〕　修竹影交加：杜甫《春日江邨五首》其三：「種竹交加翠，栽桃爛熳紅。」交加，參見《木蘭花慢·桃花》注〔七〕。

〔五〕　簾外已天涯：裴夷直《病中知皇子陂荷花盛發寄王纘》：「十里蓮塘路不賒，病來簾外是天涯。」

〔六〕　「芳梅折」二句：參見《霓裳中序第一》(緗英展凍靨)注〔一三〕。

〔七〕　玉顏非故：謂歲月流逝人老去，而梅花則是新開。王夫之《二郎神·七夕》：「算自有，銀潢幾許年華，玉顏非故。」此指梅花。

〔八〕　認是故鄉花：杭州孤山、塘棲多梅花，故云。司空圖《漫書五首》其二：「莫怪行人頻悵望，杜鵑不是故鄉花。」

復堂詞卷三（見《半厂叢書初編》本《復堂詞》卷三「詞三」）

浪淘沙[一]

芳意久闌珊[二]。病卧江關[三]。緑波芳草彊留歡[四]。盼得春來春又老[五]，如此春寒。　風雨更漫漫。燭灺香殘[六]。一聲笛唱念家山[七]。庭院無人花有淚[八]，孤負雕闌[九]。

【注】

［一］　作年不詳。詞中有「病卧江關」句，疑爲譚獻晚年在武昌時作，應是光緒十六年（一八九〇）五十九歲之後。此年正月湖廣總督張之洞延請譚獻赴武昌，任經心書院講席，旋任院長。《復堂日記》卷八庚寅：「改歲十三日，南皮張師以武昌經心書院講席相延。……師友風期，敬諾戒行。」《復堂諭子書》：「庚寅辛卯，座主南皮張尚書督兩湖，招之至江夏，聘主都會經心書院講席，遂爲院長兩年矣。」此年有《武昌春望同雲門》、《旅興》、《寓感》等詩抒懷，可參看。

［二］　芳意：春意。陳子昂《感遇詩三十八首》其二：「歲華盡摇落，芳意竟何成？」闌珊：將盡。李煜《浪淘沙》：「簾外雨潺潺，春意闌珊。」

[三] 病卧江關：《復堂諭子書》述此段經歷：「往來江上之輪舶，如坐房闥。無如衰遲日即頽廢，獨客朝夕，終以病魔爲畏。」江關，指武昌，在長江畔。

[四] 緑波芳草：此爲春天江邊景象。徐積《送呂掾歸揚州（二月四日于枕上奉送）》：「到揚州後登高城，緑波芳草連江津。」

[五] 盼得春來春又老：毛滂《調笑·苕子》：「芳草。恨春老。自是尋春來不早。」春老，指晚春。

[六] 燭灺香殘：謂天將明。馮延巳《酒泉子》：「香印灰，蘭燭灺，覺來時。」陳繩祖《題唐毓東仿倪高士秋林圖》：「燭灺香殘酒盞空，老郎自向厨頭取。」灺，燃將盡。

[七] 念家山：參見《尉遲杯·西湖感舊》注[八]。

[八] 花有淚：朱敦儒《減字木蘭花》：「夜闌人醉。風露無情花有淚。」

[九] 孤負：徒然錯過。黃機《水龍吟》：「恨荼蘼吹盡，櫻桃過了，便祇恁成孤負。」

金縷曲[一]

和蒙叔[二]

怊悵題襟集[三]。恁無端、渭城折柳，離歌三疊。[四]待我歸來猨鶴笑[五]，杯酒難忘夙昔[六]。曾記得、落花如雪[七]。重向西園圖畫裏[八]，共故人、商略藏山業[九]。尋煙語，一雙屐。[一〇]　十年鄉思南屏鯽[一一]。怕回頭、秋林禊飲[一二]，傷心非一。天末涼風衣帶緩[一三]，贏得蒼茫獨立[一四]。只舊雨、相逢相惜[一五]。結個三休亭子好[一六]，便討春、結夏同將息[一七]。知足傳，點君筆。[一八]

【注】

[一]　作年不詳。約作于光緒十三年（一八八七）或稍後，在杭州。譚獻于上年五月由合肥調任宿松知縣，秋疾大作，十二月謝病離任。據其《歐齋記》：「光緒十有三年（一八八七）夏四月，獻養痾歸里門，秀水沈子蒙叔方寓榆園，廿載素交，晨夕過從，談藝討古。」次年春有《和蒙叔》：「好景難逢天意慳，送春風雨卧鄉關。著書寂寂窮愁事，行路棲棲客子顏。白日不隨朋輩盡，青山幾見俗人閑。廿年弦外尋吾契，只在微吟薄醉間。」可參看。

[二]　蒙叔：即沈景修。沈景修（一八三五—一八九九），字蒙叔、夢粟，號蒙廬、汲民、歐齋，晚號寒柯。浙江秀水（今嘉興）人，後卜居江蘇吴江盛澤鎮。咸豐十一年（一八六一）拔貢，援例爲教諭，歷署寧波、蕭山等地訓導。與譚獻同受知于薛時雨，在浙江書局校書及譚獻官秀水教諭期間訂爲莫逆之交。有《井華詞》一卷，光緒二十五年（一八九九）刻本。沈氏原唱詞《貂裘换酒》（即《金縷曲》）題「坐雨榆園，待仲修不至，譜此代柬」：「一餉賓紅集。悵年來、瑤華天末，暮

雲千疊。執手相看西湖畔，意氣飛揚如昔。只鬚鬢、星星作雪。深怕摶沙吹又散，趁昕宵、商略名山業。瀹甌茗，遲吟屐。新知名士多于鯽。廿年中、蘭荃同臭，如君百一。爾作西河吾竹垞，貌寫肩隨而立（錢叔美曾畫毛朱并立小象）。看後世、誰人珍惜？栗里田園歸略早，算今番、六月鵬程息。賦招隱，待濡筆。」附譚獻和作，字句有異。

［三］　怊悵：惆悵。宋玉《九辯》：「心搖悦而日幸兮，然怊悵而無冀。」題襟集：謂與沈景修詩詞唱和。題襟，指文人詩文唱和。始于唐代温庭筠、段成式等在襄陽節度幕府的唱和酬答，集爲《漢上題襟集》十卷；宋時揚州築題襟館，清道光年間兩淮鹽運使曾燠在署内重建，再開題襟風氣。

［四］　「恁無端、渭城折柳」二句：謂兩人多年離别不見。用王維《渭城曲》（又名《陽關三疊》）詩意。無端，無奈。王鍈《詩詞曲語辭例釋》：「無端，又等于説無奈，多用于感歎事與願違的場合。……賈島《渡桑乾》：『客舍并州已十霜，歸心日夜憶咸陽。無端更渡桑乾水，却望并州是故鄉。』」《井華詞》附譚獻和詞，此二句作：「不分明、夢中語笑，雲山重疊。」

［五］　待我歸來猨鶴笑：謂終于得以歸隱。譚獻于光緒十三年（一八八七）春因病辭官返鄉，賃居故友王麟書宅，杜門不出。猨鶴笑，猨同「猿」。沈與求《有懷山中》其二：「它年猿鶴應相笑，倦羽卑飛久未還。」猿鶴，借指隱逸之士。《宋史·石揚休傳》：「揚休喜閑放，平居養猿鶴，玩圖書，吟詠自適。」《井華詞》附譚詞此句作「拂袖歸尋猨鶴侣」。

〔六〕　夙昔：《井華詞》作「疇昔」。

〔七〕　曾記得、落花如雪：謂上次分別在暮春時節。白居易《花前有感兼呈崔相公劉郎中》：「落花如雪鬢如霜，醉把花看益自傷。」

〔八〕　西園：傳爲漢建安時曹操建于鄴都（今河南臨漳），是曹魏君臣游宴、文人聚會之處。曹植《公宴詩》：「清夜游西園，飛蓋相追隨。」此借指兩人相聚的許增榆園。圖畫裏：譚獻《榆園記》謂榆園風景甚美，「入門藤陰垂垂，花發紺碧」，「疊石繚曲，小山起伏其間，粉垣界之，老樹扶疏，鷹巢其顛，一丘一壑，誰與共此」。郭則澐《清詞玉屑》卷五「娱園」：「許邁孫娱園，亦曰榆園，池亭樹石，勝擅江左。其佳處曰疏香林屋，曰潭水山房，曰藉船，曰還讀書堂，曰蓮北詩龕，曰微雲樓。」

〔九〕　商略藏山業：謂在其中校書著述。商略，商討。藏山業，謂著書校書之業。司馬遷《報任安書》：「僕已著此書（指《史記》），臧（藏）之名山，傳之其人，通邑大都。」譚獻《榆園記》：園中「圖籍萬卷，主人丹黄讐勘遍矣」，「君戢孴古近詞學善本書，校刻數十卷，臧之『鏤塵吹景』之齋」。

〔一〇〕　「尋煙語」二句：謂與友人登山探幽尋勝。杜甫《寒峽》：「野人尋煙語，行子傍水餐。」意即尋找有煙火之處，與山野之人交談、討食。一雙屐，指登山游覽。參見《大酺·問政山中春雨》注〔四〕。

〔一一〕　十年鄉思：譚獻于同治十三年（一八七四）冬離鄉赴安徽任懷寧知縣，至光緒十三年返鄉，前後歷十二年，此「十年」是約略言之。南屏卿：蘇軾《去杭州十五年復游西湖用歐陽察判韵》：「我識南屏金鯽魚，重來拊檻散齋餘。」南屏，山名，在今浙江杭州，西湖勝景之一。王十朋《東坡詩集注》：「西湖南屏山興教寺，池有鯽魚十餘尾，皆金色，道人齋餘争倚檻投餌爲戲。」

［一二］　禊飲：原謂古代農曆三月上巳日之宴聚，王融《三月三日曲水詩》序：「惟暮之春，同律克和，樹草自樂。禊飲之日在兹，風舞之情咸蕩。」古代民俗，農曆三月上旬的巳日（後定爲三月初三）到水邊嬉戲，以祓除不祥，稱爲修禊。此泛指朋友宴飲。

［一三］　衣帶緩：謂鄉思過甚而身形消瘦。《古詩十九首·行行重行行》：「相去日已遠，衣帶日已緩，浮雲蔽白日，游子不顧返。」

［一四］　嬴得：落得，剩得。蒼茫獨立：杜甫《樂游園歌》：「此身飲罷無歸處，獨立蒼茫自詠詩。」蒼茫，荒寂貌。

［一五］　只舊雨、相逢相惜：榆園主人許增喜與文人學者交往，《榆園記》：「君少從賢豪長者游，老共晨夕，多素心人，則英辭妙墨，好古多聞者，往往而在。」許增《書〈復堂類集〉後》：「時秀水沈蒙叔館榆園，平湖徐鍔青居聽園，張子虞、陳鄂士皆鄰近之數人者，日必一再見。往往夕月西墜，街鼓紞如，猶不忍去。商榷文字，討論金石，莊語諧語，所論説不一端，所見又不盡合，旁觀者竊笑之，僮僕厭薄之，不顧也。」舊雨，故友。杜甫《秋述》：「常時車馬之客，舊，雨來；今，雨不來。」榆園中建有「今雨樓」。《井華詞》所附譚詞，「相惜」作「珍惜」。

［一六］　三休亭：在浙江杭州臨安西玲瓏山上，留有蘇軾游蹤。《大清一統志》卷二百十

七：「三休亭，在臨安縣西玲瓏山，絶頂名九折巖，巖間有亭名三休，蘇軾詩『三休亭上工延月，九折巖前巧貯風』即此。」蘇詩題爲《登玲瓏山》。三休，《舊唐書·文藝傳下·司空圖》：司空圖嘗擬白居易《醉吟傳》爲《休休亭記》曰：「休，休也，美也，既休而具美存焉。蓋量其才，一宜休；揣其分，二宜休；耄且聵，三宜休。又少而惰，長而率，老而迂，是三者皆非濟時之用，又宜休也。」

［一七］討春結夏：謂在春夏之間尋訪、聚會。討春，探春，游春。錢謙益《贈陸墓邵叟是僧彌之父》：「忙爲市南行藥去，閑從城北討春還。」結夏，佛教徒自農曆四月十五日起，静居寺院凡九十天不外出，謂之「結夏」。范成大《偃月泉》：「我欲今年來結夏，莫扃岫幌掩雲關。」將息：參見《謁金門》（人寂寂）注［四］。

［一八］「知足傳」二句：謂對沈景修所作詩詞加以評騭。譚獻曾爲《井華詞》加評點。點筆，評論。杜牧《聞慶州趙縱使君與當項戰中箭身死輒書長句》：「青史文章争點筆，朱門歌舞笑捐軀。」

蝶戀花［一］

題瑞石山民畫蘭［二］

林下水邊春欲去［三］。花自忘言［四］，日日風吹雨。棐几湘簾尋伴侶［五］。天涯香草渾無主［六］。　憔悴靈均曾作賦［七］。芳意如何，離思朝還暮。回首卅年空谷路［八］。當時結佩人何處[九]？

【注】

[一] 作年不詳。按：詞中有「回首卅年空谷路」句，譚獻于咸豐八年（一八五八）首次入京應試失利，至光緒十三年（一八八七）返鄉杜門不出，整三十年。詞應作于光緒十三年或稍後。

[二] 瑞石山民：即鄭岱（生卒年不詳），字在東，號澹泉，一號瑞石山人，浙江錢塘（今杭州）人。清代畫家。揚州八怪之一華喦弟子，擅畫山水花卉。蘭：譚集本誤作「闌」。

[三] 林下水邊：指幽閑之處，亦即適宜蘭花生長之處。白居易《池上即事》：「林下水邊無厭日，便堪終老豈論年。」

[四] 花自忘言：劉長卿《尋南溪常山道人隱居》：「溪花與禪意，相對亦忘言。」忘言，謂心中領會其意，無須用言語説明。語出《莊子・外物》：「言者所以在意，得意而忘言。」陶潛《飲酒》其五：「此中有真意，欲辨已忘言。」

[五] 棐几湘簾尋伴侶：指在高雅居室陳設的蘭花，有人相伴。棐几，用棐木做的几桌。《晉書・王羲之傳》：「嘗詣門生家，見棐几滑净，因書之，真草相半。」湘簾，用湘妃竹做的簾子。

[六] 天涯香草渾無主：指在荒山野地生長的蘭花，寂寞開無主。

[七] 憔悴靈均曾作賦：指屈原所作辭賦。《楚辭・屈原〈離騷〉》：「余既滋蘭之九畹兮，

又樹蕙之百畝。」憔悴，《楚辭·屈原〈漁父〉》：「屈原既放，游于江潭，行吟澤畔，顔色憔悴，形容枯槁。」靈均，屈原之字。屈原《離騷》：「名余曰正則兮，字余曰靈均。」

［八］卅年空谷路：指自己應試失利生涯。空谷，空曠幽深的山谷，既是幽蘭生長之處，亦是賢者隱居之所。《詩·小雅·白駒》：「皎皎白駒，在彼空谷。」孔穎達疏：「賢者隱居，必當潛處山谷。」陳郁《空谷有幽蘭》：「空谷有幽蘭，孤根倚白石。」

［九］結佩人：指年輕時同道好友。結佩，結蘭佩蕙，指佩帶香草，以示品格高潔。《楚辭·屈原〈離騷〉》：「矯菌桂以紉蕙兮，索胡繩之纚纚。」「扈江離與辟芷兮，紉秋蘭以爲佩。」鮑照《幽蘭五首》其三：「結佩徒分明，抱梁輒乖忤。華落知不終，空愁坐相誤。」

風入松［一］

用俞國寶韵［二］，題宗載之《陌上尋鈿圖》［三］

游絲低綄錦連錢［四］。繫馬緑楊邊。故人醒了當時酒，風吹鬢、還似從前。舊曲休調玉笛，微波罷照秋千。江南容易落花天［五］。

闌外夕陽偏。博山却是無情物［六］，難留戀、一氣雙煙［七］。付與綿綿長恨［八］，何時重見釵鈿［九］？

【注】

［一］　作年不詳。約作于光緒十三年（一八八七）退居杭州以後。

［二］　俞國寶韵：指俞國寶《風入松》：「一春長費買花錢。日日醉湖邊。玉驄慣識西湖路，驕嘶過、沽酒樓前。紅杏香中簫鼓，緑楊影裏秋千。　暖風十里麗人天。花壓鬢雲偏。畫船載取春歸去，餘情付、湖水湖煙。明日重扶殘醉，來尋陌上花鈿。」俞國寶（生卒年不詳），臨川（今江西撫州）人，南宋淳熙太學生。宗載之《陌上尋鈿圖》即由俞詞「來尋陌上花鈿」句而來。

［三］　宗載之：即宗得福。宗得福（一八四一——一九〇二後），字載之，江蘇上元（今南京）人，僑寓杭州。官浙江知縣，湖北知府。光緒年間爲張之洞、盛宣懷所重，曾應命充蘆漢鐵路總辦、權湖北應山縣事、大冶鐵礦局總辦，卒于任所。工書畫，能詩詞，有《墮蘭館詞》。其子宗鶴年有《清授朝議大夫封通奉大夫湖北補用知府宗府君墓志》存世。

［四］　連錢：駿馬名。身上有似銅錢相連的花紋。《爾雅·釋畜》「青驪驎驒」，郭璞注：「色有深淺，斑駁隱粼，今之連錢驄。」紀唐夫《驄馬曲》：「連錢出塞蹋沙蓬，豈比當時御史驄。」

［五］　江南容易落花天：吴澄《泗河》：「淮北更無生草地，江南已是落花天。」

［六］　博山：即博山爐。因爐蓋造型似傳聞中的海上博山而得名。舊題劉歆《西京雜記》卷一：「長安巧工丁緩者……又作九層博山香爐，鏤爲奇禽怪獸，窮諸靈異，皆自然運動。」鮑照《擬行路難》詩其二：「洛陽名工鑄爲金博山，千斫復萬鏤，上刻秦女携手仙。」

［七］　一氣雙煙：譚獻《雜曲效江總》詩有「掩閨獨處嬋娟子，博山無復雙煙起」句，與之同義。語出李白《楊叛兒》：「博山爐中沉香火，雙煙一氣凌紫霞。」《李太白文集》王琦注引《古楊叛曲》：「暫出白門前，楊柳可藏烏。歡作沉水香，儂作博山爐。」又注：「晋《東宫舊事》曰：太子服用，則有博山香爐。一云：爐象海中博山，下有盤貯湯，使潤氣蒸香，以象海之回環。此器世多有之，形製大小不一。」

［八］　綿綿長恨：白居易《長恨歌》：「此恨綿綿無絶期。」

［九］　何時重見釵鈿：點圖題「尋鈿」意。釵鈿，一作鈿釵，原指鈿合、金釵等婦女首飾。此指代所鍾情的女子。鈿合，鑲嵌金銀等裝飾物的首飾盒子。白居易《長恨歌》：「惟將舊物表深情，鈿合金釵寄將去。」

清平樂［一］

用樊榭韵［二］，題《溪樓延月補圖》

溪光月浣。樓上秋深淺。鏡檻幽花開落半［三］。情思巷中徒滿。　百年艶冷愁荒［四］。卷頭點筆生凉［五］。飛過輕鴻片片，微波舊影難藏。［六］

【注】

［一］ 作年不詳。

［二］ 樊榭韵：指厲鶚《清平樂·元夕悼亡姬》：「春衫淚浣。誰問春寒淺？依舊去年正月半。錦瑟華年未滿。 重來徑曲苔荒。一屏梅影凄凉。疑在小樓前後，不知何處迷藏？」厲鶚（一六九二—一七五二），字太鴻，號樊榭，浙江錢塘（今杭州）人，原籍浙江慈溪。康熙五十九年（一七二〇）舉人，乾隆元年（一七三六）薦舉博學宏詞試，不赴。設館授徒爲生。尤擅詞，爲清代朱彝尊之後浙西詞派中堅。有《樊榭山房詞》二卷、《續集詞》一卷、《秋林琴雅》四卷、《續集集外詞》一卷。

［三］ 鏡檻：水邊欄杆。李商隱《鏡檻》：「鏡檻芙蓉入，香臺翡翠過。」朱鶴齡《李義山詩集箋注》注：「鏡檻，水檻也。水光如鏡，故曰鏡檻。」

［四］ 艷冷：此指月亮。程公許《述志》：「霜月潑冷艷。」

［五］ 點筆：猶云染翰，指用筆墨作書畫。杜甫《重過何氏五首》其三：「石闌斜點筆，桐葉坐題詩。」王嗣奭《杜臆》注：「『點筆』，謂泚筆。」泚筆，以筆蘸墨。

［六］ 「飛過輕鴻片片」二句：用曹植《洛神賦》「翩若驚鴻」、「托微波而通辭」之意，表達對友人的情愫。譚獻有《得陶子珍湖南書》詩：「楚天迢遞此征鴻，沅澧微波語乍通。」意象近似。

臺城路[一]

題何青耜先生《白門歸棹圖》[二]

三山二水渾蕭瑟[三]，秋隨斷鴻來去。玉佩前塵[四]，舡棱昨夢[五]，吹墮蒼煙淒楚[六]。花開背槈[七]。指白下門前[八]，夕陽多處。葉葉輕帆，客心摇曳遽如許。[九] 沈吟今雨舊雨[一〇]。記淮流月映[一一]，歌罷《金縷》[一二]。故國周遭，空城寂寞[一三]，眼底滄桑重數。西風問渡。恁老倦津梁[一四]，柳枝非故[一五]。詞筆依然[一六]，寫愁無一語。

【注】

[一] 作于光緒十三年（一八八七），在杭州。

[二] 何青耜：即何兆瀛。何，譚集本誤作「向」。何兆瀛（一八〇九—一八九〇），字通甫，號青耜、青士，江蘇江寧（今南京）人，道光二十六年（一八四六）舉人。歷任户部郎中、杭嘉湖道、浙江鹽運使、代行浙江按察使、廣東鹽運使。博涉多通，以詩酒自娱，有《心盦詞存》四卷，同治十二年（一八七三）武林刻本，《老學後盦自訂詞》二卷，光緒十四年（一八八八）刻本。晚年寓居杭州，與譚獻交往唱和甚多。《復堂日記》卷七丁亥（光緒十三年，一八八七）：「謁上元何青耜先

生。自粵東解鹺使任，作寓公杭州。八十耆英，聰明如少壯。」《白門歸棹圖》：白門，江蘇南京的別名。六朝皆都建康（今南京市），其正南門爲宣陽門，俗稱白門。何兆瀛《自題〈白門歸棹圖〉》：「秋風笑口對花開，世事升沈付酒杯。爲報北山舊猿鶴，一帆天際客歸來。」（《老學後庵自訂詩二集》卷四）可參。

〔三〕三山二水：指南京山水。李白《登金陵鳳凰臺》：「三山半落青天外，二水中分白鷺洲。」三山，《景定建康志》卷十七：「三山在城西南五十七里，周迴四里，高二十九丈。……《輿地志》：『其山積石森鬱，濱于大江，三峰排列，南北相連，故號三山。』」二水，指秦淮河與長江。史正志《二水亭記》：「秦淮源出句容、溧水兩山，自方山合流，至建業貫城中而西，以達于江。」譚獻光緒五年（一八七九）夏舟行赴全椒知縣任，道出南京，作有《三山二水歌》。

〔四〕玉佩前塵：指何兆瀛過去的仕宦經歷。玉佩，指代官宦仕履。譚獻光緒十三年（一八八七）爲何兆瀛撰《老學後盦自訂詞叙》云：「先生種桓公之柳，比召伯之棠……回憶泠泉判事，南海建牙，有如昨日。」

〔五〕觚棱昨夢：指何兆瀛報國之志未能實現的遺恨。《老學後盦自訂詞叙》：「澄清夙志，付之委轡看山，而當年晝省之趨、青蒲之伏，則蓬萊雲氣尚裴回于寤寐間。」觚棱，宮闕上轉角處的瓦脊成方角棱瓣之形，借指宮闕，也指京城、故國。《文選·班固〈西都賦〉》「上觚稜而棲金爵」，呂向注：「觚稜，闕角也。」王觀國《學林·觚角》：「所謂觚稜者，屋角瓦脊成方角稜瓣之形，故謂之觚稜。」秦觀《赴杭倅至汴上作》：「俯仰觚棱十載間，扁舟江海得身閑。」

［六］　墮蒼煙：陈孚《泗水》：「落日漁歌何處？白鷗雙墮蒼煙。」譚獻《鏡湖行贈王繼香》詩有「湖煙湖雨墮茫茫」句，意境相同。　蒼煙，雲霧蒼茫。

［七］　花開背櫂：謂在船上回首，看到岸邊菊花已開。時應在秋九月。用杜甫《送李八秘書赴杜相公幕》「櫓摇背指菊花開」句意。　櫂，同「櫓」。《九家集注杜詩》引趙次公：「又以言所往之時，蓋九月之間也。」仇兆鰲《杜詩詳注》卷十九引張性：「船櫓向後而直摇，岸傍之菊則背指其花開之處。」引邵傅：「櫓摇則行疾，遇岸上菊花之開，舟忽過去，乃回首看之也。」可參。

［八］　白下門前：李彭《胡少汲名直孺龍舒佳士清修可喜往歲見之金陵聞除侍御史因作此詩以見意》：「建康城头雞欲曙，白下門前烏未飛。」白下，古地名，在今南京市西北，唐移金陵縣于此，改名白下縣。後亦爲南京的别稱。

［九］　「葉葉輕帆」二句：謂何兆瀛返鄉心切，亦如船行之急速。客心，游子之思。謝朓《暫使下都夜發新林至京邑贈西府同僚》：「大江流日夜，客心悲未央。徒念關山近，終知反路長。」

［一〇］　沈吟今雨舊雨：指牽挂舊友新朋。參見《金縷曲·和蒙叔》注［一二］。沈吟，謂思念深切。曹操《短歌行》其一：「但爲君故，沈吟至今。」姜夔《鷓鴣天·元夕有所夢》：「誰教歲歲紅蓮夜，兩處沈吟各自知。」

［一一］　淮流月映：化用杜牧《泊秦淮》「煙籠寒水月籠沙」句意。淮流，秦淮河。

［一二］《金縷》：曲調《金縷曲》的省稱。杜秋娘《金縷曲》：「勸君莫惜金縷衣，勸君須惜少年時。有花堪折直須折，莫待無花空折枝。」此曲感慨年華易逝。羅隱《金陵思古》：「綺筵《金縷》無消息，一陣征帆過海門。」

［一三］「故國周遭」二句：用王安石《金陵五題・石頭城》「山圍故國周遭在，潮打空城寂寞回」句。

［一四］老倦津梁：謂垂老倦于功名而隱居。此年何兆瀛已近八十歲，故云。《老學後盦自訂詞敘》：「寓公杖屨，望若神仙，金石大年，正八十矣。」津梁，喻有桥梁作用的重要人物。《魏書・封軌傳》：「吾平生不妄進舉，而每薦此二公，非直爲國進賢，亦爲汝等將來之津梁也。」此即前引譚獻以「桓公」、「召伯」稱譽何兆瀛之意。譚獻此年《歲暮雜詩二十首》（丁亥）有「病猶親藥物，老自倦津梁」句，則是自謂。

［一五］柳枝非故：應指何兆瀛老年身邊新有侍妾。王讜《唐語林・補遺》：「韓退之有二妾，一曰絳桃，一曰柳枝，皆能歌舞。」又白居易晚年有侍姬小蠻善舞，腰似柳枝，樊素善歌《楊柳枝》，因以「柳枝」稱小蠻、樊素。白居易《别柳枝》：「兩枝楊柳小樓中，嫋娜多年伴醉翁。明日放歸歸去後，世間應不要春風。」

［一六］詞筆依然：《老學後盦自訂詞敘》評何兆瀛詞：「昔者烏衣公子，有公輔之器，悱惻纏綿，固先生之詞旨也。結客少年之場，命疇嘯侶，五六十載，雨散雲飛之懷感深矣。」何兆瀛父

何汝霖在道光時曾任禮部尚書、軍機大臣，故稱其烏衣公子。

卜算子[一]

同鄉屬題曼陀羅室遺稿[二]

鏡裏繞餘香，花落風無定[三]。流水依然傍畫闌，不見徘徊影[四]。　愁語墮蒼茫[五]，今日重思省。曲罷無聲似有人，只覺梁塵冷[六]。

【注】

[一]　載稿本日記光緒十三年（一八八七）九月廿一日，在杭州。

[二]　屬：同「囑」。曼陀羅室遺稿：晚清女詞人陳蕙詞集，似未刊。陳蕙（生卒年不詳），字蘇元，號曼陀羅室，浙江仁和（今杭州）人。

[三]　花落風無定：吴文英《醉桃源·元日》：「春風無定落梅輕。」此喻人事變易無定。

[四]　不見徘徊影：謂女詞人已亡。蘇軾《卜算子·黄州定惠院寓居作》有「誰見幽人獨往來，縹緲孤鴻影」句，前人或以爲此孤鴻指癡情女子。如沈雄《古今詞話·詞話》卷上云：「《梅墩詞話》曰：惠州温氏女超超，年及笄，不肯字人。東坡至，喜曰：『吾婿也。』日徘徊窗外，聽公吟

詠，覺則亟去。東坡曰：『吾呼王郎與子爲姻。』未幾，坡公度海歸，超超已卒，葬于沙際。因作《卜算子》。」譚獻此詞即用蘇軾《卜算子》韻。

［五］愁語墮蒼茫：謂陳蕙遺稿多寫愁情，將留存于廣闊天地之間。墮蒼茫，范成大《與周子充侍郎同宿石湖》：「蘿月墮蒼茫，松風隱蕭瑟。」吴錫麒《同人買舟出東新關暮抵横塘宿胡氏古香書屋明日曉起由半山橋入三塔觀梅得詩四首》其二：「相思雲水遠，心已墮蒼茫。」蒼茫，廣闊無邊貌。潘岳《哀永逝文》：「視天日兮蒼茫，面邑里兮蕭散。」

［六］梁塵：參見《二郎神》（吐雲華月）注［六］。

千秋歲［一］

海隅信宿［二］，旅病倦游，用少游韻［三］。示拙存太守、竹潭鹺尹、遺園詩老［四］，時同客上海［五］

曲闌干外，前度輕紅退［六］。疏雨斷，微雲碎。新愁慵攬鏡，舊病難忘帶［七］。江水闊［八］，盈盈不渡空相對。　意外同高會，寒減西園蓋［九］。好門取，身長在。［一〇］夢中芳草遠［一一］，曲裏朱弦改［一二］。留影去，依然明月生滄海［一三］。

【注】

［一］ 載稿本日記光緒十三年（一八八七）十月十八日，在上海。此年在上海有《上海徐園》詩：「問鳥求魚到海壖，重尋磨迹十三年。檀欒斷手微寒竹，宛轉支頤已出泉。陶令園田歸路近，元公壑谷主人賢。故山白首殊欣慨，卜宅聊牽岸上船。」可參看。

［二］ 海隅信宿：譚獻于上年秋冬疾病大作，辭去宿松令，正月啟程返杭州，四月途經上海，停留六天。又于九月補安徽含山知縣，赴任時十月途經上海，共住十天。《復堂日記》卷七丁亥：「滬瀆逆旅十日勾留，中寒驟病，决意馳牘移疾，請去官。蓋序補含山邑宰，方檄蒞官。既罷皖游，又束歸裝。」《復堂日記·補録》卷二光緒十三年九月望日：「準補含山檄至。徘徊廊檻，殊不忍驅車再出。」十月初九日：「發舟。」十一日：「抵嘉善，入城訪舊。」十三日：「抵上海。」廿一日：「登舟解纜，繫小輪船駛行。」廿三日：「抵杭州。」此詞中有「寒減西園蓋」句，應作于當年秋天第二次住上海時。海隅，海邊。王維《終南山》：「太乙近天都，連山接海隅。」此指上海。信宿：原意爲連宿兩夜。《詩·豳風·九罭》：「公歸不復，于女信宿。」毛傳：「再宿曰信。……宿，猶處也。」但也可指數日。

［三］ 少游韵：即秦觀《千秋歲》：「水邊沙外，城郭春寒退。花影亂，鶯聲碎。飄零疏酒盞，離別寬衣帶。人不見，碧雲暮合空相對。 憶昔西池會，鵷鷺同飛蓋。携手處，今誰在。日邊清夢斷，鏡裏朱顔改。春去也，飛紅萬點愁如海。」

［四］ 拙存太守：即邊浴禮。邊浴禮（一八二〇—一八六一），字子廉，一字夔友，號袖石，

直隸任邱（今屬河北）人。道光二十四年（一八四四）進士，改庶吉士，授翰林院編修，官吏部給事中，咸豐三年（一八五三）補授江西道監察御史，官至河南布政使。竹潭鹺尹：即邊葆樞。邊葆樞（一八八〇年前後在世），一作邊保樞，字卓存、拙存，號竺潭、竹潭。直隸任邱（今屬河北）人。邊浴禮少子。同治九年（一八七〇）舉人。官浙江仁和場鹽大使。遺園詩老：即王尚辰。

［五］時同客上海：《復堂日記》卷七丁亥：「小住滬上，聞宜昌楊守敬惺吾在此，相見甚歡。……王謙齋、陸蘭生、邊拙存太守皆得見于逆旅，烏程凌子與、桐城蕭敬夫久客，誠一時勝集矣。」王尚辰有《十月十九日同卓存太守竹潭鹺尹仲修令君艷集徐園兼録別》詩，自注：「仲修歸里，仍用前均送之。」（見《復堂師友手札菁華》）

［六］前度輕紅退：應指上次四月途經上海，當春末夏初時。輕紅，淡红，粉红。蕭綱《梁塵詩》：「依帷濛重翠，帶日聚輕紅。」

［七］難忘帶：謂未能忘懷仕宦心，指此行本擬赴含山知縣任。忘帶，白居易《卯時酒》：「當時遺形骸，竟日忘冠帶。」帶，冠帶，指仕宦。

［八］江水：此指黄浦江。彭孫貽《歸渡黄浦》：「舟夢先歸忘水闊。」

［九］西園蓋：謂文人聚會。曹植《公燕詩》：「清夜游西園，飛蓋相追隨。」西園，參見《金縷曲·和蒙叔》注［五］。蓋，車蓋。

［一〇］「好鬥取」二句：有祝願同聚老友健康長壽之意。郭祥正《齊公長老卧雲軒二首》

其一：「白雲不滅身長在，時往香臺請供還。」陳維崧《千秋歲引·壽蘧庵先生七十》：「四時花，三弄笛，身長在。」鬥取，對着，面對。張相《詩詞曲語辭匯釋》卷二：「鬥取，猶云對着也。」蘇軾《西江月·茶詞》：「人間誰敢更爭妍，鬥取紅窗粉面。」

［一一］ 夢中芳草遠：謂老友暫時歡聚，但終有一別，今後只能在夢中相見。芳草，比喻賢德之人。《楚辭·屈原〈離騷〉》：「何昔日之芳草兮，今直爲此蕭艾也。」此指邊浴禮等好友。劉向《説苑·談叢》：「十步之澤，必有香草；十室之邑，必有忠士。」《隋書·煬帝紀上》：「方今宇宙平一，文軌攸同，十步之内，必有芳草，四海之中，豈無奇秀？」

［一二］ 朱弦改：謂琴瑟變調，只因情懷不開。晏幾道《解佩令》：「涼襟猶在，朱弦未改，忍霜紈、飄零何處？」朱弦，泛指琴瑟之類弦樂器。

［一三］ 依然明月生滄海：兼有懷念老友和思念故鄉兩意。張九齡《望月懷遠》：「海上生明月，天涯共此時。」戴叔倫《遺興》：「明月臨滄海，閑雲戀故山。」

一萼紅［一］

用遺園韵，志感［二］

夢無痕［三］。記少年慘緑［四］，容易白頭人［五］。鏡影迷離，花陰瑣碎，氍毹結束腰身［六］。

便樓上、下窺綉轂[七]，空蕩漾、日暮碧天雲[八]。悟後成癡[九]，歡時又懶[一〇]，澹處偏真[一一]。見説詩龍酒虎[一二]，似珠光照乘[一三]，劍氣通神[一四]。佳俠嬋嫣[一五]，老仙游戲[一六]，絲絲沈水重温[一七]。任君笑、林逋冷落，只空山、抱暖玉梅魂。[一八]已是江潭楊柳，霜色如髡。[一九]

【注】

[一] 載稿本日記光緒十三年（一八八七）十月十八日，在上海。

[二] 遺園韵志感：遺園，即王尚辰。王尚辰《一萼紅·丁亥中秋留桂軒觴月》原唱：「醉留髡。正新凉天氣，無處不消魂。蓮漏沈沈，蕉陰寂寂，爐煙猶抱簾温。訝户外、三星宛在，倚錦瑟、回想舊風神。慘緑都非，題紅誰屬，只合修真（用秦少游事）。別有夷歌蠻舞，怪蟬紗籠霧，螺髻堆雲（座有法國歌伶）。恨海難填，情天易老，月兒可證前身？聽隔院、蛩音如訴，笑流螢、飛入悮窺人。爲問木樨香否，夢覺無痕。」（光緒二十一年廬州刊本《遺園詩餘》）可知此詞是登留桂軒賞月之作。王詞序云「留桂軒者，漢上游女之書巢也。女名桂軒，年十六」，爲上海伎女。

[三] 夢無痕：白樸《木蘭花慢·覃懷北賞梅同參政西庵楊丈和奥敦周卿府判韵》：「行云黯然飛去，悵參横月落夢無痕。」董俞《踏莎行·春望》：「舊夢無痕，新愁似結。」

[四] 少年慘緑：參見《蝶戀花》（樓外啼鶯依碧樹）注[四]。

〔五〕白頭人：參見《小重山·二月二日同馮笠尉江皋春行》注〔八〕。

〔六〕氍毹：一種毛織品。郭茂倩《樂府詩集·相和歌辭十二·隴西行》：「請客北堂上，坐客氈氍毹。」《三輔黃圖·未央宮》：「温室以椒塗壁，被之文綉……規地以罽賓氍毹。」氍，譚集本誤作「𤩽」。結束：裝束，打扮。杜甫《陪王使君晦日泛江就黄家亭子二首》其一：「結束多紅粉，歡娛恨白頭。」仇兆鰲《杜詩詳注》卷十三：「結束，衣裳裝束也。」

〔七〕下窺綉轂：用秦觀《水龍吟》詞中語。參見《虞美人》（柔塵吹暗絲鞭道）注〔三〕。

〔八〕空蕩漾、日暮碧天雲：抒發懷友情愫，從江淹《雜體詩三十首·休上人怨别》「日暮碧雲合，佳人殊未來」化出。吴芾《和田伯清見寄》：「依然日暮碧雲合，相望回頭各一方。」范成大《書事三絶》其三：「碧雲日暮空合，多病故人遂疏。」

〔九〕悟後成癡：此有陶潛《歸去來辭》「實迷途其未遠，覺今是而昨非」之意。朱敦儒《朝中措》：「新來省悟一生癡。尋覓上天梯。」

〔一〇〕歡時又懶：謂懶于追歡之事。王之道《次韵徐伯遠木芙蓉》：「自憐衰病追歡懶，忽睹騷吟引興長。」

〔一一〕澹處偏真：此既表隱逸之志，又含君子相交之道。孟郊《隱士》：「寢興思其義，澹泊味始真。陶公自放歸，尚平去有依。」陳濟《飲徐孟時宅贈苕溪吴叔禮先生》：「盡誇詩興閑邊得，自愛交情淡處真。」澹，澹泊，平淡。

［一二］　詩龍酒虎：亦作「酒龍詩虎」。比喻嗜酒善飲、才高能詩之人。葛長庚（白玉蟾）自號酒龍詩虎，見《海瓊集》，其《賀新郎·別鶴林》云：「來此人間不知歲，仍是酒龍詩虎。」《遺園詩餘》附譚獻此詞，此句作「淮南叢林」。

［一三］　似珠光照乘：原意謂寶珠的光輝能照明車輛。乘，車乘。語出司馬遷《史記·田敬仲完世家》：「梁王曰：『若寡人國小也，尚有徑寸之珠照車前後各十二乘者十枚。』」後形容人的才氣光彩奪目。耿南仲《和鄧慎思初入試院》：「梁國有珠光照乘，趙人懷璧價連城。」《遺園詩餘》附譚詞，「似」作「有」。

［一四］　劍氣通神：比喻人的才华超越常人。劍氣，劍的光芒。任昉《宣德皇后令》：「劍氣凌雲，而屈迹于萬夫之下。」錢起《江行無題》：「自憐非劍氣，空向斗牛星。」通神，形容才能非凡，可通于神靈。

［一五］　佳俠：佳麗，美人。《漢書·外戚傳上·孝武李夫人》「佳俠函光」，顔師古注引孟康：「佳俠，猶佳麗。」即伎女桂軒之流。嬋嫣：連續不斷。柳宗元《祭從兄文》：「我姓嬋嫣，由古而蕃。」

［一六］　老仙游戲：謂如神仙王子喬來到人間。《楚辭·遠游》：「吾將從王喬而娱戲。」王逸《楚辭章句》卷五題解：「思欲濟世，則意中憤然，文采秀發，遂叙妙思，托配仙人，與俱游戲，周歷天地，無所不到。……是以君子珍重其志，而瑋其辭焉。」舊題劉向《列仙傳》卷上：「王子喬者，周靈王太子晋也。好吹笙作鳳凰鳴，游伊、洛間，道士浮丘公接以上嵩高山。三十餘年後，求之于山上，見

桓良，曰：『告我家，七月七日，待我于緱氏山頭。』至時，果乘白鶴駐山頭。望之不得到，舉手謝時人，數日而去。」周權《沁園春・慶壽》：「緱山老仙，翳鳳驂鸞，游戲塵寰。」《遺園詩餘》附譚詞，「老」作「頑」。

［一七］絲絲沈水重温：謂在香煙繚繞中回顧平生。沈水，沉水香，參見《菩薩蠻》（朱弦掩抑聲如訴）注［六］。

［一八］「任君笑、林逋冷落」二句：謂願如林逋一般隱居家鄉，與梅爲伴。參見《無悶・早雪》注［六］。《遺園詩餘》附譚詞，「抱暖」作「歸伴」。

［一九］「已是江潭楊柳」三句：謂人與江柳一同老去。詞作于秋冬之交，故云。有「樹猶如此，人何以堪」之感。參見下一首注［八］。張炎《探芳信・西湖春感寄草窗》：「我何堪，老却江潭漢柳。」周密《水龍吟・次張斗南韻》：「歎江潭冷落，依依舊恨，人空老、柳如許。」髡，喻柳枝光禿。王世貞《感述六十韻》：「萬柳後春髡。」

氐州第一［一］

東鄞石瞿四明［二］

容易新霜，棲遍岸柳，青鬢照影都换［三］。篁拂牀虛，塵凝鏡暗，依約妝樓晼晚。［四］前度斜陽，又冷照、闌干西畔。［五］瑟柱分明，琴絲掩抑，數聲來雁。［六］蕉萃江關須作達［七］，好禪榻、閑中排遣。樹老人前，雲先夢去，説那堪留戀？[八]向園林、長望處，微酲後、花深砌滿[九]。儻憶春前，本無花、簾櫳罷卷。[一〇]

【注】

[一] 載稿本日記光緒十三年（一八八七）十一月廿日，在杭州。

[二] 鄧石瞿：即鄧濂。鄧濂（一八五五—一八九九），字似周，號石臞、石瞿，别號顨庵，江蘇金匱人。諸生，授候選訓導。光緒中爲文壇「梁溪七子」之一。與譚獻、許增交。有《顨庵詞》一卷，附于《顨庵集》，民國二十四年（一九三五）石印本。《復堂日記·補録》卷二光緒十三年十一月十七日：「得金匱鄧濂似周四明書（整理本《復堂日記》作「《四明書》」，標點誤）。藻辭斐亹，寫情伊鬱，有六朝體格。鄧號石瞿，語及眉叔、子珍，殆久客浙東者。言外得之，亦文士之失職者歟？」又譚獻《答鄧似周書》：「遠辱來教，交以神遇，戢景空齋，如見顔色。仰惟先生，龍鸞闕采，松竹鍊神，鬱乎屈、賈之心，斐然任、沈之作。玄文在篋，劍氣如虹。」又《再答鄧君書》云：「子荆《悼亡》，情文千古，彤史可録，屬草未畢。」四明：今浙江寧波，爲鄧濂寓居之地。鄧濂有《氐州第一》和詞：「燕去何年，塵幕翠冷，巢痕寂寞都換。鏡裏人非，華胥夢斷，那記芳時早晚。只有如眉月，尚照畫眉窗畔。被掩文鴛，香銷睡鳧，柱凄銀雁。　細數胥塵都是恨，况幽病、怎生消遣？逝水年華，飛蓬身世，却爲誰留戀？自東風、吹淚去，蓬萊水、而今又滿。并作天涯，雨瀟瀟、珠簾

暮卷。」（見《復堂師友手札菁華》）

〔三〕青鬢照影都換：謂已衰老。青鬢，濃黑的鬢髮。吴芾《復和憐字韵二首》其一：「新歲已驚青鬢換，故園還想緑陰連。」

〔四〕「簟拂牀虛」三句：牀空鏡暗，妝樓日暮，謂其夫人已亡故。《復堂日記・補録》卷二光緒十三年十一月十七日：「四明書附《悼亡》律詩廿四章，亦在義山（李商隱）、微之（元稹），近人中差近仲則（黄景仁）。」又鄧濂致譚獻手札，録有《斷腸詞二十四首次悔庵韵》，并附記：「自悼亡以來，忽已兩載矣。向來護病，縱以悲懷，未嘗有詩。適友人示以《斷腸詞》二十四章，愛彼新聲，觸我舊感。然脂弄墨依數和之。嗟乎！賦成庾信，只合傷心；才盡江淹，偏工言恨。音調凄戾，詞意繁亂，游非特永逝之哀也。一弦一柱，誰爲《錦瑟》之箋；無對無雙，願乞《玉臺》之序。」（見《復堂師友手札菁華》）可以參看。晼晚，太陽偏西，日將暮時。宋玉《九辯》「白日晼晚其將入兮」，朱熹集注：「晼晚，景昳也。」

〔五〕「前度斜陽」二句：此設想其夫人未亡時光景，如今景依舊而人已亡。張榘《摸魚兒・送邵瓜坡赴含山尉且堅後約》：「記前度斜陽，燕子曾相識。」

〔六〕「瑟柱分明」三句：用李商隱《錦瑟》詩意，以示悼念。瑟柱如雁行，亦稱雁柱，有「一弦一柱思華年」之意。前人或認爲《錦瑟》是悼亡詩，鄧濂信札也有「一弦一柱，誰爲《錦瑟》之箋」語，故譚獻用此。

〔七〕蕉萃江關：應指自己此年初因病辭官，尚羈留安慶。江關，此指安慶。作達：謂傚前人的放達行爲。劉義慶《世説新語·任誕》：「阮渾長成，風氣韵度似父，亦欲作達。」錢謙益《負郭》：「阮氏籍咸俱作達，公孫朝穆故堪鄰。」此既是勸慰對方，也借以自慰。

〔八〕「樹老人前」三句：慨歎流光易逝，人生變異，憑吊其夫人亡故。劉義慶《世説新語·言語》：「桓公（玄）北征，經金城，見前爲瑯琊時種柳已皆十圍，慨然曰：『木猶如此，人何以堪！』攀枝執條，泫然流淚。」庾信《枯樹賦》：「昔年種柳，依依漢南。今看摇落，凄愴江潭。樹猶如此，人何以堪？」雲先夢去，用巫山雲雨典故。參見《菩薩蠻》（朱弦掩抑聲如訴）注〔三〕。

〔九〕微酲：小醉。酲，病酒，酒醉後神志朦朧。《詩·小雅·節南山》：「憂心如酲，誰秉國成。」毛傳：「病酒曰酲。」花深砌滿：落花滿階，是秋冬景象，也比喻其夫人逝去。

〔一〇〕「儻憶春前」二句：春前本無花，無須卷簾賞花，言外有寬慰對方不必傷心之意。

水調歌頭〔一〕

漢龍氏鏡，爲遺園賦〔二〕

老淚向誰灑〔三〕？唤取鏡中人。照殘今日衰樂，閲過古來春。〔四〕持此吉羊文字〔五〕，試問當時龍氏，可有百年身〔六〕？光采一時發，留寫散仙真〔七〕。　尚方製，羅十二，紀芳辰。[八]花當葉對[九]，無恙先後出風塵[一〇]。月在天邊圓缺，珠有人間離合[一一]，好好伴脂痕[一二]。莫問笑啼事[一三]，吾已謝冠巾[一四]。

【注】

[一] 載稿本日記光緒十三年(一八八七)十一月廿二日：「得謙齋書，促賦龍氏鏡詞，枕上成之。」時在上海。

[二] 漢龍氏鏡：《復堂日記・補録》當年十月十七日：「謙齋與予別兩年，……前日持示新得龍氏鏡，銘詞古逸，文鏤甚工，誠可寶。磨瑩鏡而不見青紫，古意稍漓。」此是王尚辰所得又一枚漢代銅鏡，參見《滿江紅・漢十二辰鏡，和謙齋》注[二]。

[三] 老淚向誰灑：謂晚境寂寞，無歡可言。張炎《八聲甘州・辛卯歲，沈尧道同余北歸……》：「短夢依然江表，老淚灑西州。」錢謙益《瞿五丈星卿挽詞四首》其四：「西風老淚憑谁灑？寂寞空齋畫紙書。」

[四] 「照殘今日哀樂」二句：謂此鏡自古到今，曾照見幾多青春容顔，閲盡人間喜怒哀樂。

[五] 吉羊文字：指鏡上銘文。吉羊，吉祥。古鼎彝銘文中「吉祥」常作「吉羊」。《隸續・元嘉刀銘》：「宜侯王，大吉羊。」

[六] 「試問當時龍氏」二句：詰問當年銅鏡主人是否因銘文吉祥而能長壽。百年身，嵇康

《四言贈兄秀才入軍詩》：「人生壽促，天地長久。百年之期，孰云其壽？」鮑照《行藥至城東橋詩》：「爭先萬里途，各事百年身。」

［七］ 留寫散仙真：此鏡雕鏤有仙人圖像，故云。道教稱仙人未授仙職者爲散仙。韓愈《奉酬盧給事雲夫四兄曲江荷花行見寄并呈上錢七兄（徽）閣老張十八助教》：「上界真人足官府，豈如散仙鞭笞鸞鳳終日相追陪。」寫真，畫像。

［八］「尚方製」三句：指王尚辰所藏漢十二辰鏡，參見《滿江紅·漢十二辰鏡，和謙齋》注［九］。羅，羅列，排列。芳辰，指十二時辰。

［九］ 花當葉對：謂前後出土的兩枚漢代銅鏡同樣珍貴。宋子侯《董嬌嬈》：「花花自相對，葉葉自相當。」樊增祥《畫錦堂》：「小比肩人重見，葉對花當。」

［一〇］ 無恙先後出風塵：謂兩鏡保存完好，先後出土。

［一一］「月在天邊圓缺」二句：套用蘇軾《水調歌頭》（明月幾時有）詞句，以月、珠比鏡，含「此事古難全」之意。

［一二］ 好好伴脂痕：謂此鏡當與女子相伴。脂痕，指女子妝容。張炎《清平樂·爲伯壽題四花牡丹》：「脂痕淡約蜂黃。可憐獨倚新妝。」

［一三］ 笑啼事：指破鏡重圓故事。參見《滿江紅·漢十二辰鏡，和謙齋》注［一二］。

［一四］ 謝冠巾：指辭去官職。時譚獻因病未赴安徽含山令任而返鄉。馮時行《再和》：

「或欲東入海，披髮謝冠巾。」

柳梢青[一]

如此春風。都來付與，病裏愁中。[二] 竹笑蘭言[三]，雲愁海思[四]，細數遭逢[五]。　先生坐老墻東[六]。看樹樹、庭花謝紅[七]。樓上箏聲，陌頭鞭影，一樣匆匆。[八]

【注】

[一]　載稿本日記光緒十四年（一八八八）三月十四日。時年五十七歲，在杭州。

[二]　「如此春風」三句：杜牧《邊上聞笳三首》其三：「盡日春風吹不散，只應分付客愁來。」

[三]　竹笑蘭言：指平生所遇美好事物。恐是從李咸用《升天行》詩「梳玄洗白逡巡間，蘭言花笑俄衰殘」出。竹笑，形容竹子遇風搖動之態。蘇軾《石室先生畫竹贊》：「竹亦得風，夭然而笑。」李衎《竹譜詳録・竹態》：「竹得風，其體夭屈謂之竹笑。」蘭言，同心之言。語出《易・繫辭上》：「二人同心，其利斷金；同心之言，其臭如蘭。」駱賓王《上梁明府啟》：「是用挹蘭言于斷金，效蓬心于匪石。」

[四]　雲愁海思：指平生所遇種種艱難困苦。參見《浪淘沙》（未雨已沈沈）注[三]。

[五]　細數遭逢：謂仔細回顧一生際遇。文天祥《過零丁洋》：「辛苦遭逢起一經，干戈寥

落四周星。」

［六］　先生坐老墻東：謂自己老年隱居，杜門不出。《後漢書・逢萌傳》：「（王）君公遭亂獨不去，儈牛自隱。時人謂之曰：『避世墻東王君公。』」庾信《和樂儀同苦熱詩》：「寂寥人事屏，還得隱墻東。」

［七］　庭花謝紅：李煜《相見歡》：「林花謝了春紅，太匆匆。」

［八］　「樓上箏聲」三句：謂世間萬事均如過眼烟雲，稍縱即逝。鞭影，馬鞭的影子。《景德傳燈録・天台豐幹禪師》有「如世間良馬，見鞭影而行」之譬喻。陸游《村居》：「生憎快馬隨鞭影，寧作癡人記劍痕。」

蝶戀花［一］

闌外東風還似舊［二］。生色真香［三］，只共春消瘦［四］。小立心情如病酒［五］。梨花滿地慵回首。　記想班騅人去後。薄醉孤吟，無分同禁受［六］。點點啼痕垂廣袖。夕陽又是愁時候［七］。

【注】

［一］　載稿本日記光緒十四年（一八八八）五月十五日，在杭州。

[二] 闌外東風還似舊：劉辰翁《摸魚兒・酒邊留同年徐雲屋三首》其一：「東風似舊。」

[三] 生色真香：謂春花活色生香，鮮明生動。崔能《杏花》：「活色生香第一流，手中移得近青樓。」

[四] 只共春消瘦：謂春天已去，春花凋零，人亦消瘦。陳允平《月上海棠》：「啼香淚薄，醉玉痕深，與春同瘦。」

[五] 小立：暫時站立。楊萬里《雪後晚晴賦絶句》：「只知逐勝忽忘寒，小立春風夕照間。」

[六] 無分：没有機緣。黄庭堅《江城子・憶别》：「有分看伊，無分共伊宿。」

[七] 夕陽又是愁時候：吴融《途中》：「不勞芳草色，更惹夕陽愁。」

真珠簾[一]

題吴子述《春眠風雨圖》[二]

參差畫閣燈昏了[三]。忒匆匆、醉裏曾眠芳草[四]。草色緑依稀，染淚痕多少？[五]針綫春衣尋舊迹，傍枕函、殘香猶繞。休道者空房，心膽與卿同小[六]。　不分東風塵世，伴孤吟、只是青琴聲杳。樓外雨潺潺[七]，便花隨人老。一二三更都數遍，算只有、情天難曉[八]。還蚤却、燕子梁間，何曾驚覺？[九]

【注】

［一］ 載稿本日記光緒十四年（一八八八）八月廿二日。《復堂日記・補録》卷二光緒十四年四月廿八日：「審定吴子述《中隱詩》三卷、《詞》一卷。」此詞作于其後。

［二］ 吴子述：即吴承勛。吴承勛（生卒年不詳），字子述，浙江錢塘（今杭州）人。諸生。與黄燮清交，有《影曇館詞》一卷。整理本《復堂日記》以吴子述爲吴衡照（字子律），誤。

［三］ 參差畫閣：姚合《題山寺》：「千重山崦裏，樓閣影參差。」參差，高低不平貌。

［四］ 醉裏曾眠芳草：宋無名氏《念奴嬌》：「相將花上，醉眠尤勝芳草。」毛滂《虞美人》：「翠輕緑嫩庭陰好。醉便眠芳草。」此切「春眠」題意。

［五］ 「草色緑依稀」二句：謂風雨中的春草如沾染淚痕。此切「風雨」題意。蘇軾《同年王中甫挽詞》：「他時京口尋遺迹，宿草猶應有淚痕。」

［六］ 心膽與卿同小：參見《蝶戀花》（庭院深深秋夢斷）注［二］。宋白《宫词》其三十三：「金屋阿嬌心膽小，却嗔馮媛獨當熊。」

［七］ 樓外雨潺潺：李煜《浪淘沙》：「簾外雨潺潺，春意闌珊。」此亦切「風雨」題意。

［八］ 情天：謂感情世界，一般指男女情事。語出李賀《金銅仙人辭漢歌》「天若有情天亦老」句。

［九］ 「還蚤却、燕子梁間」二句：歐陽修《蝶戀花》：「梁燕語多驚曉睡。」此反用其意，謂通宵未眠，并非被梁燕吵醒。

六幺令[一]

寄題張韻舫眠琴小築[二]

緑陰時候，寒暖難將息[三]。遥山幾重遮眼[四]，芳草向人碧[五]。不分弦塵柱緩，散引都蕭瑟。[六]晚雲離席。《陽關》休唱，客舍楊枝借顔色。[七]　未老江關庾信，文采留南北。[八]試覓滄海成連，别夢憐風月。[九]道是天涯語笑[一〇]，付與閑箏笛。玉琴横膝，垂簾罷鼓，雨細煙深遲來客[一一]。

【注】

［一］　載稿本日記光緒十五年（一八八九）三月十一日，詞題作《題張韻舫〈眠琴小築填詞圖〉》（第五十三册《冬巢日記》），時年五十八歲，在杭州。吴著指出：在稿本日記中，「借顔色」作「黯春色」，「未老江關庾信」作「絶妙江淹賦手」，「文采留」作「别夢迷」，「别夢憐」作「付與閑」，「付與閑」作「任爾調」，改寫多至十餘字。

［二］　張韻舫：即張僖。張僖（一八五八—？），字和甫，號韻舫，别號遲園居士。山東濰縣人。光緒十二年（一八八六）進士，官福建泉州、興化知府。有《眠琴閣詞》六卷、外集一卷，光緒

二十一年（一八九五）石印本。據《復堂日記・補録》卷二，本年三月初十日曾審定張僖《眠琴閣詞》，光緒十七年（一八九一）冬又爲之撰序。俞樾序云「適張韵舫太守以所著《眠琴閣詞》自閩中寄示」，則時張僖在福建任上。眠琴小築：張景祁《眠琴閣詞序》：「築屋松下，署以琴眠。」爲張僖居所。謝章鋌《酒邊詞》卷八亦有《百字令・張韵舫（僖）太守〈眠琴小築填詞圖〉》之作。

［三］寒暖難將息：李清照《聲聲慢》：「乍暖還寒時候，最難將息。」

［四］遥山幾重遮眼：張斛《東川春日》：「群山遮望眼，片月上高城。」

［五］芳草向人碧：楊萬里《明發陳公徑過摩舍那灘石峰下十首》其四：「岸草不知愁，向人弄晴碧。」

［六］「不分弦塵柱緩」二句：謂無心彈琴。散、引：均爲琴曲名。沈括《夢溪筆談・樂律一》：「散自是曲名，如操、弄、摻、淡、序、引之類。」此扣題中「眠琴」意。

［七］「《陽關》休唱」二句：化用王維《渭城曲》（又名《陽關三疊》）詩句意。

［八］「未老江關庾信」二句：杜甫《詠懷古迹五首》其一：「庾信平生最蕭瑟，暮年詩賦動江關。」《周書・庾信傳》：「信字子山，初仕梁，擢中衛將軍，封武康縣侯。侯景之亂，信奔江陵，奉使聘于西魏，適值西魏攻梁，遂留北朝，達二十七年之久。官至大將軍開府儀同三司。然雖位望通顯，常有鄉關之思。乃作《哀江南賦》以致其意。」庾信由南而北，張僖北人，仕宦東南，故以庾信譬之，稱其「文采留南北」。

［九］「試覓滄海成連」二句：謂知音難覓，又相互離別。成連爲古代著名音樂家俞伯牙之師。吴淑《事類賦》卷十一「琴」之「若夫水仙之引」注引《樂府解題》：「《水仙操》：伯牙學琴于成連先生，三年不成。成連云：『吾師方子春今在東海中，能移人情。』乃與伯牙俱往，至蓬萊山，留伯牙曰：『子居習之，吾將迎之。』刺船而去，旬時不返。伯牙延望無人，但聞海水洞湧，山林窈冥，愴然歎曰：『先生移我情矣。』乃援琴而歌，曰作《水仙》之操，曲終，成連回，刺船迎之而還。伯牙遂爲天下妙矣。」

［一〇］天涯語笑：黄淳耀《哭侯生文中十首》其一：「可憐鄉黨凄其日，正是天涯語笑辰。」語笑，談笑。魏晋無名氏《子夜歌》其十二：「朝思出前門，暮思還後渚。語笑向誰道？腹中陰憶汝。」

［一一］雨細煙深：彭汝礪《和元忠早春》：「雨細風開草葉長，煙深日著柳梢黄。」遲來客：謝靈運《南樓中望所遲客詩》：「登樓爲誰思，臨江遲來客。」

秋霽［一］

嘉善吴蜀卿《南湖秋泛》畫卷［二］

宵簟微凉，望向曉汀洲，晚柳顔色。載酒游蹤，讀《騷》心事，遠天雁程蕭瑟［三］。渡頭雨歇。繞船一片殘荷碧。有影拂。蘋棹水樓［四］，嬌燕已如客［五］。　還念綺歲［六］，未折連枝[七]，秀盈南湖，題句清絶[八]。涴霞林、餘颸送響[九]，隨流商調向人咽[一〇]。横笛短簫渾寂寂[一一]。便討春去[一二]，一樣薄醉孤吟，弄芳盟誓，祓愁將息[一三]。

【注】

[一] 作于光緒十七年（一八九一）春游嘉興時。此年譚獻曾二赴嘉興，《復堂日記》卷八辛卯：「行舟過嘉興，留一日，樂親戚情話也。至大觀樓看許霽樓，蒔蘭多異種，有《蘭蕙譜》。餐芳挹秀，騷怨盈襟。」過半年，秋七月親家兼老友李宗庚去世，譚獻辭經心書院職離鄂回杭，于十四日赴嘉興吊唁。則見許霽樓及作詞應在二月間。

[二] 吴蜀卿：譚集本校勘記云：「卿，原誤作鄉。」但未改，今據《復堂類集》本改正。吴蜀卿（生卒年不詳），浙江餘姚人，生活于清道光以後，與譚獻同時。能書畫，嗜蘭花。按：據許霽樓《蘭蕙同心録》（即譚獻謂《蘭蕙譜》）載，吴蜀卿曾携名蘭「老代梅」送往嘉興養蘭名家許霽樓處鑒別取名，吴氏家住寧波湖西落地橋，育有二子一女。譚獻因吴與嘉興許氏交，所畫又爲《南湖秋泛》圖，故將其里籍誤爲嘉善（嘉興府屬縣）。據上引《日記》，譚獻與許霽樓相識，曾往拜訪。南湖：在浙江嘉興東南，又名鴛鴦湖。其水由運河各渠匯聚而成。

[三] 雁程：雁飛的行程。史達祖《秋霽》：「廢閣先凉，古簾空暮，雁程最嫌風力。」

[四] 蘋棹：杜甫《贈王二十四侍御契四十韻》：「名園當翠巘，野棹没青蘋。」蘋，一種水生

植物。棹同「櫂」，船槳。水樓：水邊的樓臺。孟浩然《與薛司户登樟亭樓作》：「水樓一登眺，半出青林高。」

［五］　嬌燕已如客：謂秋至燕歸去。參見《桂枝香·秦淮感秋》注［一一］。

［六］　綺歲：青春，少年。《南齊書·蕭穎胄傳》：「食葉之徵，著于弱年；當璧之祥，兆乎綺歲。」

［七］　未折連枝：謂吴氏未婚。連枝，連理枝，喻夫婦。

［八］　題句清絶：可能吴蜀卿此畫卷上已有他人所題詩詞。乾隆帝《再題〈牟益擣衣圖〉用高士奇舊題韵》其二：「江村題句真清絶，急節曾悲樹下砧。」

［九］　涴：浸染。霞林：謂秋天樹林經霜後如紅霞。劉禹錫《自左馮歸洛下酬樂天兼呈裴令公》：「華林霜葉紅霞晚，伊水晴光碧玉秋。」

［一〇］　隨流商調向人咽：此指秋風送來樹間蟬聲。商調，樂曲七調之一，其音凄愴哀怨。古人以商調對應秋聲。柳永《竹馬子》：「漸覺一葉驚秋，殘蟬噪晚，素商時序。」咽，指秋蟬鳴聲。徐陵《山池應令詩》：「猿啼知谷晚，蟬咽覺山秋。」

［一一］　横笛短簫渾寂寂：謂樂聲停歇。江總《梅花落》：「横笛短簫凄復切，誰知柏梁聲不絶。」杜甫《城西陂泛舟》：「青蛾皓齒在樓船，横笛短簫悲遠天。」

［一二］　討春：探春，尋春。參見《金縷曲·和蒙叔》注［一六］。

［一三］　祓愁：解除憂愁。姜夔《翠樓吟》：「天涯情味，仗酒祓清愁，花銷英氣。」

驀山溪[一]

榆園蒔菊多異品[二]，今年積雨，花晚霜遲，涉冬三旬，芳澹澹絢此亭榭[三]，高下几案間，障以頗黎屏[四]，寫影如語。仲冬五日，主人招要[五]，爲湌英之會[六]。先一夕，微雪時晴，晅之觴詠[七]，閑以欣慨[八]。主人許邁孫則曰：「身亦花前一客也。」同酌五人[九]，予譜短句紀事

宵來稷雪[一〇]，萬瓦留餘素。褰袖訪疏香[一一]，恁繁花、須尋澹處。一層鏡檻，淺黛映雙雙，寒初度。秋先去。老倦春風路[一二]。　如煙綺夢，聽罷霖鈴雨[一三]。不爲折腰難[一四]，爲招予、東籬舊侶[一五]。人間縱好，珍重看花辰[一六]，天付與。尊徐舉。簾外輕陰暮。

【注】

[一]　朱德慈定作于光緒十七年（一八九一）。據吳著考，應作于光緒十五年（一八八九）十一月初五日，在杭州。吳著認爲，小序所云「今年積雨」的天氣描述，也与《復堂日記》卷八己丑「秋日淫霖，平陸成江」的記載相符。

〔二〕榆園蒔菊多異品：據吴著，本年的「餐英之會」早在十月十七日便已舉行。當天日記云：「是日邁孫招同翁鐵梅、陳咢士、許稚林、楊春圃、楊雪漁、汪子用及公重、蒙叔、予與主人爲餐英之會。盆菊百種，羅陳四壁，頗有異品。邁孫云花事，春蘭秋菊，歲歲敷榮，砌中牡丹數十本，往往不花，遂拔去之。身與富貴終不爲緣，老去騷心，座中秋士，委懷適志。如是云云。中酒，予先行回。」（第五十六册《冬餘序録》）《復堂日記》卷八辛卯：「許邁孫觴同人榆園。盆菊百餘種，四壁掩映。邁孫云：『園中花事，春蘭秋菊，歲歲敷榮，而砌下牡丹數十本，往往不花，遂拔去之。身與富貴終不爲緣！老去騷心，坐中秋士，委懷適志。』如是云云，中酒。予先行，回視廢圃矮籬，雜色菊數十本在娟娟霜月中，亦未使元亮笑人俗也。」此應爲手稿本之後改稿。此年譚獻又有《榆園菊花下飲》：「年年只誤牡丹時，秋士秋花共一巵。留得月痕霜意思，不曾孤負鬢邊絲。」可以參看。郭則澐《清詞玉屑》卷五「娱園」：「當娱園落成，值秋晚，藝菊數百本，擇其佳品陳于座隅，置八尺玻瓈屏轉側相映，金粉晃漾，奇麗無比。」娱園即許增榆園。

〔三〕澹澹：恬静貌。《楚辭・劉向〈九歎・愍命〉》「情澹澹其若淵」，王逸章句：「澹澹，不動貌也。」絢：絢麗，燦爛。

〔四〕頗黎屏：玻璃屏風。

〔五〕招要：招邀。謝惠連《泛湖歸出樓中望月詩》：「輟策共駢筵，并坐相招要。」

〔六〕湌英之會：《楚辭・屈原〈離騷〉》：「夕餐秋菊之落英。」湌，同「餐」。此指賞菊飲酒之會。

［七］暄：負暄，日曬取暖。觴詠：謂飲酒賦詩。王羲之《蘭亭集序》：「一觴一詠，亦足以暢叙幽情。」

［八］欣慨：欣喜感慨。陶潛《時運》詩序：「春服既成，景物斯和，偶景獨游，欣慨交心。」

［九］同酌五人：《復堂日記》未記十一月初五日同集者五人爲誰。

［一〇］稷雪：即霰，下雪前或下雪時所下的小冰粒，圓如稷粒，故名。《説文解字・雨部》：「霰，稷雪也。」周密《浩然齋意抄・稷雪米雪》：「《毛詩》補注先集：『維霰曰霰，稷雪也，或謂之米雪，謂其粒若稷若米然。』」

［一一］裛袖：香氣侵襲衣袖。楊巨源《野園獻果呈員外》：「持此贈佳期，清芬羅袖裛。」
訪：探尋。疏香：清淡的香氣。

［一二］老倦春風路：暗示倦于仕宦生涯。春風路，用孟郊《登科後》詩「春風得意馬蹄疾」句意。

［一三］霖鈴雨：鄭處誨《明皇雜録補遺》：「（唐）明皇既幸蜀，西南行初入斜谷，屬霖雨涉旬，于棧道雨中聞鈴，音與山相應。上既悼念貴妃，采其聲爲《雨霖鈴》曲，以寄恨焉。」

［一四］折腰難：謂不願屈身事人。《晋書・隱逸傳・陶潛》：「吾不能爲五斗米折腰，拳拳事鄉里小人耶！」

［一五］東籬舊侶：謂與陶潛爲侶。陶潛《飲酒》其五：「采菊東籬下，悠然見南山。」此指

諸賞花老友。

［一六］ 看花辰：賞花時節。黄省曾《題汪給事子宿山居一首》：「四序盡爲棲嶠日，一年長是看花辰。」

滿庭芳［一］

和王六潭［二］

去住風華［三］，東西溝水［四］，年年小簟輕衾。草如青鬢，不任曉霜侵。［五］乍可梨雲柳霧［六］，啼鶯破、影事重尋。持杯聽［七］，春人漸老［八］，香夢已銷沈。端陽今日是，況逢長至［九］，慵醉孤斟。却行來楚澤，吟遍騷心。［一〇］海上初生明月，天涯照、幾處羅襟。［一一］襟前涴，酒痕和淚，淚比酒痕深。［一二］

【注】

［一］ 作于光緒十六年（一八九〇）五月五日端午，時年五十九歲，在武昌。此年正月張之洞延請譚獻赴武昌任經心書院講席，旋任院長。據《復堂日記》卷八庚寅，此年五月初，譚獻在武昌得讀王詠霓《函雅堂詩》。

〔二〕　和王六潭：王詠霓《芙蓉秋水詞》附譚獻此和作，題「《芙蓉秋水詞》，用卷中《滿庭芳》韻」，漏字甚多。王六潭，即王詠霓。王詠霓（一八三八—一九一五），字子裳，號六潭，浙江黃巖人。光緒六年（一八八〇）進士，官安徽鳳陽知府。有詞二卷，附于《函雅堂集》，名《芙蓉秋水詞》、《桐絮詞》，光緒二十二年（一八九六）刻本。與譚獻爲同年友，譚獻曾爲撰《六潭文集叙》。其原唱《滿庭芳·雨夕》：「小閣聽愁，空階滴淚，黃昏不展孤衾。棗花簾底，一枕峭寒侵。生怕籌添漏點，燈如豆、夢也難尋。人無語，只芭蕉外，清響答沈沈。端陽明日近，記曾三度，艾酺香斟。更絲留繫臂，囊換同心。奈是今年偏阻，啼痕舊、肯浣塵襟。相思處，梧桐庭院，剪燭話深深。」下附譚獻評語云：「北宋名作，以氣體勝，無句可摘。」

〔三〕　去住風華：謂風景雖佳而行蹤無定。《復堂日記》卷八庚寅：「集飲晴川閣。疏風淡日，浩浩江流。激蕩古懷，飄零壯氣。千秋牙軫，一寸心灰。同此襟靈，付之陶寫。暮年游迹，殊覺客負名山耳。」可參看。去住，猶去留。司空曙《峽口送友人》：「峽口花飛欲盡春，天涯去住淚霑巾。」風華，春天優美的景色。温庭筠《渚宫晚春寄秦地友人》：「風華已眇然，獨立思江天。」

〔四〕　東西溝水：謂兩人各奔東西，難得相見。漢樂府《白頭吟》：「今日鬥酒會，明旦溝水頭。躞蹀御溝上，溝水東西流。」王褒《别王都官詩》：「連翩憫流客，凄愴惜離群。東西御溝水，南北會稽雲。」

〔五〕　「草如青鬢」二句：林藻《晚泊鄞陽》：「青鬢初隨衰草謝，白雲還傍故山行。」不任，不勝，禁受不住。

［六］ 梨雲柳霧：陳樵《玉雪亭》其一：「梨雲柳絮共微茫，春入園林一色芳。」

［七］ 持杯聽：張先《天仙子・時爲嘉禾小倅，以病眠不赴府會》：「水調數聲持酒聽。午醉醒來愁未醒。送春春去幾時回？……」

［八］ 春人漸老：元好問《點絳唇》：「惜春人老。枉被春風惱。」

［九］ 「端陽今日是」二句：光緒十六年（一八九〇）五月五日端陽恰逢夏至。端陽，即農曆五月五日端午節。富察敦崇《燕京歲時記・端陽》：「京師謂端陽爲五月節，初五日爲五月單五，蓋端字之轉音也。」長至，即夏至，二十四節氣之一，此日白晝最長。《禮記・月令》：「（仲夏之月）是月也，日長至，陰陽争，死生分。」孫希旦集解：「孔氏曰：長至者，謂日長之至極。」

［一〇］ 「却行來楚澤」二句：此年譚獻初來楚地，故云。參見《蝶戀花・題瑞石山民畫蘭》注［七］。騷心，所謂楚騷心事，指牢騷怨恨。吕本中《秋夜雨分中韵》：「無那騷心思紛墜，且教高詠和寒梧。」

［一一］ 「海上初生明月」二句：用張九齡《望月懷遠》「海上生明月，天涯共此時」詩意。

［一二］ 「襟前涴」三句：鄭谷《寂寞》：「春愁不破還成醉，衣上淚痕和酒痕。」劉炳《離懷寄汪宗彝楊孟瑄魏居敬》其二：「莫遣青燈照衣袂，酒痕不似淚痕多。」

瑞鶴仙[一]

吴梅隱眠鶴盦[二]

蚤霜侵薄鬢。似化鶴當年[三]，翔歡啼恨[四]。山空賦《招隱》[五]。好牽蘿、溪上風輕露冷[六]。襹褷息影[七]，却付與、新巢夜永[八]。趁人間、骨相憐肥[九]，换了黑甜幽境[一〇]。還省。乘雲迢遞[一一]，倚笛高寒[一二]，倦飛多警[一三]。予懷忍俊[一四]，同盦待習禪定[一五]。恁林逋多事[一六]，叢花開落[一七]，又唤游仙夢醒[一八]。伴先生、獨舞婆娑[一九]，不曾睡穩[二〇]。

【注】

[一] 作年不詳。應是晚年途經上海時或稍後作。譚獻晚年三次經上海小住并會友，即光緒十三年（一八八七）、十六年（一八九〇）、十八年（一八九二）。《復堂日記》卷八庚寅（光緒十六年，一八九〇）：「滬瀆接吴菊潭、萬磵民、吴滄石（昌碩）、倪雲劬。」後兩位爲海上畫家，譚獻或亦于此次與吴格相識，待考。

[二] 吴梅隱眠鶴盦：即吴格。吴格（生卒年不詳），字梅隱，號眠鶴子，江蘇吴江（今屬蘇

州）人，流寓上海。清末畫家，工山水花卉。眠鶴盦是其齋號。

［三］似化鶴當年：舊題陶潛《搜神後記》卷一：「丁令威，本遼東人，學道于靈虛山，後化鶴歸遼，集城門華表柱。時有少年舉弓欲射之，鶴乃飛，徘徊空中而言曰：『有鳥有鳥丁令威，去家千年今始歸。城郭如故人民非，何不學仙冢纍纍。』遂高上衝天。」此傳説干寶《搜神記》亦載。

［四］翔歡啼恨：謂因歸隱故里而喜，又感人世變遷而悲。翔歡，形容極度高興。劉跂《答王升之》：「翁媼拜相賀，歡欲插翅翔。」

［五］《招隱》：魏晋時詩人左思、張華、陸機等均有《招隱詩》，表隱逸情志。

［六］牽蘿：參見《百字令·和張樵野觀察，題倪雲劬〈花影寫夢圖〉》注［一〇］。風輕露冷：唐彦謙《秋霽豐德寺與玄貞師詠月》：「露冷風輕霽魄圓，高樓更在碧山巔。」

［七］氃氋：亦作「離褷」，鳥類羽毛初生貌。王維《輞川集·欹湖堰》詩「獨立何氃氋」，趙殿成引張銑注：「離褷，……羽毛初生也。」此指鶴羽。息影：扣「鶴眠」意，亦謂歸隱閑居。語本《莊子·漁父》：「不知處陰以休影，處静以息迹，愚亦甚矣！」謝靈運《游南亭》：「逝將候秋水，息景（影）偃舊崖。」白居易《重題》：「喜入山林初息影，厭趨朝市久勞生。」

［八］新巢：眠鶴盦可能是吴格新居，故請譚獻題詞。

［九］骨相憐肥：鶴形清瘦，故云。骨相，形體相貌。

［一〇］黑甜幽境：即黑甜鄉，謂酣睡。蘇軾《發廣州》：「三杯軟飽後，一枕黑甜餘。」自

注：「俗謂睡爲黑甜。」此指夢境，扣「鶴眠」意。

［一一］　乘雲迢遞：謂鶴飛九天之上。古代傳説得道成仙者多駕鶴升天。魏晋無名氏《黄鵠曲四首》其三：「黄鵠參天飛，凝翮争風回。高翔入率闕，時復乘雲頽。」鵠通「鶴」。白居易《從龍潭寺至少林寺題贈同游者》：「始知駕鶴乘雲外，别有逍遥地上仙。」

［一二］　倚笛高寒：李白《與史郎中欽聽黄鶴樓上吹笛》：「黄鶴樓中吹玉笛，江城五月落梅花。」宋無名氏《菩薩蠻》：「無處著消愁。笛寒人倚樓。」

［一三］　倦飛多警：參見《無悶·早雪》注［六］。

［一四］　忍俊：含笑。語出釋居頂《續傳燈録·道寬禪師》：「僧問：『飲光正見，爲甚麽見拈花却微笑？』師曰：『忍俊不禁。』」

［一五］　同龕待習禪定：謂願與吴氏一起坐禪習定。禪定爲佛教禪宗修行方法之一。慧能《壇經·坐禪品》：「何名禪定？外離相爲禪，内不亂爲定……外禪内定爲禪定。」

［一六］　林逋多事：參見《無悶·早雪》注［六］。

［一七］　巖花開落：謂時節更替。權德輿《奉送韋起居老舅百日假滿歸嵩陽舊居》：「巖花落又開，山月缺復圓。」

［一八］　游仙夢：謂向往游心仙境，脱離塵俗。白居易《和微之詩二十三首·和送劉道士游天台》：「聞君夢游仙，輕舉超世雰。」

［一九］　獨舞婆娑：《韓非子·十過》：「師曠不得已，援琴而鼓。一奏之，有玄鶴二八，道南方來，集于南門之垝。再奏之而列，三奏之，延頸而鳴，舒翼而舞。」婆娑，參見《醜奴兒慢》（晴雲做暖）注［三］。

［二〇］　不曾睡穩：謂未能入禪定。蘇軾《沐浴啟聖僧舍與趙德麟邂逅》：「酒清不醉休休暖，睡穩如禪息息匀。」

醉太平［一］

萬磵民《空舲詩思圖》［二］

愁輕夢輕。風聲水聲。孤舟小泊空舲。正更殘酒醒［三］。　今情古情。長亭短亭［四］。竹枝贈與湘靈［五］。續《離騷》未成［六］。

【注】

［一］　譚獻與萬釗光緒十六年（一八九〇）春初識于上海，《復堂日記》卷八庚寅：「序南昌萬釗磵民《磵龕詩草》……此行將握手海上，亦勝緣也。」「滬瀆接吴菊潭、萬磵民、吴滄石（昌碩）、倪雲劬。」詞應作于其時或稍後。此年有《南昌萬磵盟（釗）〈鶴磵詩龕〉》詩。吴昌碩《缶廬詩》卷

四有《劍門〈空舲詩思圖〉》，劍門即礀盟，指萬釗。

［二］　萬礀民：即萬釗。萬釗（一八四四—一八九九），字礀民，號礀盟，江西南昌人，寓居上海。有《蕡波詞》一卷，光緒十九年（一八九三）刻本。譚獻晚年好友，其《鶴礀詩龕詩叙》附癸巳（光緒十九年，一八九三）題記：「獻頻年往來歇浦（上海），與君定交，琴歌酒賦，久要不忘。……嘗游吾鄉九溪十八礀之幽，有結廬之志，號曰礀盟。」劉炳照《感知集》卷上有《南昌萬礀盟大令釗》詩：「南昌有詩人，流寓江南久。佐幕來淞濱，鶴礀盟空負。魂兮歸故鄉，遺稿付誰謀？」下有注云：「君刻有《鶴礀詩龕》集，客死無子，餘稿散佚。」其《留雲借月盦詞》卷六亦有《醉太平・題礀盟〈空舲詩思圖〉》詞。空舲，空船。舲，《復堂類集》本、譚集本均誤作「羚」。楊慎《早秋野眺寄所遲客》：「輕輪逐水曲，空舲艤江濆。」按：空舲，應指空舲峽，在今湖北秭歸縣。《輿地紀勝》卷七十四「歸州」：空舲峽「在秭歸縣東，絶崖壁立，湍水迅急，上甚艱難。舲中載物盡悉下，然後得過，故謂之空舲峽。」《大清一統志・宜昌府》：「《州志》：峽有大石，大石左下，三石聯珠，峙伏水中，土人號曰三珠石，舟行必由大石左旋，捩柁右轉，毫厘失顧，舟糜石上。」陳子昂有《宿空舲峽青樹村浦》詩，王士禛《空舲峽》：「月吐空舲峽，流光楚塞旁。」從詞中「孤舟小泊空舲」、「竹枝贈與湘靈」、「續《離騷》未成」等句看，空舲應即指此峽。

［三］　更殘酒醒：指天明時。鄭合《及第後宿平康里詩》：「好是五更殘酒醒，時時聞喚狀頭聲。」

[四] 長亭短亭：謂漂泊生涯。李白《菩薩蠻》：「何處是歸程，長亭更短亭。」

[五] 竹枝贈與湘靈：任昉《述異記》：「舜南巡不反，没葬于蒼梧之野，堯之二女娥皇、女英追之不及，相思慟哭，淚下沾竹，文悉爲之斑斑然。」湘靈，古代傳説中的湘水之神。《楚辭・屈原〈遠游〉》：「使湘靈鼓瑟兮，令海若舞馮夷。」洪興祖補注：「此湘靈乃湘水之神，非湘夫人也。」一説爲虞舜之妃，即湘夫人。《後漢書・馬融傳》「湘靈下」，李賢注：「湘靈，舜妃，溺于湘水，爲湘夫人。」

[六] 續《離騷》未成：空舲峽所在地秭歸爲屈原故里，由其地而及其人，再及其詩，故云。

眉嫵[一]

用白石「戲張仲遠」韻，柬邁孫[二]

正荼蘼香軟，楝子風斜[三]，留取看花眼[四]。陌上樓頭夢[五]，停杯罥[六]，珠櫳遥待歸燕[七]。笑言款款[八]，間阻深、儂汝同感[九]。算渾似，一片行雲墮，入懷抱重暖。[一〇] 何限襟情蕭散[一一]。有艷分花藥[一二]，柔弄詞翰[一三]。曾乞銀河巧[一四]，回文字，輕帆來繫津纜[一五]。曲中試點，倚隔簾、琴韵幽遠。恁禁受文君，弦解語、笑相見。[一六]

【注】

〔一〕 載稿本日記光緒十七年（一八九一）四月廿一日。時年六十歲，在武昌。

〔二〕 白石「戲張仲遠」韵：即姜夔《眉嫵·戲張仲遠》：「看垂楊連苑，杜若侵沙，愁損未歸眼。信馬青樓去，重簾下，娉婷人妙飛燕。翠尊共款，聽豔歌、郎意先感。便携手，月地雲階裏，愛良夜微暖。　無限風流疏散，有暗藏弓履，偷寄香翰。明日聞津鼓，湘江上，催人還解春纜。亂紅萬點，悵斷魂、煙水遥遠。又争似相携，乘一舸、鎮長見。」柬邁孫：此應爲賀許增納妾而作。按：許增不止一次納妾，此年納妾時爲六十八歲。譚獻另有《同蒙叔紀榆園納妾三絶》：「無花老眼看花回，草軟鶯嬌鄭重開。小謫游仙尋洞主，踏梯省識好樓臺。」「九十風光暖益柔，停帆且繞錦樹舟。拈鬚路指同游誤，花爲人留春自留。」「翠屏相印老人峰，徙倚南唐畫卷中。對面童山太蕭瑟，目然襯貼亦天工。」蒙叔即沈景修，原詩未收入其《蒙廬詩存》。楊文瑩《幸草亭詩鈔》卷下有《榆園主人七十買妾三絶句調之》，詩中「老去看花花更妍，風流肯惜買花錢」句，意與譚獻詩同。則許增七十歲時又一次納妾，許增生于道光四年（一八二四），七十歲時爲光緒十九年（一八九三）。

〔三〕 「正荼蘼香軟」二句：指時值初夏。按二十四番花信風之順序，穀雨之後一候牡丹，二候荼蘼，三候楝花。王逵《蠡海集·氣候類》：「二十四番花信風者，……析而言之：一月二氣六候，自小寒至穀雨，凡四月、八氣、二十四候，每候五日，以一花之風信應之。世所異言，曰始于梅花、終于楝花也。……穀雨一候牡丹，二候酴醾，三候楝花。花竟則立夏矣。」荼蘼，一作「酴醾」。唐無名氏《題壁》：「禁烟佳節同游此，正值酴醾夾岸香。」軟，柔和。楝子風，即楝花風。楝樹爲落葉喬木，春暮時開淡紫色小花，有清香，與荼蘼開花同時。何夢桂《再和昭德孫燕子韵》：「處處社時茅屋雨，年年春後楝花風。」

［四］留取看花眼：即譚獻《同蒙叔紀榆園納妾三絶》詩中「無花老眼看花回」之意。「花」指年輕女子，即許增所納之妾。

［五］陌上樓頭夢：即相思夢。用王昌齡《閨怨》詩意：「閨中少婦不知愁，春日凝妝上翠樓。忽見陌頭楊柳色，悔教夫婿覓封侯。」

［六］杯斝：酒杯。斝，古代青銅酒器，供盛酒或温酒用。《詩・大雅・行葦》：「或獻或酢，洗爵奠斝。」毛傳：「斝，爵也。夏曰醆，殷曰斝，周曰爵。」張耒《呈徐仲車》：「爲當飲美酒，送老在杯斝。」

［七］珠櫳遥待歸燕：含納妾之意。珠櫳，珠飾的簾櫳，即珠簾，指居室。李白《寓言三首》其三：「海燕還秦宮，雙飛入簾櫳。相思不相見，托夢遼城東。」

［八］笑言：又説又笑。《易・震》：「震來虩虩，笑言啞啞。」《詩・衛風・氓》：「既見復關，載笑載言。」款款：和樂貌。揚雄《太玄經・樂》：「獨樂款款，淫其内也。」

［九］儂汝同感：謂兩人心心相印。隋無名氏《華山畿》其二十四：「長鳴雞。誰知儂念

汝，獨向空中啼。」儂汝，我與你。

［一〇］「算渾似」三句：謂此女歸許增。行雲，用巫山神女之典。

［一一］襟情：襟懷，情懷。劉義慶《世説新語・賞譽》：「許掾嘗詣簡文，爾夜風恬月朗，乃共作曲室中語，襟情之詠，偏是許之所長，辭寄清婉，有逾平日。」劉孝標注引《續晋陽秋》：「簡文皇帝、劉真長説其情旨及襟懷之詠，每造膝賞對，夜以繼日。」蕭散：瀟灑，閑適。舊題劉歆《西京雜記》卷二：「司馬相如爲《上林》、《子虚》賦，意思蕭散，不復與外事相關。」

［一二］艷分花藥：謂許增有艷福。分，緣分，福分。花藥，即芍藥，可表示男女情愛。參見《滿庭芳》（花是將離）注［二］。

［一三］柔弄詞翰：謂許增富才情。左思《詠史八首》其一：「弱冠弄柔翰，卓犖觀群書。」詞翰，指詩文、辭章。

［一四］乞銀河巧：古代有「乞巧」風俗，農曆七月七日（或六日夜）婦女在庭院向織女星乞求智巧。宗懔《荆楚歲時記》：「七月七日爲牽牛織女聚會之夜。是夕，人家婦女結彩縷，穿七孔針，或以金銀鍮石爲針，陳瓜果于庭中以乞巧，有喜子網于瓜上則以爲符應。」織女星在銀河之東。

［一五］「回文字」二句：回文爲一種修辭手法，將詩詞字句回環往復讀之，均能成誦。此指男女相思文字。《晋書・列女傳》：「竇滔妻蘇氏，始平人也，名蕙，字若蘭，善屬文。滔苻堅時爲秦州刺史，被徙流沙。蘇氏思之，織錦爲回文璇璣圖詩以贈滔。宛轉循環以讀之，詞甚凄惋，

凡八百四十字。」輕帆來繫津纜：此以渡河喻男女相會。

［一六］「曲中試點」以下四句：謂向女子求愛。點，點曲，選定演奏的曲子。司馬遷《史記·司馬相如列傳》：「是時卓王孫有女文君新寡，好音，故相如繆與令相重，而以琴心挑之。」所奏琴曲名《鳳求凰》。

金縷曲[一]

題鬘鬋軒主《瑶臺小詠》[二]

我已飄零後[三]。向天涯、何堪重憶，鳳城尊酒？[四]不分推排成老輩[五]，恁許鶯花依舊[六]。休采擷、江南紅豆[七]。誰説芭蕉堅固樹[八]，只生生、種得相思夠[九]。詩句在，故人口。　君知作達觀空否[一〇]？問往日、雲愁海思，先生烏有？[一一]一劍年年磨不厭[一二]，潦倒健兒身手[一三]。空贏得、花前歛袖[一四]。書札長安都冷落[一五]，怕西山、也似人消瘦[一六]。堆案是，楞伽咒[一七]。

【注】

［一］　載稿本日記光緒十七年（一八九一）五月十七日，在武昌。

［二］　㲺韆軒主：疑即王韜。《瑶臺小詠》：王韜于光緒十三年（一八八七）刊《淞濱瑣話》一書，卷十二有《瑶臺小詠》上中下三編，輯録光緒中葉北京梨園伶人簡歷，并以詩詞贊詠。又名《瑶臺小録》。

［三］　我已飄零後：顧貞觀《金縷曲》：「我亦飄零久。」

［四］　「向天涯」二句：謂自己在京經歷。鳳城，指北京。譚獻多次去京應試，與友人同觀戲，并與伶人交往。

［五］　推排：排列推算。陸游《春社有感》：「耆年凋落還堪歎，社飲推排冠一鄉。」

［六］　鶯花：原借喻妓女。吴偉業《行路難》：「名都鶯花發皓齒，知君眷眷嬋娟子。」此指北京梨園伶人。

［七］　休采擷、江南紅豆：用王維《相思》詩意。

［八］　誰説芭蕉堅固樹：佛教徒以芭蕉比喻身體之易滅，人生之短暫。《大般涅槃經·壽命品》：「譬如有人歎芭蕉樹以爲堅實，無有是處。世尊：衆生亦爾。若歎我人衆生壽命養育知見作者受者是真實者，亦無是處。我等如是修無我想。」《雜阿含經》卷三十四有「堅固樹」之説。譚獻本年作《許邁孫畫蕉次郎仲方乞題》，有「芭蕉也是堅牢樹，待到蒲團坐破時」詩句。

［九］　只生生、種得相思夠：姜夔《鷓鴣天·元夕有所夢》：「肥水東流無盡期。當初不合種相思。」生生，活活，硬是。施惠《二犯孝順歌》：「鳳北鸞南，生生地鏡剖與釵分。」

［一〇］作達：參見《氐州第一・柬鄧石瞿四明》注［七］。觀空：佛教語，對空諦的觀想，認爲諸法皆空。《大智度論》卷十二：「復有觀空，是氈隨心，如坐禪人，觀氈或作地，或作水，或作火，或作風。」亦指天台宗所立一心三觀中的空觀。謝靈運《石壁立招提精舍》：「禪室棲空觀，講宇析妙理。」

［一一］「問往日、雲愁海思」二句：謂不能只耽于娛樂之事，言外謂須有憂生念亂之心。先生烏有，烏有先生，爲司馬相如《子虚賦》中虚擬人名，他聽了楚使子虚對楚國的誇耀後，反駁説：「然在諸侯之位，不敢言游戲之樂。」蘇軾《章質夫送酒六壺書至而酒不達戲作小詩問之》：「豈意青州六從事，化爲烏有一先生。」

［一二］一劍年年磨不厭：謂進京應試。賈島《劍客》：「十年磨一劍，霜刃未曾試。」

［一三］潦倒健兒身手：謂求功名不成。杜甫《哀王孫》：「朔方健兒好身手，昔何勇鋭今何愚。」好身手，原指武藝高强。

［一四］空贏得、花前斂袖：指在京觀劇品伶等游樂之事，有悔恨之意。斂袖，此處有拜迎、傾倒之意。

［一五］長安：唐以後詩文中常用爲都城之稱，此指北京。

［一六］西山：在北京西，故名。爲太行山北端餘脉。「西山晴雪」爲燕京八景之一。

［一七］楞伽咒：是佛教《楞伽經》的一部分。其第九《陀羅尼品》：「爾時佛告大慧菩薩摩訶

薩言：大慧，過去、未來、現在諸佛，爲欲擁護持此經者，皆爲演説楞伽經咒。我今亦説，汝當受持。」

虞美人[一]

題李香君小像[二]

東風冷向花枝笑[三]。轉眼花枝老。澹煙依舊送南朝[四]。留得美人顔色念奴嬌[五]。

天涯一樣文章賤[六]。公子時相見[七]。酒杯傾與隔江山[八]。山下無多楊柳不堪攀[九]。

【注】

[一] 載稿本日記光緒十七年（一八九一）五月廿六日，在武昌。

[二] 李香君（一六二四—一六五四）：又名李香，原姓吴，隨養母改姓李。南直隸蘇州（今江蘇蘇州）人。南京秣陵教坊名妓，明末「秦淮八艷」之一。其與復社文人侯方域（朝宗）的愛情經歷及抗拒閹黨阮大鋮的壯舉，被孔尚任敷演爲傳奇《桃花扇》。葉衍蘭《秦淮八艷圖詠》：「李香，字香君，秦淮名伎也。身軀短小，膚理玉色，豐腴俊婉，人名之爲香扇墜。性知書，俠骨慧眼，能鑒别人物，艷名噪南曲中。四方才士，争以一識面爲榮。侯生朝宗赴試白門，一見，兩相慕悦。邀生爲詩，而自歌以償。初，阮大鋮以閹黨論城旦，屏居金陵，爲清議所斥，欲攻之。……大鋮欲

藉生爲解，倩人日載酒食與生游，爲備妝奩及纏頭，貲甚鉅。香詢知爲大鋮意，悉却之。大鋮怒欲殺生，生亡去。……大鋮繩香于故開府。……福王即位南都，遍索歌妓，香被選入宮。南都亡，隻身逃出，後依卞玉京以終。」李香君故居在南京秦淮河南岸畔，即媚香樓。

［三］　東風冷向花枝笑：此借用董紀《除夕與仲齋守歲語及鄉中遷客有感》「梅花冷笑東風裏」詩句，頌揚李香君不媚權貴的孤傲品格。

［四］　南朝：南朝宋、齊、梁、陳均以建康（南京）爲都。這裏借指南明朝廷。

［五］　念奴嬌：念奴爲唐天寶年間長安妓女，以善歌著名，後用以泛指歌女。此指李香君。元稹《連昌宫詞》：「力士傳呼覓念奴，念奴潛伴諸郎宿。」自注：「念奴，天寶中名倡，善歌。每歲樓下酺宴，累日之後，萬衆喧隘。嚴安之、韋黄裳輩闢易而不能禁。衆樂爲之罷奏。玄宗遣高力士大呼于樓上曰：『欲遣念奴唱歌，邠二十五郎吹小管逐，看人能聽否？』未嘗不悄然奉詔。其爲當時所重也如此！然而玄宗不欲奪俠游之盛，未嘗置在宫禁。」

［六］　天涯一樣文章賤：陸龜蒙《村夜二篇》其二：「世既賤文章，歸來事耕稼。」

［七］　公子：指侯方域。侯方域（一六一八——一六五五），字朝宗，河南商丘人。明尚書侯恂子，與方以智、陳貞慧、冒襄并稱明末四公子。他與李香君在秦淮河畔媚香樓相識相愛。

［八］　酒杯傾與：對江酹酒，有祭奠之意。隔江山：隔江之山，應指南京長江北岸江浦境内綿延數十公里的老山山脈。

［九］　山下無多楊柳不堪攀：韓翃《章臺柳·寄柳氏》：「章臺柳，章臺柳。往日依依今在否？縱使長條似舊垂，也應攀折他人手。」

古香慢［一］

爲胡研樵題桂花畫扇［二］

翠鏤片玉［三］，黄唾零芬［四］，秋信江浦［五］。等是林亭［六］，倚到凉煙薄暮［七］。不分伴孤吟，尚留得、凄蛩倦羽。絡玲瓏、寄向萬里［八］，袖熏味［九］，却辛苦。　更縹緲、蓬山何處［一〇］？娥景高寒［一一］，國香無主［一二］。老質不平眠［一三］，起粟肌消誰誤［一四］？翦翦紫羅裳［一五］，算同瘦、瑶階宿露［一六］。弄金風、又如墨，羃雲篩雨。［一七］

【注】

［一］　載稿本日記光緒十七年（一八九一）六月初八日，在武昌。

［二］　胡研樵（一八四三—一九一一）：名鼎臣，字愛亭，號研（硯）樵，安徽涇縣人。廩貢生，屢舉不中。曾在江西上饒、南昌及上海等地設館授徒。宣統元年（一九〇九）離滬返鄉。其子胡樸安、胡懷琛爲當代著名學者。（見臺北新文豐出版公司《叢書集成續編》本胡樸安《家乘》

譚獻應是在途經上海時與之相識。

［三］ 翠鏤片玉：形容凋零的桂葉。鏤，鏤刻。《文選・嵇康〈琴賦〉》「鏤會裛厠」，李善注：「鏤會，謂鏤鏤其縫會也。」

［四］ 黄唾零芬：形容殘存的桂花。

［五］ 秋信江浦：桂樹開花在秋季，故云。皎然《早秋桐廬思歸示道諺上人》：「桐江秋信早，憶在故山時。」江浦，應指黄浦江之濱，即上海，爲胡鼎臣所居處。

［六］ 等：同。《淮南子・主术訓》「與無法等」，高誘注：「同也。」

［七］ 凉煙薄暮：郭之奇《庭樹》：「日暮凉煙起，煙内有棲禽。」

［八］ 絡玲瓏：連綴而成的珠串，爲女子衣服裝飾。吴文英《天香・熏衣香》：「珠絡玲瓏，羅囊閑門，酥懷暖麝相倚。」此代指衣服。

［九］ 袖熏味：謂用桂花熏衣。味，譚集本誤作「昧」。

［一〇］ 更縹緲、蓬山何處：白居易《長恨歌》：「忽聞海上有仙山，山在虚無縹緲間。」蓬山，蓬萊山，傳説中海上仙山，設想中的女子居處。李商隱《無題》亦有「蓬山此去無多路，青鳥殷勤爲探看」之句。

［一一］ 娥景：月影。古人謂月中有桂樹影。娥，嫦娥。景，同「影」。《太平御覽》卷九百五十七引《淮南子》：「月中有桂樹。」又卷四引《虞喜安天論》：「俗傳月中仙人桂樹，今視其初生，見仙人

之足，漸已成形，桂樹後生焉。」高寒：指月宫。蘇軾《水調歌頭》：「又恐瓊樓玉宇，高處不勝寒。」

［一二］國香無主：唐無名氏《白衣女子木葉上詩席上歌》「洞府深沈春日長，山花無主自芬芳。」陸游《卜算子·詠梅》：「寂寞開無主。」此國香指月中桂花。

［一三］老質不平眠：李賀《李憑箜篌引》：「吴質不眠倚桂樹，露脚斜飛濕寒兔。」段成式《酉陽雜俎·天咫》：「舊言月中有桂，有蟾蜍。故異書言，月桂高五百丈，下有一人，常斫之，樹創隨合。人姓吴，名剛，西河人，學仙有過，謫令伐樹。」老質，指代吴剛。質，斧頭，此指持斧頭者。

［一四］起粟肌消：因月宫高寒，設想嫦娥肌膚起粟、消瘦。粟，小顆粒，其形亦喻指桂花。舊題伶玄所撰《趙飛燕外傳》：「飛燕通鄰羽林射鳥者。飛燕貧，與合德（趙飛燕妹）共被。夜雪，期射鳥者于舍傍。飛燕露立，閉息順息，體温舒，亡疹粟。射鳥者異之，以爲神仙。」蘇軾《雪後書北臺壁二首》其二：「凍合玉樓寒起粟，光摇銀海眩生花。」

［一五］𦾓𦾓紫羅裳：此以牡丹花陪襯桂花。周紫芝《次韵相之木犀六首》其一：「拂色青衫不是妝，蕊珠宫裏淡鵝黄。紫羅裳亦元無用，薝卜花應自有香。」木犀即桂花。紫羅裳，指牡丹花。吴錫疇《分題牡丹》：「宿露低垂蒼玉佩，暄風輕振紫羅裳。」𦾓𦾓，猶「簇簇」，叢集貌。姜夔《浣溪沙·丙辰臘，與俞商卿、銛樸翁同寓新安溪莊舍，得臘花韵甚，賦二首》其二：「𦾓𦾓寒花小更垂。阿瓊愁裏弄妝遲。東風燒燭夜深歸。」

［一六］瑶階宿露：李白《玉階怨》：「玉階生白露，夜久侵羅襪。却下水精簾，玲瓏望秋月。」

［一七］「弄金風、又如墨」二句：陳造《苦雨次前韵四首》其二：「墨雲篩雨密還疏，欲出塗泥恐濺裾。」金風，秋風。《文選·張協〈雜詩〉》「金風扇素節」，李善注：「西方爲秋而主金，故秋風曰金風也。」羃雲，密布的濃雲。篩雨，散落的雨。

小重山［一］

用定山堂韵，題顧横波小像［二］

人與江山并是柔［三］。六朝新樂府，夢前游［四］。玉梅花下月如鈎［五］。扶香影，幽緒上眉頭。［六］　柳下白門秋。幾番歡笑罷，幾番愁。［七］内家梳裹倚風流［八］。尚書老［九］，悄悵舊妝樓［一〇］。

【注】

［一］載稿本日記光緒十七年（一八九一）十二月廿九日，在杭州。譚獻于此年七月辭武昌經心書院院長，返回杭州。《復堂日記》卷八辛卯：「孟秋朔去鄂，七夕抵家。」

［二］定山堂韵：即龔鼎孳《小重山·重至金陵》：「長板橋頭碧浪柔。幾年江表夢，恰同游。雙蘭又放小簾鈎。流鶯熟，嗔换一低頭。　花落後庭秋。蔣嶺煙樹下，有人愁。玉簫憑倚剩風

流。烏衣燕，飛入舊紅樓。」定山堂爲龔鼎孳齋號。龔鼎孳（一六一五—一六七二），字孝升，號芝麓，安徽合肥人。明崇禎七年（一六三四）進士，入清官至禮部尚書。有《香嚴詞》二卷（又名《定山堂詩餘》）。題顧横波小像：像，譚集本作「象」。顧横波（一六一九—一六六四），原名顧媚，又名眉，字眉生，别字後生，號横波，南直隸上元（今江蘇南京）人。明末名妓，擅文藝，尤擅畫蘭。「秦淮八艷」之一。有《柳花閣集》。崇禎十四年（一六四一）嫁龔鼎孳。崇禎十七年（一六四四）李自成攻下北京，龔鼎孳與顧横波投井未死，被俘後降清。龔鼎孳正室董氏已受明朝誥命，讓封號于顧横波，顧被封爲一品夫人。葉衍蘭《秦淮八艷圖詠》：「顧媚，字眉生，又名眉，後號横波，晚號善持君，秦淮名伎。莊好靚雅，風度超群，鬢髮如雲，桃花滿面，弓彎纖小，腰肢輕亞。通文史，善畫蘭，追步馬湘蘭，而姿容勝之。……未幾，歸合肥龔尚書。尚書豪雄蓋代，視金玉如糞土，得眉娘佐之，益輕財好施。」

［三］　人與江山并是柔：南京爲江南山温水軟之地，秦淮河一帶又是著名温柔之鄉，故云。人，此指顧横波。

［四］　夢前游：林景熙《過吴門感前游》：「回首前游夢未忘，江雲漠漠樹蒼蒼。」譚獻曾數次到南京，光緒元年（一八七五）秋四十四歲時入闈江南貢院，在秦淮一帶游覽，時間長達三月。「前游」應指此。

［五］　玉梅花下月如鈎：此以梅和月陪襯顧横波。月如鈎，李煜《相見歡》：「無言獨上西樓。月如鈎。」

［六］「扶香影」二句：此描寫顧横波形象。幽緒，鬱結于心的思緒。譚獻自注：「尚書『分新茗遺閨人』詞句有『要親扶香影，吹上眉山』。」按：龔鼎孳此詞調寄《滿庭芳》，題爲「從友人處分得新茗少許，以遺閨人，用山谷韵」。

［七］「柳下白門秋」三句：指顧横波去世後，龔鼎孳譜《白門柳》傳奇悼念之，情動哀樂，故云。白門，指南京。參見《風入松》（游絲低綄錦連錢）注［七］。

［八］内家梳裹倚風流：謂其梳妝打扮仿效宫内的風流式樣。李珣《浣溪沙》：「晚出閑庭看海棠，風流學得内家妝。」内家，指皇宫、大内。

［九］尚書老：龔鼎孳任禮部尚書時已年老。

［一〇］悵悵舊妝樓：譚獻自注：「謂董夫人。」董夫人爲龔鼎孳的元配夫人，曾兩次被明朝封爲孺人，明亡後龔鼎孳降清，她不隨進京，拒絶清王朝封賞，獨居合肥家中。

柳梢青［一］

再題《鬻夢龕填詞圖》［二］

老去思量，香初茶後，總是歡場［三］。定子當筵［四］，笛家舊曲，唱出《伊》、《凉》［五］。林花幾日芬芳？任鄰蝶、尋花過墻。［六］情只宜閑［七］，迷還是悟［八］，剩與荒唐。

【注】

［一］載稿本日記光緒十八年（一八九二）正月十二日。時年六十一歲，在杭州。此年正月譚獻有《和邁孫元日》：「長我八年心力勝，年年元日讀君詩。架盈梨棗占君壽，室有芝蘭發故枝。佛説惟求大歡喜，古人偶爾合時宜。同功吐作春蠶繭，游戲還成五色絲。」可參看。

［二］《囂夢盦填詞圖》：囂夢盦，許增號。譚獻前有《齊天樂·許邁孫〈煮夢盦填詞圖〉》，故云「再題」。參見該詞注［二］。

［三］歡場：歡樂的生活場景。李俊民《李子揩約同上山督之》：「杖屨不須從捷徑，觥籌且莫戀歡場。」

［四］定子當筵：謂酒席上有侍婢獻歌。杜牧《隋苑》：「紅霞一抹廣陵春，定子當筵睡臉新。却笑吃虧隋煬帝，破家亡國爲誰人？」《杜牧外集》注：「定子，牛相小青。」定子應是牛僧孺家侍婢。唐文宗大和六年（八三二）十二月，牛僧孺罷相，出爲淮南節度使，在揚州任職六載，杜牧時佐牛僧孺幕。此首一作李商隱詩，題即爲《定子》，文字多異。朱鶴齡《李義山詩集箋注》：「牛僧孺鎮淮南，牧之（杜牧）掌書記，故有此作。《西溪叢話》以屬義山（李商隱），謬也。」

［五］「笛家舊曲」二句：蘇軾《子玉家宴用前韻見寄復答之》：「自酌金樽勸孟光，更教長笛奏《伊》、《凉》。」《伊》、《凉》，指《伊州》、《凉州》，唐代曲調名。《新唐書·禮樂志十二》：「天寶

樂曲，皆以邊地名，若《凉州》、《伊州》、《甘州》之類。」

［六］「林花幾日芬芳」二句：言外似有調侃許增納妾的意味。

［七］情只宜閑：這是對許增而言。陶潛有《閑情賦》，序云：「始則蕩以思慮，而終歸閑正。」閑，應作法度、界限解。《論語·子張》：「大德不踰閑，小德出入可也。」朱熹《四書集注》：「大德小德，猶言大節小節。閑，闌也，所以止物之出入。言人能先立乎其大者，則小節雖或未盡合理，亦無害也。」《廣雅·釋詁》：「閑，猶法也。」

［八］迷還是悟：此亦陶潛《歸去來辭》「實迷途其未遠，覺今是而昨非」意。

水調歌頭［一］

東坡銅印［二］

明月幾時有［三］？化爲百東坡［四］。文章壽比金石［五］，眼底古人多。天上星官名姓，翠落峨嵋山影［六］，箸手一摩挲［七］。黨禁偶然有［八］，塵劫幾番過［九］。隨朝直［一〇］，同遠謫［一一］，未銷磨。此中空洞無物［一二］，棱角尚嵯峨［一三］。拈到如神詩筆［一四］，付與朝雲拂拭［一五］，印印想婀娜［一六］。好事風流者［一七］，持此傲隨和［一八］。

【注】

［一］　載稿本日記光緒十八年（一八九二）二月初十日，在杭州。

［二］　東坡銅印：《復堂日記》卷八辛卯（光緒十七年，一八九一）：「歲除，許邁孫以新得東坡名印索詩。文曰『蘇軾之印』（此處整理本標點有誤），鑄銅，中空，師紐，徑宋三司布帛尺，寸四分弱，篆勢拙勁。匣蓋銘曰：『眉山蒼蒼，大塊文章。獸紐頭，篆鳥迹。中空無物，何止容卿輩數十。景仁仲則。』」知此印爲陽湖（今屬常州）黄景仁舊藏。日記并云：「同集有關蘇生、楊雪漁、高子韶。」檢楊文瑩（雪漁）《幸草亭詩鈔》卷下有《東坡生日榆園招同人飲分韵得長字》詩，于「主人喜得東坡印」句下自注：「印銀質，文曰『蘇軾之印』，黝澤可愛。」曰銅曰銀，可能兩人觀感不同。

［三］　明月幾時有：襲用蘇軾《水調歌頭・丙辰中秋》成句，出于李白《把酒問月》：「青天有月來幾時？我今停杯一問之。」

［四］　化爲百東坡：謂當時及後世以此詞調賦詠中秋明月的作者衆多。化，化身，原爲佛教語。慧遠《大乘義章》卷十九：「佛隨衆生現種種形，或人或天或龍或鬼，如是一切，同世色像，不爲佛形，名爲化身。」後借指人或事轉化的種種形象。鮮于樞《題趙模拓本蘭亭後》：「《蘭亭》化身千百億，貞觀趙模推第一。」

［五］　文章壽比金石：謂蘇軾已逝而詩文永存。曹丕《典論・論文》：「蓋文章，經國之大

業，不朽之盛事。年壽有時而盡，榮樂止乎其身，二者必至之常期，未若文章之無窮。」《古詩十九首·回車駕言邁》：「人生非金石，豈能長壽考？」《古詩十九首·驅車上東門》：「人生忽如寄，壽無金石固。」

〔六〕「天上星官名姓」二句：謂蘇軾是天上星宿下凡。曾敏行《獨醒雜志》卷一：「徽宗初，建寶籙宮，設醮，車駕嘗臨幸。迄事之夕，道士以章疏俯伏奏之，逾時不起，其徒與旁觀者，皆怪而不敢近。又久之，方起。上宣問其故，對曰：『臣章疏未上時，偶值奎宿星官入奏，故少候其退。』上曰：『奎宿何神？』對曰：『主文章之星，今乃本朝從臣蘇軾爲之。』上默然。」鮮于必仁《雙調折桂令·蘇學士》曲：「歎坡仙奎宿煌煌。俊賞蘇杭。談笑瓊黄。月冷烏臺，風清赤壁，榮辱俱忘。待玉皇金蓮夜光，醉朝雲翠袖春香。半世疏狂，一筆龍蛇，千古文章。」星官，據《史記·天官書》司馬貞解「天官」云：「天文有五官。官者，星官也。星座有尊卑，若人之官曹列位，故曰天官。」峨嵋山，指蘇軾家鄉，在四川眉州眉山。

〔七〕箸手一摩挲：用手撫摸銅印。摩挲，也作「摩娑」。劉熙《釋名·釋姿容》：「摩娑，猶末殺也，手上下之言也。」

〔八〕黨禁：指宋神宗、哲宗、徽宗朝的新舊黨之争。宋崇寧元年（一一〇二），徽宗趙佶用蔡京爲相，令籍定元祐舊黨姓名，史稱元祐黨禁，蘇軾列名其中。

〔九〕塵劫幾番過：指蘇軾經歷多次貶謫。蘇軾《自題金山畫像》自云：「心似已灰之木，身如不繫之舟。問汝平生功業，黄州、惠州、儋州。」塵劫，佛教稱一世爲一劫，塵劫爲無量無邊劫。《楞嚴經》卷一：「縱經塵劫，終不能得。」後泛指塵世劫難。

〔一〇〕 隨朝直：謂蘇軾曾帶着此印上朝。朝直，在朝廷值班。《北史·張普惠傳》：「普惠又表乞朝直之日，時聽奉見。」

〔一一〕 同遠謫：謂蘇軾帶着此印遠謫南方，直至儋州（今屬海南）。

〔一二〕 此中空洞無物：即《復堂日記》謂銅印「中空」。

〔一三〕 嵯峨：原意爲山高峻貌，此形容銅印棱角分明，猶未磨損。

〔一四〕 如神詩筆：杜甫《奉贈韋左丞丈二十二韵》：「讀書破萬卷，下筆如有神。」

〔一五〕 朝雲：蘇軾侍妾。本为錢塘妓，姓王，蘇軾官錢塘時納爲妾，後貶官惠州，朝雲相隨侍。

〔一六〕 婀娜：輕盈柔美貌。《文選·曹植〈洛神賦〉》：「含辭未吐，氣若幽蘭。華容婀娜，令我忘餐。」此形容朝雲身影。

〔一七〕 好事風流：黄庭堅《謝送碾壑源揀芽》：「右丞似是李元禮，好事風流有涇渭。」此指許增有喜愛收藏的癖好。

〔一八〕 隨和：隋侯之珠與和氏之璧。皆爲古代著名寶物，此處比蘇軾銅印。班固《答賓戲》：「先賤而後貴者，隋和之珍也。」隨，通「隋」。

瑣窗寒[一]

寄答葉蘭臺粵中[二]

拂拭琴絲，徘徊鏡檻，與花俱老[三]。單衫泥酒[四]，片月入儂懷抱[五]。向空梁、數殘漏聲[六]，故心待寄綿綿道[七]。者風吹笑語，望中還是，天涯芳草。[八] 春杳。家山好。剩晚唱樵歌[九]，倦雲淼淼[一〇]。知音不見，枉憶旗亭年少[一一]。似行人、攀折去時[一二]，斷腸柳外迷晚照[一三]。恁荒涼、目送遥鴻，又説飛難到。[一四]

【注】

[一] 載稿本日記光緒十八年（一八九二）閏六月初十日，在杭州。

[二] 寄答葉蘭臺粵中：《復堂日記》卷八己丑（光緒十五年，一八八九）：「番禺葉南雪太守衍蘭，介許邁孫以《秋夢盦詞》屬予讀定，綺密隱秀，南宋正宗。于予論詞頗心折，不覺爲之盡言。」《復堂日記・續録》光緒十八年閏六月廿二日：「得葉蘭臺廣州書，寄《蘭甫遺書》、《快雪堂法帖》、小端硯一方。」此年九月又爲葉衍蘭《秋夢盦詞》撰叙，文尾署「光緒壬辰九秋」。葉蘭臺，即葉衍蘭。葉衍蘭（一八二三—一八九七），字南雪，號蘭臺，别號秋夢庵主人、曼伽，廣東番禺

（今廣州）人，祖籍浙江餘姚。咸豐六年（一八五六）進士，改庶吉士，官户部郎中、軍機章京，晚年辭官歸里，主講粵華書院，冒廣生、潘飛聲等從受詞學。與汪瑔、沈世良并稱「粵東三家」。有《秋夢庵詞鈔》二卷、《詞續》一卷，光緒十六年（一八九〇）羊城刻本。葉衍蘭原唱《瑣窗寒·譚仲修大令獻代訂詞集賦此寄謝》：「落拓江湖，頻年載酒，踏歌呼侶。纏綿寄恨，影瘦萬花紅處。寫秋聲、素琴獨張，自彈夜月情誰訴。謝詞仙拂拭，芳襟遥證，翦燈凄語。幽緒。愁如許。且細數筝言，静邀簉趣。雙鬟賭唱，莫問旗亭金縷。悵天涯、日暮碧雲，懷人添賦傷心句。感飛蓬、書客飄零，倚畫樓聽雨。」（見謝永芳校點《葉衍蘭集》）

［三］與花俱老：蔡伸《虞美人》：「紅塵匹馬長安道。人與花俱老。」

［四］單衫：爲夏日時節穿着的衣衫。泥酒：嗜酒。杜牧《登九峰樓》：「爲郡異鄉徒泥酒，杜陵芳草豈無家。」

［五］片月入儂懷抱：謂思念好友葉衍蘭。兩人多有交往，但從未謀面。鮑照《代淮南王二首》其二：「朱城九門門九開，願逐明月入君懷。」温庭筠《醉歌》：「朔風繞指我先笑，明月入懷君自知。」

［六］向空梁、數殘漏聲：謂因思念好友而夜不成寐。仇遠《江陰何仲禮相訪和答》：「月照空梁幾夢中，翩然環佩下天風。」

［七］故心：本意，舊情。何遜《暮秋答朱記室》：「故心不存此，高文徒可詠。」此指思念之

情。綿綿道：漢無名氏《飲馬長城窟行》：「青青河畔草，綿綿思遠道。」綿綿，連續不斷貌。

[八]「者風吹笑語」三句：謂好友身在嶺南，其音容笑貌遠隔天涯。風吹笑語，釋德洪《次韵游福嚴寺》：「露濕衣巾近雲漢，風吹笑語落人間。」張孝祥《菩薩蠻・登浮玉亭》：「微風吹笑語。白日魚龍舞。」天涯芳草，參見《蝶戀花・水香庵餞春》注[八]。

[九] 晚唱樵歌：謂自由自在的生活。蔡襄《詩一首》：「隨風客棹任來去，落日樵歌自往還。」樵歌，樵夫唱的歌。譚獻于上年辭經心書院教職，自武昌返回杭州。

[一〇] 倦雲淼淼：謂自己厭倦在外漂泊的生活。陶潛《歸去來辭》：「雲無心以出岫，鳥倦飛而知還。」淼淼，原意爲水勢浩大，此形容雲水渺茫貌。

[一一] 枉憶旗亭年少：謂少年輕狂往事已一去不返。方千里《應天長》：「前度少年場，醉記旗亭，聯句遍窗壁。」旗亭，酒樓。《文選・張衡〈西京賦〉》「旗亭五重」，薛綜注：「旗亭，市樓也。」

[一二] 似行人、攀折去時：李商隱《楊柳枝》：「含煙惹霧每依依，万緒千條拂落暉。爲報行人休盡折，半留相送半迎歸。」

[一三] 斷腸柳外迷晚照：辛棄疾《摸魚兒》：「休去倚危欄，斜陽正在、煙柳斷腸處。」

[一四]「恁荒涼、目送遥鴻」二句：此既寓向往自然之意，又表路遥書信難達之憾。嵇康《兄秀才公穆入軍贈詩十九首》：「目送歸鴻，手揮五弦，俯仰自得，游心太玄。」鴻，鴻雁，也代書信。

齊天樂[一]

秋夜，用榆園韻

叢蘭如病欹新箭[二]，更比秋人消瘦。絮夢蛩涼[三]，墜愁蛾倦[四]，昨夜雨僝雲僽[五]。單寒漸逗[六]。好寄語天涯，素心相守[七]。蠟淚乾時，相思付與暗中夠。[八]　簷風吹送斷溜[九]。奈啼信如潮[一〇]，枕痕非舊[一一]。小簟纔辭，輕衾欲暖，又是去年時候。酸辛嚥透[一二]。只老我《離騷》，初心終負。月到中秋，聽鄰家泥酒。

【注】

[一]　載稿本日記光緒十八年（一八九二）七月望日，在杭州。

[二]　新箭：剛開的蘭花。蘭花一莖稱爲一箭。陸游《村市醉歸》：「湘湖水長蓴絲滑，蘭渚泥融箭茁新。」

[三]　絮夢：謂夢如飛絮。蘇軾《水龍吟·次韻章質夫楊花詞》：「夢隨風萬里，尋郎去處，又還被、鶯呼起。」

[四]　蛾：蛾眉，女子之眉。此代指女子。高爽《詠鏡》：「此鏡照蛾眉。」

［五］雨僝雲僽：謂雲雨無情，也來折磨人。張相《詩詞曲語辭匯釋》卷五：「僝僽，猶云磨折也。……亦有將僝僽二字分開使用者。辛棄疾《粉蝶兒》詞，《賦落梅》：『甚無情，便下得雨僝風僽。』」

［六］逗：臨，到。張相《詩詞曲語辭匯釋》卷二：「逗，猶臨也，到也。」

［七］素心：心地純真。《莊子・天地》：「素逝而恥通于事。」成玄英疏：「素，真也。」《文選・顏延之〈陶徵士誄〉》「長實素心」，李善注：「鄭玄曰：凡物無飾曰素。」陶潛《移居二首》其一：「聞多素心人，樂與數晨夕。」此指女子的真心。

［八］「蠟淚乾時」二句：李商隱《無題》：「春蠶到死絲方盡，蠟炬成灰淚始乾。」夠，多。

［九］斷溜：屋檐滴水處。孫介《雨後》：「檐溜忽斷雲蕭疏。」《左傳・宣公二年》：「三進，及溜，而後視之。」孔穎達疏：「溜，謂檐下水溜之處。」

［一〇］啼信如潮：李益《江南曲》：「早知潮有信，嫁與弄潮兒。」

［一一］枕痕非舊：譚獻好友易順鼎《八聲甘州・眠》亦有：「憶眠時、鳳帳掩嬌顰。臉印枕痕新。」枕痕，睡時印在臉上的枕頭花紋。周邦彦《滿江紅》：「枕痕一綫紅生肉。」

［一二］嚥：吞下。王充《論衡・效力》：「淵中之魚，遞相吞食，度口所能容，然後嚥之。」

柳梢青[一]

易仲實《海天落照圖》[二]

海客瀛洲[三]。風裳水佩[四]，目送東流[五]。落照蒼茫[六]，浮雲變滅[七]，付與離愁。幾番花落人留。好記省、天涯舊游[八]。半醉醒時[九]，最沈吟處，中有千秋[一〇]。

【注】

［一］載稿本日記光緒十九年（一八九三）四月十一日。時年六十二歲，在武昌。上年年底，湖廣總督張之洞復招譚獻赴武昌經心書院，《復堂日記·續録》光緒十八年十二月十九日：「得穰卿（汪康年）及楊叔嶠（楊鋭）武昌書。南皮公堅招仍赴鄂游，殊猶豫也。作答二君書，姑諾之。」于本年二月赴鄂，《復堂日記·續録》光緒十九年二月廿五日：「登舟赴鄂。」三月初九日：「抵武昌。」譚獻在武昌與易順鼎爲同事，文字交往甚多，詞作于此時。

［二］易仲實《海天落照圖》：譚獻有《答易仲實》、《題〈海天落照圖〉》二詩，《復堂詩》卷十一注「以下癸巳」，也作于此年。《答易仲實》：「洛下才名萬口傳，漢廷誰及賈生年。紀群交道慚吾老，勞燕游蹤證夙緣。漢水琴心流古調，楚辭劍氣倚高天。白頭哀樂相忘否？合寄南華弟二

篇。」《題〈海天落照圖〉》：「莫莫爲行雨，斜陽且自紅。平生滄海客，舊夢酒杯中。歡怨有時有，雲煙空復空。齊紈裁作扇，一歲一秋風。」可以參看。易仲實，即易順鼎。易順鼎（一八五八——一九二〇），字實甫、石甫、仲實、中實，號眉孫、琴志，晚號哭庵、一厂居士等，湖南龍陽（今漢壽）人，易佩紳之子。光緒元年（一八七五）舉人。被張之洞聘爲兩湖書院經史講席。曾督辦江陰江防、江楚轉運，任廣西、雲南、廣東等地道臺，官至陝西布政使。民國初曾策動上書請願復辟帝制，被袁世凱任命爲印鑄局秘書，後任代理局長。工詩詞，晚年避居京、滬間，與樊增祥、陳三立鼎足騷壇。有《楚頌亭詞》一卷、《鬘天影事譜》四卷、《琴臺夢語詞》一卷、《摩圍閣詞》二卷、《湘弦詞》一卷，光緒二十二年（一八九六）《哭庵叢書》本。

〔三〕 海客瀛洲：李白《夢游天姥吟留別》：「海客談瀛洲，煙濤微茫信難求。」瀛洲，傳説中海上仙山。

〔四〕 風裳水佩：原意形容女子輕盈的裝束。李賀《蘇小小墓》：「草如茵，松如蓋，風爲裳，水爲珮。」此謂坐船時輕快狀。

〔五〕 目送東流：李商隱《望喜驛別嘉陵江水二絶》其二：「今朝相送東流後，猶自驅車更向南。」

〔六〕 落照蒼茫：吴融《途中》：「一棹歸何處，蒼茫落照昏。」

〔七〕 浮雲變滅：喻世事無常。白居易《齒落辭》：「又不聞諸佛説，是身如浮雲，須臾變滅。」佛語見《維摩詰所説經·方便品》。

［八］　好記省、天涯舊游：張耒《秋日即事三首》其二：「蕭條歲晚搔雙鬢，流落天涯念舊游。」舊游，過去交游的友人。

［九］　半醉醒時：李群玉《醴陵道中》：「別酒離亭十里强，半醒半醉引愁長。」

［一〇］　千秋：千年，形容歲月長久。舊題李陵《與蘇武》：「嘉會難再遇，三載爲千秋。」

摸魚兒［一］

題陳容叔同年室葉襄雲夫人遺繢［二］，用張鹿仙韵［三］

記年時、碧桃花下，東風依舊來日［四］。春人倚處闌干暖［五］，細數水重山疊［六］。留不得。只紙上相逢［七］，認取珍叢密［八］。歡期未的［九］。奈長簟無塵，小簾有雨，沈醉罷悲憶。［一〇］　妝臺側，留得零珠斷璧［一一］。梁間燕話疇昔［一二］。曲終江上青峰在，已是鼓殘湘瑟。［一三］精恨積［一四］。抵多少、離離芳草空庭積［一五］。天涯倦客。却酒醒敲詩［一六］，香殘讀畫，老淚比君濕［一七］。

【注】

［一］　作于光緒二十年（一八九四），時年六十三歲，在杭州。

［二］　陳容叔同年：陳容叔（生卒年不詳），也作陳蓉淑，名延益，浙江歸安（今湖州）人，與譚獻同爲同治六年（一八六七）舉人。葉襄雲夫人爲其妻室。遺繢：遺畫。《周禮・考工記・畫繢》：「畫繢之事，雜五色。」

［三］　張鹿仙：即張炳堃。張炳堃（約一八一五—？），原名瀛皋，字鶴甫，號鹿仙，浙江平湖人。道光二十七年（一八四七）進士，改庶吉士，授翰林院編修，官湖北後補糧道。有《抱山樓詞録》四卷，光緒十五年（一八八九）當湖張氏刊本。與黄燮清交，助其校輯《國朝詞綜續編》。張炳堃原唱詞《摸魚兒・辛未冬日，陳蓉淑（延益）出視淑儷襄雲夫人山水遺墨，爲賦是解》：「悔當初、釭紅温簟，等閑消盡佳日。丹青不畫相思影，却畫遠山重疊。還記得。説是處嫌疏，是處嫌稠密。前塵的的。只玉鏡臺邊，水晶奩底，往事可勝憶？　銀屏側，添個人人似璧。描鸞勝賞猶昔（君侍姬工刺綉，有針神之目）。妝樓待續樊南句（『新人來坐舊妝樓』，義山句也），那更吟成錦瑟（君近有朝雲之悼）？愁恨積。看斷綫、零牋併作傷心色。君今在客。算一領青衫，萬千珠淚，禁得幾回濕？」（光緒十五年刻本《抱山樓詞録》卷三）據此知襄雲夫人于光緒十五年前已亡故。

［四］　年時：往年。東風依舊來日：賀鑄《于飛樂》：「惜花人老，年年奈、依舊東風。」

［五］　春人：懷春之人，此爲回憶，指當年的葉襄雲。湯惠休《楊花曲三首》其三：「春人心生思，思心長爲君。」

〔六〕水重山疊：遠隔萬水千山，謂陳容叔常年漂泊在外。貫休《山居詩二十四首》其二十一：「應有世人來覓我，水重山叠幾層迷。」

〔七〕只紙上相逢：謂葉氏只能通過繪畫來表達相思情意。

〔八〕珍叢：美麗的花叢。韓偓《大慶堂賜宴元璫而有詩呈吳越王》：「筵歌風緊人酣醉，却繞珍叢爛熳看。」晏殊《菩薩蠻》：「高梧葉下秋光晚，珍叢化出黃金盞。」此指葉氏所畫花卉。

〔九〕歡期：佳期，多指男女相會的日子。詹玉《阮郎歸・閨情》：「添別恨，卜歡期。」納蘭性德《浪淘沙》：「暗憶歡期原是夢，夢也須留。」的：確實，準定。張相《詩詞曲語辭匯釋》卷四：「的，猶準或確也，定也，究也。柳永《安公子》：『雖後約的有于飛願，奈片時難過，怎得如今便見。』」

〔一〇〕「奈長簟無塵」三句：此設想葉氏在世時獨守空房的苦況。

〔一一〕零珠斷璧：比喻零碎而值得珍惜的物品。洪亮吉《荆州喜晤錢上舍伯坰即送南歸并寄令叔維喬》：「零珠斷璧篋中字，尚抵陸賈千金裝。」此指葉氏遺物。

〔一二〕梁間燕話疇昔：歐陽炯《菩薩蠻》：「雙雙梁燕語，蝶舞相隨去。腸斷正思君，閑眠冷綉茵。」

〔一三〕「曲終江上青峰在」二句：用錢起《湘靈鼓瑟》詩意，表「人不見」之意。

〔一四〕精恨：甚恨，極恨。《吕氏春秋・至忠》：「夫惡聞忠言，乃自伐之精者也。」高誘注：「精，猶甚。」

［一五］　芳草空庭積：盧思道《有所思》：「長門與長信，憂思并難任。洞房明月下，空庭緑草深。」亦借杜甫《蜀相》詩「映階碧草自春色」句意，表達人去庭空之情。

［一六］　敲詩：推敲詩句。吕本中《長嘯夜泊》：「敲詩吟人瓮，點字墨池前。」

［一七］　老淚比君濕：謂老來喪妻的哀傷或較其更甚。句下譚獻有自注：「予悼亡踰歲。」譚獻妻莫氏于上年去世。據《復堂日記·續録》光緒十九年癸巳（一八九三）正月三日：「内子奄然竟逝。四十年貧賤患難，撒手長辭。茹蘖含辛，正恐鼓盆亦不成聲耳！差欲木石此心，不如坐忘于簡策。仍出小學書推暨六書以淡憂，終不能也。」則可推知此詞作年。

百字令［一］

秋感，和榆園［二］

柳枝亡恙，奈已成秋苑［三］，香殘酒醒［四］。罨畫樓臺塵漠漠［五］，梁上燕巢怎穩［六］？翠袖單寒［七］，朱闌零落，風雨何人聽［八］？曉鴉聲亂［九］，啼痕誰與同揾［一〇］？　憶昔走馬章臺［一一］，流觴曲水［一二］，跌宕争豪勝［一三］。分付長繩牢繫日［一四］，海氣荒荒不定［一五］。田未成桑［一六］，鏡先作雪［一七］，欲語徒憐景［一八］。斜陽餘暖，塘蒲心事休泠［一九］。

【注】

［一］ 或作于光緒十八年（一八九二）在杭州，或是此後追和許增之作。

［二］ 榆園：即許增，其原作附後。

［三］「柳枝亡恙」二句：許增榆園周邊種柳樹，故云。譚獻《榆園記》：「樓西俯城河，帆棹所經，水榭三楹，闌外種柳，以蔽西日，蕭蕭瑟瑟，秋心黯然，故曰『涵秋水榭』。」亡恙，無恙。

［四］ 香殘酒醒：宋無名氏《西江月》：「翠嶺游仙夢破，暖香殘酒醒時。」張翥《齊天樂·臨川夜飲滏陽李輔之寓所》：「是酒醒香殘，燭寒花薄。」

［五］ 罨畫：色彩鮮明的圖畫。楊慎《丹鉛總録·訂訛·罨畫》：「畫家有罨畫，雜彩色畫也。」

［六］ 梁上燕巢怎穩：曹勛《山居雜詩九十首》其四十一：「燕巢方穩密，蝶翅覺凄凉。」史達祖《雙雙燕·詠燕》：「差池欲住，試入舊巢相并。……應自棲香正穩。便忘了、天涯芳信。」此反用其意。

［七］ 翠袖單寒：用杜甫《佳人》「天寒翠袖薄，日暮倚修竹」詩意。

［八］ 風雨何人聽：劉克莊《寄題南康胡氏春風堂》：「有時對牀聽風雨，有時共燈窺簡册。」此反用其意。

［九］ 曉鴉聲亂：郭麐《點絳唇》：「病酒心情，亂愁壓夢濃于酒。曉鴉聲驟。一晌歡情勾。」

［一〇］ 啼痕誰與同揾：白樸《寄生草》曲：「數歸期空畫短瓊簪，揾啼痕頻濕香羅帕。」揾，

擦拭。

［一一］　走馬章臺：謂過去的游冶生活。李白《流夜郎贈辛判官》：「夫子紅顔我少年，章臺走馬著金鞭。」

［一二］　流觴曲水：謂過去的友人聚會。王羲之《蘭亭集序》：「又有清流激湍，映帶左右，引以爲流觴曲水。」參見《金縷曲·和蒙叔》注［九］。

［一三］　跌宕争豪勝：歐陽修《緑竹堂獨飲》：「予生本是少年氣，瑳磨牙角争雄豪。」跌宕，亦作「跌蕩」，放蕩不拘。《後漢書·孔融傳》：「又前與白衣禰衡跌蕩放言。」李賢注：「跌蕩，無義檢也。」

［一四］　分付：同「吩咐」。長繩牢繫日：意謂想留住時光。譚獻早年詩作《楊柳歌》即有「人生可能免離別，長繩繫日不復還」之歎。傅玄《九曲歌》：「歲暮景邁群光絶，安得長繩繫白日。」典出《周書·蕭大圜傳》：「嗟乎！人生若浮雲朝露，寧俟長繩繫景(影)，實不願之。」

［一五］　荒荒：參見《金縷曲·江干待發》注［四］。

［一六］　田未成桑：用滄海桑田之典，喻人世巨變。葛洪《神仙傳·王遠》：「麻姑自説云：接待以來，已見東海三爲桑田。……」

［一七］　鏡先作雪：謂自己已衰老。李白《將進酒》：「君不見高堂明鏡悲白髮，朝如青絲暮成雪。」顧況《南歸》：「老病力難任，猶多鏡雪侵。」

〔一八〕 憐景：謂顧影自憐。景同「影」。陸機《赴洛道中作詩二首》其一：「佇立望故鄉，顧影凄自憐。」

〔一九〕 塘蒲心事：謂心懷年老衰病之憂。李賀《還自會稽歌》：「吴霜點歸鬢，身與塘蒲晚。」蒲，即蒲柳，又名水楊，多長于水邊，入秋即彫零。劉義慶《世説新語·言語》：「蒲柳之姿，望秋而落；松柏之質，經霜彌茂。」

附

原作

許增榆園

雞人唱曉，者零星斷夢，亡端唤醒。踏遍千山忘屐折，何處游仙最穩？觱栗聲嘶，琵琶弦澀，古調亡人聽。好收清淚，袖羅重疊偷搵。　曾記散髮騎鯨，十洲三島，容我尋幽勝。只赤蓬瀛飛不到，錯字六州鑄定。搗麝成塵，磨磚作鏡，萬事空花景。拂衣歸去，悄然塵念都冷。

和作

關堂寄默

生來愁病，况驀然秋到，高樓夢醒。亂擁氈帳眠正好，輸却個人安穩。絮柳鶯忙，嗔花燕老，疇曩亡心聽。枕函清淚，惜春時已偷揾。贏得桂嶺霏姓，楓江艷晚，待與春争勝。點綴湖山誰作主？莫誤鷗盟有定。七夕星憐，中秋月醉，累我神形景。孤松知否，塵寰何處先冷？

又

萬釗蘋波

霜飆漸緊，颯枯林悽響，癡蠅都醒。種柳金城人已老，歸計東山難穩。樹莫臧雅，巢猶戀燕，日暮悲笳聽。凴高望斷，背闌襟淚頻揾。對此莽蒼關河，蕭寥身世，一負亡全勝。弓掛榑桑何日事？只在寸心持定。舞袖空旋，刀環易折，變幻須臾景。棋殘柯爛，鷗邊塵夢秋冷。

沈沈寒柝，傍短墻催遞，夜闌人醒。起喚樵青徵舊事，倚遍熏籠未穩。珠箔飄燈，冰壺濯魄，清籟誰知聽？袁安窮巷，商歌淚與聲揾。陋彼帳底銷金，淺斟低唱，枉自矜豪勝。可憶蔡州鵝鴨亂，乘此雪天功定。海氣荒荒，陳雲慘慘，空盼旌旗景。徘徊槃側，華光四壁凝冷。

又

劉炳照語石

五更鼓角，唤銷金帳裏，癡魂不醒。玳瑁粱空巢幕上，海燕雙棲難穩。大樹飄零，凉風蕭颯，苦雨連番聽。夜深孤枕，淚痕只自偷揾。回憶槎泛東瀛，布帆亡恙，有客探奇勝。轉瞬長鯨騰巨壑，滚滚驚濤不定。榆塞人歸，棘門兒戲，盼斷紅旗景。南柯夢覺，料應凡念都冷。

復堂詞後叙[一]

莊棫

自古詞章皆關比興，斯義不明，體製遂舛[二]。狂呼叫囂以爲慷慨[三]，矯其弊者流爲平庸[四]，風詩之義亦云渺矣[五]。譚君仲修，深于詩者也。其言曰：『吾少志比興，未盡于詩而盡于詞。』又曰：『吾所知者比已耳，興則未逮，河中之水，吾詎能識所謂哉？』[六]嗟乎！仲修之意遠矣。夫義可相附，義即不深；喻可專指，喻即不廣[七]。托志帷房，眷懷君國[八]，温、韋以下[九]，有迹可尋。然而自宋及今幾九百載，少游、美成而外[一〇]，合者鮮矣。又或用意太深，辭爲義掩，雖多比興之旨，未發縹緲之音[一一]。近世作者，竹垞擷其華而未芟其蕪[一二]，茗柯溯其原而未竟其委[一三]，意内言外之趣[一四]，仲修所作，殆無憾焉。或曰：仲修與子方厲學爲世用，安藉是靡靡者爲[一五]？予曰：仲修年近三十，大江以南，兵甲未息[一六]，仲修不一見其所長，而家國身世之感，未能或釋，觸物有懷，蓋風人之旨也[一七]。世之狂呼叫囂者，且不知仲修之詩，烏能知仲修之詞哉？禮儀不愆[一八]，何恤乎人言[一九]？吾竊願君爲之，而蘄至于興也[二〇]。丹徒莊棫。

【注】

［一］ 復堂詞後叙：莊棫《蒿庵文集》卷六題作《復堂詞序》，文字略有異。陳廷焯《白雨齋詞話》卷五亦有引述。此序作于咸豐七年（一八五七）。

［二］ 體製遂舛：指違背詞體的傳統規範。此以張惠言《詞選》對詞體的定義「意内而言外謂之詞」爲立論出發點。舛，相違背。

［三］ 狂呼叫囂以爲慷慨：此指清初陽羡詞派末流。

［四］ 矯其弊者流爲平庸：此指後起之浙西詞派末流。

［五］ 風詩之義：風詩，原指《詩經》中的《國風》，儒家詩教以之代表比興寄托的諷喻傳統。

［六］ 其言曰：此處所引譚獻論詞之語，未見于其著述。陳廷焯《白雨齋詞話》卷五亦引，或得之于莊棫。莊棫爲陳廷焯姨表叔。

［七］ 「夫義可相附」四句：此指兩兩比附的比喻和寄托。近于周濟《介存齋論詞雜著》所謂「專寄托不出」。

［八］ 托志帷房，眷懷君國：謂以閨情寄托家國情懷，即所謂微言大義。

［九］ 温、韋以下：常州詞派張惠言、周濟等人，以唐温庭筠、韋莊等爲藴藉深厚詞風的代表。

［一〇］ 少游、美成：即宋詞人秦觀、周邦彦。周濟以爲周、秦詞能達到從「有寄托入」到

「無寄托出」的渾化無痕境界。

［一一］　縹緲之音：指義隱指遠，模糊多義，有含蓄藴藉之致的詞作。

［一二］　竹垞擷其華而未芟其蕪：指清康熙年間朱彝尊、汪森所編《詞綜》，廣選明以前歷代詞，但不免蕪雜。竹垞，朱彝尊之號。

［一三］　茗柯溯其原而未竟其委：指清嘉慶年間張惠言所編《詞選》，推尊唐五代北宋詞，但所選過于嚴苛。茗柯，張惠言之號。

［一四］　意内言外之趣：張惠言《詞選》：「意内而言外謂之詞。」

［一五］　靡靡者：此是視詞爲小道的觀念。

［一六］　大江以南，兵甲未息：指太平天國軍與清軍的戰爭。

［一七］　風人：指古代采集民歌以觀民風的官員。劉勰《文心雕龍・明詩》：「自王澤殄竭，風人輟采。」

［一八］　禮儀不愆：即合乎情，止乎禮儀。愆，違背。

［一九］　何恤乎人言：何必顧念别人的非議。

［二〇］　蘄：祈求。《莊子・養生主》「不蘄畜乎樊中」，郭象注：「蘄，求也。」興：此指比興寄托。

復堂詞續（見一九三七年浙江圖書館館刊）

虞美人[一]

和繆筱珊除日渡漢江[二]

鬢絲凋後難勝織[三]。何處尋將息？漢皋晴日路如油[四]。暖到楊枝人散舊風流[五]。

輕煙迢遞生樓閣[六]。來去休留鶴[七]。春遲春蚤任飛花。争似行雲亡盡水亡涯[八]。

【注】

[一] 應作于光緒二十年（一八九四）或二十一年（一八九五），在武昌。按譚獻和繆荃孫均應張之洞之邀，于光緒十六年（一八九〇）二月抵武昌，其後譚獻多次乘舟往返于鄂、杭之間，其行程是先抵漢口，再渡漢江至武昌。據繆荃孫《藝風堂友朋書札》載譚獻致繆荃孫書録此詞，并云：「正月五日渡漢江，用炎之同年先生除夕《虞美人》韵請正。譚獻呈稿。」未署寫作年份。查《復堂日記·續録》，到武昌後，光緒十七年、十八年、十九年譚獻均在杭州度歲，只有光緒二十年、二十一年正月在武昌。另一致繆書中再録此詞，并云「譚獻易稿」，詞中文字略有改動，「後」

作「盡」，「輕煙迢遞」作「高空一任」，「生」作「迷」，「休」作「難」，「春遲春蚤任飛花」作「年年春信浪成花」，「争似行雲亡盡水亡涯」作「一笑閑雲天外正無涯」。

〔二〕　和繆筱珊除日渡漢江：繆荃孫《藝風堂友朋書札》中譚獻書札録此詞，題作「《虞美人》和除夕渡漢調原韵，奉炎之同年先生郢拍」。光緒十六年三月，譚獻與繆荃孫等確有共渡漢江之游，《復堂日記》卷八庚寅：「子密招繆筱珊太史、樊雲門大令、凌仲瑗刺史三同年出平湖門渡江，琴臺登眺。漢陽令君朱晦之後至，集飲晴川閣。疏風淡日，浩浩江流。激蕩古懷，飄零壯氣。千秋牙軫，一寸心灰。同此襟靈，付之陶寫。暮年游迹，殊覺客負名山耳。雲門又拉月華樓買醉。再持觴酌，漢陽之碧樹留人；一棹煙波，楚國之夕陽無限。低昂片席，想洞庭之波；來去浮雲，散江城之雨。兹游絶勝，况遇故人！」繆荃孫《藝風老人日記》庚寅三月十日記：「張子密招至八旗會館，譚仲修、凌仲桓、樊雲門先後至。出平湖門渡江，進漢陽東門，出西門，循大别而下，登伯牙臺（即琴臺）。汪容甫（汪中）先生序云：『土多平曠，林木翳然，水至清淺，魚藻交映。』真善題目斯境矣。漢陽朱匯之大令亦至，踰大别山脊而南，登晴川閣小飲。又渡漢江，登月華樓，遇陸彦琦（祐勤）長談，啖魚生粥，甚佳。」但此游與繆荃孫《虞美人》詞及譚獻和詞無關。時繆氏入湖廣總督張之洞幕，協助張氏編《書目答問》，但五月即離鄂入都，至次年十一月又被張之洞聘主下一年經心書院講席，十二月回家鄉江陰。檢《藝風老人日記》，及其生前手訂的《藝風老人年譜》，并無上年除夕渡漢江的記載，其《虞美人》詞不知作于何時。日記及其手訂年譜記載，繆氏此前曾數度經鄂，計同治二年、十三年及光緒四年先後到過武昌，但均未在此度除夕。此後又于光緒二十年六月、十月到武昌，光緒二十一年在鄂，九月離鄂赴江寧至張之洞處，十二月回鄂度歲，光緒二十二年二月挈家眷至江寧，住鍾山書院。故除夕渡漢江并作《虞美人》詞或許在光緒二十一年？此年譚獻仍在武昌經心書院，兩人交往頻繁，故和詞可能作于此年正月。繆筱珊，即繆荃孫。繆荃孫（一八四四—一九一九），字炎之，又字筱珊，號藝風，江蘇江陰人。光緒二年（一八七六）進士，授翰林院編修。曾任常州南菁書院、龍城書院、南京鍾山書院山長。受聘籌建江南圖書館（今南京圖書館），出任總辦；創辦北京京師圖書館，任正監督。民國初任清史總纂。有《碧香詞》一卷，《藝風堂詩存》本。除日，除夕日。繆荃孫《虞美人》原詞：「萋萋芳草和煙織。漸遠春消息。漢江江水碧于油。試問幾時回轉向西流。　晴川依舊留高閣。無地招黃鶴。平生蹤迹似楊花。不料今年今夕尚天涯。」

［三］鬢絲凋後難勝織：謂自己年老，鬢髮稀疏。游次公《滿江紅·丹青閣》：「一舸歸來，何太晚、鬢絲如織。」王十朋《荆婦夜績》：「鬢絲不堪織，細君哀我窮。」

［四］漢皋晴日路如油：謂山路平滑。施閏章《燈夕口號》其四：「山城石路滑如油。」漢皋，山名，在湖北襄陽西北，傳爲鄭交甫遇二仙女處。此泛指漢口一帶的山。

［五］楊枝人散舊風流：用張緒風流之典，參見《最高樓》（煙雨裏）注［五］。

［六］輕煙迢遞生樓閣：謝朓《隨王鼓吹曲十首·入朝曲》：「逶迤帶緑水，迢遞起朱樓。」迢

遞，高峻貌。樓閣，此指晴川閣。晴川閣，在長江北岸龜山東麓禹功磯上，北臨漢水，東濱長江，与武昌黄鶴樓夾江相望。始建于明嘉靖年間，得名于唐朝诗人崔顥《黄鶴樓》「晴川歷歷漢陽樹」詩句。

〔七〕來去休留鶴：譚獻、繆荃孫兩人均多次往返于武昌，故云。崔顥《黄鶴樓》：「昔人已乘黄鶴去，此地空餘黄鶴樓。」此用費文禕駕鶴乘雲而登仙故事。王象之《輿地紀勝》卷六十六：「鄂州黄鶴樓，在子城西南黄鵠磯上，自南朝已著，因山得名。鵠、鶴古通字。《南齊志》以爲世傳仙人子安乘黄鶴過此。唐《圖經》又云費文禕登仙，駕黄鶴返，憩于此。」鄂州即武昌。

〔八〕争似行雲亡盡水亡涯：兩人均爲求生計而離鄉，如行雲、如流水般漂泊無定，頓生天涯淪落之感。舒亶《滿庭芳·重陽前席上次元直韵》：「天外征帆隱隱，殘雲共、流水無涯。」争，怎。張相《詩詞曲語辭匯釋》卷二：「争，猶怎也。自來謂宋人用怎字，唐人只用争字。」亡，通「無」。

尉遲杯〔一〕

葛蓮汀《南湖春泛圖》〔二〕

垂楊路。趁薄暝、省記當年樹〔三〕。綿綿弟幾番風〔四〕？徐送棹歌來處〔五〕。微吟泥飲，渾不似、征人怨南浦。〔六〕輕衫點上殘紅，還如離夢飛去。〔七〕　追思范蠡曾游〔八〕，只留得、三鷗兩燕萍聚〔九〕。一尺斜陽春歸蚤〔一〇〕，相鄭重、琴歌酒舞〔一一〕。高空處、雲愁海思，却閑共、漁樵作淺語[一二]。儘流連、唱念家山，再招攀柳新侶[一三]。

【注】

[一] 作年不詳。按：張鳴珂《寒松閣詩》卷五載同題詩，注作于光緒癸巳至己亥，即光緒十九年（一八九三）至二十五年（一八九九）之間。譚獻于光緒十七年（一八九一）曾兩赴嘉興，詞或作于此時或其後。

[二] 葛蓮汀（生卒年不詳）：浙江嘉興人，爲懷德堂葛氏後裔。由張鳴珂同題詩自注可知，葛蓮汀本名文溶，光緒末年參與當地養閑曲社，與俞粟廬（現代昆曲藝術家俞振飛父）等一起推行昆曲。南湖，參見《秋霽·嘉善吴蜀卿〈南湖秋泛〉畫卷》注[八]。

[三] 省記當年樹：譚獻于同治七年（一八六八）三十七歲時任嘉興教職，其親家李宗庚爲嘉興人，曾多次游嘉興，故云。此樹即指南湖畔的垂楊。

[四] 弟幾番風：指春天二十四番花信風。弟，同「第」。參見《眉嫵·用白石「戲張仲遠」韵，柬邁孫》注[三]。

[五] 棹歌來處：切圖題中「春泛」意。棹歌，舟子在行船時所唱的歌。丘遲《旦發漁浦潭》：「棹歌發中流，鳴鞞響沓嶂。」

[六] 「微吟泥飲」三句：謂舟子不知漂泊者借酒澆愁之苦。泥飲，痛飲。泥，迷戀，沉溺。

杜甫《遭田父泥飲美嚴中丞》詩，黃生《杜詩説》注：「題中『泥』字，乃黏著不放之意。」征人，行旅之人。陶潛《答龐參軍》：「勗哉征人，在始思終。」怨南浦，指别怨。

[七]「輕衫點上殘紅」二句：謂見衫上落花而心生離愁。「離夢」即指此。

[八] 范蠡曾游：春秋末越國大夫范蠡助越王勾踐滅吴，功成身退，游于五湖。嘉興屠甸鎮有范蠡湖，原與南湖相連，傳説爲范蠡與西施隱居之地。

[九] 三鷗兩燕：譚獻在嘉興曾有多位好友，此喻同游之人日漸零落。周密《乳燕飛·辛未首夏，以書舫載客游蘇灣……》：「知我者、燕朋鷗友。笑拍闌干呼范蠡，甚平吴、却倩垂綸手。」萍聚，參見《尉遲杯·西湖感舊，周韵同潘少梅丈作》注[九]。

[一〇] 一尺斜陽：謂夕陽即將落山。宋至《次韵家大人辛未夏五月過北蘭寺時煙江疊嶂堂初成漫賦五首》其五：「蕭閑更愛江天寺，一尺斜陽塔頂明。」

[一一] 相鄭重、琴歌酒舞：謂須珍重眼前歡樂。趙鼎臣《送許少尹》：「滿堂故人色欲動，競把酒杯相鄭重。」鄭重，猶珍重。郝懿行《證俗文·方言》：「(鄭重)，今人俱作珍重用，非漢人意也。」

[一二] 却閑共、漁樵作淺語：謂與漁樵共閑話。猶楊慎《臨江仙》之意：「白髮漁樵江渚上，慣看秋月春風。一壺濁酒喜相逢。古今多少事，都付笑談中。」

[一三] 攀柳：即折柳，謂思鄉之情，呼應首句「垂楊路」。孟浩然《早春潤州送從弟還鄉》：「鄉園欲有贈，梅柳著先攀。」陳維崧《憶舊游·寄嘉禾俞右吉、朱子葆、子蓉》：「只是南湖

柳色，憔悴不堪攀。」

撥香灰[一]

成容若自度曲，題《張意娘簪花圖》[二]

闌干影碎斜陽矬[三]。渾不辨、誰花誰我[四]。何苦看開落又看[五]，剩畫裏、盈盈朵[六]。　鏡中紅粉同吹墮[七]。二百載、畫圖中過[八]。憶憶憐憐讀畫癡，是人錯、還花錯？

【注】

[一]　作年不詳。

[二]　成容若自度曲：成容若，即納蘭性德。納蘭有《秋千索》詞，《瑶華集》、《國朝詞雅》、《昭代詞選》作《撥香灰》。譚獻《篋中詞》原注：「或作《撥香灰》云，容若自度曲。」許增《榆園叢刻》本《納蘭詞》，詞題下亦云：「按此調諧律不載，或亦自度曲。一本作《撥香灰》。」按：《秋千索》即《端正好》，因納蘭詞有「弄一縷、秋千索」句，故改此名。或云《撥香灰》爲毛先舒自度曲，見蔣景祁編選《瑶華集》卷四。毛先舒《填詞名解》卷四：「《撥香灰》五十四字，毛先舒自度曲也。」詞云：「嫩黄楊柳東風後。熨未展、眉梢雙皺。猶記長條復短條，親折處、牽郎袖。　隔年人面

何如舊。拖引得、紅僝綠僽。除却鞋尖似昔時，餘都是、今春瘦。」《張意娘簪花圖》：張意娘，一作張憶娘，康熙時蘇州名妓，與名宦蔣深交好，後被蔣氏逼迫至死。蔣氏請當時畫家楊晉（子鶴）爲作畫像。像有名人題詠一卷，袁枚爲書引首，有光緒靈鶼閣精刻本。袁枚《子不語》正編卷下：「蘇州名妓張憶娘，色藝冠時，與蔣姓者素交好。……蔣氏從孫漪園，猶藏憶娘小照，戴烏紗髻，著天青羅裙，眉目秀媚，以左手簪花而笑，爲當時楊子鶴筆也。」晚清時文人常有詩詞題詠。按：宗源瀚《頤情館詩鈔》卷三「詩外」有《〈張憶娘簪花圖〉藏張古虞司馬處予丐王小梅重摹一卷》詩。關于此圖，宗詩有描述，云：「我向膠山絹海來，一笑嫣然見傾國。小立亭亭玉不如，褪紅衫子雪肌膚。虛弓妙喻名同月，芳姓連天語似珠。人意花容趁春曉，簪花愁被花枝惱。頭上妝成花見羞，卷中留得人長好。」可見張意娘風韵。張古虞，其人不詳。譚獻與宗源瀚交往，所題或即同一圖。

〔三〕斜陽矬：陳維崧《四園竹·龔節孫卧疾東郊，秋日過訪，用片玉詞韵》：「臨欲去，日影矬，茶煙颺漸稀。」吳藻《江城梅花引·題西湖采芡圖》詞：「采也采也，采不盡、斜日紅矬。」矬，落下。

〔四〕渾不辨、誰花誰我：謂花與人同美，人是花，花是人。

〔五〕何苦看開落又看：謂花開花落，猶人在人亡，皆世間無奈之事。黃裳《送王慎中》：「人是人非春覺夢，物來物去花開落。」

〔六〕盈盈朵：參見《蝶戀花》（抹麗柔香新欲破）注〔一六〕。

〔七〕鏡中紅粉同吹墮：謂美人與花一起凋零。紅粉，借指佳人。歐陽修《浣溪沙》：「紅粉佳人白玉杯，木蘭船穩棹歌催。」

［八］ 二百載：指自張意娘生活的康熙年間至今，已過去兩百年。

壺中天［一］

查熙伯壺天小隱［二］

燕聲花影［三］，恁匆匆、換了壺中風月［四］。依約琴笙匡牀静［五］，伴我微吟清絶［六］。鑪燼分香［七］，枕欹聽水［八］，夢與春將息。澆愁却病［九］，人間持贈何物［一〇］？　一任薄暖輕寒［一一］，蕭閑院宇［一二］，芳樹休輕折［一三］。自有青青長戀我［一四］，不信天涯霜雪［一五］。偶罷携鋤［一六］，來談洗藥［一七］，領略佳時節［一八］。朝花亡恙［一九］，伴儂書帶顔色［二〇］。

【注】

［一］ 載稿本日記光緒二十二年（一八九六）十一月十五日。時年六十五歲，在杭州。

［二］ 查熙伯壺天小隱：清末畫家虚谷有《壺天小隱圖》，題「熙伯先生正之」。譚獻《復堂詩續》有《續題壺天小隱》：「扶花藉草倚東風，佇苦停辛入藥籠。載酒幾家招隱士，看山隨意問

奚童。枕流清泠忘塵世，醫國沈吟付俗工。一寄支離成痼疾，何時扶杖訪壺公。」可參看。查氏可能爲醫師，餘不詳。

［三］燕聲花影：沈謙《蘇幕遮·閨病》：「燕聲嬌，花影碎。」

［四］壺中風月：指醉鄉、仙境，也指醫家。此處所指應是後者。《後漢書·方術列傳·費長房傳》：「費長房者，汝南人也。曾爲市掾，市中有老翁賣藥，懸一壺于肆頭，及市罷，輒跳入壺中。市人莫之見，唯長房于樓上睹之，異焉，因往再拜，奉酒脯。翁知長房之意其神也，謂之曰：『子可明日來。』長房旦日復詣翁，翁乃與俱入壺中。唯見玉堂嚴麗，旨酒甘肴，盈衍其中，共飲畢而出。」葛洪《神仙傳》記其事更詳。又張君房《雲笈七籤》卷二十八引《雲臺治中録》：「施存，魯人。夫子弟子，學大丹之道……常懸一壺如五升器大，變化爲天地，中有日月，如世間，夜宿其內，自號『壺天』，人謂曰『壺公』。」「壺天小隱」齋名即由此而來。

［五］匡牀：安適的牀，一説方正的牀。桓寬《鹽鐵論·取下》：「匡牀旃席，侍御滿側者，不知負輅輓船，登高絶流之難也。」王利器注：「《淮南子·主術篇》曰：『匡牀蒻席。』今案高誘注曰：『匡，安也。』《莊子·齊物篇》：『與王同筐牀。』《釋文》云：『本亦作「匡」』，司馬云：『安牀也。』一云：『正牀也。』」

［六］微吟清絶：曹丕《燕歌行二首》其一：「援琴鳴弦發清商。短歌微吟不能長。」查慎行《題吴寶厓西溪梅雪圖二首》其一：「聊爾動微吟，含毫寫清絶。」

〔七〕分香：謂續香使之復燃。晁説之《一舍》：「爐心搜火分香燼。」

〔八〕枕攲聽水：郭祥正《重題公純池亭》：「憑欄盡日看山色，攲枕連宵聽水聲。」

〔九〕澆愁却病：袁易《燭影摇紅・春日雨中》：「得酒澆愁，舊愁不去添新病。」

〔一〇〕人間持贈何物：暗指治病之藥。持贈，持物贈人。歐陽修《乞藥呈梅聖俞》：「謂此吾家物，問誰持贈公？」

〔一一〕薄暖輕寒：王鎡《春游》：「薄暖輕寒未肯分，游衫换作粉紅新。」

〔一二〕蕭閑：瀟灑悠閑。顧況《山居即事》：「下泊降茅仙，蕭閑隱洞天。」

〔一三〕芳樹休輕折：徐鉉《離歌辭五首》其一：「莫折紅芳樹，但知盡意看。狂風幸無意，那忍折教殘？」芳樹，花木、佳木，此指楊柳。

〔一四〕青青：借指楊柳，有留客之意。賀鑄《減字木蘭花》：「西門官柳。滿把青青臨別手。」

〔一五〕天涯霜雪：指嚴寒之時。杜甫《閣夜》：「歲暮陰陽催短景，天涯霜雪霽寒宵。」邵傅《杜律集解》注：「霜雪霽，故寒甚，旅中可傷也。」

〔一六〕携鋤：謂園藝之事。杜甫《將别巫峽贈南卿兄瀼西果園四十畝》：「具舟將出峽，巡圃念携鋤。」皮日休《魯望以花翁之什見招因次韵詶之》：「九十携鋤傴僂翁，小園幽事盡能通。」此處應指種植藥材。

〔一七〕洗藥：謂洗滌藥材。葛洪有《洗藥池詩》，杜甫《絶句三首》其二有「移船先主廟，洗藥浣沙溪」之句。

［一八］　佳時節：賀鑄《愁風月》：「風清月正圓，信是佳時節。」

［一九］　朝花亡恙：周紫芝《次韵答春卿尋梅》：「煩君與問花無恙，尚堪一笑同清樽。」

［二〇］　書帶：指書帶草。暗寓此處爲藏書地之意。《太平御覽》卷九百九十四引《三齊略記》：「不期城東有鄭玄教授山，山下生草如薤，葉長尺餘，堅韌異常。土人名作康成（漢經學家鄭玄字）書帶。」李白《題江夏修静寺》：「書帶留青草，琴堂冪素塵。」

洞仙歌［一］

題劉光珊《留雲借月盦填詞圖》［二］

年年歲歲，只春風亡恙［三］。芳草和愁自然長［四］。夕陽低、分付幾片浮雲，留不住、又是高樓月上。［五］　關山同一照［六］，人去尊空，記否青琴咽離唱［七］？何處是天涯，流水聲中，恁留得、疏花未放。［八］但倚遍、闌干緑成陰，算我與閑庭，者般惆悵。［九］

【注】

［一］　載稿本日記光緒二十一年（一八九五）四月廿八日。時年六十四歲，在杭州。按《復

堂日記·續録》，上年二月十三日在武昌得劉炳照《留雲借月盦詞》五卷索序。至三、四月間爲其詞集撰贈言及序。

〔二〕　題劉光珊《留雲借月盦填詞圖》：劉炳照（一八四七—一九一七），原名銘照，字伯蔭，一字光珊，號蕡塘，又號語石詞隱、抱翁，晚號復丁老人，江蘇陽湖（今常州）人。諸生，候選訓導。與夏孫桐、張上龢等結鷗隱詞社，與鄭文焯、俞樾、譚獻等交往唱酬，掌寒碧詞社多年，人稱譚獻後之詞壇耆宿。有《留雲借月盦詞》四卷，光緒十六年（一八九〇）刻本。《留雲借月盦填詞圖》，繆荃孫《藝風堂文集·外篇》有《〈留雲借月盦填詞圖〉題詞》文，略云：「劉子語石，生長毗陵，循先賢之矩矱，被新製于弦管。江山助我，敢辭汗漫之游；文字累人，大有怨誹之語。一日出《留雲借月盦填詞圖》，屬爲題句。斯境也，舊雨新殀，凉飆四起，凈碧如洗，嬌紅未蔫。呼之欲出，雲真可留；喝使倒行，月何難借。既無心兮出岫，亦對影而舉杯。」并作有《柳梢青·題劉語石〈留雲借月盦填詞圖〉》詞，可參。

〔三〕　只春風亡恙：謂春風年年按時而臨，暗寓人事變遷之意。高攀龍《賞華》：「春風無恙一登臺，猶見桃華滿徑開。」

〔四〕　芳草和愁自然長：作此詞前後，内憂外患并起。譚獻《復堂日記·續録》光緒廿一年三月卅日：「春行盡矣。念亂憂生，家國蕭條，不圖今日只一苟字，何處有完美邪！」又閏五月初二日：「見人間文字有云『非以今日爲外患之終，而以今日爲内變之始』，亮哉斯言！」「愁」應指此。按：是年三月李鴻章與日本簽訂馬關條約，甲午戰爭結束。馮延巳《南鄉子》：「細雨濕流光，芳草年年與恨長。」

〔五〕「夕陽低、分付幾片浮雲」二句：扣題中「留雲借月」。高樓月上，曹植《七哀詩》：「明月照高樓，流光正徘徊。」

〔六〕關山同一照：襲用杜甫《玩月呈漢中王》詩成句，語本謝莊《月賦》「隔千里兮共明月」。

〔七〕「人去尊空」二句：謂友朋暫時歡聚，終將離別。方干《送許温》：「當聞千里去，難遣一尊空。」史肅《偶讀賈達之邀飯帖有感作詩哭之》：「彩筆書來墨痕濕，玉樓人去酒尊空。」青琴咽離唱，青琴所奏爲離別之曲，如《陽關三疊》之類。

〔八〕「何處是天涯」三句：謂離別後如落花一般流落天涯。疏花，應指春末凋殘的梅花。蔡伸《點絳唇》：「亂紅千片。流水天涯遠。」張炎《虞美人·余昔賦柳兒詞……》：「斷絲無力綰韶華。也學落紅流水到天涯。」

〔九〕「但倚遍、闌干緑成陰」三句：謂春去夏至，更因懷友而增惆悵。閑庭，寂静的庭院。

水龍吟〔一〕

桐綿，和鄧石瞿、諸璞盦〔二〕

楊花吹遍天涯〔三〕，輕盈易上相思鬢〔四〕。誰家院落梧桐，簾下闌干倚冷。〔五〕小鳳飛來[六]，尋他伴侶，葉兒遮定。恁隨風脈脈，新綿一片，向何處、飄零盡[七]？ 道是餘春未了，奈高樓、笛聲淒緊。生寒梅雨[八]，思量絮被[九]，夢回單枕[一〇]。遠憶梧宮[一一]，珠歌翠舞[一二]，先秋知警[一三]。待琴牀子落[一四]，蕭蕭瑟瑟，共何人聽？

【注】

[一] 載稿本日記光緒二十一年（一八九五）七月初三日。

[二] 桐綿：即桐花。阮元有詠桐綿詩，其題云「桐花至芒種前後，乳外飛落，白綿滿院飄揚，絶如柳絮，名之曰桐綿，且詠之」，釋桐綿甚詳。詩中云：「青桐花發乳垂枝，飄落輕綿四月時。淡白多沾幺鳳翅，清微雅稱古琴絲。」可參看。鄧石瞿：即鄧濂。諸璞盦：即諸可寶。諸可寶（一八四五—一九〇三），字遲菊，號璞齋、璞盦，浙江錢塘（今杭州）人。同治六年（一八六七）舉人，官江蘇崑山知縣。游楚二十年，任湖北榷局文書，主鄂志局。與譚獻、樊增祥等交好。有《璞齋詞》一卷，光緒二十二年（一八九六）錢塘諸氏家刻《璞齋集本》。鄧濂原唱《水龍吟・桐綿，和璞齋》詞：「朝陽澹到無聊，碧陰陰地香籠霧。梨雲罷夢，蘆碕未雪，縞妝誰侶？別樣嬋娟，生來肯入，群芳圖譜。待南薰借力，伶俜身世，便扶上、鸞阿去。 不是琅邪艷句（王漁洋《衍波詞》有『郎似桐花，妾似桐花鳳』之句）。儘消魂、誰憐儂汝？將春避了，不愁更被，楊花嬌妒。金井風微，銅鋪月暖，聊容小住。化香雲好與，緑毛幺鳳，護雙棲處。」（民國二十四年石印本《畀庵集》卷三）

〔三〕　楊花吹遍天涯：顧敻《虞美人》：「玉郎還是不還家。教人魂夢逐楊花。繞天涯。」莊棫《風流子・楊花》：「柳綿飄不定，東風起、吹送到天涯。」

〔四〕　輕盈易上相思鬢：鄧濂《春感一首仍用前韵寄季遲六甥鄂州》詩有「東風事事不相關，却遣楊花點鬢斑」句，此呼應其意。

〔五〕　「誰家院落梧桐」三句：耶律楚材《和薛伯通韵四絶》其一：「寂寞梧桐深院落，有人何處倚闌干。」

〔六〕　小鳳：即幺鳳。參見《鷓鴣天》（緑酒紅燈漏點遲）注〔四〕。

〔七〕　向何處、飄零盡：張惠言《木蘭花慢・楊花》：「儘飄零盡了，誰人解，當花看。」此指桐綿亦是花，却無人當花看。蘇軾《水龍吟・次韵章質夫楊花詞》：「似花還似非花，也無人、惜從教墜。」

〔八〕　梅雨：參見《蝶戀花・水香庵餞春》注〔六〕。

〔九〕　思量絮被：謂設想用桐綿絮做被子以禦寒。思量，考慮，忖度。

〔一〇〕　夢回單枕：謂因孤獨而夜難成眠。歐陽修《玉樓春》：「故欹單枕夢中尋，夢又不成燈又燼。」單枕，孤枕。

〔一一〕　梧宫：皇宫，此指朝廷。《韓詩外傳》卷八：「黄帝即位，施惠承天……未見鳳凰，惟思其象。……于是黄帝乃致齋于中宫，鳳乃蔽日而至。黄帝降于東階，西面，再拜稽首曰：『皇天降祉，敢不承命！』鳳乃止帝東園，集帝梧桐，食帝竹食，没身不去。」

〔一二〕　珠歌翠舞：參見《長亭怨·燕臺愁雨，和陶子珍》注〔五〕。

〔一三〕　先秋知警：古人有梧葉報秋之説。劉安《淮南子·説山訓》：「以小明大，見一葉落而知歲之將暮。」陳元光《候夜行師七唱》其五：「明月蘆花迷曲岸，西風梧葉報清秋。」陳與義《風雨》：「風雨破秋夕，梧葉窗前驚。」俞樾《茶香室叢鈔·梧葉報秋》：「一葉知秋，雖古有此説，然安能應聲飛落？」

〔一四〕　琴牀子落：古人有「雨敲松子落琴牀」（林逋《湖山小隱》其二）、「桂子落琴牀」（釋文珦《秘書山中草堂》）等詩句。子，果實，此處指梧桐子。琴牀，琴案，琴几。

瑣窗寒〔一〕

題《薑露盦填詞圖》，用王碧山韻〔二〕

海氣荒荒〔三〕，雲容脈脈〔四〕，短吟緘怨〔五〕。鑪煙漸冷，怕聽打窗花片〔六〕。倚隋宫、樂府小詩〔七〕，五更轉處收離宴〔八〕。恁往年亭榭，主人蕉萃，負他來燕。　相見。梁塵淺。奈讓與鄰家，舞茵正展〔九〕。月色依然，省記舊時題扇〔一〇〕。更難禁、從此送春，送春一去天涯遠。〔一一〕但留連、曉露蘼蕪，伴我西風院。

【注】

［一］ 載稿本日記光緒二十四年（一八九八）閏三月初五日。時年六十七歲，在杭州。吴著云：「《瑣窗寒·題〈薑露庵填詞圖〉用王碧山韻》，從詞題上看，亦極易被當成一般的題圖之作，但日記載有其自注一則：『騷怨哀時，借題抒寫。』（第二十六册《戊戌三月以後記》）可知别有寄托存焉。……據稿本日記，萬釗以《薑露庵填詞圖》索題在正月廿八日，譚獻初次擬作則在二月十二日，日記云：『雜檢群書，手僵仍置；填詞如咽，亦不成句。』十五日又云：『新晴。欲填詞，仍不成吟，此心不知在何處。』（第二十六册《戊戌三月以後記》）至詞作的最終成形，已是閏三月五日，構思前後持續數十天。」

［二］ 薑露盦：即萬釗。薑，譚集本誤作「姜」。光緒十八年（一八九二）七月，譚獻爲萬釗撰《薲波詞題識》。《薲波詞》一卷，《鶴澗詩龕集》本，刊于光緒十九年（一八九三）。一名《薑露詞》，譚獻曾閲。《復堂日記·續録》光緒二十三年（一八九七）十月廿三日：「閲《薑露詞》。折衷南宋，亦深美而未盡閎約之量。」用王碧山韻：王沂孫（一二四〇？—一三一〇？），字聖與，一字詠道，號碧山、中仙，玉笥山人，浙江會稽（今紹興）人。南宋亡後，官元朝慶元路學正。與周密、張炎有交往，後與仇遠、張炎等編《樂府補題》，寄托興亡之感。有《花外集》一卷，又名《碧山樂府》。其《瑣窗寒》原詞：「趁酒梨花，催詩柳絮，一窗春怨。疏疏過雨，洗盡滿階芳片。數東風、二十四番，幾番誤了西園宴。認小簾朱户，不如飛去，舊巢雙燕。曾見。雙蛾淺。自别後多應，黛痕不展。撲

蝶花陰，怕看題詩團扇。試憑他、流水寄情，遡紅不到春更遠。但無聊、病酒厭厭，夜月荼蘼院。」

［三］ 海氣荒荒：時萬釗寓居上海，故云。荒荒，猶茫茫。袁枚《送尹宮保移督廣州》其二：「荒荒海氣動旌旗。」

［四］ 雲容脈脈：脈脈，連綿不斷貌。徐悱《対房前桃樹詠佳期贈内詩》：「脈脈似雲霞。」

［五］ 緘怨：藏在内心的怨恨。沈佺期《和杜麟臺元志春情》：「沈思若在夢，緘怨似無憶。」緘，閉藏。《莊子·齊物論》「其厭也如緘」，王先謙集解引宣穎曰：「厭然閉藏。」

［六］ 怕聽打窗花片：打窗，敲窗。花片，喻指雪花。于未《清江裂石》：「又被打窗雪片，呼奴問，可壓梅花？」

［七］ 倚隋宮、樂府小詩：隋宮爲隋煬帝楊廣游幸江南時所建揚州行宮。唐宋詩人多有以隋宮爲題感慨朝代興亡的詩篇。

［八］ 五更轉：指將近天明時。參見《浣溪沙》（昨夜星辰昨夜風）注［三］。古有相和歌平調曲《五更轉》，即所謂「樂府小詩」，如伏知道《從軍五更轉》其五：「五更催送籌，曉色映山頭。」詩見郭茂倩《樂府詩集》卷三十三。

［九］ 舞茵：舞毯。徐鉉《贈浙西妓亞仙》：「粉汗沾巡盞，花鈿逐舞茵。」

［一〇］ 舊時題扇：謂兩人友情。題扇，作留念之贈。張耒《漫呈无咎一絶》：「題扇燈前亦偶然，那知別後遠如天。」朱彝尊《邁陂塘·送尤展成還吴》：「唤記曲桃根，炙笙菱角，憐取舊題扇。」

〔一一〕「更難禁、從此送春」二句：白居易《送春歸》：「帝城送春猶怏怏，天涯送春能不加惆悵。」

燭影搖紅〔一〕

李古愚《吏隱著書圖》〔二〕

徑草闌花〔三〕，隱囊紗帽徘徊慣〔四〕。風流依舊少年時，不共車塵轉〔五〕。脈脈爐香吹暖，却消磨、隨身敝卷〔六〕。江山無恙，聞見方新，沈吟筆換。〔七〕燭影搖紅，心長只覺涼輝短。〔八〕任他官漏響依稀〔九〕，古味留深淺〔一〇〕。人外幽思未倦〔一一〕，更橫琴、清商款款〔一二〕。雲來指上〔一三〕，微雨蕭疏，總忘歡怨。

【注】

〔一〕載稿本日記光緒二十五年（一八九九）七月十二日。時年六十八歲，在杭州。

〔二〕李古愚：即李濱。李濱（一八五五—一九一六），字古愚、古漁、古餘，號少堂，又號青士，江蘇上元（今南京）人。署温州、金華通判，充杭州江干保甲總巡。著有《中興別記》六十一卷及《夢榴堂簡稿》、《詩稿》、《雜彩詞》等。淹貫經史，兼吏才、解兵事，顧所遇非偶，侘傺以終。（見繆荃孫等纂《江蘇省通志稿》卷五十七「人物志下・江寧府」）按：譚集本卷十有《李古漁〈吏隱著書圖〉》詩，原注「以上辛卯」，即作于光緒十七年（一八九一）。其一：「君聽弦外音，横我膝間琴。偃仰千秋業，低回一寸心。相期《招隱賦》，何待入山深。日暮雲來往，綿綿憶故岑。」其二：「約略青袍夢，欽遲石室儲。亦知公府事，端賴古人書。往歲差同調，相逢或起予。萬梅花不遠，消息竟何如？」其三：「徘徊大道塵，人海未逢人。傲吏誰知己，高文此等身。在山泉有約，獨夜月爲鄰。儻復筌蹄棄，忘言與道真。」《復堂詩續》又有《送古漁》詩，云：「太末蒼涼月，留寒待使君。依然著書處，樂與野人群。吏隱隨山室，離懷望暮雲。天童相映瘦，釣罷酒微醺。」可與此詞參看。《復堂日記・續録》光緒二十四年（一八九八）十月十六日：「昨古愚以《中興別記》十卷稿見示。全書百卷，蓋紀粵匪始末也，爲《夢榴（原誤爲『橘』）園叢書》之三。又《浙江海運見聞略識》一卷，爲《叢書》之五。翻閱之，可謂留心世事，不爲浪費筆墨。」又十九日：「古愚函來，述其《叢書》各目，亦容心經學、小學，未易才也。」楊文瑩《幸草亭詩鈔》卷下有《李古愚別駕〈吏隱著書圖〉》詩。吏隱，謂不縈心于功名利禄，雖居官而猶如隱士。

［三］ 徑草闌花：徑草，小路旁的草。闌，圍繞。沈君攸《羽觴飛上苑》：「石徑斷絲闌蔓草，山流細沫擁浮花。」

［四］ 隱囊紗帽：爲隱居時的休閑用具。王維《故人張諲工詩善易卜兼能丹青草隸頃以詩見贈聊獲酬之》：「不逐城東游俠兒，隱囊紗帽坐彈棋。」隱囊，供人倚憑的軟囊，猶今之靠枕。顔之推《顔氏家訓・勉學》：「梁朝全盛之時，貴游子弟……跟高齒屐，坐棊子方褥，憑斑絲隱囊，列

器玩于左右。」王利器集解引盧文弨補注：「隱囊，如今之靠枕。」紗帽，紗製夏帽。白居易《夏日作》：「葛衣疎且單，紗帽輕復寬。一衣與一帽，可以過炎天。」

〔五〕不共車塵轉：謂不再爲公務而奔走勞苦，即所謂「吏隱」。車塵，車行揚起的塵埃，指鬧市。温庭筠《秋日》：「天籟思林嶺，車塵倦都邑。」

〔六〕却消磨、隨身敝卷：指以著書爲樂。吴偉業《庚子八月訪同年吴永調于錫山有感賦贈》其三：「酒杯驅使從無分，書卷消磨絶可憐。」消磨，此指消遣，打發時光。敝卷，指書籍。

〔七〕「江山無恙」三句：謂李濱傾力撰寫《中興别記》。該書記録了清軍剿滅太平天國運動的全過程。江山無恙，指太平天國運動失敗。聞見方新，其自序云「力徵文獻、名賢奏議、諸家别集、郡邑新志、公牘軍書，及年譜、碑傳、筆記、雜録」，即譚獻所謂「留心世事」者。聞見，即見聞。沈吟筆换，謂其秉筆著書。白居易《首夏南池獨酌》：「慚無康樂作，秉筆思沈吟。」沈吟，即沉吟，深思。

〔八〕「燭影摇紅」二句：謂其著書至通宵達旦。據吴曾《能改齋漫録》卷十七，王銑有《憶故人》詞，首句爲「燭影摇紅」，宋徽宗令周邦彦增損其詞，改名爲《燭影摇紅》。此用其成句。心長，心寬。儲光羲《至嶽寺即大通大照禪塔上温上人》：「悲哉門弟子，要自知心長。」凉輝短：謂夜短。凉輝，清冷的月光。嚴羽《送嚴次山》：「雲空汗漫臺，月午生凉輝。」

〔九〕官漏：古代官府的計時器。漏，漏壺，漏刻。《後漢書·律曆志中》：「今官漏率九日移一刻，不隨日進退。夏曆漏（刻）隨日南北爲長短，密近于官漏，分明可施行。」

〔一〇〕古味：古雅的意趣。深淺：猶言濃淡、厚薄。歐陽修《讀張李二生文贈石先生》：「辭嚴意正質非俚，古味雖淡醇不薄。」

〔一一〕人外幽思：謂不再究心名利俗務。人外，猶言塵世外。王維《送韋大夫東京留守》：「人外遺世慮，空端結遐心。」

〔一二〕清商：即商声，古代五音之一，其調凄清悲凉。《韓非子·十過》：「公曰：『清商固最悲乎？』師曠曰：『不如清徵。』」《古詩十九首·西北有高樓》：「清商隨風發，中曲正徘徊。」《文選·蘇武〈詩四首〉》「欲展清商曲」，李周翰注：「清商曲，謂秋聲而多悲也。」款款：徐緩貌。元稹《何滿子歌》：「迢迢擊磬遠玲玲，一一貫珠勻款款。」此指琴聲舒緩。

〔一三〕指上：謂彈琴撥弦之手指，暗指弦外之音。蘇軾《琴詩》：「若言聲在指頭上，何不于君指上聽？」

更漏子〔一〕

題《新蘅詞墨》，用卷中韵〔二〕

鉢停敲〔三〕，琴罷鼓〔四〕。塵閣往年門户〔五〕。萍絮换，淚珠寒。〔六〕懷人尚繞闌〔七〕。　新雨軟，春雲轉。心字畫爐猶暖〔八〕。古井水〔九〕，舊巢泥〔一〇〕。餘音弦外知。

【注】

［一］　載稿本日記光緒二十五年（一八九九）二月廿四日，在杭州。

［二］　《新蘅詞墨》：《新蘅詞》爲張景祁詞集名。張景祁（一八三〇——一九〇三後）：原名左鉞，字孝威，號藴梅，又作韵梅，别號新蘅主人，浙江錢塘（今杭州）人。爲薛時雨門生。同治十三年（一八七四）進士，改庶吉士，歷任福建福安、臺灣淡水、福建連江知縣。曾與譚獻在浙江書局合作共事，常有詩酒文會。與譚獻、張鳴珂同稱「浙西三詞家」。有《新蘅詞》，光緒九年（一八八三）百億梅花仙館刻六卷、外集一卷本，又有十卷、外集一卷本等，應爲陸續增刻。譚獻此作用《新蘅詞》卷中韵，所關之張詞原作，見於十卷本之卷八，詞爲：「翦春旛，催畫鼓。殘雪未融庭户。羅袂薄，玉鑪寒。望花頻倚闌。　芳草軟，光風轉。但祝日長春暖。烏引子，燕銜泥。苦辛誰得知。」然無詞題。民國間陳寥士曾得一抄本並整理其中詞作發表于刊物《國藝》上，此詞見一九四二年第四卷第一期《新蘅詞補編（五）》，題「詠春寒擬温飛卿」，「闌」作「欄」，「軟」作「暖」，「暖」作「緩」，與譚詞所用之韵不盡同，應以刻本爲是。

［三］　鉢停敲：鉢爲書案上盛水之器，古人常敲銅鉢爲節奏以吟成詩篇。如張嵲《和南塘詠梅》「新詩已見成敲鉢」，衛宗武《和武靖侯趙公賞花詩韵》其九「句成不假擊鉢催」，張萓《次韵和東坡岐亭詩五首》其五「擊鉢韵常險」，錢大昕《二十二日吴杉亭舍人招同褚鶴侶刑部蔣漁村編修陳寶所給諫小飲疊前韵》「吟堪度日頻敲鉢」等，皆可爲證。

〔四〕琴罷鼓：鼓，彈奏。此指與張景祁分別經年矣。《詩經·小雅·鹿鳴》：「我有嘉賓，鼓瑟鼓琴。」

〔五〕塵閣：簡陋的書閣。鮑照《臨川王服竟還田里詩》：「道經盈竹笥，農書滿塵閣。」

〔六〕「萍絮换」二句：謂因離别而傷感。又，趙善括《摸魚兒·和辛幼安韵》有「芳沼点萍絮」及「望故國江山，東風吹淚，渺渺在何處」等句，此或亦有化用其意以喻國是之意，蓋張景祁曾官臺灣也。

〔七〕繞闌：沉吟徘徊之狀。周邦彦《月下笛》：「闌干四繞，聽折柳徘徊，數聲終拍。」毛滂《八節長歡·送孫守公素》：「詩翁去，誰細繞、屈曲闌干？」

〔八〕心字：即心字香，一種爐香。蔣捷《一剪梅·舟過吴江》：「何日歸家洗客袍。銀字笙調。心字香燒。」楊慎《詞品·心字香》：「范石湖《驂鸞録》云：『番禺人作心字香，用素馨茉莉半開者著净器中，以沉香薄劈層層相間，密封之，日一易，不待花蔫，花過香成。』所謂心字香者，以香末縈篆成心字也。」

〔九〕古井水：謂心境寂然，不爲外物所動。孟郊《列女操》：「波瀾誓不起，妾心古井水。」

〔一〇〕舊巢泥：以燕歸舊巢喻思念家鄉。韋莊《江上逢史館李學士》：「誰謂世途陵是谷，燕來還識舊巢泥。」

洞仙歌[一]

題包纘甫《隨盦讀書圖》[二]

蘭堂竹屋[三]，正依依煙語[四]。中有高人枕書處[五]。上層樓、目送天際微雲[六]，雲不繫[七]，一任燕兒來去。　輕塵飛不到[八]，讀畫聽香[九]，更向疏燈覓佳趣[一〇]。曉起乍開簾，柳倚窗深，萍是古人儂作絮[一一]。

【注】

[一]　載稿本日記光緒二十五年(一八九九)二月廿九日，在杭州。

[二]　包纘甫：即包承善。包承善(一八六七—一九〇二)，字贊甫、纘甫，號隨盦，浙江歸安(今湖州)人。諸生。晚清書法篆刻家，爲俞樾所推重。

[三]　蘭堂竹屋：謂包氏居所雅致而簡樸。蘭堂，芳潔的廳堂。《文選·張衡〈南都賦〉》「揖讓而升，宴于蘭堂」，吕延濟注：「蘭者，取其芬芳也。」竹屋，簡陋的小屋。黄滔《楊狀頭啟》：「土風則竹屋玲瓏，煙水則葉舟蕩漾。」

[四]　煙語：謂無人相語，只得獨對爐煙。

［五］高人：指包承善。枕書：謂與書爲伴。蘇軾《孔毅甫以詩戒飲酒問買田且乞墨竹次其韻》：「枕書熟睡呼不起，好學憐君工雜擬。」

［六］天際微雲：謝朓《之宣城郡出新林浦向板橋》：「天際識歸舟，雲中辨江樹。」夏竦《和太師相公秋興十首》其八：「遥思漢闕雨新晴，天際微雲夕吹生。」

［七］雲不繫：謂雲彩悠閑自得，無所牽掛，一如其閑適心境。靈一《題東蘭若》：「閑雲不繫從舒卷，狎鳥無機任往來。」

［八］輕塵飛不到：沈蔚《小重山》：「輕塵飛不到，畫堂空。」

［九］讀畫聽香：均爲文人雅事。樊增祥《情久長》：「怪近日、聽香讀畫，芳意都嬾。」

［一〇］更向疏燈覓佳趣：謂燈下夜讀最爲雅事。

［一一］萍是古人儂作絮：謂在書中與古人相遭逢。參見《醜奴兒慢》（晴雲做暖）注［四］。

南歌子［一］

題《彈琴仕女》

昨粉妝留鏡，餘痕酒在襟。［二］庭階花笑淺還深［三］。不染空閨一片妙明心［四］。　乍憶天涯夢［五］，勞他女伴尋。微風好送與知音［六］。脈脈春殘獨坐且横琴［七］。

【注】

〔一〕載稿本日記光緒二十五年(一八九九)九月廿一日,在杭州。

〔二〕「昨粉妝留鏡」二句:元好問《浣溪沙》:「兩行紅粉一聲歌,淋漓襟袖酒痕多。」

〔三〕庭階花笑:劉真《七老會》:「臨階花笑如歌妓,傍竹松聲當管弦。」

〔四〕不染空閨一片妙明心:謂不爲庭院春色所動。染,沾染。妙明心,佛家謂真妙之明心。《楞嚴經》卷一:「發妙明心,開我道眼。」

〔五〕乍憶天涯夢:魏承班《訴衷情》:「夢成幾度繞天涯。到君家。」

〔六〕微風好送與知音:鄧雲霄《無題五首》其五:「買得相如舊日琴,微風澹蕩送輕音。」

〔七〕脈脈春殘獨坐且橫琴:楊素《贈薛內史詩》:「耿耿不能寐,京洛久離群。橫琴還獨坐,停杯遂待君。」

點絳唇〔一〕

題徐仲可《純飛館題詞圖》〔二〕

長日沈吟〔三〕,正番番風雨花蕉萃〔四〕。向人堆砌。便是傷春淚。〔五〕寫意填詞,不道心如醉〔六〕。閑遭際。晚霞迴睇〔七〕。步屧棲晴翠〔八〕。

【注】

［一］ 載稿本日記光緒二十六年（一九〇〇）四月十七日。時年六十九歲，在杭州。

［二］ 徐仲可：即徐珂。徐珂（一八六九—一九二八），原名昌，字仲可，別署中可、仲玉、鍾玉，浙江仁和（今杭州）人。光緒十五年（一八八九年）舉人，官内閣中書，改同知。曾在天津任袁世凱幕僚，商務印書館編輯，上海《外交報》、《東方雜志》編輯。南社成員，并在上海參加鷗社。有《純飛館詞初稿》一卷、《續》一卷，《叢書集成續編》本；《純飛館詞三集》一卷，寶彝室集刊本。編有《清稗類鈔》、《清詞選集評》等，撰《清代詞學概論》。父徐恩綬與譚獻爲故交，遂從譚獻學詞，爲譚獻輯《復堂詞話》。徐珂師從譚獻在光緒十五年（一八八九）。《復堂詞話》後徐珂按語云：「光緒己丑，珂自餘姚還杭，應秋試，師方罷官里居，以通家子相見禮上謁（時猶字仲玉，明年改字仲可）。呈所習駢文詩詞就正，皆十八歲前作。師獎勉殷拳，納之門下。」

［三］ 長日：終日，整天。儲光羲《送王上人還襄陽》：「雖復時來去，中心長日閑。」

［四］ 番番：一次又一次。蘇軾《新灘》：「番番從高來，一一投澗坑。」蕉萃，即憔悴，指花凋零。

［五］ 「向人堆砌」二句：沈謙《最高樓・春愁》：「風回絮卷花堆砌，鶯啼人醒月當樓。最難堪，三月盡，五更頭。」堆砌，猶堆積。

［六］ 心如醉：《詩經・王風・黍離》：「行邁靡靡，中心如醉。知我者，謂我心憂。不知我者，謂我何求。」毛傳：「醉于憂也。」

［七］　迴睇：回頭看。歐陽詹《送巴東林明府之任序》：「游盤責境，爲池爲墉；退公多暇，爲我迴睇。」

［八］　步屧：行走，漫步。杜甫《遭田父泥飲美嚴中丞》：「步屧隨春風，村村自花柳。」屧，木屐。《廣韻·帖韻》：「屧，屐也。」晴翠：草木經陽光照耀呈現的碧綠色。白居易《賦得古原草送別》：「遠芳侵古道，晴翠接荒城。」

青玉案［一］

停琴不覺韶華暮。借濁酒、留君住［二］。蔬筍蕭然杯并舉［三］。《漢書》徐掩［四］，劍囊仍貯［五］。醉眼迷離處。　芳塵目送香車路［六］。采采枇杷辭舊樹［七］。一寸斜陽隨水去［八］。流連新月，徘徊殘絮［九］。鏡裏遲飛雨［一〇］。

【注】

［一］　載稿本日記光緒二十六年（一九〇〇）五月十九日，在杭州。

［二］　借濁酒、留君住：白居易《送王處士》：「扣門與我別，酤酒留君宿。」濁酒，一種米釀的渾濁的酒。

［三］　蔬筍蕭然：謂安于簡樸的生活。吴存《上巳日徐蘭玉訪予溪上賦贈》：「近來久已却肥甘，蔬筍蕭然對客談。」蔬筍，蔬菜和竹筍。王明清《揮麈後録》卷二：「康節（邵雍）云：『野人豈識堂食之味，但林下蔬筍，則嘗喫耳。』」蕭然，瀟灑悠閑貌。葛洪《抱朴子・刺驕》：「高蹈獨往，蕭然自得。」

［四］　《漢書》：班固所撰西漢史書，譚獻頗喜研讀。

［五］　劍囊仍貯：謂隨時準備出行。劍、囊，遠行的行裝。李山甫《赴舉别所知》：「腰劍囊書出户遲，壯心奇命兩相疑。」楊冠卿《寄别友生馬千里》其二：「瘴雨蠻煙道路賒，囊書匣劍是生涯。」

［六］　芳塵目送香車路：賀鑄《横塘路》：「凌波不過横塘路。但目送、芳塵去。」芳塵，原指落花，此應指女子蹤迹。

［七］　采采：衆多、茂盛貌。《詩・秦風・蒹葭》「蒹葭采采」，毛傳：「采采，猶萋萋也。」又《詩・周南・葛覃》毛傳：「萋萋，茂盛貌。」辭舊樹：謂花葉凋零。錢謙益《次韵和徐二爾從散遣歌兒之作二首》其一：「花好便判辭舊樹，絮飛終自作浮萍。」

［八］　一寸斜陽隨水去：范仲淹《蘇幕遮》：「山映斜陽天接水。芳草無情，更在斜陽外。」沈謙《蝶戀花・春游即事》：「一寸斜陽非可恃。」

［九］　徘徊殘絮：何夢桂《偶成》：「坐定爐煙歇麝煤，落花飛絮自徘徊。」

［一〇］　鏡裏遲飛雨：謂對鏡落淚。劉基《女兒割股詞爲徐勉之作》：「淚灑長河作飛雨。」

補遺

一、《蘼蕪詞》中未收入《復堂詞》之作

生查子[一]

牽衣話别時[二]，門掩清秋夜[三]。月没曉星沈[四]，門外蕭郎馬[五]。　思君不見君[六]，夢雨榴花謝[七]。草色似青袍[八]，生滿閑亭榭[九]。

【注】

[一]　原收《蘼蕪詞》。作于咸豐三年（一八五三）秋，時年二十二歲。譚獻此年自春至秋，在浙江山陰（今紹興）村學舍爲塾師，始學填詞。《復堂詞録叙》：「二十二旅病會稽，乃始爲詞，未嘗深觀之也。然喜尋其旨于人事，論作者之世，知作者之人。」《生查子》（牽衣話别時）等五首，入選黄燮清編《國朝詞綜續編》卷二十一，皆采自《蘼蕪詞》。譚獻《篋中詞》今集卷五：「《詞綜續編》録吾輩詞皆少作。」

〔二〕　牽衣話別時：指與家人分別。此爲譚獻首次離家。曹丕《見挽船士兄弟辭別詩》：「妻子牽衣袂，抆淚沾懷抱。」陳維崧《孤鸞・賦得石亭梅花落如雪》：「記花倚晴闌，牽衣話別。」

〔三〕　門掩清秋夜：周邦彥《憶舊游》：「記愁横淺黛，淚洗紅鉛，門掩秋宵。」

〔四〕　月没曉星沈：謂天剛拂曉。周興嗣《答吴均詩三首》其二：「噎噎夕雲起，落落曉星沈。」李商隱《嫦娥》：「雲母屏風燭影深，長河漸落曉星沈。」

〔五〕　蕭郎馬：參見《解連環》（後堂春晚）注〔七〕。

〔六〕　思君不見君：所謂青春惜別，此應指對未婚妻莫氏的思念。李之儀《卜算子》：「日日思君不見君，共飲長江水。」

〔七〕　夢雨：參見《東風第一枝》（省識花風）注〔三〕。

〔八〕　草色似青袍：參見《浪淘沙》（欄檻雨絲柔）注〔七〕。

〔九〕　閑亭榭：清寂無人的庭院。宋無名氏《驀山溪》：「人去後，獨來時，風月閑亭榭。」陳維崧《念奴嬌・「看山如讀畫，讀畫似看山」，爲周櫟園先生賦，用曹顧庵韵》其一：「我欲地縮千山，袖携五嶽，点綴閑亭榭。」

醉太平

金杯酒斟。瑤窗夢沈[二]。闌干春雨愔愔[三]。記相逢素襟[四]。　無心有心[五]。長吟短吟[六]。紅墻銀漢深深[七]。待傳言翠禽[八]。

【注】

[一] 原收《靡蕪詞》。作于咸豐三年（一八五三）春，在山陰。

[二] 瑤窗夢沈：瑤窗，用玉裝飾的窗，窗的美稱。此句暗含相思之意，可參戴叔倫《相思曲》「獨向瑤窗坐愁絶」句，亦與下所云「記相逢素襟」勾連。

[三] 愔愔：幽深貌。蔡琰《胡笳十八拍》：「雁飛高兮邈難尋，空腸斷兮思愔愔。」

[四] 素襟：本心，也指平素的襟懷。《文選·王僧達〈答顏延年〉》「清氣溢素襟」，李周翰注：「素，本也。清淑之氣自盈于本心。」

[五] 無心有心：釋宗杲《偈頌一百六十首》其五十八：「有心無心，若善若惡。」

[六] 長吟短吟：指吟誦時節奏的變化。韓淲《短吟》：「高看復下看，長吟時短吟。」龔自珍《醉太平》：「長吟短吟。恩深怨深。」

[七] 銀漢：銀河。鮑照《夜聽妓》：「夜來坐幾時，銀漢傾露落。」

[八] 待傳言翠禽：謂盼翠鳥傳話。似用李商隱《無題》詩「蓬山此去無多路，青鳥殷勤爲探看」句意。翠禽，姜夔《疏影》：「苔枝綴玉。有翠禽小小，枝上同宿。」

高陽臺[一]

越山秋夜[二]

玉樹花殘，金尊酒盡，溪山滿目清秋[三]。病渴相如，瑤琴欲撫還休。[四]涼風激水哀蟬老，念漢宮、詞筆空留。[五]更難堪、點點流螢，飛上簾鈎。[六]闌干舊是銷魂地[七]，乍霜棲碧瓦，煙鎖紅樓[八]。對坐調笙[九]，宵分夢到前游[一〇]。天涯著意憐芳草[一一]，奈王孫、潦倒江頭[一二]。便從今、有限西風，無限閑愁。

【注】

[一] 原收《蘼蕪詞》。作于咸豐三年（一八五三）秋，在山陰。

[二] 越山：此指山陰一帶衆山。晁説之《感興》：「越山無黄葉，客子自悲秋。」

[三] 溪山滿目清秋：邵雍《秋游六首》其六：「四面溪山徒滿目，九秋宫殿自危空。」

［四］「病渴相如」二句：此用司馬相如琴挑卓文君之典，表示對鍾情女子的愛慕。司馬遷《史記·司馬相如列傳》：「是時卓王孫有女文君新寡，好音，故相如繆與令相重，而以琴心挑之。」「相如口吃而善著書。常有消渴疾。與卓氏婚，饒于財。……稱疾閑居，不慕官爵。」消渴疾，即今糖尿病。《素問·奇病論》：「肥者令人内熱，甘者令人中滿，故其氣上溢，轉爲消渴。」

［五］「涼風激水哀蟬老」二句：從許渾《咸陽城東樓》「鳥下緑蕪秦苑夕，蟬鳴黄葉漢宫秋」化出。

［六］「更難堪、點點流螢」二句：謂流螢從簾幕飛入居室。徐夤《螢》：「月墜西樓夜影空，透簾穿幕達房櫳。」

［七］闌干舊是銷魂地：謂男女雙方常在闌干邊相會。晏幾道《浣溪沙》其二十一：「向日闌干依舊緑，試將前事倚黄昏。記曾來處易消魂。」譚氏此句似由晏詞化出。

［八］「乍霜棲碧瓦」二句：謂對方秋夜孤凄情狀。權審《題山院》：「曉霜浮碧瓦，落日度朱欄。」「煙鎖紅樓，參見《少年游》（高樓煙鎖）注［二］。

［九］對坐調笙：此爲男女相悦之温馨場景。周邦彦《少年游》：「錦幄初温，獸香不斷，相對坐調笙。」調笙，吹笙。周詞一本即作「吹笙」。

［一〇］宵分夢到前游：指以上温馨場景只是夜間夢中回憶。宵分，夜半。《魏書·崔楷傳》：「亮由君之勤恤，臣用劬勞，日昃忘餐，宵分廢寢。」

［一一］天涯著意憐芳草：意謂雖身在他鄉，相信有才必爲世用。言外有身世之感。李商

隱《晚晴》：「天意憐幽草，人間重晚晴。」

［一二］奈王孫、潦倒江頭：此句感歎目前落拓境遇。杜甫有《哀王孫》、《哀江頭》詩，此是就目前心境借用。王孫，作者自指。《楚辭·淮南小山〈招隱士〉》：「王孫游兮不歸，春草生兮萋萋。」王夫之通釋：「王孫，隱士也。秦漢以上，士皆王侯之裔，故稱王孫。」

高陽臺［一］

槳落潮平，雲移月度，青山容易秋風［二］。半不分明，尋春已是愁中。羅衣顏色都非舊［三］，況西園、深淺花叢［四］。可憐儂、欲采蘼蕪，難定行蹤。［五］渡江曲調翻桃葉［六］，奈銀箏柱冷，錦瑟塵蒙［七］。微雨當樓，珮聲還在墻東［八］。煙霜庭院多衰草，怕登臨、人似飛鴻。［九］更愁儂、樹又凋零，水又空濛。

【注】

［一］原收《蘼蕪詞》。作于咸豐四年（一八五五）秋，在杭州。

［二］青山容易秋風：司馬光《又寄》：「心目悠悠逐去鴻，别來容易四秋風。」容易，輕易。

［三］羅衣顏色都非舊：此從所思女子著筆。徐積《妾薄命》：「受盡苦辛人不知，却待歸

時不得歸。羅衣滿身空挹淚，何時却著舊時衣。」

［四］况西園，深淺花叢：謂春已深，相思也更切。周邦彦《瑞鶴仙》：「歎西園、已是花深無地，東風何事又惡？」

［五］「可憐儂、欲采蘼蕪」二句：意謂自己有進取之心，却茫然不知前路何在。此年譚獻作《感懷》詩：「客子當落日，望古越王臺。茫然壯士心，低首藏蒿萊。一經傳家學，人詫奇童才。漸與人世接，孤憤生悲哀。」心境相同，可參。采蘼蕪，以采香草喻對理想的追求。譚獻詞集名《蘼蕪詞》即取此意。

［六］渡江曲調翻桃葉：參見《霓裳中序第一》（緗英展凍靨）注［七］。

［七］「奈銀箏柱冷」二句：謂無心彈琴。顧貞觀《菩薩蠻·湖樓宴罷和夏闳均韵》：「銀箏連夜雪。柱冷湘弦折。」宋無名氏《小重山》：「單衣猶未試，覺寒怯。塵生錦瑟可曾閲。」參見《洞仙歌·積雨空齋作》注［一〇］。

［八］珮聲還在墻東：暗示尚未與未婚妻莫氏完婚。譚獻與莫氏結婚在從山陰歸來後，即咸豐四年（一八五四）。用宋玉《登徒子好色賦》之典，參見《鳳凰臺上憶吹簫·和莊中白》注［八］。

［九］「煙霜庭院多衰草」二句：譚詞《浣溪沙》（是處樓臺是處風）：「芳草生時人似雁，鏡奩掩處鬢如蓬。不成將息只匆匆。」意與之同。煙霜，秋凉時節的霧和霜。李白《贈任城盧主簿潛》：「鐘鼓不爲樂，煙霜誰與同？」杜甫《自瀼西荆扉且移居東屯茅屋四首》其一：「煙霜淒野

日，粳稻熟天風。」

虞美人[一]

枯荷不卷池塘雨。草色都如許[二]。手持紈扇語殷勤。好是今年聚首又臨分[三]。縈
花泥酒渾非舊[四]。病損腰支瘦。可憐身竟似梧桐。一度秋來零落向秋風[五]。

【注】

[一] 原收《蘼蕪詞》。作于咸豐三年(一八五三)秋，在山陰。

[二] 草色都如許：汪夢斗《摸魚兒・過東平有感》：「環一抹荒城，草色今如許。」

[三] 好是今年聚首又臨分：指此年春離家赴山陰。陳著《送前人之董氏館》有「日日聚首能幾日」、「豈是臨分語太苦」之句。

[四] 縈：縈懷，牽掛。陶潛《辛丑歲七月赴假還江陵夜行塗口》：「投冠旋舊墟，不爲好爵縈。」

[五] 「可憐身竟似梧桐」二句：蔣春霖《虞美人》：「病來身似瘦梧桐。覺道一枝一葉怕秋風。」譚氏似從此二句化出。

壺中天慢[一]

庭軒如故，早中秋負了，全無花柳[二]。吹老西風重九近[三]，大是銷魂時候。把酒人孤，登高病怯[四]，況味君知否？殘香夢醒，鏡前真個消瘦。疏雨特地凄凉，黄昏獨自，守簾兒垂後。[五]不耐微寒偏久坐，怕爲添衣回首。四壁燈光，半牀人影，街鼓聲聲又[六]。霜凝煙薄，雁飛初過窗牖[七]。

【注】

［一］原收《齋蕪詞》。作于咸豐三年（一八五三）秋，在山陰。

［二］負：福州影京師重刻莊棫序本《復堂詞》作「過」。

［三］吹老西風：袁去華《南柯子》：「西風吹老白蘋洲。」重九：農曆九月九日，即重陽節。

［四］「把酒人孤」二句：指重陽登高。病怯，其《復堂詞録叙》云「二十二旅病會稽」，前幾闋云「病渴相如」、「病損腰支瘦」，此闋又云「鏡前真個消瘦」，可見當時譚獻確實病弱，故情懷更惡。

［五］「疏雨特地凄凉」三句：李清照《聲聲慢》：「守着窗兒，獨自怎生得黑？梧桐更兼細雨，到黄昏、點點滴滴。」又《永遇樂》：「如今憔悴，風鬟霜鬢，怕見夜間出去。不如向、簾兒底下，

聽人笑語。」用其詞意。

［六］ 街鼓：原指設置在京城街道的警夜鼓。劉肅《大唐新語·厘革》：「舊制，京城内金吾曉暝傳呼，以戒行者。馬周獻封章，始置街鼓，俗號鼕鼕，公私便焉。」後世泛指巡夜時所敲更鼓。又：福州影京師重刻莊棫序本《復堂詞》作「騄」。

［七］ 雁飛初過窗牖：此句含李清照《聲聲慢》「雁過也，正傷心，却是舊時相識」之意。

甘州［一］

秋情

厭瀟瀟、滿耳碎愁心，雨中幾黄昏。［二］又霜高寒峭，闌干不暖，蕭瑟衫痕。自覺重陽近了，記得酒邊人［三］。楓落秋江冷［四］，憔悴當門。日暮紅窗深閉，望碧雲漸合［五］，羅袂輕分［六］。有青山招我［七］，欲醉只空尊。月朦朧、商量留影［八］，便留他、無語怎温存？題詩處、説秋光好，又諱銷魂［九］。

【注】

［一］ 原收《蘼蕪詞》。作于咸豐三年（一八五三）秋，在山陰。

［二］「厭瀟瀟、滿耳碎愁心」二句：陳維崧《燭影摇紅·丁未元夜》：「第一良宵，雨絲攪得愁心碎。」瀟瀟，風雨聲。

［三］酒邊人：酒中人。侯寘《朝中措·元夕上潭帥劉共甫舍人》：「花外香隨金勒，酒邊人倚紅樓。」

［四］楓落秋江冷：此套用崔信明「楓落吴江冷」之句。辛文房《唐才子傳》卷一「崔信明」：「信明恃才蹇亢，嘗自矜其文。時有揚州録事參軍滎陽鄭世翼，亦驁倨忤物，遇信明于江中，謂曰：『聞君有「楓落吴江冷」之句，仍願見其餘。』信明欣然多出舊製，鄭覽未終曰：『所見不逮所聞。』投卷于水中，引舟而去。」後世或謂蘇軾《卜算子·黄州定惠院寓居作》「寂寞沙洲冷」一句原爲「楓落吴江冷」，多以爲非。

［五］碧雲漸合：許康佐有《日暮碧雲合》詩。張輯《碧雲深·寓憶秦娥》：「長相思。碧雲暮合，有美人兮。」

［六］羅袂輕分：秦觀《滿庭芳》：「銷魂。當此際，香囊暗解，羅帶輕分。」

［七］有青山招我：王安石《寄朱昌叔》：「青山欲買江南宅，歸去相招有此身。」劉黻《和張無垢胡澹庵二先生清江亭記》其二：「青山招我來，寒燠任更謝。」

［八］商量：計議，討論。杜甫《江畔獨步尋花七絶句》其七：「繁枝容易紛紛落，嫩蘂商量細細開。」

［九］　諱：諱言，不説。《楚辭・东方朔〈七諫・謬諫〉》「恐犯忌而干諱」，王逸章句：「所畏爲忌，所隱爲諱。」

憶秦娥［一］

風凄凄。一鈎淡月花枝低［二］。花枝低。十分憔悴，香夢都迷。　風前那更燈凄凄。素襟紅淚三更啼［三］。三更啼。海棠無語［四］，月又沉西［五］。

【注】

［一］　原收《靡蕪詞》。作于咸豐三年（一八五三），在山陰。

［二］　一鈎淡月：白玉蟾《題歐陽氏山水後》：「一鈎淡月照黄昏。」

［三］　素襟：此指素袍之衣襟。戴叔倫《撫州處士胡泛見送》：「悽然誦新詩，落淚霑素襟。」

［四］　海棠無語：姚燧《燭影摇紅》：「海棠無語不成蹊，桃李羞牛後。」

［五］　月又沉西：曹唐《真人酬寄羨門子》：「唯愁不得分明語，惆悵長霄月又西。」林寬《和周繇校書先輩省中寓直》：「鼓殘鴉去北，漏在月沉西。」

齊天樂[一]

西湖秋感

明湖蕩漾闌干影，憑闌美人先遠。冷落枯荷，飄零蔓草，做弄千山秋晚[二]。青春過眼[三]。記油壁花深[四]，畫船波軟。往日垂楊，者番絲鬢爲誰短[五]？　風流年少似柳[六]，倚樓三弄笛[七]，清興蕭散[八]。返照離宫[九]，荒煙古渡[一〇]，付與孤鴻凄斷。芳尊共款[一一]。任淺酌流霞[一二]，淚珠添滿。莫雨歸來[一三]，水雲殘夢懶。

【注】

[一]　原收《蘼蕪詞》。作于咸豐三年（一八五四）秋，在杭州。譚獻《秋日湖上寄懷茶庵》詩有「故人思語笑，客子愧淹留」之句，自注「山陰初歸」（《化書堂初集》卷二）。

[二]　做弄：作成，漸漸形成。謝懋《石州引》：「飛雲特地凝愁，做弄晚來微雨。」

[三]　過眼：經過眼前，喻迅疾短暫。蘇軾《吉祥寺僧求閣名》：「過眼榮枯電與風，久長那得似花紅。」

[四]　油壁：即油壁車，古人乘坐的車子，因車壁用油塗飾而得名。《南齊書·鄱陽王鏘

傳》：「製局監謝椠説鏘及隨王子隆曰：『殿下但乘油壁車入宫，出天子置朝堂。』」古吴墨浪子《西湖佳話·西泠韵迹》：「（蘇小小）遂叫人去製造一駕小小的香車來乘坐，四圍有幔幕垂垂，遂命名爲油壁車。」

［五］絲鬢：鬢髮。白居易《照鏡》：「皎皎青銅鏡，斑斑白絲鬢。」

［六］風流年少似柳：用張緒事，參見《最高樓》（煙雨裏）注［五］。

［七］倚樓三弄笛：參見《醜奴兒慢》（晴雲做暖）注［六］。

［八］清興：清雅的興致。王勃《山亭夜宴》：「清興殊未闌，林端照初景。」

［九］離宫：正宫之外供帝王出巡時居住的宫室，始于秦。《漢書·賈山傳》：「秦非徒如此也，起咸陽而西至雍，離宫三百，鐘鼓帷帳，不移而具。」顔師古注：「凡言離宫者，皆謂于别處置之，非常所居也。」此泛指杭州西湖邊南宋宫室遺迹。

［一〇］荒煙古渡：陳舜俞《題秋浦亭》：「鷗鳥荒煙裹，漁人古渡頭。」夏完淳《甘州歌·感懷》：「悵荒煙古渡，衰蒲殘柳。」

［一一］款：原意是招待，戴复古《汪可見約游青原》：「一茶可款從僧話，數局争先對客棋。」此謂殷勤勸酒。

［一二］流霞：參見《鷓鴣天》（城闕煙開玉樹斜）注［三］。

［一三］莫：「暮」字之本字。《説文》：「莫，日且冥也。」

江城子[一]

蕭蕭落木盡江頭[二]。望行舟。暮帆收。[三]一雁空山，何處寄離愁？[四]隔浦蘆花如我瘳[五]。風一起，任飄流。　踏霜歸去小窗幽。少年游。夢難留。[六]有恨無言[七]，明月上簾鈎[八]。素被香消眠不穩[九]，獨自個，數更籌[一〇]。

【注】

[一] 原收《蘼蕪詞》。作于咸豐四年（一八五四）秋，在杭州。

[二] 蕭蕭落木盡江頭：杜甫《登高》：「無邊落木蕭蕭下，不盡長江滾滾來。」

[三] 「望行舟」三句：謂心懷歸意。劉長卿《送賈侍御克復後入京》：「對酒心不樂，見君動行舟。回看暮帆隱，獨向空江愁。」

[四] 「一雁空山」二句：郎士元《郢城秋望》：「白首思歸歸不得，空山聞雁雁聲哀。」

[五] 隔浦蘆花：郭諫臣《雨中自南康回贛州作》：「隔浦蘆花白，經霜楓葉丹。」瘳：病後初愈。《尚書·説命上》：「若藥弗瞑眩，厥疾弗瘳。」孔穎達正義：「若服藥不使人瞑眩憒亂，則其疾不得瘳愈。」

〔六〕「踏霜歸去小窗幽」三句：謂因思念而與親人夢中相會，但夢極短暫。尹鶚《臨江仙》：「西窗幽夢等閑成。逡巡覺後，特地恨難平。」

〔七〕有恨無言：揚无咎《西江月》：「別來憔悴不堪論。相對無言有恨。」

〔八〕明月上簾鉤：唐彦謙《懷友》：「金井凉生梧葉秋，閑看新月上簾鉤。」

〔九〕眠不穩：張綱《月夜》：「抱愁眠不穩，林影半牀過。」

〔一〇〕更籌：古代用來計時的竹簽。庾肩吾《奉和春夜應令》：「燒香知夜漏，刻燭驗更籌。」

水龍吟〔一〕

春思，用少游韵〔二〕

繞樓日日鶯啼，小桃花下春寒驟。偶然對鏡，離愁偏在，鏡中相候。緑漲溪橋〔三〕，紅深門巷，雨聲還有〔四〕。過春風卄度〔五〕，江南院宇，王孫草〔六〕、盈荒甃〔七〕。況是青驄去後。儘凄凉、清明時又。病中意緒，料來儂比，楊枝較瘦。〔八〕有限流年，不曾行樂〔九〕，幾番搔首〔一〇〕。更西園是處，落紅滿徑〔一一〕，認新還舊〔一二〕。

【注】

[一] 原收《蘼蕪詞》。作于咸豐四年(一八五四)暮春，在杭州。

[二] 用少游韵：秦觀《水龍吟》原詞：「小樓連遠横空，下窺繡轂雕鞍驟。朱簾半卷，單衣初試，清明時候。破暖輕風，弄晴微雨，欲無還有。賣花聲過盡，斜陽院落，紅成陣、飛鴛甃。玉佩丁東别後。悵佳期、參差難又。名繮利鎖，天還知道，和天也瘦。花下重門，柳邊深巷，不堪回首。念多情但有，當時皓月，向人依舊。」莊棫有《水龍吟・和秦淮海》：「小窗月影東風，單衣佇立輕寒驟。閑門静掩，湘簾不卷，深宵時候。已隔經年，更添愁緒，問君曾有。料春光滿眼，王孫草色，離離遠、迷荒甃。一曲楊枝别後。恰依稀、探春時又。客中何處，儂今生怕，爲儂消瘦。飛燕雕梁，落花深巷，一般搔首。更天涯是處，流鶯滿院，説新和舊。」譚獻此詞，詞意、詞氣與莊作爲近。

[三] 緑漲溪橋：蘇泂《混迹》：「桃花新緑漲溪橋，楊柳傞傞弄舞腰。」

[四] 「紅深門巷」二句：錢起《苦雨憶皇甫冉》：「凉雨門巷深，窮居成習静。」

[五] 過春風卅度：譚獻此年二十三歲，此三十是誇大言之。

[六] 王孫草：參見《金縷曲・江干待發》注[四]。

[七] 荒甃：廢井。甃，用磚瓦砌成的井壁。也作「瓽」。《漢書・游俠傳・陳遵》「爲瓽所轠」，顏師古注：「瓽，以磚爲甃者也。」

〔八〕「病中意緒」三句：龔鼎孳《畫堂春・和青若贈楊枝韵》：「金溝二月裊鴉黃。揚州人到長楊。絲絲縷縷畫柔腸。瘦得神傷。」

〔九〕「有限流年」二句：温庭筠《敬答李先生》：「不爲傷離成極望，更因行樂惜流年。」

〔一〇〕搔首：以手搔头，表示焦急或若有所思。《詩・邶風・静女》：「愛而不見，搔首踟蹰。」杜甫《春望》：「白頭搔更短，渾欲不勝簪。」

〔一一〕「更西園是處」二句：蘇軾《水龍吟・次韵章質夫楊花詞》：「不恨此花飛盡，恨西園、落紅難綴。」

〔一二〕認新還舊：謂年年花開花落，今年落花亦似去年之花。

一萼紅〔一〕

送春，和高茶庵〔二〕

最零星。有殘紅點點，簾外怕經行。翠冪凉煙〔三〕，緑收猛雨，新燕歸撼金鈴〔四〕。無憀共、燕兒笑語〔五〕，問苔痕、可似舊時青〔六〕？如此樓臺，依然鬟髮，春太無情。　一任芳春歸去，願留將花鳥，慰我飄零。寒食門中，雙柑陌上〔七〕，蹤迹分付浮萍〔八〕。垂楊柳、忍教攀折，只江頭、飛絮幾時停？記得章臺走馬，水上簫聲[九]。

【注】

[一] 原收《蘼蕪詞》。作于咸豐四年（一八五四）暮春，在杭州。

[二] 和高茶庵：高茶庵，即高望曾。高望曾（生卒年不詳），字稚顔，號茶庵，浙江仁和（今杭州）人。弱冠以童子試第一補博士弟子員，光緒初署福建將樂知縣，年五十二因病卒于福州。有《茶夢庵燼餘詞》、《茶夢庵劫後稿》各一卷，附于《茶夢庵劫後詩稿》後。譚獻《七友傳》有傳。高望曾《茶夢盦詩稿》卷七有《還里喜晤譚仲修》：「十年成久別，塵世換滄桑。各抱終天恨，都非昔日狂。湖山傷舊侶，風雨慣他鄉。未遂平生志，驚看鬢髮蒼。」可參看。其原唱《一萼紅》：「漾簾旌。正層陰凄黯，啼破乳鳩聲。蘚濕墻腰，苔侵屐齒，落英堆滿閑庭。休重問、畫樓妝曉，懶梳裹、人意殢春酲。燕子歸來，小桃門巷，花事飄零。　回憶天涯路遠，歎萋萋芳草，亂逐愁生。南浦煙帆，西泠風笛，説甚年少心情？儘盼斷、斜陽消息，釀餘寒、空外暮雲橫。怕聽尊前低唱，一曲《淋鈴》。」

[三] 翠冪凉煙：凌廷堪《霜天曉角·丙午六月二日晚凉偕張鄂樓、牛次原閑步陶然亭遇雨》：「暮天岑寂。遠岫凉煙冪。」冪，覆蓋。

[四] 金鈴：指建築屋懸掛的金屬鈴鐺。申居衡《絶句》：「隔簾誰撼金鈴響，知是花間燕子歸。」

[五] 無憀：閑而鬱悶。李商隱《離亭賦得折楊柳二首》其一：「暫憑樽酒送無憀，莫損愁

眉與細腰。」馮浩注引《通鑒注》：「無憀，無聊賴也。」

［六］問苔痕、可似舊時青：意謂怀念少時經歷。陳維崧《武陵春·舟次虎邱》：「主簿祠前斜日漾，惹起舊時愁。石上苔痕青未休。曾做少年游。」

［七］雙柑：雙柑斗酒，爲春日雅游的典故。馮贄《雲仙雜記》卷二：「戴顒春携雙柑、斗酒，人問何之，曰：『往聽鸝聲。此俗耳針砭，詩腸鼓吹，汝知之乎？』」

［八］蹤迹分付浮萍：彭汝礪《病居婺女》：「氣誼腹心雙古劍，江湖蹤迹一浮萍。」

［九］水上簫聲：汪懋麟《湖上晚歸》其二：「水上簫聲繞翠微，晚風吹絮戀人衣。」

醉花陰［一］

立夏［二］

江上歸來逢立夏［三］，檻外餘花亞［四］。一笑對芳尊，碧樹春雲［五］，簾幕遲遲下。今年春去棠梨謝［六］。争忍看杯斝。樓上又斜陽，草色如煙［七］，不見青驄馬［八］。

【注】

［一］原收《蘼蕪詞》。作于咸豐四年（一八五四），在杭州。

〔二〕 立夏：二十四節氣之一，在陽曆五月五、六或七日。《逸周書·時訓》：「立夏之日，螻蟈鳴；又五日，蚯蚓出；又五日，王瓜生。」《禮記·月令》：「（孟夏之月）立夏之日，天子親帥三公、九卿、諸侯、大夫，以迎夏于南郊。還反，行賞，封諸侯，慶賜遂行，無不欣說。」

〔三〕 江上歸來逢立夏：江上，指錢塘江。蘇軾《八聲甘州·寄參寥子》：「有情風、萬里卷潮來，無情送潮歸。問錢塘江上，西興浦口，幾度斜暉。」

〔四〕 亞：通「壓」，低垂貌。韋莊《對雪獻薛常侍》：「松裝粉穗臨窗亞，水結冰錐簇溜懸。」蘇軾《定惠院寓居月夜偶出》：「已驚弱柳萬絲垂，尚有殘梅一枝亞。」

〔五〕 碧樹春雲：劉埛《題章東孟山水》：「天低碧樹春雲合，潮滿滄洲暮雨空。」

〔六〕 棠梨：即野梨，落葉喬木，春夏之交開白花，可用做嫁接梨樹的砧木。陸璣《毛詩草木鳥獸蟲魚疏·蔽芾甘棠》：「甘棠，今棠梨，一名杜梨。」元稹《村花晚》：「三春已暮桃李傷，棠梨花白蔓菁黄。」

〔七〕 草色如煙：薛宜僚《别青州妓段東美》其二：「阿母桃花方似錦，王孫草色正如煙。」

〔八〕 青驄馬：毛色青白相雜的駿馬。此指騎馬的男子，爲所思念之游子。《玉臺新詠·古詩爲焦仲卿妻作》：「躑躅青驄馬，流蘇金鏤鞍。」南朝無名氏《錢塘蘇小小歌》：「妾乘油壁車，郎騎青驄馬。」

昭君怨[一]

煙雨江樓春盡。盼斷歸人音信。依舊畫堂空。卷簾風。[二]　約略熏香閑坐[三]。遥憶翠眉深鎖[四]。鬢影忍重看。再來難。[五]

【注】

[一]　原收《靡蕪詞》。作于咸豐四年(一八五四)暮春,在杭州。陳廷焯《詞則·大雅集》卷六評云:「深婉沉篤,小令正聲。」又《白雨齋詞話》卷五評云:「深婉沉篤,亦不減温、韋語。」

[二]　「依舊畫堂空」二句:劉過《江城子》:「畫堂西畔曲欄東。醉醒中。苦匆匆。卷上珠簾,依舊半牀空。」詞意近之。畫堂,華麗的堂舍,女子所居。崔顥《王家少婦》:「十五嫁王昌,盈盈出畫堂。」

[三]　約略:略微,不經意。梅堯臣《元日》:「草率具盤餐,約略施粉黛。」

[四]　翠眉深鎖:唐彦謙《無題十首》其九:「楊柳青青映畫樓,翠眉終日鎖離愁。」

[五]　「鬢影忍重看」二句:郭祥正《春日獨酌十首》其四:「素髮易凋落,青春難再來。」忍,不忍。

臨江仙[一]

擬湘真閣[二]

玉樹亭臺春縹緲，羅衣吹斷參差[三]。燕飛偏是落花時[四]。陌頭楊柳，葉葉管分離。院宇殷勤重問訊，金鈴幾日扶持[五]？江南紅豆一枝枝。江南人面，眼底是相思。[六]

【注】

[一]　原收《蘼蕪詞》。作于咸豐四年（一八五四）暮春，在杭州。

[二]　擬湘真閣：福州影京師重刻莊棫序本《復堂詞》無此題。湘真閣，即陳子龍。陳子龍（一六〇八—一六四七），字卧子，號大樽，松江華亭（今屬上海）人，崇禎十年（一六三七）進士，官兵科給事中，因抗清失敗投水死。其詩詞文在明末清初稱大家。有《湘真閣稿》。其《臨江仙·小春》：「西風料峭黄花暮，斜陽一角紅樓。羅衣添得又還休。銀蟬寒約指，寶鴨暖藏鈎。　忽憶軟金杯自捧，重携殘燭淹留。于今玉漏更悠悠。不知千里夢，無奈五更愁。」爲相思之作。

[三]　參差：幾乎，差不多。張渭《春園家宴》：「山簡醉來歌一曲，參差笑殺郢中兒。」柳永《望海潮》：「烟柳畫橋，風簾翠幕，參差十萬人家。」

〔四〕　燕飛偏是落花時：用晏殊《浣溪沙》詞「無可奈何花落去，似曾相識燕歸來」句意。陳廷焯《詞則・大雅集》卷六評此句云：「七字何等沉鬱。低回婉轉，情致纏綿。」

〔五〕　金鈴幾日扶持：用惜花之典，意謂花開尚有幾時。王仁裕《開元天寶遺事》卷上：「天寶初，寧王日侍，好聲樂。……至春時，于後園中紉紅絲爲繩，密綴金鈴，繫于花梢之上，每有鳥鵲翔集，則令園吏掣鈴索以驚之，蓋惜花之故也。」吴潛《滿江紅・二園花卉僅有海棠未謝，五用韵》：「怯冷擬將蘇幕護，怕驚莫把金鈴綴。」

〔六〕　「江南紅豆一枝枝」三句：用王維《相思》「紅豆生南國」、「此物最相思」及崔護《過都城南莊》「人面不知何處去，桃花依舊笑春風」詩意。陳廷焯《白雨齋詞話》卷五評此三句云：「思路幽絶。」

鵲橋仙〔一〕

新月，和蓮卿〔二〕

輕雲不動，疏燈乍掩，人在闌干前後。緑楊池水乍禁風〔三〕，便蕩得、眉兒微皺〔四〕。
晚涼羅袂，柔香畫扇，消息團圞都負〔五〕。綺櫳深處半分明〔六〕，認昨夜、今宵肥瘦。

【注】

〔一〕　原收《蘼蕪詞》。作于咸豐四年（一八五四），在杭州。

[二] 蓮卿：即朱孝起。見《長亭怨慢・霜楓漸盡，書和廉卿》注[二]。

[三] 乍禁風：謂禁不起風吹。張舜民《僕射陂》：「昨夜北風水面合，不禁楊柳已成苞。」

[四] 眉兒微皺：此以眉比新月。參見《瑣窗寒》（淺酌吟香）注[一五]。

[五] 消息團圞都負：負，辜負，背約。元好問《水龍吟》：「不負人生，古來惟有，中秋重九。願年年此夕，團圞兒女，醉山中酒。」

[六] 綺櫳：即綺窗。蕭曄《奉和太子秋晚詩》：「杏梁照初月，蓮池引夕風。清暉洞藻井，流香入綺櫳。」

湘月[一]

甲寅八月朔日[二]，宿雨初歇，漱巖、春疇招同訪秋吴山[三]。酒樓薄酌，江雲欲暝，林風振衣[四]，悲哉秋之爲氣也[五]。僕本恨人[六]，雅稱秋士[七]，矧草木變衰之日[八]，古所由寄慨于登臨者乎[九]？和石帚自製曲一解[一〇]，其聲哀怨，實有不自知者

林間葉脱[一一]，怕蕭條幾日，重問風景[一二]。雨隔輕帆，正杳渺、一片臨江秋興[一三]。倦鳥思歸[一四]，殘山如夢[一五]，短鬢斜陽冷。庾郎岑寂[一六]，清霜已點朝鏡[一七]。　何況

中酒衣冠，題詩歲月[一八]，起重重愁陣[一九]。羅帶香囊[二〇]，早減却、年少才華標勝[二一]。野水波寒，離亭草宿，去矣無音信。[二二]新涼天氣，那堪舊事思省[二三]？見下。

【注】

[一] 原收《蘼蕪詞》。作于咸豐四年（一八五四）秋，在杭州。《湘月》，即《念奴嬌》調，

[二] 甲寅：清咸豐四年（一八五四）。八月朔日：仲秋八月初一日。

[三] 漱巖：即吳懷珍。吳懷珍（？—一八六〇），字子珍，一字聘士，號漱巖，錢塘（今杭州）人。咸豐二年（一八五二）舉人，有《待堂詩》、《柳西吟館詩草》，譚獻刻其遺著爲《待堂文》。吳懷珍爲譚獻早年摯友。譚獻《七友傳》：「吳懷珍，字子珍，錢塘人。舉咸豐二年壬子鄉試，考取教習。……交譚獻仲修，在癸丑會試報罷南旋時。」《復堂諭子書》：「而同志友人，……鄉人吳子珍以公車留京，則舊好也。」譚獻《高先生行狀》：「咸豐甲寅乙卯間，獻年二十餘，同志吳懷珍輩八九人，聯鳴秋之社，以道義相劘切，每集皆記以詩文。」吳懷珍卒，譚獻作《哭吳子珍》詩三首悼之，于「故鄉忽殘毀」句下自注：「二月辛酉，賊陷杭州。」此是咸豐十年（一八六〇）事，知吳懷珍卒于此年。春疇：應即蔡鼎。蔡鼎（一八三〇—？），字子鼎，又字公重，號春疇，錢塘（今杭州）人。諸生，任嘉興校官，又曾入采訪忠義局。工畫山水，與譚獻同好收藏碑

帖,《復堂日記》有記載。招同訪秋吴山:譚獻《七友傳·吴懷珍》:「粤寇起,慷慨自負,每與諸子登吴山高處,席地痛飲,日落無他人,悲歌叱咤,山谷應之。……當年吴山之游,惟蔡鼎、譚獻尚在。」

[四]振衣:吹拂衣裳。譚獻早年《初冬覽眺》詩有「暝色起天末,林風振素衣」之句。左思《詠史詩八首》其五:「振衣千仞岡,濯足萬里流。」

[五]悲哉秋之爲氣也:用宋玉《九辯》成句。

[六]僕本恨人:江淹《恨賦》:「于是僕本恨人,心驚不已。」恨人,失意抱恨之人。

[七]秋士:遲暮不遇之士。劉安《淮南子·繆稱訓》:「春女思,秋士悲,而知物化矣。」

[八]矧:况且。草木變衰之日:宋玉《九辯》:「蕭瑟兮,草木摇落而變衰。」

[九]寄慨于登臨:宋玉《九辯》:「登山臨水兮,送將歸。」慨,感歎。

[一〇]石帚自製曲:即姜夔《湘月》詞,見《白石道人歌曲》。其詞序云:「長溪楊聲伯典長沙楫棹,居瀕湘江,窗間所見,如燕公、郭熙圖畫,卧起幽適。丙午七月既望,聲伯約予與趙景魯、景望、蕭和父、裕父、時父、恭父,大舟浮湘,放乎中流,山水空寒,煙月交映,凄然其爲秋也。坐客皆小冠練服,或彈琴,或浩歌,或自酌,或援筆搜句。予度此曲,即《念奴嬌》之鬲指聲也,于雙調中吹之。鬲指亦謂之過腔,見晁无咎集。凡能吹竹者,便能過腔也。」因《念奴嬌》原屬大石調,姜夔改爲雙調,故云自製曲。石帚,此指姜夔。一解:樂曲一章,詞一闋。

［一一］林間葉脱：權德輿《送別同用闊字》：「耿耿離念繁，蕭蕭涼葉脱。」

［一二］「怕蕭條幾日」二句：劉義慶《世説新語・言語》：「過江諸人，每至美日，輒相邀新亭，藉卉飲宴。周侯中坐而歎曰：『風景不殊，正自有山河之異！』」「重問」即含此意。

［一三］臨江秋興：同于上引東晋過江諸人的賞景興致。江，晋人所臨爲長江，此指錢塘江。秋興，秋日的情懷興致。孟浩然《奉先張明府休沐還鄉海亭宴集》：「何以發秋興，陰蟲鳴夜階。」

［一四］倦鳥思歸：譚獻于上年秋自山陰返鄉，故云。陶潛《歸去來辭》：「雲無心以出岫，鳥倦飛而知還。」

［一五］殘山如夢：上年太平天國軍攻城略地，連下安慶、江寧、漢口、南昌等城，改江寧爲天京，故云。殘山，殘山剩水，謂山河殘破。

［一六］庾郎：即北周詩人庾信。此借指多愁善感之詩人。岑寂：寂寞，孤獨冷清。唐彦謙《樊登見寄》其三：「良夜最岑寂，旅况何蕭條。」

［一七］清霜已點朝鏡：謂鏡中之人兩鬢已染霜。朝鏡，曉鏡。李商隱《無題》：「曉鏡但愁雲鬢改。」

［一八］「何况中酒衣冠」二句：謂文人的風雅生活，指此次游覽吴山時飲酒題詩。衣冠，指文人士子。題詩歲月，張繼《游靈巖》：「青松閲世風霜古，翠竹題詩歲月賒。」

〔一九〕 愁陣：猶愁城，喻愁苦的心境。庾信《愁賦》：「攻許愁城終不破，蕩許愁門終不開。」韓偓《殘春旅舍》：「禪伏詩魔歸静域，酒衝愁陣出奇兵。」

〔二〇〕 羅帶香囊：多作爲男女離别時的定情之物。秦觀《滿庭芳》：「銷魂。當此際，香囊暗解，羅帶輕分。」此借謂友朋離别。

〔二一〕 標勝：猶高勝，此指高遠的志向。《文選·任昉〈王文憲集序〉》：「自非可以弘奬風流，增益標勝，未嘗留心」，劉良注：「標，高也。言公性托簡易……自非大勸風俗、增益高勝之道者，未嘗留心。」

〔二二〕 「野水波寒」三句：謂同時登臨至友終將各奔東西，别易而會難。劉禹錫《歷陽書事七十韵》：「離亭臨野水，别思入哀筝。」詞句從此化出。草宿，露行草宿，云行旅艱難。文天祥《自歎》：「草宿披宵露，松餐立晚風。亂離嗟我在，艱苦有誰同？」

〔二三〕 那堪舊事思省：袁去華《傾杯近》：「酒醒時，夢回處，舊事何堪省？」

徵招[一]

去年三月[二]，余避地錢清[三]，自西小江至九溪[四]。四山清遠，人家多種桃樹，花時夾岸紅雲，武陵風景可想[五]。惜已春暮，徒見落英繽紛[六]，不勝杜牧遲來之感[七]。是時高子自吴中歸杭[八]，揚帆過皋亭山[九]，桃花盛開，有《紅情》、《緑意》二詞紀游[一〇]。今年，屬畫工寫《皋亭攬勝圖》見示。悵觸舊游[一一]，展卷慨然，和白石老仙黄鍾下徵調一解[一二]，書之于幅[一三]

漁郎已去無消息[一四]，迷津再來高士[一五]。夜雨送桃花，歎飄零從此。[一六]春風今老矣[一七]。空摇蕩、一江春思。夢醒啼鵑，越山如畫，落紅都是。迤邐[一八]。故鄉雲，輕帆挂，羨殺俊游風味[一九]。著個石梁横，便天台無二。[二〇]勞人君復爾[二一]。總孤負、神仙招致[二二]。幾時好，洞口雞鳴，作避秦生計？[二三]

【注】

[一] 原收《蘼蕪詞》。作于咸豐四年（一八五四）暮春，在杭州。

[二] 去年三月：即咸豐三年（一八五三），歲在癸丑。

［三］　余避地錢清：錢清鎮在今浙江紹興柯橋區，杭州灣南岸。嘉慶《山陰縣志》卷六：「縣西五十里曰錢清鎮，接蕭山界。」按：譚獻《復堂詞録叙》云「二十二旅病會稽，乃始爲詞……」，又《復堂諭子書》云：「甲寅年春館山陰村舍，始填詞，旋又棄去。」所謂「旅病會稽」、「館山陰村舍」，與「避地錢清」或即指一地一事。

［四］　西小江：即錢清江。在今浙江杭州蕭山區東南、紹興市西北。《資治通鑒》唐咸通元年（八六〇）條，胡三省注：「西小江出諸暨，至錢清渡而東入于海。」九溪：田汝成《西湖游覽志》卷四「南山勝蹟」：「九溪，在煙霞嶺西南，路通徐村，水出江干，北達龍井。」

［五］　「人家多種桃樹」三句：即陶潛《桃花源記》所述風景：「忽逢桃花林，夾岸數百步，中無雜樹。」武陵，郡名，治今湖南常德。

［六］　落英繽紛：陶潛《桃花源記》：「芳草鮮美，落英繽紛。」

［七］　杜牧遲來之感：謂桃花已開過，尋芳已遲。杜牧《歎花》：「自恨尋芳到已遲，往年曾見未開時。如今風擺花狼藉，緑葉成陰子滿枝。」

［八］　高子：應爲高仲瀛。高仲瀛（生卒年不詳），又名高駿麟、高仲英，高古民次子、高炳麟弟。同治十二年（一八七三）舉人，曾補清河道、兼理直隸布政使，民國初在天津電報分局任職。與譚獻師出同門，交往密切。譚獻《清故中憲大夫道銜候選府同知高先生行狀》：「先生次子駿麟，嘗受知督學泰興吴公（存義）、知杭州府全椒薛公（時雨），讀有用書，爲名士。」年輕時譚獻

與之交往甚密,《復堂日記》卷二己巳:「追懷癸丑以來論交群紀之間,與昭伯結昆弟之好,又唱酬相得。仲瀛、白叔童幼親密,予弟畜之。」癸丑即咸豐三年(一八五三)。又云:「高仲瀛來談藝。究心實學,有志于天文律算,乃欲通西人之術,以求制夷,可謂大義凜然。有此難弟,昭伯爲不死矣。」一

[九] 皋亭山:在杭州市東北,瀕古運河,爲自吴至杭舟行的必經之地。有十里桃花塢,宋以後爲觀桃花佳勝之處。《咸淳臨安志》卷二十四:「《唐書·地理志》:錢塘縣有皋亭山。《祥符志》云:今屬仁和縣,在縣之東北二十里。高百餘丈,雲出則雨。寧宗皇帝御書三字爲扁(匾)。有崇善靈惠王祠,名半山廟,旁有水甃及桃花塢。」

[一〇] 《紅情》、《緑意》:即詞調《暗香》、《疏影》,爲姜夔自度曲詠梅詞。後張炎易名爲《紅情》、《緑意》,其詞序云:「《疏影》、《暗香》,姜白石爲梅著語。因易之曰《紅情》、《緑意》,以荷花、荷葉詠之。」高仲瀛詠桃花詞未見。

[一一] 悵觸:惆悵的感觸。譚獻友人黄燮清有《惜餘春慢》詞,題云「周子因遠客江右,感時惜别,悵觸于懷」。

[一二] 和白石老仙黄鍾下徵調一解:姜夔有《徵招》詞,其序云:「越中山水幽遠,予數上下西興、錢清間……此曲依晉史,名曰黄鍾下徵調……」詞亦作于越中錢清,云:「潮回却過西陵浦,扁舟僅容居士。去得幾何時,黍離離如此。客途今倦矣。漫贏得、一襟詩思。記憶江南,落帆沙際,此行還是。　迤邐。剡中山,重相見、依依故人情味。似怨不來游,擁愁鬟十二。一丘

聊復爾。也孤負、幼輿高志。水荇晚，漠漠摇煙，奈未成歸計。」

〔一三〕幅：本義爲布帛的寬度。《説文》：「幅，布帛廣也。」故後亦代指布帛或紙張。

〔一四〕漁郎已去無消息：《桃花源記》：「晋太元中，武陵人捕魚爲業。」漁郎即武陵人。

〔一五〕迷津再來高士：《桃花源記》：「太守即隨其往，尋向所誌，遂迷不復得路。南陽劉子驥，高尚士也，聞之，欣然規往，未果，尋病終。後遂無問津者。」高士即劉子驥。

〔一六〕「夜雨送桃花」二句：謂桃花薄命，故易飄零，前人詩句多詠此意，如杜甫《絶句漫興九首》其五「輕薄桃花逐水流」之類。

〔一七〕春風今老矣：白居易《清明日觀妓舞聽客詩》：「可惜春風老，無嫌酒盞深。」

〔一八〕迤邐：曲折連綿貌。謝朓《治宅》：「迤邐西山足。」

〔一九〕俊游：快意的游賞。秦觀《望海潮》：「金谷俊游，銅駝巷陌，新晴細履平沙。」

〔二〇〕「著個石梁横」二句：用天台山桃源故事。參見《木蘭花慢·桃花》注〔二〕。孟浩然《尋天台山》：「高高翠微裏，遥見石梁横。」石梁，石橋。

〔二一〕勞人：憂傷之人。指高仲瀛。《詩·小雅·巷伯》：「驕人好好，勞人草草。」馬瑞辰通釋：「高誘《淮南子》注：『勞，憂也。』『勞人』即憂人也。」

〔二二〕招致：招而使來。《荀子·君道》：「夫人主欲得善射，射遠中微者，縣貴爵重賞以招致之。」

〔一三〕「幾時好」三句：《桃花源記》：「林盡水源，便得一山。山有小口，髣髴若有光。……阡陌交通，雞犬相聞。……村中聞有此人，咸來問訊，自云先世避秦時亂，率妻子邑人，來此絶境，不復出焉，遂與外人隔絶。」

八六子〔一〕

中秋後十日，湖舫清集。時至薄暮，戀戀難别，和《淮海詞》一調〔二〕，柬顧子真、高仲瀛〔三〕

繞離亭。婆娑衰柳，垂垂西面風生。正返照空林欲下〔四〕，高城扶醉將歸〔五〕，秋懷自驚。還憐紅蓼娉婷〔六〕。簫鼓不成游賞，雁鴻怎訴心情〔七〕？怕説與、歡蹤分難留戀，少年中酒，短橋揮手，恁堪蕩漾群鷗水落，迷離荒草峰晴。漫回頭，依稀尚聞語聲〔八〕。

【注】

〔一〕原收《靡蕪詞》。作于咸豐四年（一八五四）八月二十五日，在杭州。

〔二〕和《淮海詞》一調：即秦觀《淮海詞》中《八六子》：「倚危亭。恨如芳草，萋萋剗盡還生。念柳外青驄别後，水邊紅袂分時，愴然暗驚。無端天與娉婷。夜月一簾幽夢，春風十里柔情。怎奈向、歡娱漸隨流水，素弦聲斷，翠綃香減，那堪片片飛花弄晚，濛濛殘雨籠晴。正銷凝。黄鸝又啼數聲。」

〔三〕顧子真：即顧鏐。譚獻有《放歌》詩一首，其序云：「去年九日，高炳麟昭伯招同龔橙孝拱、蔣恭亮賓梅、顧鏐子真吴山登高……」詩中云：「生同鄉縣才同調，高生與我年俱少。……龔生意氣何雄桀，蔣顧詩才亦清絶。」詩作于咸豐六年（一八五六）九月，知顧鏐爲譚獻早年同鄉友人，能詩，與高氏昆仲交好。高望曾《茶夢盦詩稿》卷三《歲暮感逝・顧子真公子》題注概其生平云：「鏐年少美豐姿，讀書多所涉獵，不以科第爲意。父碩甫司馬早世，與余爲總角交，得詩輒商可否。庚申劫後，移家海鹽，君獨留焉。辛酉被圍，先作絶命詞見志，及城陷，不知蹤迹，意不在人世矣。」其詩「故交各千里，慟哭夜臺知」二句後注云：「謂朱蓮卿客中州，譚仲修客閩中，二君寒士，皆見愛于君，時爲存問。」

〔四〕返照空林欲下：王維《鹿柴》：「返景入深林，復照青苔上。」

〔五〕扶醉將歸：鄭獬《寄題明州太守錢君倚衆樂亭》：「日落使君扶醉歸，游人散後水煙霏。」

〔六〕紅蓼：一種生于水邊的植物，花呈淡紅色。娉婷：姿態美好貌。辛延年《羽林郎詩》：「不意金吾子，娉婷過我廬。」

〔七〕雁鴻怎訴心情：雁鴻，即鴻雁。此喻與諸友親如兄弟。《禮記・王制》：「父之齒隨行，兄之齒雁行，朋友不相踰。」杜甫《舍弟觀赴藍田取妻子到江陵喜寄三首》其一：「鴻雁影來連峽内，鶺鴒飛急到沙頭。」仇兆鰲《杜詩詳注》卷二十一：「《禮記》『雁行』比先後有序，《毛詩》『鶺鴒』比急難相須，故以二鳥喻兄弟。」

［八］ 依稀尚聞語聲：鄭獬《呂稚卿（公孺）唐彦範（詔）并賦游西池亦成斐句》：「游人應解笑狂客，隔水映花聞語聲。」張家珍《秋懷》其五：「鶺鴒原上如聞語，鴻雁洲邊似有聲。」都從杜甫詩句翻來，亦詠兄弟情誼。

二、《三子詩選》附譚獻未收入《復堂詞》之作

臨江仙［一］

武盛清明［二］

百草千花原上路，聽殘杜宇聲聲［三］。柳枝疏處夕陽明。闌干飛絮，去住總輕盈。　醉裏芳春今又晚，東風最是無情。水村山驛過清明［四］。玉驄嘶處，多少短長亭［五］。

【注】

［一］ 作于咸豐六年（一八五六）春，年二十五歲。譚獻曾于上年秋冬沿富春江舟行游覽桐

廬、富陽，有《分水縣九龍山》（在桐廬）、《安定山寺》（在富陽）、《江行》等詩。《江行》詩自注：「十月與臨海翟飛淩雲，別與桐廬山下。」至翌年春清明返杭途中作此詞。《復堂日記》卷一癸亥（同治二年，一八六三）：「午橋（郭炳章）與予相見分水縣，再面耳。」又卷一甲子（同治三年，一八六四）：「昨郭午橋以董子中詩草再示。予往年在分水時手定，亂離重見，如遇故人。」均爲回憶咸豐五年（一八五五）在分水事。

[二] 武盛：舊縣名，治所在今浙江桐廬西北五十四里分水鎮。《太平寰宇記》卷九十五「分水縣」：「武盛縣因界内武盛山以爲名。」

[三] 聽殘杜宇聲聲：柳永《安公子》：「剛斷腸、惹得離情苦。聽杜宇聲聲，勸人不如歸去。」杜宇，即子規。參見《謁金門》（人寂寂）注[七]。

[四] 水村山驛：黃裳《舟行》其一：「水村山驛七閩溪，數槳青腰沂上遲。」辛棄疾《減字木蘭花・長沙道中壁上有婦人題字，若有恨者，用其意爲賦》：「水村山驛。日暮行雲無氣力。」

[五] 多少短長亭：參見《醉太平》（愁輕夢輕）注[四]。

御街行[一]

苔花楚楚生香砌[二]。屐齒少、庭如水。珍珠簾下玉闌邊，都是經行舊地[三]。斜陽一尺[四]，凝眸還盼，忘却人千里[五]。　眼前不飲渾成醉。江上雨、樓頭淚。銀荷葉冷綉牀閑[六]，事事尋思無味。緑楊枝外，無情畫角，欲暮還吹起[七]。

【注】

[一]　作于咸豐七年（一八五七），年二十六歲，在京師，當時客居于萬青藜京邸。《復堂日記》卷一乙丑（同治四年，一八六五）：「予與（薛）子振嘗同客德化萬藕舲侍郎京邸，居四槐老屋者數十日。」

[二]　苕花：青苕。楚楚：蕃茂貌。《詩·小雅·楚茨》「楚楚者茨」，朱熹集傳：「楚楚，盛密貌。」香砌：臺階。孫光宪《菩薩蠻》：「月華如水籠香砌。」

[三]　經行舊地：民國七年（一九一八）本《復堂詞》作「舊經行地」。據此，知此詞設想赴京後家中岑寂景象及家人的思戀。

[四]　斜陽一尺：參見《尉遲杯·葛蓮汀〈南湖春泛圖〉》注[九]。

[五]　人千里：柳永《卜算子》：「脈脈人千里。念兩處風情，萬重煙水。」

[六]　銀荷葉：銀質荷葉形的燈盞或燭台。王士禛《楊枝紫雲曲二首詩》其二：「黄金屈膝玉交盃，坐燼銀荷葉上灰。」

[七]　「無情畫角」二句：强至《與盛毅同賦暮角行》：「吁嗟畫角終無情，百年日月銷此聲。」

少年游[一]

疏花壓鬢，輕裾翻酒[二]，鏡檻燭光橫。香散猊爐[三]，暖餘鳳枕，月落酒初醒。匆匆一度天邊月，空向小簾明。門外輪蹄[四]，勸人歸去，風露下階行。

【注】

[一] 作于咸豐七年（一八五七），在京師。

[二] 輕裾：飄動的衣襟。裾，衣服的前後襟，亦泛指衣服的前後部分。《爾雅·釋器》：「衱謂之裾。」郭璞注：「衣後襟也。」陶潛《閑情賦》：「斂輕裾以復路，瞻夕陽而流歎。」翻：傾倒。

[三] 猊爐：獅形香爐。倪元璐《皇極門頒曆作》：「鳳闕開彤旭，猊爐散紫煙。」猊，狻猊，獅子。

[四] 輪蹄：車輪與馬蹄，代指車馬，此謂行人印迹。韓愈《南内朝賀歸呈同官》：「緑槐十二街，涣散馳輪蹄。」

臨江仙[一]

和子珍[二]

芭蕉不展丁香結[三]，匆匆過了春三[四]。羅衣花下倚嬌憨[五]。玉人吹笛[六]，眼底是江南。　最是酒闌人散後，疏風拂面微酣。樹猶如此我何堪[七]？離亭楊柳，凉月照毵毵。[八]

【注】

[一]　作于咸豐八年(一八五八)暮春，年二十七歲，在京師。陳廷焯《詞則·大雅集》卷六評云：「意中人，心中事。」又《白雨齋詞話》卷五評云：「厚意稍遜前章(指《臨江仙·擬湘真閣》)，而語極清雋，琅琅可諷，『玉人吹笛』二語，尤爲警絶。」

[二]　子珍：即吴懷珍，參見《湘月·甲寅八月朔日……》注[三]。時同在京師。《復堂日記·壬申》：「即論交游，齊名忝竊：二十歲前稱譚、高，蓋昭伯；入京師稱吴、譚，則子珍。」

[三]　芭蕉不展丁香結：寫暮春景象，借物喻愁。李商隱《代贈二首》其一：「芭蕉不展丁香結，同向春風各自愁。」此襲用之。程夢星《重訂李義山詩集箋注》：「《本草》：『丁香一名丁子

香，生東海及崑崙國。』杜甫詩：丁香體柔弱，亂結子猶墊。」劉學鍇、余恕誠《李商隱詩歌集解》補注：「丁香結，本指丁香之花蕾，蓋其叢生如結，故云。唐宋人詩多用之，以喻固結不解之意，此處則以之象徵固結不解之愁緒。」

［四］春三：即三春，指季春、暮春。岑參《臨洮龍興寺玄上人院同詠青木香叢》：「六月花新吐，三春葉已長。」

［五］嬌憨：猶嬌癡。陳羽《古意》：「姑嫜嚴肅有規矩，小姑嬌憨意難取。」

［六］玉人吹笛：蔣敦復《洞仙歌》：「纖月上、更有玉人吹笛。」

［七］樹猶如此我何堪：參見《氐州第一・東鄧石瞿四明》注［八］。

［八］「離亭楊柳」二句：韋應物《送章八元秀才擢第往上都應制》：「立馬欲從何處別？都門楊柳正毵毵。」毵毵，垂拂紛披貌。

阮郎歸［一］

寶釵樓上晚妝殘［二］。東風生暮寒［三］。一春花發滿關山。燕還人未還。　歸計誤，晝闌干。天邊新月彎。羅裙閑倚畫屏間。憐君衣帶寬［四］。

【注】

[一] 作于咸豐八年（一八五八）春，在京師。思念莫氏作。

[二] 寶釵樓上晚妝殘：陸游《采桑子》：「寶釵樓上妝梳晚，懶上秋千。」寶釵樓，原爲唐宋時咸陽酒樓名。邵博《邵氏聞見後録》卷十九：「予嘗秋日餞客咸陽寶釵樓上，漢諸陵在晚照中，有歌此詞（指李白《憶秦娥》）者，一坐悽然而罷。」陸游《對酒》：「但恨寶釵樓，胡沙隔咸陽。」自注：「寶釵樓，咸陽旗亭也。」也可指女子妝樓，譚獻即用此意。

[三] 東風生暮寒：龔璛《春日寄懷書臺》：「二月東風吹暮寒，追送百里問河干。」奕繪《翻香令》：「東風細雨暮寒生。涿州茅店對長檠。」

[四] 憐君衣帶寬：徐陵《長相思》：「愁來瘦轉劇，衣帶自然寬。」柳永《蝶戀花》：「衣帶漸寬終不悔。爲伊消得人憔悴。」

三、《復堂日記》所録未收入《復堂詞》之作

水調歌頭[一]

纔上一輪月，萬影起遥天[二]。碧空如水良夜[三]，前有幾千年。留得青鞋布襪[四]，消受

金飆玉露[五]，高步不知寒[六]。失意等閑耳，擲付酒杯間。　拂青衫，澆壘塊[七]，酒家眠[八]。畫殘往日眉嫵，怕對鏡光圓。浪説無邊風月[九]，便有無窮風雨，影事記難全。靈藥終難竊[一〇]，憔悴玉嬋娟[一一]。

【注】

[一]　載《復堂日記·補録》。作于同治四年（一八六五），時年三十四歲，在杭州。《復堂日記·補録》同治四年九月望日：「過桑根（薛時雨）師，同人咸在，遂同赴閑福居酒樓會飲。……飲罷，譙樓柝聲已四起矣。與仲英（吴恒）踏月歸，復賦《水調歌頭》詞（詞略）。四更，果大雨，遂成讖矣。」其師薛時雨時辭去杭州知州職，此爲其送行而作。《復堂諭子書》：「薛公謝病去官，劉芴堂太守繼之，分俸助予，就學官署。」此首用蘇軾《水調歌頭·丙辰中秋》詞原韵。

[二]　萬影：人世間萬物的影子。劉方平《秋夜泛舟》：「萬影皆因月，千聲各爲秋。」

[三]　良夜：美好的夜晚。蘇軾《後赤壁賦》：「月白風清，如此良夜何！」

[四]　青鞋布襪：指平民裝束。杜甫《奉先劉少府新畫山水障歌》：「吾獨胡爲在泥滓，青鞋布襪從此始。」

[五]　金飆玉露：秋風白露。飆，秋季急風。長孫無忌《五言儀鸞殿早秋侍宴應詔》：「金飆扇徂暑，玉露下層臺。」曹冠《鳳棲梧·會于秋香閣，適令丞有違言，賦此詞勸之》：「玉露金飆，著意鏖殘暑。」

［六］　高步：闊步，大步。左思《詠史》其五：「被褐出閶闔，高步追許由。」

［七］　澆壘塊：消除心中鬱結的不平之氣。劉義慶《世説新語·任誕》：「阮籍胸中壘塊，故須酒澆之。」壘塊，亦作「塊壘」、「塊磊」。劉弇《莆田雜詩》其十六：「賴足樽中物，時將塊磊澆。」

［八］　酒家眠：杜甫《飲中八仙歌》：「李白一斗詩百篇，長安市上酒家眠。」

［九］　浪説：漫説，别説。無邊風月：極言風景佳勝。静山《水龍吟·送人歸江西》：「江花江水，無邊風月，不知行役。」

［一〇］　靈藥終難竊：劉安《淮南子·覽冥訓》：「譬若羿請不死之藥于西王母，姮娥竊以奔月，悵然有喪，無以續之。何則？不知不死之藥所由生也。」高誘注：「姮娥，羿妻，羿請不死之藥于西王母，未及服之，姮娥盗食之，得仙，奔入月中，爲月精也。」李商隱《嫦娥》：「嫦娥應悔偷靈藥，碧海青天夜夜心。」

［一一］　玉嬋娟：此指月中嫦娥。楊萬里《七夕後一夜月中露坐》：「今古詩人愛月圓，未堪商略玉嬋娟。」

十六字令［一］

爲子珍書扇［二］

寒。燕子辭巢漸欲還。無人處，記取舊紅闌［三］。

【注】

［一］ 據稿本日記，作于同治十二年（一八七三）九月初四日，在杭州。時年四十二歲。《復堂日記》卷三癸酉：「偶作《十六字令》云（詞略）。蓋有去鄉之志，占此爲别。」譚獻于次年春二月赴北京，第三次參加禮部考試，故云「去鄉之志」。

［二］ 原無詞題，據稿本日記補。

［三］ 記取舊紅闌：蔡伸《醉落魄》：「雙燕歸來，還認舊巢宿。」

金縷曲［一］

都門春感，爲周郎賦［二］

如夢春雲曉。遍天涯、東風院宇，燕鶯啼覺。草長紅心江南路［三］，留得王孫未老。正緑鬢、楊枝俱裊。忽墮明珠金尊側［四］，有車輪、乍向腸中繞［五］。休浪説，被花惱［六］。青袍踏遍長安道［七］。最難忘、分花拂柳［八］，烏衣年少［九］。細雨殘紅飛難定［一〇］，只有閑愁待掃［一一］。渾不似、當年懷抱。鸚鵡前頭三生話，便相逢、不分今生早。［一二］無一語，玉山倒［一三］。

【注】

［一］　此首與以下三首《金縷曲》爲組詞。載稿本日記同治十三年（一八七四）三月廿五日至廿八日，每日一首。時年四十三歲，在北京。日記云：「赴丁香花室，是日群芳續集。會者二十六人，諸伶赴選者十六人，監察者六人，周郎不至。以覺軒與予爲選人。色藝姿性，都非諸故人之耦，約略録遺珠二人，續選十人，晚間竹墅招飲旗亭，續得二人。」（《三上記》）整理本《復堂日記·補録》卷一同治十三年四月初八日所記文字略同，删去數字。此四闋又載《群英續集》卷末，署名麋月楼主（即譚獻）。

［二］　都門春感，爲周郎賦：據蜀西樵也《燕臺花事録》卷中，此四首詞題于北京優伶私寓「馥森東壁」：「爲素芳周郎作。郎即甲戌花榜第一人，見爲馥雲主人者也。」故爲題壁詞。（載《清代燕都梨園史料》，中國戲劇出版社一九八八年，第五五五頁）都門，指北京。周郎，即名伶周素芳。

［三］　草長紅心：指紅心草，是暗示美人遺恨的典故。據沈亞之《異夢録》載，唐代王炎夢侍吴王，聞宫中出輦鳴簫擊鼓，言葬西施。吴王悲悼不止，命詞客作挽歌。王炎遂作《西施挽歌》，有「滿地紅心草，三層碧玉階」之句。納蘭性德《虞美人》：「凄凉滿地紅心草。此恨誰知道。」

［四］　忽墮明珠金尊側：謂在酒席間傷心落淚。道教謂眼睛爲明珠，《黄庭内景經·天中》：「眉號華蓋覆明珠。」梁丘子注：「明珠，目也。」此更借以代指淚珠。

[五] 有車輪、乍向腸中繞：漢樂府《悲歌》：「心思不能言，腸中車輪轉。」

[六] 被花惱：杜甫《江畔獨步尋花七絶句》其一：「江上被花惱不徹，無處告訴只顛狂。」夏力恕《杜詩增注》：「公自有滿肚不合時宜處。」可參。

[七] 青袍踏遍長安道：青袍，作者自指。長安，借指北京。許渾《酬殷尧藩》：「莫怪青袍選，長安隱舊春。」

[八] 分花拂柳：即尋花之意。黄景仁《齊天樂·題朱澧泉夢游圖》：「分花拂柳。乍獻果猿驚，銜芝鹿走。」

[九] 烏衣年少：謂周郎爲望族之後裔。參見《西河》(江上地)注[一〇]。

[一〇] 細雨殘紅：舒亶《木蘭花》：「點衣柳陌墮殘紅，拂面風橋吹細雨。」蒲壽宬《和倪梅村》：「纔吟瘦影黄昏月，又見殘紅細雨天。」

[一一] 只有閑愁待掃：吕勝己《瑞鶴仙·栽梅》：「當年客裏，荆棘途中，幸陪歡笑。閑愁似掃。」陸游《遣懷二首》其一：「逆境嗟行遍，閑愁幸掃空。」

[一二] 「鸚鵡前頭三生話」二句：謂願將周郎引爲知己。易順鼎《玉燭新·和紫帆感事韵》：「倦游我亦三生，料鸚鵡和他，説人情薄。」三生，佛教語，指前生、今生、來生。牟融《送僧》：「三生塵夢醒，一錫衲衣輕。」

[一三] 玉山倒：形容人酒醉欲倒之態。劉義慶《世説新語·容止》：「嵇叔夜之爲人也，

巖巖若孤松之獨立；其醉也，傀俄若玉山之將崩。」李白《襄陽歌》：「清風朗月不用一錢買，玉山自倒非人推。」也用以比喻俊美的儀容。《晉書·裴楷傳》：「楷風神高邁，容儀俊爽，博涉群書，特精理義，時人謂之『玉人』，又稱『見裴叔則（裴楷字）如近玉山，映照人也』。」湯顯祖《牡丹亭·尋夢》：「他倚太湖石，立着咱玉嬋娟。待把俺玉山推倒，便日暖玉生煙。」

又

落絮翩翩影。任天風、參差吹斷，都無憑準。〔一〕翠翦銖衣神仙侶〔二〕，玉袖徘徊自整。便珍重、千言難盡。願得化爲塵與土，且因風、吹上卿斜領。〔三〕勞拂拭，一臨鏡。〔四〕

笙歌草草人初定〔五〕。剩無多、銀屏畫燭〔六〕，淚花紅凝〔七〕。題遍人間芳華怨〔八〕，彈到瑶琴弦冷。算宛轉、留渠應肯〔九〕。門外香車須早去〔一〇〕，怕夜深、風露還淒緊〔一一〕。嘶騎遠〔一二〕，酒才醒。

【注】

〔一〕「落絮翩翩影」三句：此形容周郎輕盈風姿，仿佛柳絮從天空飄落。翩翩，輕快飄舞貌。無憑準，説不定，或許是。高觀國《燭影摇紅》：「試將心事卜歸期，終是無憑準。」

［二］　銖衣：神仙穿的衣服，形容其分量極輕。此指戲服。賈至《贈薛瑶英》：「舞怯銖衣重，笑疑桃臉開。」銖，古代重量單位，一兩的二十四分之一，極言其輕。

［三］「願得化爲塵與土」二句：謂對周郎極爲傾慕。化用陶潛《閑情賦》「願在衣而爲領，承華首之餘芳」及姚合《送崔約下第歸揚州》「江邊道路多苔蘚，塵土無由得上衣」等句意。卿，指周郎。

［四］「勞拂拭」二句：崔顥《岐王席觀妓》：「拂匣先臨鏡，調笙更炙簧。」臨鏡，對鏡。

［五］　笙歌草草人初定：草草，匆匆。蔣士銓《百花洲宴集》：「笙歌滿廊榭，冠蓋都草草。」人初定：夜深人静時。蘇軾《卜算子・黄州定慧院寓居作》：「漏斷人初静。」

［六］　銀屏畫燭：晏殊《紅窗聽》：「依前是、銀屏畫燭，宵長歲暮。」

［七］　淚花紅凝：用紅淚之典，參見《湘春夜月》（忒迷離）注［一〇］。

［八］　題遍人間芳華怨：此謂周郎擅演閨旦角色。元好問《芳華怨》形容美女：「娃兒十八嬌可憐，亭亭裊裊春風前。天上仙人玉爲骨，人間畫工畫不出。」

［九］　留渠應肯：渠，他。楊萬里《後圃杏花》：「淡了紅猶在，留渠肯住不？」

［一〇］　門外香車：李夢陽《汴中元夕五首》其二：「門外香車若流水，不知青鳥向誰家？」

［一一］　怕夜深、風露還凄緊：此爲憐惜周郎之語。寇準《虚堂》：「斜月半軒疏樹影，夜深風露更凄清。」

［一二］　嘶騎遠：張先《一叢花令》：「嘶騎漸遥，征塵不斷，何處認郎蹤？」

又

芳草知時節。忒匆匆、流鶯啼後，珍叢消歇。多少花前驚心事，曾與斷紅細説。已廿載、傷春傷別。[一]碧海青天迢遞夢[二]，照樓臺、無恙今宵月。斜漢畔，幾圓缺？[三]　人間寶鏡紅綿拂[四]。盡留渠、團欒樣子，影兒難覓。紅豆江鄉相思種[五]，無處尋消問息[六]。又付與、柔腸千結[七]。簾外輕紅階下雨，早花花、葉葉無顔色[八]。春正好，未須折。

【注】

[一]「已廿載」二句：指自己咸豐六年（一八五六）首次赴京至今已近二十年。參見《南浦・送別》注[八]。

[二] 碧海青天：李商隱《嫦娥》：「嫦娥應悔偷靈藥，碧海青天夜夜心。」

[三]「照樓臺、無恙今宵月」以下三句：即蘇軾《水調歌頭・丙辰中秋》「人有悲歡離合，月有陰晴圓缺，此事古難全」之意。程珌《慶元丁巳十月奉親如臨安宿西菩寺表弟吴克仁俱焉》其一：「日落尚憐今夕路，月明無恙舊時山。」斜漢，銀河，秋天向西南方向偏斜。《文選・謝莊〈月賦〉》「斜漢左界」，李善注：「漢，天漢也。」李周翰注：「秋時又漢西南斜，遠于左界。」

［四］人間寶鏡紅綿拂：參見《山花子》（曲曲銀屏畫折枝）注［四］。

［五］紅豆江鄉相思種：用王維《相思》詩意。

［六］尋消問息：周邦彦《意難忘·美詠》：「又恐伊、尋消問息，瘦減容光。」

［七］又付與、柔腸千結：張孝祥《鵲橋仙·落梅》：「清愁萬斛，柔腸千結，醉裏一時分付。」

［八］早花花、葉葉無顏色：吴少微《古意》：「陽春白日不少留，紅花碧樹無顏色。」無顏色，失色，枯萎。

又

没個消魂處。最迷離、空庭晚照，無人來去。昨日棠梨今日柳，留得春痕幾許？恁客子、光陰非故。沉水香殘還對鏡，問菱花、可解閑言語［一］？雙鬢亂，甚心緒。　芳塵婉孌雕鞍路［二］。不分明、脂憔粉悴［三］，鳳城煙雨。十二闌干添幾曲？試把回腸細數。［四］者一片、新愁誰訴？萍絮因緣還自笑，我知君、不問君知否？聊摩笛［五］，唱《金縷》［六］。

【注】

［一］菱花：鏡子。參見《菩薩蠻》（綺窗香暖屏山掩）注［三］。閑言語：此指相思情話之類。

〔二〕 婉孌：參見《二郎神》（吐雲華月）注〔四〕。

〔三〕 不分明：參見《賀新郎・和人》注〔三〕。 脂憔粉悴：陳與義《畫梅》：「脂粉不施憔悴盡，失身未嫁易元光。」關鍈《惜餘春慢・餞春，同魏滋伯丈作》：「因循幾日，脂憔粉悴，紅得夕陽都瘦。」

〔四〕 「十二闌干添幾曲」二句：曹慎儀《沁園春・闌干》：「寂寞人歸，依稀夢斷，愁似回腸九曲同。」

〔五〕 聊摩笛：摩，即摩挲，撫弄。李奎報《題通師古笛》：「信手摩挲心自奇。」

〔六〕 《金縷》：參見《臺城路・題何青耜先生〈白門歸棹圖〉》注〔一一〕。

满江红〔一〕

題岳忠武小印〔二〕

玉神人間〔三〕，忍重問、六陵消息〔四〕。珍重此、孤臣方寸，土花凝碧〔五〕。文字只緣忠孝貴，割却借鬢眉色。想題成、絶調《滿江紅》〔六〕，鈐詞側〔七〕。宮殿夢，迷花石。〔八〕沙漠冷，驚冰雪。〔九〕表男兒名字，背文同涅〔一〇〕。偶與中原歸破挽〔一一〕，好隨遺象留蹤迹。有將軍、肘後綰銅臺〔一二〕，還蕭瑟〔一三〕。

【注】

［一］　載稿本日記光緒元年（一八七五）四月初二日（第十七册《皖舟行記》），時年四十四歲，在安慶安徽布政使紹誠幕。日記云：「雜閲滬上雜報滇疆鹹英官事，嘵嘵不已，此亦□□却歐洲人一機會，恐仍售其恫疑耳。」《復堂諭子書》：「光緒元年，方伯紹誠公召予入幕，從事二年，又應官之知己也。」吴著云：「《滿江紅・題岳忠武小印》一詞作于光緒元年四月二日，看似爲平常題印應酬之作，但内裹却與當年英國駐華使館翻譯馬嘉里被殺，英軍借機尋釁一事息息相關。」録之備一説。

［二］　岳忠武：即岳飛。追謚武穆，後又追謚忠武。按：譚獻好友張鳴珂《寒松閣詩》卷二有《岳忠武王水晶印爲許小蓮比部賦》，詩中「鑒别官私印，何妨以字行」二句下自注：「文曰『鵬舉之印』。」又于「遺珍留故國，片玉出湘波」二句下自注：「王有名印，爲湘中漁人網得後歸王研農徵君。」張詩與譚詞所詠應是同一印，張詩紀實更詳。鄭襄《久芬堂詩集》卷四有《題許小蓮比部所藏岳忠武王小印》，自注：「文四字曰『鵬舉之印』。」詩作于甲戌（同治十三年，一八七四）。「許小蓮比部」、「蓮翁」均指許增。

［三］　玉神：謂此印如神物。由張鳴珂詩，知岳飛此印爲水晶製成。按：孫衣言《遜學齋詩鈔》卷五有《岳忠武名印楊漱雲大令丈索詩》：「先生手中一寸玉，馬上烏珠真碌碌。」則爲玉印，與「玉神」合。孫詩集中編入癸丑年，即咸豐三年（一八五三）。其同年俞樾《春在堂詩編》卷

四有《岳忠武名印歌爲楊漱雲丈（炳春）》，詩中云：「鄂王有遺印，流傳在吴市。翁過吴門偶得此，大名照耀日月寒。」詩作于咸豐五年（一八五五），不知諸人所詠是否同一物。或于光緒初由楊炳春處流轉入許增之藏亦未可知，姑記之。

［四］　六陵：指南宋高宗、孝宗、光宗、宁宗、理宗、度宗的陵墓，分别名永思陵、永阜陵、永崇陵、永茂陵、永穆陵、永紹陵，在今浙江紹興東十八公里的寶山。乾隆《浙江通志》卷二百三十一「寺觀・泰寧寺」：「萬曆《紹興府志》：紹興初，以其地爲昭慈孟太后攢宫，遷寺于山南二里白鹿峰下，賜名泰寧，而徙證慈額于曹娥。其後宋六陵皆在此地，故寺益加崇葺。」

［五］　土花凝碧：李賀《金銅仙人辭漢歌》：「三十六宫土花碧。」土花，苔蘚。此應指印上的瘢痕。張鳴珂詩有「盤螭紐，年深剥蝕多」之句。

［六］　《滿江紅》：著名詞作《滿江紅》（怒髮衝冠）傳爲岳飛所作。

［七］　鈐：蓋印。此想象岳飛當年作詞後蓋此印章于紙上字旁。

［八］　「宫殿夢」二句：此指宋徽宗崇寧年間强徵民間奇異花石入宫，當時稱爲「花石綱」。朝廷享樂無度，是爲北宋衰敗之象。事見趙彦衛《雲麓漫鈔》卷七。

［九］　「沙漠冷」二句：此似指北宋時金兵南侵，大片國土淪陷之事。

［一〇］　背文同涅：指岳飛母親在其背上刺「盡（一謂精）忠報國」事。沈德符《敝帚軒剩語・王上舍刻木》：「古來忠孝至性事，有可一不可再者，如岳武穆涅『盡忠報國』于背上，豈非真忠？」

涅，在人身上刺塗黑色文字或圖紋。《尚書·吕刑》「墨辟疑赦」，孔安國傳：「刻其顙而涅之曰墨刑。」

［一一］　破挽：岳飛《滿江紅》詞有「駕長車踏破，賀蘭山缺」及「待從頭、收拾舊山河，朝天闕」等語，此概括其意。

［一二］　將軍：指岳飛。　綰：繫結。　銅臺：銅雀臺，爲曹操囚禁才女之所，此借指岳飛遭秦檜陷害被囚禁的大理寺獄。

［一三］　還蕭瑟：與上句結合，化用庾信《哀江南賦》：「將軍一去，大樹飄零。　壯士不還，寒風蕭瑟。」

定風波［一］

歸興年年厭曉鴉［二］。無風波處也思家。何况風波渾未了［三］，不道，釣竿難覓似黄麻［四］。　老去臨淵何所羨［五］，一綫，殘春心事惜飛花［六］。漁弟漁兄無信息［七］，贏得，嗚榔津鼓夢中差［八］。

【注】

［一］　這首與下一首《定風波》爲組詞。　載《復堂日記》卷三丙子，即光緒二年（一八七六）

作，年四十五歲，仍在安慶安徽布政使紹誠幕中。《日記》云：「爲新城黃襄男題行看子，書《定風波》二調（詞略）。」亦載稿本日記光緒二年四月廿八日，有詞題「題黃襄男小影」。行看子即小影。行看子，畫卷、畫像的别稱。看，《復堂日記》、人文本《復堂詞話》均作「看」，《詞話叢編》視其爲詞調名，改作「香」字，誤之爲《行香子》。按：樓鑰《題高麗行看子》詩序：「高麗賈人，有以韓幹馬十二匹質于鄉人者，題曰『行看子』。」郭麐《爨餘叢話》：「近人詩集，多以畫卷爲行看子。」稿本日記所謂「小影」，即畫像。黃襄男，即黃長森。黃長森（一八一七—一八七五？），一名長生，字襄男，一字樹夫，號曼庵，江西新城（今黎川）人。同治七年（一八六八）進士，官安徽銅陵、黟縣、青陽知縣。與譚獻交。有《自知齋詞》一卷，咸豐十一年（一八六一）刻本。譚獻于同治十三年（一八七四）至光緒二年（一八七六）有《答新城黃長森兼懷楊舍人臺灣》、《送黃襄男之和州》、《寄襄男和州》等詩。

［二］歸興：歸思，回鄉的興致。杜甫《官定後戲贈》：「故山歸興盡，回首向風飈。」殦：譚集本、《復堂日記》作「雅」。

［三］何况風波渾未了：張志和《漁父》其五：「樂在風波不用仙。」張松齡《漁父》：「樂在風波釣是閑。」此與上句「無風波處也思家」結合，翻進一層説。

［四］黃麻：指黃麻紙，唐代皇帝詔書用黃麻紙書寫。此言其貴重。古代寫詔書，内事用白麻紙，外事用黃麻紙。杜甫《贈翰林張四學士垍》：「紫誥仍兼綰，黃麻似六經。」杨倫《杜詩鏡銓》注引《唐會要》：「開元三年，始用黃麻紙寫詔。」

［五］　老去臨淵何所羨：此反用孟浩然《臨洞庭湖贈張丞相》「坐觀垂釣者，徒有羨魚情」詩意。語出劉安《淮南子·説林訓》：「臨河而羨魚，不若歸家織網。」

［六］　殘春心事惜飛花：張耒《寄陳器之》：「自言山城無與樂，坐看飛花良可惜。」

［七］　漁弟漁兄：謂親朋好友。李夢符《漁父引二首》其二：「漁弟漁兄喜到來，波官賽却坐江隈。」洪亮吉《徐太守曰紀屬題桐廬申屠氏宗譜中山水畫册八幅》其七《雞頭峰》：「欲賽社翁社姥，相邀漁弟漁兄。」

［八］　鳴榔津鼓夢中差：謂思鄉歸隱之夢。錢起《送衡陽歸客》：「歸客愛鳴榔，南征憶舊鄉。」鳴榔，敲擊船舷使作聲，以驚魚入網。《文選·潘岳〈西征賦〉》「鳴根厲響」，李善注：「《説文》曰：根，高木也。以長木叩舷爲聲，言曳纖經于前，鳴長根于後，所以驚魚，令入網也。」根，同「榔」。差，缺少。

又

雨笠煙簑兩不知［一］。擎杯偷照鬢邊。無用文章君莫笑［二］，誤了，畫中人更誤伊誰。網得長魚鱗莫損［三］，還肯，撇波來去寄相思［四］。酒債尋常行處有［五］，記否，冷吟閑醉少年時［六］。

【注】

［一］雨笠煙簑：謂隱居生活。張志和《漁父》：「青箬笠，緑蓑衣。斜風細雨不須歸。」

［二］無用文章：寇準《成安秋望有懷》：「詩句偶吟皆感事，文章無用獨傷才。」歐陽修《送徐生之澠池》詩：「文章無用等畫虎，名譽過耳如飛蠅。」按：《復堂日記》卷三丁丑（光緒三年，一八七七）：「閲黄襄男詩稿，録其佳句。……贈予云：『儒生憂樂關天下，綺歲文章見古人。』又曰：『冰霜天地波濤沸，便作詞臣已愴神。』」可見兩人心氣相通。

［三］網得長魚鱗莫損：意謂士子不應受辱。參見《法曲獻仙音・盩厔路山甫罷官客淮上》注［八］。杜甫《三韵三篇》其一：「高馬勿唾面，長魚無損鱗。」

［四］撇波：擊波破浪。李賀《宫娃歌》：「願君光明如太陽，放妾騎魚撇波去。」

［五］酒債尋常行處有：襲用杜甫《曲江二首》其二成句。仇兆鰲《杜詩詳注》卷六評云：「春花欲謝，急須行樂，而行樂須尋醉鄉，但恐現在風光瞥眼易過，故又作留春之詞。」可參。

［六］冷吟閑醉：謂無憂無慮的詩酒年華。白居易《舟中晚起》：「且向錢塘湖上去，冷吟閑醉二三年。」

四、他人詞集中所録未收入《復堂詞》之作（據《清詞序跋彙編》）

大江東去

《藤香館詞》題詞[一]

江雲縹緲，看飛鴻來處，幾時留迹[二]？前度峭帆人老矣[三]，依舊婆娑風月[四]。細草平沙，危檣獨夜，萬里閑鷗没。[五]一聲欸乃，西巖清響徐發。[六] 回首春雨江南[七]，酒邊心事，難向微波説。裊裊漁竿閑在手，照影已成華髮。[八]誓墓文章[九]，隨身簑笠，銅斗翻新闋[一〇]。數峰青峭，曲終人去時節。[一一]

【注】

[一] 載薛時雨《藤香館詞》。《藤香館詞》一卷，同治五年（一八六六）刻本。《藤香館詞》諸篇序跋及題詞均署同治丙寅即同治五年，此首題詞也應作于此年。薛時雨，參見《湘春夜月》注[二]。薛時雨上年秋因病辭去杭州知州職，譚獻則于春夏之交自福州返杭，拜其爲師。譚獻《薛中議慰農師六十壽言》：「廷獻于全椒薛夫子……著弟子籍，實同治旃蒙之歲。」旃蒙之歲，即乙丑年，同治四年

（一八六五）。又作《薛先生全椒春居》、《雲林紀游同學使泰興吴先生前糧儲全椒薛先生》等詩，可參看。

［二］「看飛鴻來處」二句：蘇軾《和子由澠池懷舊》：「人生到處知何似，應似飛鴻踏雪泥。泥上偶然留指爪，鴻飛那復計東西。」

［三］峭帆：高高豎起的船帆，亦指駕船人。李白《横江詞六首》其三：「白浪如山那可渡，狂風愁殺峭帆人。」此喻指薛時雨的聲望很高。

［四］婆娑風月：謂瀟灑享受自然風光。婆娑，逍遥，閑散自得。王安石《酬沖卿見别》：「兩地塵沙今齟齬，二年風月共婆娑。」譚獻《薛先生墓志銘》述薛時雨去官後：「更築薛廬，壯于西湖，乃拓爲别墅，蒔花藥，儲圖史，將終老焉。近百年中，名遂身退，峻不絶物而和不俯仰，超然燕處，以爲人倫表儀，未有如先生者也。」《復堂日記》及《復堂詩》中多有薛時雨與衆人優游杭州山水的記載。

［五］「細草平沙」三句：參見《一萼紅·愛伯〈桃花聖解庵填詞圖〉》注［一〇］。蘇軾《書韓幹牧馬圖》有「平沙細草荒芊綿」句。

［六］「一聲欸乃」二句：謂乘舟江行。用柳宗元《漁翁》詩「漁翁夜傍西巖宿」、「欸乃一聲山水緑」句意。欸乃，象聲詞，摇櫓聲，元結《欸乃曲》：「誰能聽欸乃，欸乃感人情。」題注：「棹舡之聲。」薛時雨《藤香館詞》一名《江舟欸乃》，此扣其名。

［七］春雨江南：薛時雨久居杭州、南京等地，故云。虞集《風入松》：「爲報先生歸也，杏花春雨江南。」

［八］「裊裊漁竿閑在手」二句：謂隱退時已入老境。張志和《漁父》：「却把漁竿尋小徑，閑梳鶴髮對斜暉。」裊裊，輕盈摇曳之狀。

［九］誓墓文章：指薛時雨所作表明辭官歸隱志向的詩文。誓墓，《晋書·王羲之傳》：「時驃騎將軍王述少有名譽，與羲之齊名，而羲之甚輕之，由是情好不協……述後檢察會稽郡，辯其刑政，主者疲于簡對。羲之深恥之，遂稱病去郡，于父母墓前自誓。」陸游《書志》：「往年出都門，誓墓志已決。」

［一〇］銅斗翻新闋：指薛時雨所填詞。孟郊《送淡公》其三：「銅斗飲江酒，手拍銅斗歌。」銅斗，是古代一種方形有柄的銅製器具，用以盛酒食，也可用來敲擊出節拍作爲歌唱的伴奏。王觀國《學林·銅斗》：「孟東野當時適有銅器，其狀方如斗，而東野特以貯酒而飲，又擊之以和歌聲，故自形于詩句。」

［一一］「數峰青峭」二句：用錢起《省試湘靈鼓瑟》詩「曲終人不見，江上數峰青」句意。

摸魚子［一］

和泖生韵，贈詠春［二］

記從前、雙彎學畫［三］，當筵妙曲曾許［四］。十年已老蛾眉影［五］，看盡東風來去。心事阻。算孤負、輕盈走馬章臺路［六］。逢春問取。這草緑姑蘇［七］，西施去後［八］，鶯燕伴人住。　垂楊柳，依舊千條萬縷。〔九〕浮萍幾日飛絮。舞衣塵滿渾難著〔一〇〕，銷受低幃私語〔一一〕。秋又暮。數往日、雕鞍綉轂歸何處〔一二〕？逢君更苦。待重撥琵琶，空舟商婦，彈出斷腸句。〔一三〕

【注】

〔一〕載宋志沂《宋浣花詩詞合刻》。吴著引此詞，并注云：「前有劉履芬《宋浣花詩詞合刻序》及《附記》（同治十一年八月）。據詞題及詞意，題詞當作于同治十二年（一八七三）。」時在杭州。此時宋志沂早已亡故。

〔二〕和泖生韵：泖生，即劉履芬。劉履芬（一八二七—一八七九），字彦清，號泖生，一號漚夢，祖籍浙江江山，客居江蘇蘇州。國子監生，捐户部主事，任蘇州書局提調，署嘉定知縣。譚獻友人。與孫麟趾、杜文瀾等交，與潘鍾瑞、宋志沂等結詞社，其子劉毓盤爲近代詞學名家。有《鷗夢詞》、《紫藤花館詩餘》各一卷，附于《古紅梅閣遺集》，光緒六年（一八六七）蘇州刻本。詠春：即宋志沂。宋志沂（一八三〇—一八六〇），字銘之，號詠春、去垢，又號浣花，江蘇長洲（今蘇州）人。道光諸生。咸豐十年（一八六〇）太平軍李秀成陷蘇州，與父及子三代死于戰亂。與潘鍾瑞、劉履芬等結詞社，有《梅笛庵詞剩稿》一卷，同治六年（一八六七）刻本。劉履芬《摸魚子》原詞：「繞柴門、幾株楊柳，江村光景如許。芳華轉眼憐蕭瑟，况是落英無數。津吏鼓。却抵死催儂、放槳吴淞路。涼蛩替訴。又煮茗場空，采菱曲老，尚念舊人否？風塵夢，澈底春蠶未悟。歡游中有悲苦。秋心好寫秋難寫，一半待君分與。儂正住。在水調歌聲、水閣魂銷處。西窗夜語。剩杵冷霜前，鐘停月下，悄聽斷鴻語。」

［三］雙彎：女子小脚，借指妙齡少女。李昌祺《剪燈餘話·芙蓉屏記》：「（王氏）且生自良家，雙彎纖細，不任跋涉之苦。」此似喻宋志沂早年爲才俊。

［四］當筵妙曲曾許：稱讚其擅長按譜填詞。許，讚許。

［五］蛾眉影：原指女子身影，亦借指宋志沂。

［六］走馬章臺路：參見《百字令·秋感，和榆園》注［一〇］。

［七］姑蘇：蘇州吴縣的别稱，因其地有姑蘇山而得名。

［八］西施：春秋時越國美女，後被越王勾踐與大夫范蠡獻于吴王夫差，住姑蘇靈巖山館娃宫。

［九］「垂楊柳」二句：此指蘇州横塘楊柳。指代女子居處，也是離别之處。范成大《横塘》：「年年送客横塘路，細雨垂楊繫畫船。」胡奎《横塘曲》：「垂楊千萬縷，下蘸横塘水。何事織離愁？春風吹不起。」

［一〇］舞衣塵滿：韋莊《訴衷情》：「舞衣塵暗生。負春情。」

［一一］低幃私語：謂閨房耳語情話。朱彝尊《沁園春·耳》：「羅幃底，把無聲私語，遞向

更深。」

［一二］ 雕鞍綉轂：華麗的車馬，代年輕時的游冶生活。秦觀《水龍吟》：「小樓連遠横空，下窺綉轂雕鞍驟。」

［一三］「待重撥琵琶」三句：用白居易《琵琶行》詩意。「斷腸句」應指此詩中「同是天涯淪落人，相逢何必曾相識」二句。

采桑子［一］

隔江山色明如雨［二］，柳傍高樓。人在樓頭。鏡滿長眉付與愁［三］。　續簾幾點梨花雨，別淚同流。［四］舞袖都收。容易銀屏又素秋［五］。

【注】

［一］ 載李恩綬《讀騷閣詞》。亦載稿本日記光緒十一年（一八八五）四月初四日。時在合肥。原詞後署：「奉題亞白先生《讀騷閣詞》卷，同門愚弟譚廷獻稿草。」亞白，即李恩綬（整理本《復堂日記》誤爲李恩復）。李恩綬（一八三五—一九一一），字丹叔，號亞白、亞伯，晚號訥庵，祖籍安徽舒城，後遷江蘇丹徒（今屬鎮江）。附貢生，候選訓導。因科舉不利，遂棄筆壯游。被肥西

周老圩聘教家塾。里人私謚文靖先生。受薛時雨賞識，與譚獻等結吟社。有《縫月軒詞録》（又名《讀騷閣詞》）一卷、《續録》一卷，光緒三十年（一九〇四）上海蜚英書館石印本。譚獻初交李恩綬并讀其詞集，爲光緒十一年（一八八五）三月在合肥時。詞即作于此時。《復堂日記・補録》卷二光緒十一年三月二十日：「得周六皆書，以李亞白《讀騷閣詞》屬選。頗有思力，趨向似在竹垞。」

[二] 隔江山色：因李恩綬家江蘇鎮江，故云。張蘊《平山堂吊古》：「隔江山色畫圖中，故址荒來與廟通。」

[三] 鏡滿長眉付與愁：常理《古離別》：「小膽空房怯，長眉滿鏡愁。」

[四] 「續簾幾點梨花雨」二句：楊慎《何滿子》：「記得羅巾別淚，愁看帶雨梨花。」續，持續不斷。

[五] 容易銀屏又素秋：汪藻《小重山》：「夜來秋氣入銀屏。」陳亮《南鄉子》：「綉閣銀屏一夜秋。」素秋，秋季。按古代五行之説，秋屬金，其色白，故稱。

又[一]

玉階佇立無春到[二]，白雪新詞[三]。付與紅兒[四]。花落花開兩不知[五]。　吹桃嚼蕊[六]，當年事、不似今時。只見空枝[七]。倚暖闌干有所思[八]。

【注】

［一］載李恩綬《讀騷閣詞》。

［二］玉階佇立：李白《菩薩蠻》：「玉階空佇立，宿鳥歸飛急。」

［三］白雪：古琴曲名，傳爲春秋時師曠所作。宋玉《諷賦》：「中有鳴琴焉，臣援而鼓之，爲《幽蘭》、《白雪》之曲。」泛指歌曲。此用以稱譽李恩綬詞集。

［四］紅兒：原指杜紅兒，唐代名伎，事見羅虬《比紅兒詩》詩序。後則用以泛稱歌女。

［五］花落花開兩不知：杜牧《惜春》：「花開又花落，時節暗中遷。」

［六］吹桃嚼蕊：喻品味其詞作。張孝祥《憶秦娥》：「吹花嚼蕊愁無托。年華冉冉驚離索。」

［七］只見空枝：白居易《華陽觀桃花時招李六拾遺飲》：「争忍開時不同醉，明朝後日即空枝。」皇甫松《摘得新》：「繁紅一夜經風雨，是空枝。」

［八］倚暖闌干有所思：王遂《順寧憶弟》：「閑倚闌干思舊事，却如故老話淳熙。」舒岳祥《十七日夜村市》：「沈吟思往事，猶自倚闌干。」

摸魚子［一］

再休提、瓊枝璧月［二］，歡場人向何許［三］？尋常一樣花開日，依舊香車來去。從間阻。剩渺渺紅塵、一帶相思路[四]。勞君聽取。道橘柚長青，雁鴻不到[五]，蓬轉幾曾住[六]？荒寒早，換了鬢絲幾縷。征衣珍重加絮[七]。春燈秋扇渾忘了[八]，難忘當時言語。天已暮。有一尺斜陽、紅到無人處[九]。悲歌最苦。任拍遍回闌[一〇]，吹殘短笛[一一]，零亂不成句。

【注】

[一] 見劉履芬《旅窗懷舊詩》第五十自注，載《古紅梅閣遺集》卷七，光緒六年（一八八〇）刻本。《旅窗懷舊詩》第五十：「費他絕艷與驚才，此夕真宜酹一杯。萬里江山雙鬢髮，殘年懷抱向誰開？」自注：「仁和譚仲修（廷獻）明經，客都門，往還最稔。別後以詞寄余，調《摸魚子》（詞略）。仲修詩宗六朝，詞學五代，志趣甚高。……又《蝶戀花》六闋（詞略），余最愛誦者。」按：劉履芬于光緒五年（一八七九）冬去世，詞應作于此前數年。譚獻《日記》卷四庚辰（光緒六年，一八八〇）：「彥清去年秋冬間權嘉定令，得心疾，以不良死。」「亡友劉履芬彥清《古紅梅閣遺集》……集中《懷人絕句》論予詩詞，激賞予《蝶戀花》六章。蓋予與彥清定交京邸，在丁巳、戊午間。亂離奔走，南北分張。彥清自農曹改官後，予以客蹤數相見于吳下，書問頻繁，賞析如一室。無端蒿里，强死官齋。傳狀所述，回曲隱諱。予欲別撰一文以舒哀焉。」劉履芬和詞《摸魚子·寄譚仲修》：「最沉吟、籠燈題扇，風流少年如許。班騅嘶斷長亭道，判送別離人去。芳訊阻。怎夢裏、

蘇臺又是燕臺路。從頭記取。怪雨聽瀟瀟，花開緩緩，不合故鄉住。湖堤畔，冷落垂楊幾縷。還應飛盡香絮。歸家又說西泠好，箏雁一行低語。秋已暮。怕秋色、回頭都是無尋處。今番話苦。料撿著征衫，燒來畫燭，又寫斷腸句。」（見《古紅梅閣集》附《鷗夢詞》）

［二］　瓊枝璧月：指美好的事物。周紫芝《水調歌頭・丙午登白鷺亭作》：「暗想瓊枝璧月，羅襪步承蓮。」瓊枝，傳說中玉樹。《楚辭・屈原〈離騷〉》：「溘吾游此春宮兮，折瓊枝以繼佩。」洪興祖補注：「瓊，玉之美者。《傳》曰：南方有鳥，其名爲鳳；天爲生樹，名曰瓊枝。高百二十仞，大三十圍，以琳琅爲實。」亦喻美女或賢才。璧月，对月亮的美稱。蕭綱《慈覺寺碑序》：「龍星啟曜，璧月儀天。」

［三］　何許：何處。杜甫《宿青溪驛奉懷張員外十五兄之緒》：「我生本飄飄，今復在何許？」

［四］　紅塵：指繁華之地。王建《從軍後寄山中友人》：「夜半聽鷄梳白髮，天明走馬入紅塵。」

［五］　「道橘柚長青」二句：此表思鄉之情。橘柚爲南方之樹，劉履芬爲南人，故云。謝朓《酬王晋安德元》：「南中榮橘柚，寧知鴻雁飛。」

［六］　蓬轉：蓬草隨風飛轉，喻流離轉徙。葛洪《抱朴子・安貧》：「有樂天先生者，避地蓬轉。」

［七］　征衣珍重加絮：吴翌鳳《霓裳中序第一・送小匏歸吴，因動故園之思，黯然賦此》：「正鄉國夢回，征衣催絮。」

［八］　春燈秋扇：謂四時更替。張祥齡《壺中天・石帚韵，再答少谷留別》：「綉户春燈，畫

羅秋扇，淚點吹成雨。」

〔九〕有一尺斜陽、紅到無人處：參見《尉遲杯·葛蓮汀〈南湖春泛圖〉》注〔八〕。

〔一〇〕拍遍回闌：辛棄疾《水龍吟·登建康賞心亭》：「把吴鉤看了，闌干拍遍，無人會，登臨意。」

〔一一〕吹殘短笛：吴潛《暗香·儀真去城三數里東園，梅花之盛甲天下……》：「記故園月下，吹殘龍笛。」殘，謂樂聲將盡。

附録

一、《蘼蕪詞》目録（咸豐七年刊本，南京圖書館藏。加△者後編入《復堂詞》）

菩薩蠻四調△
（綺窗香暖屏山掩）
（象牀觸響釵梁鳳）
（深宫柳色慵眠起）
（朱弦掩抑聲如訴）
生查子（牽衣話別時）
醉太平（金杯酒斟）
高陽臺　越山秋夜（玉樹花殘）
又（槳落潮平）
虞美人（枯荷不卷池塘雨）
壺中天慢（庭軒如故）

甘州　秋情（厭瀟瀟、滿耳碎愁心）
憶秦娥（風凄凄）
齊天樂　西湖秋感（明湖蕩漾闌干影）
江城子（蕭蕭落木盡江頭）
長亭怨慢　霜楓漸盡，書和廉卿（又消受、江楓低舞）△
醜奴兒慢　十一月十八日，暖然如春，偕寄夢生步湖上（晴雲做暖）△
清平樂（東風吹遍）△
青門引（人去闌干静）△
南浦　送别（杯行漸盡）△
洞仙歌　積雨空齋作（闌干濺碧）△
滿庭芳（花是將離）△
浣溪沙（昨夜星辰昨夜風）△
摸魚兒　春雨（悄無人、綉簾垂地）△
青衫濕　愁雨（春來未有晴時候）△
水龍吟　春思，用少游韵（繞樓日日鶯啼）
湘春夜月（忒迷離）△
雙雙燕　緑陰詞，同廉卿作，用梅溪韵（漸花事了）△

蘇幕遮（緑窗前）△

一萼紅 送春，和高茶庵（最零星）

醉花陰 立夏（江上歸來逢立夏）

昭君怨（煙雨江樓春盡）

鵲橋仙 新月，和蓮卿（輕雲不動）

好事近（花入畫屏秋）△

蝶戀花（庭院深深秋夢斷）△

臨江仙 擬湘真閣（玉樹亭臺春縹緲）

湘月 甲寅八月朔日……（林間葉脱）

角招 次日復與槐榭生蔣氏昆季泛湖遇雨……（近來瘦）△【按，即「荷花」之作。】

采桑子（闌干一夜霜華重）△

浪淘沙（欄檻雨絲柔）△

更漏子（酒杯停）△

徵招 去年三月，余避地錢清……（漁郎已去無消息）

鷓鴣天（城闕煙開玉樹斜）△

八六子 中秋後十日，湖舫清集……（繞離亭）

芳草 贈别（問西風、玉階芳草）△【按，即「送别」之作。】

二、《三子詩選》附譚獻《復堂詞》一卷目録（咸豐七年京師刊本，上海圖書館藏）

詞甲二十九首：

菩薩蠻
（綺窗香暖屏山掩）
（象牀觸響釵梁鳳）
（深宫柳色慵眠起）
（朱弦掩抑聲如訴）
壺中天慢（庭軒如故）
長亭怨慢　霜楓漸盡，書和廉卿（又消受、江楓低舞）
醜奴兒慢　十一月十八日，暖然如春，偕寄夢生步湖上（晴雲做暖）
摸魚子（悄無人、綉簾垂地）
清平樂（東風吹遍）
青衫濕（春來未有晴）
水龍吟　春思，用少游韵（繞樓日日鶯啼）

湘春夜月 （忒迷離）

雙雙燕 緑陰詞，同廉卿作，用梅溪韻（漸花事了）

蘇幕遮 （緑窗前）

青門引 （人去闌干静）

南浦 送别（杯行漸盡）

昭君怨 （煙雨江樓春盡）

洞仙歌 積雨（闌干濺碧）【按，即「積雨空齋作」之作。】

滿庭芳 （花是將離）

浣溪沙 （昨夜星辰昨夜風）

臨江仙 擬湘真閣（玉樹亭臺春縹緲）

好事近 （花入畫屏秋）

蝶戀花 （庭院深深秋夢斷）

角招 荷花（近來瘦）

采桑子 （闌干一夜霜華重）

浪淘沙 （欄檻雨絲柔）

更漏子 （酒杯停）

鷓鴣天（城闕煙開玉樹斜）

芳草　送別（問西風、玉階芳草）

詞乙二十九首：

蝶戀花（樓外啼鶯依碧樹）

又（下馬門前人似玉）

又（抹麗柔香新欲破）

又（帳裏迷離香似霧）

又（庭院深深人悄悄）

又（玉頰妝臺人道瘦）

金縷曲　江干待發（又指離亭樹）

東風第一枝（省識花風）

賀新郎　和人（離思無昏曉）

少年游（高樓煙鎖）

臨江仙　武盛清明（百草千花原上路）

長亭怨（看春老、飛花飛絮）

浣溪沙　舟次吴門（五十三橋未是長）

蝶戀花（梔子花殘蝴蝶瘦）
鷓鴣天（緑酒紅燈漏點遲）
御街行（苔花楚楚生香砌）
破陣子　泊舟見官柳一株，亭亭如蓋，感賦此闋（紫燕黄鸝寒食）
解連環（後堂春晚）
相見歡（往時幾度春風）
少年游（疏花壓鬢）
踏莎行　畫柳（玉樹微寒）
浪淘沙（楊柳暮蕭條）
虞美人（天風吹落樓頭月）
河傳（樓畔）
鳳凰臺上憶吹簫　和莊中白（鏡掩虛塵）
臨江仙　和子珍（芭蕉不展丁香結）
江城子（江城垂柳一枝枝）
甘州（問蕭條、底事走天涯）
阮郎歸（寶釵樓上晚妝殘）

三、譚獻詞學活動年表

〇道光十二年壬辰(一八三二)一歲

十二月十七日出生于浙江仁和(今杭州)。

見《浙江鄉試同年齒録·同治丁卯科》。

龔嘉俊修《杭州府志》卷一百四十六:「家世讀書,七葉爲儒,幼有奇童之目。」

〇道光十四年甲午(一八三四)三歲

本生父譚肇濬,仁和增生,似歿于此年秋八月。

譚獻《吴江徐孝子詩》:「聞昔甲午秋,有鴞啼我門。父年未四十,二豎纏父身。呱呱泣牀頭,似知戀至親。八月下玉棺,堂構摧爲塵。一灑嫠婦血,已斷孤兒魂。」

譚獻《二十初度》:「少孤纔九月,拊育慈母恩。」(均見《化書堂初集》卷二)

譚獻《送袁鳳桐陳州迎喪》:「我有孤兒淚,孩提灑至今。」(《復堂詩》卷一)

〇道光二十一年辛丑(一八四一)十岁

正月,嗣父國學生譚經去世。

譚獻《復堂諭子書》:「吾十歲之正月,丁汝嗣祖父憂。時惟汝長房伯父爲宗子,吾兼祧嗣祖父。」

《二十初度》：「十齡嗣大宗，余幸復奚言。」

受蔣亦欽賞識，命讀書其家。

《復堂諭子書》：「衰杖之日，無從師之束修，已將廢讀，乃以年家子吊于蔣亦欽師，數語奇賞，招余讀書其家，飲食教誨之。」

〇道光二十三年癸卯（一八四三）十二歲

初讀家中舊藏《莊子》。

譚獻《復堂日記·補録》（下省稱《補録》）卷一：（光緒六年十一月）十四日：「予十二歲得破書中《莊子》，因玩之，略可上口。」

〇道光二十四年甲辰（一八四四）十三歲

應童子試，及敷文書院課。

《復堂諭子書》：「十三歲應童子試，及敷文書院課。」

受書院監院莫棍芳（粤生）賞識，許以女妻之。

《復堂諭子書》：「汝外王父莫粤生府君監院，又以數語奇賞。汝外曾祖秋樵户部公，爲汝曾祖嘉慶戊午同年。粤生府君又陳太宜人中表也，乃以汝母字予。」

《浙江忠義録》卷七《莫棍芳传》：「莫棍芳，字粤生，錢塘人。父南采，户部雲南司主事。棍芳幼篤學，與兄杞芳相砥礪，先後中副貢生。杞芳卒，遂絶意進取。以武英殿校録議叙選雲和縣教諭，歷署壽昌、上虞、慈溪、天台、臨海教諭、訓導。所至以培植士林爲急務，雅擅知人，識輕財好義，廉俸皆給孤寡。晚年貧甚，處之晏如。妻吴氏通書、史，熟習古忠烈傳，樂稱道以教人，親課子女，髫齡咸知大義，戚黨奉爲女師。子如海，直諒尚氣節，有四方志，親老不出，遂授徒以養。咸豐十年二月賊陷杭州，桾芳謂妻子曰：我儒官也，有名教責，身殉而已。投繯死之，吴率如海仰藥同殉。」

因童子試受知于仁和知縣李枝青（西雲）。

譚獻《李西雲先生遺書叙》：「先生舉于鄉，久困公車，不得已謁選爲浙吏。……方先生之宰仁和，獻童子試受先生知。初謁，先生即告以當讀邵氏《爾雅正義》、段氏《説文解字注》。李枝青（一七九九—一八五八），字西雲，福建福安人。時任仁和知縣。

戴望《清故浙江同知署西安縣知縣李君事狀》記其生平，略云：李枝青，字蘭九，福建福安人。道光二年（一八二二）舉人，六試禮部不中。道光十五年（一八三五）後，歷署浙江餘杭、嘉興、仁和等地知縣，咸豐五年（一八五五）擢用同知署西安知縣。卒于咸豐八年（一八五八），享年六十。（《謫麐堂遺集》文二）

○道光二十五年乙巳（一八四五）十四歲

初學詩，漸寫成卷。讀家中舊藏《古文眉詮》、《杜詩箋》。

《復堂諭子書》：「自十四學詩，漸寫成卷。其時家中故書兩遭火，惟有《古文眉詮》、《杜詩箋》二書，予略上口。」

〇道光二十六年丙午（一八四六）十五歲

在宗文義塾讀書，補弟子員。

《復堂諭子書》：「十五歲就宗文義塾讀書，補弟子員。」

譚獻《沈（祖懋）先生行狀》：「杭州舊有宗文義塾，教養孤寒子弟。」

《二十初度》云「十六獲一衿」，指補弟子員，有出入，姑存疑。或補弟子員在次年。

始誦習常州學者張惠言弟張琦編《宛鄰書屋古詩録》。

譚獻《復堂日記》（下省稱《日記》）卷二己巳：「《宛鄰書屋古詩録》，十五歲以來所誦習。」

〇道光二十七年丁未（一八四七）十六歲

始爲童子師養家。

《復堂諭子書》：「十六歲，乃爲童子師。歲修脯不足三十緡，養汝祖母不足，賴針紉佐之。」

謁家祠展閲族譜，知譚氏祖籍山陰，後遷杭州。

《日記》卷三癸酉：「吾家自山陰遷杭，家祠譜諜遭亂盡毁。予十六歲時謁祠展譜，一更兵燹，無可推尋。」

譚獻《寄盦文賡叙》：「獻先世越州，西渡而家且百年。」

〇道光二十八年戊申（一八四八）十七歲

始交游，有宗文義塾同學陳炳、俞之俊，及同鄉蔣恭亮、蔣坦、龔橙（龔自珍之子）、張景祁、高氏

子弟等。

《復堂諭子書》："十七歲後，漸好交游。"（詳譚獻《七友傳》、《亡友傳》）

譚獻《慕陔堂詩叙》："童冠友朋即有同氣之求，蔣賓梅（蔣恭亮）藹卿（蔣坦）昆季、龔孝拱（龔橙）、張韵梅（張景祁）論交最先。高氏一門，則古民（高錫恩，原名學淳）、宰平（高學治）二先生，子容（高壽曾）、茶庵（高望曾）、昭伯（高炳麟）、仲瀛、白叔（高雲麟），亦人人之珠，家家之玉。"

〇道光二十九年己酉（一八四九）十八歲

鋭意爲五七言詩。

《七友傳·陳炳文傳》："時獻鋭意爲五七言詩，乃馳戒之。"

作詩近百首，友人稱其詩悲艷。

譚獻《懷佩軒詩叙》："自憶十六七時，詩近百首，友人陳炳雲欽目曰悲艷，似亦出于怨者。"

初在杭州應鄉試。

《日記》卷六辛未三月十五日："念自己酉鄉闈至今，南北十一試，矮屋中過九十九日矣。"

《七友傳·陳炳文傳》："道光二十九年己酉鄉試，寓杭州王氏廬時同居。"

于此年前後的重陽節與友人重九吴山登高，初作詞《壽樓春》。

譚獻《憶舊游》（正瀟瀟風雨）詞序："憶二十年前與魏滋伯丈（魏謙升）、楊絅士（楊錦雯）重九唱和，有《壽樓春》詞。"

〇道光三十年庚戌（一八五〇）十九歲

初得周濟《晉略》，受常州學術影響。

《日記》卷一甲子：「芝泉丈自京寄《晉略》至。予自十九歲得此書，所至必以自隨。」又云：「（與龔自珍）并世兩賢，殆難鼎足，庶幾周保緒（周濟）乎？」

〇咸豐元年辛亥（一八五一）二十歲

是年閏八月，太平軍建號太平天國，洪秀全爲天王，并封諸王，太平天國起義爆發。

受知于浙江學使萬青藜，補縣學生。

《復堂諭子書》：「二十歲時，以觀風詩賦受知學使德化萬公，得飧于庠。」按：譚獻《復堂詩》卷一有《古風七首》、《妾薄命》、《行路難》（八首）、《戰城南》、《楊柳歌》、《子夜歌》（四首）等仿古樂府詩，《復堂文》卷二有《登城賦》，均爲早期作品，應即所謂「觀風詩賦」。

民國《杭州府志·文苑三》引吴慶坻《譚獻傳》：「年二十補縣學生，學使德化萬青藜亟賞之。」

按：據《清代職官年表》，萬青藜于咸豐二年八月以禮部右侍郎任浙江學使。萬青藜（一八二一—一八八三），字文甫，號照齋、藕舲，道光二十年（一八四〇）庶吉士，官至吏部尚書。

作《二十初度》詩述懷。

詩中概述家世云：「伊余生薄祜，大故遭蹇屯。少孤纔九月，拊育慈母恩。十齡嗣大宗，余辜復奚言。門户夙衰薄，中落事尤艱。弱僅解文字，謀生失其源。頗愧奇童目，譽者一何繁。十六獲一衿，五載困邱樊。」

○咸豐二年壬子（一八五二）二十一歲

暮春上武林城樓，作《登城賦》抒憤。

《登城賦》：「壬子三月三日，上武林城樓，凴高四望，慷慨傷懷，灑翰賦之，藉抒憤懣。」

○咸豐三年癸丑（一八五三）二十二歲

是年二月，太平軍入江寧，改稱天京。

自春至秋，在山陰某村學舍爲塾師。始爲詞，喜知人論世。

譚獻《復堂詞録叙》：「二十二旅病會稽，乃始爲詞，未嘗深觀之也。然喜尋其旨于人事，論作者之世，知作者之人。」

《復堂諭子書》：「甲寅年春館山陰村舍，始填詞，旋又棄去。後乃尊信張皋文（惠言）、周保緒（濟）先生之言，鋭意爲之。」

按：朱德慈以为譚獻自謂作詞始于甲寅年不確，應早一年。姑從之。（見《近代詞人考録》）《渡江》詩作于此年離杭州赴山陰渡錢塘江時，有「長天亂春色」句，《遺興》詩有「江鄉春寂寂」句，知赴山陰爲春天。

次年作《徵招》，詞序云：「去年三月，避地錢清，自西小江至九溪，四山清遠……」又作《錢清暫歸送孫先生任海監司訓時李西雲（枝青）先生宰嘉興》詩云：「返棹逢零雨，離亭送子荊。越山圍故壘，海月上孤城。杯酒忘年感，宫墻舊夢清。禾中花縣近，儒服好論兵。」按：錢清鎮在今紹興柯橋區，杭州灣南岸。嘉慶《山陰縣志》卷六：「縣西五十里曰錢清鎮，接蕭山界。」則所謂「旅病會稽」、「館山陰村舍」與「避地錢清」或即指一事？待考。

又在山陰有《鏡湖早秋寄烏程陳炳文二首》，知初秋尚在山陰。

又《秋日湖上寄懷荼庵》有「故人思語笑，客子愧淹留」之句及自注「山陰初歸」（《化書堂初集》卷二），知暮秋已自山陰返杭州。

《初冬覽眺》、《寒夜對月同蔣坦》均作于回杭州後，有「病起難爲懷」句，可能是因病返鄉。

作《感懷》詩抒懷，應作于在山陰時。

有句云：「客子當落日，望古越王臺。茫然壯士心，低首藏蒿萊。一經傳家學，人詫奇童才。漸與人世接，孤憤生悲哀。」云「客子」、「越王臺」，知在山陰作。

始編録前朝人詞，後成《復堂詞録》。

《復堂詞録叙》：「復就二十二歲以來，審定由唐至明之詞，始多所棄，中多所取，終則旋取旋棄，旋棄旋取，乃寫定此千篇爲《復堂詞録》。」

作詞：

《菩薩蠻》四首

（綺窗香暖屏山掩）

（象牀觸響釵梁鳳）
（深宫柳色慵眠起）
（朱弦掩抑聲如訴）
《醉太平》（金杯酒斟）
《憶秦娥》（風凄凄）
《長亭怨慢·霜楓漸盡，書和廉卿》
《高陽臺·越山秋夜》
《醜奴兒慢·十一月十八日，暖然如春，偕寄夢生步湖上》
《生查子》（牽衣話别時）
《虞美人》（枯荷不卷池塘雨）
《壺中天慢》（庭軒如故）
《甘州·秋情》
《齊天樂·西湖秋感》

〇咸豐四年甲寅（一八五四）二十三歲

是年，江南大營清軍與太平天國軍戰于天京附近，江北大營清軍與太平天國軍戰于瓜洲一帶。

在杭州。

正月初七日與友人孤山探梅。

有《人日立春大風雪同二高子孤山探梅》詩。（《化書堂初集》卷二）

約于此年春初識詞人周星詒。

譚獻《贈祥符周星詒（家山陰）》詩云：「江東周郎古豪士，早歲讀書未得志。回海已用黄金交，十年徒鬱青霞意。我亦昂藏大丈夫，登高長歎英雄無。逢君不覺作青眼，市中歌哭驚屠沽。……只愁江樹送君去，春風春雨人斷腸。」（《化書堂初集》卷二）

五月吴懷珍爲作《復堂詩叙》。

文尾署「咸豐甲寅夏五月既望撰于金華旅邸」。此年譚獻作《送吴懷珍之金華》詩，則云「六月正徂暑，君胡作此行」，未知孰是。

八月初與友人游吴山。

譚獻《湘月》詞序：「甲寅八月朔日，宿雨初歇，漱巖、春疇招同訪秋吴山。……」

九月與友人吴山登高。

譚獻《放歌》詩序云：「去年九日，高炳麟昭伯招同龔橙孝拱、蔣恭亮賓梅、顧鏐子真吴山登高。今年九日，偕吴懷珍子珍、周炳伯虎、朱孝起廉卿重游，撫時感舊，慨焉作歌。」

與吴懷珍、高氏父子等聯鳴秋詞社。

譚獻《高先生行狀》：「咸豐甲寅乙卯間，獻年二十餘，同志吴懷珍輩八九人，聯鳴秋之社，以道義相劘切，每集皆記以詩文。昭伯（高炳麟）猶未病，與群從。（高）望曾字茶盦，傅謹字子容者，皆在。先生（高錫恩）輒引後進密坐燕語，若折行輩與論交者。」

高望曾《醜奴兒慢》序云：「吟秋詞社第四集，同賓梅（蔣恭亮）、滌生（譚獻）、子真（顧鏐）家飲高古民（高錫恩）叔、昭伯（高炳麟）兄集潘廉訪湖樓。」（高望曾《茶夢盦燼餘詞》）。詞有「正是蟹肥時候」句，當在秋冬之交。「鳴秋」與「吟秋」，應爲同一詞社。

此前作《生查子》（牽衣話別時）、《高陽臺·越山秋夜》（玉樹花殘）、《高陽臺》（槳落潮平）、《更漏子》（酒杯停）、《芳草·贈別》（問西風、玉階芳草）五詞，録于黄燮清《國朝詞綜續編》卷二十一，譚獻《復堂日記·補録》（下省稱《補録》）光緒元年（一八七五）六月初三日自云是其少作，乃選自《蘼蕪詞》。有可能爲鳴秋詞社活動時作品。

鄉賢邵懿辰罷官歸里，奉手請益。

《復堂諭子書》：「先達邵位西先生歸田，介袁敬民得見，與語學行文章之事。予之奉手先正，得師友之益，自此始也。」

譚獻《半巖廬遺集跋》：「先生歸里後，獻介袁蓮伯（敬民）以見，勗之道義，乃請執弟子禮，先生報書數百言，……嗣是，析疑請益，若折輩行以交。」（見邵懿辰《半巖廬遺集》，《續修四庫全書》第一五三六册）

邵懿辰（一八一〇—一八六一），字位西，仁和（今杭州）人。道光十一年（一八三一）舉人，授内閣中書，升刑部員外郎。咸豐四年（一八五四）坐濟寧府，以治河無功被撤職。咸豐九年（一八五九）由安慶引疾歸，家居養親。後太平軍圍攻杭州，在戰亂中身亡。

刻《化書堂集》三卷，内附詞集《蘼蕪詞》一卷，凡四十四首。此爲譚獻詞第一次結集。爲咸豐三年、四年所作。

《復堂諭子書》：「學詩最早，二十歲時，高古民（錫恩）先生及令子昭伯（炳麟），刻《化書堂集》三卷。」

《日記》卷二壬申：「行篋偶携二十年前舊刻《化書堂集》詩詞，展卷慨然。」

按：高古民序文尾署：「咸豐甲寅閏秋古民高學淳序」。「甲寅年」與《日記》壬申「二十年前」相合，則《復堂諭子書》謂「二十歲」時刻《化書堂集》不符，姑存疑。可能是取整數言之。

邵懿辰《譚子化書堂詩叙》：「……譚子以化書名其堂，以化書堂名其詩，化之用，其不以氣乎？氣之用，其不以聲乎？聲之用，其不以示乎？吾將于詩觀譚子之聲，于聲觀譚子之氣，作《化書堂詩叙》。」（《半巖廬遺集》上卷）

結婚，娶莫桾芳之女莫氏（小名瑟瑟）。莫氏向學、能詩。

《復堂諭子書》：「時尚多疾疢，且新娶，汝祖母不遣遠游。」

《浙江鄉試同年齒録·同治丁卯科》：「莫氏，順天鄉試副貢生、雲和學教諭、敷文書院監院、咸豐庚申殉難恤贈都察院經歷銜、世襲雲騎尉、諱桾芳公第五女。」《日記》卷一甲子（同治三年，一八六四）云：「内子亦賦一絶，云（詩略）。」《補録》卷一同治二年六月十三日：「爲内子瑟瑟授《説文》。先書本文視之，就《繫傳》本録。」又同治三年十一月初十日：「星村以吴西林《臨江鄉人詩》贈我，内子爲整理之。」

作詞：

《摸魚子》（悄無人、綉簾垂地）
《清平樂》（東風吹遍）
《青衫濕》（春來未有晴時候）
《湘春夜月》（忒迷離）
《雙雙燕·緑陰詞，同廉卿作，用梅溪韵》
《蘇幕遮》（緑窗前）
《青門引》（人去闌干静）
《南浦·送别》
《水龍吟·春思，用少游韵》
《一萼紅·送春，和高茶庵》
《醉花陰·立夏》
《洞仙歌·積雨空齋作》
《滿庭芳》（花是將離）
《浣溪沙》（昨夜星辰昨夜風）

《高陽臺》（橥落潮平）
《好事近》（花入畫屏秋）
《蝶戀花》（庭院深深秋夢斷）
《角招·荷花》
《采桑子》（闌干一夜霜華重）
《浪淘沙》（欄檻雨絲柔）
《更漏子》（酒杯停）
《鷓鴣天》（城闕煙開玉樹斜）
《芳草·送別》
《江城子》（蕭蕭落木盡江頭）
《昭君怨》（煙雨江樓春盡）
《臨江仙·擬湘真閣》
《鵲橋仙·新月，和蓮卿》
《湘月·甲寅八月朔日……》
《徵招·去年三月……》
《八六子·中秋後十日……》

○咸豐五年乙卯（一八五五）二十四歲

長子譚侖出生。

《日記》卷二戊辰：「正月四日，侖兒殤。十三年如一夢耳。」戊辰爲同治七年（一八六八），逆推十三年，譚侖應是此年出生。

重陽日與同鄉學友吴懷珍等重游吴山。

《放歌》詩序云：「去年九日高炳麟昭伯招同龔橙孝拱、蔣恭亮賓梅、顧鏐子真吴山登高，今年九日偕吴懷珍子珍、周炳伯虎、朱孝起廉卿重游，撫時感舊，慨焉作歌。」詩有「生同鄉縣才同調，高生與我季俱少」等句。

自秋冬至翌年春，曾沿富春江游桐廬、富阳。

作《分水縣九龍山》詩，有「明滅寒谷顔，日華澹容與」句。桐廬縣舊名分水縣。作《安定山寺》，安定山又名安頂山，在富阳。作《江行》詩，自注「十月與臨海翟飛凌雲別于桐廬山下」。又有《臨江仙・武盛清明》詞，武盛即分水，詞應作于下一年赴京之前。

○咸豐六年丙辰（一八五六）二十五歲

是年九月，英人在廣州發起挑釁，第二次鴉片戰爭爆發。江南清軍與太平軍相持于丹陽，江北則相持于瓜洲一帶。

春三月隨萬青藜學使初上北京。

《復堂諭子書》：「閲一年，萬公北覲，乃挈予入都。予亦體氣漸充，已生汝殤兄。」據《清代職官年表》，萬青藜于咸豐二年（一八五二）八月始任浙江學政，咸豐八年（一八五八）八月調順天學政。《七友傳·袁鳳桐傳》：「小子二十五歲北游，明年客閩，居六年歸。」作《録别四首》詩，有「臨岐握君手，忼慨結平生」、「大義結夫婦，依依四體分」等句，知爲與妻莫氏分别而作。

沿途作詩詞多首，知其赴京行程自春至秋。《同王以湘滄浪亭懷古》記同行游蘇州有仁和同鄉王亦帆，《小車行》、《飛蝗行》記過江淮，《新河作》、《任城太白樓》、《亂後過臨清》、《次青縣》記經山東。戊午年作《江城子》憶内有句：「江城垂柳一枝枝，别君時，日遲遲。不道東風，又是隔年期。」《浪淘沙》（楊柳暮蕭條）有「别時春水滿河橋」句，則知離家赴京在丙辰春天；有《舟中立秋》詩；作《秋風引》、《燕歌行》，有「庭樹葉脱群鳥飛」句，知抵京已是秋天。

《日記》卷七丁亥：「予以咸豐六年客京師。」譚獻客京師，或云咸豐六年，或云咸豐七、八年，蓋六年爲抵京時間，而游學京師主要在七、八年間。

客居萬青藜京邸四槐老屋。

《日記》卷一乙丑：「予與（薛）子振嘗同客德化萬藕舲侍郎京邸，居四槐老屋者數十日。」

作詞：

《蝶戀花》六首

（樓外啼鶯依碧樹）

（下馬門前人似玉）

（抹麗柔香新欲破）

（帳裏迷離香似霧）

（庭院深深人悄悄）

（玉頰妝臺人道瘦）

《金縷曲·江干待發》

《東風第一枝》（省識花風）

《賀新郎·和人》

《長亭怨》（看春老、飛花飛絮）

《浣溪沙·舟次吴門》

《蝶戀花》（梔子花殘蝴蝶瘦）

《臨江仙·武盛清明》

《破陣子·泊舟見官柳一株……》

〇咸豐七年丁巳（一八五七）二十六歲

是年十一月，英法聯軍侵據廣州。江南大營清軍進攻天京，江北大營攻下瓜洲。

在京城游學。因邵懿辰馳書推介，得見輦下諸公。

譚獻《在兹堂詩叙》：「咸豐七年，獻游京師。」

譚獻《道華堂續集叙》：「咸豐丁巳、戊午間，獻客京師，多接有道。」

譚獻《半巖廬遺集跋》：「咸豐丁巳，獻從萬文敏師入都，先生先期馳書輦下，諸老成皆以獻爲可以語上。獻之奉手哲人，與聞緒論，蓋先生假以羽毛也。」（見邵懿辰《半巖廬遺詩》）

《復堂諭子書》：「抵京師，邵先生先有書向通姓氏，輦下諸公桂林朱伯韓（琦）觀察、漢陽葉潤臣（名澧）舍人、代州馮魯川（志沂）比部、馬平王少鶴（拯）章京、瑞安孫琴西（衣言）侍讀、上元許海秋（宗衡）起居、德化蔡梅庵（壽祺）編修，往往折輩行與交。」

與莊棫定知己之交。

《復堂諭子書》：「而同志友人，則尹杏農（尹耕雲）御史、李子衡（李汝鈞）刑部、楊汀鷺（楊傳第）孝廉，道義得朋，沆瀣無間。至于性命骨肉之交，丹徒莊中白（莊棫）爲最摯。鄉人吴子珍（吴懷珍）以公車留京，則舊好也。」

譚獻《亡友傳・莊棫傳》：「居蕭寺中，門多長者車轍。獻揖君于顧亭林祠下，遂稱知己。」

蕭寺指北京慈仁寺，附建顧亭林（顧炎武）祠。據郭則澐《清詞玉屑》卷三：「慈仁寺附建顧亭林祠，創議自何子貞（何紹基），而張石洲（張穆）董其役，經始于道光廿三年（一八四三）夏，迄次年落成。」俞樾《春在堂詩編》卷三《勝果妙因圖歌》自注：「京師廣安門内有慈仁寺，乃古雙松寺故址，前明改建者也。」

有《贈丹徒莊棫中白》、《翫月和莊中白》、《慈仁寺松》、《古意四首和莊棫》等詩。

初識徐樹銘，此後交往頻繁。

《復堂諭子書》：「長沙徐壽衡侍郎，顧（亭林）祠相見，立談傾倒。」據《清代職官年表》，此年徐樹銘授兵部右侍郎，次年七月任福建學使。道光廿七年庶常，官至工部尚書。

與詞人劉履芬定交。

《日記》卷五庚辰：「蓋予與彦清定交于京邸，在丁巳、戊午間。」劉履芬《旅窗懷舊詩》之五十自注：「仁和譚仲修獻明經，戊午客都門，往還最稔。」（《古紅梅閣遺集》卷八）

輯録《唐詩録》。

譚獻《唐詩録叙》：「丁巳之歲，游學京師。仰宫闕之壯麗，接衣冠之風采，攬時物之遷變，感家室之仳別，緣情感寓，不忘篇翰。主善爲師，及唐代之作者，導涇分渭，批榛采蘭，舉三百年之遺文，離爲八集，都爲一編，排纂未竟，旋以圖南。悠悠五載，復事發正，録成定本，附《古詩録》之後。」

開始潛心經子之學，有志于常州學派之微言大義。

譚獻《上座主湖北督學張先生（之洞）書》：「學無師授，至二十五六歲，始知推究于遺經。」《復堂諭子書》：「于是問業焉，切磋焉。予之略通古今，有微言大義，皆此二年師友之所貺也。」《日記》卷二己巳：「莊中白嘗以常州學派目我，諧笑之言，而予且愧不敢當也。」

《補録》卷一同治元年十月十九日：「閲莊葆琛述祖《尚書今古疏證》一册七卷，子高（戴望）手録。莊氏之學既世，方耕侍郎之《春秋》冠絶古今無二。」

夏寅官《譚廷獻傳》：「二十五、六以後，潛心經訓古子，有志于微言大義。」

在京城與好友莊棫合刻詞，後劉履芬作序。

蔡壽祺在京師編刻《三子詩選》本，收《復堂詩》三十首、《復堂詞》一卷。詞分甲乙兩部，凡五十八首。與莊棫《中白詞》合刻。有蔡壽祺九月所撰序，卷末有涇縣吴紹烈跋云：「莊中白詞源出清真，而比興則碧山；譚仲修源出淮海，而聲情則白石。其沿而達于晚唐五代則一也。」後劉履芬有《莊蒿庵譚仲修詩餘合刻序》，云：「丹徒莊蒿庵、仁和譚仲修兩君客游京師，友人刻其所爲詞二卷，而督序于余，余諾而不果爲。兩君先後旋里，貽書重申此言，因取其所刻讀之。」（《古紅梅閣遺集》卷一）可能撰于書刊成之後，未收入合刻詞集。

《日記》卷二丁卯（同治六年，一八六七）云：「閲江山劉泖生駢文一稿，有爲予與中白詞刻序，惜未之見。」莊棫《復堂詞序》應亦作于此時。

作詞：

《鷓鴣天》（緑酒紅燈漏點遲）

《御街行》（苔花楚楚生香砌）

《解連環》（後堂春晚）

《相見歡》（往時幾度春風）

《踏莎行・畫柳》

《浪淘沙》（楊柳暮蕭條）

《少年游》（疏花壓鬢）

○咸豐八年戊午（一八五八）二十七歲

八月，楊輔清自江西入皖南。陳玉成、李秀成再破江北大營清軍，解天京圍。九月，李秀成占揚州旋棄。

在京城，與莊棫、易佩紳、葉名澧等交往甚密。

易佩紳作詩《同譚仲修莊中白集都門城西酒樓》（《函樓詩鈔》卷二），葉名澧作詩《譚仲修（廷獻）莊蒿庵（忠棫）以秋宵唱和詩見示因贈》（《敦夙好齋詩全集・續編》卷九）。

八月應順天鄉試未售，南歸。

因太平軍與清軍交戰，渡江時曾被阻。《日記》卷二辛未：「戊午由孟河渡江，真潤（鎮江）賊逼，不能達（金山）也。」

按：據《清代職官年表》，萬青藜于此年十一月在順天學使任。

《日記》卷二戊子：「咸豐戊午叔子（易佩紳）與莊中白（棫）送予廣慧寺，三人相向，哭失聲。」

《復堂諭子書》：「戊午京兆試後，不待榜發，即單車南下，以家端恪公方以直督被遣戍邊，久游無所依，負米不能贍，乃冒烽火垂槖歸，東南亂且日亟矣。」其時在京所作詩，如《律詩》、《酒樓同龍陽易叔子中江李眉生》、《送潘學士典試關中》、《贈歙縣王少司馬》、《秋夜絶句》、《賦得元菟城南秋夜長》等，季節均爲秋天，南返途中作《雄縣食魚鱠》，有「八月江鄉水落時」及「京華倦客今歸去，千里秋風有所思」句，至冬抵杭州，所作《烏夜啼》詩有「天寒漏斷啼井梧」、「遠人歸來笑相語」句。易佩紳有《送譚仲修南歸兼寄懷吳子珍二首》詩。中有「朔日隨鞭影，寒風觸劍棱」句，其時節與四月不合。朱德慈謂四月南歸。姑存疑。

易佩紳致譚獻手札《喜將晤仲修因而有感即以呈教》詩自注：「咸豐戊午，君與莊蒿庵自都南旋，余餞別于廣慧寺，酒酣大哭。後余寄君書有云：『廣慧寺三副眼淚，可以千春。』」（見《復堂師友手札菁華》）

作詞：

《甘州》（問蕭條、底事走天涯）

《虞美人》（天風吹落樓頭月）

《河傳》（樓畔）

《鳳凰臺上憶吹簫・和莊中白》

《江城子》（江城垂柳一枝枝）

《摸魚子》（再休提、瓊枝璧月）

《臨江仙・和子珍》

《阮郎歸》(寶釵樓上晚妝殘)

○咸豐九年己未(一八五九)二十八歲

自杭州至嘉善，初識知縣薛時雨。

譚獻《薛中議慰農師六十壽言》：「廷獻于全椒薛夫子修相見禮，在咸豐協洽之年。」協洽，歲在未，應即此年。

《復堂諭子書》：「全椒薛慰農公宰嘉善時，吾偶相識……」薛氏宰嘉善僅一年，也即此年。

經邵懿辰推薦，入福建學使徐樹銘幕。

《復堂諭子書》：「長沙徐壽蘅侍郎……視學福建過杭，訪士于邵先生，首及予，予適歸，即招延入閩，至學使幕。」

應在秋冬間赴閩，先沿富春江、衢江舟行至桐廬、蘭溪、龍游，再陸行至福建浦城，再沿南浦溪、建溪入閩江，抵福州。沿途有詩。

初交詞人楊希閔(卧雲)。

《復堂諭子書》：「同幕有新城楊卧雲，宿學也，相與討論，心目漸有歸宿。」

其時與莊棫并稱「譚莊」。

《日記》卷二壬申：「己未以後南北皆稱『譚莊』，莊謂中白(莊棫)。」

○咸豐十年庚申（一八六〇）二十九歲

是年二月，李秀成入浙江，破杭州。三月退出，回援天京。四月李秀成連占常州、蘇州、嘉興等地。六月陳玉成攻占餘杭，逼杭州，旋退。八月英、法軍侵天津，和議破裂，咸豐奔熱河，英法軍焚燒圓明園。九月訂中英、中法北京條約，第二次鴉片戰争結束。十二月太平軍石達開舊部朱衣點入福建，占汀州等地。

春抵福州。在福州幕中從事經史校讎之事。

《復堂諭子書》：「文字外無他事，乃研討經史校讎之事，窮日夜爲之。」

二月太平軍攻占杭州，家得無恙。

《復堂諭子書》：「而杭州先以庚申三月不守，數日克復，家得無恙。道阻不得歸，歸又無所得食，因循旅羈，又病矣。」三月爲譚獻誤記。

譚獻《哭吴子珍》詩「故鄉忽殘毁」句自注：「二月辛酉，賊陷杭州。」

譚獻《憂憤》詩自注：「二月辛酉杭州陷，三月丁卯官軍克之。」

春在延平、建寧按試。

有《延平試院月夕和徐學使》、《春風樓·延平》、《建寧試院送楊晋熙廣文歸杭州》等詩。此次按試，即巡視州府考試事宜，應爲福建學使徐樹銘選派。

閏三月舟行回福州。

譚獻《江行雜詩》序云「閏三月既望發建寧，舟行四日至福州」。其十云：「悲凉烽火連三月，迢遞家書抵萬金。難得多情李别駕，平安兩字未浮沉。」自注：「李君寄語知家書已來，老幼無恙。」

秋赴汀州按試，與楊希閔同陷于太平軍，得脱。

《復堂諭子書》：「庚申汀州陷，方按試事未竟，予與楊君（希閔）同陷賊，貌爲書賈以免。」

《寄黔臬易大夫書》：「鄙人海客，與徐學使游，幾死于汀州之寇。」

《亡友傳・楊象濟傳》：「獻客汀州，陷賊四十日，四方傳爲已死。」

有長詩《悲憤》記之甚詳：「清德當陽九，萬里如沸羹。群盜横豺虎，東南鮮堅城。江淮既蕩析，吴越以淪喪。七閩試領徼，十載吊夷傷。汀贛隔風氣，韋布諸侯客。填委職文字，忽焉睹兵革。人謀實不臧，變至徒惕息。日中城門開，賊來不盈百。盈城一萬户，奔走誰枝格。徒手出官廨，蒼黄被要執。……詰旦與吾友，脱身走城南。」

曾暫離福州返杭州，居十日，重返閩。途經嘉善、上海。

有《留别》、《七夕泊谷口》、《皋亭》、《九日雨中游嘉善面城園同汪仲得》、《梅花道人墓》、《黄浦》、《滬瀆雜詩》、《觀滄海》、《夷場行》等詩，可知秋冬經上海走海路前往福州。

友人吴懷珍（子珍）卒。

作《哭吴子珍》詩悼之。

○咸豐十一年辛酉（一八六一）三十歲

是年七月咸豐帝死于熱河，子載淳嗣，是爲穆宗。慈安、慈禧兩太后垂簾聽政，明年改元爲同

治，命恭親王奕訢爲議政王。九月李秀成入浙江，占紹興，圍杭州，十月入杭州。

上年秋冬曾暫返杭州，二月再抵福州。

《復堂諭子書》：「辛酉二月，再至福州，亦更生矣。」

有《泛海夜至福州》詩。

重九在漳州。

《宛轉歌》自注：「九日漳州作。」

秋厲恩官（研秋）代徐樹銘爲福建學使，仍聘譚獻入其幕。

《復堂諭子書》：「徐（樹銘）侍郎受代，仍就厲研秋光禄之聘。」應在七月至九月間。厲恩官，字錫功，硯秋，江蘇儀徵人。道光二十年（一八四〇）庶吉士，同治二年（一八六三）罷學使。

十月杭州再陷，後知母親陳氏在兵燹中殉難。

《復堂諭子書》：「鄉井再陷，音書斷絶，心志瞀亂，不欲生，又不敢死，不復能治文字，去學使館舍流寓焉。」

譚獻《秋雨》五章：「皋亭山中桂樹晚，淹留不歸將何之？」自注：「時婦子居皋亭山中。」「家書不來已二月，夢中吾母多白髮。夢忘里亂未問訊，猛雨驚起意荒忽。游子淚與檐溜注，虚牖生寒切肌骨。今季三黨如衰草，嶺雲海霧魂飛越。」自注：「舅氏婦翁賊來皆亡。」

在閩首刻《復堂詩》三卷、《復堂詞》一卷，友人莊棫爲撰序。

《復堂諭子書》：「三十歲時，在閩刻《復堂詩》三卷、《詞》一卷。」《復堂詞自叙》應撰于本年。

莊序見陳廷焯《白雨齋詞話》卷五、卷六。

治經有窺微言大義，遂棄前之《日記》。

譚獻《答林實君書》：「獻以訓詁小學治經，適得其末，而又不詳密。三十以後，差有窺于微言大義，遂棄前《日記》。」蓋由漢學轉向常州經今文學派。《復堂日記》卷一前作者有記：「同治二年五月以前《日記》淪失，不可記憶。今自癸亥五月始，删節十之二。」《日記》卷七前又記：「《復堂日記》六卷訖丙戌五月……有錢塘羅榘臣上舍曾于冷攤收得予閩中同治元年壬戌閏八月至癸亥三月《日記》手稿一册，出以見還。」今《補録》爲徐彦寬收入被八卷本删汰的部分日記，自同治元年三十一歲始。

○同治元年壬戌（一八六二）三十一歲

冬春之交送徐樹銘赴京假歸省覲。

作詩《朱亭歌送徐侍郎假歸省覲》。

據《清代職官年表》，徐樹銘于上年八月卸福建學使任。

閏八月從龍巖至福州，辭學使厲恩官（研秋）幕，寓徐樹銘叔徐慶勳齋。

《日記》卷七補記：「壬戌閏（八）月自龍巖至福州，辭厲研秋學使幕，解裝長沙徐芝泉（慶勳）司馬寓齋。司馬爲前學使伯澂（徐樹銘）侍郎族叔。」

有《適中同伯澂學使夜坐有作》詩，自注「入龍巖州境」。

秋冬之交應邀游厦門。

《復堂諭子書》：「居未一月，南昌劉覺岸司馬招游厦防同知官齋，島嶼浪迹，真成海漚鳥矣。」在閩已五載。

冬結交德清戴望。

《日記》卷七壬戌：「交德清戴子高，爲銅士先生文孫、陳碩父先生弟子也。聞聲相思，傾蓋如故。經術辭章，塗徑略近，海隅羈旅，忽得俊人。」

《復堂諭子書》：「是年冬，偶游厦門，交德清戴子高，陳碩父（沆）徵君弟子也。」戴爲莊棫莫逆交。離厦門時，戴望作《别譚儀》詩送行。譚作《贈德清戴望》、《厦門留别》。

在厦門得杭州家人平安消息。

《復堂諭子書》：「得汝母携汝兄避地消息，子高（戴望）方旋里，求訪老母，慨然兼任予事。」

十月閱嚴元照詞集。

《補録》卷一同治元年十月廿五日：「借得歸安嚴元照修能《柯家山館詞》一册，讀之。能爲雅音，高處望見北宋。乃晚年復染指玉田，何與？」

十一月閱周星譽詞集。

《補録》卷一同治元年十一月廿九日：「季貺（周星詒）歸索叔畇（周星譽）《東漚草堂詞稿》。叔畇詞頗事生新，不爲大雅，不能窺其年、錫鬯門户也，然頗自負。」

○同治二年癸亥（一八六三）三十二歲

是年三月以左宗棠爲閩浙總督，曾國荃爲浙江巡撫。八月左宗棠部占富陽，逼杭州。

在福州。

妻兒自德清至。得母親在杭州遇難消息。

《復堂諭子書》：「癸亥，仍寓福州，汝母挈子浮海至，始聞汝祖母殉難之耗。嗚呼！吾自此不得爲人子，遂不足爲人。雖門户所繫，覥焉視息而已絶于天，死于心也已。」

薛時雨任杭州府署糧儲道。

《山東道監察御史薛（春黎）先生墓表》：「同治二年，桑根先生知杭州府書糧儲道，謝病解職，講學西湖。獻著弟子籍于薛氏，益習頗聞。」

吴存義任浙江學政。

《吴（存義）公行狀》：「同治二年，以户部侍郎簡放浙江學政，調吏部左侍郎。」

五月後結交福建詞人謝章鋌。

《日記》卷一癸亥：「訪長樂謝章鋌枚如。此君于經籍、金石之學均有本末，閩中學人可以稱首。」《日記》自癸亥五月始記，訪謝在五月後。陳昌强編《謝章鋌集》附《謝章鋌年譜》，繫譚獻訪謝章鋌事在同治二年（一八六三）六月，劉榮平《賭棋山莊詞話校注・謝章鋌詞話補輯》注駁云：「但《復堂日記》卷二：『自福州携婦子三月十一日登舟，四月二十二日歸杭州。』則譚獻訪謝章鋌事當在三月左右，斷不可繫在六月，因爲譚獻四月就回到杭州。』」按：此段日記引文爲「乙丑」即同治四年（一八六五）事，卷一并云「將歸故鄉，收書入篋」，亦在此年，故陳氏不誤。

閲丁紹儀《國朝詞綜補》。

《日記》卷一癸亥：「閲無錫丁紹儀杏舲公《清詞綜補》稿本。揚王昶侍郎之波。集中輩行錯落，聞見淺陋。予所見近人詞多丁所未見。《詞綜續編》，嘉善黄霽青已成數十卷，海鹽黄韵珊繼之，有成書矣。」

《補録》卷一同治二年七月初十日：「閲無錫丁紹儀所爲《清詞綜補》。《詞綜》補輯，嘉善黄霽青已成數十卷，海鹽黄韵珊繼之。大都黄茅白葦，門靡誇多。第二黄尚能自運成章，于此事小有窺見，尚不至如丁之陋。」

冬爲周星譽撰詞集序。

《東鷗草堂詞序》文尾署「癸亥長至」。

金武祥《東鷗草堂詞序》云：「畇叔都轉《東鷗草堂詞》，介弟季貺太守，于同治癸亥梓于閩中，迄今二十餘年，印本希有，閩板亦不知尚存否。舊有譚仲修序云（略）。」（周星譽《東鷗草堂詞》卷首）

○同治三年甲子（一八六四）三十三歲

是年正月清軍合圍天京。二月左宗棠部占杭州。四月天王洪秀全自殺。六月曾國荃環攻天京，十六日城破李秀成被俘。七月李秀成被殺，太平天國失敗。十月左宗棠赴福建督師攻太平軍。

在福州。

正月閲謝章鋌贈《聚紅榭雅集詩詞》。

《日記》卷一甲子：「閲《聚紅榭雅集詩詞》。《聚紅榭》者，閩中社集合刻所作，長樂謝枚如持贈。……枚如社中巨手，詞入能品。徐雲汀、李星汀亦高出輩流。」謝章鋌《課餘偶録》卷三録日記中此評語，并云：「仲修修詞之功與予派别不同，然亦有家數。近聞其棄官不事，去爲楚北書院（即湖北經心書院）院長矣。因檢書中所刻《日記》六卷，蓋按日讀書隨筆之作，中有數則爲予發者，録之，此亦風雨雞鳴之思也。」《賭棋山莊集·詩八》有《杭州雜詩》六首，其六賦杭州詁經精舍重建，有「能詩近日推譚峭，我爲徐陵憶客星」句，下注云：「謂譚仲修獻。仲修佐徐壽蘅學使校閲，頗叶時論。所著復堂詩詞亦入格，近聞其爲詁經精舍監院。」詩應作于兩年之後的同治五年（一八六六）。

爲周星詒撰詞集序。

《勉熹詞序》文尾署「甲子人日」。

《日記》卷一甲子：「季貺名星詒，祥符人，時官邵武府同知。」

冒懷蘇《冒鶴亭先生年譜》：「春，先生在京師廠肆購得外祖季貺所作《勉熹詞》一書歸，卷端有譚仲修序。此書原與其兄昀叔《東鷗草堂詞》合刻于閩中，經亂板毁，外祖季貺自悔少年，秘不示人，故先生舊刻《五周先生集》獨缺此詞集。」

徐慶勳（芝泉）欲爲譚獻謀一官，不就。

《日記》卷一甲子：「徐芝泉丈京邸書來，羈孤可念。又爲予謀一官，不就。」

薛時雨任杭州知府。

《薛先生墓志銘》：「湘陰左公疏授杭州知府，先生于是去軍府，至治所，爲同治三年也。」

徐慶勳自京寄周濟《晋略》至。

《日記》卷一甲子：「芝泉丈自京寄《晋略》至。予自十九歲得此書，所至必以自隨，庚申汀州之難，書簏盡失。求之數年，復還舊觀，如故人久别矣。」

七月閲楊希閔《詞軌》。

稿本日記同治三年七月二十二日：「閲《詞軌》畢。」《詞軌》，楊希閔編選，正編八卷，補録六卷，選唐五代至清代詞，成書于同治二年（一八六三），未經刊刻，今存稿本于中國國家圖書館。

喜得章學誠《文史通義》、《校讎通義》殘本，引以爲師。

《日記》卷一甲子：「于書客故紙中搜得章實齋先生《文史通義》、《校讎通義》殘本，狂喜，與得《晋略》同。章氏之識冠絶古今，予服膺最深。」

《日記》卷一甲子：「閲《文史通義·外篇》。……懸之國門，羽翼六義，吾師乎！吾師乎！」

論清代學術之變與近世漢宋經學之争。

《日記》卷一甲子：「本朝學術蓋嘗三四變矣。……」

讀宋人詞。

《日記》卷一甲子：「挑燈讀宋人詞至柳耆卿云『狎興生疏，酒徒蕭索，不似少年時』，語不工，甚可慨也。」

作詞：

《綺羅香·白蓮》

〇同治四年乙丑（一八六五）三十四歲

三月初作《明詩》一篇，以章學誠論文之旨論詩。

《補録》卷二三月初三日：「作《明詩》一篇贈鳳洲（潘鴻）、蓮峰（朱蓮峰）。《明詩》者，予《學論》篇目，五年未成。今粗引其端，異時詮次之入予書也。」

攜妻兒啟程，四月返杭州。**客游閩中七年至此结束**。

《日記》卷二乙丑：「自福州携婦子三月十一日登舟，四月二十二日歸杭州。」

《補録》卷一五月三日：「始賃居杭城淳祐橋夔巷陳氏園室三楹。塵裝甫解，計福州束裝蓋五十日矣。」

譚獻《閩江曲》叙云：「蓬飛閩嶠，一息八載，亂離小定，溯江旋歸。迺以柔領海之氣，申倦游之旨，廣貞信之教，發思古之情，泛舟千里，成詩二十二章。世儻有師乙、季札其人者，其謂之何？」

長子譚侖病。

《復堂諭子書》:「杭州既復,旅貲匱,乙丑春,始拮据歸里門。汝殤兄侖不慧如汝,奔走饑凍,病已不淺。」

春末,與詞人王拯(王錫振)晤。

初識王拯于同治在北京時。王拯于上年自北京舟行南下,逗留杭州,此年春,有詩《杭州積雨未發伯平和詩與丁松生茂才(鴻)譚仲修學博(廷獻)疊韵并至》。(《龍壁山房詩草》卷十四,自編年乙丑)據《清代職官年表》,王拯道光廿一年(一八四一)進士,官至通政。同治三年降職。

與許增定交,直至暮年。

《復堂諭子書》:「壯而納交,首數許邁孫。」

譚獻《榆園記》:「同治之初,井里息烽燧,客游思故鄉。許增邁孫與獻先後歸杭州,定交杵臼間。」

譚獻《重刻四史疑年録叙》「(許增)今年七十二矣」,署「時年六十四歲」,許增長譚獻八歲。

許增《書復堂類集後》:「同治三年夏,在江弢叔案頭讀譚君仲修所著《閩江曲》二十二章,心向往之,并世有其人,又生同里閈深,以不獲奉手爲憾。明年始晤于宗太守湘文席間……後數相見于薛慰農觀察所,蹤迹漸暱。」

夏拜杭州知府薛時雨爲師。

譚獻《薛中議慰農師六十壽言》:「廷獻于全椒薛夫子……著弟子籍,實同治旃蒙之歲。」旃蒙之歲,即乙丑年。

譚獻《蒙廬詩叙》：「獻與沈子蒙叔，所謂積素累舊之歡也。自同治乙丑夏，傾蓋全椒薛師之門，勝友如雲……」

秋鄉試報罷。

《復堂諭子書》：「全椒薛慰農公宰嘉善時，吾偶相識，乃公不遺忘，時官杭州太守，相見傾愛，謀慮周至。吾之再從諸生服趨舉場者，公實强之。于是，著弟子籍，重理鉛槧，秋闈仍報罷。」

秋末薛時雨因病辭官，繼任知府劉汝璆（笏堂）舉薦任學官。

《復堂諭子書》：「薛公謝病去官，劉笏堂太守繼之，分俸助予，就學官署。」

《補録》卷一九月望日：「過桑農（薛時雨）師，同人咸在，遂同赴閑福居酒樓會飲。」

譚獻《靈隱山游》詩序云：「十月六日吴恒仲英招同丁丙松生、高人驥呈甫、沈景修蒙叔陪前知杭州府全椒薛先生宿雲林寺，明日遍覽巖洞，題名而歸。時先生謝病解官，將去杭州矣。」

薛時雨《摸魚兒》詞序云：「將去杭州，偕丁松生大令（丙）、吴仲英司馬（恒）、高呈甫廣文（人驥）、譚仲修（獻）、沈蒙叔（景修）兩明經，宿靈隱寺話别。次日登飛來峰，遍訪唐宋題名，經十里松，達棲霞，謁岳墳，過西泠橋，吊蘇小墓，泛湖心亭，陟孤山放鶴亭小憩，遂循雷峰，訪净慈遺址而歸。」（《藤香館詞》）有《同人招泛兩湖和譚生仲修（廷獻）韵四首》（見《藤香館詩鈔》卷三「乙丑」）。

立春日東坡生日同集宴會。

《補録》卷一十二月十九日立春：「赴高伯平（均儒）之招，爲東坡壽。同集者：高宰平（學治）

丈、楊枌園（文傑）丈、鄒典三、丁松生（丙）、吴仲英（恒）、魏稼孫（錫曾），伯平翁爲主人，及其子叔遲，凡九人。」

閲陳文鼎詞集，論浙西詞派。

《日記》卷二乙丑：「閲陳元（應爲「文」）鼎《鴛鴦宜福館吹月詞》。婉約可歌，有竹山、碧山風味。杭州填詞爲姜、張所縛，偶談五代北宋，輒以空套抹殺，百年來屈指惟項蓮生有真氣耳。實庵雖未名家，要是好手。」

入采訪忠義局，參與編纂《忠義録》。

《復堂諭子書》：「先是予甫歸，已入采訪忠義局，遂同纂《忠義録》。」

譚獻《浙江忠義祠碑（代）》：「左（宗棠）公乃延攬賢大夫士，資其聞見，采掇遺烈，網羅幽潛，開采訪忠義局于寧波府城，後移杭州。……蓋繼左公者，菏澤馬端敏公（馬新貽），合肥李公（李鴻章）及湘鄉蔣公（蔣益澧）及昌濬（楊昌濬）。」據《清代職官年表》，左宗棠前此任浙江巡撫，首肇其端，上年九月馬新貽由安徽布政使繼任浙江巡撫。時蔣益澧任浙江布政使。譚獻有《投贈蔣布政使十韵》詩。

詞人黄燮清卒。

作詞：

《水調歌頭》（纔上一輪月）

〇同治五年丙寅（一八六六）三十五歲

正月杭州詁經精舍重建，浙江巡撫馬新貽任命其爲監院。

《復堂諭子書》：「丙寅、丁卯，馬端敏公（新貽）撫浙，檄詁經精舍監院。」

《日記》卷二丙寅：「詁經精舍重建，馬（新貽）撫部檄予監院。同治五年正月晦，幞被載書，坐卧第一樓下……」又云：「蔣薌泉布政買書弆精舍，凡千三百册。」

精舍因杭州兩次被太平軍攻陷而毁，本年由浙江布政使蔣益澧捐資重建。譚獻同鄉好友張預《崇蘭堂詩初存》乙集上有《臘日陪吴學使師（存義）讌集湖上詁經精舍》詩，自注云：「精舍毁于兵，布政蔣公重建始落成。」

陳豪有詩《余以同治五年奉馬端敏公設官書局招往校讎時僅十三人薛時雨孫以言高均儒李慈銘譚廷獻張景祁胡鳳錦汪鳴皋陸元鼎張鳴珂沈景修王麟書及余後增至三十六人黄君質文亦奉檄至局綜核出入之事今年書來屬有以志其盛爲賦三絶寄之》。（陳豪《冬暄草堂遺詩》）

《清史稿·馬新貽傳》：「（同治）三年，擢浙江巡撫。……厚于待士，會城諸書院皆興復，士群至肄業，新貽皆視若子弟，優以資用獎勵之。」據《清代職官年表》，馬新貽（一八二一—一八七〇），字穀山，道光廿七年（一八四七）進士，後任兩江總督兼南洋通商大臣，被刺身亡。

秋同人于湖舫設宴送別薛時雨。

《日記》卷二丙寅：「同人觴薛慰農觀察師于湖舫。風日清佳，吟嘯甚適。一念此集爲離筵，不禁凄惻。」

薛時雨有《重抵武林》詩，秋又有《將去杭州述懷言别四首》「秋風催我賦歸田」句，離杭州返鄉。（見《藤香館詩鈔》卷四「丙寅」）

吴存義視學浙江，譚獻拜吴氏爲師。

《復堂諭子書》：「泰興吴和甫侍郎督浙江學，予不得與工校，而論學尤契。吾之中年，虚鋒略盡，漸有見儲樸之意者，吾師泰興公教也。」

有《雲林紀游同學使泰興吴先生前糧儲全椒薛先生》詩。

從蔣景祁《瑶華集》中選詞，始編《篋中詞》。

《日記》卷二丙寅：「選次《瑶華集》，爲予《篋中詞》始事。」

作詞：

《一萼紅·吴山》

《大江東去·〈藤香館詞〉題詞》

〇同治六年丁卯（一八六七）三十六歲

是年美商成立上海輪船公司。

四月浙江書局成立，馬新貽、吴存義聘譚獻等爲總校。

《復堂諭子書》：「又奏開書局，以予爲總校。」

《日記》卷二丁卯：「馬中丞（新貽）、吴學使（士林）奏開浙江書局，薛慰農、孫琴西（衣言）兩先生主之，高伯平丈、李蒓客（慈銘）、張韵梅（景祁）與予爲總校，胡肖梅（鳳錦）、汪洛雅（鳴皋）、陸春江（元鼎）、張子虞（預）、張玉珊（鳴珂）、沈蒙叔（景修）、王松溪（麟書）、陳藍洲（豪）爲分校。」後俞樾總辦浙江書局。

譚獻《慕陔堂詩敘》：「當是時，大府奏開書局，群士輻輳，其人皆抗心希古，雅有志尚而不無蜂起之論。猶記酒酣耳熱，夜闌秉燭于聽園小樓之上，吴興施均父（施補華）、桐鄉沈谷成（沈登善）、仁和陳蘭洲（陳豪）、錢塘張子虞（張預）抵掌論文，各樹一義，往往頭没杯案，聲振屋瓦。予與韵梅（張景祁）雖已摧鋒落機，猶時時送難不自休。其時，松溪（王麟書）夷然退然，拈髯微笑于旁，或長嘯如有所不屑，蓋深得于吾鄉先正之流風餘韵，不獨以溢量爲戒，尤不願所蓄之無餘。」

馬新貽《建復書院設局刊書以興實學折》（十月十二日上）：「竊臣先準禮部諮，議覆御史范熙溥奏：軍務肅清省份，亟宜振興文教，令將所屬書院妥爲整頓。奉旨依議。欽此。續又準諮，同治六年五月初六日奉上諭：鮑源深奏請刊刻書籍，頒發各學一折……自應在省設局重刊，以興文教。當經臣批飭，迅速舉辦，即于四月二十六日開局。」（《馬端敏公奏議》卷五）據《清代職官年表》，馬新貽于此年十二月調任福建總督，後接任者爲李瀚章、楊昌濬。

浙江書局初設于杭州小營巷報恩寺，後移至中正巷三忠祠，而以報恩寺爲官書坊，專門發售書籍。（參見鄧文鋒《晚清官書局述論稿》，中國書籍出版社，二〇一一年，第八四頁）

三月至五月，仁和知縣姚光宇（季眉）等多次集湖舫文會。

《日記》卷二丁卯：「姚季眉大令集江浙文士爲湖舫文會，以慰農薛師爲主。」

譚獻《祭姚季眉太守文》：「與諸文士，前喁後于。春波秋樹，流連湖上。……獻也謝病，歸尋墜歡。爲不速客，觴詠宵闌。」

張預《崇蘭堂詩初存》丁集下：「丙寅丁卯間，同人結文社湖上，請業于全椒薛先生，時季眉官仁和令，每集輒爲東道主。清樽畫舫，稱盛一時。」

秦緗業有《慰農移主金陵尊經書院講席以留別虎林諸同人二律見寄輒次原韵奉酬》詩（《虹橋老屋遺稿・西泠酬倡集》卷一）。

薛時雨有《西湖餞春曲（湖舫第一集）》、《四月二十八日招吴和甫學使（存義）沈念農少司成（祖懋）沈菁士太守（丙瑩）高伯平院長（鈞儒）譚仲修（廣文）小集靈隱禪院學使有詩即和原韵二首》等詩記之。（見《藤香館詩鈔》卷四「丁卯」）。

秋應鄉試獲舉，擬明春北上應試。

《復堂諭子書》：「丁卯鄉試獲舉，年已三十六矣。同榜多聞人，亦多舊交。座主爲故禮部侍郎太和張霽亭（澐卿）公、今粵督南皮張薌濤（之洞）公。房師爲故處州太守漢陽蕭雲史公也。」

譚獻《寄黔臬易大夫書》：「厠名乙科，在丁卯之歲，行年三十六矣。」

譚獻《太和張（澐卿）公祠堂記》：「同治六年丁卯，朝命光禄寺少卿、太和張公典浙江鄉試，副以南皮張編修公。是年兼補甲子科，故選士倍恒。」

《日記》卷二丁卯：（除夕）「艱辛乙榜，屬望無人。師友風期，等于骨肉。獻歲發春，隨計北上。」

《補録》卷二光緒四年（一八七八）回憶：「丁卯浙中同舉諸君，經學文章各有門徑，一時稱盛。許竹篔、褚叔寅皆年少策名，而皆有志于學術。逝者已矣。竹篔官翰林久不進，又頗有蜚語，成就不知何如，病懶久未通書也。吾家科名不振，儒風淡薄，先大父嘉慶戊午榜中，如張叔未、陳仲魚諸先生，皆耆年宿儒，惜後生小子未得以年家末學撰杖老成。」

胡鈞《張文襄（之洞）公年譜》：「六月十二日奉旨充浙江鄉試副考官……九月十五日發榜，所取多樸學之士。」

薛時雨有《嘉興得見登科録諸生多獲雋者喜賦》詩，中有「譚廷獻張預皆湖舫文會第一」注。（《藤香館詩鈔》卷四「丁卯」）

故交徐樹銘繼吴存義爲浙江學使。

譚獻《重建再到亭記》：「同治六年丁卯，禮部侍郎長沙徐公，奉使來視浙學，勤德愛士，引掖成就尚友。」

譚獻《光禄大夫徐公夫人張氏靈表》：「比同治六年，長君以禮部侍郎使浙視學。」

據《清代職官年表》，吴存義于此年八月一日卸浙江學使任。

《清史稿·徐樹銘傳》：「同治五年，起署禮部左侍郎。明年，督學浙江，以薦舉人才中列已罷編修俞樾，嚴旨付吏議，謫遷太常寺少卿。」

徐樹銘光緒十八年八月《澂園自叙事略》：「同治丁卯，予以禮左奉命視學……，適奉旨令舉人才，……群治所見經史諸子百家之説，爲論撰成《復堂彙編》，文辭淵雅，爲世所欽，式治世之術，夷然以清，則有若錢唐譚孝廉獻。」（《澂園遺集》卷首）

十一月曾游嘉興、湖州。

《補録》卷一：十一月初六日：「秀州市上冷攤買得《韋廬詩》三册。秀州三日留，所得止此。」二十日：「過湖州朱氏園林故址……」

作《某（梅）花洲訪石中玉》詩，時在冬天。

讀納蘭性德《飲水詞》袁蘭生選本。

《補録》卷一同治六年十一月初二日：「點誦成容若《飲水詞》袁蘭生選本。風格更高出蔣鹿潭矣。有明以來詞手，湘真第一，飲水次之，陳（其年）、朱（竹垞）而下皆小家也。求其嗣響，殆《蘅夢》乎？」

閲張鳴珂（玉珊）詞集。

《日記》卷二丁卯：「閲嘉興張玉珊《寒松閣詩詞稿》。詩篇秀絶，未深思耳。詞尤婉麗。」

閲蔣春霖（鹿潭）詞集。

《日記》卷二丁卯：「閲蔣鹿潭《水雲樓詞》，婉約深至，時造虚渾，要爲第一流矣。」

閲項鴻祚（蓮生）詞集，擬撰《篋中詞》。

《日記》卷二丁卯：「閲項蓮生《憶雲詞》。篇旨清峻，托體甚高，一掃浙中喘膩破碎之習。蓮生仰窺北宋，而天賦殊近南唐。《丁稿》一卷，遍和五代詞，合者果無愧色。有明以來，詞家斷推湘真第一，飲水次之。其年、竹垞、樊榭、頻伽，尚非上乘。近擬撰《篋中詞》，上自《飲水》，下至《水雲》，中間陳、朱、厲、郭、皋文、翰風、枚庵、稚圭、蓮生諸家，千金一冶，殊呻共吟，以表填詞正變，無取刻畫二窗，皮傅姜、張也。」

詞人蔣敦復卒。

作詞：

《南樓令・羊辛楣〈花溪吹笛圖〉》

《眉嫵・梅花洲小泊……》

〇同治七年戊辰（一八六八）三十七歲

正月四日長子譚侖殤。

《日記》卷二戊辰：「正月四日，侖兒殤。十三年如一夢耳。」

《復堂諭子書》：「戊辰會將就道，而汝兄侖以正月殤，汝母之側，汝姊而已。」

《補録》卷一同治二年六月十三日：「爲内子瑟瑟授《説文》……兼授侖兒，欲其早識小學門徑。恨侖兒質魯甚，恐不能畀以學術。子高昨書來，言侖兒星命佳，可讀父書，不可以聰明不如我而棄之。然能久侍予側否尚不可知此中蓋有天焉，非可强也。」

首次赴京參加會試。正月八日發舟北上，二月廿四日抵京。

《補録》卷一同治七年正月八日：「發舟北上計偕，同行爲張子虞（預）、袁爽秋（昶）。」十日：「入嘉善城。」十八日：「抵上海。」二月初四日：「發裝上南潯輪船。」初九日：「啟輪。」望日：「輪舟入大沽口。」十六日：「移裝上小舟。午抵天津河北街旅邸。」十九日：「買舟赴通州。」廿三日：「抵通州。」廿四日：「黎明即登岸……比至東便門已薄暮矣。至仁錢會館解裝。」

《復堂諭子書》：「是時，北路尚梗，輪船遇風雪，不飽魚鱉者，呼吸事耳。體多痰飲，寒結筋絡，吾之患臂瘻即由于此。」

《上座主湖北督學張先生書》：「獻生三十七年矣……春趨京師，禮部報罷，幽憂多疾。又迫烽火，偃蹇圖南。」

在京見友人許宗衡。

《日記》卷二戊辰：「過許海秋起居。丈海内老成，晨星寥落。十年離抱，一概軍聲。痛話當年，屈指師友，覺長生久視爲無謂矣。」

《復堂諭子書》：「再入都門，耆舊零落略盡，惟見許海秋先生也。」

許宗衡《贈譚仲修還杭州序》：「十餘年來，宗衡居京師，所感于吾黨之淪喪者，蓋不忍心稽而意想。譚君仲修别既十年，當時相游燕……幸而仲修來，雖以益我悲，不又可以釋我悲乎？獨奈何仲修又將歸也……」（《玉井山館文續》卷二）

二月末考試，四月初十日發榜下第。

《補録》卷一同治七年二月廿八日：「黎明，詣保和殿覆試。午正，交卷出。」四月初十日：「晨起見全録，杭人售者六人，諸知己皆下第。同年生售者九人，以沈谷成（登善）、陶子方（模）爲魁傑。」

閏四月十二日返杭州。

《補録》卷一同治七年四月廿二日：「出都。午後至通州，登舟。」廿七日：「至天津。次日，上南潯輪船。」閏四月初三日：「駛行。」初六日：「達吴淞。」初七日：「買棹歸杭州。」十二日：「到家。」

五月署秀水（嘉興）教諭，仍兼書局、采訪局事。此年與下一年，來往于杭州、嘉興之間。

《日記》卷二戊辰：「得檄，署秀水教諭。冷官身世，要當忍饑誦經耳。」

《補録》卷一同治七年五月初八日：「赴官秀水教諭，檢行篋上船。」十一日：「抵嘉興。」十六日：「朝衣上官，是何蟣虱臣邪！」廿三日：「回杭，發舟。」廿四日：「抵石門縣泊。」廿六日：「到家。」

《復堂諭子書》：「下第南還，署秀水教官，仍兼書局、采訪局事，故官秀水將兩期，居于學舍不過三月耳。」

《上座主湖北督學張先生書》：「獻以六月署秀水教諭。」此六月爲大略言之。

譚獻《湘春夜月》詞序云：「予以五月九日之官秀州。」

閲許宗衡《玉井山房詩餘》。

《日記》卷二戊辰：「閲許海秋《玉井山房詩餘》。幽窈綺密，名家之詞。」

九月吴存義卒。

譚獻《吴公行狀》：「六年任滿，三載，公中風數病，乞休歸。……既謝病，乃赴休寧。」「（同治）七年九月，公卒于泰興里第。」

《補録》卷一同治七年十二月初八：「去年在泰興吴師節署……而吴師已歸道山矣，哀哉！」

《復堂諭子書》：「泰興吴和甫（存義）侍郎公督浙學，予不得與考校，而論學尤契。吾之中年虚鋒略盡，漸有見素儲樸之意者，吾師泰興公教也。」

張琦之子張曜孫輯刊《同聲集》。

詞人蔣春霖卒。

作詞：

《尉遲杯・西湖感舊，周韵同潘少梅丈作》

《湘春夜月・今年春初……》

《憶舊游・九月八日紅豆詞人自禾中來……》

《金縷曲・唐鄴月夜懷勞平甫》

○同治八年己巳（一八六九）三十八歲

在杭州。

五月友人高古民卒。

《日記》卷二己巳：「五月望日，高古民丈病卒。追懷癸丑以來論交群紀之間，與昭伯結昆弟之好，又唱酬相得。」

《補録》卷一同治八年十月十四日：「撰《高古民（錫恩）丈行狀》。」

得新刊張琦《宛鄰書屋古詩録》。

《日記》卷二己巳：「《宛鄰書屋古詩録》……今年常州所刊本，蔣子相貽我，得還舊觀。莊中白嘗以常州學派目我，諧笑之言，而予且愧不敢當也。」稿本日記：「因蔣子相購《宛鄰書屋古詩録》，甚喜，復還舊觀。予治古詩以此書爲始事。莊中白嘗以常州學派目我，諧笑之言，予方愧不敢任也。蓋莊氏祖孫、張氏昆季、申耆、晋卿、方立、稚存、淵如皆嘗私淑，即仲則之詞章，又豈可多得者乎？」

治《文選》。

《日記》卷二己巳：「今春校《文選》卒業。……予欲撰《文選疏》，蓋泰興吴師爲衣鉢之授。」「治《文選》三十卷一過。校讎甫畢。已將一年，可愧。」

薛時雨離杭州，赴南京辦學。

譚獻《石城薛廬記》：「同治八年，先生去杭州，設教于石城山下。」

閱吴衡照（子律）《蓮子居詞話》。

《日記》卷二己巳：「閱吴子律《蓮子居詞話》。頗見深微，有功倚聲不小。」

友人許宗衡卒。

《日記》卷二己巳：「高叔遲來談，知許海秋丈已歸道山，海内又失一老成。」《日記》辛未（同治十年，一八七一）又云：「潘司農貽我許海秋先生《玉井山館集》。先生懷樸儲素，金門宦隱。文章高格，下視唐宋。戊辰入都，猶招我小園一集，此别遂千古矣。」

江順詒《願爲明鏡室詞稿》刊行。

丁紹儀《聽秋聲館詞話》刊行。

○同治九年庚午（一八七〇）三十九歲

是年八月兩江總督馬新貽被刺而死，調曾國藩爲兩江總督，李鴻章爲直隸總督。十一月命兩江總督兼五口通商大臣。

在杭州。

正月閲龔自珍詩詞新刻本。

《日記》卷二庚午：「閲《定庵詩詞》新刻本。……詞綿麗沉揚，意欲合周、辛而一之，奇作也。」

閲《定庵全集》七卷畢。

《日記》卷二庚午：「閲《定庵全集》七卷畢。」

四月閲《絶妙好詞箋》。

《日記》卷二庚午：「閲《絶妙好詞箋》。」

因莫氏不育，納妾徐氏，爲徐彦寬姊。

《復堂諭子書》：「予辛未公車……吾友童子佩廣文，以汝母不再育，勸納妾，汝生母乃來。」錢基博《復堂日記序》：「薇生姊氏適譚。」徐彦寬字薇生，後爲譚獻録《復堂詩續》，整理日記《補録》。

十二月登舟離杭，沿大運河北上應試。

《補録》卷二同治九年十二月初九日：「北上計偕，登舟，同行爲（余）右軒、（褚）叔寅兩同年。」十二日：「暮抵嘉興。」十六日：「抵松江。」二十日：「抵蘇州。」廿四日：「泊無錫北郭。」在常州遇張預、羊復禮同行。張預《崇蘭堂詩初存》卷五有《雪阻常州喜遇譚仲修羊辛眉（復禮）兩同年因約偕行》詩。

馬新貽卒。

○同治十年辛未（一八七一）四十歲

正月抵揚州，莊棫自泰州來見。

《日記》卷二辛未：「同治十年元旦，阻雪丹陽。」「六日，步登金山。」「揚州發舟。」「正月二十四日游泰安岱廟。」「入河間府城。」

《補録》卷一同治十年正月初九日：「舟抵揚州。」十日：「莊中白自泰州來，相見悲喜。至其寓小坐，出示近年所作詩。」

此晤爲兩人預約，莊棫同治九年九月七日手札：「十年睽别，思念良殷。明歲禮闈，可否由敝省逕往？……邇時或便道至揚州，由淮壖進發，弟亦可握手作數日談。或弟至金陵，亦無不可也。前途蹤迹，甚屬茫茫，能得握手，皆爲幸事。」（《復堂師友手札菁華》）

閲吴存義詩詞。

《日記》卷二辛未：「揚州發舟，閲先師吴和甫少宰《榴實山莊集》。」

二月初至京師。

《補録》卷一同治十年二月初四日：「黎明發車，行四十里，入（京城）南西門。……解裝于西珠市口仁錢會館井福軒中。」

三月完試，四月會試揭曉，被放。五月到家。至今南北十一試。

《日記》卷二辛未：「三月十五日申，完三場卷。念自己酉鄉闈至今，南北十一試，矮屋中過九十九日矣。行年四十，鶩此浮榮，亦何爲哉！」

《補録》卷一同治十年三月初八：「進場。」四月十一日：「揭曉，被放。」十七日：「與潘鳳洲（鴻）同車出京，出城二十里，登舟。」五月朔日：「未刻達上海，即買舟回杭。」初七日：「到家。」稿本日記第一〇册《倦游日記》卷首小引云：「同治十年辛未夏五月，譚儀被放于禮部，歸家。」

徐樹銘薦舉爲鴻博，未獲召試，徐因被貶。

《復堂諭子書》：「繼吴公者即徐侍郎，篤故舊，忘形迹，而三年述職，上疏薦士，余亦與焉。嘗規阻之不得，侍郎遂以是疏謫。予辛未公車，杜門不欲接海内人士者以此。」

譚獻《誥封光禄大夫徐公（夒）墓志銘》：「子樹銘，道光廿七年翰林，歷官兵部、禮部侍郎，以薦士左遷，今官大理少卿。」「薦士」即指此。

秦敏樹《小睡足寮補録》卷二：「同治間，徐侍郎樹銘舉君（譚獻）鴻博，未召試。」

六月後于戴園校書。此時已始編《復堂類集》。

稿本日記第一〇册《倦游日記》小引云：「六月初十日後，太白經天，儀處雪月，畏炎暑，杜門治群籍，揮汗輒不終卷。……寫定所著雜文，次第爲《復堂類集》。年既四十，公車再報罷，性不能治生，讀書苦不副願，慨然將賦倦游詩以見志。」

施補華有《校書戴園與同事諸君子》詩，作于同治十年辛未冬，題下原注：「同是役者，爲黄以周元同、王詒壽眉叔、董慎言仁甫、高驂麟仲瀛、陳豪蘭洲、張預子虞、王麟書松溪及仲修、儀父等二十四人，種學績文，并時英妙。」（《澤雅堂詩集》卷五）

施補華又有《戴園種花樹》詩，作于同治十一年（一八七二），據詩中「去年借作校經室」句，則戴園校書當始于同治十年（一八七一）。（參見鄧文鋒《晚清官書局述論稿》，第一一八頁）

歲末年初作《戴園寓興同諸子》詩，有「中年逾四十」句。又有：「一近家山隱，難期痼疾痊。罷官非决絶，薄俗厭周旋。」數語可見會試失利返家後心情。

次子譚瑾出生。

《復堂諭子書》：「一年生汝瑾。晬時急病似不治，汝母幾欲身先之。汝僅免乳，固離生母而育于嫡也。」

《復堂諭子書》：「辛未瑾生。」

作詞：

《虞美人》二首

（柔塵吹暗絲鞭道）

（霞明煙細還如舊）

○同治十一年壬申（一八七二）四十一歲

在杭州。

正月閲丁紹儀《聽秋聲館詞話》。

《補録》卷一同治十一年正月初七日：「閲丁紹儀《聽秋聲館詞話》二十卷。」

爲江順詒（秋珊）詞集定稿。

《日記》卷二壬申：「江君秋珊，旌德人，刻《願爲明鏡室詞》，來屬論定。有婉潤之致，不傖劣也。欲爲删削，江君固有意重刻。詞中一語曰『楊柳當門青倒垂』，七字名雋。」

元夕後游歷蘇州。

《日記》卷二壬申：「薄游吴門，元夕後三日發舟。」

有《吴江》詩。

二月爲江順詒撰詞集序。

《願爲明鏡室詞稿序》文尾署「同治十一年仲春月朔，仁和譚獻叙于吳門舟中」。

戴園獨居，誦本朝人詞。

《日記》卷二壬申：「戴園獨居，誦本朝人詞。」

九月爲王詒壽撰詞集叙。

《笙月詞叙》文尾署「壬申九月杭州譚獻撰」。

年底賃居杭州皮市南園。

稿本日記第十三册《南園日記》題識云：「王見大築南園于皮市，兵後，園爲義塾。北隅鄰廡，予以壬申歲不盡十日賃居焉。」

作詞：

《點絳唇·臨平道中》

《謁金門·春曉》

《山花子》二首

（曲曲銀屏畫折枝）

（門外蕭郎駿馬行）

《霓裳中序第一·怡雲小築梅萼初發，尋春未遲》

《望江南》(東風路)

《花犯·唐鄞梅花林下作》

《洞仙歌·初秋》

○同治十二年癸酉(一八七三)四十二歲

是年正月東西太后撤簾,同治帝親政。

正月渡錢塘江,應秦樹銛邀赴會稽,與友人游諸名勝。

《日記》卷三癸酉:「癸酉春正下旬一日,幞被度(錢塘)江赴秦樹銛秋伊娱園之約。……胡梅仙、陶子珍(方琦)兩同年。王眉叔(貽壽)來會。」「次日游禹穴。馬賡良幼眉亦至。」「吼山,古大亭山也,偕子珍一游。」「陶心雲(浚宣)同年自上虞來會,游快閣、小雲棲、望山亭,遇雨回棹。」

《補録》卷一同治十二年正月十一日:「薄游臯園。」廿四日:「與秦秋伊(樹銛)諸君共爲禹穴之游。」廿八日:「偕秋伊諸君至七星巖登覽。」

二月友人戴望卒于南京。

《日記》卷三癸酉:「凌子與自揚州馳書,告子高病危。旅魂孤子,偃蹇窮愁,果不容白髮老書生邪!第二書來,竟以二月二十六日丑歿于飛霞閣。哀哉!將與施均父經紀其喪。」按:飛霞閣爲江寧書局所在地,時戴望任書局分校。

後在光緒元年(一八七五)赴南京時作《飛霞閣吊戴子高》詩悼之。

四月點定《同聲集》。

《補録》卷一同治十二年四月十三日：「點定《同聲集》。……以王季旭爲名家、定庵爲絶手，餘無譏焉。」

秋杭州鄉試期間與友人聚會。

《日記》卷三癸酉：「秋試，裙屐集于都會。朱鎮夫、陶子珍（方琦）兩同年以送考來，晨夕過從，談藝深至。」「偕新榜諸友入貢院。」應是指杭州鄉試。鄉試于子、卯、午、酉年舉行。

重九得讀周濟《詞辨》。

稿本日記同治十二年九月初九日：「得玉珊書，寄《詞辨》寫本至。」

《日記》卷三甲戌：「周先生有《詞辨》十卷，稿本亡失，潘季玉觀察刻二卷，版亦毁矣。去年重九，張公束（嗚珂）寄我寫本甚珍異，嘗馳書越中，以托陶子珍。」謂「去年重九」，則應繫于此年。

黄燮清《國朝詞綜續編》刊行。

潘祖蔭重刊周濟《宋四家詞選》。

劉熙載《藝概》刊行。

徐本立《詞律拾遺》刊行。

作詞：

《西河·用美成金陵詞韵……》

《最高樓・金眉老〈煙雨尋鷗圖〉……》
《蝶戀花・水香庵餞春》
《南歌子・題金眉生〈江上峰青圖卷〉》
《瑣窗寒・連夕與子珍步月……》
《齊天樂・許邁孫〈煮夢盦填詞圖〉》
《十六字令》(寒)
《摸魚子・和泖生韵,贈詠春》

○同治十三年甲戌(一八七四)四十三歲

是年十二月同治帝卒,慈禧太后立醇親王子載湉,是爲德宗,兩太后垂簾聽政,改明年元爲光緒。李鴻章主持設立招商局輪船公司。

二月赴京,寓西城伏魔寺。

《補録》卷一同治十三年二月初四日:「登舟北赴禮闈。」初九日:「達上海。」廿四日:「解裝錢仁館。」

李慈銘《越縵堂日記・桃花聖解庵日記・癸集》二十一日:「午詣伏魔寺訪仲修、鳳洲。」

胡珠生編《宋恕集》載潘鴻詩,尾署「此甲戌秋與譚復堂寓京師西城伏魔寺所作……」。

三月第三次參加禮部考試,未售。

《補録》卷一同治十三年三月十二日：「既明起，經義五道申初脱稿。寫卷至二鼓訖，臂痛大作。春秋闈十一試，未有如今年之不欲戰者。」四月十三日：「榜發，被放。」三月初八日：「入場。」十一日：「入場。鄰號適晤長樂謝枚如（章鋌）同年，不相見又三年矣。」十二日：「既明起，經義五道申初脱稿。寫卷至二鼓訖，臂痛大作。春秋闈十一試，未有如今年之不欲戰者。」四月十三日：「榜發，被放。」

稿本日記第十五册《三上記》、《人海密藏記》題識云：「甲戌首春，將起禮闈……又戊辰以後，與計吏偕，至是三踏京塵，不徒懸布再登，實已强臺三上，不無慷慨係之。」

四月在京與詞人樊增祥定交。

《日記》卷三甲戌：「與宜昌樊增祥雲門定交。」

譚獻《樊山集叙》：「譚生内交樊子，在甲戌之夏，公車被放，道義相期。」

譚獻與樊增祥此前就有交往，樊亦于同治六年（一八六七）鄉試中舉，故以同年相稱，同治九年（一八七〇），樊有《寄譚仲修（廷獻）同年杭州》詩（《樊山集》卷一《雲門初集上（起庚午，訖癸酉）》）。

八月乾清宫引見。

《補録》卷一同治十三年八月十二日：「寅初起，入城。辰正，乾清宫引見。」

九月南還，十月重病。

《日記》卷三甲戌：「九月南還，十月一病幾殆。」八月廿六日：「出都。」九月十一日：「回杭。」

十一月捐官安徽懷寧知縣，發舟離杭。

《日記》卷三甲戌：「十一月赴官安慶，道出嘉善。」「上安瀾輪船溯江。」「解裝懷寧東城，出郭，看『樅陽門』三大字。」

《補録》卷一同治十三年十一月廿二日：「發舟。」卅日：「抵滬。」十二月初五日：「上定海輪船。次日展輪。」

《復堂諭子書》：「甲戌三赴計偕，自顧漸老，稍欲以民事自試，假貸戚友，入貲以縣尹官皖，非素心也。」

譚獻《戴園留别五章》詩有「七年三度公車客」句，自同治七年（一八六八）至此共七年，其間共三次赴京參加會試。

道經嘉善，金安清貽新刻周濟《宋四家詞選》。

《日記》卷三甲戌：「十一月赴官安慶，道出嘉善，金眉生（安清）都轉招飲。中坐，以周保緒（濟）《宋四家詞選》見貽，潘（祖蔭）侍郎新刻。」

十二月抵安慶，謁安徽布政使孫衣言。

《補録》卷一同治十三年十二月初九日：「午抵安慶西門。」十六日：「謁方伯孫琴西（衣言）年丈，時以廉訪權藩篆也，不相見五六年矣。」孫衣言于咸豐八年（一八五八）出任安慶知府。俞樾《春在堂詩編》卷五有《送孫琴西同年（衣言）出守安慶即用其癸丑年見贈原韵》，編在戊午年（咸豐八年）。

《復堂諭子書》：「同治十三年冬盡至皖，孫琴西（衣言）公以臬使權藩伯也。文字知交，又年家，然不欲干請。」時故友孫衣言以廉訪使身份權任安徽布政使。據《清代職官年表》，孫衣言道光十三年庶吉士，官至太僕，光緒六年病危。

作詞：

《金縷曲·都門春感，爲周郎賦》四首

（如夢春雲曉）

（落絮翩翩影）

（芳草知時節）

（没個消魂處）

《浣溪沙·樊雲門詞卷》二首

（别院東風著意吹）

（記得華年是鏡中）

《綺羅香·題李愛伯户部〈沅江秋思圖〉，用梅溪韵》

《一萼紅·愛伯〈桃花聖解庵填詞圖〉》

《長亭怨·燕臺愁雨，和陶子珍》

《二郎神·清秋夜集……》

《解語花·陶少篔〈珊簾試香圖〉》

《臨江仙·記別》

〇光緒元年乙亥（一八七五）四十四歲

在安慶。

孫衣言離職，應繼任布政使紹誠之邀入其幕，共兩年。

《復堂諭子書》：「光緒元年，方伯紹誠公召予入幕，從事二年，又應官之知己也……」紹誠字葛民，滿洲鑲黄旗人。于光緒五年（一八七九）卸安徽布政使任，召京。

正月訪周星譼。

《補録》卷二光緒元年正月廿六日：「過敬夫（趙曦明），并約鄭贊侯（襄）同詣周星譼涑人，蓋季貺（周星詒）之兄，相知名且二十年矣。」

友人鄭襄抄示蔣春霖未刻詞。

《補録》卷二光緒元年正月廿九日：「贊侯抄示蔣鹿潭未刻詞十餘首。甚工，百年來真無第二手也。」

六月閱黄燮清《國朝詞綜續編》。

《補録》卷二光緒元年六月初三日：「書肆取《詞綜續編》回。……此書刻時，諸遲菊同年任校勘事，暇當作書告之。」

被聘入文闈，七月舟行赴南京，八月入闈，任秋試收卷官。九月出闈。

《日記》卷三乙亥：「七月赴金陵，八月入闈。簽掣上江外收卷官，閉置無事，賦詩遣日而已。」

《補録》卷二光緒元年六月十二日：「聘調入文闈檄下。」七月十四日：「發裝上船。」廿二日：「始達石城。泊岸西門。」八月初二日：「監臨吳撫部考簾官，文題《官事無攝取士必得》，詩題《不將今日負初心得心字》。予以申初納卷回。」初六日：「至江寧府署，候主試至午。」初七日：「上至公堂，公見監臨固始吳公。過午又上至公堂。」九月十二日：「送墨卷入内簾，看寫榜。」十三日：「撤棘出闈。」

七月游秦淮河，登清涼山。

《補録》卷二光緒元年七月廿三日：「始泛秦淮。雖劫灰之餘，而山水古秀，目所未經。」廿四日：「薄暮，偕慕淮、飴澍登清涼山望江。可謂曠絶，所歷山水未有雄秀如此者。」

九月家人自杭州來南京。同赴安慶懷寧。十月抵懷寧，賃居吕八街新宅。

《日記》卷三乙亥：「家人至金陵，遂買舟同赴安慶。……十月十二日，挈帑客懷寧矣。」

《補録》卷二光緒元年九月廿八日：「家人自浙買舟至。」（十月）十二日：「抵安慶。賃居吕八街新宅。」

《復堂諭子書》：「汝瑾乃從兩母偕姊妹至安慶。」

作詞：

《渡江雲・大觀亭，同陽湖趙敬甫、江夏鄭贇侯》

《謁金門》三首

（人寂寂）

（空繾綣）

（煙雨裏）

《滿江紅·題岳忠武小印》

《桂枝香·秦淮感秋》

〇光緒二年丙子（一八七六）四十五歲

在安慶。

春末爲新城黄長森題行看子，書《定風波》二調。

《日記》卷三丙子：「爲新城黄襄男題行看子，書《定風波》二調。」《定風波》詞有「殘春心事惜飛花」句。

爲編《篋中詞》，閲《詞綜》等詞籍。

《日記》卷三丙子：「閲王氏（昶）《詞綜》四十八卷，二集八卷。……予欲撰《篋中詞》以衍張茗柯、周介存之學，今始事。王選所掇者百一而已。」

《日記》卷三丙子：「閲黄燮清韵珊選《詞綜續編》。」

《日記》卷三丙子：「閲蔣氏（重光）《詞選》（即《昭代詞選》）。……其采康熙以前與《詞綜》詳略互備，康熙末、乾隆初則遠不如王蘭泉（昶）之雅馴。」

《補録》卷二光緒二年七月初七日：「閱《明詞綜》。明自陳卧子外，幾于一代無詞。擬略取數十首，列《篋中詞》之前也。」

《補録》卷二光緒二年七月十九日：「閱《續詞綜》廿四卷畢。搜葺雖勤，舛漏不免，去取之意漸求縝密，與王氏之僅識江湖派者，稍覺後來居上。然宗旨不立，本事不備，使閱者無可推尋。又補人在前，不復别白，于體例亦未整齊。」

八月赴潛山、太湖、宿松、望江、東流等縣公事。

《補録》卷二光緒二年七月十九日：「方伯委勘秋成檄下。」（八月）初九日：「晨餞啟行。」初十日：「下稷入潛山縣城。」十一日：「赴蔣仙舫大令招飲，談秋成事。」十二日：「上道入太湖境。……贊侯（鄭襄）作宰此山水窟，吏有仙意。抵暮，月下入縣廨。與贊侯别半年矣。」十三日：「上道。抵宿松縣。」廿三日：「抵望江縣。」廿五日：「登舟即發，下稷達東流縣。」廿六日：「午抵省寓。」按：鄭襄《久芬堂詩集》卷四有丙子年《之任太湖初發懷寧寄仲修文卿笑逢》、《徐家橋再晤仲修》詩，後一首自注云：「仲修自潛山赴宿松過余廨舍，抵宿書來，并贈長句，爲前一日事。」

杜文瀾刻萬樹《詞律》刊行。

作詞：

《定風波》二首

（歸輿年年厭曉鴉）

（雨笠煙簑兩不知）

《法曲獻仙音·盩厔路山甫罷官客淮上》

《鵲橋仙·七夕感汾陽故事》

○光緒三年丁丑（一八七七）四十六歲

在安慶。

閱黄長森詩詞。

《日記》卷三丁丑：「襄男刻《自知齋集》行世。」

七月莊棫從揚州來訪，三日後返南京。

《日記》卷三丁丑：「莊中白自揚州來訪。不相見六七年，始得接席。……三日後即赴秣陵矣。」

譚獻《周易通義叙》：「光緒三年七月，溯江來訪，始出《通義》之書。」

七月十六日檄權歙知縣，八月一日啟程，十七日至歙縣。

《日記》卷三丁丑：「八月之官歙縣。十四日上大洪嶺。……中秋宿漁亭。十八日上官。」

《補録》卷二光緒三年七月十六日：「檄權歙縣。」八月一日：「之官，登程。」

十六日：「過休寧城外。」十七日：「抵縣境。」

《復堂諭子書》：「新安山水大好，去故鄉最近，文物尤茂，雖大亂之後，餘韵存焉。吾作宰朞月，心神相樂，民間亦似樂予，至今時時思之。」

録成《篋中詞》五卷。

《日記》卷四己卯："《篋中詞》五卷前年（丁丑年）録成……"

八月録《篋中詞補》。

《補録》卷二光緒三年八月廿三日："飯後録《篋中詞補》。將竟之業不欲輟耳。"

秋生三子譚瑜。

《復堂諭子書》："丁丑八月之官歙縣，乃生汝瑜于官舍。"

《復堂諭子書》："丁丑瑜生。"

冬赴休寧。

有《休寧道中大雪》、《雪夜示休寧曹宰》詩。

○光緒四年戊寅（一八七八）四十七歲

四月至交莊棫卒。

《日記》卷四戊寅："忽得揚州書，乃莊中白訃也。郢人逝矣，臣質已淪。茫茫六合，此身遂孤。懷寧一别，竟終古矣！二十餘年，心交無第二人，素車之約，亦不能踐。"

稿本日記光緒四年五月十四日："去年七月，中白訪我。懷寧月夜，促膝話舊。中白身世多傷，有不祥言語。豈意匆匆送别，從此終古。"（第三十六册《天都宦記》）

《亡友傳·莊棫傳》："光緒三年七月，訪獻于安慶，語窮三晝夜。年未五十，諄諄言身後事，獻默訝其不祥。明年竟病，没于家。」

《周易通義叙》：「四年四月，忠棫以連蹇死。」然其《寄黔臬易大夫書》云「己卯歲，中白淪亡」，相差一年，恐係誤記。

作詩《立秋前夕哀莊中白》。

立秋作《篋中詞叙》。

叙云：「至于填詞，僕少學焉，得本輒尋其所師，好其所未言，二十餘年而後寫定，就所睹記，題曰《篋中》。其事爲大雅所笑，其旨與凡人或殊。」文尾署「光緒四年立秋日」。

十月歙縣受代，暫返杭州，留五日，又赴安慶。

《日記》卷四戊寅：「戊寅十月六日，歙縣受代。」「二十六日，發舟漁梁。」「暫歸杭州，句留五日，聊牽小舟于岸上住。松楸無恙，風景不殊。巷陌遷移，至迷舉足。友朋徂謝，訪舊爲鬼，聞見累欷。」「發舟赴皖，歲暮浮家。」「歲不盡五日，始抵樅陽門下，解裝定居。」

《補録》卷二光緒四年九月十七日：「予正受代，絀至二千金。後顧不知所屆，若杜門作老學究，豈有此苦邪！爲氣短久之。記十年前與薛師言：『州縣富，天下將亂矣，州縣窮，天下無不窮矣。』此即古人土崩瓦解之説也。」十月初六日：「送印新尹。」廿五日：「登舟待發。」廿八日：「發舟。」十一月初六日：「抵杭州。」十三日：「自杭發舟。」廿六日：「過錫山驛。」廿七日：「過常州，至陵口泊。」十二月廿三日：「抵皖垣，解裝舊寓姚家口屋。」

《復堂諭子書》：「戊寅受代，暫還家衖，閭井遷改，至迷舉足。維舟五日，歲暮至皖。方伯以諱去，胡公代之，吾仍從事行省。」

有《泛新安江暫歸杭州五首》詩。

作詞：

《大酺・問政山中春雨》

《玉樓春》（青山日日流鶯語）

《木蘭花慢・桃花》

○光緒五年己卯（一八七九）四十八歲

在安慶。

正月閱黃增祿《拜石詞》。

稿本日記光緒五年正月廿二日：「閱《拜石詞》。」

復補潘德輿、何兆瀛等人詞入《篋中詞》。

稿本日記光緒五年二月初七日：「昨今補鈔《篋中詞》。潘四農《養一齋詞》……何青耜《心庵詞存》……」

三、四月間偶赴江寧、桐城。

《日記》卷四己卯：「赴江寧。」「金陵事訖，回舟。」

《日記》卷四己卯：「偶赴桐城。」

五月奉檄全椒縣篆，六月至全椒任知縣，居官兩年。

《日記》卷四己卯：「之官全椒，道出白下（南京）。」「舟過六合。」「上官以六月下旬二日。」

《補録》卷二光緒五年五月十四日：「奉檄署全椒縣篆。」六月初八日：「之官，發舟。」十九日：「抵縣。」廿二日：「上官。」

《復堂諭子書》：「己卯七月蒞全椒，薛（時雨）師之鄉，習聞其土風。患寡患貧，居官兩年，殊疚心無一善也。」

有《舟行九章》詩，自注：「自江寧至全椒。」

六月請馮煦校文稿。

馮煦《致譚獻書》（六月二十二日）：「大稿再當細讀，如有可質疑處，亦必隨時奉聞，知已定文，先生既命之矣，私竊自揣所學所知，不逮兄萬一，然嗜好不甚相遠，或當從君之後坿驥尾而彰耳。」

又《致譚獻書》（九月二十二日）：「大稿仍未讀訖，月初有便，足來當可坿上，日記當再讀。」

又《致譚獻書》（十月初七日）：「大稿敬讀一通，醇雅樸茂，上揖漢魏，無一語降唐以下者，洵不朽之盛業。在本朝中與汪氏中、周氏濟如驂之靳，佩仰不可量。間有一二獻替，具于别紙，索瘢吹垢，不知有當于萬一否？集中有詩録序數篇，詩既選得，有副本否？弟欲得一讀也。所論次《明詩》尤與鄙見符契，如所欲言。大稿别有正本，故此册仍存弟處，以便誦習。鋟木之舉，勿緩勿緩！可以箴今日闒（沓）冗之作，與局局唐宋門徑者。《日録》二册亦讀竟，多讀書有得之言，甄采雜事，亦頗有思致。此本排日所得，無煩刊削，惟首載子高（戴望）一事，又間一林氏婦，義無所指，或不必以之開卷也。二册仍交飴澍交上，如須録副，再寄下。」（王鳳麗《馮煦致譚獻手札十一通考釋》，載《詞學（第三十一輯）》，華東師範大學出版社二〇一四年）

閲馮煦詞集。

《日記》卷四己卯：「閲丹徒馮煦夢華《蒙香室詞》。趨向在清真、夢窗，門徑甚正，心思甚邃，得澀意。惟由澀筆，時有累句，能入而不能出，此病當救以虚渾。單調小令，上不侵詩，下不墮曲，高情遠韵，少許勝多，殘唐北宋後成罕格。夢華有意于此，深入容若、竹垞之室，此不易到。」

馮煦《致譚獻書》（六月二十二日）：「坿上拙詞一册就正。弟少頗嗜此，而未得導師，如冥行無燭，必至墮落坑塹。兄今之導師，乞爲我一一點勘，劣者竟汰去，而存其差可者，仍須一字一句逐加挑剔，若以虚言相市，則非弟求學之意矣。」

閲《草堂詩餘》等詞選，欲編唐宋人詞選集（即後之《復堂詞録》）。

《日記》卷四己卯：「行縣，大風，輿中閉置，簾隙中閲《草堂詩餘》。……予欲仿漁洋（士禛）《十種唐詩》例，取《花間》、《尊前》、《草堂》、《花庵中興》、《元儒草堂》，各選删正之。周公謹《絶妙好詞》，可以孤行，則不措手。漁洋各還本集，不薙復緟。予則用明人選唐詩例合編之，注出某選。此付鈔胥，十日可成。」

補馮煦、張鳴珂詞入《篋中詞》。

稿本日記光緒五年八月二十日：「審定馮夢華《蒙香室詞》，録八首入《篋中詞》。審定張玉珊《寒松閣詞》，頗傷浮麗，僅録一篇。」

續補《篋中詞》。

《日記》卷四己卯：「《篋中詞》五卷，前年録成，復補數家。」

閱劉熙載（融齋）《藝概》，深賞之。

《日記》卷四己卯：「閱劉融齋《藝概》七卷。樸至深遠，得未曾有。」

冬友人劉履芬卒。

《日記》卷四庚辰：「彦清去年秋冬間權嘉定令，得心疾，以不良死。」

《日記》卷五庚辰：「亡友劉履芬彦清《古紅梅閣遺集》……集中《懷人絶句》論予詩詞，激賞予《蝶戀花》六章。蓋予與彦清定交京邸，在丁巳、戊午間。亂離奔走，南北分張。彦清自農曹改官後，予以客蹤數相見于吴下，書問頻繁，賞析如一室。無端蒿里，强死官齋。傳狀所述，回曲隱諱。予欲别撰一文以舒哀焉。」

〇光緒六年庚辰（一八八〇）四十九歲

在全椒。

點閲《草堂詩餘》。

《日記》卷四庚辰：「村舍點閲《草堂詩餘》。擁鼻微吟，竟忘身作催租吏也。」

二月爲馮煦校閲詞集。

馮煦《致譚獻書》(光緒六年二月二十日):「詞集已付寫人,弟意此次仍全數録出,弟有所獻替,簽于上方,仍候老兄自定。弟擬作一小序坿名集中,拙詞雖無足采,然亦願得兄一言爲重也。」馮煦望譚獻《篋中詞》能選入己作,并有評語,可能將詞集呈譚獻一閲。

六月請馮煦校《篋中詞》。

馮煦《致譚獻書》(光緒六年二月二十日):「《篋中詞》久寫竟,弟尚未校畢付裝池也。」

又馮煦《致譚獻書》(光緒六年六月前):「大詞尤不堪卒讀,有此手筆,人始不敢薄倚聲爲小道。弟日咿唔爲童子師,甚無賴,欲有所作亦不成,得此又使我怦怦心動。……《篋中詞》校竟,即奉上也。」

又馮煦《致譚獻書》(光緒六年六月十七日):「又師友詞數家乞入選,由薛師處轉寄,當已達。」「《篋中詞》新舊共十册,大稿大小共二册,又新鈔一叠,并坿来足將去。雖略有獻替,亦苦心不能静,仍乞我兄定之。前寄師友數家詞,閲後亦乞坿下,緣其家皆無副本,仍須歸之也。」則其時馮煦師友有托《篋中詞》入選其詞者。(以上所引馮煦書札,均載王鳳麗《馮煦致譚獻手札十一通考釋》)

六月補馮燾等近人詞。

稿本日記光緒六年六月十九日:「昨夢華寄《篋中詞》副本至,又寄近人詞數家,屬補選。一爲馮燾,一爲曾惠二泉《夢軒詞》,一爲鹿潭《水雲詞續稿》,一爲曾行淦蘋湘《蘋影軒詞》,一爲寶應喬守敬巢生《紅藤館詞》。」

爲張鳴珂詞集撰叙。

《蘋洲漁唱叙》未署撰年，文中云「公束去年賦《春柳》四詩……予閲歲乃始和之」，據《復堂日記》卷五庚辰「和去年張公束《春柳》詩四律」，可推知此叙作于本年。

閲劉履芬《古紅梅閣遺集》。

稿本日記光緒六年十二月初五日：「輿中誦劉彦清《古紅梅閣遺集》略竟。」

作詞：

《浪淘沙》（未雨已沈沈）

《浣溪沙》（是處樓臺是處風）

《大酺》（奈枕常欹）

《訴衷情・村燕》

○光緒七年辛巳（一八八一）五十歲

閏七月解官離全椒，入南京，下榻薛時雨廬。

《日記》卷五辛巳：「挈孥陳家淺發舟，不聞榜人煙語又一年矣。」「通江集出江，帆力不足，牽挽過燕子磯。」「次日入石城，下榻薛廬。」「草堂師友清集，句留三日。」

九月又回安慶，應安徽布政使盧士傑之邀入其幕從事。

《日記》卷五辛巳：「九月二日臨發。」「九月望夜，狼花帆葉，再到皖公山下，賃居城南。」

《補録》卷二閏七月初十：「交印。」廿二日：「發舟。」九月望日：「夜抵懷寧東門泊。」十六日：「入城，解裝錢家牌樓宋氏賃廬。」

《復堂諭子書》：「辛巳秋九月，解官回櫂，今方伯盧公又命備幕僚。」時任安徽布政使爲盧士傑。據《清代職官年表》，盧士傑，字子英，號藝甫，河南光州人。咸豐三年（一八五三）庶吉士。任漕督，光緒十四年（一八八八）卒。

譚獻《與黔臬易大夫書》：「乃以羸官入皖，忽忽八載。今年五十，頭童齒豁，臣精銷亡，與左右定交時，忽忽如前日，終以偃蹇，志事不展，何其𡖍與！」（《復堂文》卷二）

閱莊棫遺集。

《補録》卷二光緒七年九月初六日：「舟次，閱莊中白遺集。」

閱于蓮生詞稿。

稿本日記光緒七年十一月初十日：「閱于蓮生詞稿。」

十二月閱《歷代詩餘》。

《補録》卷二光緒七年十二月廿二日：「閱《歷代詩餘》。」

江順詒輯刊《詞學集成》。

詞人杜文瀾卒。

劉熙載卒。

○光緒八年壬午（一八八二）五十一歲

在安慶。

二月閲《樂府雅詞》、《陽春白雪》。

《日記》卷六壬午：「閲《樂府雅詞》、《陽春白雪》。」

四月借閲《歷代詩餘》，欲訂《篋中詞》全本。

《日記》卷六壬午：「自杭州借高白叔藏《歷代詩餘》來，排日閲之，將以補《詞綜》所未備。……予欲訂《篋中詞》全本，今年當首定之。」

閲周濟《宋四家詞選》，欲删定《篋中詞》。

《補録》卷二光緒八年四月十七日：「檢閲止庵《宋四家詞選》。皆取之竹垞《詞綜》，出其外僅二三篇。僕所由欲删定《篋中詞》，廣朱氏所未備。」

閲諸詞選本。

稿本日記光緒八年四月二十日：「發篋閲諸詞選本，可補《詞綜》者不少。」

五月校《絶妙好詞》。

《補録》卷二光緒八年五月初四日：「校《絶妙好詞》。往時評泊與近日所見又微不同，蓋庚午至今十三年矣。」

録《復堂詞録》唐五代十國詞一卷。

稿本日記光緒八年五月十四日：「録詞，卷一始畢，蓋唐五代十國詞爲前集也。」

抄詞至柳永畢。

《補録》卷二光緒八年五月廿四日：「抄詞，柳耆卿畢。知其隱秀，王敬美所謂隱處藏高。千秋毁譽，兩不得其平也。」

六月排定《復堂詞録》宋詞目。

稿本日記光緒八年六月廿八日：「審定《詞録》，宋詞目排定。」

七月《篋中詞》六卷刊行。附《復堂詞》一卷，收詞凡九十一首。此爲譚獻詞的第三次結集。

《篋中詞·今集》五卷成，金陵書局刻印。附自作《復堂詞》爲卷六。由甘元焕題署書名，金壇馮煦校訂并爲之序，尾署「戊午秋七月」。參見朱德慈《近代詞人行年考》。

八月自檢《篋中詞》。

《補録》卷二八月初十日：「自檢《篋中詞》，似不在鈞月（趙聞禮《陽春白雪》）、公謹（周密《絶妙好詞》）下也。」

九月寫定《復堂詞録》，作叙。

《日記》卷六壬午：「寫定《復堂詞録》。……予選詞之志亦二十餘年，始有定本。去取之旨，有《叙》入集。」

叙文尾署「光緒八年九月，譚獻書于安慶樅陽門内寓舍」。

爲葉衍蘭撰詞集叙。

《秋夢庵詞鈔叙》約撰于光緒八年至十年間，故繫于此。

秋自安慶奉遣旌德公幹。十二月初權懷寧知縣。

《日記》卷六壬午：「奉遣旌德勾當。輪舶至蕪湖。」「皖南山行。……自旌德回寓齋。」「忽于歲晚檄權懷寧令。」

《補録》卷二光緒八年十一月廿五日：「奉檄權懷寧令。」十二月三日：「上官。」

《復堂諭子書》：「壬午大水，季冬之月，饑民嗷嗷，大府以予權懷寧令，附郭都會，奔走云爾。稍以賑廩建築，與父老相見，宣上德，非必通下情也。」

譚獻《唐先生教思碑》：「安慶建行省，懷寧爲附郭縣。光緒二年，縣令彭廣鍾始建鳳鳴書院。閲六年，獻涖官。」

作詞：

《百字令·和張樵野觀察，題倪雲劬〈花影寫夢圖〉》

《小重山·二月二日同馮笠尉江皋春行》

○光緒九年癸未（一八八三）五十二歲

是年十二月，中法戰爭爆發。

在懷寧。

分别于春、秋四爲池上題襟之集。

《日記》卷六癸未：「春晚爲池上題襟之集，代州馮笠尉（馮焯）、桐城方柏堂（方宗誠）、祥符周涑人（周星譼）、桐城方滌儕（方昌翰）、任邱邊卓存（邊葆樞）。以疾不至者，善化閻海晴（煒）、當塗唐子愉（鎣）。」有《池上題襟小集》詩。

周星譼《池上題襟小集叙》云：「光緒九年，歲在癸未，田日向登，蠶月告至。譚君仲修，吏事既修，……君乃牽拂相招，賓主八人，飲酒其間，俯臨大江，東流浩淼，春爲之遠，賦詩餞之。」

方宗誠《池上題襟小集跋》云：「癸未三月，天氣晴和，漸有豐年之象，集同人于城南賓館池上，循修褉故事，流連竟日，古者學問之道，有藏修必有息游以涵藴之，文武治世，張弛互有……是日游罷，令君倡爲詩，諸君屬而和之，閻（煒）君爲作圖，敷叙其事，予以鄙民，幸與勝會之末，因識數語，語于圖後云。」（《柏堂集餘編》卷四）又，據周星譼《傳忠堂學古文》中《池上題襟再集序》，謂：「癸未七夕，先一日立秋，譚君仲修復有池上之集，譼亦與焉。」譚獻有《題方滌儕湇水歸舟圖》注「池上第四集」。除《日記》所記八人，後陸續有參與者。池上爲懷寧城南賓館一景。

九月評汪淵詞。

稿本日記光緒九年九月十六日：「唐子愉廣文以績溪汪時甫《藕絲詞》見貽。」

編成《復堂文續》。

《補録》卷二光緒九年九月廿八日：「《復堂文續》廿二篇抄成清本，自校一過，頗以爲澹雅可喜。」

十月迎謁曾國藩。

《補録》卷二光緒九年十月初六日：「出城迎曾宫保，入見。百戰健兒，無復英英之氣矣。」

作詞：

《丁香結·舟夜寄陶漢邈武昌》

《賀新郎·野水，用顧蒹塘、莊眉叔唱和韵》

〇光緒十年甲申（一八八四）五十三歲

在懷寧。

春有池上題襟第五集。**譚獻後輯成《池上題襟小集》**。

作《池上第五集》詩，有句「熙兹春陽，日有和風」，知在春天。詩作輯成《池上題襟小集》一書，後收入《半厂叢書初編》。

五月離懷寧令任，閏五月任合肥知縣。

《日記》卷六甲申：「閏五月七日，施口移舟抵泊廬州，之官合肥。」

《補録》卷二光緒十年五月十一日：「交印。」廿一日：「登舟。」閏五月初七日：「抵合肥。」十七日：「接合肥縣篆。」

《復堂諭子書》：「閲歲甲申閏月，移治合肥。」

《唐先生教思碑》：「（光緒）十年夏四月，獻已奉合肥檄，未受代也。」

閏五月初交王尚辰，爲其審定詩集并唱和。

《復堂諭子書》：「若王謙齋先生，名賢鉅學，著作大家，一見傾心，定千秋金石之交，如積素累舊者然。」

《日記》卷六甲申：「合肥王尚辰《謙齋詩集》七册屬予審定，訖。」

王尚辰《遺園詩餘序》：「甲申夏交譚仲修，暢聆緒論，得所皈依，遂搜討各家，幾廢寢食，沉思渺慮，頓悟詞旨。」（《遺園詩餘》光緒二十一年廬州刊本）

譚獻編《合肥三家詩鈔》二卷，收徐子苓、戴家麟、王尚辰三人詩，多加評點并撰叙。未署年月，文中謂：「宦游皖國……行且十年，作令合肥，與謙齋（王尚辰）班荆定交，而徐、戴則逝矣。」該書光緒十二年丙戌（一八八六）在安慶刻印。

爲王尚辰撰詞集跋。

《遺園詩餘跋》文尾署「甲申閏月始之合肥，以此卷當傾蓋之契」。

王尚辰《縫月軒詞序》：「余近六十始填詞，迨譚公復堂宰我邑，所作漸多。今集中《遺園詩餘》一卷是也。」

閲趙對澂詞集，選録入《篋中詞》。

《日記》卷六甲申：「趙對澂野航《小羅浮閣詞》……録七首入《篋中詞》，亦云識曲聽真矣。」

秋結遺園吟秋社。

王德名詩題《甲申秋杪伯殳偕邑侯譚仲修先生結遺園吟秋社同人均有和章敬步原韻》（王德名《澹雅居小草》，載王世溥輯《合肥王氏家集》）

王德棻詩《陰斜隱夕陽紅》云：「溯甲申乙酉年邑侯譚仲修結吟秋社，郡守黃冰臣聯消寒會。」（王德棻《枚蓀遺草》，載王世溥輯《合肥王氏家集》）

九月應張蔭桓之請，閲并校正謝朝徵《白香詞譜箋》付刻。

《日記》卷六甲申：「廉訪亡友謝章庵有《白香詞譜箋》稿本……屬予校正付刻。」

《補録》卷二光緒十年九月十九日：「校正謝章庵《白香詞譜箋》四卷，先改寫定訛字，尚須陳書一一讎定。是書爲張樵野奉常權皖臬時屬爲正定付刻。本非可傳之業，以謝君身後，奉常將寄其哀逝之心也。」

十一月召諸同人登教弩臺作消寒會。

王尚辰《致譚獻信札》：「甲申十一月六日，仲公邇召，邀諸同人登教弩臺作消寒會。壬子秋曾讌于此，今三十年矣。賦請指正。」（《復堂師友手札菁華》）

作《教弩臺消寒第一集》詩。後又有《消寒雜詠九首》，此消寒會曾行多次。

十二月友人陶方琦卒。

《日記》卷六乙酉：「聞陶子珍去冬死于京邸。」

譚獻《陶編修傳》：「光緒十年十二月，卒于京邸，年甫四十。」陶方琦，光緒二年（一八七六）庶常，光緒五年（一八七九）任湖南學使。

丁紹儀《國朝詞綜補》、《續編》是年起陸續刊行。

謝章鋌《賭棋山莊詞話》刊行。

項鴻祚《憶雲詞》刊入許增《榆園叢刻》。

詞人丁紹儀卒。

作詞：

《瑞鶴仙影·白石客合肥自度此曲……》

○光緒十一年乙酉（一八八五）五十四歲

在合肥。

正月座師薛時雨在南京去世。

《補録》卷二光緒十一年二月初二日：「金陵書來，薛先生正月廿二日歸道山矣。廿年師事，襟抱交推，誼同休戚。山頹木壞，永無見期，如何可言！」

譚獻《薛先生墓志銘》：「光緒十年冬，感末疾，憊甚，十一年正月廿二日遂捐館舍。獻宰合肥，方欲渡江視疾，而二孤來告哀矣。卒年六十八。」

馮煦《致譚獻書》（二月朔）：「慰丈自入春後，日益綿密，竟于正月二十二日時加卯歸道山矣。」

馮煦《桑根師誄》：「光緒十一年正月二十二日，桑根先生卒。」

二月將所定《復堂類集》中詩文寄付杭州書局刊刻，十一月底刻成初樣。年底作《自叙》。

《補録》卷二光緒十一年二月十五日：「將寄詩文回杭付刻，稍整理之。改詩數句，從謙齋所定也。」十一月廿九日：「得鄂士函，《復堂類集》刻成，初樣送至。」

《復堂諭子書》：「今年乃盡搜衍，自定《復堂類集》，凡文四卷，詩九卷，詞二卷，付杭州書局刻之。……《日記》六卷，多讀書譚藝之言，未審定。」按：《類集》應直至本年始初刻完成，而刻本扉頁書名則據牌記係由徐惟琨題署于光緒己卯（一八七九）。

《復堂類集自叙》文尾署「光緒十一年歲不盡十日獻識」。

許增《書復堂類集後》：「仲修近刻《復堂類集》二十一卷，養夜卒讀，悉加句。」二十一卷，即除譚獻所言文四卷、詩九卷、詞二卷外，另加其自述「未審定」之《日記》六卷。許文落款署「丁亥八月二十二日」，作于兩年後。應係《類集》初刻僅文、詩、詞部分，後則增刻《日記》六卷（《日記》扉頁後牌記署「光緒丁亥六月　徐惟琨書」），許氏此文附于《日記》六卷之末。

三月閱李恩綬（亞白）詞集。

《補録》卷二光緒十一年三月二十日：「得周六皆書，以李亞白《讀騷閣詞》屬選。頗有思力，趨向似在竹垞。」

春徵題《復堂斜陽煙柳圖》。

王尚辰《陂塘柳》詞序云：「復堂徵題《斜陽煙柳圖》，取辛詞以寄慨，余例用原韵質之度，亦云非我佳人，莫之能解也。」《陂塘柳》即《摸魚兒》。

王尚辰《致譚獻信札》：「復堂使君用稼軒《摸魚兒》『斜陽煙柳』詞句作圖徵題，春光將去，傷心人別有懷抱，例步原韵質之法家。」（《復堂師友手札菁華》）此札未署年月，應作于此時。

五月閲鄧廷楨詞集。

《日記》卷六乙酉：「甘劍侯（元焕）主講六安書院，寄鄧嶰筠督部《雙研齋詞》寫本來。才氣韵度與周稚圭伯仲，然而三事大夫，憂生念亂，竟似新亭之淚，可以覘世變也。」

六月有遺園、香花墩小集。

王尚辰《致譚獻信札》：「乙酉六月三日，招仲修使君暨諸同人小集遺園，因病未至，謝之，以詩例次原韵，即請正之。」（《復堂師友手札菁華》）

作《遺園招飲小病不赴》詩。

王尚辰《致譚獻信札》：「乙酉六月二十日，陸蘭生、吴驊仙諸子招陪仲修使君小集香花墩，仲公得五古一章。隔日與周素人刺史、蒯禮卿庶常飲仲公處，素公、驊仙均有和作，勉成二首，録請指正。」（《復堂師友手札菁華》）

作《香花墩小清集同謙齋作示同游諸子（善化陳蘭生無爲吴驊仙合肥王緝甫衡甫梁緝軒）》詩。

作《復堂諭子書》自述生平行事。

《復堂諭子書》：「五十四歲在合肥，同學諸子以予性行問爾孟仲，無以應，予手書數十行以告。」

得謝章鋌寄贈《賭棋山莊文集》。

《日記》卷六乙酉：「《賭棋山莊文集》七卷，長樂謝章鋌枚如撰。……文集刻成，自江右寄至。」

八月閱孫廷璋（蓮士）、陳壽祺（珊士）詞。

《補録》卷二光緒十一年八月十四日：「孫蓮士、陳珊士之填詞皆《草堂》之下乘，閱竟無可選者。」

重九召諸同人教弩臺登高。

《日記》卷六乙酉：「重九，風日如春，人意安善。祓除愁病，嘯侶登高，乃有教弩臺之集。明教寺僧設伊蒲供客。高臺舒嘯，九日壺觴，醉把茱萸，遥續龍山故事。」

王尚辰致譚獻信札：「乙酉重九日，仲修邇召同人教弩臺登高，即席口占，録請哂正。」（《復堂師友手札菁華》）

作《九日教弩臺登高》詩。

十月《篋中詞》印本寄至。

《補録》卷二光緒十一年十月初十日：「金陵湯明林刻字人來，《篋中詞》印本寄至。」

友人周星譼卒。

《補録》卷二光緒十一年十一月朔：「聞周涑人廿七日謝世之信，悼歎灑涕。平生故人，又與其諸弟通縞紵。在皖十餘年，同官同差，同文字飲。新秋一別，無相見期。」

十二月評王尚辰詞。

《日記》卷六乙酉：「謙齋老去填詞，吟安一字，往往倚枕按拍，竟至徹曉。固知惟狂若嗣宗，乃爲至慎。予自來合州，與謙齋交，改罷長吟，奚童相望，兩人有同好也。」

爲薛時雨撰墓志銘。

《皇清誥授資政大夫二品銜署浙江糧儲道杭州府知府薛先生墓志銘》作于十二月六日後。

友人馮焯（笠尉）卒。

丁亥年作《寒食柬方滁儕》詩，自注：「馮笠尉逝世二年矣。」

謝朝徵箋《白香詞譜》刊行。

蔣敦復《芬陀利室詞話》刊行。

作詞：

《無悶·早雪》

《摸魚兒·用稼軒韵，自題〈復堂填詞圖〉》

《采桑子》二首

（隔江山色明如雨）

（玉階佇立無春到）

《壺中天慢·夏夜訪遺園主人不遇》

《滿江紅・漢十二辰鏡，和謙齋》

〇光緒十二年丙戌（一八八六）五十五歲

在合肥。

正月檢校《復堂詞録》。

《補録》卷二光緒十二年正月廿四日：「檢校《詞録》。與周止齋《四家詞選》同者十九，與周稚圭《詞録》同者十五而已，以稚圭喜收疏爽小令也。」

二月評王尚辰次子王修甫詞。

稿本日記光緒十二年二月望日：「王修甫以《學操縵詞》示我。」

《補録》卷二光緒十一年正月三日：「點次王修甫詩卷。謙齋次子也。」

閲夏寶晋詞。

稿本日記光緒十二年二月二十一日：「亞白携高郵夏君《冬生草堂詞刻》見示。」

三月離合肥任，四月赴任宿松知縣，五月初到任。

《補録》卷二光緒十二年三月廿四日：「交印。」四月初四日：「發舟。」（四月）廿九日：「抵宿松境。」五月初二日：「受縣印上官。」

《復堂諭子書》：「丙戌移宿松，大府之意，仍欲以首劇見畀。予以觸末疾，筋力漸畏趨走，乃謝之。……不意赴宿松，民間以虛名著相親也。」

稿本日記第五〇册《恒春小記》題識云：「右丙戌春夏半載所記。吏檄更調，浮家勞頓，人事寡歡，道念消損。此六月中詩文甚少。」

校閲《復堂類集》詩詞。

稿本日記光緒十二年三月初八日：「校閲《類集》詩詞又一過。」

嫌《篋中詞》太繁，望删定。

《補録》卷二光緒十二年四月十八日：「舟次誦《篋中詞》，終嫌太繁。數十年内當必有删定者。」

七月校莊棫《蒿庵遺集》，撰《蒿庵遺集叙》。

《補録》卷二光緒十二年七月十三日：「許子笠自豫章寄《蒿庵遺集》寫樣至，屬校，索叙。」十六日：「手寫中白稿草。前日欲撰《蒿庵集序》，已成駢體百數十字，酸嘶過甚，乃毁棄之。今日走筆成篇。……又成《中白像贊》。」

譚獻《蒿庵遺集叙》：「嗟乎，獻尚忍讀蒿庵遺文哉？然而後死之責，獻能不理董其遺文哉！」應成于此時。

九月審定俞廷瑛詞。

稿本日記光緒十二年九月初四日：「昨今審定俞小甫《瓊華室詩詞》。」

閲常州人詞。

稿本日記光緒十二年九月十四日：「閲常州人詞七八家，管貽葄樹荃、湯成烈果卿。」

秋疾大作，十二月謝病請代，離宿松。

《日記》卷七丙戌：「十二月謝病受代。衣裳在笥，印綬辭身。」

《補録》卷二光緒十二年十二月十五日：「交印。」

《復堂諭子書》：「徂秋予疾大作……迫冬眩作，氣上如沸，乃陳情大府，以疾請代。時署藩司丁公十年來以國士待我，持牘不肯下，使醫來，始信病狀，許謝事。」

十二月閲厲鶚《樊榭集》。

《補録》卷二光緒十二年十二月廿八日：「翻帋《樊榭集》。誠山水清音也。」

四子譚璣生。

《復堂諭子書》：「丙戌璣生。」

〇光緒十三年丁亥（一八八七）五十六歲

正月友人王麟書（松溪）卒。

《日記》卷七丁亥：「陳鄂士書告王松溪人日（正月初七）病逝。臨危有詩，題云《病亟矣胸中實無一事作詩留別仲修》……讀之眼枯心碎。」有《哀王松溪》詩，序云「君臨危有詩留别，節用其韵」，又自注：「君以人日逝。」

離安慶，四月歸杭州養病，賃居故友王麟書宅。

《日記》卷七丁亥：「正月之晦，解裝安慶。已決歸計，真蘧廬矣。」「佛滅度日（二月十五）江泊展輪，辰巳間泊上海。四月望日，征人到故鄉矣。」

《補録》卷二光緒十三年正月廿四日：「成行。」廿九日：「舟抵安慶。」四月初六日：「戒裝登江輪，遂發。」初八日：「抵上海。」十四日：「日出發舟。」望日：「未申間抵杭，入城，賃居故友王松溪（王麟書）宅。」

《復堂諭子書》：「丁亥正月至省門，乞假未出。……且四月，挈汝母子至故鄉，無以爲家，賃廡轉徙，不遑安處。」

《在茲堂詩叙》：「獻困公車，又病臂也，作令古皖國。……今年夏養疴里居，……時光緒丁亥夏六月。」

譚獻《歐齋記》：「光緒十有三年夏四月，獻養疴里門，秀水沈子蒙叔方寓榆園，廿載素交，晨夕過從，談藝討古。」

許增《書復堂類集後》：「今年夏，仲修乞假還杭州，所居相距不數武。」

四月校畢《復堂日記》様本。

《補録》卷二光緒十三年四月廿四日：「校畢《日記》様本。言念松溪爲予審正，相知定文，遽爲異物，能不悲哉！」《復堂日記》後二卷應在此時增補，共八卷，刊入《半厂叢書初編》。

閲錢枚詞集。

《補録》卷二光緒十三年四月廿四日：「閲錢謝庵《微波詞》，幽憶怨斷，如聞洞簫，『人爲傷心才學佛』，真傷心語。」

《日記》卷七丁亥：「錢謝盦《微波亭詞》一往情深，似謝朓、柳惲詩篇也。」

閏四月爲王士禛詞集撰叙。

《校刻衍波詞叙》文尾署「光緒十有三年閏月既望」。

閱丁紹儀《國朝詞綜補》。

《補録》卷二光緒十三年閏四月十七日：「過邊竹潭，借丁杏舲選《詞綜補》四十卷歸閱。丁氏意在備人，補王氏《詞綜》、黄氏《續詞綜》所未及，故佳篇不多覯也。」

五月録《國朝詞綜補》，補入《篋中詞續集》數十篇。

《補録》卷二光緒十三年五月朔日：「録丁杏舲《詞綜補》。凡王蘭泉《詞綜》，陶凫薌《詞綜二集》，黄霽青、韵珊《詞綜續編》已收者皆不録。用補人補詞例，搜輯至四十卷，可謂勤矣。惟以意在補人，不無泛濫。予補入《篋中詞續集》者數十篇耳。《聽秋聲館詞話》所采之詞亦有采入此集者。」

六月移居。

《補録》卷二光緒十三年六月初十日：「移居慶春橋東餘杭褚氏西偏廳事及河樓。」

《移居三首答張子虞》詩云「藥餌扶我暫避人」、「我商舊學乞閑身」，約作于此時。

七月撰《七友傳》稿。

《補録》卷二光緒十三年七月朔：「撰《七友傳》粗具稿。籠燈持商蒙叔、邁孫，歸已二鼓。」

《補録》卷二光緒十三年七月初二日：「重定《七友傳》，補俞之俊士升，而《中白傳》别出，以諸君皆童冠時鄉黨論交。出游後，取友則中白爲首，當并子高、汀鷺、稼孫、子縝、泖生。朱廉卿亦總角交，死稍後，亦入焉。爲《後七友》可也。」

應邀校丁紹儀《國朝詞綜補·續編》。

《國朝詞綜補·續編》今印本卷一尾注：「戊子七夕後一日，第一次閲，已翁。復堂校過。」以下除第十七卷，其餘各卷尾均署「復堂校過」或「復堂校畢」。（參見朱德慈《近代詞人行年考》中《譚獻詞學活動徵考》一文）

八月爲鄭由熙詞集撰題識。

《蓮漪詞題識》文尾署「丁亥八月朔」。

九月准補含山知縣，十月啟程赴任，經上海會友，因病辭官，返回杭州。從此杜門不出。

《補録》卷二光緒十三年九月望日：「准補含山檄至。徘徊廊檻，殊不忍驅車再出。」十月初九日：「發舟。」十一日：「抵嘉善，入城訪舊。」十三日：「抵上海。」廿一日：「登舟解纜，繫小輪船駛行。」廿三日：「抵杭州。」廿四日：「掃几檢書，從此作杜門想矣。」

《日記》卷七丁亥：「小住滬上，聞宜昌楊守敬惺吾在此，相見甚歡。……王謙齋、陸蘭生、邊拙存太守皆得見于逆旅，烏程凌子與、桐城蕭敬夫久客，誠一時勝集矣。」

《日記》卷七丁亥：「滬瀆逆旅十日勾留，中寒驟病，决意馳牘移疾，請去官。蓋序補含山邑宰，方檄蒞官。既罷皖游，又束歸裝。」「抵杭州。郵亭曛黑，入城喘喙。回車無他日之悔，免意外之憂。蕉萃誰憐，沉淪自取，入門幾作《再生歌》也。」

《復堂諭子書》：「吾以就醫行耳，故仍序補含山令。檄之官，吾將謁群公辭職事，復出。取道滬瀆，疾大甚，夜嘔數升，苦如蘗。次日具牘請開缺，寄上大府，予之謝病去，輾轉如此。」

十月爲錢枚詞集撰叙。

《微波詞叙》文尾署「時光緒丁亥十月」。

十一月校周邦彦《片玉詞》新刻本。

《日記》卷七丁亥：「校新刻《片玉詞》。盡記《歷代詩餘》、《草堂詩餘》、《詞綜》、《詞律》異同，寫定考異百餘事。」

《補録》卷二光緒十三年十一月初二日：「校《片玉詞》，爲丁氏新刻《西泠詞萃》本。邁孫校汲古本，是正脱誤不少。予病中杜門，更爲發篋讎對，與邁孫結習同深。」初三日：「校《片玉詞》。盡記《歷代詩餘》諸書異同。徐誠庵《詞律拾遺》記《歷代詩餘》異字有予所校本不異者，豈《歷代詩餘》有別本邪？」初八日：「夜檢《樂府雅詞》、《陽春白雪》，補校《片玉詞》。倚聲小集，讎對異同，亦如掃塵，旋去旋生。讀書真非躁心之事。」譚獻所校，爲錢塘丁丙輯《西泠詞萃》本，《片玉詞》二卷、補遺一卷，光緒十一年刊。

十二月初至宗文義塾課徒。

《補録》卷二光緒十三年十二月初三日：「至宗文義塾季課諸生徒。此亦十年磨迹，沈司業丈經復義塾，予實助心思耳目焉。」

《沈（祖懋）先生行狀》：「杭州舊有宗文義塾，教養孤寒子弟。先生倡議，請之有司，廢者復舉。」

閱王士禛、嚴元照（修能）、袁棠（湘湄）詞集。

《日記》卷七丁亥：「閱《阮亭詩餘》一卷，與予舊藏寫本微異。嚴修能《柯家山館詞》婉約可歌，袁湘湄《洮瓊館詞》秀潤如秋露中牽牛花也。」

讀劉熙載（融齋）《藝概》、陳澧（蘭甫）《東塾讀書記》。

《日記》卷七丁亥：「讀劉融齋先生《藝概》、陳蘭甫先生《東塾讀書記》，如飲醍醐。二家皆當補《師儒表・通儒》中也。」

馮煦輯《宋六十家一詞選》，刊于《蒙香室叢書》。

作詞：

《臺城路・題何青耜先生〈白門歸棹圖〉》

《卜算子・同鄉屬題曼陀羅室遺稿》

《千秋歲・海隅信宿……》

《一萼紅・用遺園韵，志感》

《氏州第一・柬鄧石瞿四明》

《水調歌頭·漢龍氏鏡，爲遺園賦》

〇光緒十四年戊子(一八八八)五十七歲

在杭州。

自號半厂。

《復堂諭子書》：「予戊子以來，自號半厂，以爲問學、游迹、仕宦、文辭，率止于半。」

《復堂日記·續録》(下省稱「續録」)光緒廿一年(一八九五)九月朔日：「予終愧泛濫無所成就，讓老友以專門。」

李恩綬《訥庵類稿》卷四「半厂」：「復堂大令與謙齋(王尚辰)書自言，科名、仕宦、學術、文章皆廢于半途，因號半厂。屬製一詞，謙齋譜《賀新凉》詞慰之云：『萬事如轉燭。歎茫茫、塵海勞形，幾人知足。不慣折腰抛手版，自笑未能免俗。把一卷、殘書遮目。閱世半生都坐懶，看雞蟲得失何榮辱。閑啖蔗，勝增禄。　相思夢遶西湖曲。莫漫説、牽船岸上，陸居無屋。三竺六橋圖畫裏，斗酒常招近局。我願作、雲龍追逐。偕隱有妻兒識字，共狂奴兩地消清福。《耆舊傳》，待君續。』大令曾輯《半厂叢書》，朋好之箸述居多，嘗補含山令不就，余在都時得其皖江書，因以詩懷之云：『好官純寫意，佳句愛箋愁。』謙老以爲實録。」

二月撰《亡友傳》，請許增審定。

《補録》卷二光緒十四年二月廿四日：「撰《亡友傳》。竟終于高子容，合之中白，蓋十九人。欷歔不可禁。過邁孫談，屬以審定。」

爲沈景修（蒙叔）校定詞集。

《補録》卷二光緒十四年二月廿八日：「爲蒙叔校定《井華詞》一卷。婉約可歌，亦二張伯仲間。二張謂韵梅、玉珊也。」

三月整理去年詞稿。

《補録》卷二光緒十四年三月十四日：「寫定去年詞稿，得十二首，送蒙叔删定。」

四月審定徐本立《詞律拾遺》。

《日記》卷七戊子：「審定《詞律拾遺》。張韵梅校語精密固多，臆説亦不少。徐君拾紅友之遺，網羅散失，不無襲謬因訛，且生澀俗陋之調求備，殆可廢也。」

何兆瀛贈《老學後庵自訂詞》。

稿本日記光緒十四年四月廿六日：「青耜先生以新刻《老學後庵自訂詞》二卷樣本見示索序，即予所謂續集也。」則詞序撰于其時。

審定吴承勳（子述）詩詞稿。

《補録》卷二光緒十四年四月廿八日：「審定吴子述《中隱詩》三卷、詞一卷。詩秀潤近弱，有句無篇。詞麗而不密，雋而未腴。詩詞多爲悼亡作。」

夏再爲鄭由熙詞集撰題識。

《蓮漪詞題識》文尾署「戊子處暑後五日」。

七月點閲《冷癡詞》。

稿本日記光緒十四年七月二十八日：「點閲《冷癡詞》。」

八月閲蔣敦復（劍人）《芬陀利室詞話》。

《補録》卷二光緒十四年八月廿四日：「竺潭以以蔣劍人《詞話》見示。引馮柳東（登府）《詞律》校正語數條，因檢諸家校語皆已見，惟周清真《荔枝香近》增一『遍』字韵爲新得。劍人論詞宗旨曰『以無厚入有間』，此如禪宗多一話頭，亦不必可信。」

九月定徐珂（仲玉）詞稿。

《補録》卷二光緒十四年九月卅日：「定徐仲玉詞稿。年少才弱，有句無篇，然往往有清氣。」

十月校《國朝詞綜補》。

《補録》卷二光緒十四年十月廿八日：「校丁氏《詞綜補》已刻十八卷、未刻十八卷，粗粗閲竟。合前見之四十卷，蓋全書七十六卷也。意在博采，去取無義例，而舛迕復重尤多。頗以爲惡札，但記名姓而已。」

十一月徐珂來借詞籍。

《補録》卷二光緒十四年十一月朔日：「徐仲玉來，携《樂府補題》及予手批《詞學集成》去。」

復校《國朝詞綜補》。

《補録》卷二光緒十四年十一月初三日：「復校《詞綜補》。其例凡王氏、黄氏已選之人注『補詞』字，乃多漏注，又所補即原選，復重無謂。中有字句異同，不知孰爲善本。至五十八卷以後，未刻之十八卷則全未注，而與黄選重出尤夥，殆難一一釐正矣。」

閱鄧廷楨詞集。

《補録》卷二光緒十四年十一月初六日：「鄧太守（嘉純）以嶰筠（鄧廷楨）中丞詞稿見示。一卷爲《妙吉羊室詞》，一卷爲《精進喜庵詞》，寫定清本，則曰《雙硯齋詞鈔》，有宋于庭叙。似予庚申秋見甘劍侯傳寫之本即從此清本出也。」

閱陶方琦詞。

稿本日記光緒十四年十一月二十日：「夜審定子珍詞稿，曰《蘭當詞》、《湘湄館詞》，凡删存百廿三首。」

跋鄧廷楨《雙硯齋詞》。

稿本日記光緒十四年十一月廿七日：「跋《雙硯齋詞》。蓋鄧督部填詞以是爲定本。」

十二月再移居。

《補録》卷二光緒十四年十二月十六日：「移居興忠巷，賃黄松泉（福懋）編修宅。」

稿本日記第五十三册《冬巢日記》小引云：「戊子嘉平既望，自菜市橋移興忠巷，賃黄松泉編修宅以居。去年六月入褚家西偏廳事，盛夏百物躁動，宜十七月而又作搬薑之鼠。今歲不盡十日而卜居。」

易佩紳《函樓詩鈔》卷十《喜將晤譚仲修書感》(即致譚獻手札中《喜將晤仲修因而有感即以呈教》)作于本年初春，有「菜市橋頭雲滿徑」句并注云：「連日問其居不得，今始知居菜市橋。」又卷十《別俞樓先入城爲王夔石司農譚仲修大令拉飲許益齋觀察榆園薄暮冒風雪至三潭》詩有「清吟巷接菜市橋」句，乃年底從菜市橋遷至興忠巷。有《復譚仲修書》云：「戊子春，珂里聚晤，以爲足下暫假歸……」

冬爲顧翰詞集撰序。

《重刻拜石山房詞鈔序》文尾署「光緒戊子冬」。

詞人謝章鋌卒。

王鵬運《四印齋所刻詞》刊行。

作詞：

《柳梢青》(如此春風)

《蝶戀花》(闌外東風還似舊)

《真珠簾・題吴子述〈春眠風雨圖〉》

○光緒十五年己丑(一八八九)五十八歲

在杭州。

五子譚瑀生。

《復堂諭子書》：「己丑瑀生。」

正月閲余懷（澹心）詞集，代許增（益齋）撰跋。

《補録》卷二光緒十五年正月八日：「邁孫又携示余澹心手稿《玉琴齋詞》，有梅村（吴偉業）、西堂（尤侗）題識，又有顧千里（廣圻）、孫伯淵（星衍）跋語，皆手迹。」

《補録》卷二光緒十五年正月十一日：「代許益齋跋《玉琴齋詞》。」

二月閲諸可寶（遲菊）文集。

《補録》卷二光緒十五年二月廿九日：「閲諸遲菊《璞齋集》活字本。詩翔雅，詞倜儻較勝。」

三月閲孔廣淵詞集。

《補録》卷二光緒十五年三月初十日：「蒙叔（沈景修）寄示孔廣淵蓮伯《兩部鼓吹軒詩餘》，屬入《篋中》之選。詞亦朗詣，然眼光只在乾嘉間，于先輩頗近屠琴塢。」

審定張僖（韵舫）詞集。

《補録》卷二光緒十五年三月初十日：「審定張韵舫《眠琴詞》。于南宋名家頗窺門徑。」

以馮煦《宋六十一家詞選》校《復堂詞録》。

《補録》卷二光緒十五年三月十三日：「以《六十一家詞選》校《復堂詞録》，略竟一過，頗有異同。毛本所據多可取。」

校定宗山詩詞遺稿。

《日記》卷八己丑：「予聞長白宗山嘯梧郡丞名字，由《侯鯖詞》。五家中，吴晋壬爲卅年舊交，鄧笏臣、俞小甫、邊竺潭歸里後，談藝甚歡，而宗君已前卒。今者校定遺稿，詩篇秀逸，詞旨遥深。」

審定俞廷瑛（小甫）詞集。

《日記》卷八己丑：「俞小甫《瑤華室詞》雅令夷婉，望而知其深于詩者，無膩碎之習，有繁會之音。」

稿本日記光緒十五年四月初十日：「審定俞小甫《瑤華室詞》。」

九月閲王潤（四篁）詞。

《補録》卷二光緒十五年九月初五：「蒙叔寄示王四篁《賞眉齋詞》，云是周保緒弟子。以示俞少甫，不以爲作家。今日閲之，平直而入于鈍，蓋不欲爲側艷而實無才韵，得師説之皮毛者。」

重九陳豪（藍洲）畫《復堂填詞圖》寄至。

《補録》卷二光緒十五年重九：「藍洲爲予畫《填詞圖》寄至。」

秋校閲王詒壽《笙月詞》。

見王詒壽《曼雅堂駢體文》卷末跋。

閲倪稻孫（米樓）詞。

稿本日記光緒十五年四月二十日：「今日見倪米樓嘉慶十九年日記手書一册……此卷内有

《雲林庵詞》所未載者。」

得鄭文焯《瘦碧詞》。

稿本日記光緒十五年（一八八九）四月三十日：「作札與邁孫，以《瘦碧詞》二卷見示。」

評孫麟趾（月坡）選《絶妙近詞》。

《日記》卷八己丑：「孫月坡選《絶妙近詞》三卷，多幽淡怨斷之音，可以當中唐人詩矣。」（原注：今年游鄂，交關季華，乃知集中有借刻名氏者。庚寅八月記。）

評《聚紅榭雅集詩詞》。

《日記》卷八己丑：「閩中《聚紅榭雅集詩詞》倚聲似揚辛、劉之波，惟枚如多振奇獨造語，贄軒較和婉入律。」

評鄭文焯詞。

《日記》卷八己丑：「漢軍文焯叔問《瘦碧詞》，持論甚高，摛藻綺密，由夢窗以跂清真，近時作手，頗難其匹。」

葉衍蘭請代訂詞集，有詞互贈。

《日記》卷八己丑：「番禺葉南雪太守衍蘭，介許邁孫以《秋夢盦詞》屬予讀定，綺密隱秀，南宋正宗。于予論詞頗心折，不覺爲之盡言。」

葉衍蘭《瑣窗寒》（落拓江湖）詞序云：「譚仲修大令代訂詞集，賦此寄謝。」

譚獻作《瑣窗寒・寄答葉蘭臺粵中》回贈：「拂拭琴絲，徘徊鏡檻，與花俱老。單衫泥酒，片月入儂懷抱。向空梁、數殘漏聲，故心待寄綿綿道。者風吹笑語，望中還是，天涯芳草。春杳。家山好。剩晚唱樵歌，倦雲淼淼。知音不見，枉憶旗亭年少。似行人、攀折去時，斷腸柳外迷晚照。恁荒涼、目送遥鴻，又説飛難到。」（參見謝永芳《葉衍蘭年譜》，載《詞學（第二十七輯）》，華東師範大學出版社二〇一二年）

作詞：

《六幺令・寄題張韵舫眠琴小築》

《驀山溪・榆園蒔菊多異品……》

○光緒十六年庚寅（一八九〇）五十九歲

正月張之洞延請赴武昌任經心書院講席，旋任院長。

《日記》卷八庚寅：「改歲十三日，南皮張師以武昌經心書院講席相延。書院爲公視學日創構，課郡縣高才生以經訓文辭，略同詁經精舍及學海堂之制。師友風期，敬諾戒行。」時張之洞任湖廣總督。

《補録》卷二光緒十六年正月十三日：「得散之函，傳示鄂帥南皮師電音，以經心書院講席見屬，并促速行。」

《復堂諭子書》：「庚寅、辛卯，座主南皮張尚書督兩湖，招之至江夏，聘主都會經心書院講席，遂爲院長兩年矣。書院爲公視學日所創立，一以文達公（阮元）西湖詁經精舍爲規橅，以吾乙丑後，嘗爲精舍監院，習舊聞，非必學行足式高才諸生也。」

二月抵漢口，寓陳豪旅邸。

《補録》卷二光緒十六年正月廿七日：「發舟。」（二月）初六日：「抵滬。」十三日：「上江裕輪。」十六日：「抵漢口。」十七日：「渡江入城，解裝藍洲（陳豪）旅邸。」

謁見張之洞、張裕釗，入講舍。參加張之洞招飲。

《補録》卷二光緒十六年二月十八日：「入見南皮師。」十九日：「晤張廉卿（裕釗）中書談。」閏（二）月朔日：「移裝入講舍。」初六日：「赴南皮先生招。」

在上海與俞成之談及張宗橚《詞林紀事》。

《日記》卷八庚寅：「俞成之來訪，談海鹽張宗橚撰《詞林紀事》甚精，刻本傳世絕少，記此以求。」按：與俞相見在上海，應是二月逗留上海時。

在鄂與樊增祥等同事交游燕集。

《日記》卷八庚寅：「解裝陳藍洲（豪）旅邸，雲門（樊增祥）亦來話。十八年離抱，悲喜交集矣。吴澧園（士林）而在，又將抵掌高談。」「北窗望黄鶴樓有懷，約張子密（樞）同游。」「子密招同繆筱珊（荃孫）太史、樊雲門（增祥）大令、凌仲瑗刺史三同年出平湖門渡江，琴臺登眺。漢陽令君朱晦之後至，集飲晴川閣。……雲門又拉月華樓買醉。……況遇故人，蓋旗亭嘯侶適遇陽湖陸彦碩，已卅年別矣，方牧沔陽州也。」「楊惺吾（守敬）自黄岡來，不相見又三年矣，清言逾晷。」

《補録》卷二光緒十六年二月廿一日：「又晤楊叔嶠鋭，蜀孝廉，南皮師弟子。」廿四日：「赴樊雲門招集。」（閏二月）初六日：「赴南皮先生招。仲容（孫詒讓）先在，已十餘年不相見矣。午集五福堂。仲容、（廖）季平、叔嶠（楊鋭）、雲門（樊增祥）及予五客皆同門。」三月廿三日：「繆筱珊（荃孫）來，談藝久之。」

《復堂諭子書》：「既游鄂，故交頗有，陳藍洲（豪）官漢川，亦以病在省城，氣誼與子虞（張預）、（高）白叔無少殊。宜昌樊雲門（增祥）定交京邸，矢以久要，俄焉聚首，所謂賓至如歸。」

《樊山集叙》：「比予謝病歸，南皮張公，開府三楚，聘主講席，雲門方居憂，客幕府。然後合并于黄鵠山下，琴歌酒賦，物外周旋，文字而外，道義企待，視疇昔加親。」

《復堂詩》卷十，有《黄鶴仙人歌送樊增祥雲門之官長安》、《再送雲門用留别韵》詩，作于庚寅。《樊山集》卷十三《轉蓬集（起己丑六月，訖庚寅八月）》有《仲修同年以長歌贈行次韵報之》、《留别仲修》等詩。則樊于本年離鄂。

繆荃孫《藝風老人日記》庚寅三月四日：「松兄延譚仲修、樊雲門、凌仲桓、陳幼蓮、陳藍洲豪小酌長談。」十日：「張子密招至八旗會館，譚仲修、凌仲桓、樊雲門先後至，出平湖門，渡江。進漢陽東門，出西門，循大别而下，登伯牙臺，……登晴川閣小飲，又渡踰漢江，登月華樓……」二十三日：「晤李湘桓、凌仲桓、譚仲修、洪桐雲、史越裳。」二十五日：「香帥招飲仲修、雲門全席。」二十六日：「與仲修長談，《篋中詞》相贈，并晤藍洲。」

審定樊增祥(樊山)詞稿。

《補録》卷二光緒十六年二月廿七日:「審定樊山詞稿。本朝家數,遂撮竹坨、頻伽之長。」

五月暫歸,舟行經上海,六月返杭。**七月又携三子譚瑜返武昌,十一月回杭州**。

《日記》卷八庚寅:「五月下旬六日,又上江裕輪舶江上。雲山二千里,皆如故人。」「七月望後三日又携瑜兒楚游,別同人,約歲晚相見滬上。」「仲冬朔日,戒裝渡江,仍上江裕輪。」

《補録》卷二光緒十六年五月廿六日:「暫爲歸計。」六月初三日:「買舟即發。」初八日:「入杭城。」七月十七日:「登舟回鄂,以輪船挽行。」十九日:「抵上海。」廿四日:「移裝江永輪船,子正展輪。」廿八日:「達漢口。」廿九日:「渡江入城。至講院解裝。」十一月初一日:「登江裕輪舶旋里。」初五日:「抵滬。」初九日:「以飛雲輪船挽舟行。」十一日:「下稷抵杭州。」

何兆瀛卒。

《日記》卷八庚寅:「上元何青耜先生壽終杭州,年八十二。先生在京曹時,獻入都接席。……先生官杭嘉兵備時,充丁卯鄉闈提調,榜後,獻以弟子禮見,而先生則以故交相接,折輩行加禮。比擢粤東鹺使,獻已作吏皖中。謝病歸里,而先生先乞休作杭州寓公。杖履矍鑠,時奉話言,推獎之辭,不啻口出。今年楚游暫歸時,方徂暑匿景,未叩起居。歲晚歸來,即聞公病。樗衰藥裹中,竟不獲再見顔色。回車腹痛,如何可言!」

陳廷焯编成《詞則》。

作詞：

《滿庭芳・和王六潭》

○光緒十七年辛卯（一八九一）六十歲

在杭州。

正月點定徐珂行卷。

《日記》卷八辛卯：「點定徐生仲玉行卷。塡詞婉約有度，詩篇能爲直幹，駢儷音采凡近，不見體勢，情韵則非所長也。」

《復堂詞話》載徐珂按語：「（徐）珂謹按：光緒己丑，珂自餘姚還杭，應秋試，師方罷官里居，以通家子相見禮上謁（時猶字仲玉，明年改字仲可）。呈所習駢文詩詞就正，皆十八歲前作。師獎勉殷拳，納之門下。越二年，爲辛卯，師點定寄還，即師加墨之行卷也。卷藏行笥，奔走南朔，恒自隨。戊戌秋，自小站袁項城幕乞假南旋，遘盜甬東，笥被攫，師之手迹，遂不可復睹。（先子印香府君復盦《覓句圖》，亦是時所失。）僅得見之于師之《日記》矣。辛卯逮今，忽忽三十五載，師墓木久拱。珂五十無聞，且又加七，疇昔所學，曾無寸進之爲愧，而又自恨老之將至。（七十始可曰老，見《禮記》。）爲人事所困，未能補讀也。濩落無成，愧負師門矣。乙丑三月，校刊時謹識。」

三月第四次移居。回鄂。

《日記》卷八辛卯：「移居黃醋園外。丁亥四月歸里，至今四易地矣。」

《補録》卷二光緒十七三月初三日：「移居黄醋園黄氏宅。」十四日：「回鄂。」十八日：「抵上海。」廿一日：「上江永輪船。」廿三日：「抵漢口，渡江入城。」

五月程頌萬(子大)爲譚獻題詞。

稿本日記光緒十七年五月初五日：「程子大來取别……有《齊天樂》題予《篋中詞》，《摸魚兒》題予《填詞第六圖》，皆工。」

七月辭經心書院院長，返回杭州。

《日記》卷八辛卯：「孟秋朔去鄂，七夕抵家。」

《補録》卷二光緒十七年七月朔日：「上江裕輪，夕亥開行。」初四日：「抵滬。」初五日：「買歸舟，就輪船繫纜曳行。」初七日：「抵杭州。」

赴嘉興吊唁親家故友李宗庚(子長)。

《日記》卷八辛卯：「得李子長逝世消息。卅年老友，申以婚姻，一别半年，遂成千古。……先一日過禾，爲子長腹痛也。……望前一日棹舟赴秀州，吊子長之喪。解裝七日，又叩舷而歌。……閲二日，入禾城哭子長，勾留三日。雪涕言歸。」

夏秋首次與況周頤晤，況爲作詞，題《斜陽煙柳填詞圖》。

《日記》卷八辛卯：「臨桂況夔笙舍人周儀(況周頤)暫客杭州，聞聲過從。鋭意爲倚聲之學，與同官端木子疇、王幼遐、許玉瑑唱和，刻《薇省同聲集》，優入南渡諸家之室。夔笙網羅詞家選本、别集，篋衍盈數百家。」

據鄭煒明《況周頤先生年譜》，況氏于是年冬至次年春在蘇州，則譚、況于杭州初晤應在秋冬之間。況爲填詞《南浦》。此年況氏三十一歲。趙尊嶽《蕙風詞史》：「譚仲修，名獻，杭人。一時詞流，奉爲大師。先生由粵北行，過杭州，暢論詞學。爲題《斜陽煙柳圖》，賦《齊天樂》（應爲《南浦》）。」

從況氏所藏諸家詞集中采詞入《篋中詞續》。

《日記》卷八辛卯：「秀水女士錢餐霞《雨花盦詩餘》，予借觀，洗煉婉約，得宋人流別。附詞話，亦殊朗詣。又示予蘇汝謙虛谷《雪波詞》寫本，唐子實《涵通樓師友文鈔》附龍、王、蘇三家詞，今寫本多唐刻所未見。蘇君超超，殆翰臣、少鶴兩先生所不能掩，予采擷入《篋中詞續》，此事殊未已也。」

十一月親友爲預祝六十壽辰。

《日記》卷八辛卯：「十一月十七日，友朋、親串、生徒輩爲予豫祝六十生辰。憂患餘生，獨居雪涕。假仙林禪房觴客，衣冠雜沓，觸緒多感。」

爲張僖撰詞集序。

《眠琴閣詞序》文尾署「光緒十七年仲冬」。

關注湘社活動，閱程頌萬《鷗笑集》。

《日記》卷八辛卯：「甯鄉程頌萬子大，在長沙聯湘社唱酬，如二易、何、王，英英俠少。而吾友江夏鄭湛侯，以風塵吏虱其間，刻行《湘社集》。子大《鷗笑集》填詞婉密，《蠻語集》詩卷才思不匱，趨向亦正。」

撰《復堂諭子書》。

《復堂諭子書》：「不意予生憂患，年六十矣。……周甲生辰，續述近年心事如右。」

作詞：

《秋霽・嘉善吴蜀卿〈南湖秋泛〉畫卷》

《眉嫵・用白石「戲張仲遠」韵，柬邁孫》

《金縷曲・題鬖髿軒主〈瑶臺小詠〉》

《虞美人・題李香君小像》

《古香慢・爲胡研樵題桂花畫扇》

《小重山・用定山堂韵，題顧横波小像》

〇光緒十八年壬辰（一八九二）六十一歲

在杭州。

三月初晤蒙古族詞人鍾依三多。

譚獻《可園詩鈔叙》：「蒙古鍾依氏六橋都尉，髦俊士也。……今歲暮春，相見于豁廬。清逸閑雅，有儒將風。」譚集本未署年月，宣統三年本《可園詩鈔》譚此文署「光緒十有八年長夏譚獻」。豁廬，爲譚獻友人高白叔别業。俞樾亦有序，云：「壬辰暮春，六橋都尉携其其師（王廷鼎）《瓠樓詩》

數章訪余于石臺仙館。」署「光緒十有八年三月下浣曲園叟俞樾書于石臺仙館」。其時三多以師相稱，多交往，有《世丈高白叔（雲麟）中翰招陪譚仲修（獻）師夢薇師許邁孫（增）楊雪漁（文瑩）筱甫（俞廷瑛）古藴（楊葆光）諸先生飲豁廬賞牡丹賦謝》、《侍仲修師暨雪漁筱甫古藴諸先生讌集净慈寺并訪南湖諸勝》（《可園詩鈔》卷二「壬辰」）。

四月薛時雨夫人去世，赴上海吊唁。與滬上諸友相見。

《續録》四月初九日：「薛師母楊夫人卒于上海。訃音至，買舟往作吊客。越日登舟。」廿一日：「衣冠入城，吊薛母。」廿三日：「發舟回杭。」廿六日：「抵家。」

有《舟行五章》詩（經過嘉興、蘇州、嘉定、上海），其第五章自注云：「上海與張子密、章菡汀、孫文卿、葉鞠裳、駱雲孫、萬劍盟相見，因懷凌子與、倪雲劬、吴滄石、俞成之諸故人。」

閏六月審定張景祁（韵梅）詞。

《續録》光緒十八年閏六月廿四日：「審定張韵梅《續詞》二卷。不免老手頹唐之歎。」

七月又抄《篋中詞續》。

《續録》光緒十八年七月十四日：「又抄《篋中詞續》第四一卷，已將十家矣。此事亦未能卒業。」

爲萬釗詞集撰題識。

《蕢波詞題識》文尾署「壬辰七月既望」。

爲鄧瑜詞集撰評語。

《蕉窗詞評語》文尾署「壬辰七月既望」。

八月閲章黻(次白)詩詞集。

《續録》光緒十八年八月初二日:「閲章次白《梅竹山房詩詞》……詞亦秀腴如其詞,于滋伯、(魏稼孫)仲甫(張應昌)二老有同聲之應也。」

譚獻《梅竹山房集書後》:「時于章次白先生,惟于廣坐長者,一接顔色,未譽言笑。是日坐間聆一二文語,皆可入《世説》、《語林》。……今年次白先生文孫麟伯明經教授高氏,乃出先生《梅竹山房集》授獻讀之,鉛槧燬失,家寶孤本,行謀重刻以示來者。」

九月爲葉衍蘭詞集撰叙。

《秋夢盦詞叙》文尾署「光緒壬辰九秋」。

十月審定沈昌宇詞集,選詞入《篋中詞》。

《續録》光緒十八年十月初五日:「審定亡友沈子佩昌宇《泥雪詞》,録存九十首,選二首入《篋中詞》。」

十一月閲程頌萬詞集。

《續録》光緒十八年十一月十三日:「閲子大所撰《十鞬詞》一卷,甚有雅遠之韵。」

爲沈昌宇撰詞集跋。

《泥雪堂詞鈔跋》文尾署「光緒十八年歲次壬辰孟冬五日」。

十二月閲王廷鼎(夢薇)、三多(六橋)詞集。

《續録》光緒十八年十二月初三日：「王夢薇有《彩鶴詞遺稿》，生硬，非當家，不足存也。六橋《粉雲庵詞》，清婉是其本色，淺直猶初入手耳。」俞樾有《王夢薇傳》。

次子譚瑾逝。

《續録》光緒十八年十二月初十日：「寅兒以巳刻逝。成婚五載，無一孩提。少婦泣血，何堪使老夫婦見邪！」

張之洞復招赴武昌。

《續録》光緒十八年十二月十九日：「得穰卿（汪康年）及楊叔嶠（鋭）武昌書。南皮公堅招仍赴鄂游，殊猶豫也。作答二君書，姑諾之。」

詞人陳廷焯卒。

作詞：

《柳梢青·再題〈鬻夢盦填詞圖〉》

《水調歌頭·東坡銅印》

《瑣窗寒·寄答葉蘭臺粵中》

《齊天樂·秋夜，用榆園韵》

《百字令·秋感，和榆園》

○光緒十九年癸巳(一八九三)六十二歲

是年十月張之洞設自强學堂于湖北。

正月元配夫人莫氏去世。

《續録》正月三日：「内子奄然竟逝。四十年貧賤患難，撒手長辭。」

正月二十日寄書張鳴珂云：「一月之内，兩遘朞喪，大兒寶謹逾冠之年，以臘之十日病殂；内子哀苦過甚，又復篤疾猝膺，正月之五長逝。」(《舊墨二記》)《續録》記在正月三日，此自述在五日，未知孰是。

莫氏向學而能詩。稿本日記第一册《□樓日記》封面書有「仲義隨筆，瑟瑟察書」，《補録》卷一同治二年六月十三日：「爲内子瑟瑟授《説文解字》。」《日記》卷一甲子(同治三年，一八六四)：「内子亦賦一絶，云(詩略)。」

閲葉衍蘭詞集。

正月二十日寄書張鳴珂云：「葉蘭臺新詞行成，又將合汪莀生、沈伯眉刻《粤三家詞》。此老腴鍊雋永，深于南海，絶不露掃秃霜毫之態，文人氣相，難能可貴。詞卷索序，弟以名篇在，草書後以應，而再書敦促，仍爲儷體一首，不足繼高唱也。」(《舊墨二記》)

爲三多詞集撰序。

《粉雲庵詞序》文尾署「光緒十有九年春王正月」。

二月赴鄂，三月初九抵武昌。謁張之洞，招宴。七月返杭州。

《續録》光緒十九年二月廿五日：「登舟赴鄂。」三月初九日：「抵武昌。」十一日：「出謁南皮師。入見，久談。歸。」六月朔日：「赴南皮先生之招，同星海（梁鼎芬）、伯嚴（陳三立）、穰卿（汪康年）、香驄（紀鉅維）集飲，自午正至酉初，談宴始終。」七月朔日：「登江裕輪還杭。」初四日：「抵滬，換舟。」初七日：「至杭城。」

四月請梁鼎芬（星海）校《復堂詞録》、《篋中詞續》、《復堂文續》。

《續録》光緒十九年四月望日：「星海來，還《復堂詞録》寫本二册、《篋中詞續》卷四稿本一册。」十七日：「星海又校《詞録》一册來，欲補録白石《凄凉犯》、《醉吟商》、《霓裳中序第一》、稼軒《卜算子・尋春作》、《感皇恩》，此可謂賞奇析疑之友矣。」五月十二日：「星海爲予審定《文續》卷二，札來，答之。」據《清代職官年表》，梁鼎芬爲光緒六年（一八八〇）庶吉士，任湖北按察使。

八月爲葉衍蘭選《嶺南三家詞》事成。

《續録》：光緒十九年八月初十日：「葉蘭臺屬選《嶺南三家詞》，爲沈伯眉（世良）、汪玉泉（瑔）及蘭翁，今日始就。審定圈識，寫目録寄去。沈爲《楞華館詞》，汪爲《隨山館詞》，葉爲《秋夢庵詞》。」

九月底返回武昌經心書院。

《日記》未載何時由杭州經蕪湖返回武昌。據吴欽根《譚獻與湖北經心書院》（載《長江學術》二〇二三年第一期）一文注④云：「光緒十九年九月至十二月日記缺失。據袁昶稿本日記，知譚獻是年返歸經心書院的時間當在九月底。九月十九日日記云：『戊戌，晴。老友復堂先生携次郎子鑑自杭赴鄂，道出于湖，遣僕人迎候，留住東齋，掃榻以竢。』又廿三日日記云：『壬寅，下弦，晴。送仲修至江干上船，遂別去。』自蕪湖至武昌，據往年行程，大致兩至三天即可抵達。」

劉炳照《留雲借月庵詞》刊行。

作詞：

《柳梢青・易仲實〈海天落照圖〉》

〇光緒二十年甲午（一八九四）六十三歲

是年七月中日甲午戰爭爆發。

在武昌。

《日記》未載何時由杭州返回武昌。

張之洞于十月調任兩江總督離武昌。據胡鈞《張文襄公年譜》卷三載，張之洞于甲午十月五日奉旨以湖廣總督署兩江總督任，八日張交卸畢即日啟程，并奉旨兼署江寧將軍，十一日抵江寧，十六日正式接任各職。繆荃孫時爲張氏重要幕僚。

二月閲湘中六家詞。

稿本日記光緒二十年二月初八日：「閲湘中六家詞，以長沙張祖同雨珊《湘雨樓詞》爲冠。」湘中六家詞，見王先謙編《詩餘偶鈔》，選咸同間王闓運、張祖同、杜貴墀、李洽、孫鼎臣、周壽昌等六位湖湘詞人詞共一百八十三首。詞風近常州詞派。

回杭州。

《續録》光緒二十年二月念二日：「上江裕輪舶回杭。」廿三日：「泊九江十數刻。」廿五日：「抵滬，换舟。」廿九日：「到家。」

葉衍蘭以《秋夢庵詞續》寄示。

《續録》光緒二十年二月念二日：「昨葉南雪以《詞續》寄示。鮮妍修飾，老猶少壯，壽徵也。予愧之。」

劉炳照寄新刻詞集索序。

《續録》光緒二十年二月十三日：「得常州劉炳照光珊吴下留園來書，寄新刻《留雲借月詞》五卷索序。展卷已有晋壬（吴唐林）、曲園（俞樾）、溎生（金武祥）、孟蜚（吴翊寅）四序，又有盛、莊二跋，又遠索弁言，是亦不可以已乎！」劉炳照《感知集》卷上有《仁和譚仲修獻大令》詩贊之：「皖水輟弦歌，通人相引重。論詞取徑高，南唐逮北宋。《蝶戀花》六章，纏綿寓沉痛。」

劉炳照時寓居蘇州留園。俞樾《春在堂雜文續編》卷一有《留園記》謂盛旭人重修于光緒二年。

按：劉炳照于光緒十年（甲申）秋由家鄉常州至蘇，十一年春（乙酉）又至杭，十六年（庚寅）隨盛旭人離杭至蘇，居留園。留園主人爲光緒初湖北布政使盛康及其子盛宣懷。其《復丁詩紀》記：「（甲申）是秋挈眷寓蘇。」「（乙酉）莫春挈眷寓杭。」作于庚寅詩：「舊德新姻盛彦師，杭州六載許相隨。歸田先向蘇州住，我亦全家一舸移。」下自注云：「盛旭人姻丈自浙解組，卜宅金閶。庚寅秋由杭至蘇，挈眷相依者十年。」又云：「劉園重葺號留園，慣醉花前月下尊。佳日流連容我住，南州下榻比陳蕃。」下自注云：「旭丈得劉氏寒碧山莊，更名留園，聘予襄修家譜，下榻其中，七閱寒暑，坐花醉月，賓至如歸。」又《無長物齋詩集》卷二《丙午元日六十自述》其三「夢筆依人春復秋，留園下榻最清幽」二句下自注：「予客盛氏留園七閱寒暑。」其與譚獻相交應在此前。又《復丁詩紀》丙戌：「西泠酬倡四賢并，君特登壇又結盟。待續延年《五君詠》，詞家亦自有侯鯖。」下自注：「吴縣俞廷瑛筱甫、上元鄧嘉純笏臣、鐵嶺宗山嘯吾、任邱邊寶樞竺潭向有西泠詩社，吴唐林晋壬後至，合刻五家詞名曰《侯鯖》，予均獲締交焉。」其門生朱錕《復丁詩紀跋》：「南歸……與譚仲修、吴晋壬、鄧笏臣、宗嘯吾、邊竺潭諸君子續西泠詩社，迭爲賓主，極聯襟掎裳之樂。旋客蘇州留園，復與繆小山、夏閏枝、費屺懷、鄭叔問、張子純、子苾、陳同叔諸君子結鷗隱詞社于藝圃。」劉炳照《復丁老人詩紀》：「劉園重葺號留園，慣醉花前月下尊。佳日流連容我住，南州下榻比陳蕃。」下自注云：「旭丈得劉氏寒碧山莊，更名留園，聘予襄修家譜，下榻其中，七閱寒暑，坐花醉月，賓至如歸。」

應劉炳照之請，爲其《填詞圖》題詞。

作《洞仙歌・題劉光珊〈留雲借月盦填詞圖〉》：「年年歲歲，只春風亡恙。芳草和愁自然長。夕陽低、分付幾片浮雲，留不住，又是高樓月上。　關山同一照，人去尊空，記否青琴咽離唱。何處是天涯，流水聲中，恁留得、疏花未放。　但倚遍、闌干緑成陰，算我與閑庭，者般惆悵。」（《復堂詞續》）

三月、四月爲劉炳照詞集撰贈言。

《留雲借月盦詞贈言》兩文分别尾署「甲午暮春望日」、「四月下旬五日」。

夏爲劉炳照詞集撰叙。

《留雲借月盦詞叙》文尾署「時甲午立夏後三日」。

劉炳照《留雲借月盦詞》卷六有《金縷曲·寄譚仲修大令(獻)杭州》詞，其自注云：「君宰懷寧諸邑有善政。」「君刻《篋中詞》抉擇甚精，近輯續編，采及鄙製。」「君時自楚旋杭。」「昨以拙詞呈正，蒙賜弁言。」卷六跋署「乙未上元節」，則此詞及題詞、弁言均作于本年。

五月至年底在杭州。 **未知返鄉時間**。

據《長江學術》二〇二三年第一期載吴欽根文注⑤云：「由于光緒二十年六月十一日至除夕日日記缺失，故未能知曉譚獻當年具体返鄉時間。」

六月與繆荃孫多次晤談。

《藝風老人日記》六月廿一日：「詣譚仲修談良久，腹瀉，晚又寒熱。」廿八日：「譚仲修來，贈續刻《日記》一册。」廿九日：「詣譚仲修先生談并送行，贈以普寧寺鐘拓本，并卅一種宋元詞。」

八月作《三家詞叙》。

《三家詞叙》文尾署「光緒二十年甲午仲秋之月」。

約于此年前後爲沈景修詞集撰叙。

《井華詞叙》未署撰作時間。譚獻曾撰《蒙廬詩叙》，有「往歲叙蒙廬詩」之語，叙文尾署「光緒十有九年仲春七日」，則詞叙應作于其後。又譚獻光緒十九年（一八九三）正月廿日致張鳴珂書云：「蒙叔音問密邇，而不相見又年餘矣。近日寫定詩稿，屬獻編次，大約可得七八卷，填詞清婉，不愧浙派。」此叙未言及沈氏去世，則應作于光緒二十五年（一八九九）之前。張鳴珂《井華詞叙》作于光緒二十一年（一八九五），約略在此前後不久。故繫于此。

陳廷焯《白雨齋詞話》刊行。

作詞：

《摸魚兒・題陳容叔同年室葉襄雲夫人遺續……》

〇光緒二十一年乙未（一八九五）六十四歲

是年三月李鴻章與日本簽訂馬關條約，甲午戰争結束。康有爲、梁啟超在上海發刊《强學報》，鼓吹變法。湖北武備學堂成立。

正月閲樊增祥新刻詩詞，爲作《樊山集叙》。

《續録》光緒二十一年正月初三日：「藍洲（陳豪）以樊雲門（增祥）新刻詩詞示我，蓋除夕寄至，簡藍洲索序于我。翻帋略竟。詩二十卷、詞二卷。……李蓴客（慈銘）與袁爽秋（昶）合評，品題悉當，無以易之。」

樊增祥《樊山續集》卷二十六有《同年譚復堂先生主講鄂中惠寄〈樊山集叙〉敬賦長句答謝且申

卜鄰之約》詩，謂：「里塾文章求甲乙，上公詩稿待删裁。」「我昔春明與君别，鄂城再見頭如雪。」「袖詩送我秦川行，老懷歧路難爲情。煙霜五載隔關隴，掉頭不見高堂生。篋中新槧《樊山集》，序詩乞取湘東筆。」時樊已離鄂五年。庚寅在武昌離别，五年後爲作《樊山集叙》，即本年。

登舟離杭，二月初抵武昌。

《續録》光緒二十一年正月十九日：「登舟。」廿三日：「抵滬，晤諸知好。」廿七日：「登江永輪舶。」二月朔日：「抵鄂垣。」

三月閲《嶺南三家詞鈔》稿。

《續録》光緒二十一年上巳日：「得葉蘭臺粤華書院寄星海函，屬予先閲。蓋以沈伯眉、汪玉泉及《南雪詞》屬予選定，將刻三家詞也。卷中先有張韵梅、玉珊鈐小印記選，予繼之，大同小異耳。遂即日加函匯封致衍若，屬達星海金陵寓廬。」

與繆荃孫（筱珊）多次晤談。

《續録》光緒二十一年五月初四日：「筱珊……來談。」

繆荃孫《藝風老人日記》光緒二十一年二月二十日：「仲修索《雲自在龕叢書》，已無全者，檢一第二集與之。」廿六日：「詣譚仲修談，借《文恭集》及《吕氏春秋補正》壹册。」廿九日：「還仲修《文恭集》，又借《受經堂彙稿》去。」四月十八日：「借仲修《藝概》。」廿九日：「還《瑶華集》一册與仲修。」五月四日：「又詣仲修談。校定常州詞十二、三、四共四卷。」十三日：「譚仲修、瞿荔生來。校常州詞第六。」廿一日：「仲修借校宋本《説苑》去。」廿七日：「仲修還校宋本《説苑》一函。」廿九日：「還仲修《藝概》二册。」六月三日：「詣譚仲修談，并晤陳藍洲。」七日：「仲修還《經世續編》四十册。廿二册。」十一日：「仲修還《續經世文》。」廿四日：「常郡七家詞印成，送仲修、仿青各一。」廿七日：「仲修還來《意林》一帙，污損可惱。」七月二日：「詣仲修談。」七日：「陳伯年招飲自强學堂，仍昨日舊友，仲修因病不能至。」八日：「詣仲修談，索其《詞辨》一册。仲修來，還《受經堂彙稿》來。」廿九日：「況夔笙來，偕至經心晤仲修、高仿青。」八月十日：「仲修所仿青回約小談，并贈《篋中詞》。」十月十日：「送仲修，托帶書與笣仙。」十二月朔：「詣譚仲修、章碩卿、汪穰卿談。」

四月曾短期返杭，識周星詒外孫冒廣生。

冒懷蘇《冒廣生先生年譜》：「（四月）是月，在杭州先生因得外祖季貺（周星詒）之薦，始識仁和譚仲修（名獻），并就詞稿請益，譚稱許『鶴亭詞格頗成就』，……時譚長先生三十四歲，窺見長輩對後起之秀有獎掖之舉。」則譚獻曾于四月短期返杭，但《續録》未記載。

在杭關注時政，六月閲康有爲《公車上書記》。

《續録》光緒廿一年三月卅日：「春行盡矣。念亂憂生，家國蕭條，不圖今日只一苟字，何處有完美邪！」

又閏五月初二日：「見人間文字有云『非以今日爲外患之終，而以今日爲内變之始』，亮哉斯言！」

又六月初六日：「見《公車上書記》。會試舉人千數百人上書言時事，沮和約，安攘大計，萬千百言，綱目畢具，爲康祖詒長素撰稿，即著《新學僞經考》之人。」

七月況周頤抵武昌，兩人又晤。

《況周頤先生年譜》：「七月二十九日，先生至武昌，與繆荃孫同往經心書院，晤譚獻、高仿青。」

十一月閲徐祐成、李祖廉詞集。

《續録》光緒二十一年十一月初六日：「光珊（劉炳照）寄陽湖徐佑成涵生《補恨樓詞》、武進李祖廉緑茹《懷青庵詞》至。徐、李皆陽羡少年，好綺語，閲之有朝華未實之歎。」

十二月辭明年經心書院聘書，時任湖廣總督譚繼洵許辭講席。

《續録》光緒二十一年十二月十六日：「致兼督譚敬帥書，辭還丙申關書。」

《長江學術》二〇二三年第一期載吴欽根文注⑥引譚獻二十六日日記云：「譚敬帥答書許辭講席。」（第二十五册《慎來記》）按：譚敬帥即譚繼洵，譚嗣同之父，任湖北巡撫九年，與張之洞政見相左。據《清代職官年表》，光緒二十年十月張之洞署兩江總督，湖廣總督暫由湖北巡撫譚繼洵兼署，次年十一月張之洞仍回本任。

作詞：

《洞仙歌·題劉光珊〈留雲借月盦填詞圖〉》

《水龍吟·桐綿，和鄧石瞿、諸璞盦》

○光緒二十二年丙申（一八九六）六十五歲

是年七月梁啟超在上海發刊《時務報》，鼓吹維新變法。

在杭州。何時由鄂返杭，日記無記載。

與繆荃孫交往密切。

繆荃孫《藝風老人日記》光緒二十二年正月六日：「送詞與仲修。」二十日：「詣仲修談，仲修廿七行，言寄信至金橋許許陳宅轉交。」廿六日：「梁心海招飲譚仲修……」二月廿七日：「發……杭州譚仲修信。」三月廿九日：「接……譚仲修信。」八月八日：「詣譚仲修談。」

八月譚獻編《粵東三家詞鈔》刊行。

葉衍蘭《粵東三家詞鈔序》署「光緒二十有二年歲次丙申仲夏之月刻成」。

重九與徐惟錕、陳豪、楊文瑩吴山登高。

有《丙申重九同鍔青藍洲雪漁吴山登高》詩。

晤章太炎（枚叔）、三多（鍾依六橋）。

《續録》光緒二十二年十一月朔：「章生枚叔來談，迫暮去。」初二日：「鍾依生六橋同華亭沈惟賢思齊來，談藝。」

應門人徐珂之請，爲周濟《詞辨》作評（即《譚評詞辨》）。

見譚獻《詞辨跋》。審定周濟《介存齋論詞雜著》或在同時。

繆荃孫輯刻《國朝常州詞録》三十一卷。

作詞：

《壺中天・查熙伯壺天小隱》

○光緒二十三年丁酉（一八九七）六十六歲

是年十一月，工部主事康有爲上書請變法救亡。

關心時政，同情變法。

《續録》光緒二十三年正月收燈日（十八日）：「閲卷訖事，年内外了甄別生童文字，黄茅白葦，至千餘篇，不獨爲一隅歎。八股世界變相至此，宜海内皆望變法也。」又三月廿五日：「重檢《時務報》所載《盛世元音》（疑爲鄭觀應著《盛世危言》）及重譯《富國策》（即亞當斯密《富國論》），此皆有實有用者。餘光（兼喻身世）得此，能不動心！」

二月還鄂。

《續録》光緒二十三年二月初八日：「登舟還鄂。」廿三日：「抵鄂。」

五月鍾文烝（子勤）爲診治勸歸，即返杭州。辭經心書院院長之職。

《續録》光緒二十三年五月初十日：「子勤來，切脈處方。云已見代脈，勸予早歸。」廿一日：「乘江裕江輪行。」廿三日：「達上海。」廿五日：「换舟回杭。」廿六日：「到家。」

稿本日記第三十三册《迎陽二記》卷首小引云：「前記題以『迎陽』，以始于發春也。出門三閲月，蕭齋息影，書牖南向，浪霖得晴，節物又端陽矣。」

黎仁凱《張之洞幕府》認爲，辭職原因在于：「廢山長，設監督，實行書院體制改革，將原先教育部門相對獨立的狀况改爲教育隸屬于行政……但有些書院山長對這種改制不滿，經心書院山長譚仲修、江漢書院山長黄翔雲（黄侃之父）便爲此拂袖而去。」（中國廣播電視出版社二〇〇五年）可參。

七月閲王尚辰詞集。

《續録》光緒二十三年七月廿一日：「廬州人來，得王謙齋（尚辰）一札、《寄懷》一律。新刻《益園詩餘》，詩集刻成亦垂老矣。閲謙齋詞。」

八月友人葉衍蘭卒。

《續録》光緒二十三年八月十三日：「閲《申報》，知葉南雪（衍蘭）翁已歸道山。此十年來未識面之老友。」

晤俞樾（曲園）。

《續録》光緒二十三年八月卅日：「俞曲園來談。七十七翁，聰明不廢。」

十月閲萬釗、冒廣生（鶴亭）詞。

《續録》光緒二十三年十月廿三日：「閲《薑露詞》。折衷南宋，亦深美而未盡閎約之量。方展冒鶴亭詞，愛其有得于幽憶怨斷之音，欲爲論定，而魏孝廉汝馴札來索還，遂以歸之。」

閲成本樸文集。

《續録》光緒二十三年十月廿七日：「閲湘鄉成榷漁本樸《棲真室文詩詞稿》。……倚聲婉秀，固雋才也。……詞當進之幽遠。」

十一月受聘總續修《鹽法志》。

《續録》光緒二十三年十一月廿八日：「世傑振之都轉見過，面致聘書，總續修《鹽法志》事。」

王闓運輯成《湘綺樓詞選》。

○光緒二十四年戊戌（一八九八）六十七歲

是年五月清廷改八股文試士爲策論，開辦京師大學堂。改各級書院爲高等學堂、中學堂和小學堂，兼習中西學術。七月譚嗣同、楊鋭、劉光第、林旭參與新政。八月慈禧太后再出訓政，幽光緒于瀛臺；革康有爲等職，康逃亡海外；殺譚嗣同等六人，罷一切新政。

在杭州。

正月晤章太炎長談。

《續録》光緒二十四年元旦：「拜年客來謝之，惟章生枚叔入室長談。」

友人萬釗卒。

《續録》光緒二十五年正月十二日：「閲滬上《新聞報》云萬碉盟（釗）十二月十八日病卒，駭歎掩涕。十年來文交唱和，又痛分張，奈何！」

劉炳照來求見，交往甚多。

劉炳照《復丁詩紀》：「《篋中》別集廣搜遺，賤子曾經杖屨隨。會得斜陽煙柳意，挑燈怕讀《復堂詞》。」下自注：「譚復堂先生舊曾相識，病廢家居，踵門求見，縱談詞學，引爲同志。出《斜陽煙柳填詞圖》索題，并贈榆園精刻《唐文粹》及各家詞集。未幾即歸道山。君選《篋中》集以拙詞爲殿，倚聲家一知己也。」時在戊戌春夏之交。

三至五月與繆荃孫往來，別二載，獲贈《常州詞録》。

《續録》光緒二十四年閏三月十九日：「繆筱珊來，一別又兩載矣。今日又走評，貽《常州詞録》卅一卷。」

《藝風老人日記》三月廿九日：「許益齋增、譚仲修、陳藍洲招飲于娛園。」四月三日：「陳藍洲、譚仲修來。」五月三日：「接譚仲修信。」六月廿七日：「發譚仲修信。」

四月遷新居。

《續録》光緒二十四年四月廿三日：「卜後日遷祖廟巷新居。」

李恩綬寄陳廷焯《白雨齋詞話》附所作詩詞，後多次重閱。

《續録》光緒二十四年四月十九日：「丹徒友人李恩綬亞伯寄陳廷焯亦峰《白雨軒詞話》附所作詩詞來。」（七月）廿六日：「重閱陳亦峰《詞話》。」（十二月）十六日：「又閲陳丹崖孝廉《白雨軒詞話》。」

六月得鄧廷楨曾孫鄧邦達詞集。

《續録》光緒二十四年六月廿日：「鄧邦達仲璋來訪，以《睫巢詞稿》見質。蓋嶰筠（鄧廷楨）督部孫笏臣（嘉純）太守子也。詞當行，未出色。繼武家風，尚待進境。」

七月閲俞廷瑛近稿。

稿本日記光緒二十四年七月廿七日：「昨筱甫以近稿見質，晨起閲之。」

九月得王僧保詞集，擬采入《篋中詞》。

《續録》光緒二十四年九月廿九日：「《篋中詞》未見之王西御（僧保）《秋蓮子詞》，今甫寄舊本至。婉約有深韵，當續采。」

十月欲補選王僧保、董士錫詞入《篋中詞》，終未成。

稿本日記光緒二十四年十月初八日：「《篋中詞》于江南名家有未見者，汪時甫寄王西御《秋蓮子詞》，繆筱珊刻董晉卿《齊物論齋詞》。兩日來補選入録，此事亦未已。」

關心變法，爲變法失敗、譚嗣同及好友許景澄和袁昶被害而震驚。

《續録》光緒二十四年二月廿日：「康工部有爲有五次上書，爲大僚所格，未達九重。原文傳布，登滬上報章，展閲一過。言有過于痛哭者。扼不上聞，固爲沉篤之習。然以此爲藥，即能起篤疾，尚不敢信。」

又八月十一日：「駭聞震霆，獨處變栗，彼暱邇者將如之何？老夫避人妄議，往往後事悉中。

從此當棘吾舌，毋徒多此不祥之言。」

作詞：

《瑣窗寒·題〈薑露盦填詞圖〉，用王碧山韵》

〇光緒二十五年己亥（一八九九）六十八歲

是年十一月再令嚴緝康有爲等。章太炎因參加戊戌變法，逃往日本。十二月慈禧太后立端郡王子溥儁爲大阿哥，謀廢光緒。山東義和團起事。

五月入諸暨城詣縣志局商修《鹽法志》事。

《續録》光緒二十五年五月廿日：「束裝上倪氏諸暨船，久不問之江渡矣。」廿一日：「至新亭鎮，……止泊。」廿二日：「城中人輿來迎，發裝登岸。入城，詣縣志局，晤吴亮工諸君談《志》事。」廿六日：「午後輿行至新亭，登舟。」廿七日：「到家。」

得鄺滋德詞。

《續録》光緒二十五年五月廿五日：「閲《半情居集》畢。填詞修潔。」

五月與許增（榆園）商刻諸家詞話，終未成。

《續録》光緒二十五年五月廿九日：「榆園札來，有刻諸家詞話之意，因檢《聽秋聲館》、《芬陀利室》、《白雨軒》及《詞辨》四種，將借之審定。」

七月閲黄曉秋詩詞。

《續録》光緒二十五年七月初九日：「黄曉秋以所著《瓦釜雷鳴詩》四卷、《欸乃餘曲詞》二卷、《無隧積談》一卷見質，閲一過。詩篇出入中唐及明七子間，婉朗有才思。填詞超超，麗俊而有神韵，殊勝于詩。……詩詞皆後勝前作，年方二十，進境正未可量。集名傷雅，當諷其改定。」

劉炳照（語石）寄近詞來。

《續録》光緒二十五年七月十三日：「得劉語石書，寄近作詞五闋，多長調。」

得鄭由熙詞。

稿本日記光緒二十五年七月廿二日：「鄭由熙曉涵《蓮漪詞》二卷刻本，昨余太守詒示。」

八月晤三多。

《續録》光緒二十五年八月初八日：「六橋（鍾依三多）來。」

九月審定吕耀斗（定子）詩詞稿。

《續録》光緒二十五年九月望日：「楡園以吕定子遺稿詩詞屬審定，約略閲一過。」

閲三多外祖父裕貴詩詞集。

《續録》光緒二十五年九月廿二日：「閲六橋外王父裕貴乙垣禮部《鑄廬詩剩》、《詞剩》。」有《乙垣（原誤作「恒」）禮部鑄廬賸稿題詞》詩。

十月友人沈景修（蒙叔）、黄以周（元同）卒。

《續録》光緒二十五年十月廿一日：「益齋（許增）札告蒙叔病危。檢野術，屬益齋寄致。」廿三日：「益齋札告蒙叔十九日已大去，哀悼不可言。。」廿六日：「雪漁（楊文瑩）、仲恕（陳漢第）來，又知黃元同十七日逝于半山墓廬。」

十二月爲吕耀斗撰詞集序。

《鶴緣詞序》文尾署「光緒己亥十二月」。

冬寒碧詞社成立，因病推辭社長，由劉炳照擔任。

寒碧詞社創立于蘇州，組織發起人爲金石與劉炳照。金石《青蕤盦詞叙》云：「己亥冬，余與語石舉寒碧詞社，而陽羨蔣君香谷（蔣兆蘭）與焉。」劉炳照致繆荃孫書云：「寒碧詞社，命名雖出鄙見，而創議實由于石翁。」又云：「炳照推復堂爲祭酒，以老疢辭，謬引下走爲詞掌，名曰寒碧，每月兩期。」又庚子（光緒二十六年）新正五日書云：「擬選兩年投報各作，及今年社課，合刻一集，名曰《石言》，已乞復堂作序。」（均見《藝風堂友朋書札》）寒碧即寒碧山莊，蘇州留園的別名。

王鵬運校刻《夢窗詞》。

作詞：

《燭影摇紅・李古愚〈吏隱著書圖〉》

《更漏子・題〈新蘅詞墨〉，用卷中韵》

《洞仙歌・題包纘甫〈隨盦讀書圖〉》

《南歌子・題〈彈琴仕女〉》

○光緒二十六年庚子(一九〇〇)六十九歲

是年二月義和團發展至山西、直隸。四月英法等八國聯軍陷大沽口,慈禧太后以光緒帝名义下詔宣戰。六月聯軍陷天津。兩江總督劉坤一、湖廣總督張之洞、四川總督奎俊等與各國領事訂互保條約,不聽北京宣戰之詔。七月前後殺大臣許景澄、袁昶等。八國聯軍由天津犯北京,慈禧太后挾光緒出走西安,八國聯軍入北京燒殺搶掠。

在杭州。

正月與鄧廷楨孫鄧嘉純商刻《雙研齋筆記》,爲之撰叙。

《續録》光緒二十六年正月廿七日:「笏臣(鄧嘉純)來談,商刻《雙研齋筆記》。」

《雙研齋筆記叙》有「今年踰六十,得見鄧嶰筠督部先生筆記稿草……以復于公孫笏臣太守」等語,當撰于其時。

二月審定胡念修(右階)詞集,欲撰叙未成。

《續録》光緒二十六年二月十六日:「審定胡右階《靈芝仙館詩詞》一過。……予將序言,亦勖其即以此爲成就,爲印證。填詞未盡曲折,可誦者少。」《靈芝仙館詩叙》或撰于其時。

繆荃孫寄贈《名家閨秀詞》。

《藝風堂老人日記》光緒二十六年二月廿九日:「發譚仲修信,寄《名家閨秀詞》十册。」

五月故人徐樹銘(伯澂)卒。

《續録》光緒二十六年五月朔日：「藍洲（陳豪）札告徐伯澂總憲卒于位。貴壽考終，蓋臣正多遺憾。四十餘年故人，後死無相見期，怵慟如何！」

七月驚聞友人許景澄、袁昶被害，病情加重。

《續録》光緒二十六年七月十三日：「閱報章駭愕，冒熱出。……晤袁郎道沖。」袁道沖爲袁昶子。十四日：「藍洲札來，云許、袁二卿諍言刑辟，濟南電音有之，益駭愕。忠慨建言，乃遭嚴譴。史乘紀烈，振古如兹，以待論定。特同世契合，轟傷無已。雖尚在疑似，我已無淚可揮。夜月如晝，目不忍視而已。」廿二日：「子韶來，言許、袁大辟已見初三明降。成名而去，夫復何言！子韶脈我，謂有積滯，處方。我胸中所積，豈藥物所能去邪！」八月二十日：「（高）白叔來談許、袁被害始末。凄然痛之，亦悚然敬之。十三日，保定有電，袁眷出京，行至矣。」廿二日：「白叔來，借周僕送子衡室人袁媛赴松江見母，成父服。爽秋妻孥回南，以松江爲家矣。老友病廢，不能素車赴奠，痛念何如！」廿六日：「子衡松江來，詳述袁重黎婦子言，使人激昂忘痛。」

俞樾《春在堂雜文補遺》卷五載許景澄墓志銘。

八月上海畫家蒲華（作英）贈《復堂填詞圖》。

《續録》光緒二十六八月五日：「蒲作英畫《復堂填詞圖》見貽。」

閏八月長女自嘉興歸寧，談及許景澄家事。

《續録》光緒二十六閏八月初六日：「大女自禾中歸寧，話許竹篔家事，不及重黎（袁昶）遠甚。

無子繼侄，二妾離心。袁氏多男長成，正室内主，雖遭巨變，不致涣散，重增慨息。」長女爲嘉興李宗庚媳。

弟子徐珂（蹕玉）謀刻《復堂詞録》。

《續録》：光緒二十六年閏八月廿一日：「蹕玉來言，甬上方生欲來予門下，謀刻《復堂詞録》以爲贄。恐未必成，姑付之。」

九月十三日同人公祭許景澄、袁昶，預撰公祭文。

《續録》光緒二十六年九月初七日：「撰《公祭許少宰袁太常文》，欲言未得盡言也。」

受聘任杭州詁經精舍山長。

《續録》光緒二十六年九月廿六日：「詁經精舍監院曹樹培送劉撫部延予辛丑掌教精舍聘書來。回憶亂後重建精舍，予監院數載。前塵如夢景，老餐苜蓿，惘惘如何！」

十月弟子胡念修（幼嘉）謀刻《復堂文續》。

《續録》光緒二十六年十月廿八日：「胡幼嘉來談。將往吴下，以知府需次。告予方刻《嚴陵集》，又云明年謀刻《復堂文續》。」

胡念修《復堂文續跋》：「中年以前詩古文辭，略見于《半厂叢書》。晚歲撰文，手自寫稿，不録副本。庚子孟冬，念修亟請先生録副付梓，以餉學者，先生深嘉其意。爰次駢散體文百餘篇，定爲五卷，署籤曰《復堂文續》，使任棗梨之役。」

十一月商刻龔自珍詞。

《續録》光緒二十六年十一月初六日：「邁孫（許增）來談，商刻定庵詞。」

冬，徐珂編成其論詞諸説，由譚獻定名《復堂詞話》。

徐珂《復堂詞話跋》：「師之論詞諸説，散見文集、日記及所纂《篋中詞》、所評周止庵《詞辨》。光緒庚子，珂里居，思輯爲專書，請于師曰：『集録緒論，弟子職也。侍教有年，請從事。』師諾。其年冬，書成呈師，師曰：『可名之曰《復堂詞話》。』」

曾參與劉炳照等所結風餘詞社活動。

劉炳照《復丁老人詩記》：「『秋涇橋畔有寒松，煙柳新蘅夢裏逢。會得碧山無限意，西風餘點勝春濃。』下自注：『庚（子）、辛（丑）之際，余與公束（張鳴珂）、子容（傅謹）、夔伯諸子結風餘詞社，郵筒往復，無殊覿面。公束晚號寒松老人，煙柳謂復堂，『新蘅』張景祁詞集名也。』《無長物齋詩存》卷二《丙午元日六十自述》其二「十載西湖抛不得，又從臯廡寄吟身」二句後自注：「辛（丑）、壬（寅）之際，疊遭大故（指父母雙亡），家無餘貲，筆耕糊口，歷官嚴州、長沙。僑寓杭、蘇最久，遍覽吴山西湖靈巖天平諸勝。」與譚交往及集社即在此時期。

秋冬王鵬運與朱孝臧等作《庚子秋詞》。

作詞：

《點絳唇·題徐仲可〈純飛館題詞圖〉》

《青玉案》（停琴不覺韶華暮）

○光緒二十七年辛丑（一九〇一）七十歲

是年七月命以後考試取消八股文，改試策論。八月慈禧與光緒自西安回京。命各省籌設過渡、中等、初等學堂。十一月慈禧與光緒至北京。梁啟超在日本創《新民叢報》，宣傳君主立憲。

在杭州。

正月温習劉熙載《藝概》，譽劉爲導師。

《續録》光緒二十七年正月□□日：「兩日温《藝概》。劉先生言一字一珠，不獨四方導師，亦千載導師也。」

始檢校《復堂文續》。

《續録》光緒二十七年正月十九日：「檢校《復堂文續》始事，以右階（胡念修）議代刻也。」

胡念修《復堂文續跋》：「既而念修應官吳中，郵校匪易，遂由先生力疾自爲校訂。復以稿無副本，手民屢譌屢改，故經年而書始告成，蓋先生已不及見矣。」文尾署「辛丑九秋」。

胡念修再跋：「《文續》五卷，始事于庚子之冬，經先生校樣上板，刻甫過半，先生已歸道山。又閱三月成書，乃乞錢塘羅君棨臣助爲覆校。」

二月委子代吊唁袁昶靈柩。

《續録》光緒二十七年二月廿二日：「袁京卿忠柩自松江來，擬廿四入城，廿五昭慶寺受吊。予委僊不能出，遺子代。」

四月撰文紀念袁昶。

《續録》光緒二十七年四月十三日：「袁郎來，呈改定《行狀》。當力疾挽筆成《墓碑》、《家傳》矣。期以十五日始，二十日脱稿。」二十日：「《袁碑》脱稿；將撰《袁君家傳》，以完諸責。」今集中所見《資政大夫太常寺卿袁府君墓碑》未完稿。

六月初高子韶來診，泄病不已。

《續録》光緒二十七年六月七日：「子韶來診。堅欲停藥，仍不能也。泄仍不已。」

六月底前卒。

宋恕《致孫季穆書》（一九〇一年八月十四日）：「若論文學、見識則老先生中獨有譚仲修大令一人，惜此來未及見而遽故矣！然年已七十，不爲不壽。曾于開吊之日走奠，并作一聯語挽之，録于左，如季芃欲閲，可同閲也。『龔氏經，章氏史，浙東西百年危學，一髮繫先生。塊獨傷仲蔚窮居、淵明乞食，著書盈篋，坐視飛鵰，《復堂集》卓爾軼群，吾道非耶？忽忽老病死。　楚天秋，吴天春，江上下兩接清塵，五湖催遽别，竟未質鍾嶸《詩品》、王充《論衡》，請益有期，驚聞鳴鳩，求是院黯然思舊，斯人逝矣，悵悵去來今。』七月朔日，安字第五號。」（胡珠生編《宋恕集》，中華書局一九九二年，第七一〇頁）挽聯撰于七月初一，則譚獻應卒于六月底前。

光緒二十七年六月二十八日《申報》（第一〇〇一七一號）有《之江秋浪》一則云：「詁經精舍山

長譚仲修太守于本月某日仙逝，所有五月望課卷，尚未評定甲乙；聞由紫陽山長王同伯比部代爲校閲，至接主是席者，現尚未經聘定也。」（上海書店出版社二〇一一年，第六二〇頁）

胡念修《靈芝仙館詩鈔》卷十一《軍逢猿鶴忽化羽而同歸歲非龍蛇乃騎箕而竟去晨星寥落舊雨飄零愴懷師友用以告哀》：「岱斗宏農老，頻年讀化書。談經銘座右，勸學醉詩餘。松菊開陶徑，瓊瑰載魯車。君山憔悴甚，流涕子雲居。」下注：「近梓先生《文續》告成。譚復堂司馬師。」

主要參考書目

譚獻《化書堂初集》，咸豐七年（一八五七）刻本，附《蘼蕪詞》一卷。
譚獻著，蔡壽祺編《三子詩選》，咸豐七年（一八五七）京師刊本，附《復堂詞》一卷。
譚獻《復堂類集》，光緒乙酉（光緒十一年，一八八五）刊本，附詞二卷。
譚獻《半厂叢書初編》，光緒己丑（光緒十五年，一八八九）刊本，附詞三卷。
譚獻著，羅仲鼎、俞浣萍點校《譚獻集》，浙江古籍出版社，二〇一二年。
譚獻著，范旭侖、牟曉朋整理《復堂日記》，河北教育出版社，二〇〇一年。
譚獻著，范旭侖、牟曉朋整理《譚獻日記》，中華書局，二〇一三年。
譚獻編選，羅仲鼎、俞浣萍點校《篋中詞》，人民文學出版社，二〇一五年。
錢基博整理編纂《復堂師友手札菁華》，人民文學出版社，二〇一五年。
吴欽根《譚獻稿本日記研究》，鳳凰出版社，二〇二二年。
黄燮清編纂《國朝詞綜續編》，民國間上海中華書局據原刻本校刊《四部備要》本。
唐圭璋編《詞話叢編》，中華書局，一九八六年。
葛渭君編《詞話叢編補編》，中華書局，二〇一三年。

屈興國編《詞話叢編二編》，浙江古籍出版社，二〇一三年。
清代詩文集彙編編纂委員會編《清代詩文集彙編》，上海古籍出版社，二〇一〇年。
馮乾編校《清詞序跋彙編》，鳳凰出版社，二〇一三年。
柯愈春《清人詩文集總目提要》，北京古籍出版社，二〇〇一年。
吴熊和、嚴迪昌、林枚儀合編《清詞别集知見目録彙編》，臺北「中研院」中國文哲研究所籌備處，一九九七年。
楊廷福、楊同甫編《清人室名别稱字號索引（增補本）》，上海古籍出版社，二〇〇一年。
嚴迪昌《清詞史》，江蘇古籍出版社，一九九〇年。
莫立民《近代詞史》，人民文學出版社，二〇一〇年。
馬興榮、吴熊和、曹濟平主編《中國詞學大辭典》，浙江教育出版社，一九九六年。
朱德慈《近代詞人考録》，中國社會科學出版社，二〇〇四年。
朱德慈《近代詞人行年考》，當代中國出版社，二〇〇四年。
田汝成輯撰，尹曉寧點校《西湖游覽志》，上海古籍出版社，二〇一七年。
逯欽立輯校《先秦漢魏晋南北朝詩》，中華書局，一九八三年。
彭定求等編《全唐詩》，中華書局，一九九九年。
曾昭岷、曹濟平、王兆鵬、劉尊明編著《全唐五代詞》，中華書局，一九九九年。

唐圭璋編《全宋詞》，中華書局，二〇〇九年。
唐圭璋編《全金元詞》，中華書局，一九七九年。
饒宗頤、張璋編《全明詞》，中華書局，二〇〇四年。
陳乃乾輯《清名家詞》，上海書店，一九八二年。
葉恭綽編《全清詞鈔》，中華書局，一九八二年。
劉義慶著，徐震堮校箋《世説新語校箋》，中華書局，一九八四年。
蕭統選編，吕延濟等注《日本足利學校藏宋刊明州本六臣注文選》，人民文學出版社，二〇〇八年。